新 潮 文 庫

決定版 夏 目 漱 石

江 藤　淳 著

新 潮 社 版

2544

目次

第二部　晩年の漱石

第三部

決定版　夏目漱石

第一部　漱石の位置について

第一章　漱石神話と「則天去私」

日本の作家について論じようという時、ぼくらはある種の特別な困難を感じないわけには行かない。西欧の作家達は堅固な土台を持っている。ぼくらはその上に建っている建物のみを、あるいはその建物の陰にいる大工のみを論ずればよい。つまりこれは、これが果して文学だろうか？　などという余計な取越苦労をしないでも済むといった程度の意味である。文学を学ぼうとする向きは、欧米の文学を学べばいいので、日本の作家を相手にしている時には事情はそれほど簡単ではない。彼らを問題にしようとすれば、先《ま》ず、彼らの作品の成立っている土台から問題にしてかからねばならないので、建物の見かけがよくても地盤が埋立ての急造分譲地並みにゆるんでいれば、値切り倒すのが周旋屋の習性である。したがって、日本の作家に関するかぎり、批評家は純粋の文芸批評などを書くことは出来ないわけであって、これを裏返せば、多くの日本の作家は少くとも西欧的な意味での文学を書いていないということを意味する。

T・S・エリオットによれば、批評家の任務は過去の作品を時代の要求に応じて再評価し、新しい秩序の下に再編成することにある。だが仮りにそうだとした所で、日本の批評家の任務には、どの作家のどの作品が文学で、どれが文学でないかを識別する必要がつけ加えられねばならぬ。このような仕事は元来文明批評のジャンルに属するもので、余程な物好きででもないかぎり容易に手をつけたがるものではない。文芸批評家というものの主たる属性は文芸愛好家である。文芸愛好家に非文芸を相手にしろというのは、恋愛中の人間に子守りをしろというのと大した違いがない。事実、彼らの鋭敏な嗅覚《きゅうかく》は、子守りを避けて真の文学を嗅《か》ぎあてる。日本の文芸批評家の手によって成った傑作は、ほとんどすべてが西欧作家を主題にしている。

しかし、ぼくらは野暮な仕事からはじめねばならぬ。近代日本文学の生み得た寥々《りょうりょう》たる文学作品を拾い上げ、その系譜を明らかにすることがそれであって、これは同時に、この国で文学が書かれ得るためにはどれ程の苦悩が要求されるかを知ることでもある。多くの錯覚が存在しているので、例えば日本的な文学とか、日本的あるいは東洋的思惟《しい》を表わした文学とか、私小説が日本独特の文学形式だとかいう妄想《もうそう》はそうした性質のものである。大体西欧的な文学とか日本的な文学とかいう区別を立てることがすでにおかしいので、世の中には文学と非文学があるにすぎない。言語的な制約を別にすれば、誰が読んでもこれは自明であり、文学という言葉が文学的作品を必ずしも意味しないことも自明なはずである。ぼくらの試みようとする近代日本文学史の再編成の背後には、このような文学の定義がある。

夏目漱石の死後、すでに四十年の歳月が流れている。忘れ去られるには充分な時間であるが作家の名声はいよいよ高い。しかし、これを漱石が現代に生きている証拠だと思ったら大間違いで、彼の名声にはコットウ品特有の事大主義や回顧的な匂《にお》いがつきまとっている。彼を讃美《さんび》しようとする声は、すべて彼を過去へ押しやろうとする声にすぎない。通俗に信じられている漱石の影像は、東洋的な諦念《ていねん》の世界に去った孤高の作家の影像であって、これには大いにぼくらの感動をそそるものがある。しかし死者への尊敬に適当な感動は、彼の作品のぼくらにあたえる感動を歪曲《わいきょく》する。ここで、過去は決して完了したものではなく、完了していない故《ゆえ》に価値がある、というような教訓を思い出さねばならない。漱石は何一つ完成したわけではないので、彼の偉大さは、彼がなしかけた仕事を我々に向って投げてよこそうとしているその姿勢にある。それを受けとめる以外に、漱石を現代に生かすことは出来ない。ぼくらはその姿勢を支えているものを探ろうとするのである。

元来、個性的な作家が存在し、多くの崇拝者を持つような場合、その死後四半世紀乃《ない》至《し》は半世紀の間はある意味での神話期であって、この時期はほぼ正確に崇拝者達――多く、弟子友人等の人々――の寿命と一致している。作家は彼らの追憶の中で神の如《ごと》き存在となり、様々な社会や趣向の変遷《へんせん》に乗じて、神話はやがて厖大《ぼうだい》な分量にふくれ上る。しかしひとたび生前作家と親交のあった崇拝者達が死に絶えるとそれは次第に雲散霧消する。あとに残るのは動かし難い一かたまりの作品であり、これが後に新しい神話を生むにしても、それはかつての感傷的な性格をすて、その故にかえって永い生命を持つにいたるのである。

漱石に関する神話は多いが、その最も代表的なものは「則天去私」神話である。松岡譲氏の「宗教的問答」(昭和七年)、「『明暗』の頃」(昭和七年)には作家自身の言葉として「則天去私」が出て来るが、最も興味をひくのは、漱石が「則天去私」的な作品として、ジェイン・オーステンの「高慢と偏見」、ゴールドスミスの「ウェイクフィールドの牧師」をあげている事実であって、こうなると、「則天去私」という言葉で漱石が何をいおうとしていたかは、かなりあいまいになって来る。それで彼の全作品を秩序立てようとするのは、いささか人の好すぎる話だといわざるを得ないが、この神話は多くの有為な研究者をたぶらかして本を書かしたりしている。その一人である九州大学の滝沢教授が、どうも自分の漱石のイメイジはこわばっていて生きていない。自分の力量の足りない故だろうか、という意味のことを告白しているのは極めて暗示的で、つまり逆にいうなら、巷間《こうかん》に行われている「則天去私」解釈なるものは、相当あやしげなものだということを意味する。漱石のソフィスティケイションに弟子達が見事にひっかかっているふしがあるので、滝沢教授などは、ひっかかった弟子に新しくひっかけられた口なのかも知れない。

最も熱心な「則天去私」の祖述者の一人である小宮豊隆氏の「夏目漱石」も、同様の結果を招いた書物だといわざるを得ない。この評伝は漱石評伝の決定版であって、その精緻《せいち》な考証は尊敬に値するが、いささか迷惑なのは氏が、このおびただしい貴重な事実を、「則天去私」の悟達を導き出すために、整然と合理的に配列しようとしたことである。伝記作者達が共通に感じるこの誘惑に、小宮氏もまたおちいっているので、これを克服し得たものの代表的な例は、「ジョンソン伝」を書いたボズウェルという男の場合である。グレイか誰かに悪口をいわれているこの鈍重なスコットランド人は、何の色気も出さずに、愚直にジョンソンの言行を記録していたために、稀《まれ》に見る生気溌剌《はつらつ》たる肖像を描き得たのであって、事実の価値というものは、それが無差別に雑然とほうり出されている所にしかあるものではない。この重大なことを知っていたボズウェルは期せずして評伝に可能な唯一《ゆいいつ》の方法を身につけていたということになる。

残念ながら、小宮氏の叙述はこの素朴率直な方法に従ったものではない。その故に、氏は自分の利用しようとした事実に物の見事に裏切られ、描かれているのは、《作家漱石の非常に精巧な剝製《はくせい》》（中村光夫「作家の青春」）であるといったようなことになったのである。小宮氏によれば――そして氏に追従する所の人々に従えば、――修善寺の大患以後、漱石の心境に一大転換が行われ、それが「眼耳双忘身亦失。空中独唱白雲吟」というような静寂な境地に発展したことになっているが、神話はおおむねこのようにして書かれる。この間の事情をより深く洞察し得ているのは、作家に親炙《しんしゃ》していた小宮氏よりも、むしろ反対の立場にいた正宗白鳥氏であると思われる。

《小宮豊隆君は、漱石の修善寺に於《お》ける大吐血を以って、彼れの生涯の転機としてゐるがそれはさうかも知れない。しかし、大吐血後の漱石が前期の彼れより人生の見方が一層温かになり、一層寛大になつたとは思はれない。反つて反対ではないだらうか。「心」「行人」「道草」「明暗」がそれを証明してゐる。……これ等に現はれてゐるいろいろな疑惑は、作者自身の心に深く根を張つてゐたのぢやないかと思はれる》(「作家論」)

この洞察を裏附ける証人の一人は森田草平氏であるが、その「漱石先生と私」には次のような記述が見られる。

《……修善寺の大患後も、先生の心境にはいくらも動揺があつた。時には暗澹《あんたん》として前途に光明を見失はれた時代さへあつた。その動揺の結果、晩年にはいよいよ「則天去私」を以て生活の信条とされるやうになつた。これだけは誰にも争はれない。が、それは飽く迄生活の信条であつて先生自身がそれになり切つてしまはれたわけではない。本当に「則天去私」になり切れてしまつたらもう小説など書いてはゐられなからうと私には思はれるのである》

元来、森田氏と小宮氏との間には宿命的なライヴァルの関係がある。小宮氏は概して漱石に愛され、森田氏はさほど愛されていなかった。この文章も、小宮氏の「夏目漱石」の名声に刺激されて書かれたものだが、ここには小宮氏の所有から、漱石を奪おうとするような語気がある。そういう事情からして、森田氏の漱石観にはさまざまな歪《ゆが》みがあり、一概には信用し難いふしもあるが、その独断的な記述にむしろ漱石が生きているように思われるのは皮肉なことといわざるを得ない。両氏の漱石観の相違には一人の女を争う二人の男——不思議なことにこれは漱石の中心的な主題だが——の荒々しい呼吸が感じられる。勿論《もちろん》二枚目は小宮豊隆氏であるが、荒正人氏の指摘するように、漱石と門弟の間には一種ホモセクシュアルな雰囲気があったのではないか。そのような師匠に対する性的な憧憬《どうけい》が、彼らの所謂《いわゆる》「則天去私」神話の発生原因の一つであると思われる。

漱石の最初の職業は学校教師であった。彼と門弟との間ではこのことが決定的な意味を持ってしまったので、漱石が只の職業作家になった後でも、門弟達にはどこかしら教師臭さの抜けない人間の残像がこびりついていたのである。弟子にむかって「則天去私」などといえば、崇高らしくきこえるだけの術は、漱石の方でも充分に備えていて、それをかなり積極的に利用したような形跡もないではない。弟子達が「教師」を相手にしているうちに、「作家」である漱石——「朝日新聞」のおやとい作者として極めて実直に精勤した漱石の方は、一人で勝手に実作者の苦悩を味わっていたので、「明暗」を書きながら死んだ彼は、臨終の床で、なお「明暗」執筆のことを口走っていたという話があるほどである。「則天去私」と現にある「明暗」とを並べた時、虚心な読者の経験する当惑は、このあたりを混同することから生ずる。作品と神話を並べていずれを選ぶかといわれれば、作品を選ぶのが順当であって、「道草」にも「明暗」にも、「則天去私」などという言葉もなければ、それらしきものの表現されたふしもない。明確に表現されたものを尊重するのが作者への礼儀であるなら、ここにあるのは神話ではなくて、作者自身の物語っているある種の創作態度の微妙な変化である。

《……つまり観る方からいへばすべてが一視同仁だ。差別無差別といふやうな事になるんだらうね。今度の「明暗」なんぞはさういふ態度で書いてゐるのだが、自分は近いうちにかういふ態度でもつて、新しい本当の文学論を大学あたりで講じてみたい》(松岡譲「宗教的問答」)

しかも先程あげたように、漱石は「則天去私」的な作品としてオーステン及びゴールドスミスの小説をあげている。とすれば、「則天去私」は漱石以外の人間にも分かち持たれ得べきものであって、オーステン及びゴールドスミスは「則天去私」の作家だったのである。要するに、「則天去私」とは、作品にあらわれた形ではオーステン及びゴールドスミス風の視点ということにすぎない。その視点の性質を知るためには、例えば「道草」、「明暗」及び「高慢と偏見」、「ウェイクフィールドの牧師」を読み比べればよい。正宗白鳥氏のいうように、朝日新聞社員となってからの彼は、絶えず長篇小説創作の問題に苦慮していた。いかにして自由に小説を書くか、ということは厳格な構成家であった漱石の念頭を去らなかったに違いないので、彼に於ける倫理感の発展は小説に対する態度と極めて密接な関係を有する。例えば、「道草」に於ける転換というのは、結局メレディス風な世界から、ジェイン・オースティン風な世界への転換にすぎない。英国及び英国人を憎悪《ぞうお》した漱石の中にあるのは、結局、英文学の毒であった。彼は生涯、彼なりにこの毒にあてられながら書いている。「自己本位」などという言葉の拡張解釈は、この限りではやめた方がよい。右の転換に関して修善寺の大患はさほどの役割をはたしているとは思われぬ。その影響は「道草」にではなく、むしろ「硝子戸《ガラスど》の中《うち》」などの小品の世界に見られる。つまりこの病気は長篇作家である生活者漱石の上にではなく、生活からの遁走《とんそう》を試みようとする彼の心の深層に投影された事件なのである。思えば、漱石は how to live という問題と、how to die という問題を、二つの全く次元を異にする世界で、全く別種の態度で解いて行こうとした人であった。この二つの世界の交渉の次第を、ぼくらはおおむね平行して形作られている、彼の長篇と小品との切断面に見ることが出来るのである。

「則天去私」の視点に関する一つの仮説を提起すれば、それは作家の作中人物に対する fairness あるいは pity である。これは必然的に、作家に於ける自己の内部の対象化を要求する。「道草」でこの態度は漸《ようや》くうかがわれ、「明暗」ではかなり明瞭《めいりよう》にうかがわれる。

更に一つのことをつけ加えるなら、「則天去私」は以上のようなものであると同時に、幼少の頃から漱石の心が求めつづけたかくれ家の象徴であった。現実逃避的な傾斜は、作家の生涯を通じての低音部をなしている。これは初期の作品に於てはロマン主義的傾向としてあらわれ、やがて作品の表面から姿を消して行くのであるが、この低音部は中断されることなく晩年の小品や漢詩の世界へと持続する。この世界があの厖大なロマンの世界と極めて微妙な平衡を保っているのを見逃してはいけないので、漱石の精神はこの二つの世界の支点で危うく発狂をまぬがれているにすぎない。彼自身、ドストエフスキイの癲癇《てんかん》の発作に比した病中の「天眷《ブリス》」は、この低音部を彼の所有に属するものとして認識せしめた偶発事である。

神話をはぎとると作家の姿は著しく平俗化する。神話を生むのは cult であるが、平俗化するのは平衡を尊ぶ良識である。「則天去私」を分解して得られた二つの要素には「崇高」な東洋的諦念などは見られない。要は彼がこれに「則天去私」という符牒《ふちよう》をあたえていたことで、この符牒の感傷的解釈から話が混乱したのである。大体化物の正体などは判《わか》ってみれば似たりよったりで、特別な種や仕掛けがあるわけのものではなく、長篇作家としての漱石は、メレディスなどの影響をうけ、のちにジェイン・オーステンを師とあおいだ、未完成の作家にすぎない。漱石の偉大さがあるとすれば、それは漱石が特別な大思想家だったからでも、「則天去私」に悟達したからでもなく、漱石の書いていたものが文学であり、その文学の中には、稀《まれ》に見る鋭さで把《とら》えられた日本の現実があるからである。教訓の最大の属性は、それが利用され得るという所にあるので、ぼくらの漱石から学び得る教訓は、日本の風土で、如何《いか》にして文学が書かれたかという稀有《けう》な事件のあたえる教訓と同じものである。ところで、一見時流に超然としていたかに見える漱石が、実は最もよく日本の現実をとらえ得ていた、という逆説的な事情を知るために、ぼくらは彼の同時代者、ひいては今日にいたるまで我が国で書かれて来た文学の性質を概観する必要がある。

第二章　文明開化と文明批評

正宗白鳥氏が、「明治文壇総評」という優れた文章を書いたのは、昭和三年六月のことである。ここに描破されているのは我が国の近代文学の絶望的な状態であって、身をもって三代の文学の変遷《へんせん》に耐えて来た、この異常に洞察に富んだ批評家の苦々しい幻滅が、息を呑《の》ませる程の率直さで語られている。しかしそれ以上にぼくらの心胆を寒からしめるのは、三十年前に書かれたこの文章が今日少しも新しさを失っていないという事実なのだ。この文章に出没する過去の作家の名前を適当に現存作家の誰れ彼れと差しかえてみるがいい。「明治文壇」はそのまま「昭和文壇」に他ならなく、日本の近代文学の絶望的な貧困は今日までいささかの変化も見せていはしない。

《明治文壇は色さまざまの百花撩乱《れうらん》の趣きがあるが、それとともに殖民地文学の感じがする。そして私などは、その殖民地文学を喜んで自己の思想、感情を培《つちか》つて来た。今日のマルクス主義、共産主義の文学にしたつて、今のところ私には殖民地文学に過ぎないやうに思はれる》

　これが、そつくり、「白樺《しらかば》」の人道主義にも、昭和初年の所謂《いわゆる》モダニズムにも、最近ひとわたり流行の徴候を見せた実存主義的文学にも当てはまるのは、恐ろしいことである。

《異国の哲学の一部を（つまりキリスト教から人道主義を）切取って、残りを棄ててしまうようなことは出来ない。そんなことをすればかならずさんたんたる結果になる》

（V・H・ヴィリエルモ「日本の魅力」）

　というようなことは、ここで指摘されている「白樺」に限ったことではなく、

《外国の思潮や文学が日本にはいつて来ると稀薄《きはく》になり、手軽くなる実例は、明治文学史によつてもよく証明される》

　ということになるので、正宗氏は更に進んで次のようにいうのである。

《明治文学中の懐疑苦悶の影も要するに西洋文学の真似で附焼刃なのではないだらうか。

明治の雰囲気に育つた私は、過去を回想して多少疑ひが起らないことはない》（傍点正宗氏）

明治以来――やや限定していえば、所謂自然主義以来――のぼくらの主たる不幸は、こうした「懐疑苦悶《くもん》」の亡霊に陶酔しつづけて来たことにあるといっても、さして事実と遠くはない。田山花袋《かたい》などが野心的にはじめた西欧文学の輸入は、実は極く素朴な感動の模倣にすぎなかったので、清新な外国文学を読んで感動した青年達は、通俗に信じられているように「近代的な自我」に目覚めたりはせず、只、その感動の自分自身による追体験を求めただけの話である。似たような現象は、外国の恋愛映画などを見ている観客の間にしばしば起るものであって、映画のあたえる陶酔は観客の表情を、極く短い時間だけスクリーン上の美男美女並みに変え、ひいては彼らの精神構造までも瞬間的に変えてしまう。感動の性質が、純粋で、新鮮であればあるほど、その持続は長い。それは明治文壇では、「蒲団《ふとん》」の作者が次のように回顧する時までつづくのである。

《芸術といふものも、矢張、その書いた時だけが新しいのではないか。作者の筆から離れて来た時だけが新しくつて、すぐ古くなつて了《しま》ふものではないか。何《ど》んな好いものでも古くなつてしまふのではないか》（「近代の小説」）

しかし彼らの「芸術」が「古く」なってしまったのは、花袋のいうように、それが「不易なもの」「時代をすら超越するもの」を書かなかったからでもなければ、「社会に捉《とら》はれてゐた」からでもない。一旦、彼らのような発想で「新しさ」が把えられた以上、それは早晩「古く」ならざるを得ない宿命を持っているので、花袋が、「芸術」などといって一般論めかしていっているのは、そうとでもいわなければ耐え切れぬむなしさを秘めた自己弁護であるように思われる。

《「蒲団」などが、どうしてあんなにセンセイションを起したらう？　かういふ風に思ふと非常に恥しくなる。そして全く一種の深い幻滅を感ぜずにはゐられなかつた》（「近代の小説」）

白鳥や花袋の幻滅の裏には、日本の不毛な文学的風土、より限定的にいえば小説的風土の切実な認識がある。これは我が国に特有な現象であろうか？　というと実はそうではないので、単に不毛という性質だけを問題にすれば、僅々《きんきん》六七十年前までのアメリカの文学的風土も似たりよったりのものであった。当時の教養あるアメリカ人達はヨーロッパに逃亡し、ヨーロッパ人になることによって、一方では自国の現実を回避し、他方では自分の芸術的欲求を充《み》たすという芸当をしばしば演じたのである。

《芸術の華は、厚い腐植土の上でなければ花咲くことは出来ない……少しの文学を生むために非常に多くの歴史を必要とする》

といったヘンリイ・ジェイムズの如《ごと》きは、このような逃亡アメリカ人の典型的人物でありながら、遂《つい》にこうしたディレッタンティズムに満足出来ず、自らの趣味性と、アメリカの不毛な現実との間に憤死した不幸な作家の例であって、英国宮廷から授けられたオーダー・オヴ・メリットなどでは慰め得られぬ幻滅を抱えていたのである。しかし、ジェイムズの死後今日にいたるアメリカの小説の隆盛と、我が国文学の貧血状態との著しい差異は何に依《よ》っているか。腐植土の出来るのを待っていれば、日本にも文学の花が咲くのであるか。このように考えると、問題がさほど簡単でないのは明瞭である。不毛といった所で、ぼくらはその不毛さの質の相違を知らねばならない。問題は発展段階の相違にあるというより、もっと根本的な文化の質に関するものなのである。

シオドア・ドライザーの処女作「シスター・キャリー」が出版されたのは一九〇〇年のことである。このアメリカの近代文学の開花を示す事件が、アメリカ史の学者によって一八九〇年代に求められている所謂「フロンティア」の完全な消滅とほぼ時を同じくしているのは、単なる偶然以上のものを物語っている。フロンティアの消滅は、アメリカ社会の安全弁の消滅を意味する。つまり、それ以来、社会は閉鎖され、内攻し、ジェイムズの所謂「腐植土」が醸成されて行くということになるわけで、ジェイムズらの苦しんだアメリカ社会の不毛さとは、結局、著しく青年化したヨーロッパ的社会の不毛さに他ならない。年齢こそちがえ、彼らの中には同じ血が流れている。あるいはその信仰の方法に差こそあれ、彼らは同じ唯《ただ》一人の神をいただいている（又はいただいていた）のである。それだからこそ、アメリカ人は自分の体一つを移動させただけで、ヨーロッパ人にもなれたわけで、ヘンリイ・ジェイムズの描いた、ヨーロッパの大都市に寄食している金持のアメリカ人達が、そのままあの精緻《せいち》な、緊質な小説の主題となり得ているのは、それが、ヨーロッパの風土の借用という操作を経て、極く自然に、アメリカの現実の一部になり得ているからである。要するに、ジェイムズの主人公はスノッブであって、人は貴族や富豪の仲間入りが出来るという希望の全くない時、スノッブなどになりはしない。

しかし我が国の作家達はそのような希望の全くない所からはじめなければならなかった。このことは、例えばジェイムズの主人公達と、永井荷風の「あめりか物語」や「ふらんす物語」に出て来る歯の浮くような気障《きざ》な「紳士」連とを比較すれば一目瞭然であろう。逆にいえば、荷風はケチなハイカラ連を書きながら、ジェイムズなどの知らない傷手《いたで》をうけていたことになる。

荷風の「雲」の主人公を吉田健一氏は fat（この言葉は厄介な言葉だが、まあ、浅黄裏が雪駄《せった》をチャラつかせて、そうでげす、などといっているざまを御想像願いたい）だといっているが、貞吉は実は fat ですらもないので、彼が「頭髪《かみ》を分け直し、手の爪を磨き、口髯《くちひげ》を縮らし」たりするのは、なりたくてもスノッブにもなれぬ不幸な人間の自瀆《じとく》行為にすぎない。荷風が彼の第二の故郷フランスでやったことといえば、それはヨーロッパに「洋行」した日本人が、ヨーロッパに行ったアメリカ人とは本質的に異った文化を有し、本質的に異った精神構造を有することを身を以て例証したことである。貞吉のコッケイさは、木に竹をついだように燕尾服《えんびふく》を着込んで、自分が「十八世紀王政時代の貴族宮女」の親類だと思い込んでいる人間のコッケイさである。アメリカ人がそう思いこめば、それは田舎大尽の御愛敬《ごあいきょう》で、罪もない。しかし、頬骨のとびだした、顔の黄色い、ちんちくりんな人間が、燕尾服を着て得々としている図のコッケイさは、それとは違った重大な意味を持っている。それは異質な文化を所有し得たと誤認している人間のコッケイさであり、然《しか》もそれを何の苦もなく我が物にし得たと信じている楽天主義者の痴態だからである。

明治の「文明開化」の生んだこの種の悲喜劇は、今日までの日本人の精神生活に決定的な歪《ゆが》みをあたえている。さしあたっての深刻な被害者は当時新しい文学を創造しようと苦慮していた若い作家達であった。洋行をしようにも金と機会のなかった彼らの多くにしたところで、右のように荷風がありありと戯画化した西欧文化への憧憬《どうけい》は胸に秘めていたので、この憧憬は、やがて古今に類例を見ない、極めて独創的な、奇怪な操作となって我が国の不毛な小説風土を糊塗《こと》するにいたった。

すなわち、作家達は現実に存在しない「懐疑苦悶」の亡霊を輸入し、その亡霊を誠実に信仰することからはじめたのである。当時の日本で、鉄道が敷設され、軍艦が自国の造船所で建造されることが名誉だったように、西欧風の「懐疑苦悶」を所有していることも名誉だったのであって、所謂自然主義の作家達は、この意味では、光栄ある帝国陸海軍並みの国家的貢献をしていたといわねばならない。今日からみればまるでお笑い草であるが、これを嘲笑《ちょうしょう》し去るのは極めて危険なことである。何故《なぜ》なら、仮名垣魯文《かながきろぶん》から、花袋にいたるまでの驚嘆すべき飛躍は、このような操作なしには達成出来かねるものであり、ぼくらが当然のように見なしているこの飛躍こそ、まことに由々しいものだったのであるから。いかにぼくらが器用な国民だといえ、僅《わず》か二、三十年の間にこれだけの断層を飛び越えることが出来たのは、正常なことではない。精神史上の革命などというものは、こうは手易《てやす》く問屋が卸さぬことになっている。ぼくらは、花袋の主人公が当時の軍人官吏教師連一般と、実は同質な人間であるはずだということを忘れてはならない。しかしながら、この飛躍の結果可能になったのは奇想天外なことである。つまり、日本人を主人公とし、その主人公にありもせぬ「懐疑苦悶」を悩ませることによって我が国の精神史に西欧並みの進歩があったかのように錯覚させることが可能になったので、文学史及び素朴な読者は、見事にこのからくりにひっかかったのである。

一旦、独創的な先人の手によってこの苦肉の計が案出されてから後は、仕事は比較的簡単であった。花袋が幻滅を語ったにせよ、次の世代は新しい「懐疑苦悶」をその作品の意匠とすればよかったので、一方では私小説という不思議な形式を生みながら、今日にいたるまでの我が国の小説は、おおむねこのようにして書かれて来た。右の方法によればほとんどあらゆる試みが可能である。次々と輸入された文芸思潮を刺激剤として、開いては散って行った数々の文学運動の如きものに、何々主義といったようなまぎらわしい名前をつける悪習は、この無制限な模倣の自由から生れたと思われるが、「自然主義」などという名称は、あたかも現実に「自然主義」がこの国に存在したかの如き錯覚を生むだけで有害無益である。実状は、僅々半世紀の間の日本の小説が、あらゆる美しい衣裳《いしよう》を、それが新しいものであるから、という極く素朴な理由で、流行に敏感なお洒落《しやれ》女の細心さで身にまとっているということにすぎない。

作家達は、自らの信じているもの、自らの描いている人物が「亡霊」であると、その「新しさ」に追跡されつづけている心の底では感じながら、「亡霊」を描きつづけ、信じつづけねばならなかった。これは花袋以来、彼らの横面《よこつら》を張りつづけて来た西欧文芸の強烈な魅力と、自らの周囲の貧血した文学的現実との間に、我と我が身を引き裂かれた者の悲劇である。こうして書かれていないのは日本の現実のみであり、更に、明治以後の近代日本文学は、熱心に輸入された十九世紀以来の西欧文学に対する一種の「脚註」であるかのような観を呈するにいたる。ブリリアントな「脚註」は次々と書かれるが、日本文学の「本文」はいまだに数行しか書かれていない。ぼくらが通常傑作と称するのは、これらブリリアントな「脚註」のことであるが、これで満足しているのは半ば専門的な極く少数の文学鑑賞家だけで、一般の読者は空虚な心情をどうすることも出来ずにいる。一方、西欧的な美意識で培われた文学鑑賞家達の審美感は、てっとり早い「脚註」の出現を要求せざるを得ない。

このような悪循環は、ぼくらが如何《いか》にして新しい小説を書くことが出来るか、などという強迫観念にとりつかれているかぎり絶ち切ることが出来ないので、我が国の不毛な文学風土の上に開花した文壇なるものの隆盛は、かようなめまぐるしい悪循環を示しているものにすぎない。

文学青年という人種が軽蔑《けいべつ》されるのも、結局は、現実にありもしない亡霊を信仰しているからであって、健康な生活人の感覚が自然にそのようなからくりに反撥《はんぱつ》を覚えるのである。彼らが文学に求めるものがあれば、それは積極的には生活の知恵であり消極的には娯楽であろう。我が国では、前者を満足させるのは翻訳という形での外国文学であり、後者を満足させているのが、所謂大衆文芸である。文学に利害関係のない健康な人間は、架空な「美」などには驚かされないので、どうせ架空なら、外国では少くとも本当であったものの方が気が利《き》いているのは当然である。

しかし、このような病的な現象に気づいていた作家がいなかったわけではない。先程の比喩《ひゆ》をかりれば、近代日本文学の「本文」の数行は、かかる作家達によって書かれてきたのであって、彼らの共通な性格は彼らが一様に鋭敏な文明批評家であったという所にある。二葉亭にはじまり、鷗外、漱石、更には荷風といったような作家は、その青春に於て、我が国の文学風土の貧しさ、ことに近代の支配的文学形式である小説を構成するに足る現実の乏しさを、痛切に感じさせられた人々であった。しかも、彼らは舶来の影の薄い懐疑に歓喜するためには、それらの懐疑の祖国を知りすぎていた。つまり、彼らはヨーロッパの風土で成育した「懐疑苦悶」の本来の重量を自らの掌の上に感じすぎていたのである。

こうして、これらの人々は、作家であるより先に、何らかの意味に於て、文明批評家にならざるを得ない。このように、文学にたずさわるために、文学以前の問題を無視し去ることの出来ないのは、我が国の特異現象である。日本に近代市民社会などというものはなく、したがってこのような場所には、近代意識を持った芸術家などという種類の人間は、ほとんど棲息《せいそく》不可能であるということを、ぼくらは物の見事に失念している。芸術の価値が、時間や場所を超えて人を感動させるものであるにせよ、それを創造する人間は、先《ま》ず、自らの時代と民族の宿命を充分に生きていることが必要なので、近代的な芸術などという奇妙な言葉は、この間の事情をからくもいいあらわしたものなのであろう。近代的な意匠と前近代的な周囲の現実との間に生ずる炎症は、ぼくらの日常生活のあらゆる場面にひろがって、皮膚を焼こうとしているが、多くの「芸術」の信者にとっては、このコッケイなずれは自覚されていないかのように見えるので、彼らの身体は近代以前の泥沼を泳ぎながら頭は極めて抽象的な「芸術」の幻影を追っている。ともあれ「美」とか「芸術」とかいうものから、こうも簡単に血の匂《にお》いが洗い落せるものだという根強い信仰が、一つの社会通念になるほど、近代の日本も化け上手になったのである。

右にあげた数人の作家は、日本の風土と所謂《いわゆる》「文明開化」との間にかもし出される不協和音の世界に、唯一《ゆいいつ》の書かれ得べき現実を見ていた。彼らの視点が、これら二つの要素を同時に見渡せるものであった以上、その位置が傍観者的であり、非文壇的であり、反流派的であるかのような観を呈したのは当然のことである。そして彼らは、この孤独な視点を近代ヨーロッパ文化の、独自な、ほとんど肉体的な理解で支えていた。先に述べた炎症現象が、恐らく唯一の書くに足る日本の現実であることを知るためには、このような理解がどうしても要求されるので、ここでぼくらは、最も辛辣《しんらつ》な文明批評家達が多く当時のハイカラ連中であった、という歴史のアイロニイをふたたび味わうわけである。

しかし、彼らを軽薄なハイカラ連中から距《へだ》てているのは、これらの作家達が自らの鋭敏な感受性を西欧の風土に激突させて深刻な傷をうけていたという事実である。この激突は、二葉亭の場合は、ロシア語によるロシア小説の耽読《たんどく》の間に、鷗外、漱石、荷風などに於てはそれぞれの外国留学中に行われたと見るべきで、私見によれば、彼らのうちで最も致命的な傷手をうけたのは、夏目漱石であった。この意味で、漱石のロンドン留学は、極めて重要な意味を持っている。それは、いわば一種の生体実験であって、あらゆる幻影をはぎとられた日本人が、裸のまま、英国社会とぶつかり得た点で、極めて有益な結果をもたらしたものであった。ドイツに留学して、ドイツ人になり切ることの出来た社交家鷗外にも、フランスに魂の故郷を見出《みいだ》した荷風にも、このような結果を求めることは不可能である。漱石は恐ろしく不器用な人間であって、外遊して擬似西洋人になったようなそらぞらしい演技の出来ない人間であった。この種の人間が神経衰弱になるのは当然といえば当然だが、又一方、ぼくらの周囲にはこういった不器用な人間が極めて乏しいのである。ロンドン時代の漱石の内部では、後年の作家によって書かれるべき問題が最も赤裸々な形で相剋《そうこく》を演じているし、あの神経病の背後にはいたいたしい涸《こ》渇《かつ》した苦悩がかくされている。これをフロイディズム的解釈や、彼が苦しんでいた極度の貧困のせいにすることはやさしい。しかしそれは、結局、漱石の複雑な内面の葛藤《かっとう》を一つの規準で整理しようとする試みにすぎないので、重要なことは、そのような原因によって彼の精神を襲った暴風の性質を見極めることである。生理的な、又は物質的な要因が人間の精神にあたえる影響は少くない。しかしそれらの影響によって始動したとしても、精神はやはり独自の軌跡を描くということを忘れるわけには行かない。漱石の苦悩は、「文明開化」の時代に外来思想に陶酔し得ず、自らの両の眼で、自らの周囲の現実を見つめ通さずにはいられなかった人間の、孤立無援な苦悩であって、近代日本文化についての一切の妄想《もうそう》や自己満足を排除した時、このような苦悩は、ぼくらのものともなるのである。不愉快な真実を心ならずも回避していた作家達の「殖民地文学」と、漱石の達成しようとしていた仕事との根本的な性格の相違は、そのまま、例えば「破戒」の主人公と、「それから」の主人公との本質の相違にほかならない。前者は藤村の観念の中で周到に夢見られた亡霊にすぎないが、日本の知識階級は、芥川のいうようにいまだにどこかしら代助に似ているので、このような人間が描かれぬ限り、ぼくらは手ばなしで日本文学を信用することは出来ないのである。

　ここにいたって、ぼくらの好奇心は、漱石の透徹した視点を支えている彼の内面の劇に向けられなければならない。「破戒」や「蒲団」の作者達の劇が悲痛な喜劇であったのに対して、これは、極めて残酷な悲劇の相貌を呈している。

第三章　「無」と「夢」——漱石の低音部

《The sea is lazily calm and I am dull to the core, lying in my long chair on deck. The leaden sky overhead seems as devoid of life as the dark expanse of waters around, blending their dullness together beyond the distant horizon as if in sympathetic stolidity. While I gaze at them, I gradually lose myself in the lifeless tranquillity which surrounds me and seem to grow out of myself on the wings of contemplation to be conveyed to a realm of *vision* which is neither aethereal nor earthly, with no houses, trees, birds and human beings. Neither heaven nor hell, nor that intermediate stage of human existence which is called by the name of *this* world, but of vacancy, of nothingness where infinity and eternity seem to swallow one in the oneness of existence, and defies in its vastness any attempts of description.》

明治三十三年十月初旬のものとされるこの断片は、漱石の英国留学の途上、プロイセン号の船中で書かれた。先程漱石の低音部といったのは、このような世界を指すものであって、ここに描かれた心象風景が、晩年の漢詩の、「仰臥人如唖。黙然見大空。大空雲不動。終日杳相同」といい、「碧水碧山何有我。蓋天蓋地是無心」といった趣向と不思議に似かよっているのは注目すべき事実である。デッキチェアに横たわって、印度洋の水を眺めていたこの時の漱石の心は、恐らく二カ年の英国留学中最も平静であったに違いない。

こうした瞬間は、修善寺の大患をまつまでもなく、しばしば漱石に訪れていたものと思われる。彼自身の回想によれば、すでに少年時代に彼は「懸物の前に独り蹲踞《うづく》まって、黙然と時を過すのを楽《たのしみ》」としていた。「ある時は床の間の前で、ある時は蔵の中で、又ある時は虫干の折に」、南画などに見入っている子供の姿は異常であって、ぼくらは幼い南画鑑賞家の孤独な姿の裏に、彼をいためつけつづけた不幸な家庭生活を想像せずにはいられない。懸けられた画幅は、少年金之助にとっては、もう一つの世界へ向って開かれた窓であった。この世界への憧憬《どうけい》が、やや成長した彼に次のようにいわせるのである。

《或時、青くて丸い山を向ふに控えた、又的皪《てきれき》と春に照る梅を庭に植へた、又柴門《さいもん》の真前《まんまへ》を流れる小河を、垣に沿ふて緩《ゆる》く繞《めぐ》らした、家を見て――無論画絹《ゑぎぬ》の上に――何《ど》うか生涯に一遍で好いから斯《こ》んな所に住んで見たいと、傍《そば》にゐる友人に語つた。友人は余の真面目な顔をしげ〳〵眺めて、君こんな所に住むと、どの位不便なものだか知つてゐるかと左《さ》も気の毒さうに云つた。此友人は岩手《いはて》のものであつた。余は成程と始めて自分の迂濶《うくわつ》を愧《は》づると共に、余の風流心に泥を塗つた友人の実際的なのを悪《にく》んだ》（「思ひ出す事など」二十四）

漱石の内部にあって、この低音部は、多くの場合、漢詩とか、南画とかいった東洋趣味の表徴を持っていたが、この章のはじめに引用した断片が英語で書かれているのは興味深い。彼は極く内密な告白を、最も熟達していたこの外国語で書き記しておく傾向を有していたのである。ロンドンから帰朝して以来、彼が書いたいくつかの英詩はそのような性質のものであって、その代表的なものは次に掲げる抒情《じよじよう》詩である。

I looked at her as she looked at me:
We looked and stood a moment,
Between Life and Dream.

We never met since:
Yet oft I stand
In the primrose path
Where Life meets Dream.

Oh that Life could
Melt into Dream,
Instead of Dream
Is constantly
Chased away by Life!

この女は、初期の作品「薤露《かいろ》行《こう》」のエレーン、「幻影の盾」のクララの原型であり、「三四郎」の広田先生がたった一度逢《あ》った女の原型でもある。吉田六郎氏の「作家以前の漱石」によれば、この女は漱石の魂の故郷であることになっているが、ぼくらの注意したいのは、この女のいる場所のことである。

漱石の心象の中で、先程引用した断片の風景は、英詩に表現され、英国の中世を舞台として書かれたロマンティックな作品に描かれた世界と、南画や漢詩の世界との蝶番《ちょうつがい》の役目を果していると思われる。女は、恐らくこの蝶番の上に立ち、そしてあの空漠とした「無」の世界に呑《の》み込まれて行ったのだ。詩の中で彼が primrose path に立った、といっているのも意味のある象徴であり、この女の心象が、彼の愛した南画的風景と近しいことを示している。こうして、彼の Dream の世界は、「永遠の女性」の存在をその奥底に暗示することによって、漱石の心のかくれ家となる。《Oh that Life could/Melt into Dream》という憧憬を、ぼくらは彼の生涯を通じての低音部に聴く想《おも》いがするのだ。

管絃楽の低音部がセロとコントラバスによって奏《かな》でられるように、漱石の低音部にも二種類の楽器の音色が聴かれるのであって、その最低音は、東洋趣味的な表徴を持つ世界によって奏でられている。この世界は、いわば「則天去私」以前の「則天去私」的風土なので、あの英文の断片にあった「無」の象徴であり、漱石の文人趣味の故郷である。セロのパートを受持つのは、英詩にはじまり、「薤露行」、「幻影の盾」、「倫敦塔《ロンドンとう》」といった系列を形成する中世風のロマンティックな作品となって結晶し、更に「夢十夜」にいたる世界である。しかも、この「夢」の世界は、あの最低音の世界を識《し》っていた人間が、その追憶の故《ゆえ》に傷つき、崩壊する、といった反復するライトモチーフをひそかに有していて、更にある種の沈痛な「刑罰の意識」で黒く縁どられている。その不吉な美しさは、隠微な被追跡者の不安によってかすかに揺り動かされているのである。

彼が職業作家となってから書きつづけた長篇小説の世界は、これら二つの楽器によって奏される低音部の世界と、極めて崩れやすい平衡をなしている。芥川龍之介が「或阿呆の一生」の中で次のように書いた時、彼はこのような漱石の精神構造を洞察していたのではなかったか。

《彼は大きい槲《かし》の木の下に先生の本を読んでゐた。槲の木は秋の日の光の中に一枚の葉さへ動さなかつた。どこか遠い空中に硝子《ガラス》の皿を垂れた秤《はかり》が一つ、丁度平衡を保つてゐる。——彼は先生の本を読みながら、かう云ふ光景を感じてゐた。……》

漱石が長生きして、自ら全集を編んだとすれば、彼は、前に引用した《Oh that Life could/Melt into Dream/Instead of Dream/Is constantly/Chased away by Life!》という詩句を、その巻頭に掲げたかも知れぬ。この四行詩は、いみじくも作家の精神の生涯の存在形態を表わしているものと思われるのだ。

通常、極めて倫理的な主題を有し、いかに生きるか、という人間的な問題を追求したものとされている漱石の長篇小説の世界にも、この低音部の反響はあるので、これは

「猫」以来一貫して彼の作品を彩《いろど》る、反人間的な姿勢となって表われている。妥協を許さぬ高い倫理感なるものは、実は人間嫌いの、《chase away》して来る人生に対する復讐《ふくしゅう》に他ならない。プロイセン号船上で書かれた断片が示すように、漱石の最低音部の世界は人間の存在しない極地であって、時として僅《わず》かに彼自身と、その「永遠の女性」の影が長く投じられているにすぎない。彼の心のかくれ家とは、実にこのような風土だったのである。

ロンドン留学は、この閑寂且《か》つ内密な風土を彼の心から奪い取った。すでにプロイセン号船上の人となった時から、彼は一個の déraciné だったので、彼の焦躁《しょうそう》は、《唐人と洋食と西洋の風呂と西洋の便所にて窮窟千万一向面白からず、早く茶漬と蕎麦《そば》が食度候《たく》》（明治三十三年九月十九日、香港《ホンコン》発高浜虚子宛《あて》）などという書簡にも表われている。これに類した愚痴を、ぼくらは当時の漱石の手紙のいたる所に見ることが出来るが、丁度一年後に寺田寅彦にあたえた書簡の、《僕の趣味は頗《すこぶ》る東洋的発句的だから倫敦抔《など》にはむかない支那へでも洋行してフカの鰭《ひれ》か何かをどうも乙だ抔と言ひながら賞翫《しやうぐわん》して見度《みた》い》という、甘ったれた、洒落《しやれ》のめした語調の中には、逃避の場所を求めて怒号している彼の焦慮が一層ありありと感じられる。

このような希求は単純な郷愁に似ていて、しかも、それとはいささか異質なものであることはいうまでもない。郷愁は現実に存在する場所への憧憬であって、生理的には習熟した生活様式への反復作用であるが、漱石の憧《あこが》れる場所は地図の上には見出《みいだ》せない。英国人故国日本は、彼の欲する土地への媒体にすぎないので、土地そのものではない。英国人との交際を極力避けて、シェイクスピア学者クレイグの個人教授をうける以外には、大学にも図書館にも通おうとしなかった彼は、日本人との交際も好んでいなかった。英人とつきあわなかったのは英会話が不得意だったせいもあるが、日本人を遠ざけたのはどういうわけか。このために彼は在留邦人の間に発狂したという風説を立てられることにすらなるのである。彼の郷愁が、フカの鰭が喰いたくて、西洋便所が気に入らぬだけのものであったなら、漱石はこれら日本人ともっと積極的に交際するはずであったし、その気にさえなれば、旅行者などというものは、相手かまわず結構うちとけあうこともあるのだ。漱石がそうしなかったのは、「地獄」を買ったりしてふんだんに旅費をつかいまくる同国人への倫理的反撥《はんぱつ》以上に、彼の求めるものが自らの孤独な内部風土に関するもので、ありきたりの日本趣味とは質の異なるものであったことを意味する。異郷で日章旗を見て感激の涙を流す、といった態のものではない。

このような彼が、胸襟《きょうきん》を開いて語り合った唯一《ゆいいつ》の日本人は、同じく留学生としてしばらく下宿を伴にしていた化学者池田菊苗《きくなえ》である。この二カ月間は、漱石のロンドン生活のうちで一番愉快そうに見うけられる時期であり、彼は池田の中に、自らの見失った低音部との和絃《わげん》が存在するのを知って狂喜しているかのように見える。当時の日記に、《池田氏ト英文学ノ話ヲナス同氏ハ頗ル多読ノ人ナリ》《池田氏と世界観ノ話、禅学ノ話抔ス氏ヨリ哲学上ノ話ヲ聞ク》《夜池田氏ト教育上ノ談話ヲナス又支那文学ニ就テ話ス》《夜池田ト話ス理想美人ノ description アリ両人共頗ル精《くは》シキ説明ヲナシテ両人現在ノ妻ト此理想美人ヲ比較スルニ殆《ほと》ド比較スベカラザル程遠カレリ大笑ナリ》

などとあるのは、ぼくらの臆断《おくだん》を裏附けるものである。池田が去った後、漱石はふたたびもとの孤独の中に取り残されるが、同時に彼は、このめぐりあいによって、失いかけていた自らの内部風土を漠然と再認識することになる。彼に示されたのは、彼を拘束する内部風土の限界であり、そのような傾斜を持って生れた人間には、どうしても西欧文化の完全な理解などは出来ないという冷厳な事実であった。世上有名な、この時期に於ける「自己本位」の確立ということは、実はこうした漱石の野心――かつて、「洋学の隊長にならう」といった――の挫折《ざせつ》をあらわした逆説的な言葉にすぎない。この言葉は、漱石自身の信じているよりはるかに消極的な意味しか有しないので、当時の作家の精神状態や仕事ぶりをつぶさに見れば、《私は此《この》自己本位といふ言葉を自分の手に握ってから大変強くなりました》(「私の個人主義」)

という後半の強い語調をそのまま額面通りに受取ることは出来ない。ここには英米に対する恐怖を八紘一宇《はっこういちう》という奇妙な言葉にすりかえた、かつてのぼくらを思わせる自暴自棄的なものがあるし、それにもまして漱石自身のいかにも焦立《いらだ》たしげな自己弁護の口調が感じられるのである。

ロンドン時代の漱石の精神状態は、むしろ水から上った河童《かっぱ》、あるいは独房中の囚人のそれに類したものである。逃避すべきかくれ家を奪われ、しかも現実逃避の熾烈《しれつ》な欲求を禁じ得ない彼の前には、あらゆる意匠をはぎとられた観念が乱舞している。これらの観念を、彼は頭脳の中でよりも、自らの肌の上にありありと感じていた。しかもこの鋭敏な感受性は、留学費の欠乏や、彼の寂寥《せきりょう》に対する妻鏡子の無関心によって、一層深く傷つかねばならないはめにおちいることとなる。

ロンドンでの漱石は、鏡子によって孤独を回避し、妻からの来信に他には求められぬ安息を求めようとしていたように思われる。明治三十三年九月以降、しきりに鏡子に書き送った手紙はこの証拠となるもので、翌三十四年二月二十三日、高浜虚子宛の端書には、「吾妹子《わぎもこ》を夢みる春の夜となりぬ」という句が見うけられる。この点では、彼も又妻君の中に理想の女性──恐らくは先に引用した英詩の中の女──の幻影を追おうとした不幸な男の一例にすぎない。鏡子はしばしばの夫からの懇望にもかかわらず、ろくろく便りをしなかった。これには岳父中根重一の失脚その他のことがあって、鏡子の怠慢を一概に責めることは出来ないが、森田草平氏が漱石の要求していたのは鏡子の側に於ける「濃厚」な愛情の表現だとしているのは俗見もはなはだしいので、仮りに漱石の夫人が鏡子以外の女であった所で、結末は似たりよったりであったに違いない。彼は鏡子から鏡子以上のものを求めていた。こうした夢想と、現実の鏡子の性格との齟齬《そご》が、以後の彼らの夫婦関係を規定しているのである。彼の長篇小説の中で常に問題にされる結婚生活のさまざまの危機の例は、この不幸な関係の変奏なのだ。漱石の心の奥底にあったのが、「銀杏《いちやう》返しにたけながをかけた」、眼医者で逢った所謂《いわゆる》初恋の女であったか、あるいは小泉信三氏が「臆説」として指摘する嫂《あによめ》への追憶であったのか、更には幼少にして死別した母親に対する慕情であったかは、今論ずる余裕がないが、彼は一生この幻影にとらえられつづけるのである。

ロンドンから帰った漱石は、妻子の面前で、自ら書きのこして行った、「秋風の一人をふくや海の上」というやや感傷的な句の短冊を、ものもいわずに引き破った。すでに、鏡子が自らの低音部を共有しない、別世界の女であることを痛切に識っていた彼は、この句にうたわれた自らの感傷的姿勢を見るに耐えなかったのである。ぼくらはこの幻滅――恐らくは彼の生涯での最大の幻滅を噛《か》みしめていた、ロンドンの客舎の彼に帰らなければならない。惟《おも》うに、このような幻滅を基点として、彼の文学に対する疑惑はますます深いものとなるからである。

第四章　神経衰弱と「文学論」

英国留学の直接の所産である「文学論」の、最も重要な部分は私見によればその序文であるが、その中で漱石は次のようにいっている。

《余は少時好んで漢籍を学びたり。之《これ》を学ぶ事短かきにも関《かかは》らず、文学は斯《か》くの如《ごと》き者なりとの定義を漠然と冥々裏《めいめいり》に左国史漢より得たり。ひそかに思ふに英文学も亦《また》かくの如きものなるべし、斯の如きものならば生涯を挙げて之を学ぶも、あながちに悔ゆることなかるべしと。……春秋は十を連ねて吾前にあり。学ぶに余暇なしとは云はず。学んで徹せざるを恨みとするのみ。卒業せる余の脳裏には何となく英文学に欺《あざむ》かれたるが如き不安の念あり。……翻《ひるがへ》つて思ふに余は漢籍に於て左程根底ある学力あるにあらず、然も余は充分之を味ひ得るものと自信す。余が英語に於ける知識は無論深しと云ふ可《べ》からざるも、漢籍に於けるそれに劣れりとは思はず。学力は同程度として好悪《かうを》のかく迄《まで》に岐《わ》かるゝは両者の性質のそれ程に異なるが為《た》めならずんばあらず、換言すれば漢学に所謂文学と英語に所謂文学とは到底同定義の下に一括し得べからざる異種類のものたらざる可からず》

この率直な告白の意味するものははなはだ大きい。ここで図式化を敢《あ》えてすれば、漱石に於ける漢文学とは、彼の低音部、dream の世界に属するものであり、英文学とは彼を追跡する life の世界のものであった。吉田健一氏は「東西文学論」の中で、英国の文学と漢文学とでは文学が別物だなどという馬鹿な話があるわけがない。漱石は実は英文学も支那文学も同じように意味本位の雑な読み方をしていたのだ。という意味のことをいっているが、これは氏が序文を雑に読んでいる証拠であって、ここで漱石は漢文学と英文学との本質の比較論などをしているのではなく、どっちが肌にあうかということをのべているにすぎない。いわば、作家の内部風土の表徴としての適否を告白しているのである。

漢籍に没頭した彼は、とりもなおさず南画に見入っている彼であって、漢文学の風土とは孤独な彼を周囲の現実から逃避させる場所であった。文学がこのようなものなら生涯を捧《ささ》げても悔いないと思うのも当然である。しかし、彼はここで重大な錯誤をおかした。それは「文学」という字の両義性を無視したことで、当時の彼は「文学」と literature が必ずしも同一でないことに気づいていなかったのである。ところが、一旦英文学を勉強しはじめると、彼は「漢学に所謂文学」とは全く異質な味覚を感じざるを得なかったので、このような彼が「英文学に欺かれたるが如き不安の念」に追い立てられたのは当然といわねばならぬ。自らを圧迫する現実の生活から逃れて、自己の孤独な世界、「青くて丸い山を向ふに控えた、又的皪《てきれき》と春に照る梅を庭に植へた」静寂な世界に没入しようとした彼を、英文学は逆に人事百般の俗世に引き戻そうとする。しかもそれは彼の選んだ一生の仕事であり、彼の野心はこの分野での赫々《かっかく》たる成功を命ずる。こうして、彼の英文学、ひいては文学一般に対する疑惑とは、自らの心の傾斜とは反対の方向に絶えず引かれていなければならぬ性急な野心家の不安に基因したものに他ならなかったのである。

しかしこの疑惑こそは、文学史上誠に珍重さるべき疑惑であった。このような文学に対する反省は、彼以前には勿論《もちろん》、彼以後にもかつて一度もなされたことがなかったのを想起しなければならない。日常生活の間にあっては、拡散していて、さしたる現実感を持たぬ観念が、幽閉された人間の前では四囲の壁の圧力で白熱し、その心を焼きつくすように、ロンドンの客舎で、彼の疑惑は殆ど漱石をとり殺しそうにまでなる。文明開化にうかされた日本の現実の中では漠然とした危惧《きぐ》であったものが、ロンドンの都会生活の現実を背景にして生死の問題に成長する次第をぼくらは見るわけであるが、このように観念を相手どって死闘を演じた人間の例は、ぼくらの周囲にそう多くはないのである。かくれ家はすでに奪い去られていて、彼はこの濃密な現実から逃避する術を持たない。憑《つ》かれたように英文学の研究書などを読み漁《あさ》っている漱石の姿は、やぶれかぶれに周囲の状況に直面しようとしている傷ついた虎の姿である。彼の肌は黄色く、ふところに金はなく、道で行き逢う女達は彼を指して least poor Chinese だという。彼は日記に書きつける。

《西洋人ハ執濃《しつこ》イ〻《こと》ガスキダ華麗ナ〻ガスキダ芝居ヲ観テモ分ル食物ヲ見テモ分ル建築及飾粧ヲ見テモ分ル夫婦間ノ接吻や抱キ合フノヲ見テモ分ル、是《これ》ガ皆文学ニ返照シテ居ル故ニ洒落《しゃらく》超脱ノ趣ニ乏シイ出頭天外シ観ヨト云フ様ナ様ニ乏シイ又笑而不答心自閑ト云フ趣ニ乏シイ》（明治三十四年三月十二日）

漱石が最初に下宿した家は、陰惨な不幸を秘めた不気味な家である。後年彼が「永日小品」の中に描いたように、彼の最も嫌悪する「執濃イ」現実はその身辺にまで押寄せようとする。このような状態は、まさに「あざやかに暗い地獄」であって、あらゆる退路を断たれた彼は、否応《いやおう》なしにこの「地獄」に向いあっていなければならぬ。彼の神経衰弱は、異常な感受性に恵まれた人間が、裸にされた「生」に触れた時におこる痙攣《けいれん》のようなもので、これは一生涯癒《いや》されることがない。おおむね、彼のような人間の眼に映ずる「生」などというものは、無細工な、陰惨なものであるが、漱石の場合、この痙攣は英国及び英国人への無差別な敵意や、同国人への痛烈な批判となって表面にあらわれている。日記や手紙に散見される優れた文明批判的スケッチは、彼の眼に映じた、耐え難い裸の人生の様相に対する反撥の所産なのだ。しかしこれを凝視していた彼の異様に鋭敏な眼は、「深刻」な人生の発見に狂喜した所謂自然主義作家達の眼とは全く別種類のものであった。つまり、彼らは西欧作家達の眼で見た現実を演じていたが、漱石は自らの狂わんばかりに緊張した意志の力で見ていたのである。

花袋が「蒲団」の告白をした時、彼は「文学的真実」のために自らの内奥《ないおう》を傷つけることなく醜態を曝《さら》すことが出来た。漱石には最初からこのようなミューズはいない。彼に告白が出来なかったのは、そのような行為が自らの心臓をえぐり取るほどのものであることを知っていたからで、「道草」を書いた時でさえ、彼は慎重に二重構造の告白を行っているのである。病人の肉体は病んでいるが、だからといって、その精神までが同様に腐蝕《ふしょく》しているとはかぎらない。かえって健康な人間の見落しているものを、病人の眼はとらえることが出来るので、人はこの視線を病的と呼ぶのである。当時の漱石の神経衰弱の性質を理解するためには、右のようなことを知る必要がある。病人の孤独とは、自分の見ているものの醜怪な形を他人に知ってもらえぬ者の焦躁――夜の魔におびえた子供が大人の無感動に対して感じる不信に似ている。この孤独が漱石の内部に醱酵《はっこう》させた毒のうち、ことにぼくらの注意をひくのは、文学に対する猛烈な敵愾心《てきがいしん》である。

《近頃は英学者なんてものになるのは馬鹿らしい様な感じがする何か人の為や国の為に出来そうなものだとボンヤリ考ヘテ居るコンナ人間は外ニ沢山アルダラウ……》（明治三十四年六月十九日、藤代禎輔宛）

《学問をやるならコスモポリタンのものに限り候英文学なんかは椽《えん》の下の力持日本へ帰

って も英吉利《イギリス》に居ってもあたまの上がる瀬は無之《これなく》候小生の様な一寸《ちょっと》生意気になりたがるものゝ見せしめにはよき修業に候……僕も何か科学がやり度《たく》なった》（同年九月十二日、寺田寅彦宛）

《近頃は文学書は嫌になり候科学上の書物を読み居候当地にて材料を集め帰朝後一巻の著書を致す積りなれどおれの事だからあてにはならない》（同年九月二十二日、夏目鏡子宛）

《小生不相変碌々《ろくろく》別段国家の為にこれと申す御奉公を出来かねる様で実に申訳がない》（同年十一月二十日、寺田寅彦宛）

右のような言葉には、「文学は男子一生の業にあらず」とか何とかいう二葉亭四迷の有名な警句を思わせる激越な調子があるが、これは、彼の疑惑と現実の英文学研究との間の断層がますます耐え難くなり、孤独な読書三昧《ざんまい》の生活が漱石を不幸にしている事実を示すものに他ならない。英学なんぞをやっていてもろくな御奉公は出来ない、といっているのは、彼の文学不信が極点に達し、「私は此世に生れた以上、何かしなければならん、と云って何をしていいのか見当がつかない」（「私の個人主義」）といった焦躁《しょうそう》に応《こた》えるものを彼がそこに見出《みいだ》せなくなっていることを意味する。「何かしなければならん」といった時、漱石の心にあったものは、恐らく社会的な光栄をもたらすような仕事であって、社会的に影響力を持たぬ仕事に、彼は最初から何の魅力も感じていなかったのである。この種の野心が外国の現実に触れ、ふり返って「文明開化」の日本を見た時、文学研究などが微々たる些事《さじ》に思われて来るのは自然であり、「人の為、国の為」になる直接的効用を有する仕事をしなければならぬ、という切迫した使命感にかられるのも不思議ではない。すでに漱石は文学などを信用してはいないが、彼はその上信用していない文学の正体を極めようとするので、このように執拗《しつよう》に作用する好奇心は、漱石という人間に極めて特徴的な性格である。病理学者や細菌学者が、正体の判《わか》らぬ病原体に対して、ほとんど愛情に近い執着を以て接するように、漱石は信用し得ぬ文学を、綿密な「社会的、心理的」方法によって搦《から》め取ろうとするのである。「文学論」を書いていた漱石には、自らの復讐《ふくしゅう》の対象である文学の触感を楽しんでいるような、奇妙に倒錯した姿勢がある。

以上の指摘から明らかなように、「文学論」の著述を企てていた漱石は、通常誤解されているような文学研究者ではなかった。彼はむしろ社会科学者のように文学を見ているので、「文学論」の著者である彼にとっては、文学は他の社会現象と同じ次元に置かれた、一つの社会現象以上のものではなかったのである。こうした方法によって、彼が文学の本質までも究め得ると信じていたとすれば、それはとんでもない妄想《もうそう》にすぎない。彼の意図が実現させるものは、文学の輪郭の決定にとどまるのであって、それなら何故《なぜ》Aの作品がぼくらを魅了し、Bの作品がそうでないのか、というような問に答えるものを右の方法から抽出するのは不可能だからである。この点に関する限り、吉田健一氏の次の見解は極めて当を得ている。

《文学作品が如何《いか》にして我々を動かすかを科学的に説明しようとする場合に厄介なのは、我々が一つの文学作品に先《ま》ず動かされるのでなければ、我々がその作品から受ける作用が理解出来ないばかりでなくて、その文学作品は存在しないも同様であるといふことで、科学で扱ふ物質と同じ意味で客観的に存在する文学作品などといふものはもともとないのである》(「東西文学論」)

しかし、ついでながらつけ加えると、右に引用したものは別として吉田氏の漱石の留学生活に関する見解には承服し難いものが多い。氏によれば、漱石が英国に行って英国の生活を知ろうと努力もせず、大学や図書館に出入りもせず、英語もろくろく知らずに「文学論」などという得体の知れぬものを書いていたのは愚の骨頂で、漱石は英文学を理解もせず、文学の何たるかも知らなかった、ということになる。これは上《うわ》っ面《つら》だけを撫《な》でて通った浅薄な偏見であり、ぼくらはそのような一見不経済で間抜な留学生生活を送らざるを得なかった漱石の内面の劇の性質をこそ、知りたく思うのである。漱石が英国人の読むように英文学を読んでいなかったから英文学のイロハも知らなかったというような非難に対しては、「批評を差し控えるのを礼節と心得る他ないのである」。英国留学が漱石の一生に如何に大きな影響を及ぼしたか、ということを吉田氏は全く見過している。彼が作家になったのは、英国に行ったからだとまでいってもよいので、英国に留学しなかった漱石などというものは、偏屈な学校教師で一生を終えたかも知れないのだ。一歩を譲れば、吉田氏の誤解の如きは、畢竟《ひっきょう》、漱石の言葉の字面を真正直にとりあげてかかった所から生じている。であるから、ぼくらはあの有名な、《凡《およ》そ文学的内容の形式は（F＋f）なることを要す》という「文学論」巻頭の公式などにあまりかかずりあいすぎてはいけないので、この書物の興味は、議論自体の価値になどありはしない。むしろそれは顧て他を語るようなひそかな自己表白や、文学に対する倒錯した姿勢に、漱石の孤独な横顔がふと瞥見《べっけん》されるような所にかかっている。極言すれば、「文学論」は学問的衣裳《いしょう》をまとった自己説得の書であるかのような観を呈している。ここにあらわれた漱石の姿が、「自己本位」を発見して大悟徹底した偉人の姿だなどという通説は、およそ他愛のないものでしかない。彼の計画は間もなく挫《ざ》折《せつ》しなければならないし、揚めて取ろうとした英文学は逆に作家になった漱石に復讐する。その事実を、ぼくらは後年の彼の作品の中に、かなり明瞭《めいりょう》に見てとることが出来るのだ。

こうして、ロンドンの安下宿で漱石の心を把《とら》えた「文学論」完成の壮図は完全な失敗に終る。彼は文学の正体を見極めようとしてその第一歩から方法を誤り、社会科学者にも文学研究家にもなり切れずに、中途半端な議論を反復して神経衰弱を昂進《こうしん》させたのである。「文学論」は学術研究書でもなければ、文芸評論のジャンルにも属さない世にも奇怪な畸形児《きけいじ》でしかない。それなら、この書物にぼくらは何を見るべきなのか？ あるいは、この不名誉な労作は、漱石の全集から削除されるべき性質の書物なのか？

このように考える時、ぼくらの耳には、執拗に反復される単調なモチーフが聴こえて来る。それは、漱石の内部で絶えず反芻《はんすう》されつづけていた深刻な文学への疑惑――更に深くは、人生自体への疑惑――の暗い諧音《かいおん》であり、その彼方《かなた》には、本章でぼくらのたどって来た、彼のロンドン生活のあらゆる忌《いま》わしい追憶が拡《ひろ》がっている。ぼくらは「文学論」を読みながら、実はその奥にこの雑然たる書物に収斂《しゅうれん》している漱石の心のパースペクティヴを見ているのだ。重要なのは彼の心を痛めていた文学とは何か、という疑惑の存在であって、「文学論」の価値はこの一点からのみ決定されるべき性質のものである。

これは、彼自らの熟知していたように、「頗《すこぶ》る大にして且《かつ》新らしき」疑問であった。同時に又これは、西欧文学の生ま生ましい感動に酔っていた当時の日本の文学者達が、誰一人として自らに問いかけようとしなかった疑問であった。彼らは、この狂人めいた文部省留学生にくらべてはるかに西欧文学の魅力に忠実だったので――即《すなわ》ち、日本の現実に盲目だったので、――それだからこそ、ドストエフスキイを読んで、小説が何であるかを教えられて「破戒」を書いたり、ズーデルマンの描いた劇中の人物になりすまして「蒲団」を書いたりすることが、さほどの抵抗もなく可能だったのである。わざわざロンドンくんだりまで出かけて行って、「ハイカラ」になり切ることも出来ずに帰って来た漱石には、こうした器用な変身は無縁のものであった。先程、無器用な人間の功徳《くどく》を説いたのはこの意味に於てである。こうなると、当時、「文学が判らぬ」ということのために、如何なる才能が必要とされたかがはっきりする。後に作家となった漱石の作品は、すべてこの天才的な疑惑に濾過《ろか》されているので、このために、彼の同時代者の一般的風潮、ひいては今日にいたるまでの日本の作家達の共通な病弊である所の、小説という形式（！）にこしらえ上げるために小説を書く、という逆立ち現象を危く免れているのである。

生来の厳格な構成家であった漱石は、その長篇小説の創作にあたって、メレディスなどの英国作家に学ぶ所が多かったが、この影響関係は、通常ぼくらが文学史上に見る本来の意味での影響関係であって、漱石のように外国作家の影響を受けることの出来た作家はきわめて稀《まれ》である。所謂《いわゆる》自然主義作家に於ける外国文学の影響なるものは、正しくは影響というより正宗白鳥氏のいうように「猿真似」に近いものであった。思えば、当時（明治三十年代）の日本ほど漱石の精神をおびやかしたような疑惑の必要とされた時代はない。ぼくらにしてみれば、このような時代に、文学とは何か？　などという問題をまともに考えていたのが二葉亭や漱石のような人達だけだったなどということは、むしろ腑《ふ》に落ちかねることである。「文明開化」の精神に及ぼした影響は、かくも不自然な現象を当然なことと信じさせるほど強烈なものだったので、日本の現実を把握《はあく》した最も近代的な文学が、これらの文学に不信を表明していた作家達によって書かれていた、ということの不幸な逆説めいた現象の奥にあるものを、ぼくらは今一度真剣に考えてみる必要があると思われる。

ぼくらの日常生活は様々の恐るべき錯覚の上に成立しているので、例えば literature が「文学」とイクォールであったり、novel と「小説」がイクォールであったりするのがこの例であるが、漱石のロンドン留学は、これらの言葉の間に横たわる断層に、彼の敏感な精神を投入することでもあった。日本の現実を把握するということは、ある意味では love と「恋愛」との相異に気づくことと同じである。夏目漱石のロンドン留学は、この点からしてもまことに文学史的意義を有するというべきである。

第五章　漱石の深淵《しんえん》

小説作家としての漱石を考える時、ぼくらは、彼にとって小説の創作がかならずしも唯一最大の関心事ではなかったことに注意する必要がある。芸術作品の創造とか、作品のまったき完成のためにのみ、自らの生活を捧《ささ》げつくすような作家がいるものだ。こうした作家に接する時、彼らが作家以外の職業についていたとしたら、どういうことになるのだろうか、などという疑問は浮ばないものである。芸術が彼らの生活を呑《の》みこんでいる。

ぼくらは、彼らの伝記を作品の片隅に書き加えられた註釈《ちゅうしゃく》のようにしか読まない。

漱石はそのような作家ではない。彼が自分を芸術家だと思っていたかどうかにもはなはだ疑問があるので、彼が大学の英文科にはいったのが一つの偶然であったように、彼に創作の筆を執らせたのも同様な偶然のなせるわざだといっても差支えがない。彼の前にはどのように生きたらよいか、という問題が絶えず掲げられている。そして、これは彼の眼には近代日本の病弊に対して如何《いか》なる解答を見出さねばならぬか、という焦躁《しょうそう》として映じている。そういう漱石にとって、あの厖大《ぼうだい》な著作が果してどれ程の意味を持っていたのであろうか。ぼくらは「高慢と偏見」や「マンスフィールド・パーク」を思い浮べることなしに、ジェイン・オーステンを考えることは出来ない。しかし、「猫」や「それから」や「明暗」は喪章をつけてうなだれた漱石の影にかくされていて、ぼくらは作品より、むしろ明治の時代を生きた代表的な日本の知識人としての彼自身に興味を感ずるのだ。漱石のような大作家をこのようにしか見ることの出来ないのは不幸なことである。しかし、ぼくらと芸術との関係はそれ程不幸なものなのだ。仮りに百年の後に漱石が残るとしても、彼は「草枕」や「坊っちゃん」の作家として残るのではさらにない。彼は、作家でもあった文明批評家として残るのであって、偽物でない文学を志す日本人はこのことを肝に銘じておかなければならない。

こうして、漱石が作家になったのが、ぼくらに幸運な偶然であったとしても、彼の創作の直接の契機となったのは明らかに例の神経衰弱である。「文学論」の序文で、《英国人は余を目して神経衰弱と云へり。ある日本人は書を本国に致して余を狂気なりと云へる由《よし》。賢明なる人々の言ふ所には偽りなかるべし。……帰朝後の余も依然として神経衰弱にして兼狂人のよしなり。親戚《しんせき》のものすら、之《これ》を是認するに似たり。親戚のものすら、之を是認する以上は本人たる余の弁解を費やす余地なきを知る。たゞ神経衰弱にして狂人なるが為め、「猫」を草し「漾虚集《やうきよ》」を出し、又「鶉籠《うづらかご》」を公《おほや》けにするを得たりと思へば、余は此《この》神経衰弱と狂気とに対して深く感謝の意を表するの至当なるを信ず。……余の神経衰弱と狂気とは命のあらん程永続すべし。永続する以上は幾多の「猫」と、幾多の「漾虚集」と、幾多の「鶉籠」を出版するの希望を有するが為めに、余は長《とこ》しへに此神経衰弱と狂気の余を見棄てざるを祈念す》

と彼がいっているのは、この事情の皮肉な告白である。彼の神経衰弱の原因をなしたロンドン留学の影響を考えれば、ロンドンが作家漱石の出現のために如何に大きな役割を果したかが明瞭になる。彼の作家的生涯はロンドンでの生活に大きく規定されているので、「神経衰弱と狂気」のつづく限り、名声赫々《かつかく》たる作家の背後には、パンを齧《かじ》りながら薄ら寒いロンドンの公園を歩き廻っていた黄色い顔の日本人留学生の姿がつきまとっているのだ。

漱石の初期の作品のうち、「吾輩は猫である」と、「漾虚集」の諸短篇の間にはある種の対立関係があり、「鶉籠」は「猫」と「漾虚集」の一部の作品のそれぞれのヴァリエイションであると思われるが、「猫」を「ホトトギス」に連載していた当時の漱石が、それと併行して「漾虚集」の諸作を書いていたという事実には、著しくぼくらの好奇心をそそるものがある。先程述べた彼の実生活とその低音部との相互作用がここには明瞭にうかがわれるので、「猫」の冷酷な諷刺《ふうし》の背後から浮び上って来る孤独な作者が、「漾虚集」のある作品の中ではその内面をたち割って、自らの内部に暗く澱《よど》んでいる深淵をさらけ出しているのである。ことにこの深淵は英国を舞台とした作品にあらわれている。「倫敦塔」といい、「幻影の盾」といい、「薤露行」といい、「カーライル博物館」といい、それらの作品に描かれた世界はいずれも夜の暗黒に満されている。どのような真昼の情景が描かれても、その読者にあたえる効果は名状し難く暗く不吉なものでしかない。過去の亡霊と好んで会話を交わしている漱石の周囲には屍臭《ししゆう》がただよっている。そして屍臭にひたされた夜の闇から、醜怪な生の要素のような、湿潤な牢獄《ろうごく》の壁に生ずる青く冷たいかびのような人物が浮び出ては消えて行く。英国史上の、あるいは伝説的な名前をあたえられているこれ等の人物は実は漱石の内部に潜んで、彼の生命と感受性をおびやかしている醜悪な生の元素に他ならない。「倫敦塔」の中で、「人の血、人の肉、人の罪が結晶して、馬、車、汽車の中に取り残されたるは倫敦塔である」と作者は書いているが、これは只の修辞ではないので、漱石はこれらのものを、自らの身体を蝕《むし》ばむ不吉な病菌の存在を感じるように感じていたのである。「倫敦塔」は、恐らく「琴のそら音《ね》」を除く短篇集におさめられた作品のすべてに不気味な投影をあたえているのだ。片岡良一氏によれば、このような色調を濃く現わしているのは「倫敦塔」や「カーライル博物館」のような作品で、「幻影の盾」や「薤露行」は「夢の世界を築こうとした、……明るくめでたいもの」だということになっているが、この見解はこれらの作品のプロットにとらわれすぎていて、いささか浅薄なきらいを免れない。「めでたい」どころか、「盾」や「薤露行」は、全く「倫敦塔」と同様の sinister な雰囲気《ふんいき》を持った作品なので、このことは作者の用いている修辞上の技法──殊《こと》に形容語の選択を見れば明瞭である。漱石はこれらの作品で同質の心象を展開している。その一様性に留意するなら、例えば「盾」の happy ending などにまどわされたり、「一心不乱と云ふ事を、目に見えぬ怪力をかり、縹緲《へうべう》たる背景の前に写し出さうと考へて、此趣向を得た」などという作者の言葉を重視するような混乱がおこるわけはない。

これらの作品で最も支配的な色彩は黒である。「黒い」、「闇」、「夜」、というような言葉を作者は好んで使用するが、その筆致には極めて偏執的なものがある。しかもこの黒に対照して、作者は白を作中のかなり重要なモチーフにあたえる。このようにして「漾虚集」のエキゾティックな諸短篇は、さながら銅版画のような沈んだ効果を読む者にあたえるのだが、漱石が単に美的効果のためにのみ、これらの黒く彩《いろど》られた影像を用いたとは思われない。

例を「倫敦塔」にとるなら、作者がロンドンの現実を離れて、「此門を過ぎんとするものは一切の望《のぞみ》を捨てよ」という塔の門を潜《くぐ》るや否《いな》や、すでに黒のモチーフが現われる。即ち、「左手に鐘塔」には「真鉄《まがね》の盾、黒鉄の甲《かぶと》が野を蔽《おほ》ふ秋の陽炎《かげろふ》の如く見え」るし、その鐘は「星黒き夜、壁上《へきじやう》を歩む哨兵《せうへい》の隙《すき》を見て、逃《のが》れ出づる囚人の、逆《さか》しまに落す松《たい》明《まつ》の影より闇に消ゆるとき」鳴らす鐘である。ここに用いられた、「星黒き夜」などという語法は決して慣用的な語法であるとは思われないので、漱石がある種の特別な愛着を「黒」に感じていなかったなら、書かれ得ぬはずの言葉である。同様に「塔」の歴史の影に出没する幻影の人物は好んで黒い衣をまとっている。「白き髯《ひげ》を胸迄垂れて寛《ゆる》やかに黒の法衣《ほふえ》を纏《まと》へる」のは「大僧正クランマー」であり、処刑されんとする二王子は「烏《からす》の翼《つばさ》を欺《あざむ》く程の黒き上衣《うはぎ》を着て居」て、その獄房の窓外には、「百里をつゝむ黒霧《こくむ》の奥にぼんやりと冬の日が写る」光景がある。そして彼らの顔色はあくまでも「白く」その寝台の蒲団は「雪の如く白い」。更に、二王子に逢《あ》いに来る、エドワード四世の王妃エリザベスは黒い喪服を着ているし、彼女は「黒き塔の影、堅き塔の壁、寒き塔の人」と云いながらさめざめと泣く。こうした黒衣の人の群像の最後には、「夜と霧との境に立つて朦朧《もうろう》とあたりを見廻す」黒装束の二人の刺客の姿がある。そして、やがてこれらの黒い群像は、「翼をすくめて黒い嘴《くちばし》をとがらせて人を見る」五羽の烏に変身し、その影像は時折、首斬《くび》り役人の斧《おの》の白い刃で中断され、子供を連れた女の頸筋《くびすじ》の白さと対比させられる。

このような色調は他の色彩をすべて呑みつくしてしまうので、例えば、大僧正につづいて描かれている、「青き頭巾《づきん》を眉深《まぶか》に被《かぶ》り空色の絹の下に鎖《くさ》り帷子《かたびら》をつけた」サー・トマス・ワイアットや、「黄金《こがね》作りの太刀」をはいたウォルター・ローレイの影像は不鮮明なものでしかない。唯一《ゆいいつ》の効果的な肉感を以て暗く浮き出しているのは点綴《てんてい》される「血」の紅である。暗い湿った背景からにじみ出る「血」の赤さに戦慄《せんりつ》している作者は決して単純な怪奇趣味に溺《おぼ》れているのではない。このようなマチエールによって、作者のひそかに描いているのは、実は「道草」に書かれたそれなどよりはるかに直接的な自己表白の世界なのだ。言葉に限定される以前のカオスのような漱石の内部が、「漾虚集」の諸作品にただよう不気味な雰囲気として描き出されている。「倫敦塔」、「カーライル博物館」などはいうまでもないが、「幻影の盾」、「薤露行」のような作品も、一つのプロットを持ち、モラルを持った短篇小説としてより、むしろ一種の印象的な詩的散文として理解されるのが至当である。最初に漱石の内部のカオスがあり、その混濁した雰囲気が、異った題材によって若干のヴァリエイションをあたえられながら、尚一つの共通な世界を表現している。このことは右に例示した「倫敦塔」を、「薤露行」や「幻影の盾」と比較すれば更に明瞭《めいりよう》だと思われる。

ここでも、「白夜の城」、「夜鳥の城」というような、対立した概括的なイメイジが設定され、出没する人物はこの二つの城の影を暗くうけているし、その中心にはゴルゴン・メデューサに似た「夜叉《やしゃ》」の顔を鋳出《いだ》した「幻影の盾」がある。そしてこの「夜叉」は「蛇の毛」を持っていて、「薤露行」のギニギアの「冠の底を二重にめぐる一疋《ぴき》の蛇」のモチーフと照応している。このように陰鬱《いんうつ》な主調を背後に控えているために、「盾」の happy ending の南国のイメイジは、さながらグレコの画にあらわれた、不吉な、輝く人物のような効果をあたえるにすぎない。物語は happy ending になるが、作者の内面の楽音は依然として減の和絃を奏しつづけているので、むしろ重要なのは、この楽音に耳を傾けることでなければならない。黒のモチーフは「薤露行」の中でも極めて印象的に用いられる。その典型的な例は、モードレッドによって己が不倫の罪を責められたギニギアが、倒れようとするくだりに見られるので、

《此時館《やかた》の中に「黒し、黒し」と叫ぶ声が石堞《せきてふ》に響を反して、窈然《えうぜん》と遠く鳴る木枯《こがらし》の如く伝はる。やがて河に臨む水門を、天にひゞけと、錆《さ》びたる鉄鎖《てつさ》に軋《きし》らせて開く音がする。室の中なる人々は顔と顔を見合はす。只事ではない》

というように唐突に用いられた黒の evocation は、その生ま生ましい肉感でぼくらを慄然とせしめるものを持っている。このような場所からはからずも漱石の黒い内部が噴出しているのだ。

更にこれらの作品をつなぐ糸として、エレーン、クララ、ジェイン・グレイといった女性の影像がある。これらの女性の形作るパースペクティヴの最も遠方には、先程引用した英詩の primrose path の女の姿があることは、いうまでもない。そしてこの女が消え去ったように、クララは幻影の中の影であり、ジェインやエレーンは死ぬ。彼女達の白い顔も又、グレコに描かれた天使のように、暗い背景から茫然《ぼうぜん》と浮び出た ephemeral な美しさをただよわせているが、その美しさを呑みこんで行くのは、墓の中のような黒い世界以外のものではない。

このような漱石の黒への偏執や湿潤な心象への趣味を翻訳する仕事は、精神分析学者に任せておけばよい。それがどのような性的な抑圧や隠微な衝動に起因するものであろうとも、ぼくらにとって重要なのは「猫」の作者が、右に引用したような、醜怪且《か》つ不吉な心象を使用しなければ自己の内部風景を描けぬような心理状態にあったという事実である。「猫」の随所に見られる人生一般や人間に対する反撥《はんぱつ》の底には、「生」そのものに対しての殆《ほとん》ど生理的な嫌悪《けんお》の感情があるのだ。「猫」に表われた作者の癇癪《かんしゃく》はこの嫌悪感との対応関係に於《お》いて捉《とら》えられなければならぬ。漱石も又、アントワーヌ・ロカンタン（サルトルの「嘔吐《おうと》」の主人公）のように、マロニエの根を見て嘔吐をもよおす類の精神作用の持主なのである。しかし、一方彼は、ロカンタンより遙《はる》かに旺盛《おうせい》な生活者であった。漱石は、ラグタイムの中の、《Some of these days, You'll miss me honey》という歌声に「完璧《かんぺき》な時間」を見出《みいだ》すかわりに、「生」自体に対する反撥の眼で、自らの日常生活を規定するものをおひゃらかしてのけようとする。彼は「猫」と「漾虚集」の世界を同時に見渡せるような位置にはいないので、いわば、「漾虚集」の世界を見ている漱石と、「猫」の諷刺を書いている彼とは背中合わせになっているのだ。

彼が、単に、エキゾティシズムの故《ゆえ》に右の諸短篇の舞台を英国に借りたとは思われない。一つには作者のいうように、これらの「趣向とわが国の風俗が調和すまい」と思ったからであるかも知れぬ。あるいは、ロンドンでの幾分ロカンタン風の生活の回想が、そのような内部風景を英国の現実と不可分なものとして喚起したのかも知れない。更に、彼の心を占めていた嫌悪感を表現するに足る濃密な現実を、英国以外の風土に求めることが出来なかったのかも知れぬ。しかしそれらの理由にもまして、彼は、この種の自己表白を現実の日常生活とは全く異った次元で行おうとする、ある種の抑制し難い衝動を感じていたもののようである。「夢十夜」の冒頭の、「こんな夢を見た」という設定を彼に強いたこの衝動が、「漾虚集」の多くの作品の舞台を英国に移させている。これは、あるいは生活者漱石が無意識に行った操作であったかも知れない。彼が直面している「深淵」は、彼の存在を呑み尽しかねないのであって、漱石はこのような世界を自らの意識下に極力陰蔽《いんぺい》しようとしている。彼はこの「深淵」を飛び越えて、ともかくも生きなければならなかった。その努力の記録を、ぼくらは「道草」の中に見、その一種の生活技術的調節作用を「猫」の執筆の中に見るわけである。

第六章 「猫」は何故面白いか?

「吾輩は猫である」の諷刺の世界は、「深淵」の上に浮いている。奇妙なことに、作者の暢達《ちょうたつ》な筆致を支えているのは、この低音部に投影されているいくつかの人物の影であるらしく思われる。漱石の書いた英国十八世紀作家論の中で出色のものは、いうまでもなくジョナサン・スウィフトに関するものであるが、スウィフト必ずしも、漱石のいうように「不満足」に徹した人間ではない。彼の激越な諷刺には裏返しにされた孤高な理想の匂《にお》いが感じられるので、ぼくらはあの有名な、《only a woman's hair》という警句を吐いた時の、この聖パトリック寺院副監督の顔を想像してみる必要がある。一筋の女の髪の毛が、スウィフトの氷った怒りを支えていたように、女性諷刺家漱石を支えているのも、ジェイン・グレイやエレーンの影である。苛烈《かれつ》な厭人家《えんじんか》などというものはいつも理想を背にかついでいる。これらの女性達が作者を戦慄させる生の元素にとりまかれている故に一層美しかったように、「生」への嫌悪感に誘発された彼の痼癪は、これらの女性の追憶によって更に激烈なものとなる。即《すなわ》ち彼の傷ついた心に刻みつけられた、「絶対の愛」の如《ごと》きものへの憧憬《どうけい》を踏みにじる、(と彼には思われた)近代日本への批判が展開されるのである。以後の彼が、この畸型《きけい》な社会にある故に一層救いなく、醜悪に展開される「我」の問題を生涯の問題とせざるを得なかったことの裏には、このような傷つけられた理想があるのだ。「首くくりの力学」といったような身の毛のよだつような冷酷な文章は、そのような理想家によってしか書かれ得るものではない。

ここでぼくらは漱石内部の古井戸から、ふたたび地上の世界に戻る。「猫」の世界には、「漾虚集」に見られるような夜の暗黒はない。ここでは作者は、地上の硬質な世界、日常生活によって明瞭な輪郭をあたえられた人間のみを相手どっている。ここで苦沙弥《くしゃみ》先生を戯画化しているこまっしゃくれた「猫」は、いわば、生活者漱石の平衡感覚の象徴である。しかも苦沙弥は決して作者の自画像ではない。作者は、もっと奥から時折姿を現わすにすぎないので、彼のいる場所は、むしろ「漾虚集」の世界なのだ。苦沙弥と漱石の間の距離は、ほぼ「猫」と「幻影の盾」との距離に等しく、苦沙弥をカリカチュアライズしている作者は、そのことからいささかの傷もうけていない。そうでもなければ、「猫」をあれ程の筆力で自由自在に書き続けていられたわけがない。後に漱石を所謂《いわゆる》「批評家」として非難した人々は、暗々裡《あんあんり》にこのことに気づいていたのである。「猫」で、恐らくは無意識のうちに彼が行っていたのは、彼自身の投影である苦沙弥か、その周囲に集っている知識人達の社会的位置の考察である。最初は極く気軽なカリカチュアとしてはじめられたこの作品が、巻を追うにつれて、露骨な文明批評的性格をあらわに弱《じゃく》して行く過程には、単純な人間一般へのおひゃらかしが、当時の日本の知識人達の脆《ぜい》な位置の認識に深められて行く作者の創作態度の転化がうかがわれる。「猫」以前にこのように一つの社会的集団としての知識人——後に「知識階級《インテリゲンチャ》」という名をあたえられる——が描かれた例をぼくらは寡聞《かぶん》にして知らない。漱石は、知らぬ間に、劃期《かっき》的な仕事をしていたのであって、二葉亭の「浮雲」の主人公内海文三などは、当時の一般読者にとっては只の「変人」で片附けられたかも知れないが、苦沙弥、迷亭、寒月、東風、三平、鈴木の藤さんというような様々な生活を持っている人物が、実は共通な位置を持った一つの社会的集団の個々のヴァリエイションであることを描いたのは、この作品が果した大きな功績である。

作者のここで用いている方法は、彼の意図に極めてよく適合している。「猫」の粉本をスタァンの「トリストラム・シャンディイ」に求めようとするのは、いささか早計であるといわねばならぬ。漱石がスタァンと共有しているのは、そのペダントリーと滑稽《こっけい》趣味だけで、スタァンにある独得な digression や sexual な偏執は「猫」の中には全く見られない。むしろ「猫」の作家は先程のべたようにスウィフトに近い諷刺家なので、そのヒューマァの質もスウィフトに近い。しかしそれにもかかわらず、スタァンの奇怪至極な文章が彼の心の完全な表現であり、彼にとっては冒し難い完全な文体であったのと同様に、「猫」の方法や文体は、漱石が描くことになった知識人の戯画化のためには、ほとんど完全な表現であったといえるのである。

中村真一郎氏によれば、「猫」は、

《第一に、主人公をはじめとして、登場人物の性格がない。……人物の心的傾向がヴィヴィッドに描かれてゐない、極端に言へば、あの先生の客間で交される気焔《きえん》や議論は、その客間に現れるどの人物の口から語られても良いほどの、無性格なものである。……これは長篇小説としては、明らかな欠点である。第二に、構成がない。たゞ挿話《さふわ》が偶然的に連続してゐる丈《だけ》である。第三に主題の発展がない。性格、構成、主題は、一つの長篇を構築する、不可欠な根本的な条件であり、これを欠いてゐることが真の長篇とは言はれ難い》（「漱石とフィクション」）作品であり、又、片岡良一氏の所説によると、「猫」の「底の浅さ」は、「この作品がもともと可笑《おか》しみをねらうのを建前とした俳諧《はいかい》文として極めて軽い気持の戯《ざ》れ書きとして書き起されたもの」で、「その点からの制約を最後まで脱けきれなかった結果」であるということになっている。しかしこれらの尊敬すべき批評家達によって代表される否定的な見解には、「猫」が今日いまだにぼくらを魅了するのは何故《なぜ》なのか、という問に対する解答が含まれていない。一体、「猫」は何故面白いのか？　今日のように面白くない小説が氾濫《はんらん》している時、こうした単純な問を発することは無意味ではない。

「猫」の無性格は——仮りに登場人物の性格が描き切れていないとして——我が国の知

識階級一般の無性格に起因していはしないか。ぼくらは、その言葉の西欧的な意味に於《お》けるcharacterなるものを自分の周囲に見出すことが出来るような社会に棲息《せいそく》しているであろうか？　惟《おも》うに、日本の作家達はそうおいそれとはcharacterizationを行ったり出来ぬような負担を荷《にな》っているので、彼らは「性格」に似たものを創造する為にガラス細工の部屋に閉じこもり、現実を犠牲にしなければならない。「猫」のように無意識的に――しかし充分鋭敏に――書かれた小説の中で、作者は期せずして、単に長篇小説構成の美学的規準のみをもって律するわけには行かぬ我が国近代小説の根本的問題に触れていたのではないか。ぼくらはこの問題に対する記念碑的な解答を、やがて「それから」の主人公の創造に於《おい》て見るわけだが、一方「猫」の登場人物達は、「心的傾向」は「ヴィヴィッドに描かれてゐない」にせよ、巧妙な対話によって極めてリアルに描かれているのだ。これがこの作品の魅力の一つである。そして又、そうした魅力を感じること自体、ぼくらが、おたがいの間にたかだか苦沙弥と迷亭、寒月と鈴木の藤さんの間に存在するような相違を持っているにすぎぬことの、一つの証明であるのかも知れぬ。「猫」が無構成であるのと同様に、日本の近代社会も支離滅裂な分裂を来たしていて、それを統一するに足る理念などは持合わせていない。鷗外が「普請《ふしん》中」といった、雑然たる状態の中で、知識人という奇妙な犠牲者は、それぞれの絶望的な孤独を背負って、クラゲのように浮遊しているにすぎない。それらのうちのある者は、理野陶然《りのとうぜん》や立町老《たちまちろう》梅《ばい》のように発狂し、又ある者は、迷亭のように、「首懸の松」の枝ぶりを見て「首がかゝってふわふわする所を想像して見ると嬉《うれ》しくて堪らん」と思ったりする。このような状態を、作者は単に各挿話の中心をなす文明批評的な主題によってのみならず、無性格無構成な得体の知れぬこの小説の組成それ自体の中に捕えているので、「猫」はこの点で、我が国の近代小説の持つ宿命的な限界と、逆にある種の可能性を暗示している作品なのである。

片岡氏の指摘にもかかわらず、「猫」の執筆態度に見うけられる安易さは、只、コッケイな俳諧文の作者に課された「制約」のみに由来しているのではない。「猫」の作者は、正宗白鳥氏のいうようにニル・アドミラリに徹している人間ではない。漱石のニル・アドミラリは、その知識階級に対する甘いイリュージョンと同居しているので、知識階級を「太平の逸民」めいた存在に見ることに既に、このイリュージョンが附着している。「猫」の「底を浅く」しているのは、苦沙弥らと、金田一党を対立させて能事足れりとしているような、作者の幻想の故である。このために、痛烈に皮肉られているはずの苦沙弥の神経性胃弱までが、むしろ甘い自己満足にふち取られて見えるような現象がおこる。漱石にとって、知識階級は士君子の如きものだったので、彼が、こうした前近代的な迷夢から覚めるには、尚一層の人生的経験が必要であった。「それから」で、彼は、ひとまずこの甘い幻想から目覚めたのである。

しかしながらぼくらは不徹底を好む国民である。「猫」にある漱石のイリュージョンが、通俗的読者には抗し難い魅力となっているのは確かであって、これは、逆にいえば、作者の通俗な倫理的設定が、多くの読者に訴えかけるものを持っていることを意味し、知識階級の士君子意識が、この国では動かし難い社会通念となって今日に至っていることをも意味する。閑《ひま》つぶしに「猫」を読んでニヤニヤしているぼくらの胸中に、俺達も結局こんなものだ、という一種の安堵《あんど》が浮ぶのは否《いな》み難い。その後で、サルトルを読もうが、マルクスを論じようがそれはぼくらの勝手次第で、ぼくらの生活ではゆかた掛けで昼寝をしていたのが「イギリス風」の紳士に一変して、銀座に車を走らせるようなことが日常茶飯事となっているのと同じことである。文学史家の努力は、「猫」から漱石の問題や苦悩の如きものを抽出して列挙することに集中されているかのような感があるが、数多い「猫」の読者は勿論《もちろん》、知識人諸氏といえどもそのようなものを楽しんでいるのではない。残酷なことを、巻を追うにつれてますます平気な顔でペラペラしゃべりまくっている、作者の異常な才気や軽口に興味があるので、通俗な倫理感や「底の浅さ」などはこうした興味を助長する役割を果している。「底の浅い」ものを喜んで読むぼくらは「底の浅い」人間であって、漱石を一つの時代精神を体現した国民的作家にしたのは、とりもなおさず、ぼくら「底の浅い」日本人大衆の共通感覚である。

「猫」発表当時、作者に対する非難の多くは、このヒューモリストが「不真面目《ふまじめ》」で

「遊び半分」だということに集中された。彼の才気縦横な軽口を「不真面目」と見たのは自然主義作家達であったが、上田敏なども、自分のように積極的な文学をやっているものをさておいて、片手間にものを書いている漱石如きがもてはやされるとは怪しからん、という意味の言葉をもらしていたということである。これは重大なことなので、これら二派の西欧主義者に対して漱石が如何《いか》なる位置に立っていたかを暗示している。

彼が「文学」に対して或る意味で「不真面目」であったのは事実である。しかし彼は自己の生及び生活に対しては充分に真面目であった。「猫」は文学作品という既成概念にあてはめて書かれた文学的作品ではなく、創造されたものが優れた文学作品になり得ていたという現象の、我が国に於ける稀有《けう》な実例である。真剣に文学する、などということは、漱石にとっては真剣に生きる、ということに比べれば卑小な問題にすぎなかった。「漾虚集」の暗示するあの「深淵」の意識からも明らかなように、当時の彼にとって――そして彼の生涯を通じて――それを飛び越えて生きる、ということはそれ程までに困難且つ深刻な問題だったのである。要は真剣に生きようとする意志を持っている人間の文学を世間がそれとはさだかに知らずに歓迎したということなのだ。

後に大学を辞して職業作家となった漱石は、彼を歓迎するこれら世間一般の読者を信頼して書いた。この点で彼は一種の「大衆作家」であり、漸《ようや》く文壇を形成しはじめていた「文学の鬼」達や高踏的な芸術派から分離した「孤独」な俗物だったわけであるが、読者の側から見れば、信用するに足る真面目な生活者に見えたのである。漱石に対する人気には、大学教師をやめて文士になった人間に対する事大主義的な崇拝感情がなかったわけではない。しかし生活者の鋭敏な触角は、自らの求めるものを正確に探知する。所謂大衆が、entertainment としての文学しか喜ばぬなどという迷信はこの上なく下等なもので、漱石は「猫」——及びそれ以後の作品——の中で、その同時代者のみならず後代に至るまでの、「教育ある且尋常なる」読書子のそうした欲求を満しているのである。

このように考えると、「吾輩は猫である」を傑作にしているのは、ほかならぬその「無性格」、「無構成」、「無発展」、「底の浅さ」などの諸要素だということになりかねない。先程の中村真一郎氏の小説美学的あるいは芸術作品としての長篇小説の定義にしたがえば、「猫」は、まさしく長篇小説でも、芸術作品でもない。とすればぼくらが「猫」を読んで感ずる面白さや感動は、中村氏の定義する美学的あるいは芸術的感動以外のものでなければならぬ。ある意味で近代的な芸術以前の作品が何故面白いのか？ その面白さは小さんの落語の面白さと同質のものにすぎないのか？ それは駄洒落《だじゃれ》の面白さか面白さかそれ以上のものなのか？

「猫」発表当時の「猫」の人気には、この作品の持つ斬新《ざんしん》奇抜な趣向に対する驚嘆がまじっていなかったとはいえない。しかし、すでにこの作品は、半世紀以上の生命と名声を博しつづけて来ている。そしてその読者は中学生から老年の読書家にまで及んでいる。所謂「ベストセラー」小説の面白さと「猫」のそれが異質なことの証明にはこれらの動かし難い事実があるのであって、少くとも、ここにある種の永続的な人生的興味があるのでなければ、このような現象がおこるはずはない。即《すなわ》ち、「尋常なる」日本の読書人達は、長篇小説を芸術作品として成立せしむる諸要素よりは、自らを圧迫している近代日本文明の現実を反映している粗雑な戯画を好むのである。

西欧近代小説観からすれば、これは愚にもつかぬ現象でしかない。しかし、ふたたび注意すれば、ぼくらと芸術作品との間の関係はかくも不幸なものなのである。「猫」の成功と「猫」の粗雑さがはしなくも物語っているように、日本の現実は西欧的手法の小説芸術に適さない。そして日本の「教育ある且尋常なる」人士は自らの日常生活の端々にまで浸透している近代日本文明の不自然さ、コッケイさ、「底の浅さ」、不安定さの一様な被害者であり、その内心の空虚さを抱えて、それを満すものに対する切迫した希求を有している。それが芸術作品であろうとなかろうと、そんなことは二の次であることを「猫」の成功は示しているので、又、それ程の成功と、自己を制約する現実を犠牲にするのでなければ、この国で芸術的小説というむなしいガラスの城を造ることは不可能なのである。

「猫」が芸術作品でなく、作者漱石が芸術家でないとした所で、ぼくらがこの文章の最初の章で前提した所によれば、これが文学であることには疑問の余地がない。仮りに美学的に不完全であり、粗雑であるにせよ、その作品の書かれた言語を使用する民族の間で絶えざる新しさを保ちつづけ、生きつづけるような作品は文学である。日本の社会が現在のようなものである限り、「猫」は半永久的に日本の現代小説としての重要な役割を果しつづけると思われる。日本の「不愉快」極まる社会がそれを可能にしているので、これは、芸術的価値として美術や音楽などとの照応関係に於て美学的に抽出され得るものが、文学の広い宇宙の中のほんの一部分を占めるものにすぎないことを暗示するものですらある。

少しく視野をひろげて、小説一般の歴史をふり返って見ると、所謂純粋な小説、芸術作品として自己完結する小説というような概念が生れたのは、近々七、八十年のことにすぎない。即ち、それは、前世紀の七、八十年に於て英国の作家、批評家及び読書人大衆の意識に次々とのぼり、ジェイン・オーステンの亜流を輩出せしめた所の概念であって、我が国では、これら英国の作家及びロシア十九世紀の大作家達の影響をうけたジッドの流行を通じて輸入され、文壇に刺激を与えた概念である。

先に引用した中村真一郎氏の定義は明らかにこの系統を引いているので、氏及び氏の同調者をはじめとして戦後十年の間に世に出た多くの新進作家達の作品の特徴は、このような概念に即した完成を目標にしている所にある。つまり近代小説芸術の輸入移植ということなので、彼らはこれを以て日本の自然主義的伝統を克服しようとした。しかし、これらの有能な青年作家達の見落している重要なことは、我が国の自然主義的純文学者達によって書かれて来た私小説というジャンルが、やはり一種独得の方法を持った純粋小説だということであり、これら相反する二つの流派は、自己の周囲の多様な現実の受容を拒絶し、架空の芸術的城壁をめぐらして、その内部の閉鎖された世界を守ろうとする点では全く軌を一にしている、ということである。彼等の間の相違は趣味の相違であって、恐らく本質の相違ではない。

しかし漱石が「猫」で暗示しているものは、これとは根本的に異質な一つの可能性なのだ。それは、日本に於て、たとえ「芸術」や「小説」が不可能であるにせよ「文学」は可能だ、ということであり、散文作品などというものは、どのような形式でどのように書こうが作者の勝手だということの再発見である。小説というもののそもそもの成立ちがそういう性質のものであったことを、ぼくらは忘れている。ジェイン・オースティンの構成美や均整の妙を支えているものは、彼女の苛烈《かれつ》な倫理感や稀《まれ》に見る洞察に富んだ人間に対する興味以外のものであるはずがない。それが、唯一《ゆいいつ》の文学を文学たらしめる価値であることを知るためには、彼女の六篇の小説と、ヘンリイ・ジェイムズの後期の作品を読み比べて見ればよい。構成のための構成、性格のための性格、小説のための小説というが如き妄想《もうそう》は、すべて頽廃《たいはい》的な匂《にお》いがする。半狂人の書いた「吾輩は猫である」は、これらの妄想を抱いている徒輩の小説よりはるかに健康な文学であった。

しかし、この可能性は漱石自身によっても充分に究め尽くされはしなかった。もし彼がより意識的に、より積極的にこの可能性を探求し、彼の弟子達が、鈴木三重吉のような安易な耽美《たんび》派や、森田草平のような素朴なファナティックや、「夏目漱石」という石《せっ》膏《こう》細工を作り上げた小宮豊隆のような熱烈な崇拝者以外の人間で占められ、それらの人々が漱石を水源とするこの流れに加わっていたとするなら、近代日本文学は、現在アメリカ文学が――その正体にはかなりいかがわしいものがあるにせよ――ヨーロッパ文学に対して占めているような位置を世界文学の中で占めるようになり得たかも知れぬ。即ち、硬質化し、多分に頽廃の徴候を見せているかのような西欧の現代小説に対して、近代文明の恩恵をここ一世紀間に最も積極的に享受《きょうじゅ》し、同時に又その最も積極的な被害者でもあった唯一の実験例である、日本の近代社会の批判という生ま生ましいスリリングな方法によって、ある種の生気を注入し得たかも知れないのである。

こうした想像が単なる感傷でないことの証拠には、西欧人が必ずしも、彼らの周囲の現実の最上の理解者ではないという事実がある。日本の貧困な文学的現実は、西欧的方法による小説の構成を不可能にする。しかしそれは決して日本の現実がそのまま貧困だということを意味しない。自らを制約する風土に不忠実であり、しかも、その自らに与える影響に敏感でない所から、真の世界性が生れるはずはない。同様に、風土に埋没する所から真の地方性は生れ得ない。ぼくらにとって必要なことは、恐らく、ぼくらの独自な方法のためには無限の宝庫であるはずの、近代日本の現実を発見することである。人が世界人となるためには、先《ま》ず、日本人であり、英国人であり、ロシア人であることを要する。マーク・トウェインがアメリカの現実を新たに発見したという点で、殆《ほとん》どコロンブス的な業績を果した真のアメリカ人であったように、「猫」を書いた漱石は、殆ど彼の周囲にある現実を発見しかけていた。彼は、その豊かな才能と、異常に鋭敏な自己を圧迫する現実に対する感受性とによって、夏目金之助という一個の日本人に課せられた近代日本社会の病弊を、最も誠実に、正面から享受することで、この劃期《かっき》的な仕事を自らはさだかに知らずに果しかけていたのである。

しかし、「それから」で、漱石はぼくらに提示された可能性をひた押しに追求するかわりに、日本の現実自体を素材とした、構成的な小説の可能性を究めようとしている。「虞美人草《ぐびじんそう》」以来、職業作家となった彼は、最後の大作「明暗」にいたるまで、この問題と苦闘しつづけたが、このために、彼が「猫」で示していたような、かなり広い視野に立った、日本近代社会のパースペクティヴの、文明批評的な戯画化の多様な可能性は少からず犠牲にされざるを得なかった。ぼくらが次章で試みようとするのは、この間の事情の検証である。

第七章 職業作家漱石の誕生

「猫」と、「それから」と、「明暗」を、三つのモニュメンタルな塔として、その間に他の作品を排列して見ると、漱石の作家的業績の一応の展望が出来上る。しかし、「それから」を起点として「明暗」にいたる、整然とした、殆ど方法的な眺望に比べると、「猫」から「それから」にいたる風景はかなり雑然としているように思われる。この風景の中に、「猫」が自己解体し、そこにあった多くの要素が切り捨てられて行くのを、ぼくらは見るわけであるが、この過程で見逃せないのは、「草枕」と「虞美人草」、及び「夢十夜」の創作である。

「草枕」という、この奇妙な小説の中で最も人口に膾炙《かいしや》されているのは、恐らく冒頭の、《智《ち》に働けば角《かど》が立つ。情に棹《さを》させば流される。意地を通《とほ》せば窮屈《きゆうくつ》だ。兎角《とかく》に人の世は住みにくい》

という一節であろう。片岡良一氏によれば、「正に世界に類のないユニックなもの」であり、吉田精一氏によれば、「一つの芸術理論をのべるために小説の形をかりた、『開闢《かいびやく》以来』の小説」である所の、この作品にとって、この事実は皮肉極まることだといわざるを得ない。つまり、「猫」のそれと同様に数多い「草枕」の読者は、作者の「非

人情」芸術論などを素通りして、この名文句だけを心にとどめるのだ。作者が、これに続けて、

《住みにくさが高《かう》じると、安い所へ引き越したくなる。どこへ越しても住みにくいと悟《さと》つた時、詩が生れて、画《ゑ》が出来る》

といおうがいうまいが、そのようなことはさしたる問題ではない。このような名文句によって最もよく記憶されているということは、非常に重大であって、要するに尋常な「猫」の読者はこの作品をそのような読み方で読んだのである。そして又作者自身も、この小説を脱稿するや否《いな》や自らの溺《おぼ》れた趣味の世界に嫌悪《けんお》を感じて、次のようにいわねばならなかった。

《只一つ君に教訓したき事がある。是《これ》は僕から教へてもらつて決して損のない事である。僕は小供のうちから青年になる迄世の中は結構なものと思つてゐた。旨《うま》いものが食へると思つてゐた。綺麗な着物がきられると思つてゐた。詩的に生活が出来てうつくしい細君がもてゝ。うつくしい家庭が〔出〕来ると思つてゐた。もし出来なければどうかして得たいと思つてゐた。換言すれば是等の反対を出来る丈《だけ》避け様としてゐた。然る所世の中に居るうちはどこをどう避けてもそんな所はない。世の中は自己の想像とは全く正反対の現象でうづまつてゐる。そこで吾人の世に立つ所はキタナイ者でも、不愉快なものでも、イヤなものでも一切避けぬ否進んで其内《その》へ飛び込まなければ何にも出来ぬといふ

事である。只きれいにうつくしく暮らす即ち詩人的にくらすといふ事は生活の意義の何分一か知らぬが矢張り極めて僅小《きんせう》な部分かと思ふ。で草枕の様な主人公ではいけない。あれもいゝが矢張り今の世界に生存して自分のよい所を通さうとするにはどうしてもイブセン流に出なくてはいけない。……俳句趣味は此閑《この》文字の中に逍遥《せうえう》して喜んで居る。然も大に動かさゞるべからざる敵が前後左右にある。苟《いやしく》も文学を以て生命とするものならば単に美といふ丈では満足が出来ない。……僕は一面に於て俳諧的文学に出入すると同時に一面に於て死ぬか生きるか、命のやりとりをする様な維新の志士の如《ごと》き烈《はげ》しい精神で文学をやつて見たい》（明治三十九年十月二十六日、鈴木三重吉宛）

「草枕」は「猫」と同様に「漾虚集」とある種の関係を持っている。しかし、それは「猫」との場合のような対立関係ではなく、主題の発展の関係であって、「一夜」が「倫敦塔」や「薤露行」に対して有する関係を、「草枕」も、やや稀薄に、あの暗い「深淵《しんえん》」に対して有しているのだ。「一夜」で彼が描いたのは、「深淵」の裏側の世界である。「猫」と「一夜」は、「深淵」を間にはさんで、それぞれ反対の方向に現われた漱石の姿勢の表徴であり、「草枕」は、「一夜」のやや俗悪な発展にすぎない。

《ことに西洋の詩になると、人事が根本になるから……いくら詩的になつても地面の上を馳《か》けあるいて、銭《ぜに》の勘定を忘れるひまがない。……うれしい事に東洋の詩歌《しいか》はそこを

解《げ》脱《だつ》したのがある。……独坐幽篁裏《ひとりいうくわうのうちにざし》、弾琴復長嘯《きんをだんじてまたちやうせうす》、深林人不知《しんりんひとしらず》、明月来《めいげつきたりて》相照《あひてらす》。只《ただ》二十字のうちに優《いう》に別乾坤《べつけんこん》を建立《こんりふ》して居る》

といった漱石は、幼い時南画に見入っていた彼である。彼にとって生への嫌悪が激しくなり、ほとんど生理的に耐え難いものとなる度に、漱石はこのような静寂を憧《あこが》れた。「草枕」を書いた当時の作家が大真面目で「非人情」芸術を説こうとしたとは容易に考えられないので、彼は只、自らの憧憬《どうけい》する世界を出来るだけけんらんと描き、その存在を確めようとしただけの話である。「非人情」芸術論についていえば、このような態度は一種の文学否定論で、作者のソフィスティケイションを真にうけて漱石の「低徊趣《ていかい》味」とか、「余裕派」とかいう言葉を考え出した文学史家は、よほどのお人よしであった。

先程、この作品の読者に与える効果が、冒頭の例の名文句で決定されるといったように、「草枕」でぼくらを魅するのは、決して氾濫《はんらん》している俗悪な支那趣味ではなく、随所に見られる主人公の画家の、二十世紀文明一般に対する反撥《はんぱつ》の姿勢である。漢詩の中には「別乾坤《けんこん》」があるといったあとで、

《此乾坤《けんこん》の功徳《くどく》は「不如帰《ほとゝぎす》」や「金色夜叉《こんじきやしや》」の功徳ではない。汽船、汽車、権利、義務、道徳、礼義で疲《つか》れ果《は》てた後《のち》、凡《すべ》てを忘却してぐつすり寐込《ねこ》む様な功徳《くどく》である。二十世紀に睡眠が必要ならば、二十世紀に此出世間的《しゆつせけんてき》の詩味は大切である》

《足がとまれば、厭《いや》になる迄そこに居る。居られるのは、幸福な人である。東京でそんな事をすれば、すぐ電車に引き殺される。電車が殺さなければ巡査が追ひ立てる。都会は太平の民《たみ》を乞食《こじき》と間違へて、掏摸《すり》の親分たる探偵《たんてい》に高い月俸を払ふ所である》《岩崎《いはさき》や三井《みつゐ》を眼中に置かぬものは、いくらでも居る。冷然として古今《ここん》帝王の権威を風《ふう》馬牛《ばぎう》し得るものは自然のみであらう》

などというのがその例で、一般読者はこのような箇所に、甚だ非「非人情」な作者の姿を生ま生ましく感じながら、自分は「非人情」の世界にいるのだと錯覚しているにすぎない。この限りに於ては、「草枕」は消極的な「猫」である。そして、作者の惑溺《わくでき》している趣味性の世界は、逆に彼の最も内奥《ないおう》な世界を冒瀆《ぼうとく》している。自らのソフィスティケイションに自ら傷ついた彼が、鈴木三重吉宛の自己否定的な手紙を書いたのは当然で、例の「非人情論」などは、女主人公の顔に「憐《あは》れ」が出たから絵になった、というこの小説の結末ですでに否定されていると考えてよい。

この作品のやや安価なイリュージョンを展開して漱石の得たものは、極めて高価なディスイリュージョンであった。かつて学生の頃、彼の所謂《いわゆる》「漢文学」を好んで、文学がこのようなものなら一生を捧《ささ》げてもよい、と思った期待は、あのロンドン生活を経たあとでも完全に消え去ってはいなかった。「草枕」を書いて、彼ははじめてそうした幻想の無益なことを知ったのである。文学は決して彼の諒解《りようかい》する所の「漢文学」の如きものではなかった。「只きれいにうつくしく暮らす即ち詩人的にくらすといふ事は生活の意義の何分一か知らぬが矢張り極めて僅小な部分かと思ふ」と書いた時、漱石は、切実に、「生活の意義」をことごとく包含し得るような文学のことを思っていたに違いない。以後の彼は、二度とふたたび「草枕」的な世界を文学にしようとはしなかった。それは彼の激烈な神経症の対症療法としてなされた書画や漢詩の世界でのみ表現されたので、このことは、ここで彼の経験した幻滅や自己嫌悪が並々でなかったことを示している。そして、この幻滅は、「それから」を経て「明暗」に至る彼の一貫した我執の主題の追求の一つの原動力となっている。「草枕」の開巻劈頭《へきとう》から極めて人間臭い体臭をただよわせていた作家は、やはり審美家たらんとして、審美家の「別乾坤」に安住し得ぬ「生に追跡される」人であった。

漱石は、朝日新聞社員となって、定期的に長篇小説を書き出してから、「小説」に対して従来より厳格な概念を抱き出したように思われる。それ以前にも、彼は自分の作品を「小説」と呼んでいる。しかし、「虞美人草」の執筆以来、彼は一変して既成の「小説」に対する概念に忠実になり、長篇小説の方法を、積極的に英国の作家達――主としてメレディス及びオーステン――から学ぶようになった。こうして漱石はより多く「芸術家」に近づき、より少く「猫」で示された多様な可能性を自己の問題とすることになったのである。新聞小説を書かねばならぬというさし迫った必要がそうさせたのであるが、ここで注意しておかねばならないことは、彼が決して芸術的小説を書きたいという欲求を持っていたわけではない、ということである。漱石の仕事は一貫して日本の現実を描くことであり、「構成的」な小説は、それを彼の相手とする朝日新聞読者に、より効果的に提示する方便にすぎなかった。当時の彼が何よりも欲していたのは職業作家としての成功である。賭事《かけごと》などを余り好まなかった漱石が打った、大学教授の椅子《いす》を袖《そで》にして一介の新聞記者になる、という大ばくちがそれを要求していたのである。この極めて俗物的な意図は、しかしながら、貴重な実験の結果をぼくらに提供することとなった。即《すなわ》ち、「虞美人草」から「明暗」にいたる漱石のすべての長篇は、西欧的な手法による長篇小説が、どの程度に近代日本社会の現実を把《とら》え得るかという問に対する、得がたい解答を暗示しているのである。しかしこの解答は、私見によればかなり否定的なものであって、「それから」が代助という優れた性格の造型に成功しながら、その構成の美学的快感よりもむしろ作家の以前より確実になった文明批評的態度によって傑作となり、「明暗」を書いた頃の漱石が、「猫」執筆当時の自由自在な筆力を失っていたというような事実は、作家が決して通俗に信じられているようには、この困難な仕事に成功していなかったことを物語っている。自然主義的な批評は、漱石の眼に映じていた現実と、彼の採用した方法との宿命的な断層を、期せずして言いあてたものであった。もっと自由に書きたいという欲求は、作者に、やがてジェイン・オーステン風な視点を夢見させるまでになる。先に述べたように、「則天去私」の方法論的価値は、もっと重視されなければならない。漱石が我執に倦《う》んで、小我を去ることを知った、などという一方的な解釈には身もふたもありはしない。

　所で、「虞美人草」と、「それから」と、「明暗」は、お互の間に一直線上の三つの相似形のような関係を持っている。漱石の長篇小説の根本的な方法論は、「虞美人草」の構成や人物の characterization の中でことごとく展開されていて、以後の作品は、その発展的なヴァリエイションにすぎない。「草枕」のような挿話《そうわ》的な作品が漱石の「芸術論」を表わしたものとされ、「虞美人草」の方法論が無視されているのは文学史の皮肉というべきである。したがって、代助は、「虞美人草」の小野及び甲野の変身であり、「明暗」の津田は代助の発展であるということになるので、このような相似関係はすでに幾人かの学者によって指摘されているが、只、例えば代助が小野のみの後身だとするような見解は浅薄である。亡父の肖像画を掲げた書斎に閉じこもってのらくらしている「哲学者」甲野さんは、非社交的な代助以外のものではない。代助と甲野の相違は、代助が、甲野のふりまわす優越意識の倒錯した人格主義などというものの馬鹿々々しさを熟知している人間だ、という所にある。代助は既に甲野の人格主義が一つの我執であることを知っている。彼の悲劇は我執の醜さを知ったものが、自らもその中に巻き込まれて行くという性質のものなのだ。

このような相違はどこから生じるのか？ それは明らかに作者の人間観の発展から生じたものであって、このことを知るためには、「虞美人草」と、「猫」及び「坊っちゃん」との関係に注目しなければならない。

「猫」で漱石が知識人を士君子視していたことについては既に述べた。この甘いイリュージョンが「坊っちゃん」では坊っちゃん及び山嵐というような人物に結晶している。勿論《もちろん》、坊っちゃんは世話にくだけた士君子だが、このような人物を赤シャツ一党と対比させた所に、この作品の成功の秘密があるので、これは更にはぼくら一般の読者の知識階級意識の性質を暗示してもいる。つまり、知識階級とはいまだに、坊っちゃんもしくは山嵐的行動をかなり真剣に憧れながら赤シャツ又は野だいこ的生活を余儀なくされている集団なのである。諷刺《ふうし》は坊っちゃんという、現実には存在し得ぬ「妖精《ようせい》」の設定によって成功している。そして又、それは坊っちゃんの「妖精」的性格が、読者の暗黙の諒解《りょうかい》事項になっていることによって成功している。一度、坊っちゃんが現実の人間になった時生ずる愚劣さは論をまたないが、漱石は、その愚を「虞美人草」の宗近という人間の設定に於て冒しているのだ。

《宗近の如きも、作者の道徳心から造り上げられた人物で、伏姫《ふせひめ》伝授の玉の一つを有《も》つてゐる犬江犬川の徒と同一視すべきものである》（「作家論」）

といったのは正宗白鳥氏だが、これは頗《すこぶ》る当を得た見解で、こうした人物を設定せざるを得なかったのは明らかに作者が例の知識階級に対する幻想から覚めていないことを示している。宗近は一種の deus ex machina である。我執の問題が、こんな人間の出現で解決出来ると、作者が信じていたとは思いたくないが、後年作者がこの作品を極度に嫌ったという所を見ると恐らくそうだったのであろう。「猫」の苦沙弥や迷亭を基点として、「坊っちゃん」、「虞美人草」と継承されて来た宗近的人物の系譜は「坑夫」の安さんや、「三四郎」の広田先生にうけつがれている。それが、何故《なぜ》に「それから」で代助という典型的人物の創造に飛躍し得たか？　作者の人間観を深化せしめた原因は何処《どこ》に求めるべきであるか？

一つにはそれは、西欧的手法による長篇小説創作が、「虞美人草」乃至は「三四郎」で彼の援用したメレディス的な技法の限界を認識させたという事実によっている。当時の漱石のノートのいたる所に散見する小説の方法論の研究は、この間の事情を物語っているが、「坑夫」の、

《近頃ではてんで性格なんてものはないものだと考へて居る。よく小説家がこんな性格を書くの、あんな性格をこしらへるのと云つて得意がつてゐる。……本当の事を云ふと性格なんて纏《まと》まつたものはありやしない》

という「性格」否定論は、「虞美人草」で彼が用いたメレディス風な性格に対する反省であって、「性格」を否定して「意識」につこうとする主張ではない。「坑夫」は、よ

り true to life な性格を描こうとして書いたエチュードなので、中村真一郎氏のいうような、ジョイスもしくはプルースト風な「意識の流れ」の小説などではない。中村氏の見解は、単純に日本作家と西欧作家との表面的な類似点をとり出して、誰的などと称する軽率な悪習のあらわれである。そのような比較が可能なためには、日本の現実が世界の現実の一部分としてそれとの対比に於て把握されていることが第一条件なのだ。漱石のこの意図は明治四十年頃のものとされるノートに明瞭《めいりよう》にあらわれている。ここでは彼は、小説の characterization の考察を行っているが、それが、「それから」ではじめて一応の成功をおさめたのであった。

第八章　神の不在と文明批評的典型

更にここで、ぼくらはふたたび漱石の内部で鳴っている主調低音に耳を傾けなければならぬ。以上に述べたような作家の方法論的発展は、その内部世界の低音部との複雑な和絃《わげん》を奏《かな》でながら達成されたものだからである。「漾虚集」で、セロの暗い諧音《かいおん》を奏していた、低音の主題は、明治四十一年六月、「大阪朝日新聞」に連載された小品「文鳥」でふたたび反復され、「夢十夜」、「永日小品」へと持続して行くのだ。「文鳥」は恐らく彼の数多い作品の内で最も美しいものの一つである。この小鳥は漱石のかくれ家からの使者であって、先に引用した英詩の中の女の化身でもある。漱石は文鳥のいる鳥籠《かご》の中に、自らの求める世界の幻影を見ている。鳥のイメイジと女のイメイジとの交錯は、この作品の最も美しい部分である。
《明《あく》る日《ひ》も亦《また》気の毒な事に遅く起きて、箱から籠を出してやつたのは、矢っ張り八時過ぎであつた。……それでも文鳥は一向《いつかう》不平らしい顔もしなかつた。籠が明るい所へ出るや否《いな》や、いきなり眼をしばたゝいて、心持首をすくめて、自分の顔を見た。昔《むか》し美しい女を知って居た。此《こ》の女が机に凭《もた》れて何か考へてゐる所を、後《うしろ》から、そつと行つて、紫《むらさき》の帯上げの房《ふさ》になつた先を、長く垂らして、頸筋《くびすぢ》の細いあたりを、上から撫《な》で廻《まは》したら、女はものう気《げ》に後《うしろ》を向いた。其《そ》の時女の眉《まゆ》は心持八の字に寄つて居た。夫《それ》で眼尻《めじり》と口元には笑が萌《きざ》して居た。同時に恰好《かつかう》の好い頸を肩迄すくめて居た。文鳥が自分を見た時、自分は不図《ふと》此の女の事を思ひ出した》
文鳥の声をきいている漱石の姿は、傷《いた》ましく孤独であり、文鳥を殺した家人に対する怒りには涙がまじっている。同時に、この作品は彼の日常生活と、その低音部の最も内奥な部分との稀有《けう》な交流の記録なので、文鳥と「紫《むらさき》の帯上げでいたづらをした女」の関係や、文鳥と「佗《わ》びしい事を書き連ねてゐる」漱石との関係、更にはこれらのものと「残酷」な家人との関係には、極めて象徴的な意味があるのだ。英詩の女が夢の中に歩み去ったように、文鳥は死んだ。そして、「漾虚集」の短篇が表わしていたような、漱石の生の要素へのほとんど生理的な嫌悪感——実存感覚ともいうべき——は、「夢十夜」に於て、更に複雑な変奏となってあらわれるのである。

「夢十夜」が「人間存在の原罪的不安」を主題にしている、という伊藤整氏の見解は、漱石の内部の、あの「深淵《しんえん》」の存在をよく洞察し得ている。この一連の小品に描かれた世界は、決して片岡良一氏のいうように「草枕」や「一夜」の系譜を引いた世界ではない。ここに描かれたのは、「漾虚集」のそれよりも、もっと暗く、生ま生ましく彩《いろど》られた漱石の内部のカオスの世界である。そして又、「倫敦塔」や「幻影の盾」にあった「黒」の心象はここでも同じようにくりひろげられている。屍臭《ししゅう》がただよい、蛇のイメイジがあり、全体の雰囲気が澱《よど》んだ湿潤なものであることも、ある種の暗合の存在を物語るものである。しかも、ここでは、「薤露行」や「幻影の盾」にあった造型的な意志が薄弱になっていて、それだけ逆に、彼の内部世界のどろりとした触感を露《あら》わにしている。それは、「裏切られた期待」のモチーフであって、期待する側は作者を象徴する人物であり、それを裏切るのは、常に、その人間の意志の及ばぬ運命的な力である。そしてこの関係にはしばしば女が重要な因子として登場する。

例えば、最も象徴的な「第三夜」では、自分の子と思って背負って歩いていた盲目の子供が、実は百年前に殺した盲人であった、という形でこのモチーフが表われる。ここでは「おれは人殺《ひとごろし》であつたんだな」、という隠微な罪悪感が閃光《せんこう》のようにひらめいて、不気味な挿話が閉じられる。「第四夜」では、手拭《てぬぐい》を蛇にする、といった爺《じい》さんが河の中に消えてしまい、「自分は爺さんが向岸《むかふぎし》へ上がつた時に、蛇を見せるだらうと思つて、蘆《あし》の鳴る所に立つて、たつた一人何時迄《いつまで》も待つて」いる。しかしこの魔法使めいた爺さんは「とう〳〵上がつて来なかつた」。「第五夜」では、捕虜になった男が、殺される前に一眼恋人に逢《あ》いたいと思い、鶏が夜明けを告げる前に女が到着するなら、という条件で死刑を猶予《ゆうよ》される。しかし女は裸馬を疾走させるうちに、偽《にせ》の「天探女《あまのじやく》」の鳴声によって「深い淵《ふち》」に呑《の》まれてしまう。このモチーフは「第六夜」では、木から（埋まっている）仁王を彫り出そうとして失敗する、という形で、「第七夜」では、得体の知れぬ不気味な船から身を投げて、後悔する、という変奏をもって、反復される。この「第七夜」の船の心象は何処《どこ》かしら、幽霊船めいた不吉なものを感じさせずにはいない。この幽霊船自体も、「波の底に沈んで行く焼火箸《やけひばし》のやうな太陽」を追跡しながら、「決して追《おつ》附《つ》かない」。いささか想像をたくましくすれば、この船は、漱石の眼に映じていた人生の象徴であり、「黒い」水は、死の象徴であるより先に、彼を呑み込もうとしている例の「深淵」の象徴であるように思われる。更に、このライトモチーフは「第八夜」でも、「第九夜」でも、「第十夜」でも繰り返される。唯一《ゆいいつ》の明瞭な例外は「第一夜」で、ここでは、百年経《た》ったら必ず逢いに来るといって死んだ女が、百合《ゆり》の花になって百年目に男の前に現われる、という話が語られている。これは最も楽観的な例であって、「第一夜」

の悟ろうとして悟り切れぬ武士が、悟った上で和尚を殺してやろうと思う話になると、もう「第一夜」のような happy ending だとはいい難い。章を追うにしたがって、作者の絶望的姿勢はますます明瞭にうかがわれるように思われる。

このように考えると、先程ぼくらが「裏切られた期待」といったライトモチーフは、更にその奥を探るなら、ある絶対的な力、超越的な意志に対立する、人間の無力感の如《ごと》きものに帰着する。「原罪的不安」なるものは、いわばこの成就されざる人間的意志の無力感の転移なのだ。運命的な、得体の知れぬ力が、常に人間の期待を拒否する。その力に合体も出来ず、さりとて、その前で自らを否定することも出来ぬ故《ゆえ》に、人間は、自らの呪《のろ》わしい、どうすることも出来ぬ「我」の存在をひっさげて立ちつくしていなければならぬ。こうして、「夢十夜」でひそかに自らの内部世界を展開している漱石は、

《Le silence éternel de ces espaces infinis m'effraye.》

といった時の、パスカルを思わせる人間である。しかし、パスカルはこの名文句の「恐怖」を材料にして、人を神の方へ向き直らせようとした。人が神のもとにおもむく時、このような「恐怖」は消え去る、とおそらくパスカルはいう。ところで、こうした神の方向への転換こそ、漱石の最も承服し難いものであったことをぼくらは忘れてはならない。ここに、又、漱石の最も貴重な誠実さが見うけられるのである。元来、パスカル流の論理は古くから唯一神を所有している西欧人のものである。神の前で自己を否定

出来たり、芸術家の進歩がself-sacrificeや絶えざるdepersonalizationによって達成出来る（T・S・エリオット）、などという芸当はこのような種族に特有なものでしかない。ぼくら日本人の特質は、究極に於てぼくらが彼らの神と無縁だという所にある。漱石の「夢十夜」にあらわれた絶望的な姿は、護教論を持たぬパスカルの姿であって、ぼくらもすべてパスカルの所謂神に対してはこのような浅薄な関係しか有しない。西欧人が、「無限の空間の永遠の沈黙」と向かいあった時、彼らの胸には、反射的に――ほとんど条件反射的に――神もしくは神の追憶の観念が去来する。しかしぼくらの胸にはそのような性質のものが何も浮ばない。これは決定的な相違である。神を所有する西洋人を「ねたみ」、彼らの神を輸入することからはじめねばならない、という一部の評家の精神的人種改良論は、この本質的な相違を無視した、至極楽天的な便宜論であるように思われる。

このような日本の社会には、西欧的な意味での人間の対立関係や、人間と社会との関係は生れない。又西欧的な意味での近代的自我の如きものも存在しない。したがって、そのようなものの存在の上に成立している西欧的な小説の方法論を、日本に適用しようとすることは不可能である。それを敢《あ》えてしようとすれば、作家は日本の現実を無視して架空の世界を創《つく》り出さねばならぬ。しかし、西欧的な自我の存在しない世界にも、「我執」はある。西欧的な自我は本来神との対立の上にある所の自我である。更にそれは、神の前での depersonalization の可能性を留保している自我である。所が、漱石の眼に映じていた「我執」はこの可能性を持っていない。この「我執」は神を通じて人間関係を成立させることも出来なければ、他者の前で自己を消滅せしめることも出来ない。ぼくらの棲息《せいそく》する社会に於て、「我」の問題は、仮りに神が死んだにせよいまだその記憶を残している西欧社会に於けるよりも、はるかに赤裸々な様相を呈している。そしてこの「我」は、明治以後の西欧の自我意識の一面的な輸入によって、更に複雑化されている。漱石が「我執」を問題にし、近代文明の病弊を自我の過度な主張に求めた時、西欧的自我と、彼の所謂《いわゆる》「我執」との相違に気がついていたとは思われないが、日本の近代社会に特徴的な、救済され得ざる原罪、神という緩衝地帯を有せざる「我執」の存在は、的確にとらえられていたのである。「夢十夜」その他を材料にして、漱石の内部世界のフロイディズム的解釈を行ったものには、荒正人氏の「漱石の暗い部分」という研究がある。それは一つの解釈であって、それの当否については今ここで論ずる余裕がない。しかし、ぼくらの論述の上で必要なことは、漱石の内部世界の客観的意味を知ることではなく、その、作家自身への影響の過程を知ることである。問題をこのように限定して考えると「夢十夜」で露呈された低音部の反響は、「三四郎」の「無意識の偽善《アンコンシアス・ヒポクリシイ》」とか「迷羊《ストレイ・シープ》」とかいう観念に、先ず聴かれるように思われる。しかし、この作品では、作者の深刻な原罪意識と、士君子的な知識階級を夢見るイリュージョンとが雑然と混入して、作品の創作意図を分裂せしめている。この退屈な小説では「猫」よりも現実的に描かれている知識階級の風俗的戯画と、当時としては極めて勇敢に述べられた社会批評のみがぼくらの興味をひくのだ。「三四郎」の執筆と、「それから」の執筆までの間には、約十カ月の間隙《かんげき》がある。この間に書かれたのが「永日小品」であるが、この中には作者のロンドン時代の回顧がある。「寒い夢」、「下宿」、「過去の匂《にほ》ひ」、「霧」、「クレイグ先生」などがそれで、ここにも、「倫敦塔」を思わせるような心象が、点在しているのは注目すべきである。惟《おも》うに、このような回顧の濾過器《ろかき》を通じて、漱石の前述の如き原罪意識は、知識階級の優越感を否定し去る所まで深化したのではないか？「それから」の中には、「夢十夜」で最も明瞭にうかがわれた、作家の暗い人間存在についての意識が浸透しているように思われる。あるいはここではじめて、「三四郎」以前の作品では、二種類の別個な主題としてとらえられていた、文明批評と「我」の暗い執念とが、長井代助という典型的人物の中に融合する。そして、これ以後、漱石は二度と、「夢十夜」や「漾虚集」のような作品を書かない。同時に「三四郎」に至る迄漱石の特色であったヒューマアが、以後の作品からは姿を消す。いわば長篇の中に浸出して来た彼の深淵の感覚が、それを併呑《へいどん》しているのだ。そして、その代りに、作家の最も内奥《ないおう》のかくれ家である、南画的な世界への憧憬《どうけい》が、長篇の世界と対立して、「思ひ出す事など」や「硝子戸《ガラスど》の中《うち》」を書かせ、傷ついた彼を文人趣味に遊ばせるようになるのである。

「虞美人草」以来、漱石が苦慮して来た西欧的方法による長篇小説構成の問題と、彼の内部的な「我執」の意識が共に発展して、「それから」の世界に合流していることは、以上に述べた通りだが、彼の扱っている「我執」と西欧的「自我」の本質の相違は、この作品を、ギクシャクとした不自然なものにしている。代助の像は鮮明に浮き出して来るし、それは確かに芥川龍之介の指摘するような、近代日本文学史上に稀有な典型的人物である。しかし、ここには決して中村真一郎氏のいうような、「緊密で美学的な快感」などはないし、この作品の成功の原因は「長篇小説として均衡を得」ているためでもない。このような要素は、武者小路氏の評したように、「それから」を「運河」のような人工的なものにしているだけである。代助の現実的な姿は、こうした人工的な背景から奇妙にずれている。ぼくらはここでも、長篇小説の美学的構成以外の所に、この作品の成功——それが仮りに成功しているとして——の原因を見るのだ。

「それから」での漱石の作家的な進歩は、その文明批評を、代助という人物の創造を通じて行っている所にある。これは、一歩を進めれば作家が自らの傷ついた内部を通じて、近代日本社会の病弊をえぐり出していることになるので、結局、この作品がぼくらを魅するのはそれ以前にはなかった作家と作中人物との緊密且明瞭な関係が存在し、この人物に集約されたぼくら自身の戯画を見得るからである。そして、漱石が幾つもの幻滅を経験しつつ、ここに到達したように、代助の歴史も又幻滅の歴史なのだ。

代助が、「人格主義」の馬鹿々々しさを熟知した甲野の如き人物であることについては、すでに触れた。つまり、この高等遊民は、かくあるべき——士君子の如き——知識階級などというものを信じない。彼は自らの正しさを以って、他人の非をなじるような姿勢に、本能的な嫌悪《けんお》感を覚える人間である。漱石が「夢十夜」などで露《あら》わにしている原罪感覚のようなものは代助の心中にも澱んでいる。その点で彼は決して選ばれた優越者ではない。同時に、この男は、そのような意識を持っていることに逆に一種の正当さを見《み》出《いだ》そうとしている。自らが正当でないことを知っている人間の正しさ、という幻想がこの主人公を捕えて、彼を nil admirari の中に惑溺《わくでき》させる……。「それから」の主題は、代助がこの種の幻想から急転直下にすべり落ちる所に発見されるべきである。

「我執」の醜さを識《し》っている代助は、かつて自分のひそかに愛していた女を友人平岡に譲った。彼にとって、これが英雄的行為であったことはいうまでもない。彼は犠牲的行為をした自らを正しいと信じ、その優越意識の故にそうしたのである。しかし数年経って、全く落ちぶれた平岡夫婦が彼の前にあらわれた時、事態は全く一変する。偽られていた「我執」が活動しはじめ、代助の幻想をはぎ取る。彼は三千代を平岡から奪わねばならぬ。彼は平岡に対して不誠実であったわけでもなく、三千代に対して誠実でなかったわけでもない。代助はその信ずる所では充分正当に行動している。しかしかつての犠牲的行為なるものを彼に保証する彼以上の力はない。つまり、代助は彼の「我」を一時的に留保したにすぎなかった。彼を三千代に近づけるのは、彼の意志の制御し得ぬ運命的な力である。消去さり得ぬ我を留保したままに行われた犠牲的行為、――義侠心《ぎきょう》――の正当さを信じていた代助は、そのような中途半端な「良心」を信じた故に、破局へと追いやられる……。

これは完全な戯画化の過程である。かくあると信じていた自己の姿と、実際にそうである自己の姿との落差の大きさが、代助の姿をヴィヴィッドにしている原動力の一つであることはいうまでもない。こうしたディスイリュージョンの過程を描いた芸術的小説として、ぼくらはジェイン・オーステンの「エンマ」を持っている。「それから」とこの小説とは、かなり似通った情況を有している。所で、「それから」は如何《いか》にオーステンの小説と異っているか？ 第一に、「エンマ」の女主人公の幻滅を支え、その性格を支えているものは、小説の構成自体に存在する人物間の相互牽引《けんいん》作用である。しかし代助の幻滅を浮き出させ、この典型を描くために作家の用いた支柱は、この作品の中の文明批評乃至は文化論である。正宗白鳥氏が、「小説の中に雑録がまぎれ込んだのぢやないか」と評したこのような部分が、より多く、代助の性格――もしそれを性格と呼ぶならば――を支えている。いわば、代助は「文明批評乃至は文化論」的性格なので、代助と三千代との恋愛心理や、例の「我執」の問題は、彼のこうした性格の影になって、さほど明瞭《めいりよう》には見えない。「三四郎」にあった主題の分裂現象は、ここでも以上のような形で現われている。しかも、漱石はここで明らかに代助の創造に成功し、代助は典型的人物にまでなり得ている。そして、代助はその中に分裂した主題を併せ持つところの典型的人物である。こうした性格の二面性——一方に於《お》て社会的類型であり、他方に於て「我執」に取り憑《つ》かれた個人である——はジェイン・オーステンの主人公には見当らない。これは作家の才能の相違であるよりむしろ彼らの見ている現実の質の相違というべきであって、代助のような典型を生む現実から、エンマのような純粋小説の主人公は造型し得ないことの証明でもある。漱石は、「それから」で代助の創造に成功したことによって、逆に、日本に於ける西欧的長篇小説の限界を明らかにしているのである。「それから」以後に於ても、漱石の長篇小説構成の努力は、幾度となく失敗を繰り返す。「門」はそのような失敗作であった。笑止の沙汰というより他はない主人公の参禅などは、作者の苦しい姿勢を物語っている。「彼岸過迄《ひがんすぎまで》」、「行人」、「こゝろ」の三部作では、探偵小説的前半と後半の独白が遊離している。彼の構成的な努力が成功しているのは、前半に於てであり、後半では、種明かしのような形で、「我執」の主題が反復され、その間には目に見えぬ断層がある。これは中村真一郎氏の定義によれば、恐らく長篇小説としての致命的欠点であろう。ある意味で、漱石の作品中最も高い芸術的完成を示している「道草」では、作家は、三部作の前半に見られる探偵小説的手法を用いて成功した。

しかし出来上ったのは、傑作ではあるが一種の私小説的作品であった。「明暗」で、作家は、「我執」の主題に集中している。この大作は他のどの作品よりも顕微鏡的世界を取扱っている。そしてその故に、極めて緊密な密度を有している。更に注目すべきは、「道草」及び「明暗」で、作者が、地名の明示をやめたことである。それを一例として、ここにはことごとに一種象徴的な雰囲気が漂っている。いわば、「漾虚集」や「夢十夜」の暗い内部世界は、それまでに作家の心を侵蝕したのであった。

こうして年毎《ごと》に暗さを増して行く作家の対人間的姿勢から逃れ出ようとするかのように、「思ひ出す事など」や「硝子戸の中」のような、美しい小品が書かれた。漱石の最も奥深いかくれ家である、この静寂を夢想している時、おそらく、彼の「我執」は慰められたのである。「則天去私」とは、いわば、人生に傷つき果てた生活者の、自らの憧《あこが》れる世界への逃避の欲求をこめた、吐息のような言葉でもあった。

第二部　晩年の漱石

第一章　作家と批評

その晩年のある時期に立って、過去の業績をふり返ってみると、文学史的評価や位置づけなどは児戯に類する些事《さじ》のように思われて来る作家がある。彼の生涯の重みが、そのような「人間の作った小刀細工」を拒否している。たまたま、自分の一生の秘《ひそ》かな旋律を、「文学作品」というものの中に歌いこめて来た一人の男がいて、やがて死のうとしていることを考えると、一国の文芸がどうなろうと、その中でこの作家の位置がどうなろうと、そんなことはすべて第二義的な、軽薄な議論に思われて来る。つまり人間の一生などというものはそれほどに厳粛なものなので、ぼくらはそんな重苦しいものに向かいあっているのがいやなばっかりに、かえってさまざまな小手先の細工を案出するのである。

文学史家などという人々の努力は、この重苦しいものをローラーにかけて引きのばし、愉快にテニスでも出来そうな、一見坦々《たんたん》たるコートに仕立て上げることに集中されている。これには実は巧妙な生活の知慧《ちえ》がはたらいているので、そんなふうにローラーでならしてしまわぬことには、この重苦しいものをどうすることも出来ぬという便宜主義が、彼らの言い分であろう。作家をすべてにわたって理解するなどという無理な相談はやめにして、ほどほどの所で手を打とうじゃないですか。こっちも忙しい体なんだから。こうして文学史家は火葬場の隠亡《おんぼう》よろしく、作家の屍体《したい》整理をはじめる。曰《いわ》く自然主義、曰く新現実主義、それらの奇妙な術語は、屍体の首っ玉にとりつけられた十把一《じっぱひと》からげの標識以外のものではない。たしかにそこには秩序がある。序列がある。しかし、ある秩序の下に過去の文学を整理し、再編成するといったところで、整頓《せいとん》などということは大して高い美徳ではない。それを至上のものと思いこんでいるのは、小学校の模範生か疳性《かんしょう》の四十女位のものである。

一人の作家が生き、そして死んだという事実が、重苦しくてこでも動かぬもので、その事実のあたえる戦慄《せんりつ》が、なまはんかな知的操作を拒絶するものだということは、一つの教訓をぼくらにあたえる。つまり、ぼくらにとって重要なことは頭の切れ味を磨くことでもなければ、整理統合の術に熟達することでもなく、ぼくらが現に生き、やがて死ぬ、というつまらぬ事実以外にはないというのがそれであって、美の感覚などは大方ここにつながっている。美しいと思われる絵を観、音楽を聴き、詩を口ずさむ時、人の感じるあの哀しみのような感情は、いわば、一瞬のうちに自分の生と死とを啓示されるような驚きから生れるといってよい。そして、やがてその生涯を閉じる作家の晩年に立って、彼の半生を展望する時にぼくらの精神に生ずるある種の緊張――仮りにそれを悲哀と呼ぶならばその悲哀の性質もこの驚きに似ている。ぼくらの生と死が、作家の生涯の重々しい時間に触れてはね返って来る。この人間はこのように生きて来た。だとすれば、自分はどうするのか？

作家のこうした計量不可能な、絶対的な存在を意識することは、現在世上に通用している多くの文学研究、又は文芸批評の方法と激しく対立せざるを得ない。文学史的方法は、前にのべたように、いくらローラーをかけてもくずし切れぬ部分を持った作家達を、平坦にならし得たと信ずることを要求する。又こういう信仰を持たずに文学史を書くことは不可能であって、最も高等なものに属するT・S・エリオットの方法論すら、このわなを逃れてはいない。屍体整理でないにしたところで、ここでは一種の科学的操作が要求されているので、各々《おのおの》の作家は、各々の時代に共通な価値に換算され、その流通の可能性を検証されねばならないのである。「伝統」などといった所で、結局、これら流通貨幣の信用調査をしようというほどの意味にすぎず、いわば、ロイド銀行の銀行員の考え出した、巧妙な兌換《だかん》手続きであるというにすぎない。ここでは作家の個性や生涯の劇は、たえず一つの流通紙幣に兌換され、このような非個性化によって、「芸術は科学の状態に近づくと言われ得る」といったようなことになる。「文学史」という、遠近法にかなった、整然たるヴィスタが完成されるのは、このような次第によってである。

それで問屋が卸《おろ》せば世話はない。が、人間は概してこのような均質化に不服を唱える。いったいそんな見事な風景が出来た所でどんな意味があるというのか？　意味はありもしようが、この自分はどうしてくれるのか？ これがこのような場合に提出される人間の側からの問であり、同時に極く素朴な——しかし常にくりかえされる——文学史家への疑惑である。前者のような態度を、科学的、あるいは伝統主義的と呼ぶとすれば、これは神話的、あるいは個人主義的というべきであろうか。しかしむしろこれは態度以前の問題なので、文学史的方法に対立するもう一つの方法論というよりは、一層深い次元に属する問である。方法論にはやりすたりがあろうが、これこれの作家が生き、これこれの作品を残して死んだという事実は変らない。要はぼくらに突きつけられたこの動かし難い事実をどう処理するかということにつきる。だが、甚だ奇妙なことには、文芸批評家は多くの場合、この事実を回避することばかり懸命になっているかのように見える。ありとあらゆる批評は、率直にいえば、作家という一人の人間のかわりに、何か都合のよい問題を置換しようとする努力であるといってもよいので、伝統といい、歴史的態度といい、社会史的意義といい、それらはすべてこの種の置換物だが、こういう輩《やから》のだしに使われた作家こそはいい面《つら》の皮である。そしてだしにしか使われない作家はもっといい面の皮ではないか。

このような方法に比べれば、今日隆盛を誇っている実証主義的批評というものは、一見はるかに作家を尊重したやり方のように見える。この派の研究家達は、作家のほくろの数まで数えあげるような方法を好んでとるが、これとても、実は前のと似たりよったりの結果を約束しているのだ。この種の文学研究の背後にあるものは、おそらく十九世紀的な科学的決定論に対する信仰であろう。これは完全なアナクロニズムに属するもので、本家の自然科学の方は、自分を今日に導いて来た十九世紀的決定論のおかげで、新しい混沌《こんとん》の中に溺《おぼ》れかけているというのに、文学研究の世界だけでは大手をふって通用しようというのである。この不自然な現象が当然のこととされていることには一つの理由があるので、それは、実証的研究というものが、非常に安全な、快感を伴うものだということである。最も些末な事実を無視しても、作家研究は成功しないということは、最も些末な事実を全部かきあつめればそれが成功するということと同じであって、この信仰を支えているのは科学的方法に対する絶対的な信頼感にほかならない。人間は間違うかも知れぬが、科学は間違わない。そして作家の人間などという得体の知れないものを相手にするより、例えば漱石がロンドンで下宿していた家の間取りや家賃を調べ上げる方が、どれほど衛生的な仕事であるかはいうまでもない。更に、その資料の山から、作家の姿が浮び上って来ると信ずる時、「科学」の勝利は証明されるのである。これは一層爽快《そうかい》なことではないか。つまりここでは明瞭《めいりよう》なものと曖昧《あいまい》なものは連続していて、曖昧とは軽度の明瞭にすぎないという信仰が支配している。果してそうか、ということを問う前に次のようなことを考えてみる必要がある。

曖昧は軽度の明瞭なり。それはよろしい。だがいったい、「漱石はロンドン留学当時、極度の貧困に苦しんでいた」というかわりに、「漱石に支給された文部省留学生の留学手当は何円であり、当時の交換市場では英貨何ポンドに相当し、漱石はこれによって大体一日何シリングを消費し得た。つまり漱石の貧困の程度は、ロンドンのどの階級のそれに匹敵した」などということによって何が明瞭になったのであろうか。結局、「極度の貧困」という言葉が計量可能な言葉に置き換えられただけのことで、このことから漱石をほとんど発狂させようとした彼の内面の葛藤《かっとう》を説明しようとするはおろか、あの有名な神経衰弱の原因を知ることすら出来ない。これが極端な例であるにしても、実証主義的研究の成果は似たようなものである。大体、作家が批評家の議論の正確さを立証しようとするために、おとなしく坐っているなどと考えるのが馬鹿げている。誰が他人の材料になって、勝手な議論の辻褄《つじつま》をあわせるために、馬鹿正直に文学作品のたぐいを書きのこしておくものか。

作家をローラーにかけて引きならし、均質化し、非個性化しようという衝動が、文学史的方法に批評家を誘うとすれば、実証主義的方法は、必然的に伝記的研究を将来する。更にこれらは相互に恩恵的に影響しあっているので、例えば吉田精一氏の「芥川龍之介」や、小宮豊隆氏の「夏目漱石」の如《ごと》きは、このようにして書かれた傑作というべきである。しかしこれらの評伝を読む時のぼくらの胸中には、次のような疑問がおこらないであろうか。すなわち、まだこれ以外にも伝記は書かれ得るのではないか? といういわば不逞《ふてい》な疑惑が、最後の頁《ページ》を伏せたその瞬間に、忍び入って来はしないか。ぼくらは、漱石をお数寄屋《すきや》坊主の後裔《こうえい》には出来ないし、芥川を牛込馬場下の名主の息子にも出来ない。資料の物語ることは厳然としていて、疑いもなく漱石や芥川は右の評伝で精緻《せいち》に跡づけられたような経歴を送ったのである。それにもかかわらず、ぼくらはこの明確な事実には満足しないで、ここにはいない作家の姿を追い求めようとする。細かく織り上げられた事実とは、全く断絶された次元に作品は存在する。その中にこそ、作家の最もessentialな部分があるので、ここ以外に一人の人間に対してぼくらの感じ得る魅力の存する所はないのだ。

こういった貪欲《どんよく》な衝動の背後には、およそ作家に対してのあらゆる硬質化、輪郭の決定を嫌悪《けんお》するような感情がある。いったいそれでは君はこの一冊の評伝に要約されるような人生を生きたといって満足しているのか。それでいいのか？　君のいいたいことはもっと別のことじゃなかったのか？　このような問を発する時、ぼくらはほとんど無意識の内に、その作家の一連の作品のあたえる異様な魅力を思いうかべている。ここにこそ、君の肉声があるのではないか？　誰によっても、如何《いか》なる学殖豊かな研究家によっても語られていない君の一生は、この奥に眠っていはしないか？　おそらく、そうした隠微な願いから、少くとも近代の芸術家達はその作品の底に秘密の自叙伝を書きつづけて来たのだ。これによらないで、何によって作家を語るというのであるか。むしろ作家をして語らせるべきではないのか。そのことに成功した時、はじめて批評は一種の創造行為となり得るはずではないか。

「一人の年老いた女が、列車の、私の前のシートに坐る」と、私はいつしかその女を主人公にした小説を発展させはじめている」という意味のことをいったのはヴァジニア・ウルフである。全く同じように一人の作家の作品が眼の前にある。と、ぼくらは、いつしかその作家を主人公とした一篇の小説（!）を書きはじめている。しかしここで描かれるのは、その作家の恋愛事件でもなければ、所謂《いわゆる》実名小説を彩《いろど》っている逸話の数々でもない。いわばその内面で演じられた数々の精神の葛藤や無気力が、ぼくらの「小説」の主題となるのである。

アントニイ・トロロウプが、その厖大《ぼうだい》な小説に英国国教会のややこしい儀式や役職をちりばめたように、この「小説」のまわりを、先刻以来はなはだ礼を失した取扱いをして来た伝記的資料や文学史的観察で飾るのはぼくらの幸福な特権であって、あらゆる作家が、時空を超越した純粋人間などであり得ぬ以上、これは当然なことである。しかし、先《ま》ず漱石がいたのだ。これが第一義の問題であり、一人の人間の複雑をきわめた人生に触れるための、第二義的な要因としての明治時代の日本が問題になるにすぎない。これこれの時代が、これこれの人間を生んだということより、このような時代に、このような一人の人間が生きていたということの方が、数等重要なことのように思われる。時代は人間に対して常に巨大な問題を提出している。「文明開化」の日本の社会が、夏目金之助という優れた知性の持主と激しく衝突する時、はじめて彼の精神の劇が生れる。意識するとしないとにかかわらず、作家は自分の生をうけたそれぞれの時代と対決しているのだが、しかしそこから生ずる劇の何と多様であることか！

ぼくらをとらえてあの「小説」にかりたてるものは、ほかでもない、これらの問題化されぬ問題、何の痕跡《こんせき》もとどめていないある重要な事件の複雑さ、更にいうなら、ある時代に生きた一人の人間の精神が経験し得る、かぎりない葛藤の相を発見することの喜びである。共感という名で呼ばれるこの種の好奇心が、ぼくらに課する唯一《ゆいいつ》の掟《おきて》は、あらゆる決定論の排除ということ以外にはない。それがマルクシズムであろうがフロイディズムであろうが、あらゆる決定論の目的とするのはせいぜい人間を一つの体系の道具に還元することである。それらをナイフにして、作家を切りきざんだ結果を文芸批評などと称するのは精神の怠惰のあらわれなので、問題は作家の人間にある。その人間への興味が共感を呼ぶのであって、一人の作家に対する、例えば精神分析学的解釈が必要なのではない。

ぼくらの周囲には、右にあげたもののように明確な方法を持たぬ、数かぎりない決定論や形式化への誘惑がひしめきあっていて、ほとんどすべての知的努力は、それらの自動機械的処理に委《ゆだ》ねることによって解消されようとしている。しかし実はぼくらは何を証明しようとして生きているわけでもない。ただ、ぼくらが生きた、という単純な事実を証拠立てる以外には。そしていかなる大作家といえども、この重苦しい、しかも単純な事実だけを残して、傷つき果てて死んだのである。この人生という、説明され、整理されたとたんに変質し、捕えたと思えばつるりとすり抜けて行く一つのカオスが、例の「小説」に自由な舞台をあたえる。つまり無制限な発見の自由がそこにはある。同時にこのカオスはぼくらをおびえさせる。他人を理解するということは、少くとも他人に触れようとすることなので、他人から遠ざかることではない。といった所で、誰がこの混沌の中に身を投げて溺死《できし》しないと保証するのか？　ぼくらは人を愛するなどということが出来るか？　しかしここに自分がいてその前に作家がいる。これは決定的な関係である。作家は剝製《はくせい》になりたがっているのでも、moralizing を要求しているのでもない。況《いわ》んや生きたがってもいない。しかしそこに彼がいる。何故《なぜ》山に登るかときかれて、いやなに、そこにあるからさと答えたというイギリス人と同様なやみくもの情熱が、ぼくらを彼の方にかり立てる。おこがましくも他人を語ろうというのであれば、この程度のことは心得ておくべきではないか。

人が他人を理解出来るか、という問は、必然的に人が他人を愛せるか、という一層不快な問を導き出す。だが、ところで、ひとのことなんか判《わか》るものか、などという小生意気な断定が精神の活動停止を物語るものである以上、ともかくもあのカオスの中に飛び込むことが肝要である。まだ判らぬ、今は判らぬということは、半面にやがて判るかも知れぬという可能性を留保している。この可能性、――現在に於《お》ける無の不安が、ぼくらを前に押し出す。仮りに愛が不可能であるとしても、愛さずにはいられないという癒《いや》し難い衝動をどうしたらよいのか。ぼくらがかくあると欲する所の彼の姿をでなく、まさにそのようにある所の彼を。人間に対する興味などといったやくざな情念は、ぼくらをそんな袋小路へと追いやる。晩年の漱石も又、こうした袋小路を摸索する人であった。もとはといえば、そのような夏目漱石の影像が、以上のような思考を喚起したのである。

第三章　倫理と超倫理――修善寺大患をめぐって

明治四十三年の晩夏に、「それから」の筆を擱《お》いた時、漱石の前半生は終る。文明批評的典型代助の問題は、半ば時代の問題であった。しかし今後の彼にとって、救済すべきは自己であって、社会や時代などではない。漱石は「それから」以後の作品で、より少く文化論者的に、より多く救済すべき自らに焦慮する人間として、ぼくらの前に現われる。そのような傾向が明らかになるのは、少くとも「心」以後の作品に於《おい》てである。それ以前に、彼の生涯は一つの偶発事によって中断される。ぼくらのいおうとするのは、勿論《もちろん》例の修善寺大患のことである。

この事件に関して、漱石自身の書き残しているのは、明治四十三年十月から翌四十四年二月にかけて断続的に「朝日新聞」に連載された「思ひ出す事など」である。この概《おおむ》ね通俗的な人生観乃至は生死観をのべた随筆ほど、多くの意味あり気な註釈《ちゆうしやく》で汚されて来たものはない。生死の境にある人間から、高遠な教訓を期待したがるのは、意地汚い教師根性である。この病中で経験した天眷《ブリス》によって、漱石の思想が一大転換を来たすという小宮豊隆氏などの解釈は、当り前の人間並に自分に訪れた仮死状態に驚喜し、病気に一種の幸福を感じている作家の姿を、門下生特有の感傷で歪《ゆが》めたものにすぎない。必要なのは、修善寺の漱石がどのような教訓の材料になり得るかではない。ぼくらは、単にこの幸福な体験を彼と共に生きようとするのである。

「思ひ出す事など」に表われた漱石の姿は、何よりも先に思わぬ閑日月を発見し得た、傷ついた生活人の姿である。

《われは常住日夜《じやうぢゆうにちや》共に生存競争裏《せいぞんきやうさうり》に立つ悪戦の人である》

と書いた時、ぼくらは彼の眼が見ていた「我執」の惨憺《さんたん》たる闘争や、暗い湿潤な「生」の感覚の地獄図絵を想《おも》わずにはいられぬ。最も旺盛《おうせい》に生活しようとした漱石は、同時に最も激しく生活の傷を受けた人であった。世の中には呼吸するように生活する人間がいる。しかし自らの生存の重みに耐えかねる余り、かえって旺盛に生きねばならぬ人間もいるわけで、漱石の如きは明らかにこの後者に属する。このような人間にとっては、自分が存在するということがすでに宿命的な不快感をもって意識されねばならぬ。何者かが、彼の存在が開始されると同時に彼を accuse している。そして自分を正当化する何の反証も見出《みいだ》せぬまま、彼は盲目的にこの刑罰に屈服せねばならぬ。出来得れば消えてなくなりたいほどの重みを以て、この不快感は漱石の肩に背負わされているので、日常生活の強要する自己主張の反復と、自らの中に内在する自己否定への欲求の、二つの衝動の相剋《そうこく》が、絶えざる内部の葛藤《かっとう》を約束している。彼が平和に暮らすことの出来る楽園があるとすれば、それは自分が存在しないように存在するという奇怪至極な世界以外にはない。修善寺の漱石は、吐血による貧血状態のおかげで、この不思議な楽園に実際に触れ得たのであった。

先にこの小論の第一部で、ぼくらが「漱石の低音部」と呼んだのはこの奇妙に静寂な世界を指してである。彼がドストエフスキイの癲癇《てんかん》の発作になぞらえた病中の「天眷《ブリス》」は、植物のように存在し得た人間の至福であるといってよい。

《口を閉ぢて黄金《こがね》なりといふ古い言葉を思ひ出して、ただ仰向けに寝てゐた。難有《ありがた》い事に室《へや》の廂《ひさし》と、向ふの三階の屋根の間に、青い空が見えた。其《その》空が秋の露に洗はれつゝ次第に高くなる時節であつた。余は黙つて大空を見詰めるのを日課の様にした。何事もない、又何物もない此《この》大空は、其静かな影を傾むけて悉《ことごと》く余の心に映じた。さうして余の心には何事もなかつた、又何物もなかつた。透明な二つのものがぴたりと合つた。合つ

て自分に残るのは、縹緲《へうべう》とでも形容して可《い》い気分であった》

このような文章を読んでぼくらの想像するのは、頽唐《たいとう》期のフランスの詩人の歌った、

《Le ciel est par-dessus le toit/Si bleu, si calme./Un arbre par-dessus le toit/Berce sa palme.》

という詩句にある一本の老樹の姿である。この青空に神を見た獄中のヴェルレーヌは、「大空を見詰めるのを日課」とした漱石と奇妙に背馳《はいち》し、又奇妙に一致する。「あゝ神よ、これが人の世です」という人間臭い詠嘆をもらす者は漱石の中にはいない。このようにいった時、ヴェルレーヌは、己れの人間を——神を見出すことによってはじめて完全に人間的になり得た自らを、くまなく透視している。おそらく信仰はここからはじまる。自らの人間性の神の前に於ける完全な容認から。しかし右に引用した漱石の文章の中からは、むしろ、

《Annihilating all that's made/To a green thought in a green shade.》(A. Marvell)

といった十七世紀の英詩人の恍惚《こうこつ》とした絶唱の声が反響して来る。彼はこの時、人間であるよりは一本の老樹だったのであり、彼の前にあるのは、西欧的な唯一神教の「神」ではなく、あらゆる人間的意志を呑《の》み尽くす東洋の巨大な「自然」であったのだ。漱石とヴェルレーヌは、同じ青空に向かいあっているが、彼らの間にある距離は、この二人の文人の祖国をへだてている地理的な距離よりもはるかに遠い。即《すなわ》ち一方は「自

然」に呑みこまれ、他方は自らの罪障に汚《け》がれた身を「神」の前に曝《さら》して涙を流すのである。仮りに世上いう所の「則天去私」が、通説のように倫理的な悟達を表現する符牒《ふちょう》であり、修善寺の体験が、「則天去私」の救いへと連続するものであるなら、漱石は肉体を保持した人間であることを続けねばならず、彼の前に現われるのは神でなければならぬ。何故《なぜ》なら、倫理とは最も人間的な行為であり、倫理的な悟達（又は救い）という矛盾した行為を可能にするのは神だからである。救済の必要条件は、神と人間との対立にほかならない。魂の救済というものは、肉の罪障をそのまま保ちながら、その人間的な罪障と神とを同時に視《み》て、はじめて成就するものであるように思われる。しかし悟達という時ぼくらの期待するのは、超絶的な世界の中への自己解消である。そしてこれはもはや倫理的ではあり得ない。修善寺で得た漱石の至福が、肉体の非常な衰弱という生理的な条件によって得られた、いわば植物的な静寂であることを思えば、彼にとってこの境地は、倫理とも神とも救済とも絶縁された別な次元のものであった。

漱石の全作品を展望すると、ぼくらの耳には、how to live という問題と how to die (= how to annihilate himself) という問題との二つの諧音《かいおん》が、全く独立した次元から別々に響いて来るのがきこえて来る。彼の一生はこの二つの問題を別々に解決しようとする二つの背反した衝動の連続であって、彼の精神の悲劇は、ともに強烈なこれらの衝動の葛藤から生じるといっても過言ではない。前者の提出するのが倫理の問題であるなら、後者のそれは超倫理《アンモラル》の問題である。倫理の問題を超倫理《アンモラル》の世界に解消することは出来よう。しかし前者を後者によって解決しようとするのは不可能であって、修善寺の体験の帰結が、所謂《いわゆる》「則天去私」であるという通説はこの点からも全く意味をなさない。漱石自身、少くとも小説の世界では超倫理の要素を拒まざるを得ないものとして制作を続けて行ったのである。

倫理の問題は、最も根本的な形に還元すれば、他人をどうするかということに尽きる。ここで提出されるのが生活の問題であることはいうまでもない。ぼくらの日常生活等というものは、他人に対して如何《いか》に行動し、考えるかということの繰り返しであるといってよいので、これはそのまま漱石の長篇小説に於て、一貫して発展されている主題であった。これを人間相互の関係と呼ぶなら、超倫理への希求とは如何にして人間を離れるか――植物たり得るかという憧憬《どうけい》である。このような憧憬の強い人間ほど、かえって人間に対して敏感であるというアイロニイを味わうものであって、事実漱石は、他人をどうするかという問を日常生活のあらゆる些末《さまつ》な部分に見ずにはいられなかったのである。こうして小説作者漱石は、彼には徹頭徹尾俗悪と思われ、かくもしばしば嫌悪《けんお》の念をもよおさせた日常生活の場から一歩も離れ得ぬ生活者として仕事を続ける。生活者としての自己を放棄することは彼にはそのまま作家生活の終結を意味する。そしてこのように生活者である自己と、作家である自己を見事に一致させ得た所にこの作家の真の独創があったといえるのだ。

漱石の actuality の秘密は、とりもなおさずここにあると思われる。風流韻事を好んで書画の類を愛した漱石ほど散文的な作家を、近代日本文学史上に求めるのはたやすいことではない。近代の散文というものが、元来十八世紀の英国小説に見られるような俗悪至極の中産階級の生活倫理を背負って誕生したもので、売文家デフォーから、芸術的「純粋小説」の作者ジェイン・オースティンにいたるありとあらゆるこの時代の小説（この場合所謂 Gothic Romance を含めない）に共通な性格は倫理性であり、やや限定的にいうなら実利的な日常倫理によってつらぬかれていることにあった。生活者の語る世俗的な倫理の考察を、ジョンソン博士の所謂 common readers は好んで読んだのである。このような態度が漱石の作品に強い影響をあたえているのは否《いな》みがたい。そして、何らかの意味で彼が一般読者と共に考え、しかもより深く考えるという印象をあたえるとすれば、その秘密は大方この辺にひそんでいるといってよい。漱石はこの意味で通俗的であり、その異常な人気は彼の文章の魅力を度外視しても、この通俗性を土台としている。

しかし、ぼくらの最も興味を覚えるのは、このような作家であった漱石が、実は誰よりも熾《し》烈《れつ》に超倫理《アンモラル》の世界を希求する人であったという、一種のアイロニイについてである。この意味で、「修善寺の大患」は彼の生涯中最もアイロニカルな事件の一つであった。恐らく文学史的に漱石が評価されるのは、右に屢述《るじゅつ》したような意味に於てであり、彼が後世の作家に提出している問題もそこにあるといえる。それにもかかわらず漱石自身は、彼の周囲の世界に人間関係の地獄図絵以外のものを見なかった。自己を抹殺《まっさつ》したいという、絶え間ない衝動に悩まされている人間が、「行人」を書き、「道草」を書き、「明暗」を書き、更に、

《私は此自己本位といふ言葉を自分の手に握つてから大変強くなりました》(「私の個人主義」)

と、胸をはって講演しているのを想《おも》うと、滑稽《こっけい》を通りこしてむしろ悲愴《ひそう》の感が深い。ロンドンの客舎で彼の心を捕えた、「文学とは何か」という根本的な疑惑は、彼に「文学論」を書かせ、ついには小説の筆をとらせた。朝日新聞「入社の辞」で、

《大学では講師として年俸八百円を頂戴《ちゃうだい》してゐた。子供が多くて、家賃が高くて八百円では到底暮せない。仕方がないから他に二三軒の学校を馳《かけ》あるいて、漸《やうや》くその日を送つて居た。いかな漱石もかう奔命につかれては神経衰弱になる。其上多少の述作はやらなければならない。酔興に述作をするからだと云ふなら云はせて置くが、近来の漱石は何か書かないと生きてゐる気がしないのである》(傍点筆者)

と揚言した時の彼は、自らの作品が――そして自らに提出した疑問が、新しい神経衰弱を彼に強いるほどのものであることに気づいてはいなかったのである。

作家になることによって自らを救い得ると信じた漱石が、ここにいたって、逆に自分自身の慎重な打算に裏切られている。少時の彼が熱烈に求めた社会的名声や影響力を今や彼は充分に得た。「太陽」雑誌の人気投票で一位になった「文豪」漱石は疑いもなく赫々《かつかく》たる成功者である。しかも作家の心の奥底にあって、かすかな低音部を奏しつづけているのは、彼の作家生活を根本から否定し去るような自己抹殺への欲求にほかならない。「思ひ出す事など」を書いた病床の漱石は、彼の錯乱しかけた心に平和をあたえるのが、新聞小説の執筆でもなければ日本文化の将来に関する憂慮でもない、稚拙な南画と漢詩と俳句と幼時の追憶と、生死の間をさまよっていた自分の不思議な恍惚感の回想であることを切実に味わっていたのである。

こうして、正宗白鳥氏の指摘するように、「思ひ出す事など」の筆者の姿は、「心」の先生や、「行人」の一郎や、「明暗」の津田の姿などよりはるかに魅力的である。彼の小説の妙に気取ったぎこちなさや、人工的な雰囲気はどこかに消え去って、光と色彩の絵にひたりながら、平田次三郎氏によれば「いたって平凡、常識的であるといわざるを得ない」生死観を説く、生活に疲れた初老の男がぼくらを快い耽溺《たんでき》に誘う。少くとも漱石の心は、ここで他に見られぬ程率直に、自然に流露しているのだ。

《ことに病気になつて仰向《あふむけ》に寐《ね》てからは、絶えず美くしい雲と空が胸に描かれた。……空が空の底に沈み切つた様に澄んだ。高い日が蒼《あを》い所を目の届くかぎり照らした。余は其射《い》返《かへ》しの大地に洽《あま》ねき内にしんとして独り温《ぬく》もつた。さうして眼の前に群がる無数の赤蜻蛉《あかとんぼ》を見た。さうして日記に書いた。――「人よりも空、語《ご》よりも黙《もく》。……肩に来て人懐《なつ》かしや赤蜻蛉《あかとんぼ》」》

これは、《生存競争の辛《から》い空気が、直に通はない山の底》に住んでいる者の、安らぎに満ちた述懐である。このように美しい断章を「思ひ出す事など」からひろえば限りがない。

《或日しんとした真昼に、長い薄《すゝき》が畳に伏さる様に活けてあつたら、何時《いつ》何処《どこ》から来たとも知れない蟋蟀《きりぐす》がたつた一つ、大人《おとな》しく中程に宿《とま》つてゐた。……さうして袋戸《ふくろど》に張つた新らしい銀の上に映《うつ》る幾分かの緑が、暈《ぼか》した様に淡くかつ不分明《ふぶんみやう》に、眸《ひとみ》を誘ふので、猶更《なほさら》運動の感覚を刺戟《しげき》した》

《室《へや》の中は夕暮よりも猶《なほ》暗い光で照されてゐた。天井から下がつてゐる電気燈の珠《たま》は黒《くろ》布《ぬの》で隙間《すきま》なく掩《おほ》がしてあつた。弱い光りは此黒布《くろぬの》の目を洩れて、微《かす》かに八畳の室を射た。さうして此薄暗い灯影に、真白な着物を着た人間が二人坐つてゐた。二人とも口を利《き》かなかつた。二人とも動かなかつた。二人とも膝《ひざ》の上へ手を置いて、互ひの肩を並べた儘《まゝ》凝《じつ》としてゐた》

ここでは「漾虚集」の世界を思わせる心象が流れ出している。いわばこの幸福な病気は彼にすべての低音部の全合奏を許しているのである。このような「逃避的」な傾向が漱石の限界だというのは易しい。漱石の限界がそれなら、「牡蠣《かき》運搬用」の貨車に死骸《しがい》を乗せられてドイツの湯治場から帰国したのはチエホフの限界であった。人が常に正しくなければならぬと思いこむのは、人が常に強くなければならぬというのと同類の妄想《もうそう》にすぎない。「思ひ出す事など」を書いていた漱石は、彼の全生涯をかけた「我執」の主題の追求者であり、鋭い文明批評家であった自らを殆《ほとん》ど否定しかけていたのである。

第三章「門」——罪からの遁走《とんそう》

だが幸福な季節は間もなく終る。以後六年間漱石は生きのびるが、この時期を彼の晩年と呼ぶなら、これほど惨憺《さんたん》たる晩年は稀《まれ》である。一旦前述のように自己抹殺の欲求を果した人間にとって、旺盛な生活などというものがいかに残酷なものであるかをそれは示しているので、日々に衰弱を加える健康の悪化や、執筆の義務と名声の保持との間に挟《はさ》まれての懊悩《おうのう》や、「行人」執筆当時の殆ど狂せんばかりの孤独感などは、彼の晩年を彩《いろど》る二、三の暗い色彩だというにすぎない。それ程に大患当時の静澄《せいちょう》な心境とこの晩年のよどんだ色彩との対照は見事である。こうした中で、異常にとぎ澄まされて行くのは、白熱的なまでに彼の精神を焦《こ》がしている「我執」の主題への執着と、あの植物に変身したかのような恍惚《こうこつ》への憧憬という背反した二つの衝動である。そしてこの二つの欲望は一点に合したきり、再び相交わらぬ二直線のように、幾度も漱石の過敏な心をひき裂いて行く。「彼岸過迄」、「行人」、「心」の所謂第二の三部作は、このような作者の複雑な内部を微妙にのぞかせているが、更に不思議なことには、大患の直前に書かれた「門」が、すでにこの晩年を予見するかのように、作者の内部の奇妙な分裂を示しているのだ。「門」第二の三部作から開始されるフーガに耳を傾ける前に、ぼくらは、この微かな繋留音《けいりゅう》を閑却することは出来ない。「門」は通常信じられているような「罪」の物語ではなく、逆に「罪」の回避の物語である。この点を最初に指摘した批評家は、明治四十三年に『門』を評す」を「新思潮」創刊号に発表した谷崎潤一郎であって、彼はその中で、《「門」は真実を語って居ない。然し「門」にあらはれたる局部々々の描写は極めて自然で、真実を捕捉して居る》

と評した。この前半の批難は、恐らくこの作品の不統一、なかんずく宗助の参禅の不自然さに向けられているし、後半の賞讃《しょうさん》は、暗いが、しかしむしろ idyllic であるとすらいえる宗助とお米の淡々たる日常生活を叙した部分に向けられている。この点については、おおむね漱石については苛酷《かこく》な正宗白鳥氏の次のような感想がある。

《はじめから、腰弁夫婦の平凡な人生を、平凡な筆致で諄々《じゅんじゅん》と叙して行くところに、私は親しみをもつて随《つ》いて行かれた》

以上の批評が一致して示しているように、「門」からぼくらのうける印象は、少くとも罪の因果応報の物語のそれではない。ぼくらは、この小説から呪《のろ》われた姦通《かんつう》の罪に戦《おのの》く夫婦の姿を描き出しはしないのである。

《我々もならう事なら宗助のやうな恋に依つて、落ち付きのある一生を送りたいと思ふ。けれども其れは今日の青年に取つては到底空想にすぎないであらう》（「『門』を評す」）

といった谷崎潤一郎は、この作品を、一篇の充足した、理想主義的な夫婦愛の小説として読んだのであって、これ以外に「門」の正当な読み方はない。何故《なぜ》このようなことがおこるのか？

漱石が「罪」に追われる宗助夫婦の侘《わ》び住居を社会から殆ど絶縁された横丁の借家に定めた時、彼は同時に彼の内部にひそむ神秘な愛への希求を語る idyll の舞台を設定してしまっていたのではないか。作者は期せずしてあたえられたこの舞台の上に、自らの当初の計画とは背反した幸福な恋愛の物語――敢ていえば、実生活では求めて得られなかった彼の理想とする夫婦愛の物語を展開せずにはいない。「門」の前半はこのような隠微な衝動によって書かれたといってよいので、実際、漱石は他のどの作品に於ても、これほどしみじみとした夫婦の愛情を描いたことはなかった。宗助とお米の平凡な日常の描写のかげから、作家の幸福な視線がのぞかれる。そのような視線に、ぼくらは魅せられるのだ。

こうした漱石が、あたかも至上命令に呼び覚まされたかのように自らの暗い童話を中断して、宗助夫婦の過去の「罪」を、おずおずと提示しているのを見るほど傷《いた》ましいものはない。彼は童話を夢見ても、それにひたり切ることの出来ない悲惨な人間の一人である。回避しようとしているものの中に、殆ど無意識に自らを投じて行く。これは、「夢十夜」に於てぼくらがすでに指摘している漱石の悲劇的な精神の姿勢であった。そして又、自らの精神の飛躍に耐え切れぬ者のように、彼は、主人公をより高次の「罪」の回避へと向かわせる。即《すなわ》ち、いつ外部からの侵入者におびやかされるかも知れぬ人間的な愛の場所から、より完全な逃避の場所へと。禅の悟達とは、結局意志的な自己抹殺以外のものではない。こうして漱石は自らを宿命から救うために、最も反人間的な行為を主人公にあえてさせるのである。複数の人間の社会からの絶縁は、牧歌を成立させる条件であった。そして、参禅とは、単数の人間の、人間からの絶縁の意志の表明にほかならない。贖罪《しょくざい》を表看板にして円覚寺の山門をくぐった宗助は、実は自己を抹殺して一切の人間的責任を回避しようとした卑劣の徒にすぎない。……以上のように普通の人間には突飛極まりない前半のしみじみとした夫婦の日常と宗助の参禅との連関も、漱石の内部の心象の序列の上では極めて自然な結合を示していたのである。かくの如くに「門」全篇を通じて見られる作者の精神の傾斜は、徹底した不安定な日常の人間的生活からの逸脱、逃避にある。彼は、自らに課せられた、「我執」という課題をいわば第一動因として、ここであたうるかぎりの逃避の可能性を探索したのであった。

「門」が、やや逆説的にいうなら、「罪」の物語でなく、「罪」の回避の物語であるように、その作者の姿は、宿命的な「罪」の主題を掲げながらそれを回避しようとして、自らの低音部に暗い牧歌を奏《かな》でている傷ついた夢想家の姿である。より平俗にいうなら、家常茶飯の生活に倦《う》んじ果てて、もはや歌うことも出来ず、さりとて自らの理想を掲げて他を嘲笑《ちょうしょう》することも出来なくなった疲れた男の姿である。現存する幾葉かの漱石の肖像写真を思い浮べて見るがよい。そこに見られるのは、なにやら生理的な恐怖にとりつかれているかのような、おびえた、年よりはるかに老衰した男の顔である。所謂《いわゆる》求道者とか偉人とかいうものは、こんなやり切れぬ顔はしないことになっている。これほど「大文豪」や「近代日本の代表的人物」とかけ離れた顔はない。しかし通常ぼくらはこの顔に以上のような活字以外のものを見ようとはしない。作家の不幸はここから始まる。「門」擱筆《かくひつ》の後、およそ二カ月で漱石は「修善寺の大患」を経験する。この作品にあらわれた作者の逃避的姿勢の裏には、やがて彼に一種の死をもたらす著しい肉体の衰弱があるかも知れぬ。「死と太陽は長いこと見つめていられない」といったのは十七世紀のフランスの貴族である。数小節の後に完全終止を約束されたものの念願からは、生活や道徳への顧慮はおおむね消え去る。「門」は、作者より先に作品が来たるべき事件を予知し得ている稀有《けう》な例の一つであった。

修善寺の大患から回復した漱石は、以前より一層旺盛に創作を続けたかのように見える。作家生活への復帰宣言である、「彼岸過迄」の序文は当時の漱石の心境を微妙にのぞかせている。

《歳《とし》の改まる元旦から愈《いよく》書始める緒口《いとぐち》を開くやうに事が極つた時は、長い間抑《おさ》へられたものが伸びる時の楽《たのしみ》よりは、脊中《せなか》に脊負《しよは》された義務を片附る時機が来たといふ意味で先《ま》づ何よりも嬉しかつた。けれども長い間抛《はふ》り出して置いた此の義務を、何《ど》うしたら例《いつ》もよりも手際《てぎは》よく遣《やつ》て退《の》けられるだらうかと考へると、又新らしい苦痛を感ぜずには居られない》

ここには「生存競争」の場に帰ろうとする病者の逡巡《しゆんじゆん》の語気が感ぜられる。以前の彼の精神生活を決定しているのは、より多くの生活的意志と、その故《ゆえ》により激しいあの植物的静寂への希求であった。前者は、「彼岸過迄」から「明暗」にいたる長篇小説の「我執」の主題の展開の中に、後者は「硝子戸の中」や漢詩書画の世界に明瞭《めいりよう》に瞥見《べつけん》され得るが、同時にこの二つの背馳《はいち》した衝動は、「門」に於けると全く同様に所謂第二の三部作の構成上の不統一の一因をなしている。すでに第一部で指摘したように、《彼の構成的な努力が成功しているのは、前半に於てであり、後半では、種明かしのような形で、「我執」の主題が反復され、その間には目に見えぬ断層がある》のだ。

これには、漱石の意識的な創作態度が少からず関係している。他人をどうするか、という問題を追求して来た漱石にとって、最初に考えられたのは個人主義の確立という近代主義的解決であろう。少くとも「行人」にいたる彼の姿勢には、蒙昧《もうまい》なる俗物のために狂人もしくは変人扱いにされる真の知識人、という妙なコンプレックスを持った指導者意識がしばしば顔を出す。文明開化の日本がこのような不幸な人間を生むと彼は考えたので、彼の啓蒙主義的態度は、他者の問題が、後進的且《か》つ人工的と規定された明治文化への批判と巧妙にすりかえられている所から発している。啓蒙主義的態度が可能なためには、優れた天下国家を論ずる少数と、愚昧な大衆とが同時に存在する必要があるのであって、非は常に無智な大衆の側にあるが、それにも拘《かか》わらず、優秀なる少数者は大衆の水準まで condescend して彼らを導こうとするのである。これはそのまま第二の三部作に於ける主人公とその他の作中人物との関係であるといってよい。「彼岸過迄」に於ては敬太郎が、「行人」に於ては一郎が、「心」に於ては「私」があたかも探偵のように主人公の秘密をかぎあてようとする。これらの作品の前半は明らかに探偵小説的である。漱石は本格的な探偵小説を書けば書ける人であった。そして肝心の秘密は、最後に犬にでもくれてやるように俗悪な探偵に投げ与えられる。彼らは主人公の「崇高な」苦悩に好奇心を示しはするが、それを理解することは出来ない。彼らと主人公の間の断層は俗人と神々をへだてる断層である。更にいうなら、これらの神々は、俗衆と隔絶された存在であることによって独特の文明批評的役割を果している。これらの小説の種明かしの部分の特徴的な性格は以上のようなものである。

勿論《もちろん》文明批評家漱石の功績は大きい。そして前述の断層は「彼岸過迄」から「心」にいたるまでに徐々に埋められて行く。作者は敬太郎に対してより、「私」に対して一層同情的である。換言すれば漱石は死に近づくにつれて、作中人物一般に、よりfairな態度をとろうと努力している。「道草」以後の彼はもはやかつてのような啓蒙主義者ではない。彼が救済すべきは自分であって、得体の知れぬ社会などではない。近代的個人主義が確立しようがしまいが、そのようなことは現に彼の肌を焦がしている他人との不可避的な接触にどう処して行くかという難問とは別な次元の悠長な問題である。このように、一種の近代主義者であることをやめた漱石が、かえって「明暗」のようにすぐれた近代小説を遺《のこ》し得たことは、痛烈な皮肉以外のものではない。このことは同時に、近代主義者などという人種にろくな小説が書けないことを示している。ぼくらは次章に於て、ここにいたった漱石の精神の屈折を探ろうとするのである。

第四章 「行人」――「我執」と「自己抹殺《まっさつ》」

所謂第二の三部作の中で、最も劇的な問題を含んでいるのは「行人」であろう。この作品はある意味で漱石の長篇小説の世界に於ける一つの頂点を示している。それは、少年時代以来、彼の精神を悩ませ続けて来た「我執」と「自己抹殺」の問題が、行き着くべくして行き着いた袋小路という程度の意味であって、この小説を書いていた漱石が、ロンドン留学当時を思わせる強度の神経衰弱に苦しんだのはむしろ当然のことと思われる。ぼくらは、それ以前の作品に於ては、小説的技巧の下にかくされていた日常生活への恐怖や、それに起因する他者の問題、及び人間精神を錯乱させ、孤独を招くと彼には思われた近代文明への憎悪《ぞうお》が、明らかにここに圧縮され、手で触れ、肌に感じ得る白熱的な観念となって彼の前に立ちはだかっているのを見るのである。

作品としては、「行人」は決してよく書けた小説ではない。すでに指摘した如《ごと》く、「彼岸過迄」や「門」と共通な構成のゆるみは随所に発見出来る。その物語るものは、「門」に於けると同様な漱石の内部の複雑な分裂であって、彼の低音部はいくつかの挿話《そうわ》的部分に見えがくれしている。最初の章「友達」に描かれている胃病の芸者とその芸者に生き写しの三沢の恋人の狂女は、お直や一郎とは異った次元に棲息《せいそく》する人である。ぼくらはここで彼の英詩《I looked at her as she looked at me》の女を想《おも》いおこす。只一度宴席で逢《あ》った芸者の病状の一進一退を心にかけ、狂女の不思議な愛を物語る三沢は、「生と夢の相逢う」primrose pathで、空《むな》しく二度と現われぬ女の幻影を追っている漱石の影である。「行人」のような「我執」の主題を追求した小説が、このようなエレンやクララの姉妹達のエピソードからはじめられているのは、極めて暗示的といわねばならぬ。自らを狂人にせんばかりの自我の主張の影には、《Oh that Life could/Melt into Dream》という不気味な呪文《じゅもん》が唱えられ続けている。そして、「生を夢と化し」得ぬ所から、一郎とお直の戦いがはじまる。三沢の「娘さん」の主題はこの戦いを逆に強調するライトモチーフのように幾度か反復されるのだ。

しかし、それにもかかわらず「行人」に於《お》いて最も支配的なのは「我執」の主題の追求であってそれからの逃避ではない。この点で、この小説は「門」と反対の方向を向いている。「行人」の作者は、「門」の作者のように体力気力共に衰えた人ではない。惟《おも》うにこの頃、一旦消えかけた漱石の生命力は熾烈《しれつ》に燃え上っているのである。精神錯乱や、異常な「生活」への恐怖は、生が稀薄になった人間には訪れない。序章はともかく、最後の一節の独白にいたるまで、この作品の全篇にみなぎっている灼熱《しゃくねつ》した観念の息吹きには、あまりにも旺盛な生活者の呼吸が感じられる。「行人」は、森田草平氏が誤って主張しているような、「首尾一貫して纏《まとま》ってゐる……これを芸術的に見れば、先生の残された作品中の最大傑作」などではない。例えば、「Hさんの手紙」で、「神は自己だ」、「僕は絶対だ」と叫ぶ一郎の劇的な宣言は、それ以前の彼の神経病的行動からしていかにも唐突である。しかしここに見られるのは、作者には明らかにあらゆる現実的な素材よりはるかに圧倒的な現実感を以て感じられた観念の奔流である。ここには、小説という形式で自己の思想を語るのにまだるこしさを感じている作者がいる。彼にとっては、この小説の自明な芸術的欠陥などは、彼の精神を焦《こ》がしている観念の吐露に較《くら》べれば些《さ》事《じ》にすぎない。いわば「行人」執筆の過程は、芸術的意欲や先に指摘した低音部への傾斜と、この観念との相剋の歴史である。勝者はいうまでもなく観念の側であって、この点で作者の意図の明瞭に割れている「彼岸過迄」とは性質を異にする。ここで作者は「我執」や「嫉妬《しっと》」の主題に対すると殆《ほとん》ど同量の興味を前半のスティーヴンスン風の探偵趣味に感じているかに見える。他愛のない探偵小説の白昼夢に酔えなかったのは漱石の悲劇であり、この作品も又「内側にとぐろを巻く」人間の「我執」の告白で終らねばならなかったが、それにも拘わらず「彼岸過迄」は軽い小説である。しかし、「行人」はより少い程度に小説であり、より強烈に作者の観念を露呈している点で、より切迫した精神の記録になり得ている。森田氏の主張とは逆に、この小説は異常に緊張した観念が、あらゆる芸術的不完全を覆《おお》い隠しているような作品の例であって、ぼくらはかえって「行人」の支離滅裂な構成と、その間から時折生ま生ましく噴出する観念との間隙《かんげき》にこの失敗作の魅力を感じるのである。

所で、「神は自己だ」、「僕は絶対だ」と豪語する一郎が、愛を求めずにはいられぬ人間である所から、「行人」の悲劇がはじまる。絶対者であるまま、人は愛することは出来ない。愛が問題になる時、必然的にぼくらの前にあらわれるのは他者の意識である。

自らの意志には無関係な対象として、お直は一郎の前に存在する。絶対者であろうとし、同時に「愛の絶対的必要」を誰よりも痛感せずにはいない一郎は、そのまま一つの永遠に解決されぬ矛盾の中に自らを投じている。「行人」の劇を成立させているのは、これら二つの相剋する要素にほかならない。「僕は絶対だ」という時の一郎を、漱石は次のように説明する。

《一度《ひとたび》此境界《きやうがい》に入《はひ》れば天地も万有も、凡《すべ》ての対象といふものが悉《ことごと》くなくなつて、唯《ただ》自分丈《だけ》が存在するのだと云ひます。さうして其《その》時の自分は有《ある》とも無いとも片の付かないものだと云ひます。……即《すなは》ち絶対だと云ひます。さうして其絶対を経験してゐる人が、俄然《がぜん》として半鐘《はんしよう》の音を聞くとすると、其半鐘の音は即ち自分だといふのです。言葉を換へて同じ意味を表はすと、絶対即相対になるのだといふのです、従つて自分以外に物を置き他《ひと》を作つて、苦しむ必要がなくなるし、又苦しめられる掛念《けねん》も起らないのだと云ふのです》(「Hさんの手紙」)

この精神分裂病的な記述は、奇妙なことに、修善寺に於ける漱石の天眷《ブリス》を想わせる。病中の至福が、自らを「無」に帰することによって成就されたとするなら、一郎の理想は自らを「絶対」にのし上げる――あらゆる存在と同化することによって達成されようとする。これらは、同一の直線分の両端に於ける現象にすぎない。ここでぼくらは、漱石に於ける自己抹殺の願望が、実は自己絶対化の欲求とまさしく同質の(相反する方向に向かってはいるが）衝動であることを発見するのである。これらに共通の性質は、皮肉にも孤独の回避にある。人間的な条件である孤独に、耐えんとするよりは、むしろ南画の世界に没入しようとし、あるいは自らを神々の序列に高めようとする。どちらにせよ、彼はもはや人間ではない。人間であることを回避しようとすること。これをおいて夏目漱石の問題はない。このような願望を成就しようとする者にとって、「愛」などという行為は根本的に不可能である。

このような欲求を有する人間と他者との関係は、階段的であって、そこにあるのは強者と弱者の関係――あるいは神々と動物との関係にすぎない。こうした汎神論《はんしんろん》的世界の倫理は必然的に自己追求の倫理である。やや通俗的にいうなら自己満足の倫理である。如何《いか》にして他者を抹殺し（自己を抹殺するのでなければ）自己の勝利を正当化する論理を案出するかが、この種の倫理の過程である。ここで絶対的優位に立つのは「自然」であって「人間」ではない。従って問題となるのは「自然人」であって、「社会人」ではあり得ぬ。自己と共に最小単位の社会を構成すべき他者は、「人間」であるという単純な理由によって、すでに抹殺されねばならぬ。このような種類の人間の意識に、他者に対する、従って「社会」に対する顧慮はのぼり得ない。彼にとっての正義とは、自らの我執を自然と同質化しようとする、奇妙に求道的な行為の中にしかない。そして人は、それの行為が求道者的であるということのみをもって、この種の行為を倫理と呼び、それを讃美《さんび》し、嘆賞するのである。これに類した特異な精神の形態は、ほとんどあらゆる日本の近代作家の作品の中に求め得るのではないか。例えば、志賀直哉氏などにとっては、倫理とは明らかにこのような性格のものであった。「暗夜行路」に出て来る女達は、時任《ときとう》謙作の影にすぎない。謙作は「人間」であるよりさきに、先ず「自然」である。あるいは、より強力な神の影響の下におかれた一人の神である。この小説を支えているのは、「人間」を離れて「自然」につこうとする作者の執拗《しつよう》な意志である。あらゆる卑小な淫行《いんこう》や相姦《そうかん》的な行為によって、ちりばめられているこの傑作の主人公は、「人間的能力を賦与《ふよ》された一頭の野獣」であるかの感がある。ここに、近代的分裂を見事に超えた、健康な原始的人間の全き影像を見ようとした評家は、そうすることによって、知らずにあらゆる人間社会を否定しようとしていたのだ。つまりここで志賀直哉氏は、シェイクスピアが「リア王」ではるかに宇宙的な規模で行ったことの正反対を試みようとしているのである。

時任謙作の魅力は、ぼくらが自然に対して感じる魅力と殆ど同質のものである。彼は常に新鮮であり、健康でさえある。が、それは自然が常に新鮮であり、豊饒《ほうじょう》であるようにそうなのであって、同時に彼は自然の如く無関心で仮借がない。その極端な想像力の欠如、この作品の不思議な時間感覚の脱落などは、すべて、「自然」の持つ特質である。まさしくここには時間がない。謙作の行為の魅力は記憶から解放されたものの pitiless

な行為の魅力である。そして逆に、人間的な社会を支え、人間的な倫理を要求するのは、「記憶」以外のものではあり得ない。このように、時間を抹殺し、他者を抹殺し、永遠の現在である自然に合一（あるいは没入）しようとする倫理は、実は非倫理ではないのか。倫理とは本来、最も人間的な行為であり、いわば、人間の「自然」に対する精神的な挑戦であったはずである。だが、「暗夜行路」の中にあるのは――やや拡大していえば――こうした挑戦を無意味とし、放棄することをもってよしとする態度ではないか。ここにいたって社会は跡形もなく消滅し、自然の名に於けるあらゆる淫猥《いんわい》な行為が可能である。自然は巨大な隠花植物をはびこらせて、開始と終末のある人間の生を嘲笑《ちょうしょう》し、単純な輪廻《りんね》をくり返す。ぼくらの胸に浮ぶのは、青々と繁茂した植物に埋れた古代の廃墟《はいきょ》のイメイジである。右のような自己追求的な倫理の極限が、こうした植物的な超倫理の世界の、あらゆる人間的要素を併呑《へいどん》する静寂にあることは今更いうまでもない。

　夏目漱石の作品の世界は、疑いもなく「暗夜行路」の世界の対極にある。志賀直哉が最初から放棄して顧みなかった他者を、先に述べたように漱石は終生の問題とせざるを得なかった。が、それにもかかわらず、彼の作品に特有な啓蒙《けいもう》主義的姿勢の根本にすら、前述の如き孤独の回避の欲求がある。自分は正しいのに、お前達は正しくない。目を覚せ。正しくなれ。そして自分と同じように振舞え。そうすれば自分は自分の意志に忠実なお前達の支配者になろう。あるいは、自分一人正しいのに、全世界は自分の敵だ。むしろ自分は無に同化してこの俗衆を去ろう。かくの如くにして、啓蒙主義的態度は、自己絶対化及び自己抹殺への欲求と見事に連続する。更にこの欲求は、積極的には対社会的な絶対支配への意欲に、消極的には反社会的な逃避の姿勢へと連続するのである。不幸にして全《すべ》ての社会人は、事実上以上のいずれをも実現し得ない。そこに見られるのは間断ない支配への欲望乃至は自己追求の意志だけである。漱石にとってこれらの意志が実現不可能なものである以上、この両極点の間を震動するあらゆる人間的欲望は厭《いと》わしいものにすぎない。彼はそれを「我執」と呼ぶのである。

ここでぼくらの想いおこすことは、ロンドン留学当時の、裸にされた陰惨な「生」に向かいあっている漱石の影像であり、「漾虚集」や「夢十夜」の中に展開されている湿潤な「生」そのものに対するほとんど生理的な嫌悪感の存在である。このような粘質の、暗い「深淵《しんえん》」を自らの中によどませる醜怪な「生」の要素への恐怖が、彼をして自己の絶対化を夢想させるほどの強烈な対社会的意志に進ませるという逆説を、ぼくらはここに見ないであろうか。彼が孤独でいることはこの恐怖と間断なく対面していなければならぬことを意味する。このような人間にとって社会に座標を有さない、純粋な個人にとどまる以上の苦痛はないのである。

《僕は人間全体の不安を、自分一人に集めて、そのまた不安を、一刻一分の短時間に煮詰めた恐ろしさを経験してゐる》

この一郎の告白は、最も恐れていた孤独の中に投入された人間の不安の表白である。愛を超越し、他者を抹殺して、

《自分以外に物を置き他《ひと》を作つて、苦しむ必要がなくなるし、又苦しめられる掛念《けねん》も起らない》

世界に没入しようとする彼は、逆に最も人間的な孤独に投げ帰されねばならぬ。いわば対社会的な、完全な支配への欲望が、純粋に個人的な問題に漱石を連れ去ったのだ。孤独な人間の不安は、「愛」という行為に極く近い所にある。純粋な個人にとって、他者は効用を持ち、被支配の可能性を含んだ家畜ではもはやない。彼の前には同様に孤独な、「深淵」をその中に澱《よど》ませた他人がいる。

《一度打《ぶ》つても落付いてゐる。二度打《ぶ》つても落付いてゐる。三度目には抵抗するだらうと思つたが、矢つ張り逆《さか》らはない。僕が打《ぶ》てば打《ぶ》つほど向《むかふ》はレデーらしくなる。そのために僕は益《ます》〱無頼漢《ごろつき》扱ひにされなくては済まなくなる。……君、女は腕力に訴へる男より遥《はるか》に残酷なものだよ。僕は何故《なぜ》女が僕に打《ぶ》たれた時、起《た》つて抵抗して呉《く》れなかつたと思ふ。抵抗しないでも好いから、何故一言《ひとこと》でも云ひ争つて呉れなかつたと思ふ》

この寓話《ぐうわ》は極めて象徴的である。一郎のあらゆる支配に無反応な、お直という女がここにいる。

《おれが霊《れい》も魂《たましひ》も所謂《いはゆる》スピリツトも攫《つか》まない女と結婚してゐる事丈《だけ》は慥《たしか》だ》

ずと一郎はいうが、元来他者とはそういうものではないのか。打っても叩《たた》いても動かせず、捕え所のない女。これほど完璧《かんぺき》な他者の象徴はない。彼はこの女を愛そうとし、この女から愛されようとして失敗を続ける。こうして再び孤独に投げ帰された彼は、又してもこの平面的な関係からの離脱を試みて失敗する。……

「行人」の主要な部分は、このような他者の意識と、自己の絶対化への欲求との複雑極まる交錯によって構成されている。いわば、ここには、そしてやや拡大していえば漱石のほとんどすべての作品に、二重の倫理の体系がある。階段的な自己抹殺（自己絶対化）の倫理と、平面的な他者に対する倫理と。漱石に老荘思想や禅の影響を見て、「則天去私」の神話を案出した小宮豊隆氏や岡崎義恵氏らは、この前者にのみ夏目漱石の精神的世界を限定しようとした人であった。同時に漱石の中にキリスト教的な愛を見て、「則天去私」に積極的な自己犠牲の意味を含ませようとしているV・H・ヴィリエルモ氏の如きは、この後者をむしろ強調しようとしている。ヴィリエルモ氏のいうように漱石が、「世界の凡ての重要な宗教の合流しているはじめの作家の中の一人」であるかどうかはしばらくおくとして、ぼくらの確実に断定し得ることは、漱石に見られるこのような内部の分裂が、ぼくら現代の日本人に共通な一つの精神構造だという事実である。これが人が伝統といい、東洋という時、ぼくらに指し示すのは自己抹殺の倫理である。これがほとんど審美的な潔癖にまで昂《たか》まるのを、ぼくらは日常的なあらゆる場面に見ないであろうか。このような場所に罪があるとすれば、それは人間的であること、、、、以外のものではない。ここで可能な行為は、他者に働きかけようとする自己主張ではなく、他者（又は自己）を抹殺しようとする衝動のみである。同様に進歩といい、現代という時、ぼくらに要求される根本的な条件は、人間的な孤独の認識にほかならない。一体どっちがどうなのか？　ぼくらは要するに、この二つの背反する倫理の間を往復しながら、一方を他方で置換し、他方を一方にすりかえながら、中途半端な狎《な》れ合いの日々をすごしているというにすぎないのではないか？　このように考える時、ぼくらにはふたたび漱石の低音部の奇妙に背馳《はいち》しあった二重の旋律が聴こえて来る。つまり、ぼくらは漱石に於ける「無」又は「自然」と、「孤独」とのやや複雑な関係についていっているのだ。

第五章　「行人」の孤独と東洋的自然観

ロンドン留学の途上、船中から印度洋を眺めた漱石は、英文で短い感想をノートに残した。デッキチェアに横たわって大洋を眺めた彼は、この茫漠《ぼうばく》とした空虚な眺望の中に彼の存在を呑《の》みこむ「無」の幻影を見ている。そして《此世《このよ》》と呼ばれる中間的な人間の次元》よりは、この「無限と永遠」の「無」を憧憬《どうけい》しているのである。ここで描かれた非情な「自然」は決して「嘔吐《おうと》」の主人公の見た「ぶよぶよ」の「巨大なかたまり」としての世界でもなければ、E・M・フォースタァの「印度への道」の女主人公を殆《ほと》ど狂気に追いやったマラバァル洞窟《どうくつ》の、醜悪な、人間を拒否する「虚無」のような自然でもない。この空漠たる「無」を前にした漱石は、むしろ「自然」そのものに近い。彼は最少限度の人間を保持しながら、全く無抵抗にこの恐ろしい「無」の前にひざまずく。彼はこの時、「存在しないやうに存在した」のであり、彼にとっては「自然」は「無」の象徴であって、その「無」すら一種の人格化された対象だという逆説を、ぼくらはここにかなり明瞭《めいりよう》に見るのである。これは、「嘔吐」や「印度への道」にあらわれたものとは、全く対立的な自然観である。素朴な分類を敢《あえ》てすれば、西欧人にとって、「自然」は邪悪且《かつ》醜怪を極めたものである。しかし東洋人にとって——少くとも、日本人にとって、それは「無」の表現であり、その中に自己を解消せしめることの出来る「救い」の存在する場所であるかのように見える。ここには「無」が存在する。そしておそらく、西欧人にとっての「虚無」とは、なにも存在しないことであろう。この決定的な相異——「無」に対する肯定的及び否定的態度の間の断層——が、ロンドン留学中の漱石を狂人に近くした有力な原因であるといってよい。

《西洋人ハ執濃《しつこ》イ〻《こと》ガスキダ華麗ナ〻ガスキダ芝居ヲ観テモ分ル食物ヲ見テモ分ル建築及飾粧ヲ見テモ分ル夫婦間ノ接吻や抱キ合フノヲ見テモ分ル、是《これ》ガ皆文学ニ返照シテ居ル故《ゆゑ》ニ洒落《しやらく》超脱ノ趣ニ乏シイ出頭天外シ観ヨト云フ様ナ様ニ乏シイ又笑而不答心自閑ト

云フ趣ニ乏シイ》

この漱石の滞英日記の一節ほど、例えば、次のような叫びから遠く離れたものはない。

《Is man no more than this? Consider him well. Thou owest the worm no silk, the beast no hide, the sheep no wool, the cat no perfume. Ha! here's three on's are sophisticated; thou art the thing itself; unaccommodated man is no more but poor, bare, forked animal as thou art.》(King Lear, III iv. 110-16)

嵐の荒野をさまようリア王は、ボロをまとった気違いトムに対してこのように呼びかける。リアにとっては、はからずも荒野を背景として発見された「自然」の状態に於ける人間とは、かくも醜悪を極めたものであった。リアがこの半裸の乞食に対して着衣を投げ与えるのは、「自然」のみにくさに耐え兼ねた反射的な行為である。つまり、「愛」とか「倫理」とかは、この行為を出発点としている。しかし漱石は、おそらくこのトムと同様のボロをまとった「寒山拾得」に「笑而不答心自閑」の趣き以外のものを見ようとはしない。トムの食料は「鼠や二十日鼠やそういった獣」である。が、寒山拾得は大方霞《かすみ》を喰っている。何故なら、トムにとっての自然とは一つの巨大な actuality であるのに、これら伝統的な仙人にとっての自然とは「無」の表徴にすぎないから。漱石の、更にわれわれ日本人の自然観の特性はここに明瞭に表われていると思われる。「行人」の一郎にも、この態度は反映している。

《二郎己《おれ》は昔から自然が好きだが、詰《つま》り人間と合はないので、已《やむ》を得ず自然の方に心を移す訳になるんだらうかな》

ここには、非情な自然と向かいあって、それを醜悪と断じ得る孤独な人間はいない。人間がいやになれば「自然の方に心を移せ」ばそれで済むので、このような世界に、「自然」と「人間」の対立という二元論は元来存在しないのである。マラバァルの洞窟で狂気になった英国女性にとって、むしろ孤独は絶対的な条件である。それすらも呑みつくしそうな醜怪な洞窟が、彼女のあらゆる思想をくつがえす時、狂気に近い錯乱がおこらずにはいない。そしてリア王の悲劇は、

《Who is it that can tell me who I am?》

というリアの悲痛な絶叫に対する答えが次々に登場する人物によって与えられて行く過程にほかならない。彼にとっての「自然」とは嵐の吹きまくるヒースの荒野であると同時に、英国の批評家エドウィン・ミュアやシェイクスピア学者L・C・ナイツによれば、リアの不実な娘達、ゴヌリルやリイガンらの一党によって代表される、動物的な「自然の」衝動を何者にも拘束されることなく自己追求しようとする徒に対してあたえられた名称でもある。そして傲岸《ごうがん》不屈の老王が、遂《つい》に自らをとりまくこの自然と対決せざるを得なくなった時、彼には、彼自身の「影」のような孤独が明瞭に意識されるにいたる。リアはこの恐ろしい現実に対して次のようにいうのである。

《Lechery? the world of nature is completely lustful. Let us admit it, anything else is mere pretence.》

「自然界は悉皆淫猥《しつかいいんわい》ぢや」。これは一郎の述懐の対極に於《お》いて叫ばれた怒号である。だが右のような述懐をもたらした一郎の顔にも、

《孤独の淋《さみ》しみが広い額を伝はつて瘠《こ》けた頬に漲《みなぎ》つて》

いる。この孤独の性質は如何《いか》なるものか？

《自然が好きだ》という一郎にとって、自然は前述のような意味での「救い」の存在する場所であり、限定的な人間的時間の両極に横たわる「無」の象徴である故に、卑小な人間的意志を超えた神聖な世界である。一郎は、出来得べくんば自然に所有され、あるいは自然を所有しようとする。しかし「行人」の結末に於て、この感傷的な可能性は無残に否定し去られる。

《僕は明かに絶対の境地を認めてゐる。然し僕の世界観が明かになればなる程、絶対は僕と離れて仕舞ふ。要するに僕は図《づ》を披《ひら》いて地理を調査する人だつたのだ。それでゐて脚絆《きやはん》を着けて山河《さんか》を跋渉《ばつせふ》する実地の人と、同じ経験をしようと焦《あせ》慮り抜いてゐるのだ。僕は迂濶《うくわつ》なのだ。……僕は馬鹿だ》

このような自己抹殺《まつさつ》の試みの失敗から、一郎の孤独は生れる。肖像写真に見られる漱石のおびえた目は、人間であることにおびえた者の目であった。更に一郎の――ある意

味ではまさしく漱石の――心を暗く占めている、ほとんど「罪」の意識に似た宿命的な不快感は、超人間的な「自然」への合体を、自らの人間性の故になし得ぬ者の無力感にほかならぬ。「夢十夜」にはすでにこのモチーフがあらわれていた。「自然」に合体も出来ず、その前で自己を植物に変身させることも出来ぬまま、自らの、呪《のろ》わしいどうしようもない「我」をひっさげて、一郎は――更には人間は――立ちつくしていなければならぬ。漱石の孤独とは、このような幻滅の果に致命的な代償を払って発見されたものであった。

ここには近代日本に於けるおそらく最初の近代的生活人の発見がある。日本の近代文学が、孤独な近代人の発見――というよりはむしろ設定からはじまったといっても過言ではない。花袋は、藤村は、そして彼らの亜流は、孤独を仮設することによって、はじめて近代的な文学を書き得た。しかしそれらはそれ故に誇るに足る孤独であった。彼らは、自らの歴史の上に近代人の創造を完成させるために一生をかけることが出来た。あたかも明治政府が近代的国軍の創設のためにあらゆる犠牲を惜しまなかったように。そしてこれら近代人の使徒は、仮設された孤独のために、実生活をことごとく犠牲にすることすら敢てしたのである。現に巷《ちまた》を行く生活人が孤独であろうがあるまいが、そのようなことは少くとも彼らの小説の上に孤独な近代人の影像を描くためには、どうでもよいことであった。あるいは、彼ら自身が孤独であろうがあるまいが、それすらも彼らの

「芸術」のためにはどうでもよいことであった。要するに彼らは、近代人は孤独である、という命題に対して誇らかに信仰告白を行えばそれですんだのである。彼らがこの信仰にはいった時、換言すれば、彼らは自らの実生活の問題を総《すべ》て解決してしまった。生活――つまりは「近代芸術」創造の手段にすぎない。「自然主義」作家から私小説にいたる系譜の小説を通じて見られる作家の生活観は右の単純な思想に要約され得る。芸術は至上であり生活は卑小である。このような解決が行われてしまった以上、文学と社会の遊離が起るのは至極当然である。少くとも文学は生活の知恵を教えはしない。そして現実は彼らの信仰によって巧みに歪《ゆが》められ、生活は暗に蔑《べっ》視され続ける。生活者は俗物であり、彼らはそこから絶縁された自らの使命を誇るのである。ここには孤独への恐怖などはない。社会も生活も彼らの誇りを支えるためにのみ存在するのである。

このような近代芸術の使徒達ほど、「行人」で漱石の描いた孤独とかけ離れたものはない。すでに指摘したように一郎の孤独は、一種の非人間的な孤独であった。しかしそれにもかかわらず、ここに描かれているのは生活者の孤独――あるいは生活者たらんとして、生活者たり得ぬ者の孤独である。自らの孤独をカインの印として誇示するどころか、彼はあらゆる努力を傾けて孤独を回避しようとする。社会に正当な座標を持ち得ぬこと位、この種の人間を苦しめるものはない。そして余りに鋭敏な一郎は社会よりは自然を求めて失敗する。お直の愛を求める一郎の中には普通の夫のように愛されたいという衝動がある。自らを孤独にする明晰《めいせき》を彼は呪う。つまり一言にしていえば、この孤独の中には絶え間ない平俗化への願望が秘められているのだ。漱石をして、「行人」の袋小路にいたらせたものは、旺盛な生活者が、過度に鋭敏な神経を持っていた所から生ずる悲劇であるといってよい。出来得れば、勿論《もちろん》彼は彼のあらゆる主題を無意味にするような平俗な生活人であることを望むのである。彼の一貫した主題は、それがいかに希求されても不可能であったという、不幸の中から生れる。最もよき教訓をあたえるものが、最も拙劣な生活者であるというささやかな逆説を、思い出す必要がある。

勿論「行人」以前に於て漱石の描いた孤独は、これ程明確な性格を持っていない。それらは対社会的な選民の孤独であって、一方に自己抹殺の可能性を留保し、他方に社会の可塑性を信じている、後進国日本の知識階級特有な「啓蒙《けいもう》主義」的孤独にすぎない。苦沙弥《くしゃみ》先生や白井道也先生や甲野さんや、あるいは広田先生、須永などは、我執の醜さを知り、それから解脱しようと意志する故にそうでない大衆より一段と「人格的」に優越した人間であるように描かれる。しかし日本の近代社会が確立し近代的個人主義の社会が成立すれば、彼らはすでに孤独ではない。そして、その日を彼らは近づけようとする。要するに彼らは俗衆と同じ道を、一歩先んじて行く人である。指導者の孤独。優越者の孤独。しかしそれらは単に状況的なものにすぎない。漱石が「行人」で追求しようとした孤独の観念は、そんなおめでたいものではない。彼はここで心ならずも、現代の生活人の最も本質的な生存の形態を探りあててしまったかの感がある。人間的な孤独を回避して狂いまわったあげく漱石は最も人間的な問題に直面しないわけには行かなくなったのだ。つまり彼の前に立ちはだかっているのは「自然」ではなく、打っても叩《たた》いても平然としている「他人」であり、彼はこの不可思議な存在を愛さなければならないのである。

すでに述べたように、漱石を取り巻くものは、彼をしばしば狂気にかり立てる醜悪な生の要素であった。このどろりと澱《よど》んだカオスは、彼の心身を盲目的に腐敗させようとする。「我執」とは、即《すなわ》ちこのカオスにあたえられた名称であり、彼にとって厭悪《えんお》すべきは、非人間性ではなく、人間性そのものだという主題がここにあらわれている。右の如《ごと》き人間性の根本にある「罪」の意識は、キリスト教の「原罪」の観念を容易に連想させる。しかしそれは「自然」に合体出来ぬものの無力感から生じた、澱んだ、静的な意識にすぎぬ。一種の死が生殖に連り、言語によって可能になった思考が、逆に言語の制約の中でしか行われ得ぬというが如き、人間のあらゆる行動や欲求の奥に潜む背理性を名づけて、「原罪」といった巧妙な逆説は、ここにはない。キリスト教徒にとって、「罪」の意識すら動的な観念である。それはあくまでも人間的な意識であって、「自然」は彼らの「罪悪感」の中で何の役割も果してはいない。「愛」という倫理的な行為が可能なためには、このような条件が必要ではなかったか？　なるほど漱石は孤独を発見した。不幸な家庭生活に傷《いた》めつけられた彼は、愛なしではどうすることも出来ぬ自分をよく知っていた。しかし他人も同様に孤独であった。彼らの間をつなぐ糸はどこにもない。しかも彼らはそれぞれの「我執」を澱ませて孤独なのだ。自己を抹殺しようとすれば、彼の行く所は「自然」の中にしかない。そのままでいれば、彼は耐え難い人間的な孤絶の中に放置されねばならぬ。このような人間にとって、「無私」とか「自己犠牲」とかはさほど容易な行為ではない。「則天去私」に、キリスト教的無私を見ようとしているV・H・ヴィリエルモ氏は、この点に関してやや感傷的になっている。しばしば強調するように、仮りに「去私」が実現されれば、漱石は「愛」と必然的に絶縁しなければならぬ。これは完全な袋小路ではないのか。「愛」は湧《わ》き出ねばならぬ。しかし、どのようにして？

「行人」はここで中絶される。一郎とお直の間の絶望的な状態に耐え切れぬもののように、作者は、しばしば三沢と「娘さん」の神秘的な愛の挿話《そうわ》をくり返す。あたかも、平俗な日常性以外の次元の世界では、このような完璧《かんぺき》な愛が可能であると、自らに言いきかせるが如くに。それは漱石の生にとっては恐らく最も貴重な神話の一つであった。その彼方《かなた》には、彼の青春をひそかに彩《いろど》っている内密な体験があるのかも知れぬ。そして、自らを動きのとれぬ袋小路へと追いつめながら、漱石は、三沢の挿話の彼方に、英詩の女や、エレーン、クララ、ジェイン・グレイといった異国の女達、あるいは「夢十夜」

の、百合《ゆり》の花になって逢《あ》いに来た女や、凍死した可憐《かれん》な文鳥の夢を見ているのである。「愛」に関して一抹の感傷をも抱き得なかった漱石の、これは極めて感傷的な影像というべきであろう。

第六章 「心」──所謂《いわゆる》「漱石の微笑」

小宮豊隆氏をはじめ、多くの優れた註釈家《ちゅうしゃくか》や伝記作者の熱心な努力にもかかわらず、「心」、「道草」、「明暗」の三つの作品を通じて、漱石は明らかに「愛」の可能性を探索するより、その不可能性を立証しようとしている。人間的愛の絶対的必要性を痛切に感じながら、それが同時に絶対的に不可能であることを、全《すべ》ての智力を傾けて描いていた奇妙な男の姿が、これらの作品の行間から浮び上って来る。大作家や大思想家から、ある種の啓示をうけたいという欲求ほど、その弟子達を誘惑するものはない。彼は問題を解決したが故に偉大である。彼はほとんど神に近い。そう思うことによって自らを使徒にしようとするのは極めて当然の感情である。このような感情が、例えば小宮氏をして次のようにいわしめる。

《「明暗」を読んでゐると、いつとはなしに我々の心は、ある方向に向かつて傾斜する。その傾斜に自然に身を委《ま》かせてゐると、我々は、漠然としてはゐるが、然し相当動かし難い予感——寧《むし》ろ結論のやうなものに到達する。それは「明暗」の世界は到底このままでは済まない。また済んではならないといふ事である。……何ものかが出て来て、それを引き受けるより外に、二人の救ひの道はないのである》

何故《なぜ》「済んではならない」のか？　何故「二人の救ひの道」が必要なのであるか？　漱石は偉大な師であるから、そのままに済ますはずがない、きっと二人は救われるに違いない、というのと同じことではないのか？　未完の大作の結末を予想するのは、読者に許された幸福な特権である。しかしぼくらが漱石を偉大という時、それは決して右のような理由によってではない。彼は問題を解決しなかったから偉大なのであり、一生を通じて彼の精神を苦しめていた問題に結局忠実だったから偉大なのである。彼が「明暗」に「救済」の結末を書いたとしたなら、それは最後のどたん場で自らの問題を放棄したことになる。これまで述べて来たことから明らかなように、あらゆる作品の示すかぎりに於て、彼は小宮氏の期待する救済を書き得る人ではなかった。ぼくらの心に感動をひきおこすのは、こうした彼の悲惨な姿である。彼はおそらく救済の瀬戸際《せとぎわ》に立っている。しかし救済はあらわれぬ。彼の発見した「現代人」というものが、すでにそのような宿命を負わされた人間であった。そして生半可な救済の可能性を夢想するには、漱石はあまりに聡明《そうめい》な頭脳を持ちすぎていたのである。

「心」で、漱石は、「我執」のぶよぶよと浮遊している、平面的人間関係の世界での愛の不可能性を、ほとんど古典的な厳正さで描いた。この作品は、第二の三部作の中で、構成上最も成功した部類に属する。作品統一は、「私」を「先生」の運命を予見するものとし、「先生」を「私」の精神的親族とすることによって見事に達成されている。このような設定は、前二作に於ては見られぬものであった。「先生」と「私」との間の間隔は、すでに体験した者と、やがて体験するであろう者との間の間隔にすぎない。そして更に「先生」の心情をいぶかる「私」は、この愛の不能者にある種の魅力を感じているのであって、敬太郎や二郎の示す、精神的異邦人への探偵的興味を覚えているのではない。「心」は佳篇である。その全篇にみなぎっている、透徹した、静謐《せいひつ》ともいうべき調子は、自らの主題を的確に、冷静に摑《つか》んでいるものの筆から生れるものである。これほど非感傷的に、人間的愛の絶望的陰影を描いた小説は少い。漱石はさながらストア派の哲人が、迫り来る死を語るように、淡々と、しかも沈痛に、「愛」の不可能性を立証する。この恐るべき仕事を成就させた強烈な意志の底にひそむものは、あるいは「愛」を希求すると同様に強烈な願望であるかも知れぬ。そして「先生」は、この精巧な証明を、《私の過去を絵巻物のやうに、あなたの前に展開して呉れと逼《せま》つた》「私」に書き残して死ぬ。

《私は其時《その》心のうちで、始めて貴方《あなた》を尊敬した。あなたが無遠慮に私の腹の中《なか》から、或《ある》生きたものを捕《つら》まへやうといふ決心を見せたからです。私の心臓を立《た》ち割《わ》つて、温《あたゝ》かく流れる血潮《ちしほ》を啜《す》らうとしたからです。……私は今自分で自分の心臓を破つて、其血をあなたの顔に浴《あび》せかけやうとしてゐるのです。私の鼓動が停《とま》つた時、あなたの胸に新らしい命が宿る事が出来るなら満足です》

これは単なる告白を正当化する構成上の技巧だとは思われない。仮りにそうだとしても、ここにはそれをこえた昂《たかま》りがある。このような感情は少くとも「愛」でないにせよ、一種の「友情」の可能性を示してはいないか。孤独な人間が、同じように孤独な人間の「心臓を立ち割って」、全てを理解したいという切迫した意志を示した時、そこに最少限の善意の人間関係が成立し得る、と漱石は信じようとしているかのようである。が、不幸なことには、このような漱石ほど誤解され続けている作家は少い。彼は、おそらく門弟達に「心」の先生のように理解されることを欲したのである。「文豪」や「師」としての自分をではなく、おびえた、孤独な、傷ついた獣のような自分を。しかし門弟は漱石を「偉大」にすることに懸命になり、漱石は漱石で、教師生活で身につけたポーズを守りながら、こうした門弟から理解されることを諦《あきら》めねばならなかった。このようにして、彼は、共感力の乏しい友人や弟子にとりかこまれている非凡な人間の、通常味わねばならぬ孤独をも体験せざるを得なかったのである。

「心」脱稿の直後、四度目の胃潰瘍《いかいよう》を発病した漱石は、又しても自己抹殺《まっさつ》の欲求にとりつかれている。「行人」を書いた彼は、水彩画に凝り出した。「心」を書いた彼は、肉体の極度の衰弱の果てに、良寛の書に傾倒した。「心」のような苛酷《かこく》な証明をやってのけた人間の、これは当然たどるべき帰結である。四十八歳にしてすでに老衰の徴候を感じていた彼にとっては、「自己抹殺」は、「愛」よりはるかに容易な仕事のように思われたのである。最も安直な自己抹殺は、死のほかにはない。そして死は遠からず彼に訪れると思われた。

《私が生より死を択《えら》ぶといふのを二度もつづけて聞かせる積ではなかつたけれどもつい時の拍子であんなことを云つたのです然しそれは嘘《うそ》でも笑談でもない死んだら皆に柩《ひつぎ》の前で万歳を唱へてもらひたいと本当に思つてゐる、……私の死を択ぶのは悲観ではない厭世観なのである。悲観と厭世の区別は君にも御分りの事と思ふ。私は此点《この》に於て人を動かしたくない、……然し君は私と同じやうに死を人間の帰着する最も幸福な状態だと合点してゐるなら気の毒でも悲しくもない却《かへ》つて喜ばしいのです》(大正三年十一月十四日、林原耕三宛)

このような傾向は、翌大正四年一月から、「朝日新聞」に連載された「硝子戸の中」に於て最も著しい。

《……私の罪は、――もしそれを罪と云ひ得るならば、――頗《すこ》ぶる明るい処からばかり写されてゐただらう。其処《そこ》に或人は一種の不快を感ずるかも知れない。然し私自身は今其不快の上に跨《また》がつて、一般の人類をひろく見渡しながら微笑してゐるのである。今迄詰らない事を書いた自分をも、同じ眼で見渡して、恰《あたか》もそれが他人であつたかの感を抱きつゝ、矢張り微笑してゐるのである。……先刻迄《さつきまで》庭で護謨《ゴム》風船《ふうせん》を揚げて騒いでゐた小供達は、みんな連れ立つて活動写真へ行つてしまつた。家《いへ》も心もひつそりとしたうちに、私は硝子戸を開け放つて、静かな春の光に包まれながら、恍惚《うつとり》と此稿を書き終るのである》

この「微笑」は、恐らく死を無意識に予知した人の唇に浮ぶ微笑の同類である。春の日を浴びて陶然としている漱石は、もはや「行人」や「心」の作者ではない。彼は、人間よりは死に、より多く属している。この「恍惚」のうちに、漱石の肉体はあやうく消え失《う》せようとしている。彼の歓喜のかげには、肉体の衰弱の故に、人間を同類と感じずにすむようになった人間嫌いの男の、苦々しい満足が感じられるのである。人は臨終が近づいた時、他人を呪《のろ》い、あるいは他人をゆるす。呪う者はより多くの愛着を生に対して抱くものであり、ゆるす者は、より多く死に属するものである。そして彼の前には、自らの生涯の遠い風景が、近い生活の顧慮よりはるかに鮮明に浮び上る。「硝子戸の中」に回想されている漱石の幼時はそのような風景の一つであった。

自己を殆《ほとん》ど抹殺しようと欲する人間が、自らの生涯の遠い風景をなつかしく思い起さねばならぬのは皮肉な話である。人は、このような態度を逃避的と呼びたがる。そして忠実な門弟達は、逆に漱石の微笑に、悟達した聖者の「慈憐《じれん》」の微笑を見ようとした。

しかしここには「慈悲」はないし、いわんや「愛」などはない。死を目の前にして、自分の幼年時代をあらためて所有しようとするのは人間のエゴイズムである。「則天去私」を追求した漱石にとって、悟達すら「我執」の最高の表現であったことを思えば、このような静寂もまた、「我執」の世界から離脱したいと願う人間の「我執」に訪れた、僅《わず》かな充足の瞬間にすぎないのである。漱石は、「思ひ出す事など」に於けるより、一層大胆にこの充足に溺《おぼ》れている。ぼくらは、やがて「道草」や「明暗」を書かねばならなかった作家の貪《むさぼ》る、一時の幸福な安息に対して寛容である必要がある。「愛」の神話が信じられなくなった時、「悟達」の神話を信じようとしたのは、漱石の罪でも偉大さでもない。おおむね、人間は神話を創《つく》りながら生きるのである。

第七章　「道草」――日常生活と思想

仮りに人間の資質を倫理的なものと、非倫理的――感覚的――なものとに分類出来るものとすれば、しばしば自分でも語り、作中人物にも語らせているように、漱石はまさしく倫理的な人間であった。それにもかかわらず、彼が真に倫理的な主題を取り扱ったのは「道草」に於てを嚆矢《こうし》とする。つまり、ここではじめて自己と同一の平面に存在する人間としての他者が意識されるのである。「心」で愛の不可能性を立証している漱石には、多分にメタフィジシアンの面影がある。彼の峻厳《しゅんげん》な倫理は、作品を清澄《せいちょう》にすると同時に、この作者に、《Je pense, donc je suis》といった時のデカルトを思わせる一種のjustificationをあたえている。しかし「道草」の作者は、一切のjustificationを失った人間であった。「心」で罰せられるべきは、唯《ただ》一人の「先生」である。だが「道草」で罰せられるのは、単に一個の健三やお住にとどまらない。彼の前にあるのは、無定形な日常生活の現実であって硬質な倫理ではない。ぼくらは「虚無」という思想を持つことは出来る。が、しかし、この高尚な思想が、日常生活の卑小な些事《さじ》の中に、いとも簡単に呑《の》みこまれるということもしばしば体験することである。このかぎりに於て、人間の日常生活というものは、この無定形の「自然」になんらかの形式をあたえようとする、およそ思想などというものは、第二の自然のようなものだといってよい。およそ思想などと人間的な意志から発生している。そして完全な生活者というものが仮りにあるとすれば、それはおそらくこの「自然」に何の抵抗もなく順応出来る人間であろう。だが、普通一般の人間にとっては、思想と日常生活との葛藤の中にこそ、行為の場がある。実用的な倫理は、いわば、このような「自然」と「人間」との微妙な相互作用から生れるのだ。

こうして、「愛」が不可能なのはいたましい悲劇である。しかし「愛」などはなくとも、人は喰ったり寝たりする。この方がよっぽど悲劇ではないのか。つまりここでは「愛そう」という人間的な意志のかわりに、醜怪な第二の自然がのさばりかえり、人間は自分の意志に殉じようとするどころか、この「自然」に屈服しようとするのである。大脳のかわりに、小脳や胃が勝ち誇る。もし人間に若干の尊厳があるなら、このような屈服は、明らかにその尊厳の蹂躪《じゅうりん》であろう。しかし、現に人間の身体の中には、大脳と一緒に胃も肝臓も存在している。（序《つい》でにつけ加えると、漱石のノート及び日記には料理、食物に関する記事が多い。これは日本の作家にはめずらしいことであって、以上の指摘と関連して注目すべき事実である）……「道草」で漱石の描いたのは、このような世界であった。「愛の絶対的必要性を痛切に感じている」不幸な男が、平凡な生活に平凡に押し流されて行く。思想は明瞭な旋律を持つが、日常生活はのっぺらぼうで終りもはじめもない。

《世の中に片附くなんてものは殆どありゃしない。一遍起った事は何時《いつ》迄《まで》も続くのさ。ただ色々な形に変るから他《ひと》にも自分にも解《わか》らなくなる丈《だけ》の事さ》

これは日常生活を前にした思想家の嘆息というよりは、思想の無力を識《し》った生活者の苦々しい感慨である。「心」の先生は愛が不可能であることの証明を行って死ぬことが出来た。だが健三は、いつまでも続く日常生活の中で生きねばならぬ。そしてこの無定形なゼラチン状の世界には、彼も他の人間も同様にぶざまなかっこうで浮んでいる。健三は孤独であるが、彼は無意味に孤独なのだ。この点で彼の孤独は、友人を裏切り、親族にあざむかれた、という確実な原因を有する「先生」の孤独より一層悲惨であるといわねばならぬ。所謂《いわゆる》私小説家の孤独と、これほどかけはなれたものはない。

《「道草」は、小宮君は先生の代表作のやうに云ふけれど、私にはどうもさうは思はれない。そりや先生の帰朝後東京に落ち着かれてから、「猫」を書かれる頃に到《いた》るまでの先生自身の閲歴をありのまゝに描き出されたものには相違ない。……のみならず、自分の閲歴をそのまゝ書かれただけあつて、構成上にも些《いささか》の斧鑿《ふさく》の跡が見えない。如何《いか》にも素直で且《かつ》自然でもある、しかし、それ等の事は、畢竟《ひつきやう》当時に於ける日本の自然派の主張をそのまゝ踏襲されたに過ぎないのではないか》（森田草平「漱石先生と私」）

この森田氏の見解ほど、表面的な観察はない。漱石をして、「道草」の素材を選ばせるにいたった動機の一つとして、所謂「自然主義」流行の風潮があったのは、ほぼ明《めい》瞭《りよう》な事実であろう。しかし、この「私小説」的作品に描かれたのは、最も非「私小説」的世界である。先に述べたように、「自然主義」――「私小説」の系列に於ては、日常生活は「芸術」創造の直接的な素材にすぎなかった。問題は、いかにしてこの素材を扱う者の存在を正当化するか、ということにあったのである。

「自分のやうな者でも、どうかして生きたい」というような意味の、藤村の傲岸不《ごうがんふ》遜《そん》な言葉は、よくこの種の「芸術家」の思想の特色を物語っている。多くの評家は、しばしば我が国の近代文学の思想性の欠如を指摘するが、彼ら私小説家に共通な、簡単明瞭な思想が、実は存在したので、それを見事に要約してみせたのがこの島崎藤村の言葉であった。「自分のやうなものでも、どうかして生きたい」つまり、他人はどうであろうと、自分だけは生きて見せる、ということとどれだけ違うか。彼らに必要なのは、文学作品とは断絶された次元にある実生活の存在ではなくて、彼らの所謂「芸術家」として生きたことの証明であった。ここでは、普通の生活者とは別の世界にいる「芸術家」の生き方のみが問題となるので、この世界で通用する倫理は、何者にかえても自らを「芸術家」にする、という執拗《しつよう》な意志の別名にすぎなかったのである。これらの非思想的な作家の共有していた思想は、単純ではあったがかくも強靭《きょうじん》なものであった。

この結果、彼らは全く奇妙にも「人間」――やや限定的にいうなら「他者」――をはなれた。この種の作家の中にぼくらの見るものは、所謂「芸術家」の苦悩がいかなる性質のものであるかであり、近代日本の社会に於て、人が自らを「芸術家」として証明するために、どれほどの悪徳を傲然と敢てせざるを得なかったかである。彼らの信ずる所によれば、おそらく、これらの悪徳は、社会的な善悪の判断を拒絶するものであるが故《ゆえ》にすでに悪徳ではなく、又同時に、俗世界から糾弾されねばならぬものである故に彼らの所謂「自我」の証明たり得ていた。これは極めて巧妙な二重構造である。それとともに極めて変態的な「自我」証明法であるといわねばならぬ。

社会的責任を抛棄《ほうき》した時、彼らは期せずして「自然」の中に赴いた。そして、その最も顕著な表現は、福田恆存《つねあり》氏の指摘するように、「意志の抛棄と本能の肯定」にある。

この意味で、彼ら私小説家は先にのべたように疑いもなくゴヌリル及びリイガンの徒である。ここにあるのは、実は硬い倫理的輪郭を有する「自我」ではなく、ぶよぶよと水を吸った寒天のように浮遊する彼らの本能——リア王のあれほど呪い嫌った「自然」にすぎない。このような「芸術家」達の特殊な位置を裏書きするように、いいあわせたように彼らの私小説の主人公達は、彼らに内在する「自然」から、彼らの上にある、より高い次元の超絶的「自然」へと遍歴する。「暗夜行路」の終末近く、時任謙作は薄明の大自然の中に自らが拡散して行くような恍惚《こうこつ》を味わうし、これら私小説家の系列の最後の人嘉村礒多《かむらいそた》は、自らの本能への狂的な耽溺《たんでき》の果に、「自然に埋没したすべての生活」（福田恆存「嘉村礒多」）を憧憬《どうけい》し、「一種蕭条《せうでう》たる松の歌ひ声」（嘉村礒多「途上」）に耳を傾けるのである。

一つの「自然」から他の「自然」へ。この過程には全く「他者」や「社会」に対する意識のはいりこむ余地はないかのように見える。しかし実は、このような推移は、彼ら私小説家達が各々《おのおの》の生活に特有な形で憎悪《ぞうお》し、抛棄し去ったかに思われる「社会」が、厳然として彼らの対極に存在し、その行為を罰し続けているという明白な事実があってはじめて可能であった。しかもその「社会」は、自分と同一の平面に生活する具体的な一人一人の他人の集合ではなく、彼らの上にある一種の抽象的な刑罰器械のようなものでなければならぬ。何をおいても罰せられなければならぬ。彼らの「芸術」の正しさが証明されるためには。そのためにこそ「社会」があるので、その中にあって生活するためにではない。罰せられるために、「社会」は厳然たる権威を有する定点であり、そのあらゆるconventionをあらかじめ容認しておくことが必要である。

かようにして、彼らは俗社会から離反して「自然」の中にあることにより、自己も他者も一緒くたに本能の中に埋没させる一方、「社会」自体に対しては、何の積極的な批判も持ち得ぬ、極めて卑屈な、権威主義的態度をとらざるを得なかった。漱石は東京帝大の教師であったことによって、鷗外は陸軍軍医総監であることによって、これら自然主義の徒にはすでに偉大な作家のように思われたのである。更にいえば、このようなconventionalな「社会」を設定することなしには、無定形な彼らの本能の盲目的な肯定を、少くとも最低限度の小説の素材たり得る「自我」として表現することは不可能であった。同時に、「小説」のplotに必要な、最少限度の葛藤《かっとう》を設けるのも又、不可能なはずであった。

所謂「自然主義」の私小説の特徴は、以上のように要約され得る。「自然」――「自然」の過程は、「社会」――「自然」の過程とは根本的に異質である。そしてこの後者が、漱石の歩もうとして果せなかった道であることはいうまでもない。更に、右に図式化したような傾向を強く有する私小説に於てすら、ぼくらのうける小説的感動は、彼らの「自然」が「社会」に最も接近し、彼らの所謂「芸術家」の誇りが、卑小な世俗的欲望のために裏切られ、踏みにじられるような時、最も強烈である。(例えば嘉村礒多の作品を見給《みたま》え)つまり彼らの小説の顕微鏡的葛藤は、その微視的な世界の中で、この時最高潮に達し得るのである。

しかし漱石は、最初からこのような奇妙な操作と無縁な人であった。彼は徹頭徹尾「社会」の中にあって、「自然」を希求した生活人であるにすぎない。「社会的責任」を全《まっと》うし、家計の不足を補うために、「道草」の主人公健三は、彼には何よりも価値あるものと思われた研究の時間をさいて、「余分」の仕事を「新たに求め」ようとする。このような態度をこそ、倫理的、というべきではないのか。多くの私小説家にとっては信仰に近かった、自己の絶対化を目的とする垂直的倫理は、皮肉なことに、近代日本文学史上最も理想主義的と目されるグループの一員であった志賀直哉によって、最も純粋な表現をあたえられたが、それとはまったく対照的な倫理がここにはある。つまりそれは、平凡な一般の生活人に通用する、日常生活の倫理である。そこでは決して自己は絶対者ではあり得ない。自己と同一の平面にはかずかぎりない他人がいて、一挙手一投足を拘束している。ここに生活するものは何より先に「社会的責任」を忠実に果すものでなければならぬ。さきほどの私小説家達のそれを垂直的倫理というならば、これは、平面的倫理というべきであろうか。そして、倫理というものの本質はこのようなものなのである。

漱石の作品や、多くの日記、書簡、断片等に頻出《ひんしゅつ》する文明批評や社会批判のたぐいは、一面に於てすでに指摘したように、彼の選民意識に由来していたが、他面、このような倫理感の所有者のみのよくなし得る所であった。社会を批判するものは、まず社会に座標を有する生活者でなければならぬ。そして社会に座標を有する以上、彼の前にあるのは動かしがたい他人の存在である。全く不可解なことであるが、このようなあたり前のことを作品に描き出している作家は、近代日本文学の中には極めて少い。つまりぼくらは極めて寥々《りょうりょう》たる「生活者」である作家――「倫理的」作家を所有するにすぎないのだ。手っとり早くいえば、勝手なことをした人間が、勝手に苦しむのはその人間の勝手である。しかし現実に社会生活を営む以上、ぼくらは勝手なことなどは出来ない。そこに他人がいて、ぼくらを束縛するではないか。そしてなお、他人は自分でなく、結局何一つ理解など出来ぬ存在ではないのか……「道草」に描かれているのは、このような非私小説的世界である。主人公健三と同様に、お住、島田等々の人物は自己の存在を全篇にわたって主張している。この小説の過程は、知的並びに倫理的優越者であると信じていた健三が、実は自らの軽蔑《けいべつ》の対象である他人と同一の平面に立っているにすぎないことを知る幻滅の過程であるといってよいので、ここにある「主題」は、漱石の成功作がしばしばそうであったように、「自己発見」の主題である。他人も自分もともに同じ一つの平面に存在するとすれば、自らの「我執」を容認することは、そのまま他人の「我執」を容認することにほかならない。健三が自らの主張を正当化しようとすれば、その行為は自動的に、例えば、お住の行為を正当化してしまっているのだ。

《健三はもう少し働らかうと決心した。その決心から来る努力が、月々幾枚かの紙幣に変形して、細君の手に渡るやうになつたのは、それから間もない事であつた。……其時《そのとき》細君は別に嬉《うれ》しい顔もしなかつた。然《しか》し若《も》し夫《をつと》が優しい言葉に添へて、それを渡して呉れたなら、屹度《きつと》嬉しい顔をする事が出来たらうにと思つた。健三は又若し細君が嬉しさうにそれを受取つてくれたら優しい言葉も掛けられたらうにと考へた。それで物質的の要求に応ずべく工面《くめん》された此金《このかね》は、二人の間に存在する精神上の要求を充たす方便としては寧《むし》ろ失敗に帰してしまつた》

一切が正当化されてしまえば、何も正当でないのと同じことである。健三の視《み》た日常生活とはこのようなものであった。このような世界を定着させ、形式化しようとすることとは不可能である。あたかも、それが、それぞれの登場人物の「我執」という悪臭をはなつガスを噴出させている、濁った沼でもあるかのように。そしてこの沼は、彼らの葛藤もこのガスも同時に溶解させようとすらする。

《其処《そこ》には往来《わうらい》の片側《かたがは》に幅の広い大きな堀が一丁も続いてゐた。水の変らない其堀の中は腐つた泥で不快に濁つてゐた。所々に蒼《あを》い色が湧《わ》いて厭《いや》な臭《にほひ》さへ彼の鼻を襲つた。

……》

健三は、常にこの「厭な臭」を意識する人として描かれている。彼の内部の葛藤は、この「沼」と、それを干拓しようとする egocentric な意志との間で演じられるものにほかならぬ。漱石の冷酷な眼は、健三を――あるいは作者自身を――いつ果てるともない孤独の中に放置する。この孤独は、あまりに鋭敏に、日常生活の「悪臭」を嗅《か》ぎとった生活者の必然的におちいらねばならぬ地獄である。何故《なぜ》なら、彼の欲する「愛」は、日常生活の次元で求め得るものではなく、逆にこの無定形な世界に一つの明瞭な旋律をあたえるようなものであったから。あるいはそれは、彼のしばしば自己解消を夢見た「自然」と、この古堀のような「第二の自然」との間を辛くも縫って、劃然《かくぜん》とひかれた一条の銀線のようなものでなければならないから。だが、この悪臭を意識する所か、むしろ完全に日常生活に属しているお住にとっては、孤独すら条件的な孤独にすぎない。彼女は「道草」の中で、幾度か「淋しい笑ひ」をもらすが、それは健三が世間並みの夫らしく、片意地な我をはらずに協調しさえすれば、解消される淋しさである。実際彼女は、「日和《ひより》の好い精神状態が少し継続すると」、夫の手をとって「自分の胎内に蠢《うごめ》き掛けてゐた生の脈搏《みやくはく》」を伝えようとすらするのである。

この一節は「道草」の中で極めて美しい部分であって、ここでより大きな投影をあたえているのがお住で、健三でないことは注目にあたいする。もし、こうして孤独の中に放置されている健三に一片の矜持《きょうじ》があるとするなら、それは自らが孤独であることをありありと意識していることであり、求める「愛」が、明瞭な旋律を持つものであることを知っていることであった。それにもかかわらず、作者は彼自身の分身である健三よりも、むしろお住の側に勝利をあたえようとしているかに見える。彼にとって、「恐れる」のは常に男であり、「恐れない」のは女であった。そしてこと日常生活に関するかぎり、「恐れない」者は常に勝利者なのだ。いかなる悪徳の上にきずかれたにせよ、勝利は羨《うらや》むべきであることを、ここで漱石は承認している。この小説の結末で、「世の中に片附くなんてものは殆《ほとん》どありやしない」と苦々しく吐き出すようにいう健三に対して、お住は「不審と反抗」の気色を見せながら、「黙つて赤ん坊を抱き上げて」いう。《「おゝ好い子だ〳〵。御父《おとう》さまの仰《おつし》やる事は何だかちつとも分りやしないわね」細君は斯《か》う云ひ云ひ、幾度か赤い頬に接吻した》

これは日常生活の側の完全な勝利の容認である。健三は、「愛」の不可能な世界を、平然としてこのように健全な常識が蹂躙《じゅうりん》して行くのを、恐怖の眼で見つめるにすぎない。彼自身すら「思想」によっており、むしろこの常識に支配されて行動しているではないか。しかしこのような不毛な風土から、女は自らの肉体によって、愛すべき対象をいとも易々と（！）生み出し得る。他人の――最も直接的にはお住の――「我執」の承認を余儀なくされる以上、彼はその重要な部分をなしている、この種の不可解な能力の前に屈せざるを得なかった。それはまたしても一種の自然崇拝である。産み得る女は、産みある「自然」に屈することが、「我執」を「我執」として認めることを意味していた。「我執」を得る大地に似ている。妻である女の「我執」に屈しようとしない健三は、その中にある人間を超えた意志――「自然」には甘んじて屈しようとする。「人間」の名によってではなく、「自然」の名に於ける「我執」の承認。これは極めて巧妙な、日本的な妥協である。人間的な「我執」を「我執」として認めるのではなく、「自然」の反映として認識し、自己の敗北を人間的な次元から消去しようとする。これは元来解決不可能な「道草」の戦いで、漱石の考え出した、いわば唯一《ゆいいつ》の外交的解決策であった。

しかし、「道草」を非私小説的作品にしているものは、このような他者の認識があるからだけではない。もともと外交的解決などというものが紛争を完全に打開したためしがないように、あの日常生活に対する生理的な嫌悪感は、お住の中にある「自然」に屈服したあとでも健三にとりついてはなれないのである。そして漱石の場合、所謂《いわゆる》思想性は、やや逆説的にいえば、疑いもなく、この嫌悪感から生れている。彼自身、この意志に反して、形式のない、沼のような日常生活の現実に埋没せざるを得なくなった時、その現実の中では実現することの出来なかった希求――人間関係の定形化への意志が、逆に、あの「悪臭」への嫌悪をスプリングボードとして、はじめて、何らかの一般性を持った「思想」となるにいたる。……生活者健三は、お住や島田などの前で、自らの「思想」の無力を知り、それが日常生活の上に強要出来ぬ性質のものであることを知った。つまり彼は、日常の行為が、「思想」の唯一の表現形式ではないことを知ったのである。それと同時に、彼は、自分が日常生活の中に埋没するのとちょうど逆比例的に、彼の「思想」が、彼一個人の偶発的な、限定的な行為をはなれて、はるかに一般的なものとなり、日常生活の無定形な現実とは断絶された次元に、独自の美しい軌跡を描きはじめることをも知ったはずである。

このような「思想」の生活からの独立の萌芽《ほうが》は、生活がそのまま芸術であり、行為がそのまま思想であったような私小説家の作品には全く認められ得ぬものであった。漱石は、前後十年の短い作家生活を通じて、恐らく無数の「道草」の葛藤を経験していた。それを通じて彼は、細君に対する暴力、もしくは弟子達に対する癇癪《かんしゃく》以上に自らの思想を行為化することなく、概《おおむ》ね日常的な常識に忠実な、俗悪な生活者として終始し、一方、私小説家達がその生命を賭《か》けて書いた作品には認めることの出来ない特質——即《すなわ》ち、思想の原形式の表白という近代的機能を、日本の小説にあたえたのである。このような特質は、彼の絶筆「明暗」の中に最もよくうかがい得る。

第八章 「明暗」——近代小説の誕生

「明暗」が、ぼくらの所有する数少い真の近代小説の一つであることについては、諸家の評価が一致している。近代的小説という時、ぼくらは反射的に欧米の十八、九世紀以来の小説を思いうかべる。即ち、「明暗」は何らかの意味で、欧米の小説がそなえている諸条件を具備しているかのように、諸評家の眼に映じているものと思われる。更に又、「明暗」の作者を評して「老辣《ろうらつ》無双」といったのは芥川龍之介であり、これが「則天去私」を体現した作品であると主張するのは小宮豊隆氏である。このように考えると、「明暗」をして「近代小説」たらしめているのは、「老辣無双」と「則天去私」だということになりかねない。この三題噺《ばなし》的並列の意味するものはなにか？「老辣無双」な作者が、一体「則天去私」になり得るのか？ 更には「則天去私」の境地にはいれば、「近代的小説」が書けるのか？ だとすれば、世の西欧主義者達は、心して「則天去私」の悟達を得るべく、参禅でもすべきではないか。

惟《おも》うに、第一の評価の意味するものは、「明暗」を構成している諸条件——作中人物間の人間関係の相互作用的、力学的緊密さ、あるいはこの未完の大作から推測し得るかぎりに於《お》いての全体の構成の見事さ、心理的追求の深さ、等の要素に対する讃辞《さんじ》である。第二の芥川の批評は、主として作者の創作態度に関係し、最後の小宮氏の見解は、「明暗」の思想的意味を重視する立場から発せられる。右のような皮相な断定によれば、ここにあらわれているのは、明らかに相互に異った三つの作家観の標本であると思われる。つまり、第一のそれは、発展段階説的見地に立つ文学史的作家観であり、第二のものは、かなり漱石に共感的な実作者の感嘆であり、第三は、無意識に教訓を期待しようとする門弟の、憧憬《どうけい》的な主張である。しかし、これらの主張が、それぞれの次元に於て正鵠《せいこく》を射ているものとすれば、ある意味では、漱石は、同時に「近代小説」の作者であり、「老辣無双」であり、所謂「則天去私」を求めてもいた。この間のやや複雑な関係を明らかにすることが、「明暗」を理解する一つの方法である。

漱石が「明暗」の素材としているのは、「道草」と同質の世界である。更に「道草」になくて「明暗」にあるものは、あの無定形な、「我執」の毒ガスを噴出させていると彼には思われた日常的現実に対する、かなり野心的な造型の意志である。「道草」の世界を暗くおおっていた霧のようなこの毒ガスのかわりに、ここには見事に構築された劇場建築があり、その中で演じられる緊迫した劇がある。つまりここでは、日常生活の行為の具としては無力さを実証された「思想」が、逆に、はるかに高い次元のうちに日常生活を芸術的に再構成することによって、それ自身に表現をあたえようとしている。これは極めて自然な――同時に日本の近代小説の中では極めて特異な――「思想」の表現手続であるといわねばならぬ。そして更に、この造型的意志を支えているものは、疑いもなく、漱石の苛烈《かれつ》な対人間的視点にほかならない。あるいは、彼が自らの生存を正当化するために、そこに自分を釘《くぎ》づけにしなければならなかった、彼の「自然」への真剣な趣味にほかならない。

「道草」で、彼特有な自己に対する justification を失った作家は、裁こうとする衝動をおさえねばならなかったために、一種の自失状態におちいっている。すべてが正当であるという日常生活の相対的な泥沼の中で彼はあやうくおぼれかけようとしている。しかし、「明暗」の作者は、彼自身の信ずるかぎりでは、この沼をはい出して硬い陸地に立ち、その尊厳をとりもどしているかのように見える。やや唐突にいえば、作者はこの小説の世界の中にはいない。勿論《もちろん》ぼくらは、「ボヴァリイ夫人は私だ」といったフロォベェルのように、漱石が存在していないといおうとしているのではない。津田、お延、お秀などは、それぞれ漱石自身であろう。しかし、それらの人物が、彼自身であればあるほど、漱石の視点はこの世界から遠のいて行く。自分の悪徳を描くためには、恥部のようなある一点だけは、ひそかに確保されていなければならぬ。その一点を確保し得ているという信仰がない時、苛烈な対人間的視点などはとりようがない。このひそかな死角を、漱石は、幼年時代からの憧《あこが》れの国である「無」――「自然」に近く設定し得たと信じている。この信仰を指して、ぼくらは彼の真剣な趣味といったのである。

《あなたがたから端書が来たから奮発して此《この》手紙を上げます。僕は不相変《あひかはらず》「明暗」を午前中書いてゐます。心持は苦痛、快楽、器械的、此三つをかねてゐます。存外涼しいのが何より仕合せです。夫《それ》でも毎日百回近くもあんなことを書いてゐると大いに俗了された心持になりますので三四日前から午後の日課として漢詩を作ります。日に一つ位です。さうして七言律です。中々出来ません》（大正五年八月二十一日、久米正雄、芥川龍之

介究)

この書簡に明らかなように、「明暗」執筆中の漱石は盛んに書画漢詩に親しんだ。ここにあらわれているのは、またしても例の自己抹殺《まっさつ》への欲求である。彼は自らの作品に描かれた同一平面上の人間関係によって成立する日常的世界の手触を楽しみ(!)ながら、最も内奥《ないおう》の部分に於て、「人間」よりはるかに「自然」に近い特権的な点に収斂《しゅうれん》しようとしている。半年先に死を控えた人間にとって、これはさほど不自然な錯覚ではない。何故《なぜ》なら、そのような時、機能の衰弱した人間の肉体は、現実の旺盛《おうせい》な生活よりも、やがて自らを還元させるべき自然により多くの親近感を持つにいたるから。このかぎりに於て、漱石はまさしく「則天去私」を実践しているかのように見える。即ち、彼は自己を「自然」と同一視することによって、「明暗」にあらわれたすべての人間的行為の裁判官になろうとしているのである。

芥川の所謂「老辣無双」とはおそらくこの態度を指すものであって、この言葉の意味するものは少くとも「愛」ではない。漱石の「則天去私」とは、松岡譲氏によれば、ゴールドスミスやジェイン・オーステンの作品に体現されているものであったことについては先に触れたが、このような苛烈な対人間的態度ほど、ゴールドスミスと無縁なものはない。ゴールドスミスの眼には決してbitternessはない。「ウェイクフィールドの牧師」を読んでぼくらの感じるものは、ほとんど荒唐無稽《こうとうむけい》なまでの、人間性への暖い信頼感である。オースティンは、ある意味ではこの苛酷さを共有している。彼女の後期の作品には、冷静な嘲弄《ちょうろう》の下にかくされた人間の愚かさへの激しい憎悪《ぞうお》がある。しかしオースティンの倫理は、「自然」の名に於てではなく、「人間」の知性の名に於て、愚劣さ、自己欺瞞《ぎまん》、自己認識の欠如などの悪徳におちいった人間を、正当な位置に引きずり降ろそうという欲求から発生するものであった。

つまり彼女は人間以外のものに関心を示さない。彼女のいる場所は、狭い、十八世紀の田紳達の客間――即ち社会のただ中であり、彼女の公正さの規準となるものは、この社会に通用する一般的倫理、mannersである。無定形な日常生活が「第二の自然」であるなら、このmannersなるものは、いうまでもなく知性そのものの日常化された表現にほかならない。彼女は人間性の愚劣さへの憎悪という半面で漱石にかなり接近しながら、その憎悪を成立させる人間の自己認識の能力、即ち知性の役割の規定並びに知性への依存という十八世紀的人間観に於て漱石とは全く相反する。彼女にこのような知性への信頼を敢てさせるものは、おそらくキリスト教の神であろう。人間性の愚劣さへの認識がそのまま人間性の尊厳の保証となるが如き操作は、このような神の存在があってはじめて可能だからである。そしてこの概して非宗教的な時代に於てすら、明治の日本に於ては想像不可能なほどに、神はその投影を一々の人間の上に投げていたのである。稀有《けう》な知性人夏目漱石にとって、まことに皮肉なことに、彼はこのような操作の正しさを全く信ずることが出来なかった。年を追うにつれて、彼は知性蔑視《べっし》の姿勢をあきらかにする。「行人」に於て、大学教授長野一郎は、この小説に登場する人物の内、最も非知的な人間である長野家の「厄介もの」お貞さんに対してある種の感傷的憧憬を示し、「彼岸過迄」の主人公須永は、下女の作が、「一筆《ひとふで》がきの朝貌《あさがほ》の様」に「尊《たつと》い」と思うのである。漱石はこのような無教養な、非知的な人間の素朴さ――と彼の信じたもの――に「自然」の反映を見ている。「知性」は、この「自然」に対する挑戦であるが故《ゆえ》に、いまわしいものでなければならぬ。「原罪」の認識による救済、というような操作がない以上、知性による自己認識は、そのまま永遠の受刑状態に彼をつきおとさずにはいない。自己をありありと知ることは苦痛である。神がない以上、それは耐え難い苦痛である……。このような「自然」を映した素朴さへの感傷的姿勢は、「道草」以後では作品の表面からは姿を消す。しかし知性蔑視の信念はますます牢固《ろうこ》たるものとなるのだ。

漱石の大学での講義のかなりな部分は十八世紀英文学に関するものであり、前述のようにジェイン・オーステンなどを理想と仰いだが、彼は十八世紀を十八世紀たらしめている根本理念、いやむしろ英国ならびにヨーロッパの文学の根底にひそむ神に触れた部分についてはほとんど完全に無知であった。彼がオーステンに認めたものは、人間の悪徳を糾弾するという彼女の半面にすぎない。何がその糾弾を可能ならしめているかは、少くとも「明暗」の作家の知る所ではなかった。すでに明治四十年一月に執筆した「写生文」という文章の中で、漱石はガスケル及びディケンズらと並んで、オーステンに若干の俳味を認めるなどといっているのである。

このような宿命的な一知半解が所謂「則天去私」の底にあるとすれば、これこそは全く「愛」や「慈憐」とは無縁な態度でなければならぬ。漱石はこの「老辣無双」な視点から――しかし神の如《ごと》く公正に――「明暗」の諸々《もろもろ》の人物の造型を行っているかのようである。彼は「無私」である。何故なら彼自身の人間的部分にメスをあてることは、その最も本質的な部分が「自然」に属しているという確固とした信仰がある以上、何の屈辱もあたえ得ないから。彼は「自然」の側につき、人間的責任のひそかな一点を死角におくことによって、「無私」を実現したと信じている。「明暗」を近代的小説としている造型的意志は、皮肉にも右のような根本的な錯覚を支柱として、成立している。

以上はおそらく漱石自身がかくあると信じた自らの影像である。否むしろ幻影である。しかしこのような指摘だけでは充分でないので、作者は実は、自らのそれと意識せぬ重大な問題を、この小説によって提出している。それは、彼があらゆる希求をこめて自分を没入させようとした「自然」への趣味や、反人間的姿勢をはるかに超えて、ぼくらに提示された問題であって、これを等閑に附して「明暗」を論ずることは出来ない。つまりぼくらは、肉体の老衰を鋭敏に自覚していた作者が、実際には彼の意識とは逆に、死の瞬間まで極めて旺盛な生活者であり、知性を軽蔑して来た彼が、すこぶる複雑をきわめた屈折のはてに、近代日本文学史上最も知的な長篇小説を創造し、反人間的な視点を保持しようと努めた彼の趣味が、作中人物に対する貪欲《どんよく》な人間的興味によって報われている、ということを論じる必要があるのである。

推測する所によれば、漱石は「明暗」を書き進むうちに、彼の欲するような「明暗」一如、善悪不二」の如き絶対的「自然」に没入する所か、もう一度激しく社会のただ中に投げ帰されようとしている。この作品は文豪漱石の到達し得た最後の絶対境の表現ではなくて、その後に開始されようとしていた系列の作品の最初のものであり、「明暗」の作家は漸《ようや》く近代日本の現実を明確にとらえようとしていた未完成の作家にすぎない。このことに関して、「明暗」をもっと巨細《こさい》に検討する必要があると思われる。

「明暗」に描かれているのは、「道草」に描かれたそれよりも一層徹底した日常的現実の世界であるが、この世界を形成する重要な要素は、お延、お秀、吉川夫人などの女達である。しかも、これらの女性は従来の漱石のヒロイン達とは一変して、極めて生き生きと巧妙に描かれている。

《これまでの彼れの小説には、多くの女性は断片的に現はされてゐるか、あるひは型に入つたやうな現実味を欠いてゐたが、お延とお秀と、吉川夫人とは充分に現実の女らしい羽を拡《ひろ》げて羽叩《はばた》きしてゐる。……「明暗」には我々が日常見聞してゐる平凡な現実生活の真相が多分に出てゐる。書き残されてゐる範囲内で云へば、異常な事件がない。この作者には免れがたい癖であつたロマンチックな取扱振りがない。詩がなくなつてゐる。……私は「明暗」まで読んで、はじめて漱石も女がわかるやうになつたと思つた》(「作家論」)

といったのは正宗白鳥氏だが、このような変化を理解する上で重要なのは、「道草」ではじめて現われた作者の女性的なものへの容認の態度である。漱石にとって「女」は「日常性」の同義語であり、その日常性こそ、小説に真の現実性をあたえるべきものであった。白鳥氏の所謂《いわゆる》「詩」の消滅と、「明暗」の女性がよく描けていることとは、実は同一の原因に基づいている。そして今更チボーデを引用するまでもなく、女は、近代小説発生の過程に於て、最も重要な要素だったのである。

リチャードソン、フィールディング、及び以後の作家を通じて、女性はその社会的地位はともかく、心理的、行動的資格に於て常に男性と対等であり、しばしば男性を圧していた。仮りにチボーデのいうように、物語——小説の発達が、女性の客間から男性的諧謔《かいぎゃく》への道であったにせよ、近代小説は、それが最も順当な発達をとげた英国に於て特に、再び女性を中心人物とする世界、「家庭」のまわりをまわりはじめる。このように考えると、近代小説のうちで、最も芸術的にすぐれ、同時に最も現実的であり、「純粋」であるとして、多くの評家が一致して推賞する作品が、一人の平凡な家庭婦人、ジェイン・オースティンによって書かれたことは、単なる偶然とはいえない。

このことはただちに二つの重要な事実を示唆《しさ》する。その第一は、よしそれがどのような可能性を含んでいたにせよ、本来小説の本質が非限定的意味でのリアリズムであって、そのリアリズムたるや、更に、女性中心の世界である「家庭」を素材とすることによって最もよく描き得る日常性を土台として成立しているということであり、そのような日常生活の世界を虚構とするためには、作家の側に於ける現実の平々凡々たる日常生活の存在が必要だ、ということである。漱石の「明暗」に於ける変貌《へんぼう》の底には、このような女性的要素の発見、及び、「詩」のない日常生活に対する非感傷的な認識が秘められている。そして、「道草」に於ては、日常的現実の悪臭にあてられて生理的不快をすら感じていた彼が、ここではその強烈な最後の生活力と意志とで、そのような嫌悪感をのり超えている。「明暗」の漱石は、「道草」の作者のような、おびえた、崩れかかって来る粘質な日常生活をぼう然と見つめている男ではない。彼は、まずその苛烈な対人間的視点を「自然」の中に設定することによって作中の女性達の数々の人間的悪徳を容赦なく描いている裁判官であり、それにもまして、彼女達が「現実の女らしい羽叩き」を立てて飛び立って行くのに、無上の快感を感じずにはいなかった一人の作家であった。こうして、人間嫌いだった作者にとって皮肉なことには、ぼくらが「明暗」の底に感じるものは、おどろくべき貪欲な、人間に対する興味以外のものではない。彼の趣味が「自然」に近づこうとすればするほど、人間の悪徳をほじくり出そうとする眼が鋭くなればなるほど、旺盛な生活者であった作家漱石は、逆に彼自身をおびえさせる生活の無定形な現実を征服して、これを真の小説に整然と、再構成して行くのである。こうして彼の「思想」が、「第二の自然」を敗北させる。ぼくらが「明暗」を読み進むうちに感じる快感は、ナポレオンの伝記を読む時の快感に似ている。

このような次第で、根本的には、すでに指摘したように西欧のそれとはいささか異質であるが、少くとも読者にあたえる印象に関するかぎりでは、真の近代小説といい得る作品が生れることとなった。「明暗」に描かれた女性達、お延、お秀、吉川夫人などは、白鳥氏のすでに指摘するように近代小説の登場人物にふさわしい強烈な個性を持っている。強烈な個性、つまりは強烈な「我執」というのと同じことで、作者の「我執」に対する攻撃が熾烈《しれつ》を加えるのと正比例して、これらの女性に強い個性が刻みこまれて行くという奇妙な現象がおきていることについては、さきほど述べた。「明暗」の心理的な建築は、俗論によれば仮借なく取り扱われているはずの「我執」の女達の存在によって成功している。そしてこれらの女性達の中で最も魅力的なのが、最も仮借なく描かれていることになっている津田の妻、お延であることはいうまでもない。

ここで傍白的につけ加えれば、日本の近代小説を貧弱なものとし、特に「家庭小説」をほとんど常に通俗小説に堕さしめているのは、女性を独立した他者としてとらえず、単に一つの conventional な情緒もしくは感情の対象としてとらえようとする態度である。卑小な悪徳すらも女主人公にあたえぬことによって、作者は女性を無視し、読者、なかんずく女性読者に媚《こ》びたのである。

お延は、理想的な——と彼女の信ずる恋愛結婚によって津田を夫とした。以後の彼女の努力は、自らの理想に描いた夫婦の像と、現実の結婚生活とを一致させようとする、人間的な努力の連続である。

《「だつて自分より外の女は、有れども無きが如しつてやうな素直《すなほ》な夫《をつと》が世の中にゐる筈《はず》がないぢやありませんか」

……「あるわよ、あなた。なけりやならない筈ぢやありませんか、苟《いやし》くも夫《をつと》と名が付く以上」

……「いくら理想だつてそりや駄目よ。その理想が実現される時は、細君以外の女といふ女が丸《まる》で女の資格を失つてしまはなければならないんですもの」

「然し完全の愛は其所《そこ》へ行つて始めて味はゝれるでせう。其所迄行き尽さなければ、本式の愛情は生涯経《た》つたつて、感ずる訳に行かないぢやありませんか」》(「明暗」百三十章)

このお秀との対話はかなり明瞭《めいりよう》にお延という女の生き方をあらわしている。お秀のいう「愛」は、日常生活の中に没入した相対的な「愛」であるが、お延の求めるのは、女性の眼に映じた絶対の「愛」にほかならない。つまり、夫の愛を独占し、他人の干渉を一切排除して、その事実の上にきずかれた家庭の主婦となることである。このようなお延を、お秀は相対的な日常生活の中で硬化した、一つの儀礼ともいうべき、旧来の家族制度の倫理をふりかざして批難しようとする。ここでお秀の代表しているのは「家」もしくは「家族」であり、お延は「個人」もしくは「家庭」を代表しているのだ。

《お延より若く見られないとも限らない彼女は、ある意味から云つて、慥《たしか》にお延よりも老《ふ》けてゐた。言語態度が老《ふ》けてゐるといふよりも、心が老《ふ》けてゐた。いはゞ、早く世帯《しよたい》染《じ》みたのである。斯《か》ういふ世帯染みた眼で兄夫婦を眺めなければならないお秀には、常に彼等に対する不満があつた。其不満が、何か事さへあると、兎《と》角《かく》彼女を京都にゐる父《ちゝ》母《はゝ》の味方にしたがつた》（「明暗」九十一章）

このように「世帯染みた」お秀にとっての倫理とは、日常生活の潤滑油のようなものであり、重要なのは彼女がその「我」をその中に解消すべき家族的感情であって、絶対の「愛」などではない。一方お延にとっては、このような倫理は倫理以前である。何故《なぜ》なら、ここには「家族」があって「個人」がなく、絶対の「愛」を求める意志は、「日常性」とは対立、相剋《そうこく》するものであるから。お延の欲するのは、あらゆる技巧を弄《ろう》してこの意志を実現することである。しかしお秀の老成した生活感覚は、このような意志を容認しない。彼女のふりかざしている倫理は一見因襲的なものにみえるが、その奥にある衝動は実はもっと根本的なものに基づいている。つまり、あらゆる人間的な行為の周囲には他人がいて、他人に影響を及ぼさない行動などというものはあり得ず、他人を完全に無視しようとすれば、そういった人間は社会に生存する資格を失う、ということをお秀はいおうとしているのである。

《「私は何時《いつ》かつから兄さんに云はう〳〵と思つてゐたんです。嫂《ねえ》さんのゐらつしやる前でですよ。だけど、其機会がなかつたから、今日《けふ》迄《まで》云はずにゐました。それを今改めてあなた方のお揃《そろ》ひになつた所で申してしまふのです。それは外でもありません。よござんすか、あなた方お二人は御自分達の事より外に何《なん》にも考へてゐらつしやらない方《かた》だといふ事丈《だけ》なんです。自分達さへ可《よ》ければ、いくら他《ひと》が困らうが迷惑しようが、丸《まる》で余所《そ》を向いて取り合はずにゐられる方《かた》だといふ丈《だけ》なんです。……兄さんは自分を可愛《かはい》がる丈《だけ》なんです。嫂《ねえ》さんは又兄さんに可愛《かはい》がられる丈《だけ》なんです。あなた方の眼には外に何《なん》にもないんです。妹などは無論の事、お父さんもお母《ひと》さんももうないんです。……自分丈《だけ》の事しか考へられないあなた方は、人間として他《ひと》の親切に応ずる資格を失なつてゐらつしやるといふのが私の意味なのです。つまり他の好意に感謝する事の出来ない人間に切り下げられてゐるといふ事なのです」》（「明暗」百九章）

このお秀と、お延、津田夫婦の対話、及びややあとの部分で描かれるお秀とお延の対話は、日本の近代の小説の中で類例を見ない光彩陸離たるものである。このような知的会話がほかの作家の作品にあるかどうか、ぼくは寡聞《かぶん》にして知らないが、「明暗」で描かれた女達は、実に驚嘆すべき知力の持主である。ことにお秀の言葉は、つけ焼刃の教養になどわずらわされない生活智が、最も知的な表現をあたえられた例であって、このことは知性というものが決して教養などという青臭いものと同じでないことを示している。更にいえば、こうした会話に充満している現実感というものは、現実の卑小なひきうつしから得られるものでないことは勿論《もちろん》、生活智を持った知性人というものが描かれぬかぎり、日本の小説は、このような劇的な対話を決して所有することは出来ないことを物語っている。右に引用したような激しい言葉でつめ寄る妹に対して、津田は、《「お前に人格といふ言葉の意味が解《わか》るか。高が女学校を卒業した位で、そんな言葉を己《おれ》の前で人並に使ふのからして不都合だ」》（傍点筆者、「明暗」百二章）などというが、大学を卒業していつも洋書を机の上に置いているこのインテリ男は、「高が女学校を卒業した」だけの妹にくらべて、格別知的優越者であるとは思われない。通常知的と信じられている小説に出て来る薄っぺらな教養人などは、おおむねお秀より数等劣った知性の所有者であるにすぎない。

これに対してお延も、お秀や津田に劣る知力の持主ではない。それに加えて、彼女にはあらゆる手段をつくして津田の愛を独占しようという鮮明な「個人的」意志がある。彼女の目的としているのは、家族制度にも日常性にもけがされない「絶対の愛」の獲得である。ここに見られるのは、明治以来今日まで、日本の女性が漠然と感じつづけて来た個人主義的人間関係への憧憬《どうけい》の具象化であって、あらゆる「目覚めた」女性はお延のような強烈な意志の所有者になろうとして来たといっても過言ではない。つまりお延は新しい理想を持った新しい女なのである。彼女は、しかし、新しい女達の持っている、どこかコッケイな魅力のなさを共有してはいない。漱石は、現実の彼の生活の周囲には容易に見当らぬはずのこのような女性を描くにあたって、相当の理想化を行っている。お延の原型を彼の旧作に求めれば、「虞美人草」の藤尾があるが、藤尾に示された作者の関心は人間的であるよりむしろ風俗的なもので、彼女は女であるより先に新しい女であった。しかしお延は新しい女であると同時に、いやそれ以上に女である。ぼくらは彼女の肌の輝きや化粧の匂《にお》いを感じることすら出来るのである。「行人」のお直や「道草」のお住は、ある点でお延に似ているが、その日常的な面はむしろお秀に引きつがれている。彼女達は日常生活に埋没しながら、「我執」をもやす輪郭の不分明な存在であって、お延のあの情熱的な意志を持っていないし、お秀の明快な知性を持っているとは思われない。要するにお延の魅力は、言葉の厳密な意味でのheroineの魅力である。これに似た例は、ぼくの知るかぎりでは、有島武郎の「或る女」の女主人公に見られるだけである。

お延の情熱的な意志は、次のような場面で端的に爆発している。ここで彼女は夫の津田に、彼の隠している過去を一切うちあけることを要求していう。

《「ぢや話して頂戴《ちやうだい》。どうぞ話して頂戴。隠さずにみんな此所《こゝ》で話して頂戴。さうして一思ひに安心させて頂戴」

津田は面喰《めんくら》つた。彼の心は波のやうに前後へ揺《うご》き始《はじ》めた。彼はいつその事思ひ切つて、何も彼《か》もお延の前に浚《さら》け出《だ》してしまはうかと思つた。……彼は気の毒になつた。同時に逃げる余地は彼にまだ残つてゐた。道義心と利害心が高低《かうてい》を描いて彼の心を上下《うへした》へ動かした。すると其片方に温泉行の重みが急に加はつた》(「明暗」百四十九章)

津田はここで清子との過去を一切お延に告白して、お延によって救済されることも出来た。お延はあらゆる情熱を傾けてそれを求めている。ここは感動的な場面である。同時に極めて悲劇的な場面でもある。何故なら告白は行われず、お延も津田も元のままの孤独のうちに放置されるから。彼女の努力は挫折《ざせつ》する。漱石は執拗《しつよう》にここでも「愛」の不可能性――現実の日常生活の世界に於ける不可能性を証明しているかに見える。しかしこのように積極的に愛情を生み出させようとしているお延の姿は、冷静に相手の感情を打算している津田の姿より、はるかに魅力的である。不思議なことには、ここには漱石その人の横顔すら二重映しになっているかのようだ。彼自身も又、反対の側からではあるが、お延のように激しく「絶対の愛」を求め、焦慮する人であった。通説によれば、「技巧の女」お延の悪徳を糾弾していることになっている作者は、実は彼女の充分人間的な欲望のすみずみを描くことによって、自分の最も人間的な半面を露呈しているのである。極言すれば、決して諦《あきら》めることを知らずに、あらゆる障碍《しょうがい》を乗り越えて「幸福」と自らの信ずるものを把《とら》えようとするお延の颯爽《さっそう》たる姿には、一種の理想主義者の面影すらある。このようにvividな人間的魅力をたたえた女性を描いた漱石が、所謂《いわゆる》「則天去私」のために、お延を敗北させて勧善懲悪を行い、先程指摘したような知的な会話を書くことの出来た作者が、知性を蔑視《べっし》していたとすれば、それは深刻な皮肉であった。「自然」や「求道」は漱石の真剣な趣味であったが、趣味は結局その人自身ではない。ぼくらはこの種の混同を避ける必要があるので、「明暗」を書いていた漱石はくり返していうように、教師であるより先に作家であった。そして作家は趣味よりは、自分の創造した人間に忠実なのであり、ぼくらは、作家の趣味よりも作家その人を見るべきなのである。

ところで、このようなお延や、あるいはお秀に比較して、夫である津田は彼女達よりはるかに同情にあたいしない俗物才子である。彼は知的な、自己満足的な「紳士」であるが、共感力に乏しく、したがって想像力を極度に欠いた人間である。漱石は、このように冷笑的で、自己の保身には極端に敏感な、洗練された感覚と強い虚栄心を持った、小心翼々たる上層中流階級の紳士を好んで描いたが、津田はその最たるものと思われる。作者はおそらくこのような人間の中に、あの畸型《きけい》な明治文明の代表者を見ていたのであろう。しかし注目すべきはこの浮薄な才子津田が、「明暗」の後半で示す突然の変貌《へんぼう》であって、彼は温泉場行きの汽車に乗りこんだとたんに、思わせぶりな求道者めいた相貌を帯びはじめるのである。
《一方には空を凌《しの》ぐほどの高い樹が聳《そび》えてゐた。星月夜《ほしづきよ》の光に映《うつ》る物凄《ものすご》い影から判断すると、古松《こしょう》らしい其木《そのき》と、突然一方に聞こえ出した奔湍《ほんたん》の音とが、久しく都会の中を出なかつた津田の心に不時《ふじ》の一転化を与へた。彼は忘れた記憶を思ひ出した時のやうな気分になつた。
「あゝ世の中には、斯《こ》んなものが存在してゐたのだつけ、何《ど》うして今迄それを忘れてゐたのだらう」》（「明暗」百七十二章）
ここにあらわれた津田は、日常生活の人事百般の中にいる紳士ではない。ここには「自然」と対坐して、あやうくその中に没入しようとしている「人間」がいる。その部分は、「明暗」の日常的現実の世界に、水に油をおとしたように混じった異質な部分である。この傾斜は何を意味するのであろうか？　「門」や「行人」の場合のように、作者の作中人物に対する態度がプロットの進行と共に、無意識にずれて行くことを示しているのであろうか？　そうだとすれば、「明暗」も又、漱石が肉体的衰弱に悩んでいる時にしばしばそうであるような、竜頭蛇尾に終ることになったのか？　これに対する解答は、おそらく右に引用した一節につづく部分に示されている。即ち、不幸にして此述《この》懐は「孤立の儘《まま》消滅」せず、津田はすぐ清子のことを思うのだし、「冷たい山間の空気と、其山を神秘的に黒くぼかす夜の色と、其夜の色の中に自分の存在を呑《の》み尽された津田とが一度に重なり合つた時、彼は思はず恐れ」て、「ぞつと」せずにはいないのである。

これは、「明暗」の主人公と、「暗夜行路」の主人公との異質性を決定的に証明する恐怖感にほかならない。この恐怖を感じた瞬間、彼は自分が本来属している日常生活の世界に戻っている。彼は、時任謙作のように恍惚《こうこつ》として「自然」の中に身を委《ゆだ》ねようとするどころか、恐怖のあまり後ずさりする。そして、ふたたび求道者的独白をつづけながら、日常生活の人間的次元に帰って行く。事実、彼は清子にあう時には完全に日常的な紳士にたちもどっているのだ。

漱石は明らかに意識的に、津田を一旦変貌させているので、この恐怖感は以後の「明暗」の劇的葛藤《かっとう》が、全く日常的世界に終始し、相変らず求道者めいた述懐をもらしている津田は、その感傷的な高みからやがて転落するであろうことを示している。落差はすでにあらわれている。このような方向づけをすでに行っている作者が、もし通説のように、この津田の逢いに行こうとしている昔の恋人清子に「則天去私」の聖女を――即ち、非日常的な「自然」の中にしか存在し得ない女性を見ていたとしたなら、さきほど触れた、個性的な女性達によって支えられていた「明暗」の大建築は一体どうなるのか？このような見解は果して妥当かつ現実的であろうか？

書き残されている部分から判断するかぎり、そして右の落差の自然な帰結として推測し得るかぎり、清子は聖女でも、特別な救済能力をあたえられた天使でもあり得ない。この女が、「淡泊」であり、「鷹揚《おうよう》」であり、「緩慢」であるというような意味ありげな文句をつかまえて、直ちに作者の「則天去私」的理想化を云々《うんぬん》するのはいかにも感傷的である。気性の強い細君の情熱にへきえきした男が、昔の恋人を理想化するのはあたり前で、それは「則天去私」でもなんでもない、ありふれた話にすぎない。ありふれた話を面白く読ませるのが小説であるからには、むしろ清子は、お延やお秀と匹敵するような猛烈な個性の持主であり、彼女達と同じ「詩」のない日常生活にすぎぬとする方が、より自然でもあり、現実的でもある。そしておそらく作家漱石は、このように清子を描くことによってはじめて彼の好んで用いたジェイン・オーステンの「エンマ」の主題、──幻滅の主題が完成されることを知っていたはずである。

津田は清子によって救われようとして湯治場に出かける。が、彼は「平生の彼に似合はない遣口《やりくち》」で、「医者に相談して転地を禁じられでもすると、却《かへ》つて神経を悩ます丈が損だと打算し」て軽率にも再発の危険を冒して出かけるのである。彼は清子に逢うが（そこまでで「明暗」は中絶されている）、救済されるどころかしたたか攻撃され、──あたかもお秀にそうされたように──宿痾《しゅくあ》を再発して死ぬ。……彼の経験するのは和解ではなくて闘争であり、勝利者は、清子、──ある意味ではお延──である。このような結末によってのみ、以上にのべて来た「明暗」の世界は、破綻《はたん》から免れ得る。こうした想像をめぐらす方が、作者にとってはむしろ名誉なのではないか？ あるいは小宮氏らのいうように、津田は救われ、お延は死ぬのかも知れぬ。しかし「則天去私」が漱石にとっていかに真剣な趣味であったにせよ、作者があれほどの情熱を傾けて描いて来た「我執」の女達をこのような惨憺《さんたん》たる結末の中に捨て去ることが出来るであろうか？ そうでないことを示す新しい証拠として、漱石は、小林という甚だ興味ある人物を、これらの上層中流階級に属する人物の外縁に配しているのである。

この人物配置にはかなりの意味がある。つまり、今まで論じて来た人物間の葛藤は、同じ階級に属した人間同志のからみ合いであったが、小林は、津田もお延もお秀も、吉川夫人も清子も、十把一からげに食う心配のない連中として一緒くたにしてしまうような人間である。彼にとっては、相当の閑《ひま》と金のある連中の内心の苦悩などは、いやがらせの材料として以外は何の関心も呼ばない。正宗白鳥氏のいうように、彼はこの小説の中で、「水に油を点したやうにぽつりと現出してゐる」ので、この男にしてみれば、津田はわがままな贅沢《ぜいたく》病患者にすぎず、彼の苦悩の如きは、食う心配のない人間の世迷い言《よまいごと》にすぎないのである。津田が「則天去私」の救いに到達出来たとしても、おそらくそれすらもこの雑誌ゴロには何の感動もあたえ得そうにない。つまり小林の欲するのは社会的な解決であって、自己満足的な自己救済などではない。津田にはない同じ境遇の人間との連帯意識が小林という、このいやらしい皮肉屋には見うけられる。

このような人間が存在することは、「明暗」に描かれた世界の価値関係を一層相対的なものとしている。仮りに吉川夫人という狂言まわしにあやつられている前述の女性中心の世界が、何らかの絶対的な観念――例えば「則天去私」といったような――で統一されたにせよ、それは今度は小林によって外側から全く別個の基準で測定され得るのである。いわば、この二つの階級の人間に対する作者の態度は二重の構造を示している。第一の女性中心の世界の悪徳を一々糾弾する彼の眼が「自然」の中にあるなら、それを外側から十把ひとからげに規定している時の漱石の眼は「社会」の中にある。そしてこの時、彼の視点は、ほとんど小林の視点と一致しているのだ。このように、作者の視点は、この小説の中で「自然」と「社会」の間を微妙に震動している。このことは、「則天去私」の註釈などよりはるかに重大なことであって、「明暗」以後の彼の作品がどのようなものになるはずであったかを暗示しているものと思われる。次章に於てはこのことに触れる。小林という人物を無視して「明暗」を論ずることは、この小説に半ば触れないのと同じことで、はかりにかけてみれば、この男一人と、他の人物達とが丁度つり合うようなことになりかねないからである。

第九章 「明暗」それに続くもの

漱石における小林的人物の系譜を求めれば、その発端は「二百十日」の圭さんや、「野分」の白井道也及び高柳君にあると思われる。しかし、彼らを小林と別世界の人間にしているのは、その「人格主義」のようなものである。これらの人物は、小林の持つ最大の魅力の、あのゆすりめいたいやらしさを持っていない。それよりもむしろ小林は、「それから」に出て来る平岡という男に似ている。この男は銀行の公金私消事件かなにかに連坐し、新聞記者に身をおとしている（当時新聞記者は今日のように社会的尊敬をうける職業ではなかったので、後に菊池寛が「時事新報」に入社した時ですら、文学士の学位を有するものは社内彼一人だったという）社会的劣敗者であり、妻の三千代を長井代助に奪われる結婚の失敗者である。「それから」で、漱石ははじめて現実的にこの種の社会的弱者を描き、この人物に若干の興味を示した。しかしその興味は単なる興味にとどまって、共感に至ってはいない。代助は三千代を得て、「一寸《ちょっと》職業を探し」に行くが、平岡はどういうことになるのか。要するに、作者はこの人物に対して無責任の謗《そしり》を免かれず、実際平岡の果している役割は機能的なものである。代助―平岡の社会的関係が、津田―小林のそれに移行するにしても、この間には作者の興味の質の著しい変化がある。小林は平岡のようないじけた生活無能力者であるにとどまらず、「プロレタリア意識を持った皮肉揶揄《やゆ》反抗」をこととする、「自棄的闘志」を持った人間に成長しているのである。

《……私は最後の「明暗」に於て、こんな人間が、水に油を点したやうにぽつりと現出してゐるのに甚だ興味を感じた。漱石としては柄にない人物を創造したわけで、取扱ひ方も上手でない。しかし社会主義か共産主義か、さういつた仮色《こはいろ》を使ふ人間を、ブルヂョア仲間へ割込ませた所に、時代に関心する作者の気持が分かるやうに思はれる》(正宗白鳥「作家論」)

すでに述べたように、小林は正宗氏の言葉のように「明暗」で突然創造された人間ではないが、それにしても、一体何が漱石をこのように「時代に関心」させたのであろうか。「明暗」以後、発展されるべき主題を予想する上には、このことについての論証を行う必要がある。

「それから」擱筆《かくひつ》ののち、「明暗」にいたる七年間で特筆すべき社会的大事件は、いうまでもなく明治四十三年(一九一〇)の幸徳秋水《こうとくしゅうすい》らの所謂大逆事件であった。この事件は、荷風、鷗外をはじめとして、心ある文学者に深刻な打撃をあたえたが、漱石といえどもこれについて無関心であったはずはない。事実漱石は「それから」の中で、すでに幸徳秋水に関心を示し、次の一節の挿話《そうわ》を記している。

《平岡はそれから、幸徳秋水と云ふ社会主義の人を、政府がどんなに恐れてゐるかと云ふ事を話した。幸徳秋水の家《いへ》の前と後《うしろ》に巡査が二三人宛《づゝ》昼夜張番をしてゐる。一時は天幕《てんと》を張つて、其中から覗《ねら》つてゐた。秋水が外出すると、巡査が後《あと》を附ける。万一見失ひでもしやうものなら非常な事件になる。今本郷に現はれた、今神田へ来た、と、夫《それ》から夫《それ》へと電話が掛かつて東京市中大騒ぎである。新宿警察署では秋水一人の為に月々百円使つてゐる。同じ仲間の飴屋《あめや》が、大道《だいだう》で飴細工を拵《こしら》へてゐると、白服の巡査が、飴の前へ鼻を突き出して、邪魔になつて仕方がない》

平岡にとって、これは「現代的滑稽《こっけい》の見本」である。又、明治三十八、九年のものと推定されるノート（小宮豊隆氏によって昭和三十年八月号の「世界」誌上に発表されたもの）には、次のように記されてある。

《天子の威光なりとも家庭に立ち入りて故《ゆゑ》なきに夫婦を離間するを許さず。故なきに親子の情合を殺《そ》ぐを許さず。もし天子の威光なりとて之《これ》に盲従する夫あらば之に盲従する妻あらば、是《これ》人格を棄てたるものなり。夫たり、妻たり、子たるの資格なきものなり。桀紂《けっちう》と雖《いへども》此暴虐を擅《ほしい》ままにする権威あるべからず。況《いは》んや二十世紀に於てをや。況んや一個人をや。況んや金あつて学なきものをや。況んや車夫馬丁をや。況んや探偵をや。天は必ず之を罰せざる可《べか》らず。天之を罰するは此迫害を受けたる人の手を借りて罰せしめざる可らず。是公の道なり、照々として千古にわたりて一糸一毫《がう》もかゆべからざ

る道なり》

ここで、更にぼくらは、漱石のロンドン留学中の文学研究が、社会学及び心理学の方法を援用した特異なものであったことに注意する必要がある。彼は、その非組織的な濫《らん》読《どく》の間に、社会主義関係の書物を読んでいなかったとはいえない。これは単なる推測にすぎないが、ひそかに社会主義思想に対する関心をすら示していたのではないか。彼の渡英以前、明治三十一年に、当時の文壇にはすでに所謂「社会小説」の気運があらわれていた。内田魯《ろ》庵《あん》は、同年「くれの二十八日」を発表し、次いで「落紅」、「破垣」などを書いているし、やや下って木下尚江《なおえ》は、「火の柱」、「良人の自白」などを発表している。あるいは日本に於けるマルクス主義経済学の開拓者、河上肇は、大逆事件の起った年に「経済学の根本概念」を世に問い、二年おいて大正二年には「経法原論」を著わしている。（一説によれば、漱石は河上博士の著書に対して推賞の手紙を書いているというが、これは決定版「漱石全集」の中にはない）

このような風潮に対して、先の文章にあらわれた如《ごと》き思想を持っていた明敏な漱石が、複雑な反応を示したであろうことは容易に想像される。一般の社会情勢も又、日露戦争後第一次大戦にいたるまでの約十年間に漸《ようや》く沈滞を示し、特に知識階級の社会的地位は、漱石の大学卒業当時とくらべても著しく低いものになっていた。「彼岸過迄」の敬太郎や、「心」の「私」、あるいは平岡などという人物が、常に就職運動に奔走しなければならぬ者として描かれているのは、この間の事情を期せずして反映しているものであろう。

小林は明らかに意識的にそうした位置におかれている。

以上のような一般的情勢に加えて、注目すべきことがもう一つある。それは、漱石の作中の社会的弱者、彼がノートの中で「ミゼラブル」な者と呼んだ人々が、ことごとく雑誌、又は新聞に関係した安月給取りだという事実である。藤井の経営する売れない雑誌の編集をし、食いつめて朝鮮の新聞社に雇われていく小林の背後には、「江湖雑誌」の編集をしている「野分」の白井道也や、地理学教授法の翻訳をしている高柳君、又は銀行をくびになって新聞記者になる平岡の姿が投影している。漱石はどうしてこれらの人物を、ことさらに社会の片隅に置き去られたような群小ジャーナリストや不遇な文士として設定しなければならなかったのであろうか？

これに対する一つの解答は、漱石が他のどの職業の人間にもまして、ジャーナリストや作家志望者の中に社会的弱者の典型を見ていたに違いないということである。彼らは教養と敏感な感受性を持ちながら社会的地位に恵まれない。つまり彼らは、自分達の悲惨な生活を悲惨とみとめ得る知的能力と自尊心を持つ故に一層みじめな劣敗者なので、漱石は後に「インテリ」と侮称されるこの「文明開化」の私生児をいちはやく問題にしているのである。

小林的人物は、明治以後の日本の文学史上にも名を連ねているので、「文豪」であり、

「名士」であった漱石が、木曜会の常連である門下の俊秀達の彼方《かなた》にいるこれらの一群の不遇な人々の生活に関心を示しているのを忘れてはならない。例えば、津田が形ばかりの送別会をやって、小林を懐柔しようとする場面には、小林と文通している田舎出の不遇な文学青年の話が出て来るが、この人物は葛西善蔵《かさいぜんぞう》、嘉村礒多らの私小説家の境遇をほうふつとさせるので、これは所謂「自然主義」という文芸思潮を潔癖に排した漱石が、所謂「自然主義作家」の生れる土壌に対して、冷淡でなかったことを物語っている。むしろ彼は、師の愛を独占しようとして異様な雰囲気を作っていた、共感力に乏しい門下の秀才達よりも、彼に反感を示し、彼を俗物よばわりするこれらの不遇な鈍才に対して、より多くの人間的興味を感じていはしなかったであろうか。そして小林というプロレタリア意識のある人物を描くことによって、作者は、これら鈍才達の感傷的な「芸術」に対する信仰の底に押しかくされている、ひがみや憎悪《ぞうお》に照明をあて、それらの感情に、直截《ちょくせつ》な、知的な表現をあたえたのではなかったか。小林は、このような不遇な「インテリ」が、容易に熱狂的な左翼思想家になり得ることを強く暗示しているのである。

趣味的には小宮豊隆をより多く愛した漱石は、森田草平によってロシア文学への蒙《もう》を啓《ひら》かれた。この草平《ちょうしょう》氏は、終戦後絶望のあまり共産党に入党して、その奇矯《ききょう》な言動を他の漱石門下に嘲笑されている。が、しかし、漱石自身、粗野で、ファナティックな森田氏に対して癇癪《かんしやく》もおこし嘲笑したこともあったにせよ、この作家を想《おも》わせる人物は、あの小林的人物の系譜に次々と登場するのである。小林自身も津田に対して、ドストエフスキイの小説の中には下賤《げせん》無教育な人間の口からも、「涙がこぼれる位有難い、さうして少しも取り繕はない、至純至精の感情が、泉のやうに流れ出して来る」ことがあるといい、次のようにいう。

《「先生に訊《き》くと、先生はありや嘘《うそ》だと云ふんだ。あんな高尚な情操をわざと下劣な器《うつは》に盛つて、感傷的に読者を刺戟《しげき》する策略《さくりやく》に過ぎない、つまりドストエヴスキが中《あ》たつた為に、多くの模倣者が続出して、無暗《むやみ》に安つぽくしてしまつた一種の芸術的技巧に過ぎないと云ふんだ。然し僕はさうは思はない。先生からそんな事を聞くと腹が立つ。先生にドストエヴスキは解《わか》らない。いくら年齢《とし》を取つたつて、先生は書物の上で年齢《とし》を取つた丈《だけ》だ。いくら若からうが僕は……」

小林の言葉は段々逼《せま》つて来た。仕舞に彼は感慨に堪へんといふ顔をして、涙をぽたぽた卓布《テーブルクロース》の上に落した》(「明暗」三十五章)

この言葉は、草平自身のいわんとしていい得なかった――恐らくはいったかも知れぬ――言葉であるといってよい。そして「明暗」の中で小林にこういわせた漱石は、自らの知的な創作態度に対する一つの自己反省のようなものを許容している。下等な飲み屋で、「車夫馬丁」の類と一緒にいるのを誇りとする小林は、田舎出の女中に「自然」の反映を見ている「彼岸過迄」の須永とは全く異質の人間である。須永は、人間に対する共感から下女を「尊い」と思うわけではないが、小林は、これらの下層階級との人間的な連帯意識によって津田を責めるのだ。つまり小林のいうのは知性蔑視《べっし》ではなく、「愛」の要求である。より限定的にいえば、津田に「友情」を要求しているので、小林は、「天」とか「道」とかいうものでは解決されぬ、人間的次元の話をしているのである。

以上に述べたことから明らかなように、小林の中には当時漸く流行しはじめた社会主義思想と、漱石が文筆生活中に接触せざるを得なかった社会的劣敗者であるインテリと、ドストエフスキイによって代表されるロシア文学との三つの要素が存在している。かねてから彼の作品に出没していた貧乏文士と社会主義思想とを結合して、小林という、いやがらせをして歩く「自棄的闘志」の人間を創造したのは、作者の非凡な炯眼《けいがん》を示すものであるが、ここで、触媒の役割を果しているのは、いうまでもなくドストエフスキイである。社会的無能力者であるインテリゲンツィアと、革命的思想を結合してみせた本家は、このロシアのテンカン持ちであったが、帝政ロシアと同様に後進国である天皇制日本に於て、この種の結合が必然的であることは、後に事実が証明している。森田草平から、ドストエフスキイの殆《ほとん》ど全部の作品を借覧していた漱石は、「明暗」にいたって、はじめてロシア文学的要素をその作品に導入することを許しているのである。このことは、漱石に於ける外国文学の影響が、英文学からロシア文学に移りつつあるのを示すなどという、単なる比較文学的興味を誘うにとどまらない。惟《おも》うに、作家は「家庭」から「社会」へと自らの作品の世界を拡大するのを余儀なくされているのであり、更にいえば、「自然」から「社会」へとその視点を移動させねばならなくなっていることを物語っている。小林は、この回転運動の支点の役割を果しているのだ。先程、漱石が、「明暗」に於て新しい系列の作品の開始を暗示しているといったのは、この意味に於てであった。

ドストエフスキイを語りながら涙を流す小林が、「天」とか「道」とかいうものには関係のない、人間的次元の話をしていることについては、少し前に触れたが、片岡良一氏によると、この人物は、《小林さえ、やや出来そこなってはいるけれど、悪意ばかりの人間として登場させられているのではなく、自然の意志の体現者として登場させられているのであった》(「夏目漱石の作品」傍点筆者)ということになっている。一体どっちが本当なのかという問題を解くことは、そのまま漱石の社会正義感が、どのような性質のものであるかを明瞭《めいりょう》にすることである。

ここで片岡良一氏が、「自然の意志」といっているのは何を指すのか? 私見によれば、それは漱石の所謂《いわゆる》「天は必ず之を罰せざる可らず。天之を罰するは此迫害を受けたる人の手を借りて罰せしめざる可らず」という「天」である。この「天」は、同時に「則天去私」の「天」でもあるが、ここで、「天」=「自然の意志」という等式を証明しようとすると、はなはだ不都合なことがおこる点に注意する必要がある。すでにのべたように、その西欧的意味に於ける「自然の意志」とは決してこのようなものではない。それは何より先に忌《い》むべきものであり、例えば古代都市の廃墟《はいきょ》に貪婪《どんらん》な生をむさぼる雑草の繁茂の如きものである。そしてこの意志の社会的発現の意味するものは、いわばダーウィン流の適者生存、弱肉強食のマキァヴェリスティックな世界の出現であり、何より先に人間の作った秩序への反逆である。片岡氏の解釈による漱石の「天」は、これに反して善意であって常に自動的に、社会的劣敗者の味方であるかのように見える。ここにあるのは、いわば老荘的「自然」と儒教的「天」との化合物であり、この易姓革命的な社会正義感から論理的に帰結し得るかぎり、それは、社会主義思想や、その根底にある「自由平等」という近代的観念、更には、その地下にある「神」の前に於けるあらゆる階層の人間の本質的平等――人類愛、人間の連帯意識などという信仰とは無縁なものである。

この見解にしたがえば、「自然」の中への視点の設定や、自己抹殺《まっさつ》の欲求の代りに、「自然の意志」である「天」の名による、上流階級の個人主義的悪徳の糾弾を置換すれば、すべてが解決されることになる。「天」は上流社会を責める。小林は「天」の名によっていやがらせをやる。津田はそれを無視し、罰せられる。ここには人間的感情の介入する余地などはなく、この様に構成された世界は、人間的な劇などの存在しない、東洋的な静的な世界でしかない。そして小林は天意によって動く一台のロボットにすぎない。

しかし現実には小林は極めて魅力的な人物であり、「明暗」の世界は、緊迫した人間的な劇の世界である。この誤差は、畢竟《ひっきょう》、「天」＝「自然の意志」という等式が証明可能であるという誤算から生じている。仮りに小林が「自然の意志の体現者」であるにせよ、それは、その言葉の西欧的な意味でそうなので、むしろそれは、社会的な秩序の破壊への意志の同義語なのである。だが、小林にとって先《ま》ず耐え難いのは貧困であるよりも、それに原因すると彼には思われる孤独である。彼は上流階級の悪徳を責める前に、彼自身がドストエフスキイの人物に対して感じるような、激しい共感――愛を要求している。「津田君、僕は淋しいよ」と彼はいう。このような態度は社会的弱者であるインテリ通有のものであるが、もしここで、ドストエフスキイの見た「神」の如きものがあらわれれば、彼はそのまま救われるはずであった。つまりここまでは「愛」の領域である。孤独な個人の問題である。小林は最初問題をここで解決しようと望んだ。彼の求めるのは、一片の心からの友情にすぎない。津田との間に人間的な連帯感の生れることであるにすぎない。しかし勿論《もちろん》神はあらわれず、津田に対する「愛」の要求は冷やかに無視される。

前に指摘したお延と津田のやりとり同様、この場面はさり気なく書かれてはいるが緊迫した、悲劇的な場面である。まさに「愛」の生れる条件は具備しているが、その一歩手前で、その努力は挫《ざ》折《せつ》し、「愛」を求めるものは拒否される。「旅費は先生から借りる、外套《ぐわいたう》は君から貰《もら》ふ、たつた一人の妹は置いてき堀にする、世話はない」「世話はないや、といった時、小林は共感と友情を求める対等の個人から、劃然《かくぜん》とへだてられた上流階級に対する憎悪と復讐《ふくしゅう》心を抱いた階級意識の持主、換言すれば「自然の意志の体現者」に変貌《へんぼう》する。階級を超えて、唯一《ゆいいつ》の対等な人間関係を成立させる要因である「友情」が拒絶された以上、残るものは物質的要求しかない。つまり心の問題が、胃と腸の問題にとってかわられたのであって復讐はここからはじまる。これは前章でのべたように世俗的且《か》つ日常的な感情から出発した復讐心にほかならない。つまり、小林は片岡氏の解釈するように、「天」の名によって上流社会を糾弾しているのではなく、全く人間的次元に存在する人物なのである。

漱石が、小林を、「明暗」の女性中心の世界の外側に配するまでには、こうした複雑な屈折が必要であった。この屈折の過程は、そのまま、作者の視点の「自然」から「社会」への移行の過程でもある。容易に推測されるように、ここに描かれた軌跡は、決して単純な平面上の一本の線分ではないので、ここには立体的な落差が存在する。自己抹殺を求めて、自らの秘《ひそ》かな一点を「自然」の中に確保しておこうとした漱石にとって、「自然」は少時の彼を魅惑した南画のように、人間を遠のけ、自らを逃避させる場所であればよく、そこからの視線は、人間的責任の一半を放棄した苛酷《かこく》なものであればよかった。しかし一度その視点を「社会」に移した時、彼の視線はもはやそのような苛烈一点ばりのものであることは出来ない。彼自身の位置も、この時「自然」からより「人間」的な場所へと移動することを余儀なくされているのである。

漱石が、「明暗」で小林を描くことによってロシア文学的要素を導入したことは、そのまま、従来の彼の世界には見られなかった、完全に人間的な連帯意識を導入したことでもあった。「明暗」では、この二つの色彩——非人間的な視点と人間的視点からの二つの視線の交錯が、非常に奇妙なコントラストを示している。「水に油を点したやうな」といった正宗白鳥氏は、無意識のうちに、このコントラストを指摘していたのではないか。「則天去私」の作家は世俗的な感情である階級的復讐心をもった小林を、貧乏インテリのすね者に設定した時、不幸にも「則天去私」を放棄したのである。胃の収縮に支配されておこる感情を、「是公の道なり照々として千古にわたりて一糸一毫もかゆべからざる道なり」というような美文の語調に酔わされて「天意」であるなどといった祖述者はよほどのお人よしであって、美食家漱石は、美食を得られぬ者の苦痛を誰よりもよく識《し》っていたし、作家漱石は、自らの東洋文人風の趣味よりも、ここで世俗的日常茶飯の塵《ちり》にまみれて、小林という新しい人間を創《つく》り出すことに、格段の昂奮《こうふん》を覚えているのである。

この事実は、一つの可能性を暗示している。それはもし漱石が生き永らえたとして、この可能性に忠実であったとするなら、来たるべき新しい作品の主人公は、小林や藤井のような人物達、――「明暗」で印象的なわき役を演じている貧乏インテリ達ではないかということである。「家庭」は次第に遠景にしりぞき、「社会」というより大きな舞台の一部に包含される。「明暗」の漱石が社会小説を指向している、といった辰野隆《ゆたか》氏の批評は、このかぎりで極めて当を得ていると思われる。

以上に論じて来たように、「明暗」の内側の世界は、小林によって代表される社会的、世俗的価値判断によって外側から規定されている。所謂「則天去私」の如《ごと》きは、この人間臭い憎悪や軽蔑《けいべつ》の上にうかんだ、片々たる浮舟にすぎない。そして漱石が内側の世界に於ても、又、「則天去私」よりは強烈な幻滅を選ぼうとしているのは先にのべた通りである。このような作者の視点の推移や震動の物語っているのは、少くとも「悟達」した清澄《せいちょう》な心境などではない。漱石は、彼をとり巻く門弟達より、あまりに先を行きすぎていたのである。数年、あるいは数十年先に、幸運にも生き永らえた漱石のうちに、森田草平よりはるかに偉大でもあり悲劇的でもある革命思想家を認めたとしたら、弟子達は、単に嘲笑を報いるのみで満足したであろうか? これは空想である。しかしあまりに無稽な空想であるにしても、ここにはなにがしかの爽快《そうかい》なものがありはしないか。つまりそれは、「悟達」せんとしてし得なかった人間を見る爽快さであり、その旺盛な生活力と人間的意志で、彼に課せられた一つの民族の精神史的宿命と四つに組みながら、忠実に、おそらくは馬鹿正直なほど忠実に、その一々の課題と闘って来た人間の姿を見る爽快さである。

ぼくらが以上に論じ来たった「明暗」の構成の緻密《ちみつ》さ、厳格さ、周到さの如きは、その行間からうかんで来る右のような人間の孤独な風貌があたえる魅力を取り去ってしまえば、もはや単なる形骸《けいがい》にすぎない。形骸は朽ちるし、「明暗」で作者の用いた心理主義的方法も、時に古臭く、退屈である。しかし最も基本的な人間の存在条件である人間的な孤独を、常に自らの肌の上に感じるように運命づけられて、あるいは「自然」の中にこの孤独を抹殺しようと希《ねが》い、あるいは絶望的な断層の彼方にいる他人を愛そうと夢みながら、この孤独から脱出しようとするはなはだ人間的な努力を重ねて、「神」のいない国の住民の経験し得べき最も傷《いた》ましい苦悩の中に生きた孤立無援の男の姿には、時代や趣向の変遷《へんせん》を超えて人々の感動をよぶものがある。何故《なぜ》なら、これは何らかの意味でぼくら自身の姿であり、人が自分自身の姿をその中に認め得るかぎり、文学作品は永久に新しいからである。このことに比べれば、「則天去私」の如きは伝説にすぎない。作家は伝説によってではなく、彼自身の人間的な魅力によって生きるのである。

＊

「明暗」執筆中の漱石は、何回か親しげな、従来の彼には見られぬ人懐《ひとなつ》こい手紙を、芥川、久米、成瀬らの第四次「新思潮」同人にあてて書いている。彼らは漱石の死の前年、大正四年十二月頃から漱石の「木曜会」に出席していた。漱石の彼らにあたえた印象は非常に強烈なものであり、彼らの漱石にあたえた慰藉《いしゃ》もまた、小宮豊隆氏の「夏目漱石」によれば、極めて「異常のことに属」するものであった。その一人である芥川龍之介は当時の漱石について次のような断片を残しているが、これはやはり「新思潮」同人として「木曜会」に出た菊池寛の追想と比較すると、はなはだ興味がある。

《この頃久米と僕とが夏目さんの所へ行くのは、久米から聞いてゐるだらう。始めて行つた時は、僕はすつかり固くなつてしまつた。今でもまだ全くその精神硬化症から自由になつちやゐない。それも只の気づまりとは違ふんだ。……つまり向うの肉体があんまりよすぎるので、丁度体格検査の時に僕の如く痩《や》せた人間が始終感ず可く余儀なくされたやうな圧迫を受けるんだね。現に僕は二三度行つて、何だか夏目さんにヒプノタイズされさうな……物騒な気がし出したから、この二三週間は行くのを見合はせてゐる》（「あの頃の自分の事」）

これに対して菊池は、

《一座は何等の堅苦しさもなかつた。自由な心置きのない、同時にとりとめもない呑気《のんき》な会話が湧《わ》くやうに続いてゐた。雄吉（菊池）が京都の中田博士（上田敏）の周囲で感じたやうな、強《こは》ばつたやうな雰囲気《ふんゐき》は、其処《そこ》に微塵《みぢん》も存在して居なかつた。……何の腹蔵もなくズバリと突込んで来る松本さん（漱石）の真率な人間的な温味を有難く思はずにはゐられなかつた》（「友と友の間」）

といっている。同一の人間が、二人の同世代の新進作家にこれほど異った印象をあたえたのは只事ではない。この二つの挿話《そうわ》の物語るものは、それぞれ漱石の精神の異った部分に共感を覚えていた芥川と菊池の本質的な性格の間にある距離である。そして彼ら二人は何らかの意味で、漱石の精神の二つの部分の正統的な――しかし不徹底な――後継者だったのである。

しかし漱石は、「新思潮」同人にこのような相異った一々の個性を認めるよりも、むしろ一つの漠然とした新時代の雰囲気、「云はば君達の若々しい青春の気が、老人の僕を若返らせたのです」といった昂奮をもたらす清新の気を見ていた。そしてこの昂奮には、そうした激しい感情につきものの過大評価の跡さえ見えないでもない。

《君方は新時代の作家になる積《つもり》でせう。僕も其積であなた方の将来を見てゐます。どうぞ偉くなつて下さい。然し無暗にあせつては不可《いけ》ません。たゞ牛のやうに図々しく進んで行くのが大事です。文壇にもつと心持の好い愉快な空気を輸入したいと思ひます》（大正五年八月二十一日、芥川、久米宛）

あるいは彼は真情をこめた忠告を記して、次のようにいう。

《牛になる事はどうしても必要です。吾々はとかく馬になりたがるが、牛には中々なり切れないです。僕のやうな老猾《ろうくわつ》なものでも、只今牛と馬とつがつて孕《はら》める事ある相の子位な程度のものです。あせつては不可《いけま》せん。頭を悪くしては不可せん。根気づくでお出でなさい。世の中は根気の前に頭を下げる事を知つてゐますが、火花の前には一瞬の記憶しか与へて呉れません。うん〳〵死ぬ迄押すのです。それ丈《だけ》です。……何を押すかと聞くなら申します。人間を押すのです。文士を押すのではありません》（大正五年八月二十四日、芥川、久米宛）

中村真一郎氏によれば、「近代日本文学史上の、最も美しい散文のひとつ」である、「混気のない愛情に」充《み》ちたこれらの書簡――それは大正五年に書かれた漱石の書簡の中では全く異彩をはなっている――を書き送っていた漱石は、これらの新時代にこそ、真の理解者の幻影を見ていたのだ。小宮豊隆氏が、やや沈痛な悔恨をもって追想しているように、「嘗《かつ》て漱石の周囲に集つて来た、多くの文学上の弟子達に愛想をつかし」た彼は、「観念的には孤独極まりない生活を続けてゐた」。その寂寥《せきりよう》――漱石がしばしば悩まなければならなかった人間的な寂寥が、右の書簡に表われた友情の動因になっている。誰よりも理解されることを求めながら、誤解されつづけて来た彼が、これらの青年作家達に、理解者、友人、同志すらも見ようとしたのはいたいたしいことであるが、ともあれこうして「新思潮」同人に語りかけていた漱石は幸福であった。彼は彼らに向けて彼らに理解されんがために、いつ果てるとも知れぬ「明暗」を書き続けるのである。これは死の前に得られた漱石の、極めて希望に満ちた、美しい幻影であった。
しかし後の文学史の示すものは、こうした漱石の幻影に対して、はなはだ苛酷である。彼の最も嘱目し、すでに「鼻」によって文名を得ていた芥川龍之介は、師の忠告に従って「牛のやうに根気づくで行く」所か、架空線の放電の「火花」をむしろ望み、「人生は一行のボォドレェルにも若《し》かない」といわねばならぬ、「世紀末の悪鬼」にとりつかれた不幸な男に変貌した。彼は一面世俗的生活人であり、漱石のように常に他者を意識しなければならぬような人間であったが、先に引用した断片の示すように、師の持っていた旺盛な生活力を欠いていた。若年で「孤独地獄」を書いた彼は、そこから人間に挑むよりは、むしろ人生を「一行のボォドレェル」に還元することを欲したのである。彼の芸術至上主義は、人生を旺盛に生き得ぬ者の遁辞《とんじ》にすぎない。彫琢《ちょうたく》をこらした、しかしひねこびた芥川の文章は、すべてを、彼自身の「生」さえをも、人工的な技巧の中に閉じこめてしまったのであった。

一方、「倫理的にしてはじめて文学的なり」という意味のことをいった漱石と同様、

「文芸作品の内容的価値」で、

《文芸は経国の大事、私はそんな風に考へたい。生活第一、芸術第二》

と断じた菊池寛は、師の旺盛な生活力を共有していた。しかし漱石が拙劣な生活者で

あったのに対して、菊池はあまりにも巧妙かつ自在な生活者であった。彼においては、すべてが日常的な次元で解決出来た。あまりに強靭《きょうじん》な知性の持主であった。この天才的作家は、自らの孤独をも、賢明に物質的次元で解決出来たのである。

　失恋沙汰で悩んでいる久米正雄に、「通俗小説を書けよ。金がはいれば失恋なんか忘れるさ」といった彼は、自らも、テーマ小説の題材とすべき「思想」がつきた時、通俗小説に手を染めて、大成功をおさめた。それは「明暗」がそうであったように、「家庭小説」であり、ある意味では「社会小説」であったが、このすぐれた啓蒙的現実主義者には、問題の解決はすべて自明にすぎた。ほとんどすべての問題が社会的、日常的な場で解決され得る以上、彼は「明暗」の漱石の苦渋を味わう必要を認めなかったし、彼に於てはこれが正しかったのである。菊池によってまさに新時代がはじまった。彼は表面的には漱石の主要な問題である「個人主義」の確立をなしとげたかに見えた。しかしこの新時代は、晩年の漱石の夢想したそれとはおそらく根本的に異質なものであった。漱石の好んだ「幻滅」の主題がここにも投影しているのは文学史の皮肉というべきである。

　こうしてやがて破られるべき幻影をいだいていた「老辣無双《ろうらつ》」の作家は、大正五年十一月二十二日、最後の胃潰瘍《いかいよう》を発病し、越えて十二月九日、五十歳で世を去った。臨終の床の中で、漱石は「苦しい、苦しい」と口走ったそうである。「則天去私」の作家にとってははなはだ似合わしからぬこの言葉を、門弟達は公表しなかったという。しかしぼくらは、憔悴《しょうすい》し切った、五十歳とは思われぬ老いの影の見られるデスマスクの主が残したこの傷ましい辞世に、激しい感動を覚えるのである。

この文章のはじめに述べたように、夏目漱石は、最初から生及び人間を嫌悪すべく生れついたような人間であった。しかしあれまでにその精神の奥底で希求しつづけた「死」に際して苦痛を訴えた彼は、又同時に熾烈《しれつ》な意欲に燃えた生活人であることを、期せずして告白したのである。彼の悲劇は、旺盛な生活欲を持った拙劣な生活者の悲劇である。《In the midst of life we are in death.》という祈禱書《きとうしょ》の埋葬式の言葉を、ぼくらはこのような精神の持主に捧《ささ》げることが出来る。拙劣な生活者であるあまり、その憧《どう》憬《けい》は死に属していたが、その肉体はより以上に生に属していた男が、ここにはいるのである。

初版へのあとがき

漱石についてはもうすべてがいいつくされている。今更なにをいってもはじまらない。というのがおそらく今日の通説である。しかしこのような通説ほど、ぼくにとって理解し難いものはなかった。ぼくには、自分の眼に見える漱石の姿を、出来るだけ生々と描いてみたいという兇暴《きょうぼう》な衝動があった。そして、この漱石の姿ほど、世に行われているおびただしい評伝、研究書に描かれた「文豪」の影像と似ても似つかないものはなかった。そうである以上、ぼくにとっては漱石について何も語られていないのと同じことである。これが、ぼくに漱石論を書かせた唯一《ゆいいつ》の、同時に最大の理由である。

英雄崇拝位不潔なものはない。ぼくは崇拝の対象になっている漱石に我慢がならなかったのだ。人間を崇拝することほど、傲慢《ごうまん》な行為はないし、他人に崇拝されるほど屈辱的なこともない。崇拝もせず、軽蔑《けいべつ》もせず、只平凡な生活人であった漱石の肖像を描くことが、ぼくには作家に対する最高の礼儀だと思われる。偶像は死んでいるが、こうしてひとたび人間の共感に捉《とら》えられた精神の動きは、常に生きているからである。

この評論は、いわば、ぼく自身の漱石に対するこうした共感の成長の過程である。ぼくにとっては議論の形式論理的な発展より、さまざまな先入主をくぐりぬけて、作家自身に肉迫して行くことの方が興味があった。つまり、出来るだけはっきり漱石の生ま生ましい姿が見たかったので、そのためには余事はどうでもよかった。しかし、この航海で発見したものは少くない。地球というものに全く無知だった近代初期の西欧の航海者のように、ぼくは、次々に出現する未知の陸地に、昂奮《こうふん》しつづけたといってもよい。このことは一つにはぼくがいかに無知であったかということを、もう一つには、当然のこととしてうちすてられているもののうちに、いかに多くの根本的な問題が眠っているかということを示している。現在のぼくは、自分の眼の前にあるような未知の陸地のかずかずを前にして、いささかぼう然としている。その気持の中には、自分の向う見ずと、一人の人間を理解することの至難さに対するいくらかの感慨がないわけでもない。

元来昨年末から今年にかけて、四回にわけて「三田文学」に発表したこの評論に補筆し、作家論シリーズの一冊として本にするにあたっては、数多くの方々に一方ならぬお世話になった。一々お名前をあげるのを差控えるが、その方々の御好意がなかったら、ぼくは自分の処女航海の粗雑な記録を世に問うことなど、とても出来なかったのである。

一九五六年十一月

第三部

漱石像をめぐって

最初に個人的な思い出から書こうと思う。小学三年から中学三年まで、足かけ七年間を私は鎌倉の稲村ヶ崎で過した。通称一ノ谷戸というところで、三方に鎌倉山の丘陵が迫り、一方が僅《わず》かに海に開け、山と海岸の境界を江ノ電が走っているといった老人臭い別荘地である。

私はよく通りでキャッチボールをして遊んだ。ある日の夕方、そうして遊んでいるうちに、私の投げたボールが暴投になり、友達のグラヴをかすめて転々ところがった。しまったと思ってボールの行方を眼で追うと、停車場の方から歩いて来た男が腰をかがめて拾おうとしている。だが、軟式の球だから道の砂利に当って不規則にはずみ、なかなかつかまらない。やっと取りおさえると、体勢を整えてこちらへ投げ返そうとしたが、ボールはとんでもない方向にそれて飛んだ。てれたように笑った男のかっこうはいかにも不様で、酔っ払った蟹《かに》が盆踊りを踊っているようであった。だが、次の瞬間に、私はその顔に気がついてはっとした。夏目さんだったからである。

夏目伸六という標札のかかっている小ぢんまりした平家の主が、夏目漱石の次男だということを、私は誰かから聞いて知っていた。漱石が偉い小説家で、しかし家庭生活では気狂《きちが》いのような人であり、気狂いと天才は紙一重だという俗諺《ぞくげん》を地で行ったような「文豪」だったということも、いっとはなく聞かされていた。だが、この夏目さんには「文豪」漱石という名前がまき散らしている金色の光を思わせるものはなにもない。彼はいつも目に見えぬものに対する不快をいかつい肩の辺りにただよわせて、自分のなかを覗《のぞ》き込むような眼をくたびれた顔に光らせていた。彼にはいわば世間一般に通用している漱石の名声の影を、暗く凝固したようなところがある。その夏目さんがボールを拾ってくれたのは意外で、返球があさっての方角にそれたのは何となく当然に思われた。

私はボールをとりに走りながら、夏目さんが傍《そば》を通りすぎる気配を身体の半分に感じた。後年、漱石のことを想《おも》うたびに、このときのことが不思議と思い出される。漱石の名声と夏目仲六氏の暗さ、この対照はむしろ陳腐であるかも知れない。しかし、この暗さには偉い親を持った息子の不幸などという月並な判断では片附かぬ異常なものがあった。異常な暗さは私の関心を漱石の影の部分にひきつけずにはおかない。その影の部分においてのみ、私は漱石という作家と親密な関係を結びうるように思うからである。「猫」や「草枕《くさまくら》」にも、「坊っちゃん」の背後にすらこの影はあって、重苦しい不協和音を奏しつづけている。「倫敦塔《ロンドンとう》」や「夢十夜」は、ほとんど影のみによってなった作品である。息子の上にまで、烙印《らくいん》を押しつけている漱石の秘密の奥行きをさぐろうとすれば、私はなによりもまず自分の内に澱《よど》んだもののなかに降りて行かなければならない。

作家に入門するとは、おそらくこのような結びつきをいうのである。一旦このような結びつきが生まれれば、夏目漱石は慶応三年東京牛込《うしごめ》に生まれ、大学で英文学を修め、ロンドンに留学し、帰朝後数年にして小説家となった。著すところの長篇およそ十篇、短篇評論随想詩歌俳諧《はいかい》の類は数うるにいとまなく、多くは三十九歳以後五十歳までの所産である。戒名は文献院古道漱石居士。作風は自然主義の時流に超然とし、ために余裕派と呼ばれた。読みはじめるには「坊っちゃん」が適当であろう。傑作は「吾輩は猫である」だ、いや「明暗」だと思う、しかし「道草」も捨てがたく、卒業には「現代日本の開化」を読み給《たま》え、等々といったようなことはどうでもよくなる。こういう知識は作家と当方との接触がなければすべて死んでしまう。そして、現代の文学的教養というものは、おおむねこの種の死物によってかたちづくられているかに見える。

だが、作家と読者の接触を妨げるものは、文学解説書的な教養主義だけではない。同時代者もまた、通念と時流という偏光プリズムを通してしか作家を見ないからである。作家というものは、生前においてもっとも歴史的な存在である。殊《こと》に日本のような急速な「開化」をあえてした国においては同時代者は恒《つね》に彼に歴史的役割を要求し、彼は恒に何らかのために生きることを余儀なくされる。しかし彼が今日にいたるまで、なお遺作のなかから私たちに語りかけて来るとするなら、作家はむしろその歴史的役割においてではなく、むしろ何のためにもならない非歴史的な部分において生きたことにはならないであろうか。死後、「歴史」的な人物となって、はじめて「歴史」の重圧から解放されるという皮肉な背理を、たとえば夏目漱石に対する評価の変遷《へんせん》は教えている。つまり、通念と時流を超えて死後に自らの歴史に侵蝕《しんしょく》されぬ部分を保ち得たとき、作家は「歴史」に勝ち、一切合財に役割を負わせて行く性急な日本の近代に勝ち、要するに生きたのである。

生田長江の「夏目漱石氏を論ず」(明治四十四年十二月)は、同時代者の漱石評としてもっともすぐれたものの一つである。しかし、ここに描き出された漱石の像と、今日の漱石像とをくらべると、私は同時代の批評の限界というものを考えずにはいられない。長江の意見は適確であり、しばしば非常に鋭い閃《ひらめ》きを見せている。だが、その長江の慧《けい》眼《がん》をもってしても、なお見えないものは見えぬとすれば、私たちの書いている文芸時評などは実に浅薄をきわめ、通念と時流にがんじがらめに縛り上げられていることが多いのではないであろうか。作家に役割を負わせるものは批評家である。しかし、どうして批評家は彼の非歴史的な部分、彼の不幸と幸福を論じてはいけないか。彼の「生」の重みを手にとってみてはいけないか。

長江は次のように書いている。

《一体に、「漱石氏は如何《いか》なる事をする人であるか」の問題よりも、「漱石氏は如何なる事をしない人であるか」の問題が、遙《はる》かに私共の興味を惹《ひ》く。

氏は常に、面目を施すと云ふことよりも、体面を傷けないと云ふことに重きを置く。氏には賞讃せられようとする心よりも、非難せられまいとする心が強い。虚栄心は少いけれども、馬鹿にされると云ふことが、恐ろしく嫌ひな人らしい。

氏は人から侵されることを厭《いと》ふ代りには、自らも人を侵さうとせぬ。（中略）氏は単に、犬の如く吠えつかないと云ふ丈《だ》けでも、噛《か》みつかないと云ふ丈けでも、猫を愛する人だと思ふ》

《漱石氏の教養は改めて説くまでもないことだ。申分なき情意がゼントウルマンを作るとき、非凡なる智力は学者を作る。（中略）

「文学論」や、「文学評論」や、「文芸の哲学的基礎」や、「創作家の態度」の如《ごと》き、未《いま》だ氏の学殖と学才とを傾倒し尽したものでもあるまいが、尚《な》ほ且《か》つそんぢよそこらの博士連中に、たやすく見出されないほどの、頭脳の明晰《めいせき》と、緻密《ちみつ》と、独創とを証拠立ててゐる。（中略）

偖《さ》てそのすばらしい学問に対して、閲歴はどうかと云ふに、経験はどうかと云ふに、だいぶ遜色《そんしよく》があるかと思ふ。（中略）

氏の如きは、好奇心の恐しさを知らない人である。やり足らなかつたと云ふ、はがゆい憾《うらみ》を遺《のこ》しても、やり過したと云ふ痛ましい悔《くい》を遂《つひ》に覚えることのない人である。寧《むし》ろ安全なる自然主義者であつて、危険なる浪漫《ローマン》主義者でない》

《漱石氏は屢〻《しばしば》新人の附焼刃を笑つて、希《まれ》に旧人の矯飾《けうしよく》を咎《とが》める。習俗と歩調の合ひ易《やす》い人である。其《その》思想には概念の改造がない。所謂《いはゆる》価値の顚倒《てんたう》がない》《私共はただ、氏の如くイマジネエションに豊かなる、官能に敏なる浪漫主義者の希なるを思ふとき、おほよそ鏡花氏に払ふほどの敬意を氏に払はうとするに止《とど》まる。私共はまた、氏の如くキットに富める、別してユウモアに富める人の更に希なるを思ふとき、我が国に於ける第一のユウモリストとしての氏を待たうとするに止まる。……》

ここに描かれた漱石の像は、全体として、学殖豊かではあるが常識的な紳士の像である。この紳士には都会的な感覚と想像力とヒューマァの才がある。しかし、小説家としては煮え切れないディレッタントにすぎない、と長江はいおうとしているかに見える。事実、この延長線上にあるものと思われる正宗白鳥氏の批評は、次のようにいうのである。

《学識も文才も、同時代の作家に比べて傑《すぐ》れてゐるらしいことは、氏の筆に成つたどの作品を読んでも察せられる。(中略)

しかし、「それから」とか「彼岸過迄」とか「心」とか「明暗」とか、今まで、私の通読した氏の長篇小説によつては、私は左程に感動されなかつた。読みながら、退屈した。人にすぐれた文才をもつて、一生懸命に面白さうに作つてゐるといふ感じに打たれることが多くつて、心が作中に引き入れられることは滅多になかつた。文章のうまい通俗作家といふ感じがした。天上の光をこの世に持ち来たした作家でもなければ、人間の心の奥までももぐり込んだ作家でもない。……彼れの著作には私達の目を射るやうな赫灼《かくしゃく》とした光は放たれてゐない。……》

かくのごときものが、大体一九三〇年代までの漱石観である。このような文壇における漱石蔑視《べっし》が、彼の「文豪」としての世俗的名声とうらはらのものであることはいうまでもない。正宗白鳥氏は、右に引用した「夏目漱石」（昭和三年）のなかで、森田草平の「煤煙《ばいえん》」を非難する友人にむかって、「漱石よりはよつぽどましだ」と放言する岩野泡鳴《ほうめい》の昂然《こうぜん》たる姿を描いているが、当時漱石に敬意を払ったりするのは「知識階級の通俗読者」であって、いやしくも作家たろうとする者の心得ではなかったことを物語る挿《そう》話《わ》である。このような偏見の背後にあるものはいうまでもなく自然主義的な文学観――あるいは作家観であろう。漱石は赤貧洗うがごとき貧乏をしたこともなければ、女の問題で苦労したこともない。貧乏と女という、作家になるための二大条件を欠いた大学教師上りの常識家に、通俗的ならざる小説の書けるわけがない、というのが自然主義的文壇の確信であった。彼らの決定論によれば、人間は万事色と欲であり、純粋な芸術家は逆に貧乏で破滅的な情熱に身をこがしていなければならぬはずだったからである。彼らは貧乏にも女性関係にも由来しない不幸というものの存在を知ろうとしなかった。

だが、ここにもう一つの漱石像がある。夏目伸六氏の「父・夏目漱石」に描かれた父の像であるが、これほど長江のいわゆる、「申分なき情意をそなへたゼントウルマン」、「やり過したと云ふ痛ましい悔を遂に覚えぬ」中庸の人、「習俗と歩調の合ひ易い」常識家のイメイジと似ても似つかぬものはない。

《……何一つ意識らしい意識さへ持合さなかつた幼い頃から、私はずつと父を恐れて来た。父がニコニコ機嫌よく笑つて居た顔も、又私等小さい子供達と一緒に大口開いて笑つた顔も、私は未だ明瞭《はっきり》と覚えてゐる。併《しか》し、かうした父らしい姿を見ながらも、私は其裏に隠れたかすかな不安をどうする事も出来なかつた。小さい私は慥《たしか》に其頃から絶えず父の顔色を猫の様にいぢけた気持で覗《のぞ》いて居た。父と二人で相撲をとりながら、一生懸命に、一遍でも良いから父を敗《ま》かさう敗かさうと真赤になつて痩《や》せた腰にしがみついて居た時でさへ、私の心の底には、いつ怒られるか解《わか》らないと云ふ、不安が絶えずこびりついて離れなかつた。当時の私にとつては、いつ呶鳴《どな》られるか――慥にそれが父に対する最大の恐怖だつた。

《私は未だに、幼稚園から帰つて来たばかりの私と兄に、母が、

「久世山へでも行つて遊んでおいで」

と、女中をつけて遊びに出した時のことを覚えてゐる。暗い中の間の仏壇の前で、その時母は何かヂッと拝んでゐた。家の中はシーンと静まりかへつて、コソッといふ物音一つ聞えなかつた。併し私はフッと、間の襖《ふすま》一つ隔てた隣の書斎に父がぢつと虎の様に

蹲《うづくま》つてゐるのを、心の何処《どこ》かに意識した。仏壇の前で祈つてゐた母は、慥かに泣いてゐる様だつた。其横顔を微《かすか》に流れる涙を見ながら、小さい私も急に一緒に悲しくなつた。……》

ここから、人間には誰しも裏と表があって、漱石においてはそのあらわれかたが極端だったのだ、などという月並な解釈を引き出して来るのは、問題をむなしくしてしまうことになる。「虎の様に蹲って」、妻にも子供にも伝えようのない不幸に耐えている男と中庸を歩む学殖豊かな常識家、その伝えようのない不幸を怒号によってしか表しえぬ男と都会的な洗練されたヒューモリスト――この二様の背反するイメイジの間に、十年間続いて突然死によって絶ち切られた漱石の異常に旺盛《おうせい》な制作力の謎《なぞ》がかくされているはずだからである。

およそ、不幸を伝え得ぬというほどの不幸はない。彼は貧しかったから不幸であった。野心に挫折《ざせつ》したから、あるいは女に裏切られたから不幸であった。このような不幸には理由がある。つまり告白すれば他人が耳を傾けてくれるのである。だが理由のない不幸――強いていえばその身が地上に存在するという、そのことに由来するとでもいうしかない不幸、このような不幸を、誰にどうやって伝えられるか。しかもそれが日夜生理的に耐え難いほどに身と心を責めさいなむとすればどうしたらよいか。このようにいえば、人はおそらくそれは狂人の不幸、むしろ単なる狂気にすぎないというであろう。だが、私はそのような不幸の実在を信じる。信じなければ、夏目漱石の作品にあらわれた仮構の秩序は理解できない、という理由によってである。

このような人間が、妻子によって狂人扱いをされ、いつ猛《たけ》り狂うか知れぬ「虎」と見なされるのはいたしかたがない。しかし狂人や「虎」の内面には空虚な荒廃しかないのに、彼の内面は人間が存在するという恐しい事実に対する直観で泡立《あわだ》っている。この直観を怒号によらずに表現しようとすれば、彼は仮構という逆説的な手段にうったえるほかはない。仮構は一切の社会性――つまり他人と共有しうるという可能性――を奪われている彼の不幸を、社会的なものにしようとする努力、つまり理解されたいという願望から生じる。願望はもちろん自らを狂人と認めて不幸の実在を撤回することの拒否から生ずるのである。が、このとき、彼は怒号をこらえねばならない。人を喰い殺す「虎」ではなく、人間の皮を身にまとい、人語を話す「虎」に変身しなければならない。

このことが、どれほどの苦痛をもたらす努力であるかを類推しようとすれば、他人に伝えにくい気持を伝えようとするときの、あのもどかしさを想えばよい。もどかしさは、たとえば漱石の苦痛の淡い影のようなものである。このようなとき、人は一瞬沈黙して言葉をさがす。だが、言葉がどれも片々と軽くて、何の役にも立たぬことを知ると、今度は一転して何かのたとえ話をはじめる。たとえ話は原始的な仮構で、一見直截《ちょくせつ》な告白よりも迂遠《うえん》に見えるが、その故《ゆえ》にかえってあたり次第の言葉を並べるよりも本来の伝え難い気持を正確に暗示するのである。このとき彼が味わうのは告白したあとのカタルシスではない。あえて自分を相手の属する慣習律のなかに置くときのストイックな緊張である。

漱石の作品も、同様の苦肉の計から生れているとはいえないであろうか。漱石はおそらく「習俗と歩調が合ひ易」かったのではなく、歩調を合わせねばならなかったのである。あるいは、恒に「やり過したといふ痛ましい悔」におびえていたがために、あたかも「好奇心の恐しさを知らな」いかのように振舞わねばならなかったのである。生田長江が見、正宗白鳥が見た漱石は、漱石自身が渾身《こんしん》の勇をふるって仮構した「漱石」にすぎない。彼が告白という流行にくみしえなかったのは、自分の不幸が「芸術家の純潔」などという流行の観念と無縁なことを知っていたためである。むしろ自分を「習俗」のなかに存在させること——文学青年のためにではなく、「文壇の裏通りも露地も覗いた経験のな」い、「教育ある且尋常なる士人」のために書くこと、それが彼の問題となる。

これは、彼を不当にも狂った「虎」としか見ない俗世間、直接には家族に対する必死の抵抗である。もちろん彼は、意識的にそうしているわけではない。彼の作品の世界も、それほど整然たる仮構の秩序で、漱石の不幸を隠蔽《いんぺい》しつくしているわけでもない。「吾輩は猫である」にはじまって、「虞美人草《ぐびじんそう》」、「それから」、「行人」、「道草」、「明暗」とつづく長篇小説の世界には、「漾虚集《ようきょ》」から「夢十夜」にいたる諸短篇の世界、あるいは「永日小品」、「思ひ出す事など」、「硝子戸《ガラスど》の中《うち》」の小品や漢詩、俳句、南画の世界があたかも漱石の自己分裂を象徴するかのように、対応している。仮構によって「習俗」とつながりを持とうとすれば、隠そうとした不幸が作家の努力を嘲笑《ちようしよう》する。不幸に直面しようとすれば、作家は狂った「虎」ではない自己を証明せねばならぬという衝動にかりたてられて仮構に赴かざるを得ない。この間断ない永久運動は死にいたるまでやむことがない。漱石の異常に充実した制作活動の秘密は、なによりもまずここに求められなければならない。この悲劇をもっとも切実に露呈しているのはおそらく「行人」である。そして、「心」、「道草」、「明暗」の後期の三つの作品には、堅固な建物の礎石ににじみ出る地下水のように、漱石の不幸がじわじわとにじみ出ているのが感じられる。

さきほど私は、一九三〇年代までの漱石評価が、「文豪」でなければ「文章のうまい通俗作家」というところにとどまっているといった。後者の代表的なものが長江、白鳥らの批評だとすれば、前者をつくりあげる上であずかって力のあったのは、小宮豊隆氏が「夏目漱石」で描いた漱石像である。中村光夫氏がかつて、「作家漱石の非常に精巧な剝製《はくせい》であって、そこには肝腎《かんじん》な生命の息吹きが欠けている」と評したこの評伝は昭和十三年(一九三八)に世に出たが、その数年後、このフロックコオトを着た剝製の陰に、漱石の心臓を手づかみにしたようなささやかな労作が刊行されたことを忘れるわけにはいかない。それは、昭和十六年(一九四一)五月に擱筆《かくひつ》され、翌年十月に出版された吉田六郎氏の「作家以前の漱石」という名著である。私の知るかぎりでは、漱石の秘められた内面に測深鉛をおろそうという試みがおこなわれたのは、この本をもって嚆矢《こうし》とする。つまり、この本とともに、漱石批評の新しい視点が開拓されはじめたのである。

ここで吉田氏が企図しているのは、「真偽の区別感」と「浪漫的反語」という二つの仮説によって、漱石の不幸の根元を探ろうとすることである。幼いうちから、塩原家に養子にやられていた夏目金之助は、養父母の不自然な態度に反撥《はんぱつ》を感じて「真の愛情」と「報酬を要求する愛情」とを異常に鋭敏に洞察するようになった。ここにのちに作家漱石の潔癖な倫理感に成長する萌芽《ほうが》がある、と吉田氏はいう。さらに氏は、漱石が明治三十六年十一月に書いた《I looked at her as she looked at me》という英詩を引いて、この《she》は、「漱石の魂の故郷を象徴したもの」だという注目すべき仮説を提出する。

つまり、

《……she は何物なるや具体的に名づけることは出来ぬ。ただ、嘗《かつ》てそれを見たことがある様な記憶が、夢の記憶の如く、味気なき日常生活の表面に、時々泡沫《はうまつ》の如く浮び上るのみである。揺籃《ゆりかご》の中できいた母の歌が、忘れられた記憶の底にこびりついてゐて、全生命を震撼《しんかん》させる瀬戸際《せとぎは》に、涙と共に想ひ出され、その時には人間はあらゆる邪念から洗ひ去られた本当の人間に立還《たちかへ》つてゐる——といふ様な事が若《も》しあるとすれば、漱石はそれにsheと名づけてゐるのである。さうして彼のこのsheに対する恋慕たるや、蓋《けだ》し尋常の域を脱したる底の強烈さだつたので、正にその故にこそ彼はsheと再びめぐり合ふことが出来ぬのである。さうしてここに漱石の一生を支配する不幸が根ざしてゐる。

後年の漱石はsheに則天去私と云ふ名前を与へてゐる。然し若年の、憧憬《どうけい》と熱慕と夢とに充《み》ちた彼は、そんな禅趣味で彼の愛慕者を一括し去るべく余りに生命的であつた》

というのである。

「作家以前の漱石」が生きているのは、いうまでもなく作者に漱石の不幸に対する強い共感があるからである。これは漱石の内面探究に精神分析学的な方法を採用したという点で、たとえば荒正人氏の「漱石の暗い部分」(昭和二十八年)や平野謙氏の「暗い漱石」(昭和三十一年)の源流をなしてもいるが、欠点をあげるならニイチェアンらしい吉田氏が、時折漱石を素材として理想とする芸術家像を描きすぎているところであろう。「漱石はホイットマンと同様に、顚倒《てんたう》した価値の世界を持つてゐる」というとき、吉田氏は明らかに生田長江の、「其思想には概念の改造がない。所謂価値の顚倒がない」という評価を百八十度転換させているが、同時に小宮豊隆氏とは正反対の方向に漱石像を理想化してもいるのである。

しかし、「幻影の盾」、「薤露行《かいろこう》」のような、従来はエキゾティックな趣味の所産として片附けられていた「浪漫的」短篇の諸作品に決定的に重要な評価をあたえている点、なかんずく漱石の人間観が徹底的な相対主義に発していて、のちに「坑夫」のなかにあらわれた「人間無性格論」となることを重視している点で、この本は劃期《かっき》的である。さきほどふれた荒、平野両氏の論文が示すように、以後の漱石研究は吉田六郎氏の描いたパセティックな漱石像を念頭におかずには完全でないことになった。こういう鋭い洞察が、文壇批評家でも作家に親炙《しんしゃ》していた門下生でもない無名の一学究の論文にあらわれたというのは、時折文学史をいろどる皮肉である。

夏目漱石の生涯には二つの不明瞭《ふめいりょう》な時期がある。ひとつは文科大学卒業直後、一旦東京高等師範学校の英語教師に就職しながら、翌々年の明治二十八年四月に、突如高等師範を辞任して愛媛県尋常中学校（松山中学校）教諭となるまでのほぼ二年間である。年譜は当時の漱石が肺結核になりかけたり、小石川伝通院の側の寺に下宿したり、鎌倉円覚寺の釈宗演に参禅したりしていたことを記しているが、いったい何がもとで四国まで都落ちしていったかについては、今日にいたるまで定説がない。有力なのは失恋説で、根拠は夏目鏡子夫人の「漱石の思ひ出」であるが、小宮豊隆氏も吉田氏もともに疑義を表明している。私は、相対主義者漱石が、「父母未生以前」の絶対境に対する憧憬を自分の妄想《もうそう》がつくり出した「失恋」という仮構によって語り、内部への沈下を未知の土地への赴任という実際の行為におき換えた、という吉田六郎氏の解釈に興味を覚える。吉田氏は、これを漱石の芸術家気質のあらわれとするが、それはともかくとして、人間が内部風土でおこなっている摸索《もさく》が、他人の眼には不可解な現実の行為としてあらわれてしまうことがある、という考えかたに心を惹かれるからである。

もうひとつは、明治三十三年十月から三十五年十二月まで、文部省留学生としてロンドンに留学していたおよそ二年間の漱石の生活で、これには有名な神経衰弱の神話がこびりついている。当時の日記、書簡、および漱石が文字通り心身を消耗し切って帰朝した事実などを考え合わせれば、神経衰弱が単なる伝説だとは到底いえない。しかし、当時の漱石が四六時中見るからに異常な生活をしていたと思い込むのは、やはり感傷的なのである。

《夏目さんが神経衰弱になつたといふことは、本当でもあつたらうし、嘘《うそ》でもあつた。寸暇を惜んで、ひとりで下宿の一室にこもり、勉強ばかりしてゐては誰でも気が沈むことはありがちだ。それを神経衰弱といへるかも知れないが、もつと軽い神経症ではなかつたか。それがために夏目さんがどうのかうのといふことはなかつた。とにかく心配するほどのものではなかつた》

ここに引用したのは、当時漱石と交際のあった故渡辺伝右衛門氏の遺稿、「ロンドンの夏目さん」の一節である。渡辺氏と漱石の交際は、漱石がクラパム・コモンのミス・

リールの家に五度目の下宿を定めた頃から繁くなり、氏が漱石より一カ月早く帰国する少し前まで続いているが、これは大体漱石が「文学論」執筆に没頭しはじめ、ために強度の神経衰弱におちいったといわれている時期と一致する。だが、渡辺氏の回想録によると、この頃漱石は、実業家の子弟であった十歳年少の渡辺氏らのグループと、しばしば観劇したりロンドン近郊の名所を訪れたりしているのである。漱石を中心に句会が開かれたのもやはりこの頃で、少くとも渡辺氏らの眼に映じた「夏目さん」は正常な人間であった。渡辺氏は書斎から食堂におりて来て駄洒落《だじゃれ》をいったり、アーヴィングとエレン・テリイという当時の英国劇界の二名優の演じた「ヴェニスの商人」を観たかえりに、焼栗を齧《かじ》りながら周囲の青年と家路に急ぐ漱石の姿をつたえている。

ここから次のような推測が可能かも知れない。当時漱石が日本人会に顔を出さず、あまり人づきあいがよくなかったために、在留日本人の反感を買っていたということはありえないことではなかろう。これは神経衰弱の結果というより、むしろ気質の問題である。さらに、学問に対して異常に潔癖な漱石の勉強ぶりにほかの文部省留学生たちが嫉《しっ》妬《と》して、「夏目発狂せり」という誇大な報告を送ったという推測も成立する。この誇大な報告が、漱石自身の耳にはいるより先に日本の家族の耳にはいっていたとしても不思議はなく、その結果鏡子夫人との感情の行き違いを生じて漱石の不幸をついに爆発させたとも考えられるのである。

とにかく、事実かなり切迫した精神状態にあったはずのロンドン時代の漱石が、全く専門ちがいの渡辺氏らの前には、平常な紳士という側面を見せていたということは面白い。これは「習俗」と歩調をあわせねばならなかった漱石の、ほとんど無意識の努力のあらわれとも見られるからである。私は、この漱石が、下宿の自室に帰ってひとりになったときの表情を想像する。それはおそらく「神経衰弱」とも「発狂」とも限定できぬ、傷ついた「虎」の表情であったにちがいないから。このような実業家たち、特に豊かな趣味と教養を持ち、漱石に何も求めようとしなかった渡辺氏らのグループとの交際は帰朝してからも終生つづいていたらしい。漱石の作品が、長江のいわゆる「習俗」と、内面の不幸との二つの極にまたがっていたように、彼の実生活もまた、「教養ある尋常な士人」と文壇・門下生との二つの極にまたがっていた。すくなくとも次のような「文士」よりは、漱石は教養ある「俗人」を好んでいたのである。

《風葉氏（小栗風葉）は聞ゆる大酒家だから、少し位の酒に酔はれる筈《はず》はないと思つてゐた。それが抑《そもそ》も間違つてゐた。成程、氏は大酒家に相違ないが、酒には極めて弱い人であつたのである。で、二人が歩いて榎《えのき》町から早稲田《わせだ》南町まで——その間三四丁——行つて、先生のお宅の玄関を上らうとした時、風葉氏はよろよろと蹌踉《よろめ》いて上框《あがりがまち》に倒れかかられた。（中略）

先生は苦虫を潰《つぶ》したやうな顔をして、二人の様子を見据ゑたまま、暫《しばら》くの間は何とも云ひ出されなかつた。あんまり何とも云はれぬので、風葉氏は「いよう夏目君！」といふやうなことを云ひ出した。それから何と云つたか、正確な言葉は記憶しないが、「天下語るに足るものは乃公《だいこう》と余あるのみ」と云つたやうなことを、一語だけ云つたと思ふ。何しろ酔漢の云ふことである。取上げなければそれ迄だが、その日は先生も癇《かん》の虫の居所が違つてゐた。いきなり「馬鹿ッ！」と精一杯大きな声で呶鳴りつけられた。私はぎよつとしてしまつた。先生に叱《しか》られたからでも、呶鳴られたからでもない。それよりも、先生のその声が如何《いか》にも陰惨な、何とも形容の出来ない——もし云ふことを許されるならば、人間の声とも思はれないやうな、惻《いたま》しい声に聞えたからである》（森田草平「漱石先生と私」下）

この「惻しい声」は自分の不幸のなかに土足で上りこんで来る鈍感な「文士」に対する呪詛《じゅそ》の叫びである。

これまでに、私はいくつかの代表的な漱石像に触れながら、ひとりの作家の全貌がいかにとらえにくいものかを語って来た。だが、そうして描いた私自身の漱石像もまた、当然のこととして今日の時流と通念の制約をまぬがれているはずはない。しかし、ここで確実にくりかえせるのは、作家に「入門」するなどということは、流通貨幣のように作家についての知識を世間と共有することではなく、通念の内側にはいって作家の心臓に触れることだ、という素朴な常識である。昨今でははじめから心臓の欠けている作家も少くない。だが、夏目漱石はこのような体験にあたいする稀有《けう》な作家の一人である。少くとも私にとってはそうである。

明治の一知識人

明治時代の文学に、大正・昭和期の文学からは喪《うしな》われてしまったある鮮明な特質があることを否定する者は少いが、この特質が果して何に由来しているかということになると、答はかならずしも容易ではない。しかし、今かりに、それを次のように概括することはできるかも知れない。つまり、明治の作家たちは、その生活と思想のほとんどあらゆる位相を、圧倒的な西欧文明の影響下に曝《さら》した最初の日本の知識人であったにもかかわらず――というよりはむしろその故《ゆえ》に――つねに日本人としての文化的自覚を失わず、一種強烈な使命感によって生きていた人びとであった、と。

実際、何を書くにせよ、彼らは一様に「国のために」書いた。作家同士がお互いに思想的・芸術的立場を異にすることがあっても、少くとも時代の理想――日本文化を中核として、東西の文明を融合しようという若々しい理想は、その間に共有されていたのである。そこでは、いわば、反逆者すら国家に奉仕する作家としての、社会的責任を放棄しようとはしなかった。「立身出世」という明治日本の公式的価値に背を向けた作家でさえ、「国のために」という呼びかけには背を向けていなかった。そのことは、社会に敗れた理想家を描こうとした「浮雲」の作家二葉亭四迷が、その後半生で「国士」に変《へん》貌《ぼう》したのを見ても明らかだと思われる。

しかし、夏目漱石、森鷗外という明治の生んだ二人の巨匠の没後、このような使命感や責任感はついに次代の作家に継承されずに終った。大正期の「白樺《しらかば》」の作家はもちろん、昭和十年代後半のいわゆる「超国家主義」作家たちにおいてさえ、同様の自覚に支えられた使命感は、実はよみがえってはいなかったのである。まして今日の、性的妄想《もうそう》にとり憑《つ》かれた若手作家にそれを求めるのは、文字通り「木に拠《よ》って魚を求める」愚をおかすにひとしい。

この衰退現象の背後にあるのは、作家の自分に対する――あるいは自分の国に対する――イメイジの、ほとんど百八十度の転換である。つまり、「白樺」以後、作家たちは、次第に「国のために」という特殊なシンボルによってではなく、「人類のために」、あるいは「芸術のために」という、普遍的なシンボルによってものを考えはじめるようになった。換言すれば、日本の作家たちは、大正期以後、ナショナリストであった明治作家に背を向けて、少くとも主観的にはコズモポリタンである自己を誇りはじめたのである。彼らにとっては、これは明らかに「進歩」と信じられた。「白樺」派は、彼らの幻影のサロンに、ダ・ヴィンチ、ゲーテ、トルストイ、ヴァン・ゴーグ、ロダン、イエス・キリスト、メーテルリンクなどという古今の偉大な精神を、時代的背景も文化の質の相違も無視して招待し、その同時代者をもって自認した。

これが、学習院出の貧乏華族の子弟の、稚気満々たる気負いとスノビズムの表現であったことはいうまでもない。しかし、実は、この普遍主義は、単なる一階層の一部分の自己表現以上のものであった。何故《なぜ》なら、そこには、日露戦争に勝ち、第一次大戦で連合国側に参戦して漁夫の利を占めた日本という国家の自己満足が、あまりにもあからさまに反映されているからである。

日露戦争の勝利は、日本に西欧列強と政治的にほぼ同等の位置をあたえた。さらに第一次大戦中、連合国旗のなかに日の丸を見出《みいだ》した日本人は、まさに日本が「世界のなかの日本」であることを、ある満足とともに認めるにいたった。同等の認識は、ある意味では明治の理想があまりにも早く達成されてしまったことの認識である。もはや人々は「国のために」思いわずらう必要を感じなかった。国は、今や充分に強大と思われたからである。こうして、同等の認識はごく自然に同質の幻影にすりかえられた。いや、大正期以後の日本人にとっては、同等である以上は、日本は西洋と当然同質であるはずであった。

この素朴な確信の背後には、あるいは、ハプスブルグ風の馬車に乗り、ローブ・デコルテの宮廷衣裳《いしよう》を着て、カドリールとワルツの舞踏に興じた鹿鳴館《ろくめいかん》時代の即席貴婦人の記憶があったかも知れない。とにかく、同じ衣裳を着れば同質になるという奇怪な心理の底に、日本文化を中核として東西文明の融合をはからねばならぬというような自覚がひそんでいないことは確実である。この普遍主義は、「白樺」の作家からそのまま昭和初年のマルクス主義作家にひきつがれたが、マルクシズムそのものが、普遍的、包括的な思想体系である以上、そうなることはもとより当然の帰結であった。そして、同じ傾向は、第二次大戦を超えて連綿と今日の若手作家にまで及んでいる。考えてみれば、「平和」と「民主主義」の「文化」国家という戦後の公式的価値の枠組《わくぐ》みほど、救いようもなく普遍主義的な枠組みはないのである。

ここで持ち上る疑問は、コズモポリタンで普遍主義的な態度に支えられていた大正・昭和期の文学が普遍的な価値を持つ作品に乏しく、ナショナリズムの時代であった明治の文学がかえって普遍主義的な倫理の問題に根ざした作品を多産し得たのは何故か、ということである。おそらく、われわれが、明治文学の特質と呼んでいるもののなかには、文学の根本問題に触れるものがひそんでいるにちがいない。が、それなら、明治文学の特質——作家の国家への献身——と、文学の根本問題——倫理の問題——をつなぐ鎖はいったい何であろうか。私見によれば、それはエゴイズムの問題である。

明治作家のこの問題への対しかたは、大正・昭和作家のそれとは劃然《かくぜん》と異っていた。要するに、彼らは、自己はその欲望の充足を超えたより高い何ものかのために抑制されるべきものと考え、自我が近代人の中核を占めることを一方で認めはしても、なお超越的な価値に従属すべきものとしていたのである。彼らの使命感や責任感は、ほかならぬこの自己抑制の倫理の歴史的表現とでもいうべきものであった。一方、大正・昭和期の作家たちは、自己は無制限に肯定され、拡大されるべきものと信じた。この強い自己肯定は、一見より「近代」的、かつ「進歩」的な態度であるかのように見える。しかし実際の社会生活でこの種の無制限の自己肯定が他人の利益と正面衝突せざるを得ない以上、この態度が「近代」、「非近代」を問わず無効なものであることはあまりにも明らかだといわざるを得ない。この独立な他者の存在を、しかし大正・昭和期の作家はどうしても認めようとはしなかったのである。

武者小路実篤、志賀直哉らの「白樺」派作家にとっては、この自己肯定は安直な個人主義に通じる楽天的な態度となってあらわれた。昭和初年のマルクス主義作家の場合には、それは戦闘的なグループ・エゴイズムに拡大された。そして、戦後の若手作家においては、自己肯定の意味はすでに性的欲望のあくなき肯定というかたちに縮小されている。まったく、明治の終結以来わずか半世紀間で、自己抑制の倫理が日本人の意識から全く払拭《ふっしょく》され切ったことを、これら現代作家の大真面目《まじめ》な性的主題への耽溺《たんでき》ほど、雄弁にものがたるものはない。いずれにせよ、これらの作家においては、国家と個人とのあいだのきずなはすでにとりかえしようもなく失われてしまっているのである。

ところで、皮肉なことに、この自己抑制の倫理は、自分自身の強烈かつ巨大な自我の叫びを、誰よりも痛切に感じていた作家によって文学的完成をあたえられた。作家とはもちろん夏目漱石であり、その例証となる作品はたとえば「こゝろ」（大正三年＝一九一四）である。話の順序として、私は、まず夏目漱石という人間の輪郭を手短かに描き、次いで「こゝろ」という作品の背後に何が隠されているかを論じたい。それは、結局、「こゝろ」が何故に過ぎ去った「明治の精神」に対する弔辞と見なされ得るか——あるいは、何故に公私の、または儒学と洋学の価値観が、個人のなかで微妙な平衡を保ち得た時代の終末を告げる作家となり得たか、を論じることである。

人としての夏目漱石（一八六七—一九一六）はすこぶる多彩な人であった。彼が正岡子規の友人で、俳人としても名が高かったことはよく知られている。その漢詩が、唐風に学びながらいたずらにその模倣におちいらず、多く見事な自己表現の域にたかめられていることは、心ある人のひとしく認めるところである。現に私が在米中に交わった東西の中国文学者たちは、漱石の稀有《けう》な詩才に讃嘆《さんたん》を惜しまなかった。つけ加えれば、江戸中期から明治初期にかけては、ある意味で日本人が漢詩文についての自己表現にもっとも熟達した時代であり、漱石は、徂徠《そらい》門下に端を発する江戸の漢詩人たちの、最後の、しかし最良のひとりだったのである。

さらに漱石は、書を能《よ》くし、南画をたしなみ、一時は十八世紀英文学に造詣《ぞうけい》の深い学究として、東大で教鞭《きょうべん》をとりさえした。実際、漱石は、和、漢、洋の三つの学に通じた明治の教養人の一典型といってもいいような人だったのである。しかし、彼は、そのなにもまして小説家であった。人は、現に小説家としての彼を記憶し、小説家としての彼について語る。そして教養人としての漱石を忘れている。この現象の背後にあるのは、明治から現代にかけて、読書人の教養がまったく変質したという事実である。今日の読書人は、もはや和、漢、洋の三つの教養に通じることなどは要求されない。いや、すでに教養人であることを要求されることすらないのである。理想を喪った社会の文化というものが、どの程度のものでしかないかということを、今日の無教養の跋扈《ばっこ》ぶりほど、雄弁にものがたるものはない。

漱石の生家は、江戸牛込馬場下の町名主である。町名主の身分は町人であるが、地方行政の末端をあずかる職掌柄、苗字《みょうじ》帯刀を許され、士分に準じた待遇をうけていた。したがって、夏目家は、いわば町人と士分の特権を併せ持った富裕な家だったのである。しかし、漱石の幼年時代はすこぶる陰惨であった。それは、ひとつには、御一新後家運が急速に傾いたことによる。が、それ以上に、漱石が幼くして日本の家庭に特有な複雑な人間関係の只中にまきこまれ、傷ついたからである。すなわち、年老いた両親のあいだの末っ子であった漱石は、肉親の愛にはなはだ恵まれぬ環境で成人しなければならなかった。彼が里子に出されたのは生後間もない頃である。二歳のときには、さらに、同じ町名主出の下級吏員塩原昌之助の養子となり、十歳にして養父母の離縁が原因で生家にひきとられることになる。しかし、二十二歳で第一高等中学校（大学予備門）を卒業するまで、彼は生家の一員として暮しながら塩原姓を名のりつづけるのである。

この復籍のときの手続きが不備だったために、漱石がのちに養父から金をせびられることになる不愉快な体験は、小説「道草」のなかに克明に描かれている。「道草」は、「こゝろ」につづいて、大正四年（一九一五）に完成された自伝的な作品である。いずれにせよ、このような不幸な幼年時代の記憶は、以後終生にわたって作家を苦しめることになる。それは、なににもまして、自分がどこに、あるいは誰に属しているのかわからないという不安の感情であるが、ここから自分は果して何者かという、人間存在の根本問題にいたる距離は、実はわずか一歩でしかない。この問題に、漱石はのちにロンドンの下宿で遭遇することになるのである。

とにかく、個人的な不幸にもかかわらず、漱石は東大にはいり、英文学を修めて文学士となると、松山中学の英語教師になり、次いで熊本の第五高等学校の教授となった。彼が貴族院書記官長中根重一の長女鏡子と結婚したのはこの頃である。五高在職中、漱石は文部省留学生として「英語研究」のために英国に留学を命じられ、いわば生涯を決定する深刻な体験に見舞われる。二年間のロンドン滞在中、彼は英文学を学ぶ日本の教養人とはいったい何者かという問題に直面するからである。しかも、彼が生きているのは、全面的な欧化にふみ切った日本の転形期の只中である。このような歴史の関節の外れた時代に、英文学を学ぶ日本人とはいったい何者であろうか。彼は、のちにこの体験を次のような言葉で語っている。
《余は少時好んで漢籍を学びたり。之《これ》を学ぶ事短かきにも関《かか》はらず、文学は斯《か》くの如《ごと》き者なりとの定義を漠然と冥々裏《めいめいり》に左国史漢より得たり。ひそかに思ふに英文学も亦《また》かくの如きものなるべし、斯の如きものならば生涯を挙げて之を学ぶも、あながちに悔ゆることなかるべしと。余が単身流行せざる英文学科に入りたるは、全く此《この》幼稚にして単純なる理由に支配せられたるなり》
《春秋は十を連ねて吾前にあり。学ぶに余暇なしとは云はず。学んで徹せざるを恨みとするのみ。卒業せる余の脳裏には何となく英文学に欺《あざむ》かれたるが如き不安の念あり。余は此の不安の念を抱いて西の方松山に赴むき、一年にして、又西の方熊本にゆけり。熊本に住する事数年未《いま》だ此不安の念の消えぬうち倫敦《ロンドン》に来《きた》れり。……翻《ひるがへ》つて思ふに余は漢籍に於て左程根底ある学力あるにあらず、然《しか》も余は充分之を味《あぢは》ひ得るものと自信す。余が英語に於ける知識は無論深しと云ふ可《べ》からざるも、漢籍に於けるそれに劣れりとは思はず。学力は同程度として好悪《かうを》のかく迄に岐《わ》かるゝは両者の性質のそれ程に異なるが為めならずんばあらず、換言すれば漢学に所謂《いはゆる》文学と英語に所謂文学とは到底同定義の下に一括し得べからざる異種類のものたらざる可からず》
《大学を卒業して数年の後、遠き倫敦の孤燈の下に、余が思想は始めて此局所に出会せり。人は余を目して幼稚なりと云ふやも計りがたし。余自身も幼稚なりと思ふ。斯程《かほど》見易《やす》き事を遥々《はるばる》倫敦の果に行きて考へ得たりと云ふは留学生の恥辱なるやも知れず。去れど事実は事実なり。余が此時始めて、こゝに気が付きたるは恥辱ながら事実なり》(「文学論」序)

もし、漱石が、英国の学者の後塵《こうじん》を拝して汲々《きゅうきゅう》たる態の学者であり、英国での研究の紹介に甘んじる日本の「英文学研究家」であったなら、これほど深刻な幻滅と挫折《ざせつ》感のとりこになることはなかったであろう。しかし、彼は英語国の英文学の権威と対等に競争しようとしたのみならず、彼らを超えようとさえ試みた。これが不可能であったことはいうまでもない。少くとも十九世紀後半に生を受け、遅ればせに「洋学」の勉強をはじめた一日本人にとっては、これはまさしく不可能事を欲することであった。何故に、しかし漱石は、このような途方もない考えにとり憑かれたのであろうか? このことは、彼の家庭的環境をさらに検討してみなければ、理解されがたい。

前に述べた通り、漱石は町人の家に生れ町人の家の養子となった。しかし、夏目、塩原両家が、町人とはいい条、町名主であり、その意味で小なりといえども行政官の家柄であったことを無視することはできない。このような社会的責任を負わされた家に生れ、育った者として、漱石は、少年時代から公事に決して無関心ではいられなかった。漢学の早期教育は、このような役職にある家の子弟の義務の大きな部分を占めていたからである。漢学の内容を成していたのは、いうまでもなく儒学と史書であり、現に漱石は

「春秋」、「史記」を愛読した。これらは、いわば、史書の形で語られた政治理論の書であるから、漱石の文学概念が、文学の私的な役割より公的な役割を強調する態のものになったのは当然である。同じ態度は、もとより彼の同時代の青年の多くにも共有されていた。

こうして、漱石が、英文学を専攻する決心をした頃までには、彼は「国のために」果す役割において、文学と政治に何の差もないことを確信するに到《いた》っていた。もし、官吏として政府に仕える者が新しい文明を創造しようという国家の大目的に何ものかを寄与できるなら、同じ目的のために学者は西洋の学者と対等に競争できるはずであり、どの分野においても最高の業績を達成して世界にこの〝新しい〟日本の文明を誇ることができるはずである。そして、もし学者の国家に対する貢献がこのようにして達成できるなら、英文学者たることは意義のあることに違いない。これがおそらく当時の漱石の野心の根拠であった。

ロンドンで仮借なく粉砕されたのは、このような幻想である。これが漱石にとっての深刻な危機であったことはいうまでもない。粉砕されたのは彼の「幼稚な」理想と野心だけではなく、彼を明治日本の価値体系につなげるきずなそのものだったからである。こうして、ロンドンの二カ年余のあいだに、漱石の国家の理想に対する関係は直接かつ肯定的なものから、間接かつ批判的な——かりに否定的ではないにせよ——ものに転化された。このような幻滅の過程で、学者漱石は次第に姿を消し、かわって作家漱石がその暗い、不幸な自我の深みから浮び上ることになる。換言すれば、社会に受けいれられている学者―行政家としての漱石の機能的な identity は抹殺《まっさつ》されぬまでも弱められ、一方その実存的な自我がほとんど無制限に拡大されたのである。さらにいえば、漱石の国家の理想に対する公的な関係が解体された結果、彼はそれまでそのなかに安住していた包括的な儒学的体系からの、苦痛に充《み》ちた解放を経験することになった。これは、いわば、漱石の自我がむかえた第二の覚醒《かくせい》である。それを彼は恐怖におののく暗い心でみつめなければならなかったのである。

今や彼の自我は、すべてのものから切り離され、無限定かつ無防備なまま、危機の只中に佇立《ちょりつ》していた。やがて、漱石は、その暗澹《あんたん》たる視界のなかで、この自我が、西欧文明の有機的全体とはまったく無縁な東洋文化を背景にして立っていることを認めるにいたるのである。このように、この漱石の第二の自我の目覚めが、自らの文化的 identity に対する苦い認識を伴っていたということは、注目にあたいする。間もなく、漱石が、この自我という巨大な怪物をどう処理したらよいかという難問に直面させられたのも当然である。彼の、「自己本位」という個人主義的倫理規範は、このような自我の認識から生れた。それは、自我は「進歩」のとりでだから主張せよということではない。儒学の包括的世界像が轟音《ごうおん》を立てて崩れ落ちたあとの暗闇に、拠るべきものはもはやこのおびえた、無防備な、しかもぶよぶよな自我という怪物しかない、ということである。

しかし、明治の知識人である以上、漱石は、このような幻滅ののちでさえ、なお明治人独特の使命感と社会的責任の意識を喪《うしな》わなかった。たとえば、明治三十九年（一九〇六）、最初の小説「吾輩は猫である」を完成した直後、漱石はその門弟鈴木三重吉に次のように書き送っている。

《……此《この》点からいふと単に美的な文字は昔の学者が冷評した如く閑文字に帰着する。俳句趣味は此閑文字の中に逍遥《せうえう》して喜んで居る。然し大なる世の中はかゝる小天地に寐《ね》ころんで居る様では到底動かせない。然も大に動かさゞるべからざる敵が前後左右にある。苟《いやしく》も文学を以て生命とするものならば単に美といふ丈《だけ》では満足が出来ない。丁度維新の当士《（ママ）》勤王家が困苦をなめた様な了見にならなくては駄目だらうと思ふ。

《……僕は一面に於て俳諧的文学に出入すると同時に一面に於て死ぬか生きるか、命のやりとりをする様な維新の志士の如き烈《はげ》しい精神で文学をやって見たい》（明治三十九年十月二十六日、鈴木三重吉宛）

彼がここで、権威に与《くみ》する学者―行政家とではなく、反権威的な「維新の志士」と自分を同一視しているのは、注目すべきことである。これは、もとより、漱石の国家の理想に対する関係が、この頃までに逆転されたことを意味している。しかし、この問題に寄り道する前に、今しばらくロンドンでの漱石の体験に触れたい。そこにこそ、漱石の危機を裏づけるいくつかの事実がひそんでいるはずだからである。

明治時代に英国に留学した日本人学者のつねとして、漱石も渡英当初はオクスフォードかケンブリッジに学ぶつもりであったらしい。しかし、これらの名門校は、当時依然としていわゆるgentlemen's collegeであって、あまりに熱心すぎる漱石のような貧乏留学生を容《い》れる余地を持たなかった。漱石は、したがってロンドン大学のUniversity Collegeを選び、一時はかなり規則的に教室に通ったが、やがて退屈かつ機械的な講義に愛想をつかして、これもやめた。一切の進行は、漱石にとってはあまりに緩慢なように思われたからである。結局、彼はシェイクスピア学者ウィリアム・J・クレイグの個人教授を受けることに決め、ほぼ一年間クレイグの許《もと》に通った。

日本の文部省からの給費は不充分で、漱石は本を買うためにしばしば食を節することがあった。加えて、家書を待つ漱石の許に、当時妊娠中の妻鏡子から寄せられる手紙は、きわめて稀《まれ》であった。これが、その頃全面的な自己解体を経験しつつあった漱石にとって、どれほどの打撃となったかは想像に難くない。彼は妻の愛を欲していた。いや、数行の優しい言葉が寄せられさえすれば、漱石は満足であったかも知れない。が、何故《なぜ》か「優しい言葉」は妻からも、誰からも来なかった。漱石はみじめに孤立し、その何ものにもつながらぬ無限定かつ無防備な自我を、狂人のような眼でみつめるだけであった。

この経験が、どれほど彼の人間の孤独と愛の不可能性についての確信を深めさせたかは論をまたない。ロンドンも、ロンドン人《びと》も、彼に慰めをあたえはしなかった。彼は、自ら嘲《あざけ》っていうように、「群狼中の一頭の尨犬《むくいぬ》」にすぎなかった。この絶望的状態を克服するために、彼が試みたのは、独身アパートに閉じこもって、「文学とは何か？」という疑問を解くための超人的な勉強に没頭することである。これは、いうまでもなく、彼のいわゆる漢文学と英文学、あるいは東洋文化と西欧文化のあいだに、共通項を求めようとする努力であった。後年、漱石が東大で行った講義の一部は、このときの勉強の所産である。それは、全集のなかに「文学論」として収められているものの原型である。いずれにせよ、この異常な猛勉強は、漱石の神経をほとんど破壊するところまでいってもやまず、ロンドン在住の日本人留学生の間には「漱石狂せり」という噂《うわさ》がひろまった。彼が、心を絶望によって閉し、心身ともに衰亡の極にいたって帰朝したのは、明治三十六年（一九〇三）一月二十三日である。

しかし、帰国後間もなく、漱石は第一高等学校教授に任じられ、同時にラフカディオ・ハーンの後任として東京帝国大学講師を兼ねた。以後数年は、漱石が粉々に砕かれた自己の identity を再構成しようとして苦闘した時期である。この間に、彼はいくつかのロマンティックな短篇小説——「倫敦塔《ロンドンとう》」、「薤露行《かいろこう》」、「幻影の盾」など——を書いたが、これらは作者の非理性的かつ無定型で強力な自我の衝動に対する恐怖を露《あら》わにしているという点で、興味深い作品である。同時に彼は全作品中もっとも広く読まれている滑稽《こっけい》小説「吾輩は猫である」と「坊っちゃん」を書いた。この二作の成功に気をよくして、漱石は教職を辞し、明治四十年（一九〇七）には、文芸欄の主宰者として朝日新聞社に入社した。爾後《じご》死に至るまで、漱石の小説はすべて「朝日新聞」に発表されたのである。「こゝろ」は、明治時代終結の二年後、漱石自身の死の二年前に書かれた、彼の全長篇中最後から数えて三つ目の作品である。

「こゝろ」に描かれているエゴイズムと人間の孤独の問題を考えるために、私は、今一度漱石のロンドン体験を、このたびは別の角度から検討してみたい。われわれは、すでに、漱石のなかの学者―行政家が、儒学的世界像の崩壊とともに死に、かわって全体から切り離された孤独な近代人が彼の内部に誕生したことをみて来た。しかし、何故漱石は突然訪れたこの自我の露出を、「悪」であり「醜」であるとし、「善」であり「美」であるとはみなかったのであろうか？　しかも、一方で彼は「自己本位」という自己中心的な倫理規範を主張していたのである。この矛盾のなかにかくされているのは、いったい何であろうか？

私見によれば、これは、主として、儒学的世界像の崩壊にもかかわらず、漱石の価値観の私的、あるいは倫理的な側面が保全されていたためと思われる。一般に儒学、特に朱子学の倫理によれば、人間存在の意味は、人間の超越的な「天」に対する関係によってのみ決定される。もし、人間が致命的に「天」から切り離されてしまえば、彼は超越的な価値の源泉と断絶することになり、まったく無価値な存在となる。つまり、この場合、彼は何者でもないのである。厳格な朱子学の伝統のなかで訓練された明治の教養人のひとりとして、漱石が、あらゆる超越的価値から切り離されて眼前に露呈された自我を、耐えがたいものと感じたのは当然である。彼の恐怖と反撥《はんぱつ》は、彼が、世界に存在するものは自我だけだという恐しい真実を容認せざるを得なくなるにつれて、ますます強くなった。この恐怖感や反撥が、やがて激しい自己処罰の欲求に転化されるのは、自然な帰結である。漱石にとっては、かくして、存在することそのものが醜悪であった。

この袋小路からのぬけ道が果してあるか？　この問いに答えるために、漱石は、孤独な近代人相互の連帯の可能性について、いくつかの実験を行った。もし、近代人が幸いにして理解の深い思いやりのある妻や友人を持ち得たなら、彼はあるいはあの全き孤独から脱出し得るかも知れない。換言すれば、もし彼に愛が可能なら、彼は苦痛にみちたみじめな淋しさから救済されるかも知れない。しかし、皮肉なことに、漱石の愛を求める渇望が激しければ激しいほど、彼はその可能性がほとんど無にひとしいことを認めざるを得なかった。愛よりは、エゴイズムという人間の病気のほうが強力であった。そのことを、漱石は誰の上によりもさきに、自分自身の巨大な自我の叫びとしてきかなければならなかったからである。

人間がひとたび「天」というような超越的価値から断絶されてしまえば、彼は好むと好まざるとにかかわらず世界の中心とならざるを得ない。そして、ひとたび人間が世界の中心となってしまえば、彼はもはや自己以外の何者をも愛せない。もし漱石が、永井荷風のような審美家であったなら、彼はこのような愛の不可能性に対して一顧だにあたえる必要を認めなかったであろう。あるいは、もし彼がスペンサー流の社会進化論者であれば、彼は人間が自分以外の誰も愛せない世界の中心であることを、「進歩」のしると見たかも知れない。しかし、漱石は、不幸なことにそのいずれでもなかった。彼は、逆に、伝統的倫理の人であった。

一方では、彼のリアリスティックな眼は、人間がその自我の故《ゆえ》に孤立しており、世界に自分以外の中心は実はないのだという恐しい真実を認めざるを得なかった。例の「自己本位」の原則が生れるのは、ここからである。しかし、また他方では、彼のなかの伝統的倫理感は、厳かに、人間に世界の中心になる資格などはもともとないことを告げていた。このような現実認識と、このような現実拒否にひきさかれた漱石が、激しい自己分裂を経験しなければならなかったことはいうまでもない。この自己分裂を解決するためには、彼はどうしても、この世界のなかに人間が存在するということが、本質的に罪であり、汚いことだという結論に到達するほかはなかったのである。

この「汚い」存在を回避する道は、漱石には二つしかないものと思われた。その第一は、狂気にいたるまで大胆かつ強烈に自己を主張することである。「行人」は、この見地から書かれた小説である。その第二は、無理やりに自己を抹殺すること——すなわち自殺である。「こゝろ」がこの場合を代表することは、つけ加えるまでもない。あるいは、このほかに宗教による救済という道がのこされているかも知れない。が、それが他の誰に可能だったとしても、漱石には不可能であった。救済の「門」は、彼の前には開かれなかったからである。とにかく、発狂、ないしは自殺という究極の解決にうったえないかぎり、人間はつねに明晰《めいせき》な意識を自分の醜悪な存在の上に保ちつつ、死の瞬間まで孤独と醜さに耐えねばならない。かくのごときものが漱石の人間観であり、彼の人生態度であった。控え目にいっても、これは陰惨な人生図絵である。それは、いわば、日本の「近代化」の影の部分を象徴する絵である。

「こゝろ」において、漱石は、このような思想を、いかにも巨匠というにふさわしい沈痛かつ荘重な態度で展開している。一篇の主題となっているのは、もちろん、人間の孤絶、あるいは愛の不可能性である。創作態度は明瞭《めいりょう》に倫理的であり、叙述は簡潔かつ明晰、文体は抑制美の模範ともいうべく、その効果はきわめて深い。私がはじめて「こゝろ」を読んだのは中学生のときであるが、その厳格な文体の美と全篇にみなぎる悲劇の感覚に深くうたれたのを、今でもありありと思い出すことができる。爾来、私は、少くとも十回は「こゝろ」を読んでいるが、読むたびにはじめて巻を開くような新鮮な感動を覚えるのは、不思議というほかはない。その意味でも、これはきわめて稀有な小説である。

構成面からいえば、「こゝろ」は、「先生と私」、「両親と私」、及び「先生と遺書」の三部から成っている。小説の前半にあたる最初の二章では、主人公の「先生」は、大学を卒業しかけている青年の「私」という話者の眼を通じて描かれている。この前半の二章を読み進めるかぎり、先生は一見すこしも悲劇の主人公らしい相貌《そうぼう》をあらわさない。彼は幸福な結婚生活を送っているようであり、大学出の学士であり、恒産を持ってもいるように見える。おかしなところといえば、良い教育を受け、上品な人柄に恵まれているにもかかわらず、この主人公が社会的には何もしていないということである。さらに、彼は、只一人で毎月一日雑司ヶ谷の墓地を訪れるという奇妙な習慣を持っており、あるいは彼の日常に何かの秘密が隠されているかも知れないという疑いをあたえる。読み進めるにつれて、読者の疑いは深まり、疑いが深まるにつれて、読者はいつか不思議にもの悲しい、しかし水晶のような澄みわたった雰囲気《ふんいき》のなかに連れ去られる。いわば彼は、日常生活からひと目盛へだてられた悲劇の次元に足を踏み入れたのであり、ものごとの「こゝろ」に半ば近づいたのである。

「先生と遺書」と題された第三章にいたって、読者ははじめて「先生」の正体を知り、彼を自殺に追いやった悲劇の原因を知るにいたる。小説のアイロニイは、この何不自由なさそうに見える「先生」が、実はエゴイズム、孤独、愛の不可能などという人間の惨《みじ》めな宿命の犠牲者にほかならないという事実から生じる。漱石は、このような探偵小説風の筋の展開を好み、「彼岸過迄」(明治四十五年＝一九一二)、「行人」(大正二年＝一九一三)でも同じ手法を用いているが、「こゝろ」はなかでも最も成功した例であろう。

しかし、この小説の「私」は、単なる叙述上の配慮から生れた無性格な人物ではない。彼はそれよりもっと深いもの――「先生」より若く、しかもそれと瓜《うり》二つの精神的同族である。彼が大学卒業を間近かにひかえた学生に描かれているのは、彼がこれから人生の恐しい真実に触れようとしている人間であることを、象徴的に示している。小説の冒頭では、彼は鎌倉の海岸におり、そこで「先生」に出逢《であ》う。このときには、「私」はまだ日光のさんさんと降りそそぐ場所の只中に、青春の歓喜の中にいて、まだ自分が遠からず周囲の美しい自然から決定的に疎外《そがい》される運命にあることを知らない。彼もまた人間が存在するということの醜さをまぬがれないのであるが、彼はまだこの真実に直面していないのである。たとえば、次の一節で、「私」がいかに周囲のすべてと調和した存在に描かれているか。

《次の日私《わたくし》は先生の後《あと》につゞいて海へ飛び込んだ。さうして先生と一所の方角に泳いで行つた。二丁程沖へ出ると、先生は後《うしろ》を振り返つて私に話し掛けた。広い蒼《あを》い海の表面に浮いてゐるものは、其《その》近所に私等《わたくしら》二人《ふたり》より外《ほか》になかつた。さうして強い太陽の光が、眼の届く限り水と山とを照らしてゐた。私は自由と歓喜に充《み》ちた筋肉を動かして海の中で躍《をど》り狂《くる》つた。先生は又ぱたりと手足の運動を已《や》めて仰向《あふむけ》になつた儘《まゝ》浪の上に寐《ね》た。私も其真似をした。青空の色がぎら〳〵と眼を射るやうに痛烈な色を私の顔に投げ付けた。「愉快ですね」と私は大きな声を出した》（「こゝろ」――「先生と私」三）

しかし、この「自由と歓喜に充ちた」感情は、「私」が「先生」の不思議な魅力に徐々にひきつけられて行くにつれて、消え失《う》せはじめる。だが、「私」は、何故彼が、さだかならぬ理由で社会から隠遁《いんとん》しているこのもの静かな、控え目な教養人にこれほどひきつけられるかを知らないのである。一方、「先生」のほうは、何故この学生が自分のあとを追うのかを明瞭に知っている。それは、この学生が、「先生」の影――「先生」がかつて重い心に耐えながら歩んだ同じ路を歩みつつある若い影だからである。「こゝろ」に、「私」の友人や知己について何も描かれていないという事実は注目にあたいする。「私」がつきあっているのは、只「先生」とその美しい「奥さん」の二人だけなのだ。

学生は、卒業後まもなく故郷に帰るが、自分の両親の前にいてさえ、「私」はどこか腰のすわりの悪いものを感じなければならない。それは、両親が、地方社会の伝統的な枠のなかに安住しているのに対して、学生が、自分ではそれと知らずに、すでにその枠から、ひいては親しい他者たちから、孤立《ひん》しはじめているからである。しかし、「私」の父がにわかに重病におちいり、死に瀕《ひん》しはじめると、「私」は意外にもこの父に対して強い共感を覚えるのを感じる。それは、おそらく、死を前にしたときには、どんな人間でも孤独になるからであり、その意味で、近代人の半死状態を経験しつつある「私」と父親とが、一種の孤独な人間同士の精神的なきずなで結ばれたからに違いない。

富裕な家の孤児だった「先生」は、一方、彼が相続したはずの財産を親身の叔父が横領したという事実に気づいたとき、はじめて自分の孤立を自覚する。当時「先生」は大学の学生であったが、この結果叔父一家と義絶し、自分の手に残された一切を金に換えて、二度とふたたび故郷の土を踏まぬ覚悟で東京に戻って来る。しかし、家庭という伝統的な社会の枠から孤立し、肉親さえもが裏切り得るという事実に傷ついていたとはいうものの、「先生」は、まだ彼自身の愛や共感の能力には何の疑いも抱いていない。この自信は、「先生」が、人間関係に慎重になり、その背後に隠された動機に猜疑《さいぎ》の眼を向けはじめたのちでさえ、ゆらぎはしなかったのである。

このような自信の下に、「先生」は、Kとだけ呼ばれている貧しい努力家の友人を助けようとする。それは、具体的には、「先生」が借りている軍人の未亡人が経営している高級な素人《しろうと》下宿の一室を、Kに提供し、「お嬢さん」と呼ばれる下宿の娘との接触を通じて、一種の宗教的信念に凝り固っているKを、より「人間的」にしてやろうと企《たくら》むことである。Kは、「先生」に似た不幸な家庭に育った青年で、つねに「道」を求めようと克己する秀才だという点で、「先生」の尊敬を得ていた。「先生」はひそかに「お嬢さん」を愛していたが、まさか固物《かたぶつ》一方のKが、愛とか恋とかいう優しい感情を理解し得るとは思っていなかったのであった。

したがって、Kが意外にも「先生」に、彼もまた「お嬢さん」を愛していることを告白したとき、先生の自信――愛と共感の能力に対する自信は、ゆるがざるを得なかった。もし、「先生」がKに忠実でありつづけようとするなら、彼は「お嬢さん」への愛を諦《あき》らめなければならない。もし、逆に、「先生」が「お嬢さん」に対する自分の感情に忠実であろうとするなら、彼は唯一《ゆいいつ》の親友Kを裏切らなければならない。「先生」はかつて肉親の叔父のエゴイズムの犠牲者であったが、今度は自分がエゴイズムの加害者にならなければならぬはめにおちいったのである。苦境に立たされた「先生」は、Kに一種巧妙な心理的トリックをしかけることを思いつく。それは自己抑制の倫理にこりかたまったKの「求道」的信念と、彼の「お嬢さん」への恋との間の矛盾をつくことである。

《……私は先《ま》づ「精神的に向上心《かうじやうしん》のないものは馬鹿だ」と云ひ放《はな》ちました。是は二人で房州を旅行してゐる際、Kが私に向つて使つた言葉です。私は彼の使つた通りを、彼と同じやうな口調で、再び彼に投げ返したのです。然し決して復讐《ふくしう》ではありません。私は復讐《ふくしう》以上に残酷な意味を有《も》つてゐたといふ事を自白します。私は其一言《いちごん》でKの前に横たはる恋の行手《ゆくて》を塞《ふさ》がうとしたのです。

《……「精神的に向上心《かうじやうしん》のないものは、馬鹿だ」

私《わたくし》は二度同じ言葉を繰り返しました。さうして、其言葉がKの上に何《ど》う影響するかを見詰めてゐました。

「馬鹿だ」とやがてKが答へました。「僕は馬鹿だ」

Kはぴたりと其所《そこ》へ立ち留《どま》つた儘動きません。彼は地面の上を見詰めてゐます。私《わたくし》は思はずぎよつとしました。私にはKが其刹那《せつな》に居直《ゐなほ》り強盗《がうたう》の如く感ぜられたのです。然しそれにしては彼の声が如何《いか》にも力に乏しいといふ事に気が付きました。私は彼の眼遣《めづかひ》を参考にしたかつたのですが、彼は最後迄私の顔を見ないのです。さうして、徐々《そろ／＼》と又歩き出しました》（『こゝろ』─「先生と遺書」四十一）

一週間後に「先生」と「お嬢さん」の婚約を知らされたとき、Kは彼の「お嬢さん」への愛を誰にも打明けずに、静かに自殺をとげるのである。

今や、「先生」は、何の弁解もなしに、自分の自我の醜悪さに直面しなければならない。この事実は、「お嬢さん」という優しい伴侶《はんりよ》を得たことによっても、少しもつぐなわれることがないのである。一見、「先生」は勝利者と見えるが、その実は強い罪悪感と孤絶感にとり憑《つ》かれたみじめな敗北者にすぎないからだ。しかし、時が経《た》つにつれて、徐々に、先生は、あるいはK自身──あのひたむきな求道者だったKその人が、「先生」が現に味わいつつある孤絶感に悩まされていたのではなかったか、という疑いをいだきはじめる。Kもまた、かならずしも勝利者ではなかったのである。

《同時に私《わたくし》はKの死因を繰り返し〳〵考へたのです。其当座は頭がたゞ恋の一字で支配されてゐた所為《せゐ》でもありませうが、私の観察は寧《むし》ろ簡単でしかも直線的でした。Kは正《まさ》しく失恋のために死んだものとすぐ極めてしまつたのです。しかし段々落ち付いた気分で、同じ現象に向つて見ると、さう容易《たやす》くは解決が着かないやうに思はれて来ました。現実と理想の衝突、――それでもまだ不充分でした。私は仕舞にKが私のやうにたつた一人で淋《さむ》しくつて仕方がなくなつた結果、急に所決《しよけつ》したのではなからうかと疑がひ出しました。さうして又慄《ぞつ》としたのです。私もKの歩いた路を、Kと同じやうに辿《たど》つてゐるのだといふ予覚が、折々風のやうに私の胸を横過《よこぎ》り始めたからです》(「こゝろ」―「先生と遺書」五十三)

この「風」は、「先生」の孤独な心を凍らせるだけではなく、その結婚生活までも凍りつかせる。「先生」は、常識的には愛し愛されているはずの妻と、決して自分の苦悩を分とうとはしない。それは、先生が妻に対して残酷だからではなく、妻を人間の孤独という恐しい真実に直面させるにしのびないと思うからである。無智がもたらす心の平和は、残酷な真実に直面する苦悩にまさること数等だ、ということもできる。軍人の娘として教育された「奥さん」にとって、神経衰弱の結果夫が自殺したというような悲劇に耐えることは、むしろ容易であろう。が、もし夫との間におこったすべてを告げられたなら、どうして彼女がそれに耐えられるであろうか? 要するに、先生は、ひとつには憐《あわ》れみから、ひとつには恐れから、そしてなによりも妻とでさえも自分の致命的な孤絶をわかち持てないという確信から、自らの淋しさの原因を「奥さん」に明かさないのである。

ここに、たとえば象徴的な一節がある。

《母は死にました。私《わたくし》と妻《さい》はたつた二人ぎりになりました。妻《さい》は私に向つて、是《これ》から世の中で頼りにするものは一人しかなくなつたと云ひました。自分自身さへ頼りにする事の出来ない私は、妻《さい》の顔を見て思はず涙ぐみました。さうして妻《さい》を不幸《ふかう》な女だと思ひました》（「こゝろ」―「先生と遺書」五十四）

そして、また、

《妻《さい》はある時、男の心と女の心とは何《ど》うしてもぴたりと一つになれないものだらうかと云ひました。私《わたくし》はたゞ若い時ならなれるだらうと曖昧《あいまい》な返事をして置きました。妻《さい》は自分の過去を振り返つて眺めてゐるやうでしたが、やがて微《かす》かな溜息《ためいき》を洩らしました》（「こゝろ」―「先生と遺書」五十四）

しかし、これらの孤絶感の苦しみにもかかわらず、「先生」がついに自殺を決意するのは、明治天皇が崩御され、乃木《のぎ》大将がそれに殉じたときである。「先生」の決意の過程は、次のように描かれている。

《すると夏の暑い盛りに明治《めいぢ》天皇《てんのう》が崩御《ほうぎよ》になりました。其時私《わたくし》は明治《めいぢ》の精神《せいしん》が天皇に始まつて天皇に終つたやうな気がしました。最も強く明治《めいぢ》の影響《えいきやう》を受けた私どもが、其後《あと》に生き残つてゐるのは必竟時勢《ひつきやうじせいおく》遅れだといふ感じが烈しく私の胸を打ちました。私は明白《あから》さまに妻《さい》にさう云ひました。妻《さい》は笑つて取り合ひませんでしたが、何を思つたものか、突然私に、では殉死《じゆんし》でもしたら可《よ》からうと調戯《からか》ひました。

《それから約一ケ月程経《た》ちました。御大葬《ごたいさう》の夜《よる》私《わたくし》は何時《いつ》もの通り書斎に坐つて、相図《あひづ》の号砲《がうはう》を聞きました。私にはそれが明治が永久に去つた報知の如く聞こえました。後《あと》で考へると、それが乃木大将《のぎたいしやう》の永久に去つた報知にもなつてゐたのです。私は号外を手にして、思はず妻《さい》に殉死《じゆんし》だ〳〵と云ひました》(「こゝろ」—「先生と遺書」五十五、五十六)

もちろん、「先生」が自殺したのは、それがエゴイズムの苦痛からの唯一の逃げ道になると思われたからである。しかし、同時に、彼が「明治の精神に殉死」したことも、動かしがたい事実である。彼は、いわば、乃木大将のように、明治大帝のみあとをしおうともした。この前者は私的な動機であり、後者は公的な動機である。だが、一見相矛盾してみえるこの二つの動機をつきあわせてみると、少くともひとつのことは明らかになる。それは、漱石同様明治の教養人・知識人であった「先生」は、自殺を決行するにあたってさえ、孤絶からの逃避という単なる個人的な動機を越えた動機を必要とした、ということである。彼は去り行く明治の精神のために死ななければならなかった。そうしてこそ、はじめて、彼の自殺は、人間の条件からの逃避にとどまらず、何ものともつながらぬ、形式を喪失した自我の暴威に対する自己処罰の意味を持ち得るのである。このような自殺は、極めて倫理的な自殺といわねばなるまい。「先生」の、このような厳粛な態度を理解するためには、明治天皇崩御と乃木大将の殉死という、相次いでおこった二つの重大事件に対する日本人の反応を一瞥《いちべつ》する必要があるであろう。

明治天皇は、明治四十五年（一九一二）七月三十日に崩御された。当時この事件が、西欧諸国にどのように受けとられたかを示すために、私は以下にロンドンの「タイムズ」の記事を引用したい。その第一は、天皇の性格描写であり、第二は天皇崩御の際の国民の反応に関するものである。

《陛下《ヒズ・マジェスティ》は、芸術の寛大な庇護《ひご》者であられた。そして、もしこの君主が何らかの情熱を持たれたとすれば、それは詩に対してであった。日本文学の一分野を占める印象主義的な短詩（和歌のこと――江藤註）を、幾千となく陛下は制作されたが、これらは、かつて世界史上にあらわれた最良の君主のひとりとしての名をとどめられる陛下の思い出を、いつまでも後世に伝えるよすがとなるであろう。その私生活においては、陛下は本質的には悲しみの人であられた。十六人を数える皇子皇女方のうち、四人をのぞいてみな早世されたからである。しかし、その一方、陛下は、日本が、世界に蔑《さげす》まれていた東洋の一小国の地位から身をおこして、西欧の諸大国と肩を並べるのをまのあたりにす

るという、至上の満足をも味わわれたのである》
ここには、いくらかのアイロニイの響きがないわけではない。しかし、また、《昨夜もまた、ぎっしりとつまった群衆の波が、宮城前広場を埋め、ひきもきらずに二重橋にむかって進み、そこでひざまずいて数分間の祈りを捧《ささ》げると、また立上って通りすぎて行った。群衆はあらゆる階層の人々からなっていたが、この上ない整然とした秩序と沈黙を守り、きこえるものは玉砂利にきしる木のサンダル（下駄のこと――江藤註）の音と、ひくい祈りの声ばかりであった。ひざまずいて祈る群衆のなかには、キリスト教徒すらまじっていたということである。宮城外に低く首を垂れた人波をこの眼で見た者は、日本人の天皇崇拝は人工的につくりあげられたものだという最近の批判の、この上ない反証を得たのである》
この最後の一節は、もちろん前年に世界を驚かせた幸徳秋水の「大逆事件」に対する言及である。日英同盟が、明治四十四年（一九一一）に二度目の更新をみたばかりだという事実を考えにいれても、なお「タイムズ」の記事は明らかに好意的なものであり、この一事からしても、明治天皇に対する国の内外の評価が、ひとしく高かったことがうかがわれるのである。
伯爵《はくしゃく》陸軍大将乃木希典《まれすけ》と夫人静子は、大正元年（一九一二）九月十三日に殉死をとげた。「こゝろ」に描かれている通り、これは天皇の御大葬の当日である。ロンドンの

「タイムズ」は、この事件について次のように述べている。
《陸軍大将乃木伯爵と伯爵夫人は、天皇の葬列の出発を告げる号砲が鳴り響いたその瞬間に、短剣をもって自殺をとげた。御大葬当日、乃木伯爵と伯爵夫人が自殺を決行したという知らせは、わが同盟国日本がその偉大さを負っている精神が、依然として生きていることの、驚嘆すべきしるしである。この精神のあらわれの、深刻かつ直截《ちょくせつ》な感動に対して、西欧世界は、かりにその意味をのこりなく汲《く》みつくせぬまでも、静かに頭を垂れて敬意を表さねばならない。故乃木伯爵のような人々が「明治」の——あるいは英語で表現するなら啓蒙《エンライトンメント》の——時代をつくったのであり、この時代は、乃木伯爵がその身を献じた大帝の崩御とともに、名実ともに過ぎ去ったのかも知れないのである》
乃木大将の自殺の理由は、その遺書のなかに述べられている。それによれば、彼は、明治十年の西南戦争のときに、敵に連隊旗を奪われたのを恥じて、自殺したのだとされている。当時、乃木は、第十四連隊長（九州小倉）であった。連隊旗は、連隊編成のたびに天皇から直接下賜《かし》されるために、第二次大戦の敗戦までは、ほとんど天皇の化肉と看做《みな》されていた。したがって、敵に連隊旗を奪われることが、死をもってのみ償い得る大罪と信じられたのも当然である。そのとき、乃木は、もとより直ちに上司に死を願った。参謀長山県有朋はほとんど切腹を許そうとしたが、同僚におしとどめられて、乃木の懇請を却下した。永らえてよく国に尽せば、大罪は償い得るものとしたのである。しかし、そのとき以来、乃木は死の機会を待ちつづけていた。

機会は、大将が、日露戦争から凱旋《がいせん》したとき、ついに訪れたかに見えた。乃木は、この戦争に、旅順攻略をめざした第三軍司令官として従軍した。旅順の戦いは、周知の如く、日本帝国陸軍の歴史のなかで、もっとも血腥《ちなまぐさ》い戦いのひとつに数えられるものである。攻囲作戦は明治三十七年（一九〇四）五月六日より六月二十六日にいたる五十一日間を要し、遠距離攻撃は六月二十六日から七月二十六日にいたる一カ月間、近接攻撃、あるいは攻城戦そのものは七月二十六日から翌明治三十八年（一九〇五）一月一日にいたる、実に百五十一日間を要した。作戦期間を通算して、二百四十日間にのぼる死闘のあいだに、乃木は、麾下《きか》の十三万の将兵のうち、自らの二人の息子を含む五万九千人を失ったのである。

明治三十九年（一九〇六）一月十四日に、東京に凱旋した乃木は、明治天皇に謁見《えつけん》した機会に、多数の赤子を失った罪を償うために、死を賜らんことを願った。乃木の伝記作者は、このとき乃木が死を願いつつ、両の眼に涙をためて、玉座の前に平伏したと伝えている。天皇は、しばらく何もいわずに乃木の姿を眺めておられたが、やがて、

「今は死ぬな。それほど死にたければ、私が死んでからにするがよい」

といわれたという。この謁見の直後、天皇は特に第三軍将兵に勅語を賜り、乃木の用兵の妙をたたえ、麾下の将兵の忠節を嘉《よみ》された。死の機会は、ついに、御大葬の日に訪

れたのである。

敗戦後、内外の偶像破壊的な歴史家たちは、乃木大将殉死という英雄的事件を、散文的に解釈しようと努めている。乃木は、単に山県有朋のような狡猾《こうかつ》な宮廷政治家に操縦されたにすぎず、日露戦争後の国民心理の頽廃《たいはい》に警告をあたえる格好の材料として、もっとも劇的な瞬間を選んで殉死させられたのだ、ということきものがそれであるが、私には承服しがたい。あらゆる古典的軍人の例にもれず、乃木が一生涯「英雄的な死」の幻影にとり憑かれてすごした人間であったことを否定できない。彼はいわば、死を賭《と》してまでその名を歴史の栄光に結びつけようとした、といえるかも知れない。しかし、このような合理主義的解釈に安んじるかぎり、乃木大将夫妻の殉死の瞬間に日本人が感じた深い悲劇の感覚は、とらえがたいのである。私見によれば、悲劇の感覚を失った国民は、救いようもなく不幸な国民である。

この武士道的なヒロイズムの顕示に反応した作家は、夏目漱石だけではない。実は、第一に反応を示したのは、陸軍省の高官として山県とも親しかった森鷗外であった。乃木の死は、大正元年（一九一二）九月十三日であったが、五日後の九月十八日の日記に、鷗外は次のように記している。

《乃木大将希典の葬を送りて青山斎場に至る。興津《おきつ》弥五右衛門を草して中央公論に寄す》

ここで「興津弥五右衛門」とあるのは、いうまでもなく乃木と似た理由で殉死をとげた細川藩士に取材した鷗外最初の歴史小説、「興津弥五右衛門の遺書」のことである。この作品が、作家・思想家としての鷗外の生涯に一大転換を劃《かく》したものであることは、よく知られている。これに先立つ数年の間、鷗外の日本の社会に対する態度は、きわめて不安定であり、かつ懐疑的であった。一方で、彼は文学上の自然主義思潮に激しく反撥《ぱつ》し、他方で、無政府主義、社会主義、マルクシズムなどという革命思潮に対する関心が青年層にたかまりつつあることを黙視し得なかった。時に彼は自由主義的態度を示し、時にはきわめて権威主義的にも見えた。しかし、このような鷗外の不安定かつ懐疑的な態度は、乃木夫妻の殉死を契機としてほぼ一掃され、以後の彼は一貫して伝統的倫理の側につくのである。こののち、鷗外は、ゲーテの「ファウスト」の翻訳を除いては、史伝、考証たると、小説、戯曲たるとを問わず、歴史に取材したものしか書かなかった。

漱石の場合には、乃木大将の死は、かつて「国のために」何事かを成さんとした、野心に燃えた若い学者―行政家の失われたidentityを、にわかに回復したいという欲望を目覚めさせる役割を果したのである。乃木大将が薩摩《さつま》の乱のとき連隊旗を敵に奪われたように、漱石もまたその精神の連隊旗を、自らのロンドンでの孤独な戦いのあいだに奪われていた。それからというもの、彼はエゴイズムと愛の不可能性という宿痾《しゆくあ》に悩む孤独な近代人として生きなければならなかったが、明治天皇の崩御と乃木大将の殉死という二大事件のあとで、彼は突然、いわゆる「明治の精神」が、彼の内部で全く死に絶えてはいなかったことを悟らねばならなかった。今、あの偉大な時代の全価値体系の影が、漱石の暗い、苦悩に充《み》ちた過去から浮びあがり、かつて愛した者の幽霊のように漱石に微笑《ほほえ》みかけていた。幽霊は、あるいはこういったかも知れない。

「われに来たれ」

漱石は肯《うなず》いた。彼は、自分の一部が、おそらくは小説の主人公のかたちで、「明治の精神」に殉じられることを知ったのである。こうして、漱石は、彼が伝統的倫理の側に立つものであることを明示するために、「こゝろ」を書きはじめた。もとより、彼は、この自己抑制の倫理が、現実には天皇崩御の前からとうに死滅していることを知っていた。そして、この渾沌《こんとん》のなかから、無条件な自己肯定を醜い「悪」ではなく、「善」とし、「進歩」とする新しい時代が生れつつあることをも知っていたのである。この、自我中心的な「普遍主義」の世代の出現が、日本の国際社会での孤立とほぼ正確に照応していることは注目に価《あたい》する。

後記　本稿は、一九六四年四月、Harvard University の East Asian Colloquium で発表した講演草稿 *Natsume Sōseki, A Meiji Intellectual* にもとづき、それを改稿したものである。同じ主題を、やや一般的に叙した *Natsume Sōseki, A Japanese Meiji Intellectual* は、雑誌 *The*

American Scholar の一九六五年秋季号に掲載された。本稿のもととなった原稿起草に際して Princeton University の Marius B. Jansen 教授、発表について Harvard University の Howard S. Hibbett 教授の好意を得たことをつけ加えたい。又、*The American Scholar* 発表については、Yale University の Dr. Robert J. Lifton の尽力を得た。

さらに柳田泉・勝本清一郎・猪野謙二三氏の「座談会明治文学史」に負うところが多く、Chicago University の Edwin McClellan 教授の、*The Implication of Sōseki's Kokoro* (Monumenta Nipponica Vol. XIV.) からもヒントを得た。しかし、本稿のすべての責任が筆者にあることはいうまでもない。

夏目漱石小伝

1

《或日《あるひ》彼《かれ》は誰《だれ》も宅《うち》にゐない時《とき》を見計《みはから》つて、不細工《ぶさいく》な布袋竹《ほていちく》の先《さき》へ一枚糸《まいいと》を着《つ》けて、餌《えさ》と共《とも》に池《いけ》の中《なか》に投《な》げ込《こ》んだら、すぐ糸《いと》を引《ひ》く気味《きみ》の悪《わる》いものに脅《おびや》かされた。彼《かれ》は水《みづ》の底《そこ》に引《ひ》つ張《ぱ》り込《こ》まなければ已《や》まない其強《そのつよ》い力《ちから》が二《に》の腕迄伝《うでまでつたは》つた時《とき》、彼《かれ》は恐《おそ》ろしくなつて、すぐ竿《さを》を放《はふ》り出《だ》した。さうして翌日静《あくるひしづ》かに水面《すゐめん》に浮《う》いてゐる一尺余《しやくあま》りの緋鯉《ひごひ》を見出《みいだ》した。彼《かれ》は独《ひと》り怖《こは》がつた。……》(「道草」三十八)

夏目漱石のことを考えると、私のなかにはさまざまな漱石像が浮かびあがって来る。十年前に「夏目漱石」を書いていたときには、それはいつも実際の年齢より老《ふ》けて見える漱石の肖像写真の陰鬱《いんうつ》な表情であった。プリンストンで講義の準備のために久しぶりで「こゝろ」を読みかえしたとき、私はある名状しがたい感動にとりつかれて知らぬ間に涙を流していたが、そのときには漱石は「像」というよりは透明な旋律のようなものになって、図書館の三階にあった私の小さな研究室を充《み》たしていた。

そのほかにも私はいくつかの漱石像を想《おも》うことがある。たとえば「思ひ出す事など」

の、「空が空の底に沈み切つたやうに澄んだ」のを眺めながら、陽光のなかに「しんとして独り温《ぬく》もっ」ている漱石。あるいは、酔って訪ねて来て玄関の上框《あがりがまち》に倒れかかり、「いよう夏目君！ 天下語るに足るものは乃公《だいこう》と余《よ》あるのみ」というようなことをいってくだを巻いている小栗風葉を、「人間の声とも思はれないやうな、惻《いた》しい声」で、「馬鹿ッ！」と怒鳴りつけて怒りにふるえている漱石。……しかしそれらの像は、結局私の脳裏で、冒頭に引用した「道草」の一節に描かれたおびえた少年の姿の背後に消えて行くのである。

作家夏目漱石はいうまでもなくこの少年を超えた存在である。彼はその背後に「吾輩は猫である」から「明暗」にいたる幾多の名作を残している。彼が明治のみならず、近代日本の文学全体を代表する巨人であることについても、諸評家の意見が一致している。しかし、それにもかかわらず漱石は、終生その心の底に、ひとりの「生」を怖《おそ》れ、自分が存在していることに脅える敏感な少年を住まわせていた。彼の前にある池は、いわば彼の感受性がとらえた「生」の象徴である。彼がそのなかに糸を投じると、「生」は恐しい力で彼をその根源の暗い部分にひきずりこもうとする。そして糸をはなしたとき、それは静かな水面を泳ぐ一尾の緋鯉の姿に変容する。漱石は、すでにその少年時代にこういう「生」に出逢《であ》っていた。「道草」の少年と作家漱石との違いは、漱石が、このおびえた少年を心のもっとも柔い部分に住まわせたまま、あえて「生」というこの暗く濁った池の中に身を投じたというところにある。

漱石はおびただしい知力と強靭《きょうじん》な意志にめぐまれていた。そのことは、僅《わず》か十一年間の作家的生涯になしとげられた仕事の、異常な密度と質の高さとを一見すれば明らかである。しかし、だからといって漱石は、知性や意志の力で自分と嫌悪《けんお》すべき「生」とのあいだをへだてようとはしなかった。彼は「生」におびえ、自分の存在を怖れてはいたが、一度もそれを拒否しようとはしなかった。漱石の偉大さは、自分の存在のあらゆる襞《ひだ》のすみずみに、嫌悪すべき「生」の原形質をあえて滲透《しんとう》させてはばからなかったところにあるといってもよい。彼と併《なら》び称される森鷗外には、こういう「生」の受容はなかった。漱石の作品のなかには、鷗外の作品にはたえて感じられない優しさのみなぎっている個所がある。たとえば「門」の前半の、宗助とお米のひっそりした家庭生活を叙するくだり。あるいは「道草」で赤ん坊をあやす細君に注がれる作者の視線。これはかならずしも「生」の直線的な肯定ではない。漱石ほどいわゆる人道主義者から遠い存在はいない。しかし彼の暗い世界のなかには、私たちをそのままに許容する日だまりのような場所があり、そこに足をふみ入れた瞬間に私たちは漱石の心の柔い部分が自分の内部を開かせるのを感じる。つまり、漱石はたしかに恐しく孤独な人間であったが、彼の作品世界はかならずしも人を孤独にはしないのである。

漱石と、彼が五十年のあいだつきあわねばならなかった重い「生」との関係は、すでにその幼年時代から決められていたかも知れない。しかし、そういう彼の「生」は、さらに時代によって決定されていた。いいかえれば、漱石は彼が生れて来た「時代」に出逢うことなしには、彼自身の「生」に直面することができなかった。「道草」の、あの池に釣糸を垂れる少年を描いたときには、漱石はすでに四十九歳であり、いわば「時代」を通りすぎてしまっていた。だから彼は「生」の暗い力とじかにむかいあっている自分の姿を明晰《めいせき》に見てとることができたのである。私はここで決定論を弄《もてあそ》ぶつもりはない。漱石は自分と「生」との関係を透視していたからこそ、その桎梏《しっこく》からの解放を書くことに求めたのであり、さらに自分の「生」が「時代」に決定されていることを熟知していたからこそ、「時代」を超える作品を残し得たのである。だが、それなら漱石がそこで自分の「生」に出逢った明治という時代はどのような時代であったか。何故《なぜ》この「時代」が、漱石という個性に触れたとき、彼の「生」との交渉を忘れることのできない人間劇にたかめたか。

吉川幸次郎氏は、そのエッセイ「古典について、あるいは明治について」で、明治文化の特質を一種の肌理《きめ》のあらさに求めている。要するに氏は、明治時代をひとつの完成された肌理こまやかな文化的秩序が解体して、もうひとつのそれ自体としての魅力がないわけでもない若く粗笨《そほん》な文化の建設された時代と見るのである。これをもっと限定していうなら、江戸時代の儒学的文化秩序の上にスペンサー流の社会進化論が重ねあわせられ、後者が前者の枠組《わくぐみ》に浸透してこれを崩壊させて行く過程として見ることもできるであろう。「国のために」とか、日本文化を中核とする「東西文明の融合」というような明治時代特有の理想は、この二つの思潮、つまり儒学と社会進化論との平衡の上に夢見られた理想である。漱石はこういう二つの思潮を呼吸しながら成長した。正確にいえば、この二つの思潮の交替を呼吸しながらそのいずれからもこぼれ落ちたとき、漱石はひとりの作家として誕生したのである。しかし、それまでのあいだに、彼がどのようにして時代に、そして彼自身の「生」に出逢ったかを私は見なければならない。

2

のちに漱石という雅号で世に知られるようになった夏目金之助が生れたのは、慶応三年（一八六七）二月九日（旧暦一月五日）のことである。父夏目小兵衛直克は江戸牛込馬場下の名主で当時五十歳、その後妻だった母の千枝が四十一歳のときの子で、五男三女の末っ子であった。この実家のあった場所は現在の新宿区喜久井《きくい》町一番地で、夏目坂が馬場下町と交叉《こうさ》する角の地である。このあたりは今でこそ自動車の往来のはげしい埃《ほこり》の多い市街地になっているが、その頃はまだ江戸のはずれで、周囲に寺が多く、少しさきには早稲田村の田圃《たんぼ》がひろがっていた。漱石は後年この生家を次のように回想している。

《私《わたくし》の旧宅《きうたく》は今《いま》私《わたくし》の住《す》んでゐる所《ところ》から、四五町《ちやう》奥《おく》の馬場下《ばばした》といふ町《まち》にあつた。町《まち》とは云《い》ひ条《でう》、其実《そのじつ》小《ちひ》さな宿場《しゆくば》としか思《おも》はれない位《くらゐ》、小供《こども》の時《とき》の私《わたくし》には、寂《さび》れ切《き》つて且淋《かつさむ》しく見《み》えた。もと〳〵馬場下《ばばした》とは高田《たかた》の馬場《ばば》の下《した》にあるといふ意味《いみ》なのだから、江戸絵図《えどゑづ》で見《み》ても、朱引内《しゆびきうち》か朱引外《しゆびきそと》か分《わか》らない辺鄙《へんぴ》な隅《すみ》の方《はう》にあつたに違《ちがひ》ないのである》(「硝子《ガラス》戸《ど》の中《うち》」十九)あるいは、

《当時《たうじ》私《わたくし》の家《うち》からまづ町《まち》らしい町《まち》へ出《で》やうとするには、何《ど》うしても人家《じんか》のない茶畠《ちやばたけ》とか、竹藪《たけやぶ》とか又《また》は長《なが》い田圃路《たんぼみち》とかを通《とほ》り抜《ぬ》けなければならなかつた。買物《かひもの》らしい買物《かひもの》は大抵神楽坂迄《たいていかぐらざかまで》出《で》る例《れい》になつてゐたので、さうした必要《ひつえう》に馴《な》らされた私《わたくし》に、左《さ》した苦痛《くつう》のある筈《はず》もなかつたが、それでも矢来《やらい》の坂《さか》を上《あが》つて酒井様《さかゐさま》の火《ひ》の見櫓《みやぐら》を通《とほ》り越《こ》して寺町《てらまち》へ出《で》やうといふ、あの五六町《ちやう》の一筋道《ひとすぢみち》などになると、昼《ひる》でも陰森《いんしん》として、大空《おほぞら》が曇《くも》つたやうに始終薄暗《しじゆううすぐら》かつた》(同二十)

これらは金之助が数え年で十歳になってからの記憶のはずである。というのは、彼は二歳のとき新宿二丁目の名主塩原昌之助・やす夫婦のところへ養子にやられたからである。「硝子戸の中」によれば、金之助はこれ以前にも生後間もなく四谷の古道具屋(一説に八百屋ともいう)に里子に出され、がらくたと一緒に小さなざるに入れられて、毎晩四谷の大通りの夜店に曝《さら》されていたことがある。このときにはたまたま通りかかった姉が可哀想《かわいそう》に思い、見かねて家に抱いて帰ったが、父はそれを喜ばなかったという。

何故父の愛が特に金之助に薄かったのかはよくわからない。しかし、すでに老境にあった父が、大政奉還・幕府瓦解《がかい》というような天地が逆転するような大事件をまのあたりにして、この激動期にできるだけ扶養家族をへらしたい心境になったとしても不思議はない。彼が名主として徳川幕府の行政組織の一端をになっていたことも、小兵衛直克の不安を増したであろう。漱石が生れる前後、「勤王とか佐幕とかいふ荒々しい言葉の流《は》行《や》ったやかましいころ」に、彼は軍用金調達と称する抜身をひっさげた黒装束の八人組におし込まれて五十両あまりの小判を強奪されたことがあった。加えて金之助は、この日に生れると大泥棒になるという俗信のあった庚申《こうしん》の晩に生れた末の子でもあった。彼の名の「金」は、庚申の呪《のろ》いを避けるためにつけられた厄除《やくよ》けの名だったのである。少くとも父はこの子供を歓迎すべき理由を持たなかった。

もともと名主は世襲制の行政・警察官で、身分は町人でありながら苗字《みょうじ》帯刀を許されるのが例であった。夏目家の管轄《かんかつ》区域は東は牛込見附から西は高田の馬場に及び、旧幕時代には小兵衛直克が見附から一歩牛込に足を踏み入れると、

「それ、名主様のお通りだ」

と「泣く子も黙る」ほどの威勢だったという。御一新後この直克は一時区長を勤めた。「喜久井町」の町名は井桁《いげた》に菊の夏目家の定紋にちなんで、彼が明治になってから新しくつけたものだと、漱石自身が述べている。「夏目坂」も同じ直克の命名によるものので

ある。あるいは直克は、最後の名主として傾く家運とひきかえに、夏目家の痕跡《こんせき》を地名の上になりと残そうとしたのかも知れない。

金之助の養家先の塩原昌之助は、四谷大宗寺ほか三つの寺の門前を差配するいわゆる門前名主で、新宿二丁目の大宗寺裏に住んでいたが、金之助をむかえて間もなく、夏目家の縁つづきにあたる大宗寺門前の伊豆橋という遊女屋の管理にもあたった。漱石の最初の記憶に浮かんで来るのは、この頃のことである。

《彼《かれ》は自分《じぶん》の生命《せいめい》を両断《りやうだん》しやうと試《こゝろ》みた。すると綺麗《きれい》に切《き》り棄《す》てられべき筈《はず》の過去《くわこ》が、却《かへ》つて自分《じぶん》を追掛《おつか》けて来《き》た。彼《かれ》の眼《め》は行手《ゆくて》を望《のぞ》んだ。然《しか》し彼《かれ》の足《あし》は後《あと》へ歩《ある》きがちであつた。

《さうして其行《そのゆ》き詰《づま》りには、大《おほ》きな四角《しかく》な家《いへ》が建《た》つてゐた。家《いへ》には幅《はゞ》の広《ひろ》い階子段《はしごだん》のついた二《に》階《かい》があつた。其二《そのに》階《かい》の上《うへ》も下《した》も、健三《けんざう》の眼《め》には同《おな》じやうに見《み》えた。廊下《らうか》で囲《かこ》まれた中庭《なかには》もまた真四角《まつしかく》であつた。

《不思議《ふしぎ》な事《こと》に、其広《そのひろ》い宅《うち》には人《ひと》が誰《だれ》も住《す》んでゐなかつた。それを淋《さみ》しいとも思《おも》はずにゐられる程《ほど》の幼《をさ》ない彼《かれ》には、まだ家《いへ》といふものゝ経験《けいけん》と理解《りかい》が欠《か》けてゐた。

《彼《かれ》は幾《いく》つとなく続《つゞ》いてゐる部屋《へや》だの、遠《とほ》く迄真直《までまつすぐ》に見《み》える廊下《らうか》だのを、恰《あたか》も天井《てんじやう》の付《つ》いた町《まち》のやうに考《かんが》へた。さうして人《ひと》の通《とほ》らない往来《わうらい》を一人《ひとり》で歩《ある》く気《き》でそこいら中《ぢゆう》馳《か》け廻《まは》つた》（「道草」三十八）

これはおそらく伊豆橋の記憶である。御一新を契機にして遊女を自由にしてやったので伊豆橋は当時店を閉じていたのである。そしてさらに、

《彼《かれ》はまた此四角《このしかく》な家《いへ》と唐金《からかね》の仏様《ほとけさま》の近所《きんじよ》にある赤《あか》い門《もん》の家《いへ》を覚《おぼ》えてゐた。赤《あか》い門《もん》の家《いへ》は狭《せま》い往来《わうらい》から細《ほそ》い小路《こうぢ》を二十間《けん》も折《を》れ曲《まが》つて這入《はい》つた突《つ》き当《あた》りにあつた。其奥《そのおく》は一面《いちめん》の高藪《たかやぶ》で蔽《おほ》はれてゐた。

《此狭《このせま》い往来《わうらい》を突《つ》き当《あた》つて左《ひだり》へ曲《まが》ると長《なが》い下《くだ》り坂《ざか》があつた。健三《けんざう》の記憶《きおく》の中《なか》に出《で》てくる其坂《そのさか》は、不規則《ふきそく》な石段《いしだん》で下《した》から上迄《うへまで》畳《たゝ》み上《あ》げられてゐた。古《ふる》くなつて石《いし》の位置《ゐち》が動《うご》いた為《ため》か、段《だん》の方々《はう〴〵》には凸凹《でこぼこ》があつた。石《いし》と石《いし》の罅隙《すきま》からは青草《あをくさ》が風《かぜ》に靡《なび》いた。それでも其《そ》所《こ》は人《ひと》の通行《つうかう》する路《みち》に違《ちがひ》なかつた。彼《かれ》は草履《ざうり》穿《ばき》の儘《まゝ》で、何度《なんど》か其高《そのたか》い石段《いしだん》を上《のぼ》つたり下《さが》つたりした》(同)

ここで注目すべきことは、主人公の健三を通じて語られる最初の記憶のなかで、金之助がつねにひとりでいることである。「赤い門の家」はおそらく塩原昌之助の家であり、彼をひきずりこもうとする強い力を秘めた池はその石段をおり切ったところにあった。この孤独な少年は、というよりはむしろ幼児は、そこで「生」の根源にひそむ暗い力にはじめて出逢ったのである。

《「自分《じぶん》は其時分《そのじぶん》誰《だれ》と共《とも》に住《す》んでゐたのだらう」

彼《かれ》には何等《なんら》の記憶《きおく》もなかつた。彼《かれ》の頭《あたま》は丸《まる》で白紙《はくし》のやうなものであつた。けれども理《り》

解力《かいりよく》の索引《さくいん》に訴《うつた》へて考《かん》がへれば、何《ど》うしても島田《しまだ》夫婦《ふうふ》と共《とも》に暮《くら》したと云《い》はなければならなかつた》(同)

つまり金之助は年老いた父親に拒否されたことによってひとりになり、自ら養父母を拒否することによってさらにひとりになっていた。「彼の頭はまるで白紙」だったというのは、このとき金之助が養父母を肉感的な現存在として感じることができなかったということである。彼には世の常の幼児が共有しているような母親の背中やひざに身を寄せた安息の記憶は最初から奪われていた。そういう不安な幼児が、誰一人住む者の気配のないがらんとした遊女屋の廊下を、まだ自分の不安の根源には気がつかずにひとりで歩いて行く。これは控え目にいっても陰惨な絵である。この幼児は、そうして歩きつづけながら、やがて何者にも守られることなくその全身を彼をおびえさせる「生」の牽引《けんいん》にさらすことになる。

3

塩原夫婦が金之助の記憶に登場するのは、明治四、五年頃、塩原昌之助が夏目直克の引きで浅草の戸長に就任してからである。その浅草諏訪《すわ》町の家で、金之助ははじめて西洋人というものを見た。家の一画の広間を西洋人が借りて、英語を教えていたからである。しかしこの西洋人はそのうちにいなくなってしまい、広間は「扱所」(区役所出張所）というものに変った。

金之助は塩原夫婦に溺愛《できあい》されていた。玩具《おもちゃ》や錦絵《にしきえ》は惜し気もなく買いあたえられ、わざわざ越後屋（三越）まで連れて行かれてちりめんの着物を買ってもらったりもした。しかし、この五歳の幼児は、漸《ようや》く記憶に浮かび上って来た養父母によって、やがて自分の不安とおびえが明瞭《めいりよう》に輪郭づけられるのを体験する。養父母は、このとき彼の前に真の保護者としてではなく、むしろ苛立《いらだ》たしい質問者としてあらわれたからである。

《彼等《かれら》が長火鉢《ながひばち》の前《まへ》で差向《さしむか》ひに坐《すわ》り合《あ》ふ夜寒《よさむ》の宵《よひ》などには、健三《けんざう》によく斯《こ》んな質問《しつもん》を掛《か》けた。

「御前《おまへ》の御父《おとつ》ツさんは誰《だれ》だい」

健三《けんざう》は島田《しまだ》の方《はう》を向《む》いて彼《かれ》を指《ゆびさ》した。

「ぢや御前《おまへ》の御母《おつか》さんは」

健三《けんざう》はまた御常《おつね》の顔《かほ》を見《み》て彼女《かのぢよ》を指《ゆび》さした。

是《これ》で自分達《じぶんたち》の要求《えうきう》を一応満足《いちおうまんぞく》させると、今度《こんど》は同《おな》じやうな事《こと》を外《ほか》の形《かたち》で訊《き》いた。

「ぢや御前《おまへ》の本当《ほんたう》の御父《おとつ》さんと御母《おつか》さんは」

健三《けんざう》は厭々《いや〳〵》ながら同《おな》じ答《こたへ》を繰《く》り返《かへ》すより外《ほか》に仕方《しかた》がなかつた。然《しか》しそれが何故《なぜ》だか彼等《かれら》を喜《よろ》こばした。彼等《かれら》は顔《かほ》を見合《みあは》せて笑《わら》つた》（「道草」四十一）

質問はさらに次のようなかたちでも繰り返される。

《「御前《おまへ》は何処《どこ》で生《うま》れたの」

斯《か》う聞《き》かれるたびに健三《けんざう》は、彼《かれ》の記憶《きおく》のうちに見《み》える赤《あか》い門《もん》——高藪《たかやぶ》で蔽《おほ》はれた小《ちひ》さな赤《あか》い門《もん》の家《うち》を挙《あ》げて答《こた》へなければならなかつた。御常《おつね》は何時《いつ》此質問《このしつもん》を掛《か》けても、健三《けんざう》が差支《さしつかへ》なく同《おな》じ返事《へんじ》の出来《でき》るやうに、彼《かれ》を仕込《しこ》んだのである。彼《かれ》の返事《へんじ》は無論《むろん》器械的《きかいてき》であつた。けれども彼女《かのぢよ》はそんな事《こと》には一向頓着《いつかうとんぢやく》しなかつた。

「健坊《けんばう》、御前本当《おまへほんたう》は誰《だれ》の子《こ》なの、隠《かく》さずにさう御云《おい》ひ」》（同）

考えてみれば、子供にとってこれほど残酷な質問はない。それは彼を、自分がいったい本当は誰に、あるいはどこに属しているのかという根源的な問いに直面させるからである。普通の子供が生みの親から同じことを問われれば、おそらく直観的に母親の胸に抱かれていたときの安らぎに充《み》ちた情緒を想《おも》い起すであろう。しかし、金之助にはすでにその情緒が奪われていた。彼は、したがって、対立する質問者としてあらわれた養父母の前で、それでは自分は何者かという難問を解くことに全力を傾注しなければならなくなる。

「道草」の健三のように、現実の彼もまたおそらく厭々養父母の喜ぶ答えを繰り返したに違いない。しかし、この擬装された問答の裏側で、本質的な問いは以後金之助の心に喰い入り、その深層意識の奥底に沈みこんで行く。彼には実はこの問いは解答不可能なのである。それが解答不能の問いであるかぎり、金之助は心の深部でつねにどこにも、誰にも属していない者の不安に悩まなければならない。不安はやがて罪障感に凝固し、彼の精神にあたかも存在することと自体が悪であるかのような間断ない緊張をあたえる。

このことに関して、漱石は「硝子戸《ガラスど》の中《うち》」で感動的な挿話《そうわ》を語っている。それは生母の千枝に関するものであるから、塩原夫婦の不和が原因で塩原姓を名乗ったまま夏目家に戻ってからのちの記憶である。

《母《はゝ》の名《な》は千枝《ちえ》といつた。私《わたくし》は今でも此千枝《このちえ》といふ言葉《ことば》を懐《なつ》かしいものゝ一《ひと》つに数《かぞ》へてゐる。だから私《わたくし》にはそれがたゞ私《わたくし》の母丈《はゝだけ》の名前《なまへ》で、決《けつ》して外《ほか》の女《をんな》の名前《なまへ》であつてはならない様《やう》な気《き》がする。幸《さいは》ひに私《わたくし》はまだ母以外《はゝいぐわい》の千枝《ちえ》といふ女《をんな》に出会《であ》つた事《こと》がない》（「硝子戸の中」三十七）

《或時《あるとき》私《わたくし》は二階《にかい》へ上《あが》つて、たつた一人《ひとり》で、昼寐《ひるね》をした事《こと》がある。其頃《そのころ》の私《わたくし》は昼寐《ひるね》をすると、よく変《へん》なものに襲《おそ》はれがちであつた。……さうして其時《そのとき》も私《わたくし》は此変《このへん》なものに襲《おそ》はれたのである。

《私《わたくし》は何時《いつ》何処《どこ》で犯《をか》した罪《つみ》か知《し》らないが、何《なに》しろ自分《じぶん》の所有《しよいう》でない金銭《きんせん》を多額《たがく》に消費《せうひ》してしまつた。それを何《なん》の目的《もくてき》で何《なん》に遣《つか》つたのか、其辺《そのへん》も明瞭《めいれう》でないけれども、小供《こども》の私《わたくし》には到底《とても》償《つぐな》ふ訳《わけ》に行《ゆ》かないので、気《き》の狭《せま》い私《わたくし》は寐《ね》ながら大変苦《たいへんくる》しみ出《だ》した。さうして仕舞《しまひ》に大《おほ》きな声《こゑ》を揚《あ》げて下《した》にゐる母《はゝ》を呼《よ》んだのである。

《二階《にかい》の梯子段《はしごだん》は、母《はゝ》の大眼鏡《おほめがね》と離《はな》す事《こと》の出来《でき》ない、生死事大無常迅速云々《しやうじじだいむじやうじんそくうん〳〵》と書《か》いた石《いし》摺《ずり》の張交《はりまぜ》にしてある襖《ふすま》の、すぐ後《うしろ》に附《つ》いてゐるので、母《はゝ》は私《わたくし》の声《こゑ》を聞《き》き付《つ》けると、すぐ二階《にかい》へ上《あが》つて来《き》て呉《く》れた。私《わたくし》は其所《そこ》に立《た》つて私《わたくし》を眺《なが》めてゐる母《はゝ》に、私《わたくし》の苦《くる》しみを話《はな》して、何《ど》うかして下《くだ》さいと頼《たの》んだ。母《はゝ》は其時《そのとき》微笑《びせう》しながら、「心配《しんぱい》しないでも好《い》いよ。御母《おつか》さんがいくらでも御金《おかね》を出《だ》して上《あ》げるから」と云《い》つて呉《く》れた。私《わたくし》は大変《たいへん》嬉《うれ》しかつた。それで安心《あんしん》してまたすや〳〵寐《ね》てしまつた。

《私《わたくし》は此出来事《このできごと》が、全部《ぜんぶ》夢《ゆめ》なのか、又《また》は半分丈本当《はんぶんだけほんたう》なのか、今《いま》でも疑《うたが》つてゐる。然《しか》し何《ど》うしても私《わたくし》は実際《じつさい》大《おほ》きな声《こゑ》を出《だ》して母《はゝ》に救《すくひ》を求《もと》め、母《はゝ》は又実際《またじつさい》の姿《すがた》を現《あら》はして私《わたくし》に慰《ゐ》藉《しや》の言葉《ことば》を与《あた》へて呉《く》れたとしか考《かんが》へられない。さうして其時《そのとき》の母《はゝ》の服装《なり》は、いつも私《わたくし》の眼《め》に映《うつ》る通《とほ》り、やはり紺無地《こんむぢ》の絽《ろ》の帷子《かたびら》に幅《はば》の狭《せま》い黒繻子《くろじゆす》の帯《おび》だつたのである》（同三十八）

金之助が生家に戻ったのが明治九年（一八七六）十歳のときで、母千枝が死んだのは明治十四年（一八八一）金之助十五歳のときであるから、彼が生母と一緒に暮らしたのはわずか五年間にすぎない。しかし、いかに短い期間だったとはいえ、彼はこの母のもとに帰ることによって、渇望していた安息を得た。その安息はもとより幼年期の母と子のそれのような肉体的なものではあり得ない。母はこのときすでに若くはなく、金之助を甘やかしもしなかったからである。しかもいまだに塩原姓を名乗る以上、彼は完全に母に属しているということもできなかった。が、それにもかかわらず彼の心の構図にこのときはじめて彼を受容する「生」のかたちが啓示されたことは動かせない。もしこの生母とともにすごした五年間がなかったとしたら、漱石の文学を特徴づけているあの柔かさ、あるいは優しさの感触はついに生れなかったかも知れないのである。

こういう母性は、たとえば「坊つちやん」の忠実なばあやお清の上に反映されている。千枝は四谷大番町の質屋鍵屋《かぎや》庄兵衛の三女で、一度下谷辺の質屋に嫁《か》したが間もなく家に戻り、夏目直克の後妻として再縁した人である。娘の頃には明石《あかし》の殿様の奥向きに御殿奉公していて、教養も高く、気立てもやさしい品格のある婦人だったという。金之助はこの母の御殿女中時代のものらしい「華美《はで》な総模様の、……紅絹裏《もみうら》を付けた裲襠《かいどり》」を蔵の中で見たことがあった。のちに彼が「方丈記」を訳してやった大学のお雇い外人教師ディクソンらしい「西洋人」に、餞別《せんべつ》に贈った「高蒔絵《たかまきゑ》に緋《ひ》の房《ふさ》の付いた美しい文《ふ》箱《ばこ》」も、やはりこの母の御殿奉公時代の遺品である。

4

生家に戻ったのちも、父の直克は金之助にきわめて冷淡であった。すでに夏目家の家運は、時勢の転換につれて急速に傾きつつあったから、彼の存在は荷厄介と感じられたからである。家督を継ぐべき長兄の大助は、一家の輿望《よぼう》を担《にな》って東京大学の前身開成学校に学んでいたが、肺を病んで中途退学した。漱石は、学校をやめる頃まで「四角四面」だったこの長兄が、しばらくすると「古渡唐桟《こわたりとうざん》の着物に角帯などを締め」て夕方から外出するようになり、亀清の団扇《うちわ》を持ちこんだり、仮色《こわいろ》や藤八拳《とうはちけん》をつかったりするようになったと回想している。この兄は母の死後六年目の明治二十年に死んだ。長兄に三カ月おくれて道楽者の次兄栄之助も世を去った。父の集めた書画骨董《こっとう》を盗み出して吉原通いをしたり、姉の婚家先に入りびたって竹格子《たけごうし》の窓の内側から通りかかる芸者をからかったりしていた人物である。三番目の兄和三郎直矩は、一時大学南校に通っていたが、病身をいいことに遊芸に耽溺《たんでき》していた。

つまり金之助の兄たちは、時代の激変に適応できずに、没落しつつある夏目家の上に依然としておおいかぶさっていた江戸的な過去に逃避の場を求めたのである。同じ過去の影は、金之助自身の上にも投じられていた。彼は、たとえば隣の酒屋小倉屋の娘お北さんが長唄を浚《さら》うのを、「春の日の午過《ひるす》ぎなどに、……恍惚《うっとり》とした魂を、麗《うら》らかな光に包みながら、……聴くでもなく聴かぬでもなく」土蔵の白壁によりかかって聴いていたことがある。また彼は、母から小遣いをもらって、きりょう好しのお藤さんという娘がいる近所の寄席に、よく南麟《なんりん》という講釈師を聞きに行ったこともある。こういう「過去」の世界の一番奥底には、咲松という若い芸者がいた。彼女は次兄の栄之助に連れられて遊びに来た金之助が、小倉の袴《はかま》のひざを四角ばらせて、「僕は銭がないからトランプ遊びをするのは厭《いや》だ」といいはるのに、「いいわ、私が持ってるから」といってくれたのである。後年漱石は、この女が二十三の若さでウラジウォストークで死んだことを、床屋の親父からきかされた。

兄たちとはちがって、しかし金之助はこういう官能的な世界にひたり切ることはできなかった。それは、彼が母親によって導かれるべき情緒の世界に馴染《なじみ》が薄く、あまりに早くひとりで「生」に向かわされたためかも知れない。だがそのために金之助は兄たちがついに触れることのできなかった「時代」の核心に触れることができた。父から拒否されていた金之助はその拒否の力に押しやられて否応《いやおう》なく「時代」の只中に投入されたといってもよい。その接触はまず漢学を通じて、次いで英学を通じてなされた。漢学はもちろん名主という旧幕時代の地方行政官の子弟に必須《ひっす》の教養であり、英学は明治初年の書生が立身するために欠くべからざる手段である。

「文学論」の「序」で、漱石は、

《余は少時好んで漢籍を学びたり。之《これ》を学ぶ事短かきにも関《かか》はらず、文学は斯《か》くの如き者なりとの定義を漠然と冥々裏《めいめいり》に左国史漢より得たり》

と述べている。その文学概念とは、第一に文学とは文章であるという考えであり、次いでその文章は儒学あるいは史論というような公的に役立つものであるべきだという考えである。明治十一年二月、金之助が十二歳の時に書いた作文「正成論《まさしげ》」は、「凡《おほよ》ソ臣タルノ道ハ二君ニ仕《つか》ヘズ心ヲ鉄石ノ如《ごと》シ身ヲ以テ国ニ徇《つか》ヘ君ノ危急ヲ救フニアリ中古我国ニ楠正成ナル者アリ忠且義ニシテ智勇兼備ノ豪傑ナリ」といった調子で、すでに史論の体裁を模しながら大義名分を説《かつ》いている。さらに十二年後第一高等中学校（大学予備門）在学中に書いた“Japan and England in the Sixteenth Century”という英文論文の断片は、エッセイ風のスタイルを模しているが、やはり一種の史論をめざしたものと推測される。つまり、金之助にとって漢学が「身ヲ以テ国ニ徇ヘ君ノ危急ヲ救フ」ことを教える学問であるなら、英学は明治という新時代においてさらによりよく「国ニ徇」える道を用意するはずであった。ここに儒学とスペンサー流の社会進化論が重ねあわせられた時代思潮が反映していることは、いうまでもない。

しかし、この漢学から英学への移行は、金之助の内面で何の障害もなく行われたわけではなかった。それは彼に「過去」を切断して「現在」に生きる決意を要求したからである。没落した名主の子が、新時代に自分の席を獲得するためには大学予備門に入学することがほとんど絶対条件であった。そのためには英語を学ぶ必要があったが、金之助は実は英語学習を好まなかった。このことは、のちに彼が傑出した英語の学力を示したことを考えあわせると不思議な感じがする。彼は英語を教えない正則中学に一旦入学したが、ここから予備門へ通じる道がないことを知ると失望して退学した。が、それでいながら彼は英語学校に転じようとはせず、漢学を教える二松学舎に移ったのである。

ここに私は早くも金之助のなかで、資質と時代の要請とのあいだの分裂が生じていることを感じざるを得ない。彼は江戸文化の官能的な面に耽溺しはしなかったが、文章というかたちであらわれている江戸期の世界像のなかに精神を住まわせる喜びを捨て切れなかった。しかしこの喜びとひきかえに彼は「時代」からとり残されるという運命を甘受しなければならない。この自己矛盾を解決するためには、彼は「ひそかに思ふに英文学も亦《また》かくの（漢文学の）如きものなるべし、斯の如きものならば生涯を挙げて之を学ぶも、あながちに悔ゆることなかるべし」（「文学論」序）という仮説を立て、それを信じなければならなかった。

金之助が英語学校成立学舎に転じたのは、明治十六年十七歳の時である。翌十七年九月には彼は大学予備門に入学を許された。これと前後して彼は自分を疎《うと》んずる父の家を出て下宿生活にはいり、のちの満鉄総裁中村是公《ぜこう》と親交を結んだ。明治二十年長兄と次兄があいついで世を去り、金之助がトラホームにかかったとき、父は前途に不安を感じたためか彼を家に引きとって、翌年には夏目姓に復籍させた。漱石は終生あの牛込馬場下の夏目家を暖い思い出のうちにはふりかえっていない。「……私は茫然《ぼうぜん》として佇立《ちょりつ》した。なぜ私の家だけが過去の残骸《ざんがい》のごとくに存在してゐるのだらう。私は心のうちで、早くそれが崩れてしまへばいいのにと思つた」と彼は「硝子戸の中」に書いている。

5

金之助が英文学専攻を決意したのは、明治二十一年大学予備門が学制改革で改称された第一高等中学校本科に入学した時である。同級に正岡子規があり、子規の「七草集」に刺激されて作った紀行漢詩文集「木屑録」（明治二十二年）で金之助ははじめて「漱石」と号した。「漱石」は「蒙求《もうぎゅう》」の「石ニ漱《クチスス》ギ、流レニ枕《マクラ》ス」からとられた言葉で、頑固者、あるいは変物を意味する。以後私はこの号で彼を呼ぶことにする。ほかに同級には山田美妙《びみょう》、上級に川上眉山《びざん》、尾崎紅葉、石橋思案らのやがて硯友《けんゆう》社作家たるべき才人たちがいた。

明治二十三年帝国大学文科大学英文科に入学すると、漱石は直ちに文部省貸費生となり、翌年には特待生として授業料を免除されているから、その学業成績は抜群だったに違いない。彼はお雇い外人教師ディクソンのために「方丈記」を英訳したが、その英文は大変見事なものでディクソンは感謝を惜しまなかった。後年英文で最初の「日本史」を著したマードックは、この優秀な学生を同級生中唯《ただ》一人「モラル・バックボーン」をそなえた人物として偏愛した。だが、それにもかかわらず漱石にとって英文学研究は主として意志的なものだったに違いない。それが彼の資質の深所に根ざしたものというより、むしろ「時代」によって与えられたものである以上、彼のなかにはいくら成績がよくてもつねに「英文学に欺《あざむ》かれたるが如《ごと》き不安の念」があったからである。あえていえば英文学は第一にそれが意志的な集中の対象であることによって、第二にはそれが感覚的というよりは知的な理解の対象であることによって、彼を「生」から遮断《しやだん》したのである。

大学一年の時に悪阻《つわり》がもとで末兄和三郎直矩の二度目の妻が死んだ。この嫂《あによめ》は漱石と同い年であったが、漱石がひそかにほとんど恋愛に近い感情を抱いていた女性である。明治二十四年八月三日付の正岡子規宛の手紙に漱石は書いている。

《不幸と申し候《さうらふ》は余の儀にあらず小生嫂の死亡に御座候実は去る四月中より懐妊の気味にて……兎《と》角《かく》打ち勝《すぐ》れず漸次重症《ぢやうごふ》に陥り……浮世の夢廿五年を見残して冥土《めいど》へまかり越し申候天寿は天命死生は定業とは申しながら洵《まこと》に〳〵口惜しき事致候。……一片の精魂もし宇宙に存するものならば二世と契《ちぎ》りし夫の傍《そば》か平生親しみ暮せし義弟の影に髣髴《はうふつ》たらんかと夢中に幻影を描き……うたゝ不便の涙にむせび候母を失ひ伯仲二兄を失ひし身のかゝる事には馴《な》れ易《やす》き道理なるに一段毎《ごと》に一層の悼惜《たうせき》を加へ候は小子感情の発達未だ其頂点に達せざる故《ゆゑ》にや心事御推察被下《くだされ》たく候》

この手紙につけられた句に、「君逝《ゆ》きて浮世に花はなかりけり」、「何事ぞ手向《たむけ》し花に狂ふ蝶」、「鏡台の主の行衛《ゆくへ》や塵埃《ちりほこり》」などというのが見える。彼女の記憶はおそらく「行人」のお直や「それから」の三千代の上に投影されている。この嫂の病中兄の和三郎が放蕩《ほうとう》をやめなかったのに対して、漱石は不快を隠し切れなかった。兄が玄人《くろうと》出と覚《おぼ》しい女を三度目の妻に迎えたとき、「教育も身分もない人を自分の姉と呼ぶのは厭だ」といいはって強硬に反対したのは漱石である。不思議なことに、嫂の死を報じたもののひとつ前の手紙で、漱石は子規に眼医者で偶然出逢《であ》った「銀杏返《いちやう》しにたけながをかけた」いわゆる初恋の女のことを書き送っている。明治三十六年十一月、ロンドンから帰京して神経衰弱に悩まされていた漱石が書いた英詩《I looked at her as she looked at me:/We looked and stood a moment,/Between Life and Dream.……》に現れる《primrose path》の女性が、果して嫂なのか初恋の女性なのかはよくわからない。だが、とにかく彼が愛情を抱いた女は、みな死ぬか姿を消すかした。それはとりもなおさずそれ以後の漱石がますます意志的に生きなければならなかったということである。

最初の神経衰弱は漱石が大学を卒業し、高等師範学校の英語教師になって間もなくおこった。その原因が何であったかについては諸説があるが、おそらくあまりに意志的な生活が彼を「生」から遮断し、その内面を荒廃させかけたところにおこった反作用であったに違いない。その不安を克服しようとして漱石は鎌倉の円覚寺に参禅したが、「彼《かれ》は門《もん》を通《とほ》る人ではなかつた。又門《またもん》を通《とほ》らないで済《す》む人《ひと》でもなかつた。要《えう》するに、彼《かれ》は門《もん》の下《した》に立《た》ち竦《すく》んで、日《ひ》の暮《く》れるのを待《ま》つべき不幸《ふかう》な人《ひと》であつた」（「門」二十一）ということを発見したにすぎなかった。こういう彼が明治二十八年四月、突然高等師範学校を辞任して四国の松山中学の英語教師になり、都落ちしていったのが何故かについても定説はない。しかし私は、彼が距離的に遠い場所に赴くことによって、それだけ深く自己の内面に下降し、荒廃の底から「生」の根源の力をさぐりあてたいという暗黙の衝動を充《み》たそうとしたという仮説をとりたい誘惑にかられる。つまり東京と松山との距離は「時代」と彼の存在の核との距離、あるいは社会的な役割として彼が引受けた英文学者・英語教師という職業と彼の本来の自己との距離である。

漱石は翌明治二十九年に貴族院書記官長中根重一の長女鏡子と結婚し、熊本の第五高等学校教授に就任した。この結婚が幸福なものでなかったことは周知の事実である。明治三十年に父の直克が八十四で死んだので仕送りの必要がなくなり、やや経済的にはゆとりが出来たが、鏡子は流産した頃からヒステリー気味になり、ついにはそれが昂《こう》じて自宅の近所の川に身を投げようとさえしたからである。私は鏡子がいわゆる悪妻だったという俗説をとりたくない。おそらく漱石は、鏡子が世間並みの細君でいるためにはあまりに孤独で意志的な人間でありすぎたのである。要するに結婚生活はお互いのあいだに解放をではなく間断ない緊張を強いた。そしてこの緊張から生じる魂の疲れを抱いたまま、漱石はもう一度「時代」の只中に投げ帰され、いわば彼と明治という新時代の価値体系とをつなげるきずなを切断されるという体験を味わうのである。

それはいうまでもなく彼のロンドン体験である。明治三十三年に高等学校教授を留学生として海外に派遣する新例が開かれ、文部省専門学務局長上田万年《かずとし》はその第一回として藤代素人と夏目金之助を選任した。漱石三十四歳の時である。彼は「英語研究」のため現職のまま満二ヵ年間英国留学を命ぜられ、学資として年千八百円を給された。彼がプロイセン号で横浜から出航したのは九月八日、ロンドンに到着したのは十月二十八日である。それから明治三十六年一月に帰国するまでのあいだに、英文学者漱石は作家漱石に変身したのである。

もともと漱石にとって、英文学研究が「国のために」つくす上での一手段であったことについてはすでに述べた。英文学が漢文学のようなものなら生涯を捧《ささ》げて悔いはないと彼が決心したとき、彼は「国のために」つくす上で、文学と政治の間に何の差異もないことを信じていたはずである。もし官吏として政府に出仕する者が「東西文明の融合」による新近代国家の建設という国家目的に奉仕するなら、同じ目的のために英文学者は英国の学者と対等に競争してこれを凌《しの》ぎ、日本の新文明の価値を海外に誇り得る。そのためにこそ漱石は一心に英文学研究に精進したのである。このことはまた、父からも妻からも拒否された彼の孤独な存在を、「日本」という全体につなげるはずでもあった。そして、もし彼が自分の孤独な存在と「日本」の国家目的とのあいだの確実なきずなを信じ得るなら、彼をおびえさせる「生」は時代の価値体系を反映して秩序立てられるはずであった。このような目的があったからこそ漱石は、異常なまでに意志的・知的な生活をともかくもつづけられたのである。ロンドンで容赦なく粉砕されたのはこの目的を支えていた前提である。

6

それはロンドンに来た漱石が、間もなく「漢学に所謂《いはゆる》文学と英語に所謂文学とは到底同定義の下に一括し得べからざる異種類のものたらざるべからず」ということを骨身にしみて悟らされたからである。漢文学と英文学が異質なものであるなら、彼は英文学研究によって英国の権威者と競争し、これをうち負かして国威を発揚することなど到底できない。つまり彼の存在と国家目的との結びつきは、ここに切断されざるを得ない。これは儒学とスペンサー流の社会進化論との混淆《こんこう》によって成立していた明治の価値体系からの苦痛にみちた解放である。この幻滅の過程で学者という公人である漱石は次第に姿を消し、かわって「自由」な、しかし不安にみちた彼の自我が三十数年間の暗い過去から浮かびあがる。今や拠《よ》るべきものはこの自我しかないが、それはあらゆるものから切り離され、何ものによっても守られず、何の方向もあたえられていない一個の怪物にすぎなかった。

この状態は、当時妊娠中の妻から来る手紙が稀《まれ》であり、留学費が足りないために食事も節約しなければならないというようなみじめな日常によってさらに耐えがたいものとなった。同じ下宿で暮していた横浜の豪商の子渡辺伝右衛門らの眼には、漱石は英語も上手なら天長節には句会を開くようなやや出不精な紳士にすぎなかったが、漱石自身の眼にはもっと陰惨な、孤立無援な自己が見えていたはずである。彼が「自己本位」という個人主義的倫理規範にすがりながら、「文学論」の執筆にとりかかるのはここからである。しかし、これはいわば意志的生活の破産をさらに意志と知性で克服しようとすることである。この猛烈な、しかし不毛な努力は漱石を最悪の神経症につきおとし、ロンドン在住の日本人留学生のあいだには「夏目狂せり」という噂《うわさ》がひろまった。「自転車日記」はこの当時の記録である。明治三十六年一月に心身ともに衰弱し切って帰朝した漱石は、留守宅にはいると妻子の面前で、自ら書きのこして行った「秋風の一人をふくや海の上」という句の短冊を、ものもいわずに引き裂いた。彼が経験した孤独――自己の存在との対面は、とうてい俳句の十七文字にとらえられるような性格のものではなかったのである。

以後数年は漱石が粉砕された自己と社会との関係を再構成しようとして苦闘した時期である。その過程からやがて作家漱石が誕生する。高浜虚子のすすめで神経症をまぎらすために書いた「吾輩は猫である」と「坊っちゃん」との二作は、いわば「自己本位」を正面におし立て、自分の神経症を日本の近代社会の神経症的歪《ゆが》みに投射してこれを批判するというかたちで、自他の関係を再建しようとした作品である。しかし、一方「倫《ロン》敦塔《ドンとう》」、「幻影の盾」、「薤露行《かいろこう》」などでは、漱石はむしろ眼を内側にむけて、彼を恐怖させる無定型な自我の奥底にひそむ「生」の感触をさぐろうとしている。「吾輩は猫である」のユーモラスな文明批評で華々しく文壇に登場した三十九歳の漱石は、このとき、その作家的生涯の春をむかえていたが、「倫敦塔」以下の一連のロマンティックな短篇小説は、いわばその春の夕暮のような薄明の世界をかたちづくっているのである。そのなかにはあの英詩の《primrose path》の女のような美しい女たちが、白衣をひらめかして影のように歩んでいる。作家漱石は、「吾輩は猫である」や「坊っちゃん」の世界よりは、むしろこの春の夜の闇にみちびかれて「明暗」への道を歩んだ。それはいうまでもなく彼が「生」の淵のなかにいる本来の自分に出逢おうとして歩んだ道——父に拒否され、養父母を対立者として感じなければならなかった幼年時代の、さらに彼方《かなた》にひろがる世界を求めてたどった道である。

帰国後の彼には、しかしラフカディオ・ハーン（小泉八雲）の後任としての第一高等学校教授、東京帝国大学文科大学講師の地位が待っていた。同時に彼の周囲には森田草平、小宮豊隆、鈴木三重吉、寺田寅彦、野上豊一郎、松根東洋城《まつねとうようじょう》らの門下生が集り、いわゆる「漱石山脈」の最初の連峰をかたちづくった。この師弟関係は、自分は孤独であるが他人を孤独にはしない漱石の人間的魅力がなければ成立し得なかった。それが時としては異常なほど濃密なものとなり得たことは、たとえば小宮豊隆と森田草平との漱石観の対立にあらわれている。漱石は小宮にはいわゆる「則天去私」の悟達をめざしてこれを達成した聖人と見え、森田にはほとんど救いがたいほどの相対論者と見えた。そして漱石自身はこの二人の弟子のいずれにも、かならずしも満足していなかった。

学者としての生活をつづけるうちに明治四十年の二月にいたって、大阪朝日新聞社から漱石招聘《しょうへい》の話がおこった。これよりさきに読売新聞社からも同様の話があったが、条件が折り合わぬままに立ち消えていた。漱石が東京朝日の主筆池辺三山《さんざん》の来訪をうけて正式に入社を決意したのは三月早々のことである。同じ頃東京帝大から英文学担任の教授に推す旨が内示されたが、漱石はこれを辞し、一切の教職から身を引いた。朝日入社に決意した大きな理由の一つは、朝日が大学教授並みの安定した経済生活を保証したからである。「入社の辞」で彼は述べている。

《大学を辞して朝日新聞に這入《はい》つたら逢ふ人が皆驚いた顔をして居る。中には何故だと聞くものがある。大決断だと褒めるものがある。大学をやめて新聞屋になることが左程に不思議な現象とは思はなかつた。……新聞屋が商売ならば、大学屋も商売である。商売でなければ、教授や博士になりたがる必要はなからう。月俸を上げてもらふ必要はなからう。勅任官になる必要はなからう。新聞が商売である如く大学も商売である。新聞が下卑《げび》た商売であれば大学も下卑た商売である。只個人として営業してゐるのと、御上で御営業になるのとの差丈けである。

《……大学では講師として年俸八百円を頂戴《ちやうだい》してゐた。子供が多くて、家賃が高くて八百円では到底暮せない。仕方がないから他に二三軒の学校を馳《かけ》あるいて、漸《やうや》く其日を送つて居た。……新聞社の方では教師としてかせぐ事を禁じられた。其代り米塩の資に窮せぬ位の給料をくれる。食つてさへ行かれゝば何を苦しんでザツトのイツトのを振り廻す必要があらう。やめるなと云つてもやめて仕舞ふ。休《や》めた翌日から急に脊中が軽くなつて、肺臓に未曾有《みぞう》の多量な空気が這入つて来た》

漱石の文学的生涯の盛夏は、朝日に入社して「虞美人草《ぐびじんそう》」を執筆したときに訪れたといってよいであろう。漱石はこの小説を書くために「文選《もんぜん》」を読み直して措辞に心血を注ぎ、三越百貨店は「虞美人草」浴衣の大売出しを行った。正宗白鳥はこの小説を評して馬琴の近代版といったが、蓋《けだ》し名評というほかはない。しかし、職業作家となった漱石の正面切った小説作法上の苦心とは直接かかわりのない場所から、やがて「夢十夜」のような、あるいは「文鳥」のような夜の世界を特徴づける作品が生れる。漱石は小説を書き出すことによって、英文学研究によってはどうしても触れることができなかったこの意志と知性からこぼれ落ちた世界に触れられるようになった。この世界の影はすでに「三四郎」にアンコンシアス・ヒポクリシイ（無意識の偽善）というかたちで投じられているが、それが漱石の小説世界に浸透してその中心主題をなすのは「それから」がはじめてである。そして「それから」とともに彼の文学にとっての秋——つまり収穫と死の予感の季節がはじまる。

7

私には、明治四十二年の「それから」にはじまって大正三年の「こゝろ」に終る五年間は、漱石が「時代」の表皮に対する反撥《はんぱつ》に倦《う》んで、彼をおびやかす「生」の淵《ふち》のなかに次第に身を沈めて行った時期であるように思われる。彼はこの淵のなかに本来の自分を求めて、彼を不毛にし荒廃させたロンドンでの超人間的な意志の生活からの下降をつづけた。文壇的にいえば「時代」よりはむしろ「生」の原形質に注目するという創作態度は、漱石に対抗した自然主義文学に影響されているかも知れない。「それから」擱筆《かくひつ》後間もなく朝日新聞に創設された文芸欄は、漱石自ら主宰する反自然主義の牙城《がじよう》と目されたが、彼自身は案外自然主義のある一面を敏感にとらえていたかも知れないからである。

旧友の満鉄総裁中村是公の招きで、明治四十二年秋に満韓に遊んだ漱石は、生来の胃弱を悪化させて翌年六月には胃潰瘍《いかいよう》になり、内幸《うちさいわい》町の胃腸病院に入院した。八月初めに転地の目的で伊豆の修善寺温泉に赴いたが、これがかえって逆の結果を生み、彼はいわゆる「修善寺の大患」を経験することになる。明治四十三年八月二十四日のことである。

《強《し》ひて寐返《ねがへ》りを右《みぎ》に打《う》たうとした余《よ》と、枕元《まくらもと》の金盥《かなだらひ》に鮮血《せんけつ》を認《みと》めた余《よ》とは、一分《いちぶ》の隙《すき》もなく連続《れんぞく》してゐるとのみ信《しん》じてゐた。其間《そのあひだ》には一本《ぽん》の髪毛《かみげ》を挟《はさ》む余地《よち》のない迄《まで》に、自《じ》覚《かく》が働《はたら》いて来《き》たとのみ心得《こゝろえ》てゐた。程経《ほどへ》て妻《さい》から、左様《さう》ぢやありません、あの時《とき》三十分《ぷん》許《ばかり》は死《し》んで入《い》らしつたのですと聞《き》いた折《をり》は全《まつた》く驚《おどろ》いた》（「思ひ出す事など」十五）

《斯《か》く凡《すべ》ての人《ひと》に十の九迄《まで》見放《みはな》された真中《まなか》に、何事《なにごと》も知《し》らぬ余《よ》は、曠野《くわうや》に捨《す》てられた赤《あか》子《ご》の如《ごと》く、ぽかんとして居《ゐ》た。苦痛《くつう》なき生《せい》は余《よ》に向《むか》つて何等《なんら》の煩悶《はんもん》をも与《あた》へなかつた。余《よ》は寐《ね》ながらたゞ苦痛《くつう》なく生《い》きて居《を》るといふ一事実《じじつ》を認《みと》める丈《だけ》であつた。さうして此事《このじ》実《じつ》が、はからざる病《やまひ》のために、周囲《しうゐ》の人《ひと》の丁重《ていちよう》な保護《ほご》を受《う》けて、健康《けんかう》な時《とき》に比《くら》べると、一歩《いつぽ》浮世《うきよ》の風《かぜ》の当《あた》り悪《にく》い安全《あんぜん》な地《ち》に移《うつ》つて来《き》た様《やう》に感《かん》じた。実際《じつさい》余《よ》と余《よ》の妻《さい》とは、生存《せいぞん》競争《きやうさう》の辛《から》い空気《くうき》が、直《ぢか》に通《かよ》はない山《やま》の底《そこ》に住《す》んでゐたのである》（同十六）

　面白いことに、鏡子は漱石の神経衰弱を少しも理解しなかったが、彼の胃弱をよくいたわったらしい。胃弱のときには神経症の発作のおこる度合が減ったからであろう。

《余《よ》は当時《たうじ》十分《ぷん》と続《つゞ》けて人《ひと》と話《はなし》をする煩《わづら》はしさを感《かん》じた。声《こゑ》となつて耳《みゝ》に響《ひゞ》く空気《くうき》の波《なみ》が心《こゝろ》に伝《つたは》つて、平《たひ》らかな気分《きぶん》をことさらに騒《ざわ》つかせるやうに覚《おぼ》えた。口《くち》を閉《と》ぢて黄金《こがね》なりといふ古《ふる》い言葉《ことば》を思《おも》ひ出《だ》して、たゞ仰向《あふむ》けに寐《ね》てゐた。難有《ありがた》い事《こと》に室《へや》の廂《ひさし》と、向《むか》ふの三階《さんがい》の屋根《やね》の間《あひだ》に、青《あを》い空《そら》が見《み》えた。其空《そのそら》が秋《あき》の露《つゆ》に洗《あら》はれつゝ次第《しだい》に高《たか》くなる時節《じせつ》であつた。余《よ》は黙《だま》つて此空《このそら》を見詰《みつ》めるのを日課《につくわ》の様《やう》にした。何事《なにごと》もない、又何物《またなにもの》もない此《この》大空《おほぞら》は、其静《そのしづ》かな影《かげ》を傾《かた》むけて悉《ことごと》く余《よ》の心《こゝろ》に映《えい》じた。さうして余《よ》の心《こゝろ》にも何事《なにごと》もなかつた、又何物《またなにもの》もなかつた。透明《とうめい》な二《ふた》つのものがぴたりと合《あ》つた。合《あ》つて自分《じぶん》に残《のこ》るのは、縹緲《へうべう》とでも形容《けいよう》して可《よ》い気分《きぶん》であつた。……

《ドストイエフスキーの享《う》け得《え》た境界《きやうがい》は、生理上彼《せいりじやうかれ》の病《やまひ》の将《まさ》に至《いた》らんとする予言《よげん》である。生《せい》を半《なかば》に薄《うす》めた余《よ》の興致《きようち》は、単《たん》に貧血《ひんけつ》の結果《けつくわ》であつたらしい。

仰臥人如唖《ぎやうぐわしてひとおしのごとし》。黙然見大空《もくねんとしておほぞらをみる》。
大空雲不動《おほぞらにくもうごかず》。終日杳相同《しゆうじつえうとしてあひおなじ》》(同二十)

ここに引用した文章に、漱石が彼の存在と「生」との関係をすでに明瞭《めいりよう》に把握《はあく》している証拠があらわれているのは、注目すべきことである。濃密な「生」を怖《おそ》れた彼は、「生」が稀弱になったとき、「縹緲」とした安息のなかにひたることができた。それは「貧血の結果」であるが、肉体にふたたび豊かな血液がまわり出したとき、彼はまたしても「生」に対するおびえと闘わなければならない。大正二年(一九一三)の初頭に、修善寺以来の胃潰瘍と痔疾《じしつ》の軽快を見た彼は、その生涯で最後の、そしておそらく最悪の神経症の発作に見舞われる。このために「行人」の執筆は一時中断され、結果としてその続篇「塵労《じんろう》」のなかに神経症に悩む主人公長野一郎の内面をいたいたしいほど鮮かに描出させることになった。

しかし、「修善寺の大患」が彼からいったん遠ざけた社会や「時代」は、「こゝろ」に感動的な影を投じている明治天皇崩御と乃木大将殉死をのぞいては、漱石の作品の中心主題の位置を占めることはなかった。初期の文明批評・社会批判にかわって中心に据えられるのは、エゴイズムの問題である。なぜなら、エゴイズムとは、ロンドン体験が示すように、彼の存在が濃密な「生」にじかに接触したときに噴出して来るある抑えがたい暗い力だからである。漱石はこの衝動を醜悪なものと見た。それは彼が一度は「時代」の価値体系につながり得る自分を想《おも》い、それが実現されなかったことによって傷ついていたからである。人間の価値は彼がどれだけ完全に公的な役割を果し得るかということで決まるという儒学の世界観のなかで育った漱石は、単に私的な、孤独な衝動にすぎないエゴイズムを容認できなかった。それはまた自分が社会進化論者のいわゆる「時代の進運」とともに歩む者ではないことを知ることでもあった。もし「文明開化」がどこおりなく行われるなら、個人の欲望の充足がそのまま社会の進化に貢献し得るというスペンサー流の社会進化論は、漱石がその存在の奥底でつねに感じつづけていたエゴイズムの醜悪さの認識と、当然背馳《はいち》したからである。

だから、「それから」以後の漱石を、もっぱら実存的関心によって書いた作家といってもよいであろう。それが彼にとって「収穫」であり得たのは、この道程で漱石がいかに苦痛にみちてであれ彼自身の存在と「生」の奥底に触れつづけることができたからである。「それから」で彼は、あえてエゴイズムの衝動に従う決心をした男を描いた。代助は愛していた三千代を友人の平岡にゆずる。しかし数年後に平岡が放蕩《ほうとう》に身をもちくずした社会の落伍者《らくごしゃ》になり変り、生活に疲れた妻の三千代とともに彼の前にあらわれたとき、代助はかつての自分の態度が本来の欲求を偽った自己欺瞞《ぎまん》だったことに気がついて、あえて三千代を平岡から奪う決心をする。が、この決意のために代助は彼が属していた上層中流階級の家庭から追放され、社会を敵にまわすのである。

この小説が発表されたとき、当時雑誌「白樺」に拠《よ》って世に出ようとしていた新進作家武者小路実篤は、次のような批評を書いて漱石のエゴイズム否定に疑問を提出した。

《「それから」に顕《あら》はれたる思想を、自然の力、社会の力、及び二つの力の個人に及ぼす力に就ての漱石氏の考の発表と見ることが出来ると思ふ。自然の命に背くものは内に慰安を得ず、社会に背くものは物質的に慰安を得ない。人は自然の命に従はなければならぬ。しかし社会の掟《おきて》にそむくものは滅亡する。さうして多くの場合、自然に従ふものは社会から外面的に迫害され、社会に従ふものは自然から内面的に迫害される、人の子はどうしたらいゝのだらう。……之が「それから」全体に顕はれたる問題だと思ふ。

《……自分は漱石氏は何時《いつ》までも今のまゝに、社会に対して絶望的な考を持つてゐられるか、或は社会と人間の自然性の間にある調和を見出されるかを見たいと思ふ。自分は後者になられるだらうと思つてゐる。さうしてその時は自然を社会に調和させやうとされず、社会を自然に調和させやうとされるだらうと思ふ。さうしてその時漱石氏は真の

国民の教育者となられると思ふ》(「『それから』に就て」―「白樺」明治四十三年四月号)

これは、漱石によせられた新時代からの期待と疑問であったが、当然のこととして彼は以後「社会を自然に調和させる」道を歩もうとはしなかった。「門」で彼はエゴイズム救済の一つの可能性を宗教に求め、しかもその「門」を代助の後身である宗助の前で閉ざして見せた。「行人」では一転して彼はエゴイズムの極限にいたるまでの肯定が「神は自己だ」、「僕は絶対だ」という一郎の狂気に破綻《はたん》して行く有様を描いた。そして、「こゝろ」ではさらにエゴイズム解決のもう一つの可能性――つまり自殺が描かれる。しかしこれは単に私的動機からだけの自殺ではなく、「明治の精神」に殉ずるという公的動機によってはじめて正当化された自殺である。

前述の通り、「漢学に所謂文学と英語に所謂文学」とが異質なものであることをロンドンの客舎で知ったとき、漱石を時代の価値体系につなげていたきずなは切断された。彼は以後自分の「生」が明治日本の国家目的とつながっていないことを知りつつ生きて来たが、あるいは「こゝろ」を書いた彼は、せめて自分の「死」は明治天皇の崩御とともに崩壊した明治の理想につながり得ると信じていたかも知れない。

エゴイズムが醜悪なら、私的動機からなされる自殺もまた醜悪である。それが許されるとすれば自分を超える価値に「殉じて」行われる場合だけだ――こういう判断の根底にあるのが一種の性悪説であることはいうまでもない。「こゝろ」は、出版社をはじめた門弟岩波茂雄の初仕事を祝って自費出版されたが、自装したこの作品の表紙に漱石はおそらく「康熙字典《こうき》」ではないかと思われる辞書の「心」の部を用いている。そこに引かれているのは荀子《じゅんし》「解蔽篇《かいへい》」の「心者形之君也而神明之主也云々《うんぬん》」という一節であるが、惟《おも》うに特にこの箇所を装釘《そうてい》に用いた漱石の心中には、荀子の徹底した性悪説に共鳴し、それを引いて自分の「生」への怖れを暗示したいという欲求がなかったとはいえないのである。

8

「こゝろ」の透明な文体は、漱石の作家的生涯の晩秋を彩《いろど》るのにふさわしい。そして「道草」とともに彼の冬がはじまる。それは枯死の季節であるとともに彼が地底にかえり「生」の根源に触れる季節である。冒頭に引用した「道草」の一節で、私は漱石が池に釣糸を垂れる少年の姿に自分と「生」との関係を透視していたといった。しかし「道草」で彼はさらに進んで次のようなところに行くのである。それは「道草」の主人公の細君が胎児を分娩《ぶんべん》する箇所である。

《彼《かれ》は狼狽《うろばい》した。けれども洋燈《ランプ》を移《うつ》して其所《そこ》を輝《てら》すのは、男子《だんし》の見《み》るべからざるものを強《し》ひて見《み》るやうな心持《こゝろもち》がして気《き》が引《ひ》けた。彼《かれ》は已《やむ》を得《え》ず暗中《あんちゅう》に摸索《もさく》した。彼《かれ》の右手《みぎて》は忽《たちま》ち一種《いつしゆ》異様《いやう》の触覚《しよくかく》をもつて、今迄《いまゝで》経験《けいけん》した事《こと》のない或物《あるもの》に触《ふ》れた。其或物《そのあるもの》は寒天《かんてん》のやうにぷり〳〵してゐた。さうして輪廓《りんくわく》からいつても恰好《かつかう》の判然《はんぜん》しない何《なに》かの塊《かたまり》に過《す》ぎなかつた。彼《かれ》は気味《きみ》の悪《わる》い感《かん》じを彼《かれ》の全身《ぜんしん》に伝《つた》へる此塊《このかたまり》を軽《かる》く指頭《しとう》で撫《な》でゝ見《み》た。塊《かたま》りは動《うご》きもしなければ泣《な》きもしなかつた。たゞ撫《な》でるたんびにぷり〳〵した寒天《かんてん》のやうなものが剝《は》げ落《お》ちるやうに思《おも》へた。若《も》し強《つよ》く抑《おさ》へたり持《も》つたりすれば、全体《ぜんたい》が屹度《きつと》崩《くづ》れて仕《し》舞《ま》ふに違《ちがひ》ないと彼《かれ》は考《かんが》へた。彼《かれ》は恐《おそ》ろしくなつて急《きふ》に手《て》を引込《ひつこ》めた。

「然《しか》し此儘《このまゝ》にして放《はふ》つて置《お》いたら、風邪《かぜ》を引《ひ》くだらう、寒《さむ》さで凍《こゞ》えてしまふだらう」

《死《し》んでゐるか生《い》きてゐるかさへ弁別《みわけ》のつかない彼《かれ》にも斯《か》ういふ懸念《けねん》が湧《わ》いた。彼《かれ》は忽《たちま》ち出産《しゆつさん》の用意《ようい》が戸棚《とだな》の中《うち》に入《い》れてあるといつた細君《さいくん》の言葉《ことば》を思《おも》ひ出《だ》した。さうしてすぐ自分《じぶん》の後部《うしろ》にある唐紙《からかみ》を開《あ》けた。彼《かれ》は其所《そこ》から多量《たりやう》の綿《わた》を引《ひ》き摺《ず》り出《だ》した。脱脂綿《だつしめん》といふ名《な》さへ知《し》らなかつた彼《かれ》は、それを無暗《むやみ》に千切《ちぎ》つて、柔《やはら》かい塊《かたまり》の上《うへ》に載《の》せた》（「道草」八十）

この主人公健三の手に触れる暗闇のなかの「気味の悪い塊」、「ぷり〳〵した寒天のやうなもの」に包まれた「ある物」は、とりもなおさず「生」の原形質である。彼はそれを直視することができず、脱脂綿を「無暗に千切って」その上に乗せてしまう。これがエゴイズムの原初的な姿であり、同時に彼の存在と「生」との交りから生じたある根源的な力のあらわれだからである。このような「生」の実質をたしかめたとき、漱石はたしかに父に拒否され、養父母を対立者としか感じられなかった少年を超えて、「生」そのものに触れていた。それは、いいかえれば彼が倫理の世界から倫理をすら相対化する世界に近づきかけていたということである。この場所からはなれた抛物線《ほうぶつせん》のように、最後の大作「明暗」が書きはじめられる。私はこの小説がいわゆる「則天去私」の境地の体現だという一部の評家の見解に同じられぬ者であるが、「明暗」や「道草」の文体にたとえば「こゝろ」や「行人」には見られない柔か味があらわれていることは否定できない事実である。

「行人」連載中の大正元年頃から漱石はしきりに南画風の水彩画をたしなみ、また良寛の書に傾倒したり、漢詩の詩作にふけったりした。つけ加えておけば、漱石の漢詩は唐詩に学んでしかもその模倣におちいらず、自由自在に独自の境地を詠じている点で近代漢詩人の作品中出色のものである。漱石の晩年を彩る華やかな色彩は、京都の茶屋「大友《だいとも》」の女将磯田多佳との淡い交際である。大正五年（一九一六）五月、「明暗」の連載が開始された頃から漱石の周辺には新しい門弟として、芥川龍之介、久米正雄、松岡譲らの第四次「新思潮」同人の青年作家たちが集まるようになり、漱石は彼らに異常なほどの親近感を抱いた。彼は芥川、久米にあてて書いている。

《君方は新時代の作家になる積《つもり》でせう。僕も其積であなた方の将来を見てゐます。どうぞ偉くなつて下さい。然し無暗にあせつては不可《いけ》ません。たゞ牛のやうに図々しく進ん

で行くのが大事です。文壇にもつと心持の好い愉快な空気を輸入したいと思ひます》（大正五年八月二十一日）

また、三日後には、

《牛になる事はどうしても必要です。吾々はとかく馬になりたがるが、牛には中々なり切れないです。僕のやうな老猾《らうくわつ》なものでも、只今牛と馬とつがつて孕《はら》める事《こと》ある相の子位な程度のものです。

あせつては不可《いけ》ません。頭を悪くしては不可せん。根気づくでお出でなさい。世の中は根気の前に頭を下げる事を知つてゐますが、火花の前には一瞬の記憶しか与へて呉れません。うん〳〵死ぬ迄押すのです。それ丈です。……何を押すかと聞くなら申します。人間を押すのです。文士を押すのではありません》（大正五年八月二十四日）

しかし漱石は、芥川龍之介が「老辣《ろうらつ》無双」と評した「明暗」を完結することなく、大正五年十一月二十二日に最後の胃潰瘍を発病し、翌十二月九日に死んだ。「明暗」の遺稿が絶えたのは十二月十四日である。かつて彼が参禅したことのある鎌倉円覚寺の釈宗演が導師となり、青山斎場で葬儀が行われたのはそれより二日前の十二月十二日であった。宗演はこの近代日本が生んだ最大の国民的作家に、文献院古道漱石居士という戒名をあたえた。作家的生涯の冬のさなかに逝《い》った漱石が、どんな春の再来を夢見ていたかはわからない。ただ彼のデス・マスクがわれわれに示すのは、自らの存在をあげて

「生」を受容しようとし、そのために「時代」の問題を一身に引受けてこれを超えかけていた、一個の優しい魂に刻印された無数の傷跡である。

現代と漱石と私

漱石という人はおそろしく孤独な人間だったが、漱石の作品は不思議と読者を孤独にしない。これはどういうことだろうかと、私はこのごろ思うようになった。

私は人なみに中学生時代にはじめて漱石を読んだ。そのときは「坊っちゃん」や「吾輩は猫である」、それに「こゝろ」が面白かった。大学にはいって間もなく、子供のころから弱かった胸を悪化させ、丸一年の間ひとりで寝ていたが、そのあいだにも漱石はずい分読んだ。かならずしも漱石に「道」を求めるような読みかたをしたわけではない。「門」や「道草」を読んでいると気持がしんと沈んで来る。それでいて決して凍《い》てつくということがなく、心の奥底はむしろ豊かになごみはじめる。これは身体の調子にも精神状態にも無関係におとずれる充足感で、その当時まくら元の古ラジオでよく聴いていたモーツァルトやバッハの音楽のあたえる慰めに似ていた。

鷗外とはちがって、漱石は平気で無造作なあて字を書く人である。魚のサンマを「三馬」と書いて済ましている。中学生のころにはこの愉快な字面《じづら》が象徴するような漱石の軽味が好きだったが、このごろになるとその影にかくされた作者の痛ましい孤独な表情に心を惹《ひ》かれるようになった。それはわれわれの持ち得たほとんど唯一《ゆいいつ》の近代小説家の顔――「明暗」の作者の顔である。私はそういう漱石の顔を思い浮べながら、「夏目漱石」という本を書いた。もう十年前のことになる。

米国に留学しているあいだにも、私はしばしば漱石とその文学について考えざるを得なかった。そして以前漱石の新しさと感じられたものが、実は漱石のなかにあった旧い文化の教養に支えられていたのではないかと思うようにさえなった。つまり私は、漱石を彼が生きた明治という時代と結びつけて考えるようになった。もっと正確にいえば、明治というあわただしい新時代のなかで崩れて行った旧い価値に根ざしているのが、漱石の文学ではないかと考えはじめたのである。漢学から英学へ、さらに作家生活へという漱石の生涯は、明治という時代の深所でおこっていた文化的秩序の崩壊を全身に体験し、その間に「孤」なる「個」の悲惨さを見てしまった人の生涯と思われた。これほど正面から時代の問題を引受け、その重味に耐えた作家は類例が少いと思われた。

日本に帰って来ると、私はいつの間にか三十をいくつかこしていた。いくら変ったとはいえ日本の社会のなかに暮していて三十をすぎると、家族とか肉親とかいうもののきずなが、妙に生々しく具体的に感じられて途方にくれることがある。そういうときに漱石を読むと、今まではさほど印象に残らなかった彼の小説の細部に、ほっと息がつけるような安息を感じられることに気がついた。これは、近ごろになってようやく味わえるようになった漱石のよさである。

たとえば「道草」で、神経を病んで放心状態で寝ている細君を見守る不安な主人公の前で、突然われにかえった細君が「貴夫《あなた》？」と微笑しかけるところ。あるいは「こゝろ」の「先生」と「私」が、大久保あたりの植木屋の庭の縁台に掛けて、「蒼《あを》い透き徹《とほ》るやうな空」に映えるカエデの若葉をながめているところ。あるいは「門」の冒頭の、秋日和《あきびより》の日曜日、狭い縁側で日なたぼっこをしている宗助と、ガラス障子の中で針仕事をしているお米との会話。こういう個所はかならずしも小説の主題に直接結びついた劇的な個所ではないが、そこに微光のようににじみ出ている漱石の心の優しさが、私の渇望を充《み》たすのである。

こういう優しさが、どうしてあのかんしゃく持ちで、不幸で暗い漱石のなかから流露して来るのであろうか。彼はいつもわれわれの隣にいる。彼はおびただしい知力と意志力と学識とを兼ね備えた巨人であるが、決してわれわれの上にではなく、「尋常なる士人」としてわれわれの傍《そば》にいる。つまり漱石は、いつも人と人とのあいだにいるのである。これは、道徳というものを、他人から離れることにではなく他人と交わるところに求めた儒学の教養から来た態度であろうか。儒学はそれほど深く漱石の血肉に食い入っていたのであろうか。

いずれにせよ、この大作家の頭脳を病ませていたのは、「文学」とか「芸術」とかいう観念ではなかった。神経症と胃弱に終生悩みつづけた漱石ほど、ある意味で健康な作家を、私は近代日本の文学史上ほかに知らない。だが、どうしてあの孤独な漱石が、それにもかかわらず人と人とのあいだにあえて身を投じ、その心のもっとも柔かな部分を進んでひらくことができたのであろうか。

それは、おそらく漱石が、孤独な自己追求というものの悲惨な不毛さを身にしみて識《し》っていたからであろう。私はこのごろ、漱石の文学のこういう特質を、彼が「帰つて来た」作家であったということと結びつけて考えたいと思いはじめている。「道草」の冒頭に、次のような一節がある。

《健三《けんざう》が遠《とほ》い所《ところ》から帰《かへ》つて来《き》て駒込《こまごめ》の奥《おく》に世帯《しよたい》を持《も》つたのは東京《とうきやう》を出《で》てから何年目《なんねんめ》になるだらう。彼《かれ》は故郷《こきやう》の土《つち》を踏《ふ》む珍《めづ》らしさのうちに一種《いつしゆ》の淋《さび》し味《み》さへ感《かん》じた》

「道草」が、漱石がロンドン留学を終えて帰国した直後、ちょうど「吾輩は猫である」を書きはじめる前後の生活を素材にした自伝的な小説であることは、よく知られている。そうであれば、「猫」以後「明暗」にいたる彼の作品は、すべて「遠い所から帰つて来た」人によって書かれたといってもいいすぎにはなるまい。「遠い所」とはかならずしも英国、または西洋だけを意味しない。それは他人から遠くはなれた場所、孤独な自己追求が何ものかをもたらすと信じられた場所である。

しかし漱石は、そこで孤独という状態がどんなものであるかを、自己追求の果てに待っているのが狂気と死でしかないことをかみしめることになった。その体験から彼が得た「自己本位」という信条には、つねに「一種の淋し味」がまつわりついている。それは「個人主義」が近代人の実現すべき理想だというような楽天的思想ではない。むしろ「個人」としてしか生きられない近代人の淋しさに耐えようとする決意を託した言葉だと考えられるのである。

そういう「遠い所」から「帰つて来た」漱石にとっては、小説を書くことは一方では人と人とのあいだに帰って他人に手をさしのばすことであり、他方では個体のワクを超えた生の根源に戻ろうとすることであった。これは彼を近代日本の作家のなかで特異な存在とした。というのは、日本の近代文学を支えて来た作家の大多数は、「出て来た」作家——故郷のわずらわしい家族関係や因襲をふり切ってひとりになり、そうすることによって自己を実現しようとした人々だったからである。

彼らにとっては、「自我の確立」というこの目標は、「芸術」のために、「近代」のために、あるいは日本人の精神の解放のために行われるべき大事業のはずであった。彼らには、「孤」なる「個」の悲惨さというようなことは理解の外にあった。彼らの現実の悲惨さ、道徳上の不毛さは「芸術」のために、あるいは「革命」のためにという観念にさえぎられて、その心の視野に映じることがなかった。彼らは一言にしていえば自己追求に憑《つ》かれた人々であった。

もし明治以後の文学が、こういう「出て来た」作家によって支えられていたとすれば、漱石はその無言の批判者であった。もし日本の「近代」が、「個人」をつくることを究極の目標にして来たのなら、漱石はその先にある問題を出発点として書きはじめていた。彼が生れてから百年経《た》った今日、日本人はある意味では「近代」を実現しかけているのかも知れない。しかし、その同じ日本人のあいだで漱石がますます広く愛読されているという事実は、この過程でわれわれがいかに多くの貴重なものを失って来たかを物語っている。

われわれがさらに失うものが多ければ、漱石の作品はさらに一層身近に感じられるであろう。われわれは「自我の解放」の代償に不毛な孤独を得た。そういうわれわれの傍に漱石が来て立ち、そのストイックな、しかし優しい心をひらいて「文壇裏通りも露路も覗《のぞ》いた経験のない……教育ある且《かつ》尋常なる士人」に通じる言葉で語りはじめる。そのうちにわれわれの内部にはひとつの問いがわきあがる。われわれは、ずい分遠くへ来てしまったが、「帰るべき場所」はどこだろうかと、いつしか自問しはじめているのである。

「道草」と「明暗」

1

大正三年（一九一四）の八月十一日、小説「心」の連載を終えたときに、私は夏目漱石の作家的生涯に重要なひと区切りがついたものと考えます。「心」は、いわば「それから」（明治四十二年＝一九〇九）にはじまった漱石の一連の長篇小説の最後の作品であります。もちろん漱石の基本的な主題は処女作「吾輩は猫である」（明治三十八年―三十九年＝一九〇五―六）以来一貫している。つまり「エゴイズム」でありますが、この主題に対する漱石の態度、姿勢が、「心」以前と「心」以後とでは微妙に変化しているように思われる。今日これからお話しようとするのは、「心」以後のふたつの作品、つまり「道草」（大正四年＝一九一五）と「明暗」（大正五年＝一九一六）についてでありますが、本題にはいる前に、どうして「心」でひと区切り出来たのかということをちょっと検討しておきたいと思います。そうしておいたほうが、あとの話が進めやすいだろうと思うからです。

「心」という小説は、御存知の向きも多いでしょうが、自分の恋人を親友にとられそうになった青年が、ある策略を弄《ろう》して恋人をわがものにしたために親友を自殺させてしまう話であります。この青年ははれて好きな女と一緒になれたが、自分のエゴイズムのために親友を死なせてしまったという良心の痛みがあるために、非常に淋しい結婚生活を送らなければならない。いい高等教育を受けながらどこにも勤めないでぶらぶら毎日高等遊民のように暮している。これが「心」の主人公の「先生」という名で呼ばれている男です。この男は、自分が生得の人間のエゴイズムのために孤独な精神生活を送らなければならないのに耐えかねて、自殺を思う。そして結局実行するのでありますが、この決心の過程が非常に面白い。そこに漱石の気持が託されていると思われるので、次に引用してみます。

≪すると夏《なつ》の暑《あつ》い盛《さか》りに明治天皇《めいぢてんのう》が崩御《ほうぎよ》になりました。其時私《そのときわたくし》は明治《めいぢ》の精神《せいしん》が天皇《てんのう》に始《はじ》まつて天皇《てんのう》に終《をは》つたやうな気《き》がしました。最《もつと》も強《つよ》く明治《めいぢ》の影響《えいきやう》を受《う》けた私《わたくし》どもが、其《その》後《あと》に生《い》き残《のこ》つてゐるのは必竟時勢遅《ひつきやうじせいおく》れだといふ感《かん》じが烈《はげ》しく私《わたくし》の胸《むね》を打《う》ちました。私《わたくし》は明白《あから》さまに妻《さい》にさう云《い》ひました。妻《さい》は笑《わら》つて取《と》り合《あ》ひませんでしたが、何《なに》を思《おも》つたものか、突然私《とつぜんわたくし》に、では殉死《じゅんし》でもしたら可《よ》からうと調戯《からか》ひました。

≪私《わたくし》は殉死《じゅんし》といふ言葉《ことば》を殆《ほと》んど忘《わす》れてゐました。平生使《へいぜいつか》ふ必要《ひつえう》のない字《じ》だから、記《き》憶《おく》の底《そこ》に沈《しづ》んだ儘《まゝ》、腐《くさ》れかけてゐたものと見《み》えます。妻《さい》の笑談《ぜうだん》を聞《き》いて始めてそれを思《おも》ひ出《だ》した時《とき》、私《わたくし》は妻《さい》に向《むか》つてもし自分《じぶん》が殉死《じゅんし》するならば、明治《めいぢ》の精神《せいしん》に殉死《じゅんし》する積《つもり》だと答《こた》へました。私《わたくし》の答《こたへ》も無論笑談《むろんぜうだん》に過《す》ぎなかつたのですが、私《わたくし》は其時《そのとき》何《なん》だか古《ふる》い不要《ふえう》な言《こと》葉《ば》に新《あた》らしい意義《いぎ》を盛《も》り得《え》たやうな心持《こゝろもち》がしたのです。
《それから約《やく》一ケ月程《ほど》経《た》ちました。御大葬《ごたいさう》の夜《よる》私《わたくし》は何時《いつ》もの通《とほ》り書斎《しよさい》に坐《すわ》つて、相図《あひづ》の号砲《がうはう》を聞《き》きました。私《わたくし》にはそれが明治《めいぢ》が永久《えいきう》に去《さ》つた報知《はうち》の如《ごと》く聞《き》こえました。後《あと》で考《かんが》へると、それが乃木大将《のぎたいしやう》の永久《えいきう》に去《さ》つた報知《はうち》にもなつてゐたのです。私《わたくし》は号外《がうぐわい》を手《て》にして、思《おも》はず妻《さい》に殉死《じゆんし》だ〳〵と云《い》ひました》（「心」第五十五、五十六章）
つまり「心」の主人公は、ただ人生が厭《いや》になったから死ぬのではない、「明治の精神」に殉じて死ぬのだ、というのです。この覚悟が出来たとき、彼ははじめて本当に自殺を決意するのであります。このことにかけていえば、「心」までの漱石の作品は、いわば「明治の精神」の枠《わく》の中、明治という時代を直接間接に律していた価値の体系の内部で書かれていた作品であったということになるでしょう。これに対して「心」以後の二つの作品、「道草」と「明暗」は、もうそういう明治的価値の枠組みが消滅してしまった新しい時代の只中で書かれた作品であります。が、だからといって漱石はこのふたつの作品で新時代に迎合しているのではない。迎合するどころか、新時代に対する一層厳しい批判者としてあらわれている。何故《なぜ》なら、彼もまた「心」の先生のように、「明治の精神」に殉じようとした作家だからであります。「心」の先生は遺書を書いてその気持を明らかにしましたが、漱石は「心」を書いて同じことを表明したのです。

それなら、いったいその「明治の精神」とは何でしょうか。これはいろいろに考えられますが、今日の問題である「エゴイズム」についてみれば、それは「エゴイズム」という人間の天然自然の欲望を醜悪なもの、と考える精神であります。人間は、人間であるからには必ずエゴイズム、我執（漱石はこの言葉を好みました）の囚《とりこ》である。それは事実である。事実ではあるが、それが醜いものである以上は我執を超えた価値によって制御されなければならない。その価値は、国、公《おおや》け、あるいは天というようなものと考えられる。それは、別の言葉でいえば、我執という自然状態を秩序のコントロールの下におかなければいけないという考えかたになる。これが、「エゴイズム」という側面から見た「明治の精神」であります。

これに対して、それでは新時代、つまり大正時代の精神とはどんなものであったかと申しますと、たとえばそれは武者小路実篤の「『それから』に就て」（「白樺」創刊号、明治四十三年四月）という評論のなかに端的にあらわれています。次にちょっと引用してみます。

《「それから」に顕《あら》はれたる思想を、自然の力、社会の力、及び二つの力の個人に及ぼす力に就ての漱石氏の考の発表と見ることが出来ると思ふ。自然の命に背くものは内に慰安を得ず、社会に背くものは物質的に慰安を得ない。人は自然の命に従はなければならぬ。しかし社会の掟《おきて》にそむくものは滅亡する。さうして多くの場合、自然に従ふものは社会から外面的に迫害され、社会に従ふものは自然から内面的に迫害される、人の子はどうしたらいゝのだらう。中途半端にぶらついてゐるより外仕方がない。しかもそれすら安住すべき所ではない。人の子はどうしたらいゝのだらう？　之《これ》が「それから」全体に顕はれたる問題だと思ふ。

《……自分は漱石氏は何時《いつ》までも今のまゝに、社会に対して絶望的な考を持つてゐられるか、或は社会と人間の自然性の間にある調和を見出されるかを見たいと思ふ。自分は後者になられるだらうと思つてゐる。……さうしてその時漱石氏は真の国民の教育者となられると思ふ》

つまり、漱石先生は人間の自己実現の欲望を我執、エゴイズムとして醜いものと考えている。だがそんなばかなことはあるわけがない。いまや新しい世代であるわれわれは、自己実現こそ善だと考える。自己実現が充分に行われれば、社会の秩序も自然に新しくなる。自然な自己と、この新しい「自然」に調和した社会は、それぞれ美しく予定調和する。漱石先生よ、なぜこの新しい時代の新しい精神がおわかりにならないのですか？このように武者小路はいったのであります。彼は我執は醜くない、善を生むと主張したのであります。

「心」は、いわばこういう新時代からの注文に対する漱石の回答でした。漱石は、明治天皇の御大葬の間喪章をつけていたということですが、そういう旧時代人として彼はこの小説のなかにあらまし次のようなメッセイジをこめたものと考えられる。武者小路君よ、君は社会を自然に調和させるなどというまいことができると思っているかも知れないが、そんなことは妄想《もうそう》である。そういう精神をかかげた新しい時代がどこへ行くか、私は知らぬ。しかし、私は一個の旧時代人として、エゴイズムというものは醜悪だと主張し、人間の自己実現、自己露出を超える価値があるかのように生きるのだ。おそらくこう漱石はいっているのです。それが彼にとっては「時代に殉じる」所以《ゆえん》だったからです。

明治時代の終焉《しゅうえん》をひとつの内面的な事件と感じていたのは漱石だけではありません。明治文学というといつも漱石と併称される森鷗外にとっても、これは非常に大きな事件だったのであります。その証拠に彼は大正元年（一九一二）九月十八日の日記に次のように書いている。

《乃木大将希典の葬を送りて青山斎場に至る。興津弥五右衛門を草して中央公論に寄す》

「興津弥五右衛門」とは、もちろん鷗外の最初の歴史小説「興津弥五右衛門の遺書」の初稿――書翰《しょかん》体の候文《そうろうぶん》の小説――であります。そして鷗外は、このとき以後、歴史小説か、史伝か、考証か、とにかくゲーテの「ファウスト」の翻訳以外には歴史ものでないものは何も書かなくなってしまった。つまり現代、あるいは新時代を拒絶して決定的に過去に顔を向けてしまったのです。新時代にどんな思想が流行しようが俺は知らぬ。俺は過去に殉じる。そして封建道徳のなかで人がどう生き得たかをもう一度さぐってみたい。こういう態度が鷗外の歴史もの執筆を支えていると私は考えます。いわば鷗外は「心」の先生と同じことを仕事の上でやってのけた。それほどまでに明治時代の終末、新時代の到来ということは、大きな精神的事件だったということがおわかりになると思います。

しかし、ここに漱石と鷗外との新時代に対する態度の違いが明瞭《めいりよう》にあらわれているのも事実です。鷗外は新時代にまったく背を向けて、一途《いちず》に過去のほうへはいって行く。ところがこれに対して漱石は、自分自身が認めていない新時代に直面し、あえてそのなかにはいって行く。ひとりの否定者、批判者としてはいって行く。彼は新時代の新しい現実のなかに、あえて身を投じるという姿勢で生きたのであります。私が鷗外より漱石に強く魅《ひ》かれるのは、漱石にこういう積極的な姿勢があるからであります。

もとより鷗外は文章家としては漱石にまさること数等である。鷗外の文章には大体「てにをは」の間違いがない。言葉のつかいかたも模範的に正しいということになっている。日本散文の規範だということになっております。だから鷗外と志賀直哉は、国語の教科書によく出て来る。

そこへ行くと漱石の文章はまあいいかげんなものであります。誤字当字を平気で使う。

また漱石の会話も基本は江戸の町方の会話で、「ひ」と「し」の区別のつかないような人物がぞろぞろ出て来る。「道草」の主人公健三の姉の言葉などというものは、円朝の落語にでもでて来そうな感じで品がよくない。とにかく漱石には言葉のフォーマリズムというものがありません。したがって文体がグラつくところがあります。描写にしても、自然描写などは決してうまいとは申せません。けれども、とにかく漱石にはきらいなものの中にでさえ身を投じてみせるという心意気があります。鷗外はきらいなものをひややかに横目で見て、すっと素通りしてしまう。ちょっと女学校の級長さんみたいであります。私はこういうのよりも、厭《いや》なものの中にはいっていって、かんしゃくと苦痛と孤独をこらえながら、一体自分をとりまいているこの人生という厭らしいものの正体は何だろう、と眼を凝らしている漱石の姿のほうに感動いたします。そういう我慢強さが何ともいいようのないほど好きなのであります。「道草」という作品は、そういう漱石の我慢強さ、誠実さを、非常に感動的に浮き上らせている小説だと思います。

2

「道草」は、一般に文学史家から一種の私小説だといわれているようであります。なるほどちょっとみるとそうも思われます。この小説の主人公は健三という中年男でありますが、この男の生活の範囲は小説の上からはかならずしも明瞭だとはいえない。しかし、われわれはこの健三が漱石の分身であることを知っています。したがって漱石の年譜や伝記を補ってみることによって、「道草」の背景を埋めてみることもできます。このように、その人の伝記的な事実を頭の半分に置いておいて読むというような読みかたを要求する小説は、一般に私小説だということになっております。しかし、私は少し違う意見を持っている。私はこれは単なる私小説として読んではならない小説だと思うのであります。

第一の理由は、「道草」が帰って来た男を主人公とする小説だからであります。ちょっと書き出しのところを読んでみましょう。

《健三《けんざう》が遠《とほ》い所《ところ》から帰《かへ》つて来《き》て駒込《こまごめ》の奥《おく》に世帯《しよたい》を持《も》つたのは東京《とうきやう》を出《で》てから何年目《なんねんめ》になるだらう。彼《かれ》は故郷《こきやう》の土《つち》を踏《ふ》む珍《めづ》らしさのうちに一種《いつしゆ》の淋《さび》し味《み》さへ感《かん》じた。

《彼《かれ》の身体《からだ》には新《あた》らしく後《あと》に見捨《みす》てた遠《とほ》い国《くに》の臭《にほひ》がまだ付着《ふちやく》してゐた。彼《かれ》はそれを忌《い》んだ。一日《にち》も早《はや》く其臭《そのにほひ》を振《ふる》ひ落《おと》さなければならないと思《おも》つた。さうして其臭《そのにほひ》のうちに潜《ひそ》んでゐる彼《かれ》の誇《ほこ》りと満足《まんぞく》には却《かへ》つて気《き》が付《つ》かなかつた。

《彼《かれ》は斯《か》うした気分《きぶん》を有《も》つた人《ひと》に有勝《ありがち》な落付《おちつき》のない態度《たいど》で、千駄木《せんだぎ》から追分《おひわけ》へ出《で》る通《とほ》りを日《ひ》に二返《へん》づゝ規則《きそく》のやうに往来《わうらい》した》

これはきわめて非私小説的な書き出しであります。何故かと申しますと、私小説とは、いわば帰って来た人間のではなくて出て来た人間の小説だからであります。こう申しますと、何だか禅問答のようでおわかりになりにくいでしょうから少しくわしくいいますと、私小説は田舎から出て来た人間の自己実現の欲望を中心にして書かれる小説であるのに対して、「道草」のほうは英国という都会から日本の東京という田舎に帰って来た人間の幻滅と自己発見の主題を中心に書かれた小説だという意味です。

別の言葉でいうなら、私小説というのは人間関係をふり切ってひとりになり、そうなることによって自己を実現しようとする文学です。日本の地方の小都会、農村などの社会にはりめぐらされている面倒なつきあい、家族関係、習慣、そういうものを息苦しいやり切れないものと考えた青年が、そこからのがれて東京に出、「偉いもの」になろうとする。これがあらゆる私小説の根本にあるパターンであります。この「偉いもの」になりたいという欲求は、一面では立身出世を夢みるというかたちをとりますが、反面「文学」とか「芸術」とかいうものに対する献身というかたちもとる。「偉いもの」とは結局自分を充分に実現できたものという意味でありますから、これは要するに自分のエゴイズムを実現することが善であり、勝利であり、価値のあることだと考える思想だということになる。田山花袋、石川啄木《たくぼく》、嘉《か》村《むら》礒多《いそた》、こういう作家たちはみな程度の差こそあれこのような思想を生きた人々です。青雲の志に燃えた青年が、東京に出て文名を挙げようとする。こういう人間、つまり私小説的人間は、その性質上エゴイズムを否定するということができない。それどころか、逆に自分のエゴイズムを実現して行くのはすばらしいことだ、それは「芸術」のためであり、「近代」のためであり、日本人の精神の解放のためだと考える。こういう考えが私小説的発想の根本にあるのです。

ところが「道草」の主人公健三はちがいます。彼は出て来た人間ではなくて、遠いところから生れ故郷の東京に帰って来た人間である。遠いところとは、この場合西洋、もちろんイギリスのことであります。彼はまずこうして日本の社会の複雑な人間関係のなかに帰って来た人間として提示される。このことは「道草」の非私小説的性格を示す重要な点であります。彼にはもう逃げ場がない。何故なら健三は東京生れの人間であり、東京生れの人間にとって東京に出て出世するということは、もともと意味をなさないからです。

いや、少し正確にいえば、健三のような東京の町方生れの人間にも、全く出世の機会がないわけではありません。それは教育を受けることによってあたえられる。したがって、学校へ行っていい教育を受けるわけであります。時代は立身出世の時代ですから、教育を受けた結果非常な秀才であるということがわかると、洋行ということをさせる。これは官費でさせるのです。そうしてイギリスとかドイツとかへ行って、二、三年勉強して帰って来ると、月給があがって地位もあがる。こういう仕掛けにできている。この仕掛けにうまく乗れれば、東京生れの人間も、まあ「偉いもの」になったという気持になれる。

健三は、まさにこの仕掛けに乗った人物であった。そうだからこそ、彼は「遠い国」から帰って来たのです。しかし、彼はそれを出世、つまり自己実現と考えることができなかった。「道草」に描かれているかぎりでは、彼は洋行したことによってかりに名誉を得たとしても富を得てはいません。しょっ中月給が足りないといって内職に私立学校に出て教えたりしている。洋行は彼に少しも物質的恩恵をあたえなかったのです。そればかりではない。健三さんも洋行して出世したのだから、少しはすけてくれてもよかろう、という親類縁者が次々にあらわれるおかげで、家計はかえって苦しくなってさえいる。こういう状態のなかで、おれも出世したものだとやにさがれる人間がいたらよほどの馬鹿でしょう。健三は不幸にしてそういう馬鹿ではなかったのです。

物質的ばかりではなく、精神的にも健三は自分が「偉くなった」とは思っていません。

《彼《かれ》の心《こゝろ》は殆《ほと》んど余裕《よゆう》といふものを知《し》らなかつた。彼《かれ》は始終《しじゆう》机《つくゑ》の前《まへ》にこびり着《つ》いてゐた》

と「道草」には書かれています。また、

《彼《かれ》の頭《あたま》と活字《くわつじ》との交渉《かうせふ》が複雑《ふくざつ》になればなる程《ほど》、人《ひと》としての彼《かれ》は孤独《こどく》に陥《おちい》らなければならなかつた》

ともあります。これはどう考えても自分が「偉いもの」になったと思って満足している人間の日常ではありません。この背後にかくれているのは、もちろん漱石自身のロンドンでの体験です。

それがどんな体験だったかということは、「道草」の本筋からはずれますから簡単にいたしますが、要するに漱石は留学した結果ひどい挫折《ざせつ》感にとらわれていた。洋行は世間的には彼を出世街道に乗せたかも知れないけれども、彼が一生の仕事に選んだ英文学研究という面では、非常に暗い見通ししかあたえてくれなかった。なまじロンドンに行ったおかげで、彼はよく行っても三流の英文学者にしかなれないということが骨身にしみてわかってしまったのです。文学とは言葉の芸術ですから、英文学の研究も結局は語感の問題に帰着する。この語感という一点に関するかぎり、漱石はどうしても生れたときから英語をしゃべっている英国人にかなわない。かなわなければ、彼がどんなに頭が良くても英文学者としての自分を充分に実現することはできません。こういうわけで、彼は自分の仕事の前途にほとんど絶望して帰って来た。このことは「文学論」（明治四十年＝一九〇七）の序文にある通りです。「道草」の健三の不遇感は、もちろん漱石その人のこの挫折感を反映しているわけであります。

要するに、健三は、はた目には華やかな洋行をしたばっかりに、かえって前より一層深く人間関係のしがらみにとらえられなければならなくなり、一方では自己実現の可能性についても暗い見通しを持って帰って来たのであります。しかし、そうはいっても同時に彼のなかには洋行者の「誇りと満足」がないわけでもない。とにかく彼は選ばれた者、エリートだからです。この誇りがあればこそ、彼は自分にまつわりついて来る日本的な人間関係をいとわしいものと感じ、ひとりになりたいと思う。しかし、そうして彼が特別な人間であることを主張しようとすればするほど、親類縁者はそれほど偉いならちと金を出してくれたらいいじゃないかといってしつっこくつきまとって来る。今ではとうに縁が切れているはずの昔の養父までがやって来て健三をゆする。そうするうちに、健三のエリートの誇りはうちやぶられて、彼は自分が自分の嫌っている一族の人間と何のかわりもない只の日本人にすぎない、ということを否応《いやおう》なしに悟らされて行く。……この過程が「道草」という小説の骨子をなしていると思います。これが、人間関係をふり切ってひとりになって行く人間を描くことを主眼とする私小説のそれと、全く正反対の過程であることはいうまでもありません。

これは、いいかえれば健三の自己発見の過程だといってもいいと思います。健三は、彼が接触するあらゆる人間からお前はいったい何者なのだと問われつづけている。一体おれはだれだ、何者なのだと彼はこの問いをうけて自問しつづけなければならない。この問いは健三をその不幸な幼年時代に、その孤独感の核心に、あるいはその人生に対する怖《おそ》れの奥底につれて行きます。しかしだからといってかならずしも答えがこの小説のなかであたえられているわけではありません。そこが小説の評論とちょっとちがうところだといってもよいし、この問いがそれほど根源的なものだからだといってもよいでしよう。小説とは知っている答えをわざと書かないようにしないとうまく成功しないのであります。

この間、安岡章太郎さんと話していたら、漱石の「それから」についてちょっと書きすぎているところがあるといっていました。全部書いてあるのがいけないというのであります。これは技術的な面からみた正しい批評だと思います。ここにひとつの的がある。その真ん中を射ぬくというのは批評家の書きかたです。ところが小説家は、的の真ん中をわざとはずしてまわりに矢を射こんで行く。そうして故意に中心をはずすことによって読者のイマジネーションをさそい出す。漱石も頭の並外れていい人ですから、若いうちはともすれば的をポンポン射ぬいてしまう。そのためにこちらのイマジネーションがさそい出されないところがありました。「草枕」とか「虞美人草」などはその例でありますす。しかし、「道草」になるとさすがにこういう書きすぎはしておりません。いったい自分は何者であるかという健三の自問に対する答えが、自然に読者の胸の内に湧《わ》いて来るように書いてあります。

「道草」を単なる私小説として読んではならない第二の理由は、この小説の視点にあります。私小説の視点というものは例外なく一元的なものであります。つまり「私」、――あるいは「彼」と呼ばれていてもかまいませんが――という主人公の自己肯定が主眼なのでありますから、この視点をつらぬき通すという書きかたが当然行われる。もし私小説の視点が二つにわかれてしまったら、それはたいてい失敗作になります。

ところが「道草」の視点は非常に多元的であります。主人公の健三がある気分、ある感想をもつと、かならずそれを照らしかえして相対化する別の視点が提示される。たとえば、

《健三《けんぞう》はもう少《すこ》し働《はた》らかうと決心《けっしん》した。その決心《けっしん》から来《く》る努力《どりょく》が、月々《つきぐ》幾枚《いくまい》かの紙幣《しへい》に変形《へんけい》して、細君《さいくん》の手《て》に渡《わた》るやうになつたのは、それから間《ま》もない事《こと》であつた。

《……其時細君《そのときさいくん》は別《べつ》に嬉《うれ》しい顔《かほ》もしなかつた。然《しか》し若《も》し夫《をつと》が優《やさ》しい言葉《ことば》に添《そ》へて、それを渡《わた》して呉《く》れたなら、屹度《きっと》嬉《うれ》しい顔《かほ》をする事《こと》が出来《でき》たらうにと思《おも》つた。健三《けんぞう》は又《また》若《も》し細《さい》君《くん》が嬉《うれ》しさうにそれを受取《うけと》つてくれたら優《やさ》しい言葉《ことば》も掛《か》けられたらうにと考《かんが》へた。それで物質的《ぶっしつてき》の要求《えうきう》に応《おう》ずべく工面《くめん》された此金《このかね》は、二人《ふたり》の間《あひだ》に存在《そんざい》する精神上《せいしんじやう》の要求《えうきう》を充《み》たす方便《はうべん》としては寧《むし》ろ失敗《しっぱい》に帰《き》してしまつた》

これは健三と細君のあいだだけではない。他の人物とのあいだにもあります。つまりこの小説はそういう相対化された視点の上に立って書かれているのであります。

これはもとより「私」の自己主張が「善」であり、「美」であり、正しいことだと考えている作家の小説の書きかたではない。いかにも健三は高い教育を受けたエリートかも知れない。しかしそんな人間の自己主張などというものはなんでもないのだ、意味がないというに等しいのだ、そんな手前勝手をどんどん相対化してしまう俗な視点がいっ

ぱいあるのだ、そういう俗な視点にとりかこまれて生きているのが人間の現実というものなのだ、ということを漱石ははっきりと認識しておりまして、その認識の上に立ってこの小説を書いているのであります。これが「道草」という一見私小説風な小説の非私小説的な所以《ゆえん》であります。

3

「道草」の筋は、大体夏目漱石がロンドン留学から帰って来た頃、明治三十六、七、八年頃の実際の体験にもとづいております。漱石がこの小説を書いたのは大正四年（一九一五）のことでありますから、これはちょっとみると回想的な小説のようにも考えられます。しかし、実はこれは十年前の体験を素材としながら、同時に現在のことを書いている小説です。過去の体験と二重映しになって、漱石の大正四年という時代に対する姿勢がはっきりあらわれている、そういう小説であります。

それはどういうことか。簡単にいえば、健三が「遠い国」から帰って来たように、このとき漱石は明治時代という過去から、大正時代という現在に身を投じたということです。「心」で漱石は明治時代の正統的な価値に殉じることを明らかにしましたが、そういうまぼろしの過去の価値体系のなかから、「道草」によって大正時代の現実に復帰した。この新時代はエゴイズム肯定の時代である。自我の全き主張が理想とされ、新文学の支柱とされた時代である。しかし、漱石は「道草」を書いて、なにもそんなものは新しいものでも善いものでもありはしない、現実におこっているのは人間のエゴイズム、自己主張のぶつかりあいであり、日常生活というものはその結果の醜悪さにみちみちているではないか、といったのだとも考えられるのであります。

このような漱石の人間観の底にあるのは、人間というものは怖いものだという認識でしょう。人間の行動というものは意識や理性だけでは律し切れない。なにかサブコンシャスな、意識下にかくされた本能的な衝動というものがあって、人間をつきうごかしている。こういう人間を野ばなしにしておいたら何をやりだすかわからない。そういうおびえが漱石のエゴイズム否定の根本にあると考えられる。たとえば「道草」の三十八章に次のようなくだりがあります。

《或日《あるひ》彼《かれ》は誰《だれ》も宅《うち》にゐない時《とき》を見計《みはか》つて、不細工《ぶさいく》な布袋竹《ほていちく》の先《さき》へ一枚糸《まいいと》を着《つ》けて、餌《えさ》と共《とも》に池《いけ》の中《なか》に投《な》げ込《こ》んだら、すぐ糸《いと》を引《ひ》く気味《きみ》の悪《わる》いものに脅《おびや》かされた。彼《かれ》は水《みづ》の底《そこ》に引《ひ》つ張《ぱ》り込《こ》まなければ已《や》まない其強《そのつよ》い力《ちから》が二《に》の腕迄伝《うでまでつたは》つた時《とき》、彼《かれ》は恐《おそ》ろしくなつて、すぐ竿《さを》を放《はふ》り出《だ》した。さうして翌日《あくるひ》静《しづ》かに水面《すゐめん》に浮《う》いてゐる一尺余《いつしやくあま》りの緋鯉《ひごひ》を見《み》出《いだ》した。彼《かれ》は独《ひと》り怖《こは》がつた。……》

これはただ単に、子供のとき釣りをしようと思ったら自分が逆に引っぱりこまれそうになったという事実の回想ではない。こういうところに、漱石が人間の生活の根本に澱《よど》んでいる暗い、しかも非常に力強い、どうしようもないような力を敏感に感じとっていたことがありありと反映されている。そういう力に動かされているからして、人間というものは野放しにできない。野放しにできないけれども、だからといってその暗い力を律し、それに秩序をあたえる理念というものは、もはや「道草」の世界にはない。それはこの世界が先ほども申したように新時代の世界、明治時代の価値体系が過去のまぼろしとなったのちにあらわれた世界、あるいは「心」以後の世界だからであります。

　この暗い、非合理な力にひたされた実在の世界を、主人公の健三は、傷つきながら、よろめきながら歩いて行く。おれはいったい誰だろう、何者だろうという問いをつねに自分自身に対して発しながら。そういう健三の前にあらわれたのが、島田という今では縁が切れているはずの健三のもとの養父であります。島田は健三に、お前はおれの息子だ、だから養ってくれなければならない、といいつづける。そして、そういうことによって、健三を彼が洋行したエリートになることで断ち切っていたはずの薄暗い過去へと引きこんで行くのです。

　健三は、幼いときに島田の家に養子にやられた。ところがこの養家先きで、彼は毎日のように次のようなことを養父母から訊《き》かれていた。

《然《しか》し夫婦《ふうふ》の心《こゝろ》の奥《おく》には健三《けんざう》に対《たい》する一種《いつしゆ》の不安《ふあん》が常《つね》に潜《ひそ》んでゐた。

《彼等《かれら》が長火鉢《ながひばち》の前《まへ》で差向《さしむか》ひに坐《すわ》り合《あ》ふ夜寒《よさむ》の宵《よひ》などには、健三《けんざう》によく斯《こ》んな質問《しつもん》を掛《か》けた。

「御前《おまへ》の御父《おとつ》ツさんは誰《だれ》だい」

健三《けんざう》は島田《しまだ》の方《はう》を向《む》いて彼《かれ》を指《ゆび》した。

「ぢや御前《おまへ》の御母《おつか》さんは」

健三《けんざう》はまた御常《おつね》の顔《かほ》を見《み》て彼女《かのぢよ》を指《ゆび》さした。

是《これ》で自分達《じぶんたち》の要求《えうきう》を一応満足《いちおうまんぞく》させると、今度《こんど》は同《おな》じやうな事《こと》を外《ほか》の形《かたち》で訊《き》いた。

「ぢや御前《おまへ》の本当《ほんたう》の御父《おとつ》さんと御母《おつか》さんは」

健三《けんざう》は厭《いや》々ながら同《おな》じ答《こたへ》を繰《く》り返《かへ》すより外《ほか》に仕方《しかた》がなかつた。然《しか》しそれが何故《なぜ》だか彼《かれ》等《ら》を喜《よろ》こばした。彼等《かれら》は顔《かほ》を見合《みあは》せて笑《わら》つた》(『道草』第四十一章)

つまり島田夫婦は自分たちが養い親であることに劣等感を持っている。だから健三という貰《もら》いっ子が本当によくなついているかどうかを確かめたいために、こういうばかな質問をしたのです。しかしこの質問は逆に敏感な子供に、それではいったい自分は誰なのかという新しい疑問を抱かせる結果となった。健三は、現在の自分の状態は仮りの状態で、本来自分のいるべき場所はどこか別のところにあるのではないか、それがどこかはわからないけれどもどこかにそういう場所があるはずだ、という疑いにとりつかれてしまうからです。

この不幸な記憶が現在の健三によみがえって、彼を過去のなかに引きこんで行く。まるであの緋鯉が幼い健三を池の中に引きこもうとしたように過去のなかにひきずりこんで行く。それと同時に彼は人間を動かしているあの暗い力、思想とか理念とかいうものの底にひそんでいるそれより強力な習慣、さらにそれよりもっと強力ななにものかといやおうなしに対面させられる。しかし、この「暗い力」は同時に人間に生命をあたえる力でもある、それはロマンチックな理想家のいうような美しいものではなくて、むしろ顔をそむけたくなるような奇怪な醜悪なものだけれども、とにかく生命の根源はその「暗い力」につながっている。「道草」の第八十章に、健三の細君のお住が赤ん坊を産むところが描かれていますが、そこにリアリスティックに描かれている生れたばかりのぶよぶよした赤ん坊に対する健三の恐怖は、まさにこの生命の根源に対する怖れだろうと思います。彼は、この「ぷり〳〵した寒天のやうなもの」に包まれた、「強く抑へたり持つたりすれば、全体が屹度《きつと》崩れて仕舞ふに違ない」ものの上に、脱脂綿をむやみにちぎっておく。これが人間の生命の、つまり我執の原形質であります。

漱石は、ここで、こういう薄気味の悪いものの力で人間は生きているのだという深い認識にまで到達しています。それはいやなものであるけれども、人間はそれからのがれることができない。これが人生を支えている根源の要素であって、そういうおそろしい生命というものを持っているために人間は決して本当に触れ合ったり、理解し合ったり、愛し合ったりすることはできない。そしてまた、こういうおそろしい生命に支えられているために、人間は決して血縁から切りはなされてひとりになることもできない。だが、それにもかかわらず、人間はある瞬間の交感というようなものを感じることもできる。それは、たとえば、子供をあやしている細君を、健三が脇でぼんやり見ているような瞬間におとずれる、あるやさしさの感覚といったようなものであります。こういう瞬間には、人間は一瞬その存在の条件から解放されかける。しかし、それ以外の時には、人間というものは実に暗い、いやなもので、そういういやらしさを背負って行くことが生きて行くということだ。こういう非常にリアリスティックな認識が、「道草」の世界を支えていると私は考えます。「道草」は、漱石のこういう自己発見、自己探究の努力が生命の根源の認識にまで及んだ感動的な作品であります。

4

ところで「明暗」でありますが、この大作について話しだせばきりがありませんので、簡単に私の考えを申し上げて終りたいと思います。

「道草」が家庭小説であるように、「明暗」もまた家庭小説であります。しかし、「道草」が一見私小説風な（実はそうではないことは前に申し上げた通りでありますが）小説であるのに対して、「明暗」は本格的な小説——日本の近代小説中まれに見る本格的な小説であります。この小説の中心人物は、津田とお延という若夫婦です。津田は三十を少し出たくらいの大学出の会社員で、お延は美人で頭のいい女性である。津田にはお秀という実業家にかたづいている妹がいる。さらに津田の会社の重役の奥さんで、吉川夫人という非常に興味深い人物がでて来る。日本の小説にこんなおもしろい中年女性はめったにでて来ない。これは漱石がイギリスの小説を非常に深く読んだ結果として、いわば彼の英文学的教養の反映として生れた人物だと思われますが、そうかといってこの吉川夫人は決して英国小説の下敷きがあってそこからとびだして来たという人物ではない。こういう女性が現実に大正五年の日本に存在し得たとはとても思えませんけれども、彼女は「明暗」の世界のなかではいかにも当時の日本の上層中流階級の女性らしく生き生きと活躍している。

そのほか興味深い人物としては、津田の学校友達で今はおちぶれて知的ルンペンになっている小林という男がいます。これは漱石のロシア文学研究の成果ともいうべき人物で、津田の属している上層中流階級に対して社会主義的言辞を弄《ろう》していやがらせをしたりする。この人物がでて来るために「明暗」の世界は単なる家庭小説というにとどまらないひろがりを持っています。もう一人、これはいろいろ議論のわかれるところですが、小宮豊隆氏などはいわゆる漱石の「則天去私」の理想の体現者だとしている津田の昔の恋人清子という女性がでて来る。でて来るといっても、実は「明暗」が漱石の死によって中断され、未完のままに放置されているので、清子はチラッとでたところで消えてしまうのであります。だからこの清子が今後どうなって行くかはだれにもわからない。そこでこの女性の解釈についてはいろいろな意見がわかれるわけです。私は小宮説には反対で、清子は「則天去私」の人格化などではないと考えていますが、この問題にふれていると持ち時間がなくなりますからここでは割愛いたします。

近頃文芸評論の懸賞募集をやると、かならずひとつぐらい〝ボヴァリイ夫人は私だ〟というフローベールの言葉を引用した論文があらわれるそうでありますが、その真似をすれば、「明暗」の登場人物はすべて漱石自身の反映だともいえる。しかし、少ししぼっていえば「明暗」で「道草」の健三の役割を負わされているのは、津田とお延の夫婦だと思われます。

このお延という女性はまことに魅力的に描かれています。大正五年の会社員の若奥さんとは思われないくらい頭がよい。このお延の小じゅうとにあたるお秀という女も負けず劣らずに頭がいい。漱石の小説に出て来る女性はこれにかぎらず頭がよくて、しかも女性の体臭を持った女が多い。これはまったくすばらしいことであります。「知的な小説」という言葉がありますが、これはペダンティックな、作者の知識をみせびらかすような小説のことをいうのではありません。知的な小説とは作中人物が充分知的に、知力をつくして生きているような小説であります。そういう意味では「明暗」という小説は日本の近代小説中類がないくらい知的な小説だといってよい。そのことは、たとえば次の一節からも明らかだと思われます。

《「だつて自分より外《ほか》の女《をんな》は、有れども無きが如《ごと》しつてやうな素直《すなほ》な夫《をつと》が世の中にゐる筈《はず》がないぢやありませんか」

《雑誌《ざつし》や書物《しよもつ》からばかり知識《ちしき》の供給《きようきふ》を仰《あふ》いでゐたお秀《ひで》は、此時《このとき》突然《とつぜん》卑近《ひきん》な実際家《じつさいか》となつてお延《のぶ》の前《まへ》に現《あら》はれた。お延《のぶ》は其矛盾《そのむじゆん》を注意《ちゆうい》する暇《ひま》さへなかつた。

「あるわよ、あなた。なけりやならない筈《はず》ぢやありませんか、苟《いやし》くも夫《をつと》と名《な》が付《つ》く以《い》上《じやう》」

「さう、何処《どこ》にそんな好《い》い人《ひと》がゐるの」

《お秀《ひで》はまた冷笑《れいせう》の眼《め》をお延《のぶ》に向《む》けた。お延《のぶ》は何《ど》うしても津田《つだ》といふ名前《なまへ》を大《おほ》きな声《こゑ》で叫《さけ》ぶ勇気《ゆうき》がなかつた。仕方《しかた》なしに口《くち》の先《さき》で答《こた》へた。

「それがあたしの理想《りさう》なの。其所迄行《そこまでゆ》かなくつちや承知《しようち》が出来《でき》ないの」

《お秀《ひで》が実際家《じつさいか》になつた通《とほ》り、お延《のぶ》も何時《いつ》の間《ま》にか理論家《りろんか》に変化《へんくわ》した。今迄《いままで》の二人《ふたり》の位《ゐ》地《ち》は顛倒《てんたう》した。さうして二人《ふたり》とも丸《まる》で其所《そこ》に気《き》が付《つ》かずに、勢《いきほひ》の運《はこ》ぶが儘《まゝ》に前《まへ》の方《はう》へ押《お》し流《なが》された。あとの会話《くわいわ》は理論《りろん》とも実際《じつさい》とも片《かた》の付《つ》かない、出《で》たとこ勝負《しようぶ》になつた。

「いくら理想《りさう》だつてそりや駄目《だめ》よ。その理想《りさう》が実現《じつげん》される時《とき》は、細君以外《さいくんいぐわい》の女《をんな》といふ女《をんな》が丸《まる》で女《をんな》の資格《しかく》を失《うしな》つてしまはなければならないんですもの」

「然《しか》し完全《くわんぜん》の愛《あい》は其所《そこ》へ行《い》つて始《はじ》めて味《あぢ》はれるでせう。其所迄行《そこまでゆ》き尽《つく》さなければ、本《ほん》

式《しき》の愛情《あいじやう》は生涯《しやうがい》経《た》つたつて、感《かん》ずる訳《わけ》に行《ゆ》かないぢやありませんか」》（「明暗」第百三十章）

こんなブリリアントな知的会話は、よほど知力の豊かな作家の手によってでなければ書かれません。ここからもわかるように、津田の細君お延は新しい時代の新しい女性でありまず。自分のほかの女はいないかのように生活できるのでなければ、結婚生活は完全ではないと思っているような女であります。お延は、こういう新しい思想を現実に生きようと思っている。

こういう女とその夫が、こういう思想を生きようとして、どんな人間的なドラマにまきこまれ、どんな目に遇うかということが、「明暗」の主要なテーマでしょう。この過程は、未完の小説ですから推測にとどまりますが、あたかも「道草」の健三の自己発見の過程に似ているようにも思われる。しかし、「道草」が単一のメロディを基準に構成されているという作品であるのに対して、「明暗」は主要人物の数をあげただけでも二人や三人ではきかない複雑なポリフォニックな構成を持っています。「道草」では、漱石は実在そのもの、彼に嫌悪《けんお》感をあたえ、怖れをあたえ、ときには彼を慰めもした実在そのものを描いた。しかし、「明暗」では、彼はやや離れた視点から、そういう実在の背後にある構造を小説的に再構成しようと試みて、ついに完成をまたずに斃《たお》れたのであります。

漱石は死んだとき、わずか五十歳にすぎなかった。しかし、われわれは、夏目漱石というと七十か八十くらいの老大家のような気がします。漱石が小説を書きはじめたのは三十九歳のときであります。それから死ぬまでの十一年間のあいだ、彼がどのような緊張の連続のうちに生き、そのなかで自分の文学を深め、拡《ひろ》げて行ったかは驚嘆に値いする。彼が死んだときのデス・マスクがのこっておりますが、それを見ると漱石はどうみても五十歳の顔をしていません。七十か八十ぐらいのよぼよぼの顔をしている。非常に疲労困憊《こんぱい》している。

このことからみても、人間についての真実というものを、時代の流行思想にまどわされることなく見つめ、かつえぐりつづけること、そしてその不愉快な現実とか真実というものをおそれずに書いて行くこと、書いて行くだけではなくて、そういう不愉快な、いやなこと、おそろしいことに敏感に誠実に反応していこうとすることが、人間にどれほどの集中力を要求し、生命力を消費させるかは明らかでしょう。漱石のデス・マスクは、そのことを何よりも雄弁に語っています。

私は、このような漱石が、「則天去私」というようなお題目をとなえて円満に悟りすまし、安心して死んで行ったとはとうてい考えられない。彼はそんな横丁の御隠居みたいな人間ではなかった。彼は、我慢して生きた、非常に不幸で暗い、しかし強い人間であった。しかし、その不幸は、このようにすぐれた小説をのこすために彼がはらった、当然の代償であったかも知れないのであります。

漱石生誕百年記念講演

これから夏目漱石のお話をするのですが、漱石というと私が思い出すひとつのエピソードがあります。漱石と同時代の作家に、硯友社《けんゆう》から出て自然主義のほうへいった小栗《おぐり》風葉《ふうよう》という人がいました。いまではもう忘れられてしまっていますけれども、「青春」とか「耽溺《たんでき》」とかいう小説を書いて一時かなり有名だった。この風葉がまあ相当のんべえだったわけです。

漱石邸では木曜会という集りが催されていて、先程の野上弥生子先生のお話でもお聞きになったかもしれませんが、毎週お弟子が寄っていた。しかし当の漱石自身はあまり文壇づきあいをする人ではなかった。そういう態度を余裕派といわれまして、当時の人の目から見ると漱石という人は、大学の先生をやめて新聞社にはいったかわり者で、文士でありながら文壇から超然としているように見えたのです。イギリスへいって勉強してきたから、英国流の教養の深い紳士ではあるけれども、人生の深刻なことなどはわからない。なんとなく時代おくれで上品な文学をやっている人だと、世間は思っていたのであります。そういうわけですから「こんちくしょう、漱石の奴、お高くとまってやがらあ」と思ったのかもしれませんが、風葉はある日酔っ払って、漱石の弟子の森田草平にからんだ。森田草平は、なかなか面白い人物で、酒も好きだしいろいろな問題を起こして漱石を手こずらせた人でありますが、この草平にむかって「これから漱石のところへいこうじゃないか」と風葉が、しつっこくせがんだ。人がいいから面倒臭くなったのでしょう、「それじゃいこう」ということになり、二人つれだって早稲田南町の漱石山房に、なんの前ぶれもなくやってきた。

風葉はもうぐでんぐでんに酔っておりますので、玄関をガラリと開けるなり「いよおっ、漱石君」とこうどなったんですね。「天下語るに足る者は乃公《だいこう》と余のみ」とこういった。漱石はなんのことかわからないで、玄関の上がり框《がまち》に突っ立って風葉の酔態をしばらくじっとにらんでいた。そこへ異様に緊張した空気が張りつめたと思ったら、突然漱石が「バカヤロウ！」とどなったのです。その声を聞いて風葉はびっくりして酔いも覚めてしまい、そのまま帰ってしまった。これは森田草平の「漱石先生と私」のなかに出てくる話でありますが、草平は「その時の先生の声は、この世のものとも思われないような痛ましい声であった」と書いています。

こういう漱石の横顔は、私には大変魅力的なものに思われます。そのとき漱石の胸の中にいったいどういう怒りが渦巻いていたかは簡単には説明できない。ただ酔っ払いがきたから無礼だといっておこったわけじゃない。呑気《のんき》な風葉には理解できない深い「痛ましい」ものを、土足で踏まれたような気がしたので思わず怒鳴ったのだろうと思います。

この逸話からも、漱石という人がなにか非常につらいものを背負い、人間の悲惨さに対する鋭い感覚をつねに失わずにいて、それにじっと耐えながら五十年の生涯を精一杯に生きたというような種類の人だということはうかがえるだろうと思います。

しかしわれわれは漱石の作品をかならずしもそういうところから読みはじめるわけではありません。自分のことを考えてみましても、ご多分にもれず私がはじめて漱石を読んだのは中学生のころでした。私は旧制中学のいちばん最後の頃の生徒ですが、そのころの中学下級の教科書にはたしか「吾輩は猫である」の一部が載っていました。なかでもおもしろかったのは「坊っちゃん」であります。これはもうじつに痛快な小説で、最近も朝日新聞日曜版の「一冊の本」という欄で、大岡昇平さんが「坊っちゃん」を推薦しておられたくらいです。この「坊っちゃん」を自分はいままでにいったい何度読んだことだろうと大岡さんはいっておられる。「坊っちゃん」がこんなにおもしろいのは、自分の中にいまだに「坊っちゃん」に感動したあの中学生時代の心が残っているからではないだろうかというようなことを、大岡さんはなつかしそうに書いておられた。その「坊っちゃん」が私も大変おもしろかったのです。

いま申しあげたように漱石は小栗風葉に癇癪玉《かんしゃくだま》を爆発させたような、そういう非常に暗いものを内部に持っていた人ですが、それにもかかわらず「坊っちゃん」のような、だれにでも楽しめる、何度でも読み返したくなるようなあたたかみとさわやかさのある作品を書くことのできた人です。私は漱石という人を考えると、作家としてどうこうという前に、このごろではたいした人間であったというふうにまず考えないわけにはいかなくなりました。

その後私は、漱石の全集を次々に読みましたが、そのうちに大学生になりました。私は子供のときから大変からだが弱うございました。そのことをおどろいたことに今日はじめてお目にかかった野上弥生子先生はちゃんと知っておられた。というのは私の叔母にあたるものが、野上先生に親しくしていただいていましたので、そこから知らぬ間に情報が全部伝わっていたのです。「あなたは弱い子だったけれど、このごろ病気はどうなの」とお聞きになるのでびっくりしたのですが、私の病身が最悪の状態に達したのが大学生のころでした。何度目かの結核になりまして長いこと療養したのです。その間所在ないものですから私は自然と漱石全集を何度も読むようになりました。

そのころになりますと、私は英文科の学生でしたが、「明暗」という、漱石が最後に書いて、完結しないままに亡《な》くなってしまった長篇小説、これが圧倒的に面白くなったのです。中学生のときに読んだ「坊っちゃん」ももちろんおもしろかった。ところが結核療養中の大学生として読んでみると私は「明暗」という沈痛で、重厚で、地味な小説のよさがよくわかるようになったような気がいたしました。その大きな理由は、「明暗」

という小説が、明治以来今日までに、日本の作家が書いてきたさまざまな小説の中で、ほとんど唯一《ゆいいつ》の本格的な近代小説ではないだろうかと思えたからです。

もちろん私は大学生でしたし、病気でしょっちゅう学校を休んでいるような大学生でしたから、当時の私の英文学の知識などというものはたかがしれております。それでも十八世紀から十九世紀へかけての英国やロシア、フランスなどの小説家の作品を読んでおりますと、彼らの小説世界の多様性というか、多元性、ポリフォニックな構成が圧倒的な力で迫ってくることは認めないわけには行かない。これと匹敵するような小説がなぜ日本人の手によって書かれていないのだろうという疑問に、どうしても考え及ばざるを得なかったのです。そのとき私の前に現われたのが「明暗」でした。そういうわけで私はそのころ「三田文学」という雑誌に「夏目漱石論」を書いて、「明暗」の前にもそのあとにも日本に近代小説はないというような、極端な議論をしたものです。いまではいくら私でもそれほど大胆なことはいえなくなっているけれども、大筋はやはり同じ気持です。そのうちに私は健康をどうやら回復しましたので、いま申しあげた「夏目漱石論」が縁になって、いつのまにかものを書いて暮すようになってしまったのです。

数年前に、機会を与えられて私は米国に留学しました。一年間ウロウロしているうちにもう一年いることになり、人手が足りないものですからいつの間にか米国の大学に雇われて日本文学について講義をさせられるようになってしまいました。そのころ、私は講義ノートを作ろうと思いまして、久しぶりに漱石の「こゝろ」を取り出してきて、図書館の隅にある小さな研究室にもって行き、なんの気なしに読みだしたのです。「こゝろ」という作品はむかしから大変好きでしたが、この異国の大学の静かな環境の中で読み直しているうちに、私はいままで知らなかった漱石の一面に触れたように思い、その発見に少し昂奮《こうふん》いたしました。

それはなにかと申しますと、漱石という個人のまわりには漱石が生きた時代というものがあるということです。漱石の文学は、今日私どもがそれほど時代のズレを感じないで読めるものです。もちろん現代文ではなくて明治の文章ですけれども、ここにおいでのみなさんはなにも特別な困難を感じずに漱石のものをお読みになれるでしょう。そういうところからもわかるように漱石の価値はいわば時代を超越している。しかし漱石という人は、やはりある一つの特定の時代に生きた人なのです。その時代とこの人間との相互交渉からこのように豊かな文学が生れたのだということに、「こゝろ」を米国で読み直しているうちに私は思いあたったのです。そういたしますと、これは外国へいかれた方ならどなたにでもおわかりになる感情でしょうし、いかれない方にも想像していただける感情だろうと思いますが、私は漱石が生きた時代に対して胸がいっぱいになるような感情にとらわれました。

私のいた大学はアメリカ大西洋岸にありましたから、アメリカ大陸を横断して、もう一つ太平洋を横断しないと日本はないのですが、研究室の窓をあけて西の方向を見ていますと、遠くの方に日本がかすんでいるような、なつかしい気持になる。そのなつかしい日本のイメージの中心に漱石という人が立っている。その漱石はやはり慶応三年から大正五年まで、一八六七年から一九一六年までの日本にいるのです。これはもういまさら呼び返そうとしても返らない時代です。しかしそういう一つの歴史的時代に、その時代の問題を最も誠実に引き受け、その時代の問題に最も深く傷つき、そして、その時代が提出した問題を常に問い続けながら生きて死んだ一人の人間として、漱石という人が私の前に浮び上がってきた。それがアメリカ留学中に「こゝろ」を読んで私が得た新しい漱石像です。

恥を申しますならば、私はそのとき「こゝろ」の第三部の「先生と遺書」という章を読んでいるうちに、なにかジーンとしてくるような感動にとらわれまして、気がついたときには少しばかり涙を流していたくらいでした。

一九六四年の夏に日本に帰って来て間もなく、今度は私は「道草」を読み直す機会がありました。この「道草」という小説は、時代は違いますけれどもちょうど漱石がロンドン留学から帰ってきたときのことを書いた小説です。「道草」も私はそれまでに何度も読んでいました。現に十年前に「夏目漱石」という本を書いたときも「道草」についてはかなり綿密に読んでいたつもりでいたのですが、久しぶりにまたべつな気持で読みなおしてみると、この「道草」という小説に含まれている問題――つまり「帰つてきた」人間の問題が非常に大きいことがわかるようになりました。

さらにそういう問題だけではなく、私は漱石の作家的生涯の後半に書かれた小説、具体的にいえば「それから」以後の小説のあちこちに散在している話の筋とはあまり関係のないような一、二行の描写にほの見える、漱石という人の魂のふくらみ方を感じとることが多くなりました。漱石という人が、こちらが成長してくるにつれて、さまざまな新しい魅力をあらわしてくれる稀有《けう》な作家だということをいまさらのように感じるのです。ところで、漱石という人は、生えぬきの江戸っ子ですから文章にはっきりした特色があります。いわばかなり饒舌《じょうぜつ》な文章を書くおしゃべりな作家であります。よかれ悪しかれ、そのいちばんいい例は「草枕」の冒頭に出ていると思われます。

《山路《やまみち》を登《のぼ》りながら、かう考《かんが》へた。

智《ち》に働《はたら》けば角《かど》が立《た》つ。情《じやう》に棹《さを》させば流《なが》される。意地《いぢ》を通《とほ》せば窮屈《きゆうくつ》だ。兎角《とかく》に人《ひと》の世《よ》は住《す》みにくい。住《す》みにくさが高《かう》じると、安《やす》い所《ところ》へ引《ひ》き越《こ》したくなる。どこへ越《こ》しても住《す》みにくいと悟《さと》つた時《とき》、詩《し》が生《うま》れて、画《ゑ》が出来《でき》る。

人の世を作《つく》つたものは神《かみ》でもなければ鬼《おに》でもない。矢張《やは》り向《むか》ふ三軒両隣《げんりやうどな》りにちら〳〵する唯《たゞ》の人《ひと》である。唯《たゞ》の人《ひと》が作《つく》つた人の世が住《す》みにくいからとて、越《こ》す国《くに》はあるまい。

あれば人でなしの国《くに》へ行《ゆ》く許《ばか》りだ。人でなしの国《くに》は人の世よりも猶住《なほす》みにくからう》

これは誰でも知っている有名な一節ですが、このほんの十行くらいの文章を読んでみても、漱石という人がどんなに語彙《ごい》の豊富な、言葉がポンポン、次から次へ出てくるように書けた人かということがよくわかる。これは饒舌な作家の特徴です。同時に漱石が理屈っぽい文章を書く人だということもよくわかります。「智に働けば角が立つ。情に棹させば流される。意地を通せば窮屈だ。兎角に人の世は住みにくい」というのは、名文句ですが、やはりずい分理屈っぽい文章です。こういう理屈っぽい文章で、これだけ饒舌にだらだら書いていくという書き方ではふつう小説は書けないものです。「吾輩は猫である」などでは、漱石はまだ書きなれていないせいか、この饒舌と理屈っぽさが全篇にみなぎりあふれています。しかし不思議なことに漱石は、それでいながら読んだあとに理屈の小骨を残さない。それから饒舌というと、たいてい軽薄に聞こえていやらしいものですが、漱石の場合は、饒舌のうるささが読んでいるときには感じられても、読んでしまうとふっと消えてしまうようなところがある。こういう奇妙な魅力を持った作家は、ほかにあまり思いあたりません。

漱石は、生前しばしば泉鏡花にたとえられたことがある。たしかに泉鏡花という人は、文章の華麗な人で、言葉の色彩が豊富であった。饒舌というのではありませんけれども、なんとなく次から次へ美しい言葉が湧《わ》いて出てくるような書き方をする人でありますが、鏡花には漱石のような、読み終ったときに饒舌なものがふうっと消えてしまって、そのエッセンスのふわりとした味わいが残るというふうなところはないように思われます。

それではいったいだれが漱石のほかにこんな文章を書いたでしょうか。

武満徹という作曲家がいます。私の友人でありますが、この武満君がこの間私のうちへやってきまして、いつの間にか話が漱石の話になった。すると武満君は、漱石のこの饒舌の文章に似ているのは、近松門左衛門の浄瑠璃《じょうるり》の文章だというんですね。私はこの指摘を聞いてびっくりしましたが大変啓発されました。これはまだだれも指摘してないことで、武満君が作曲家という自由な立場にいたから見つけられた共通の性格だろうと思いますが、そういわれてみると近松にもたしかにそういうところがあります。なるほどどこの見方をとり入れると「坊っちゃん」なども近松の「国性爺合戦《こくせんやかっせん》」の和藤内《わとうない》という英雄に実によく似ている。「国性爺合戦」の詞章も漱石の文章と共通するものを持っております。「坊っちゃん」にはもちろんそういう浄瑠璃的な面だけではなくて、より多く江戸落語の雰囲気《ふんいき》もあります。現に坊っちゃんがはじめて四国の港町へ着いて田舎者にたいして腹を立てているところなどは、まるで落語であります。「吾輩は猫である」なども金田の鼻子さんが訪ねて来るところなどは非常に落語に近い。

漱石が小説を書きはじめたとき彼はまだ大学の先生でした。神経衰弱で心がうっくつしてしようがないものだから、それを自分でなぐさめるために、高浜虚子にすすめられて「吾輩は猫である」を一気に書いた。「坊っちゃん」のごときは実に一週間あまりで書いてしまった。

しかし「虞美人草《ぐびじんそう》」になるとそうはまいりません。漱石は朝日新聞の社員として小説を書いて食っていかなければならない状態になってしまったからです。朝日新聞は寛容なところで、主筆の池辺三山が漱石を尊敬していましたから給料もたくさんくれたのですが、やはり給料をもらうとそれに見合うだけの仕事をしなければならない。しかも「虞美人草」の連載がはじまるとき朝日は三越百貨店とタイアップして大宣伝をやった。「虞美人草ゆかた」まで売出されたというのですから、作者もボヤボヤしてはいられません。漱石はその点は堅い人ですから一生懸命書いた。そのために彼はこういうことまでやったのです。

中国のむかしの有名な文章家の文章を集めた詞華集に「文選《もんぜん》」というものがあります。これは要するに中国の文章道の模範とされるものですが、この「文選」を漱石は再読、三読して、「虞美人草」の文章を凝りに凝ったんです。「的皪《てきれき》として白砂に照る」というような表現は「文選」の中からとったものだと柳田泉先生などはいっておられる。

こういうぐあいに漱石が「虞美人草」に「文選」を使ったものですからその後「文選」が復興しまして、当時の中学生の作文にまで影響を及ぼしたそうです。

これはつまり大学を辞めて職業作家になった漱石の意気込が並々なものではなかった

ということでしょう。しかしなかなかうまくいかないもので「虞美人草」はいわば肩に力がはいっていて、大暴投でもないけれども、ストライクがきまりにくいようになってしまった。「虞美人草」は、私はけっして成功した小説だとは思いません。正宗白鳥はこの小説のことを、いろいろハイカラな意匠がこらしてあるが、要するに馬琴ではないかといっています。馬琴というのは、「南総里見八犬伝」を書いた滝沢馬琴のことです。馬琴みたいな勧善懲悪の小説で、こんな旧《ふる》くさいものはよくないと正宗白鳥はいっている。

いま漫談的に漱石の初期の作品を三つばかりあげて、それがどういう要素からできているかということをちょっとお話したわけでありますが、これを見てもおわかりのように漱石の文学はなにも明治の新時代だけからできているわけではない。漱石の文学の背後には、旧い要素がたくさんあります。たとえば近松の文章と一脈相通じるような文章をうしろに従えているところがある。先程「坊っちゃん」には「国性爺合戦」の反映があると申しましたが、もっと以前に江戸ではやった「金平《きんぴら》浄瑠璃」の反映があるとさえいえます。これは勇壮活潑《かっぱつ》な、少し頭の足りない主人公が勧善懲悪をやってめでたしめでたしになるという荒っぽい浄瑠璃です。そういう旧いワクをうまく現代に生かして使っている。それから漱石の文章の歯ぎれのいいところには、落語というようなものがはいっている。もちろん馬琴もはいっている。中国文学の教養も漱石の文章の中にとかし込まれている。したがって漱石を支えている要素には、古い要素、和と漢との多様な要素があるということに、注目しておかなければならないと思います。

漱石は近代作家ですから、漱石というとわれわれは近代性しかないと思っています。しかしそれはまちがいで、漱石という偉大な作家を支えるためには、本当に永い文学の歴史が必要なのです。われわれはだてに二千年の歴史を持っているわけじゃない。作家が八世紀以来持続している日本文学の歴史の中で仕事をしているということは想像以上に大事なことなのです。そういう荷物を背負っていることをわれわれはとうに忘れてしまっているけれども、漱石のような大きな作家が出現すると、伝統が急に眠りを覚まされて、平安朝の貴族が漢文の模範にした「文選」であるとか、元禄時代の近松であるとか、あるいは文化文政以後の馬琴の勧善懲悪小説であるとかいうようなものがよみがえってくる。ただ亡霊のようによみがえってくるというのではなくて、漱石という新しい個性の中によみがえってくる。そういう要素がたくさんあるということに、われわれは注目する必要があると思います。

ここでつけくわえておきたいことは、漱石の中にある勧善懲悪というのは、江戸の戯作者がさかんにやったことです。江戸はなんといっても儒教の時代ですから、幕府の監視がうるさい、したがって、戯作を書くといっても、ただおもしろおかしければいいというふうにはいかない。必ず善を勧めて悪を懲《こ》らしめるという目的に合致していなければいけないことになっている。とにかく江戸の戯作というものには、はじめから勧善懲悪のタガがはまっているのです。これは、低い次元で考えればくだらないものでありますが、高い次元で考えると、そう無意味なものでもない。われわれの中にはつねに善に味方して悪を懲らしたいという素朴な気持がある。善がなんであり悪がなんであるかということは大問題であるけれども、われわれの中にある素朴な倫理感は、常に善に味方して悪をこらしめることを欲している。もし人間の中にそういう感情があるならば、勧善懲悪は文学の敵だといって、文学からまったくこういう倫理要素を抹殺《まっさつ》してしまったら、文学の世界はずいぶん無味乾燥なものになってしまうはずであります。

ところが明治のはじめに、坪内逍遥《しょうよう》が日本の小説を戯作から近代化しようとしたとき、彼は戯作の中にある最も悪い要素は勧善懲悪的要素だといったのです。文学者というものは、心理学者のように客観的に、科学的に、ありのままに物事をみなければいけない、善とか悪とかいっていてはいけない、という理論を提唱した。それが「小説神髄」で展開されている理論です。この理論には、たしかに聞くべきところはあるけれども、そののち逍遥が、森鷗外と激しい論争をしたことからもわかるように、文学における理想主義的なもの、すぐれて倫理的なものを、小説を近代化しようという熱意のあまり、逍遥があまりに性急に無視してしまったという面はぬぐいがたいのです。

漱石は逍遙の後輩として東大英文科に学んだ学者でした。しかし逍遥とは違って、松山とか、熊本とか、ロンドンというような文壇から遠く離れたところで孤独な勉強をした人であった。しかも漱石は江戸っ子であった。逍遙は名古屋の人です。ですから、逍遙は勉強して東京の文化を身につけたのです。といっても戯作は小さいときから読んでましたし、江戸——もう東京になっていますが、東京へ来ても一週間で東京の地図を覚えてしまったというくらいで、東京へこないでも東京のことはわかっていた。これはちょうどフランスびいきの人が、東京にいながらパリの地図を全部そらんじているというようなものです。しかし漱石は江戸っ子も江戸っ子しかも何代も続いた牛込馬場下の名主の息子である。したがって江戸っ子のちょっと軽薄な勧善懲悪的文化がいわば血となり肉となっていた人なのです。学校を出てからずっと文壇から離れていたために、新流行の文芸思潮の影響を受けることも少かった。しかも虚子にすすめられて「猫」を書いたとき漱石は小説を書いて金もうけしようと思ったわけでもないし、文壇で名をあげようと思ったわけでもない。なによりも自分の神経衰弱からのがれたい、気晴しがしたい一念で書いたのです。考えてみればこんな純粋な個人的な動機で小説を書き出した人はめずらしい。そのために「坊っちゃん」や「吾輩は猫である」の中に、漱石の資質に根ざした勧善懲悪的な旧い倫理観が、素直に流れ出てきたと思われます。われわれはじめじめした自然主義小説やその亜流を読むのに飽きると、「坊っちゃん」に返ってきます。ドストエフスキーはすごいなとドストエフスキーを何度も読むこともある。ドストエフスキーはたしかにすごいけれど、やはりロシア人の書いた小説だからよくわからないところがあります。そのうちなんとなくボルシチばかり十杯ぐらい飲んだような気持になって、いやになる。そうすると「坊っちゃん」に返ってくる。われわれは「坊っちゃん」の痛快な面白さにこころよくわらって、なんとなく自分の胸のつかえまでおりたような気がするのです。

そういう楽しい文学を創《つく》り出すことができたのは、漱石が自分の血肉に根ざしていた過去の文化を最も純粋な動機で創作をはじめたために、ごく自然なかたちで引き出すことができたからでしょう。その恩恵は後世のわれわれにまで及んでいます。「坊っちゃん」のような明るい倫理感にあふれた小説を、それ以後われわれは所有できずにいるからです。

そのほかにちょっと漱石の小説の俳句的な味わいのことを申し上げておきましょう。これは私ではなくてエドウイン・マクレランという米国の学者がいっていることですが、面白いので御紹介しておきたいと思います。

「こゝろ」はもちろん悲劇的な、深刻な小説ですが、この「こゝろ」の中に、先生が「私」を連れて郊外散歩に出かける場面があります。マクレランはここが実に俳句的で面白いといっているのです。郊外散歩というのは明治の言葉で、いまはそんな言葉はなくなりました。郊外なんていったって車しかありゃしない。第一歩く場所がありませんけれども、そのころは、いまだったら新宿の盛り場の続きになっている大久保あたりがもう郊外でした。江戸時代からつづいたつつじの名所で、植木屋がいっぱいあったんですね。その植木屋をひやかしに行ったりするのが、気のきいた郊外散歩だった。先生と「私」がそういう郊外散歩に出かけて植木屋の庭の中へ入っていきますと、庭の中が公園みたいになっている。個人の公園ていうのはおかしい、個人の庭園だけれど、客が入ってくるから半分公園みたいなもので、そこへ入っていって、二人は少しこみいった話をする。「私」という人物は学生ですけれど田舎の素封家の次男坊で、将来郷里の財産をどう処分したらいいかという問題を、なんの気なしに先生に相談しかけます。すると先生は、財産のことは親類でも信用できないというような、ちょっとショッキングなことをいう。そして二人の間に緊張した会話が繰り返される。ところがその緊張した会話のさなかに、急に漱石は一人の少年をふっと登場させて、その少年が犬といっしょにすうっと庭を駈けぬけていくうしろ姿を描く。こういういわば俳句的な、印象主義的な手法は絶対に西洋の作家のとらないところだとマクレランはいっています。西洋の作家なら小説の主題の根本にふれる大事な対話が繰り返されている場面で、ふっとカメラを別に切りかえてしまうようなことをして、全く関係のない子供のうしろ姿を、鮮かに浮き上がらせて見せるというようなことは決してやらない。しかし漱石のこの手法は実に効果的であるといって感心しています。

いうまでもなく漱石は「ホトトギス」派の俳人として名の高い人でした。小説家になるまでは俳句のほうで有名だったのです。そういう彼の俳句の素養が「こゝろ」のような後年の作品にいたるまで生きている。それはいままでに列挙してきた、漱石を支える過去の教養のひとつとしてどうしてもつけ加えなければならないものではないかと思います。

いままで私は漱石を支えている古い根についてお話してきました。それでは漱石の新しさはいったいなんでしょうか。これは私の考えでは、漱石がエゴイズムの問題を中心に据えて小説を書いていった作家だという事実の中にあると思います。この問題についてあまり詳しくお話すると夜が明けてしまいますから、主にさきほどちょっと触れた「道草」を題材にしてお話することにします。

「道草」は一九一五年（大正四年）に「朝日新聞」に連載された自伝的な小説です。ちょうど漱石の明治三十七、八年ごろの生活を素材にしているのですが、その冒頭にこういう文章がある。

《健三《けんざう》が遠《とほ》い所《ところ》から帰《かへ》つて来《き》て駒込《こまごめ》の奥《おく》に世帯《しよたい》を持《も》つたのは東京《とうきやう》を出《で》てから何年目《なんねんめ》になるだらう。彼《かれ》は故郷《こきやう》の土《つち》を踏《ふ》む珍《めづ》らしさのうちに一種《いつしゆ》の淋《さび》し味《み》さへ感《かん》じた》

これは読めば読むほど味がでてくるようなうまい書き出しであります。この書き出しの数行が、私にはあたかも漱石の全作家的生涯を象徴的に要約しているように思われる。

そのなかでさらに鍵になる言葉はなにかというと、「遠い所から帰って来」という一句です。漱石は「遠い所から帰って来」た作家であるがゆえに新しい。そして同時に「遠い所から帰って来」た者の「一種の淋し味」をかみしめていた作家であるがゆえに新しいといえるのではないかと思う。そういっただけではなんのことだかよくおわかりにならないでしょうが、私のいいたいのはこういうことです。この「遠い所から」という一句は、文字どおり解釈すれば、ロンドンからという意味になります。しかしそこにはロンドンとか英国とかいう限定詞をつけられないような深い響きがある。それを一言でいうのは容易なことではありませんけれど、あえていえば自分に執着し自己追求するというような生き方から、人と人との間に帰ってくるということではないかと私は考えます。

漱石はロンドンに行ってひどい神経衰弱になるまでは、英文学者としてイギリスの英文学者と対等に競争できる人間になれると思っていました。それは漱石が自分の学問を通じて日本の国威を世界に発揚させたいと考えていたからです。帝国陸海軍を強力なものにして国威を揚げるのが軍人の道であり、外交交渉を巧みにして領土権益を守るのが外交官の道であるならば、文学者――この場合学者でありますが、文学研究の学者というものは、文学研究の分野で西洋人とたたかってこれをしのがなければいけない。そうすることによって明治という新時代の理想とする新しい文明の価値を世界に知らせたい。

東と西との二つの文明を融合させて新しい文明をつくろうとしている近代日本の声価を世界に高からしめよう、こう決心して漱石はロンドンに行ったのです。

こういう考え方は、なにも漱石だけのものではなかった。当時の日本人——明治の知的日本人はだいたい漱石と同じような理想を掲げて生きていたのです。それは日本が西洋列強の圧力のもとで国をひらいたという記憶がだれにとっても新しいものだったせいでもあります。彼らはこれから建設しなければならないと考えた新文明の目標を非常に高いところにおいていた。国の理想のために有為な人間にならないのだったら、自分の存在意義はないとすら考えていた。

漱石にとっては、国家に奉仕する道、明治の新文明に寄与する道は、英文学者として、英国の英文学者をしのぐような研究実績をあげること以外にないと思われたのです。ところがこれは実は、井の中の蛙的な考え方というほかありません。もし彼が軍人ならば戦争で勝てばいいし、物理学者だったら新しい理論をつくればいいでしょう。しかし漱石が選んだ学問ということになると、これはもう頭だけではどうにもならない。感受性というものが必要になって来ます。文学は言葉の芸術ですから、英文学を研究して、英語国民の研究家と対等にわたりあうためには、英語国民の研究家に劣らぬ頭脳を持っているだけでは足りない。語感——言葉にたいする感覚がなければならない。そしてこの語感はその国語のなかで育った人間でなければ究極的には身につきにくいのです。

イギリスやアメリカに今日少数ですが、かなりすぐれた日本文学の研究家が生れている。彼らの研究には先程申し上げたマクレランの漱石研究のようにすぐれたものもありますけれども、たとえば詩の鑑賞というようなことになりますと、これはどうしても靴をへだててかゆきをかくようなものになってしまう。それは結局彼らの語感が不充分だからです。そうなるとどうしても日本人の国文学者に詩歌の研究では一歩をゆずらざるを得ない。ちょうどこれと同じことが逆の立場で英国に留学した漱石におこったことになります。漱石はばかではありませんから、ロンドンに着くとたちまち自分が英文学者として本場の研究家とわたりあうなどということができるものではないことがわかってしまいました。ところがこのことがわかってしまったとき、彼の人生の目標は全くなくなってしまったのです。

われわれなら自分の将来の心配はしてもべつに国のために尽くそうとも思わないし、日本の新文明がなんであるべきかということも、あまり考えない。内心考えているとしても、漱石のようにむきになって、素朴に、率直に考えることは、幸か不幸か、おそらく不幸なことに、われわれにはできにくくなってしまっている。ところが漱石は生一本に、明治の秀才らしくまことにひとすじに思いつめていたのです。今日外国に留学することは能力さえあれば比較的簡単なことです。猫もしゃくしも外国に出かけるから洋行帰りなどといってもちっとも偉くもなんともない。

しかし漱石の場合は、官立高等学校の若手教授からはじめて選ばれた二人のうちの一人として、国家によってわざわざ派遣された留学生だったのです。しかも彼には帰って来てからラフカディオ・ハーンの後任として東大の英文学教授になる責任もあった。漱石がどんな大きな責任感を感じていたかは想像に難くありません。彼はなんとかして一日も早くイギリスの英文学者以上になろうと思って出かけたのです。

ところがそんなことはできないことになってしまった。彼は自分の無能力を悟ったとき、イギリス人の考えている「文学」というものと、自分の頭にある「文学」というものとは全く別物なのだからこそわからないのだということに気がついた。そうである以上、自分はもう英文学研究を通じて国になんの貢献をなすこともできない。こういう状態に追い込まれた。漱石はここで完全にノイローゼになりました。つまり自分がなんのために生きているかわからなくなったのです。自分はただ存在している。何の役にも立たない自分という実体だけが、二六時中鼻先にぶら下がっている。いったいこの自分はどっちの方向を向いているのだかわからない。なにものにも結びつけられていないのでいつも不安である。なにものにたいしても守られてない。自分を守るものがなにもないのです。いままでは国のために研究するということがあった。その国もない。研究だけがのこったとしてもいったいどこへ行く研究だかわからない、という状態になった。他人とのつながりもそうなると自然に消えて行きますから、今度は非常に孤独な気持ちになっていく。悪いことには、そのころ漱石は熱烈に、東京に残してきた鏡子夫人からの手紙を待っていたのですが、鏡子夫人は妊娠していてつわりがひどく、なかなか満足に手紙を書くだけの気持ちになれない。その結果漱石は研究という公の仕事だけでなく、家族という私の結びつきからも切りはなされてしまいました。ただ自分の孤独な、傷ついた内面を見つめながらロンドンという大都会で生活している。大体アングロサクソン人はあまり親切な民族ではありません。個人主義ですから、そんなところに黄色い顔をした留学生がフラフラしていても、だれも同情してくれはしない。漱石はのちに自分は群狼の中の一匹のムク犬のようなみじめなありさまであったと書いているぐらいです。

そのノイローゼ状態の中で、彼が最も深刻に、最も痛切に感じたのは、人間の自我というものは、自分を超えた目的から切り離されてしまえば、ほんとうにたまらなくいやなもの、みにくいものだということです。自我をもしそのままに容認し、解放したら、どんなことが起こるかわからない。人間の自我の中には非常に醜悪な要素、邪悪な要素が充満している。彼自身の存在を不幸にするものが、その存在の中に少からず含まれている。それは目的をもって生きているときにはちゃんと抑制されているのだけれども、漱石がロンドンで体験したような状態になってタガがはずれてしまうと、無限に流れだしてきて自分自身を苦しめる。それが自我の本体であることに漱石はロンドンで気がついたのです。漱石にとってはこの体験は、単に外国に来て、学者としての能力に自信を失ったためにノイローゼになったというような単純な体験では終りませんでした。

人間はだれでもいろいろな苦労をします。漱石以上に苦労した人は世の中にいくらでもいるでしょう。しかし苦労が身になる人間と身にならない人間があります。苦労すればするほど心が干上がって、だめになってしまう人間は少くありません。しかし苦労を美酒のように変えて心の中に貯《た》めることのできる人もまれにはいます。漱石はおそらくそういう人だったに違いありません。ですから漱石にとってはこのロンドンの体験は、単に個人的な、病的な体験にとどまらなかった。それは彼にとっては近代人が、近代社会の中で生きていくときに、どうしても直面しなければならない普遍的な病気の一例と思われた。それを今自分は体験しているのだと、漱石は感じたに違いないのです。

明治になって日本は近代化をはじめた。もし理想どおりにいけば東西の文明を融合して、日本の文化を核心にする新文明ができるはずだったのだけれどなかなかそうは問屋がおろさない。実際に起こっていることは、近代化が進めば進むほど、人間がてんでんばらばらになって孤独になっていくという現象です。孤独になった人間の中には、漱石がロンドンで体験したような自我が渦巻いていて、この自我の暴威を抑制する枠《わく》は、なにもなくなっている。われわれは封建時代を一面的に悪いものだと考えているけれども、封建時代の人間はそういう自我を抑制する枠として、礼儀作法とか身分秩序というようなものを持っていた。その枠の中であるいは知的には低いかもしれないけれども、精神的には安定した生活を送ることができた。しかしそういう時代はもうとうに去ってしまったということを、漱石はロンドンで気がついた。そしてまさにこれからの日本人にとっても一人々々、からだを寄せあっていても、お互いに孤独であって、その間になんのつながりも発見できないというような、そういうさみしい孤独な文明の時代がはじまりかけているということに、漱石は気がついたのです。

こういう体験、こういう人間存在の認識は、のちに実存主義という名で呼ばれて、新しい文学の意匠として、第二次大戦後の日本に輸入されるようになりました。しかし漱石は実存主義などという流行思想がささやかれる半世紀も前に、そういうことを自分の身の上に体験し、認識していたのです。

日本へ帰ってきても、彼のノイローゼは少しも癒《なお》らない。大学で講義をしていると、医学部の研究室で飼っている実験用の犬が吠えるのが、神経にさわってしかたがない。うちでも癇癪《かんしゃく》ばかり起こしているというふうな、不幸な日々がつづいたのです。

しかし彼は、小説を書くことによってこの悲惨な状態から立直って行きました。ものを書き、人に読んでもらうということは孤独な人間にとっては、自分と外界とのつながりを取り戻すことです。そのつながりを漱石は、小説を書くことによってやっと取り戻すことができた。そのとき彼には「小説家」という新しい役割があたえられたのです。そしてそれ以後彼がだんだん小説家として成熟していくにつれて、ついに漱石は彼が発見したこの自我の問題を、自分の小説の中心のテーマに据えるようになった。

たとえば「それから」がそのいい例です。これは実験的な小説で、漱石は自分がかつて愛していた女性を友達に譲った代助という青年を主人公にしています。そのとき彼は自分の自我の欲求を友情のために抑制した。ところが数年たってこの友だちとかつて主人公の恋人だった細君が現われたのを見ると二人は非常に不幸になっている。友だちは身を持ちくずして、社会の裏街道を歩くような人間になり、細君は愛を喪《うしな》っている。それを見たとき代助は、はじめて自分を偽っていたということに気がついて、自我の欲求に正直になろうとして、友人の細君と結婚する決心をする。しかし、当時はもちろん姦《かん》通《つう》罪という法律があります。また法律がどうあろうと、彼らはきびしい社会から裁かれなければなりません。こうして自我の欲求に忠実になることによって社会からはじき出されてしまう一人の男と、この男に愛された女を、漱石は「それから」に描いています。これは人間がエゴの欲求にそのまま従っていたときに、どういう結果が起こるかということについての一つの回答と考えられます。

これに対して「門」はちょうど「それから」の後日談のような小説です。かつて友達の恋人を奪って結婚したという前歴をもつ夫婦の物語で、市井《しせい》の片隅にひっそりと暮している宗助とお米という夫婦の日常を描いています。この二人は一緒になることによって自我の欲求を一応満足させてみたけれども、どうも心が安定しない。特に主人公の宗助は常に心がなんとなくグラグラする状態で暮している。そういう宗助が、なんとかして安心を得ようとして、鎌倉の円覚寺に参禅する。宗教が救いになるかもしれないと思うのです。しかし宗教すら宗助をそういうところへ追い込んでしまった彼のエゴイズムから救ってはくれない。宗教による自我の救済の可能性に関する否定的な結論が「門」の中には含まれている。

「こゝろ」は、さっき申し上げたように、自我の主張が友人を殺してしまい、その結果が主人公の自殺になってしまうという例です。ここではその究極にあるものは死である。「行人」という小説があります。「行人」の主人公は大学教授でありますが、彼もやはり自我の暴虐《ぼうぎゃく》に悩まされているあわれな被害者の一人である。彼にとっては、自我の主張の究極の姿は狂気です。彼はついに「僕は神だ、僕は絶対だ」というようなことを叫びだして、狂気の一歩手前にまでいってしまう。彼ほど幸福から遠い人間はいないのです。今まで申し上げた例のどれを見ても、近代人が、近代人であるためにはどうしても仕方のない荷物として背負っていかなければならないエゴというものが、人間をかくも不幸にしてしまうということが印象に刻みつけられます。しかしそれが近代というものであって、われわれはそういう近代の中で生きていかなければならないのだということを、漱石はこれらの小説で暗示しているかのように見えます。

その後「道草」と「明暗」が書かれるわけでありますが、この最後の二つの作品になりますと、漱石のこの自我にたいする鋭い追及は、いくぶん違ったニュアンスをおびてくる。漱石の視点は、以前よりもかなり寛容なものになりまして、彼はこうして自我に悩まされている現代人、近代人を、非常に客観的に冷静に眺めながら、同時にこういう近代人をそれにもかかわらず生かしているものはなにかという問題を提出しているように思われます。「道草」は、健三とお住という夫婦が、お互いに傷つけあってヒステリーを起こしたり、癇癪を起こしたりしながら、つらい人間関係の中で、あまり豊かでない家計をなんとかやりくりしながらやっていくという小説ですが、この中では、その救いは、たとえば健三がある瞬間に、自分の細君が生れたばかりの赤ん坊におっぱいを飲ませている姿をポーッと見ているというような、そういうところに現われている。そういうところに、漱石があらゆる不幸にもかかわらず、あらゆる苦労にもかかわらず、ついに失わないでずっと死ぬときまで持っていた心の一番奥底にあるやさしい光のようなものが現われている。これは読者にとってはちょうど暗い中でパッと灯がともったような体験です。もう一カ所、私が印象深く覚えているのは、赤ん坊の生れるところです。まだお産婆さんが来る前に赤ん坊が生れてしまいまして、主人公がまだブヨブヨの、形がわからないような赤ん坊の姿におびえながら、こうしていたら死んでしまうんじゃないかと思って、一生懸命にその上に脱脂綿をかぶせているというところです。これはいったいなにを現わしているのでしょう。これは結局、われわれ個人々々を生かしている、生の根源のようなものの体験をあらわしていると思われます。近代人は個人という形式でしか、もう生きられなくなっている。しかしこの個人というものは、全く生の根源から切り離されたところにいるのではない。やっぱり個人というものはそういう無意識の生の根源に触れている。それは一見非常に醜悪な形をしている。それが醜悪に見えるのは、この生の根源の中に、人間を不幸にする我執の根源が含まれているからですが、しかしこの醜悪なものの中には同時に人間を、それにもかかわらずジェネレーションから次のジェネレーションに生きつづけさせていく大きな生命の力というようなものも隠されている。そういうものに人間はある瞬間に触れることができるということを、私は漱石が「道草」の中で暗示しているような気がするのです。

まことに残念なことに、最後の大作「明暗」は未完のままに終わっています。この小説の中で漱石がどういう思想を語ろうとしたか。この小説の筋がどういうふうに発展していくのか、ということについては、批評家の間でも諸説があるのですが、しかしこうして漱石がわれわれに投げかけてきた自我の問題は、今日にいたっても少しも解決されていません。というのは、日本の近代文学は、漱石のように「帰って来」た作家によって書かれたのではなくて、自我を主張し、自我を確立することが、理想であり、近代というものは、実現されさえすれば、すべてがよくなると、信じた作家たち——いわば「出てきた」作家たちによって、むしろ支えられてきたからです。漱石はしかし、おもに自然主義の作家によって主張され、その後継者であるさまざまな流派の作家によって いまだに信じられている思潮——近代は実現されるべきものであり、そして近代は、人間を幸福にする時代である、個人は確立されるべきであり、自我は主張されるべきであるという思想に、ただ一人で、ほとんどただ一人で反対を唱えていた。反対を唱えるというのは、何も論争したりするという意味じゃない。その十一年間の作家生活によって、あるいはその五十年間の生涯によって、そんなことをやってたって人間は少しも幸福になりはしないぞということを、漱石は身をもって示している。近代というものはなにもプラスばかりではない。物質的にはプラスかもしれないけれど、精神の問題、魂の問題では、多くの非常に危険なマイナスを含んでいる。しかし、われわれはそれを上手に避けることなどできはしない。そのマイナスをすべて引き受ける以外にない。そして引き受けた上で生きていかなければならない。それがほんとうに現代に生きているわれわれの問題なんだぞということを、漱石はその全集の中で、その存在によってわれわれに今日なお語り続けている。漱石がなぜこんなに読まれるか。漱石についての講演というとなぜこれほど熱心な人々が集まるかというと、それは結局、漱石以外のどの作家もこの焦眉《しょうび》の問題をわれわれと一緒に生きようとしてはくれないからです。われわれはそういう現代作家を求めてはいる。しかし、われわれは現在の流行思想や現在の流行作家のなかに漱石のそれに匹敵するような声を聞くことができない。だから私たちは漱石を読むのです。

漱石の魅力が死後五十年、生誕百年の今日、いささかも衰えないのはおそらく今申し上げたような理由からです。これから時代がさらに進んで、われわれ現代の日本人がもっと孤独になり、さらに多くの悲惨を体験するようになればなるほど、漱石はいよいよ広く、深く読まれるだろうと私は信じて疑いません。

鷗外と漱石

1

大正五年（一九一六）という年は、近代日本の文学史にとってはなかなか意味の深い年だったと思います。

この年の一月十三日から五月十七日まで、「東京日日新聞」（現在の「毎日新聞」）に、鷗外森林太郎の「渋江抽斎《ちゅうさい》」という史伝が連載されました。三月には、荷風永井壮吉が慶応義塾文科の教授を辞めました。永井荷風を三田の文科の教授に推薦したのは、ほかならぬ森鷗外です。

これよりさき、明治四十三年二月に、鷗外は慶応義塾文科刷新について福沢門下の諮《し》問《もん》をうけ、学事顧問になりました。鷗外は以前慶応でハルトマンの美学を教えていたことがあります。しかし、なにしろ陸軍省の役人ですから、正式に私立学校の専任教授になるわけにはいかない。そこで自分の身がわりとして、アメリカとフランスへ留学して帰って来たばかりの永井荷風を推薦したのです。

荷風という人はもともと御承知の通りの遊び人です。留学から帰ると早速新橋の花柳界に入りびたって、登美松と八重次という二人の芸者のあいだを行ったり来たりするような生活をしていましたが、慶応ではキチンと講義をして「三田文学」を創刊したりもしました。とにかく三田の文科の基礎を固めるのにあたって功績があった。しかしこの頃になると、実学的功利主義が幅を利《き》かせている校風が肌に合わなかったのか、幸徳秋水の大逆事件でショックを受けたためか、教えることに情熱を失い、ついに大正五年三月慶応を去りました。

同じ三月の二十八日には、鷗外の母堂峰子刀自《とじ》が七十一歳で亡《な》くなりました。この人は鷗外の人格形成にあたって大きな影響をあたえた人です。鷗外は「本家分家」のなかで、「此《この》家庭では父が情を代表し、母が理を代表し、父が子供をあまやかし、母がそれを戒めるといふ工合であつた」といっています。鷗外はもちろん母の死を悲しんだでしょうが、同時にホッとしたような解放感も味わったにちがいありません。そのためかどうか、母の死の直後、四月十三日には、陸軍軍医総監と陸軍省医務局長を辞めています。鷗外は以前から役所で面白くないことがあって、やめたいやめたいといっていましたが、なかなか踏切りがつかずにいました。息子の出世を楽しみにして生きていた母が亡くなった以上、もう辞めてもよいという心境になったのかも知れません。

そのおよそ一カ月後に、「渋江抽斎」の連載が完結します。それから十日もたたぬうちに、漱石夏目金之助の最後の大作「明暗」が「朝日新聞」に連載されはじめます。五月二十六日のことです。鷗外・漱石という二人の巨人の代表作が、このように相次いで新聞小説のかたちで世に出たというのは、今日では想像もできないことでしょう。この年の十二月九日にいたって、漱石が亡くなりました。享年《きょうねん》五十で、当時五十五歳だった鷗外に先立ったわけです。十二月十二日に青山斎場で行われた漱石の葬儀には、鷗外も参列しました。漱石と同じ日に、鷗外にとっては陸軍の大先輩にあたる元帥《げんすい》陸軍大将公《こう》爵《しゃく》大山巌《いわお》が死んでいますから、鷗外はこのところ二度つづけて葬式に行ったことになります。「明暗」は書きだめがありましたので、十二月十四日まで「朝日」に出て、未完のまま終りました。死んでしまった漱石の原稿が載っているのは、なんだかあの世から送られて来るようで妙な感じだったといいます。

漱石と鷗外とは、生前交際というほどのものは別にありませんでした。会かなにかで逢《あ》ったことがあるという程度の、顔見知り同士にとどまっていたようです。明治四十三年（一九一〇）七月の「新潮」に載ったアンケートによると、鷗外は漱石を評して、「二度ばかり逢ったばかりであるが、立派な紳士であると思ふ」といい、その作家としての技倆《ぎりょう》について、「少し読んだばかりである。併《しか》し立派な技倆だと認める」といい、また「今迄《まで》読んだところでは長所が沢山目に附いて、短所といふ程のものは目に附かない」といっています。これはちょっと斜《しゃ》に構えたような答え方で、気障《きざ》に聞えますが、実際には漱石は鷗外が同時代の小説家の中でただ一人尊敬していた人です。尊敬という

か、好敵手と見ていた人です。一方漱石のほうはどうかというと、明治四十三年十月十八日の日記に、
《鷗外漁史《ぎょし》より「涓滴《けんてき》」を贈り来《きた》る。漱石先生に捧《ささ》げ上ると書いてありたり。恐縮》
という記事が見えるくらいのものです。このとき漱石は、例の修善寺の大患で生命《いのち》びろいをして東京に帰って来て間もないときですから、鷗外には病気のお見舞の気持もあったのかも知れません。
鷗外という人は、私の見るところでは、どうも明治文壇が嫌いだったらしい。これにはいろいろわけがありまして、明治二十三年（一八九〇）処女作「舞姫」を発表した前後の鷗外は「於母影《おもかげ》」の訳詩集を出したり、「しがらみ草紙」で評論活動をしたりして、新帰朝者らしく颯爽《さっそう》と活躍していましたが、明治三十二年（一八九九）、九州小倉の第十二師団軍医長に左遷《させん》された頃になると、一時期文壇から葬《ほうむ》り去られたかたちになっていました。鷗外はもともと神経質な人で、ただでさえ世間の評判が気にかかる性質でしたから、この不遇時代は公私ともに身にこたえたのです。有名な「鷗外漁史とは誰ぞ」という文章の結びのところで、「鷗外は甘んじて死んだ。予は決して鷗外の敵たる故《ゆゑ》を以て諸君を嫉《にく》むものではない」と厭味《いやみ》をいっているのを見ても、そのことはよくわかると思います。
明治文壇と鷗外が肌が合わなかったのは、鷗外の教養が高すぎたためでしょう。鷗外

はドイツから帰って間もなく、明治二十四年(一八九一)から二十五年(一八九二)にかけて、坪内逍遙《しょうよう》を相手どって有名な「没理想論争」というのをやりますが、これは結局「西洋」を本で勉強した人と西洋で実地に暮したことのある人との論争というほかはありません。この論争では鷗外は勝ちましたけれども、洋行帰りというのは昔も今も浮き上っていると見られがちなものですから、鷗外はその教養のためにかえって調子の低い明治文壇で真の理解者を得られず、孤立して行ったのです。

ところが明治三十八年(一九〇五)にいたって、その文壇に突如として夏目漱石という新しい名前があらわれた。漱石の名は正岡子規・高浜虚子らの「ホトトギス」派の俳人の間では早くから知られていたけれども、文壇ではあまり知られていませんでした。それがこの年の正月、「ホトトギス」に載った「吾輩は猫である」という奇抜きわまる着想の小説をひっさげて、文壇にデビューして来た。もっともデビューしたというのは傍《はた》から見ての話で、漱石にはそういう意識はまずほとんどありませんでした。当時彼は強度の神経衰弱で、毎日イライラと癇癪《かんしゃく》ばかりおこして暮しているのを見た高浜虚子が、すすめて書かせたら「猫」というとんでもない代物《しろもの》がとび出して来たのです。これが御承知の通り大当りに当った。大評判になったので漱石も気をよくして続きを書くということになった。ですから漱石はいわばずるずるべったりに、偶然のようなかたちで小説家になってしまった。

鷗外はもちろんそんな事情は知りません。第一当時彼は第二軍の医務部長として満州に出征中でしたが、帰って来て見ると漱石という、自分と同じくらいの教養と見識を備え、西洋も実地に知っていて、素晴しい文章力のある人間が文壇にあらわれているのに目をみはった。その印象を鷗外は、「ヰタ・セクスアリス」のなかで、金井君という主人公に託して告白しています。

《そのうちに夏目金之助君が小説を書き出した。金井君は非常な興味を以て読んだ。そして技癢《ぎやう》を感じた》

つまり、よしいっちょう自分もやってやろうかという刺激をうけたというのです。事実これ以後鷗外は小説家として復活し、「青年」、「雁《がん》」その他の作品を次々に発表しはじめる。こういうわけで、ここに坪内逍遙・二葉亭四迷の流れにつながる田山花袋・島崎藤村・正宗白鳥らの明治文壇の主流、つまり自然主義の作家に対立するものとして、鷗外・漱石の二大家がいるという文壇の地図ができあがった。これは前に申しましたように、大ざっぱにいって西洋に行かずに西洋文学をとり入れようとした人々と、西洋を実地に体験していた人々とのちがい、対立といえると思います。こうして明治四十年代の文壇では、「スバル」と「三田文学」に拠《よ》る鷗外と、「朝日文芸欄」に拠る漱石とがそれぞれ反自然主義の牙城《がじよう》と目されるようになった、と大概の文学史には書いてあります。

しかしそうはいっても実際には、文壇は大体自然主義で占領されていたし、漱石と鷗外が同盟して文壇政治をやったわけでもありません。現に漱石は自然主義作家の一人である徳田秋声を起用して、「朝日新聞」に「黴《かび》」を連載させたりしています。これは漱石が、それより先に高浜虚子の勧めで秋声が「国民新聞」に書いた「新世帯」に感心していたからで、「黴」の第一回が「朝日」に出た明治四十四年八月一日付の小宮豊隆宛《あて》の手紙などでは、

《今日から暑くなり候《さうらふ》。秋声の小説今日から出申候。文章しまつて、新らしい肴《さかな》の如く候》

といって、手ばなしで喜んでいます。これはひょっとすると小宮に対する皮肉かもしれません。一方鷗外の方は自然主義だけではなく「朝日文芸欄」にも脅威を感じていたらしく、例の「新潮」のアンケートでも、

《朝日新聞の文芸欄にはいかにも一種の決つた調子がある。其《その》調子は党派的態度とも言へば言はれよう。スバルや三田文学がそろ〳〵退治られさうな模様である》

などといっている。こういうところにも寛大な漱石と気の小さい鷗外の性格のちがいがよく出ていると思います。しかし大正五年（一九一六）に漱石が死んでしまうと、鷗外・漱石と自然主義作家という対立の図式はもちろんこわれてしまう。いや、それ以前に大正三年（一九一四）からはじまった第一次世界大戦のあおりをうけて、文壇そのものの思潮が大きく転換して行きます。つまり、漱石の影響を受けながら漱石とは正反対

の価値に立脚した「白樺」の作家たちと、鷗外の一側面だけを継承した「パンの会」の運動がおこるからです。

2

鷗外自身が死んだのは、漱石に六年おくれた大正十一年（一九二二）七月九日のことです。享年六十一でした。病名は萎縮腎《いしゅくじん》と発表されましたが、実は結核であったことが戦後明らかになりました。鷗外は、先ほど申し上げましたように陸軍省と宮内省の役人でしたから、位というものがあって死ぬ三日ぐらい前に特旨をもって従二位に叙せられています。そういう高位の人だけあって、戒名も非常にことごとしい。「貞献院殿文穆《じょうけんいんでんぶんぼく》思斎大居士《しさいだいこじ》」というのです。三日後の十二日に谷中の斎場で葬儀が行われ、向島《むこうじま》の弘福寺というお寺に葬られました。

ついでに比較しますと、漱石の戒名は「文献院古道漱石居士《ぶんけんいんこどうそうせきこじ》」というのです。「院殿大居士」ではなくてただの「院居士」で、漱石のほうが大分戒名料が安い。これは鷗外が官界の人として終始したのに対して、漱石がむしろ官を拒絶して野にとどまり、一個の文人として終始したという違いをよくあらわしています。二人の文学の違いが戒名にもあらわれているような気がする。このことについてはあとでもう少しくわしくお話しします。

ところで鷗外の死んだ大正十一年という年は、いうまでもなく関東大震災の前の年にあたります。つまり鷗外は、あたかも運命と示しあわせでもしたように、江戸時代以来の面影をとどめていた最後の東京で死んだのです。そのせいか、私には鷗外がどうも完結した過去の時間の中にいる人だというふうに感じられてならない。これに対して漱石のほうは、鷗外より六年早く死んでいるにもかかわらずまだ未完結の時間の中にいる。いいかえれば現代に生きているように感じられる。このことをあるいは鷗外の古典性に対する漱石の近代性といってもいいかも知れません。あるいはまた、鷗外を通じてみた大正十一年という年は、心理的には漱石を通してみた大正五年という年よりよほど現在から遠い年なのかも知れません。

そう感じられるのは、おそらく大正五年当時が、明治時代の価値体系を棚上げにしようとする新しい動き、つまり自我肯定の動きがさかんな時代だったからでしょう。武者《むしゃの》小路《こうじ》実篤《さねあつ》・里見弴《とん》らの「白樺」派の作家ばかりでなく、芥川龍之介・久米正雄・菊池寛らの「新思潮」の作家もそろって文壇に登場して、個人主義というか、egocentric な新文学を主張しました。この自我は全体との対比に置かれた自我、あるいは自我を超えた価値と劇的な緊張関係に置かれた自我ではありません。漱石の「行人」の主人公一郎の自我肯定は、「神は自己だ」「僕は絶対だ」という全体、あるいは超越者を見失った自我の悲痛な叫びを伴っていましたが、「白樺」派と「新思潮」派の自我肯定は自分が世界の中心になれば万事うまくいくといった体の全く楽天的で自己満足的なものだったからです。

この風潮はあきらかに戦わずして戦勝国になったばかりでなく、ヴェルサイユ会議で五大国の一つにまでのし上った第一次大戦当時の日本の自己満足を反映しています。日本が弱小国の意識を持っているあいだは、ちょうど漱石がそうだったように日本の知識人の眼にはまだ外部の世界、あるいは全体が見えていました。しかしこうして普遍性を獲得したと思ったとたんに、逆に自分しか見えなくなりはじめたのです。これは裏返しにすればそのまま敗戦後の日本人の意識に通じます。つまり敗戦のおかげで「平和」と「民主主義」という普遍的な価値を手に入れたと思いこんだとたんに、われわれは自分の姿しか、というよりは自分の姿さえも見えなくなってしまったからです。

漱石はほかならぬこの自我肯定の風潮を正面から引受けながら、しかもそれに反措定を提出しつづけるうちに病に倒れた。だから彼の直面した問題そのものの近代性と、その仕事が完結していなかったということとの二つの面からして、おそらく漱石の眼に映じていた大正五年という年は、そのまま現代のわれわれに通じるのだと思われます。

一方鷗外の眼に映った大正十一年（一九二二）という年は、いわば旧時代の最後の年とでもいうべき年でした。普通選挙法促進の運動はさかんに行われましたが、まだ普選は施行されていません。現に翌大正十二年三月の通常議会では普選法案は否決されているからです。つまり普選実施とともにおしよせて来た大衆化の波は、まだ鷗外の足許《もと》に届いてはいない。鷗外が真剣に心配していた明治の政治秩序の変革は辛うじて喰いとめられていたのです。

しかも彼の周囲には震災以前の旧《ふる》い東京の文化が残っており、彼の文学上の仕事は大正九年（一九二〇）の「霞亭《かてい》生涯の末一年」で事実上終っていた。このように、一つには鷗外の代表していた価値が完結した旧い価値であったということから、もう一つには彼の仕事がすでに上《あが》っていたということからして、鷗外の肩ごしに見た大正十一年はわれわれからよほど遠い昔に見えるのでしょう。年表を機械的に見ていてもこういうことはわかりませんが、いったん作家の生涯と文学に即して考えてみると、文学史上の新旧の遠近法は想像も及ばぬほど立体的な、高等数学のグラフのようなものになります。たとえば私には幸田露伴《ろはん》などは、鷗外よりもずっと過去の人のように思われるのですが、実は露伴が死んだのは昭和二十二年（一九四七）なのです。

さてこういうようなわけで、鷗外はその死によって旧時代を閉じ、漱石はその死によって新時代を開いたということができるだろうと思います。しかしそればかりではなくこの二人の死にかたそのものもまことに対照的に見える。ちょっとそのことをお話ししておきたいと思います。

夏目漱石は死にかけているとき、胃潰瘍《いかいよう》で吐血して人事不省になっていましたが、ちょっと意識が戻ると、枕元《まくらもと》に集っている子供たちに「もう泣いてもいいよ」といったそうです。最後の言葉は、「いま、死んじゃこまる。いま死んじゃこまる。ああ苦しい。ああ、苦しい」というものだったという。漱石はひどい癇癪持ちで、子供たちをいつもふるえ上らせていたような怖い父親だったけれども、そういう獅子《しし》のような性格の下に非常にやさしい心をかくしていた。その漱石が「もう泣いてもいいよ」といったのは、まことに感動的な話です。「いま死んじゃこまる」というのも多分家族の生活のことを考えていたのでしょう。私はこの逸話が、漱石という人の淋しさ、暖かさ、その人格の自由さなどをよく象徴していると思う。

しかし鷗外のほうは死ぬときもはなはだ計画的に死んでいます。つまり公的な遺言状をのこしたのです。漱石にどんな遺書があったか。財産処理については書き残したものがあったかも知れませんが、もちろん公開されてはいない。しかし鷗外のは公的な遺書で、死ぬ三日前に唯一《ゆいいつ》の親友賀古鶴所《かこつるど》に頼んで口述し、拇印《ぼいん》を捺《お》したものです。次に引用してみます。

《余ハ少年ノ時ヨリ老死ニ至ルマデ一切秘密無ク交際シタル友ハ賀古鶴所君ナリコヽニ死ニ臨ンデ賀古君ノ一筆ヲ煩《わづら》ハス死ハ一切ヲ打切ル重大事件ナリ奈何《いか》ナル官権威力ト雖《いへど》モ此《これ》ニ反抗スル事ヲ得スト信ス余ハ石見《いはみ》人森林太郎トシテ死セント欲ス宮内省陸軍省皆縁故アレドモ生死別ルヽ瞬間アラユル外形的取扱ヒヲ辞ス森林太郎トシテ死セントス墓

ハ森林太郎墓ノホカ一字モホル可《べか》ラス書ハ中村不折《ふせつ》ニ依託シ宮内省陸軍ノ栄典ハ絶対ニ取リヤメヲ請《こ》フ手続ハソレゾレアルベシコレ唯一ノ友ニ云ヒ残スモノニシテ何人ノ容喙《ようかい》モ許サス》

これが全文ですが、実に不思議な遺言状だといわなければならない。自分が永年信用できる人間としてつきあって来たのは賀古鶴所だ。その賀古に頼んで後事を託すものである。死というものはいっさいを打ち切る重大事件だから、どんな地上的な権威もこれにくちばしは入れられぬはずだ。自分は石見の人森林太郎として死にたい。墓には「森林太郎墓」とだけしか書いてくれるな。陸軍軍医総監従二位勲一等などと書いてもらっては困る。一説によれば鷗外夫人はひそかに森家が男爵《だんしゃく》家になることを期待していたともいいますが、もちろん男爵も断る。陸軍の栄典も、宮内省の御沙汰もみんな断る。とにかく自分は石見の人森林太郎として死ぬのだから邪魔をしてくれるなと、マアこういうことをくどくどと繰り返している。非常に神経質な文章ですが、何に対して神経質になっているのかがもうひとつはっきりしないのです。

この遺書については、中野重治さんの「遺言状のこと」（昭和十九年）という有名な評論があります。その主旨はこれを鷗外の権力批判とするものですが、私はちょっとちがう意見を持っている。なぜ鷗外はことさらに「余ハ石見人森林太郎トシテ死セント欲ス」といって、単に「余ハ一個ノ森林太郎トシテ……」とはいわなかったのでしょうか。

なぜことさらに「石見人」という一語を付け加えなければならなかったのか。ここに私は鷗外の一つの秘密が隠されていると思う。「石見人」というのは鷗外の生涯を解く暗号のような気がします。単に純粋な権力批判なら、こんなことをいう必要があるわけはない。「石見人」は決して単純な修飾語ではありません。もし鷗外が「余ハ一個ノ森林太郎トシテ……」といっていれば、彼はいかにも近代的な一個人として官権に対抗していることになるでしょう。しかし「余ハ石見人森林太郎トシテ……」というとき、彼は全く逆転して藩という近代以前の結合を念頭に置いていることになる。そしてまた事実彼はここで明らかに石見国津和野《つわの》藩士として発言しているのです。つまり「石見人」云々《うんぬん》は明白に津和野という小藩の出身者の、長州という大藩に対する怨恨《えんこん》と厭味《いやみ》の表現にほかならないのです。

このことに関して唐木順三氏は、「石見人」とは長州にも薩摩《さつま》にも関係のない、つまり藩閥とは無縁の、という意味だろうといっています。しかしこういってしまったのでは解釈が一般的すぎて焦点がぼけると思います。鷗外は陸軍の人間でしたから海軍に勢力を張っている薩摩などを問題にするはずはない。陸軍を牛耳《ぎゅうじ》っていた長州閥をこそ相手にしなければならなかったのです。鷗外は長州閥でなければ人ではないような世界で生活し、しかもそこで出世しなければならなかった。なぜなら最初にいいましたように、彼は森家のホープであり、母の期待に応《こた》えて森家再興という大任を果さなければならなかったからです。

漱石は末っ子でしたが鷗外は長男でした。しかも御一新によって没落した町名主である夏目家とはちがって、森家はすでに数代前から落目になっていたらしい。明治日本の社会があたえた立身出世の機会をとらえて、一挙にこの頽勢《たいせい》を挽回《ばんかい》すること。それが長男であり、幸か不幸かずばぬけた秀才だった鷗外に負わされた務めでした。彼はこういう母の期待にまことに忠実でした。自分には勝手気まぐれは許されていないことをよく心得ていたからです。東大を出たときには本当は学者になりたかったのだけれど、給費制度があって早く洋行させてもらえるというので陸軍にはいった。ドイツ留学中にも外務省にかわって外交官になりたいと思ったことがあったが、それもやはり諦《あきら》めてしまった。恋人のドイツ娘が日本まで追いかけて来たときも、一度も逢《あ》わずに帰してしまった。それもみんな森家再興が大事だったからです。そしてそのためには出世しなければならなかったからです。

とはいうものの、鷗外のような小藩出身者が陸軍で出世するためには、引きというものが必要です。どうしてもコバンイタダキがサメにくっついているように、寄らば大樹の陰で勢力の強い長州閥の庇護《ひご》を求めなければならない。津和野は石見と長門の国境にある町ですから、鷗外はおそらくもう少し西へ寄ったところで生れていたらよかったのにと、運命の皮肉を嘆じたにちがいありませんが、そういってみても仕方がありません。

しかしそのうちに鷗外はこの長州閥の大元老にあたる元帥《げんすい》陸軍大将公爵山県有朋の知遇を得ることができました。それも明治三十九年（一九〇六）、賀古鶴所と二人で幹事役になってつくった常磐《ときわ》会という歌の会を通じてです。

この会は毎月一日行われて大正九年までつづきました。山県も鷗外もどちらもあまり上手ではない歌を詠《よ》んでいますが、それ以上に大切なことはこの一見風雅な会を通じて鷗外が山県の思想対策上の私設顧問のようなものになったということです。最近出版された故小泉信三氏の「わが文芸談」（新潮社刊）を読みますと、鷗外の業績として西洋社会思想史研究を高く評価している。マルクス主義、無政府主義、サンディカリスムなどを当時誰よりも深く研究していたのは鷗外だったというのです。これはもちろん鷗外の個人的な関心もあるでしょうが、それと同等以上に山県に依頼、もしくは命じられてやったと推測されるふしがある。日露戦争後の思想対策についてすぐれた藩閥政治家であり、「公は新思想を最もよく研究せられてゐた」（井上通泰「歌人としての含雪公」）という山県が頭を悩ませていたのは周知の事実です。私は自分で調べなおしていないので、そのままうけうりはできませんが、唐木順三氏などは鷗外が山県にすすめて、「国家社会主義革命」とでもいうべきクーデターをおこさせようとしていたとまでいっています。

しかしこうして山県に近づくことのできた鷗外が、もし「国家社会主義革命」を勧めたのだとしたらそれは軽率にすぎたでしょう。山県は鷗外の知識を利用しようとは思ったでしょうが、長州出身でもない彼をそれほど信用したはずはありません。そのためかどうか、鷗外と山県を中心とする長州閥とのあいだには次第に溝《みぞ》ができるようになった。これは山県に近づきすぎた小藩出身者の、当然蒙《こうむ》らねばならない罰です。この疎隔《そかく》は鷗外が陸軍を辞めてから帝室博物館長になるまでのあいだ、一年八カ月間浪人していなければならなかったという事実によくあらわれている。鷗外は御用済みになったのでていよく棚上げされたにちがいないのです。そのことはまた鷗外が、山県に近づく一方、長州出でありながら若い時から山県にいじめ抜かれていた乃木希典《のぎまれすけ》に、異常な親近感を示しているという事実からも推測できます。

いずれにせよ、もし鷗外が、陸軍の主流に完全に受け容《い》れられているという自覚のもとに死んだなら、なにも「石見人森林太郎」などといきむ必要は全くなかった。彼は森家の家長として喜んであらゆる栄誉を受けたにちがいないのです。もともと彼は、「本家分家」にあるように「吉川博士の家には、博士の祖父から博士の母を通じて、一種の気位の高い、冷眼に世間を視《み》る風と、平素実力を養つて置いて、折もあつたら立身出世をしようといふ志とが伝つてゐた」という人間だった。それを「石見人」といったのは、結局自分は長州の出ではなかった、そのために所を得ずに失意のまま死んでいかなければならないのだ、という怨《うら》みをこめた表現にちがいない。鷗外は自宅に帰ってからもドイツのザクセンの軍医の真似をして軍服を脱がずにいたそうですが、死ぬときも結局官の人として、一私人ではない人として死んだのです。鷗外の最後の言葉は、「ばかばかしい」というものだったそうです。

3

こういう立身出世的なところは、夏目漱石にはあまり見られません。漱石は経済生活には慎重で、朝日新聞に入社するときにも月給はいくらかとか、退職金や恩給はどうなっているかとか、ボーナスはどのくらいかとかいうことを箇条書にして主筆の池辺三山に訊《き》いていますが、官位の進み方などには全く無頓着《むとんじゃく》なものでした。それどころではない、朝日入社の辞では、

《大学を辞して朝日新聞に這入《はい》つたら逢ふ人が皆驚いた顔をしてゐる。中には何故《なぜ》だと聞くものがある。大決断だと褒めるものがある。大学をやめて新聞屋になることが左程に不思議な現象とは思はなかつた。……新聞屋が商売ならば、大学屋も商売である。商売でなければ、教授や博士になりたがる必要はなからう。月俸を上げてもらふ必要はなからう。……新聞が商売である如く大学も商売である。新聞が下卑た商売であれば大学も下卑た商売である。只個人として営業してゐるのと、御上で御営業になるのとの差丈《だけ》である》

と激越なことをいっている。私は漱石のこういう子供っぽいところ、勇み肌のところが大変好きですが、当時の文壇はかならずしもそうは考えなかった。大町桂月などは、《大学の諸公、多くは皆駿馬《しゆんめ》なり。而《し》かも槽櫪《さうれき》の間に一生を送るの駿馬也《なり》。即《すなは》ち官臭を喜ぶ人也。漱石は官学的臭気を帯びず。所謂《いはゆる》天馬羈《き》すべからざる底の人なり。冷遇に腹を立てて、去るなら去るで、大《おほい》に好し。されど、行きがけの駄賃、大学に悪口云ふの必要、いづくにかある》(「夏目漱石論」)

とたしなめているくらいです。鷗外の役所に対する態度がドイツ帝国的なら、漱石の職業観は明らかにアングロ・サクソン的なものだったと思います。

ちょうど漱石が大学を辞めた頃、時の首相西園寺公望《きんもち》が雨声会という会をつくって駿河台《するがだい》の私邸に文士を招きました。鷗外はもちろん出席しましたが、漱石は「虞美人草」を書いている最中でしたので、時間が惜しいからといって断ってしまいました。そのときの返事がなかなかふるっている。「ほととぎす厠《かはや》なかばに出かねたり」というのです。今ウンウンいっているところだから、ほととぎすのお声がかりでも折角ながら出られないという。これを見ても、四年後の文学博士号辞退事件を見ても、漱石が権威とか形式の嫌いな人、というかむしろ権威や形式に異常なほどの反撥《はんぱつ》を示す人だったことがわかるでしょう。

これは鷗外が結局明治新政府をつくった薩長方(津和野藩はもとより勤皇の藩でし

た）の人間だったのに対して、漱石が徳川家おひざ元の江戸ッ子だったということとも関係しているかも知れません。江戸ッ子というものは、いわばそれ自体が権威で、公方《くぼう》様以外に偉い者がいない。しかもその公方様が御一新でいなくなってしまったのですから、もう怖いものがない。薩長の浅黄裏がもっともらしいことをいっても、チャンチャラおかしくってつきあいきれねェ、という空《から》元気で意地を張れるわけです。この態度は二人の作家の文体のちがいに一番よくあらわれている。漱石は魚のサンマを「三馬」と書いて澄ましているし、あて字や自己流の語法も平気です。なによりも彼の文体には細部のあやまりにこだわらない流露感があります。「坊っちゃん」はその一番いい例でしょう。

これはいうまでもなく漱石に文化的優越性に対する自信があったからです。江戸ッ子の教養人たる自分が書けば、言々句々文章の態をなさぬものはないというぐらいの自信が漱石にはあった。しかしこれに対して鷗外は実に几帳面《きちょうめん》に正しい日本語を書いた人です。鷗外にはまず正字法の誤りはないといっていいでしょう。一度だけまだ三田の学生だった小島政二郎さんに注意されたことがあったけれども、今日にいたるまで鷗外の文章は日本語散文の規範とされている。しかし私にはこれは要するに鷗外という人が田舎者で、自分のなかから自然に流れ出て来る文体に自信がなかった結果だろうと思う。自分の言葉に自信がないから、歴史的用法を調べて権威づけ、整然とととのった文章を書くのです。鷗外にとっては文章とは流露ではなくてなによりもまず形式です。

こう考えると、鷗外がドイツ語が得意だったのも、ひょっとしたら日本語を一種の「外国語」として習得した経験があったからではないかという気がして来ます。そして漱石のロンドン留学が御承知の通りの不適応の連続だったのに対して、鷗外のドイツ留学が快適なものだったのは、年が若くて留学費に不自由しなかったためばかりではなかったかも知れません。つまり江戸ッ子の漱石には留学の経験がなかったけれど、鷗外はすでに一度、東京に「留学」して適応できたという実績があったのです。しかも自分のなかに個性のはっきりした文化を内在させていた都会人の漱石とはちがって、鷗外には文化をまず自分の外側にあるものと考え、それを吸収し獲得しようという姿勢があった。こういう基本的な姿勢があったからこそ、鷗外の留学はまことに効果的だったのだろうと思います。

しかし、そうはいっても、私はだから鷗外のほうが漱石より西洋に近い、つまり「近代」に近いところにいた人だというつもりは全くありません。先程いったようにこの関係はむしろ逆と考えるべきで、鷗外はやはり最後の人であり、漱石こそ最初の人だったと思います。それは、鷗外の形式感覚を支えているのが近代社会のなかになんとかして儒学の世界像を維持して行こうという努力であり、漱石の自由さ、形式嫌悪《けんお》の底にあるのはほかならぬその世界像の崩壊をこの眼で見た孤独な個人の絶望だからです。

このことは、鷗外の留学した先が十九世紀末のドイツだったのに対して、漱石が留学したのがヴィクトリア女皇崩御直後の英国だったということとも無関係ではないかも知れません。先程私は鷗外が自宅に戻ったのちでも軍服を脱がなかったといいましたが、これは彼がドレスデンで指導をうけたザクセンの軍医監ドクター・ロオトに倣《なら》ったものです。ロオト軍医監の日常に深く印象づけられた鷗外は、これに対して英国の軍医が軍務から解放されるとすぐ背広に着換えるのを軽蔑《けいべつ》的に語っております。

これは象徴的な話で、公の価値というものがそれほど深く鷗外の心身に喰い入っていたということを示している。それと同時に、これは鷗外に自宅にあっても近代的な軍服を脱がせなかったものが、結局彼のなかの封建時代の教養人だったということをも物語っていると思います。封建時代の教養人とは、もちろん家を出ては君公に奉じ、家に入っては親に孝に、しかも一朝事あるときは大義親を滅する心がまえを持ち、日夜学問に精励することを理想とする人です。鷗外がこんな聖人君子を絵に描いたような人だったとは申しませんが、少くとも彼の日常はそういう規範に律せられていた。彼は「克己復礼」という言葉を好んだそうです。彼がドクター・ロオトのなかに見ていたのはほかならぬこの克己復礼の精神だったにちがいありません。

鷗外が留学していた十九世紀末のドイツという国は、医学こそ世界一発達していたかも知れませんが、ヨーロッパの中では「近代」に触れることの一番少い、つまり封建時代の日本に似たところのある国でした。鷗外はこういう国を通じて「西洋」に触れた。それはもちろん異質な文明であり、彼は「うた日記」の「扣鈕《ぼたん》」と「黄禍」とで「西洋」に対する憧《あこが》れと反撥とをともに吐露しています。しかしそれでもなおこの「西洋」は若い鷗外のなかにあった儒学的な世界像を崩しはしなかった。いや、崩すどころかむしろあらためてその普遍性を保証した。こういう鷗外が、「最後の人」になっていったのは当然の成行きだろうと思います。

ところが漱石は、鷗外が死ぬときまで維持しようと努めた儒学の世界像が、まさに崩壊したところから出発しなければならないことになった。漱石が留学した二十世紀初頭の英国は、いうまでもなくヨーロッパのなかで一番近代化の進んでいた国です。ドイツとは対照的な国である。この国に行って「西洋」にぶつかった漱石は、これは昨年の講座でもお話しましたし、そのほかあちこちに書きもしたので繰り返しませんが、身をもって近代人というものが孤独な個人として生きるほかないということを発見しました。この発見は漱石をひどい神経衰弱に追いやった。そこから彼が書くことによって立ち直っていったのは、すでにお話した通りです。近代人には自分を超えた価値などはない。人は各々のエゴイズムをかかえて寂しく生きるほかない。そういう近代人、心ならずも孤独きわまる「個人」というものになってしまった人間にとって、それならいったいどこに救いがあるのだろう。これが僅《わず》か十一年間の短い、しかし異様に充実した作家生活を通じて、漱石が一貫して問いつづけた問題でした。

鷗外の「半日」と漱石の「道草」は、いずれも家庭生活を扱った私小説的な作品ですが、ここには二人の作家の具体的な他人に対する態度がよくあらわれています。かつて高橋義孝さんが、鷗外と漱石はなにからなにまで対照的な作家だが、ただひとつ共通点がある。それはクサンティッペに悩まされたことだ、という名言を吐いたことがありますす。クサンティッペはもちろんソクラテスの細君で、悪妻の見本みたいな人です。鷗外夫人志げと漱石夫人鏡子が悪妻だったかどうか、見方によっていろいろにいえるでしょうが、この二人の夫人がヒステリー症気味だったことは客観的に証明できるでしょう。そういう細君に対する漱石と鷗外の態度のちがいに、二人の人間観というか、人間に対する要求のちがいがはっきりと見てとれる。それはおそらく二人の作家の心の奥底にあるなにものかを、うかがわせてもいるのです。

「半日」の主人公はもちろん鷗外の分身ですが、細君に対して非常に細心に、低姿勢に対しています。細君の機嫌をとるためには宮中の儀式を欠席してまでデリケートな神経をはたらかせている。優しいといえば実に優しいのだけれども、それでいてどこかヒヤリとした冷たさが底にかくされている。相手の心の底まで計算して先まわりをしてヒステリーを抑えていこうとする。ものごとを爆発させないでうまくまとめようとするのです。しかしそうしている主人公は実に冷静そのもので、冷たい打算家のように見えます。

この冷たさの裏側にあるのは、どうしても人間同士の魂と魂とが裸のままに触れ合うことはない、そういうことは人間同士のあいだにはあり得ない、というあきらめでしょう。だからこそものごとはまるくおさめていかなければならない。鷗外は「レジグナチオン」ということをいいましたが、この「レジグナチオン」の念が「半日」の主人公の夫人に対する姿勢にあらわれています。彼にとって重要なことは、家庭という「形式」を維持すること、そしてこの「形式」に姑《しゅうとめ》と嫁のあいだの秩序をあたえることです。こういう公的な役割を果すことのほうが、主人公には魂と魂が触れ合えないことより大事なのです。彼があきらめられるのは、彼の寂しさがあきらめられる程度のものだからだともいえる。

しかし漱石の「道草」や「行人」の主人公は、逆に爆発させまいと思っていても自分のほうから爆発させてしまう。しかも非常に陽性に爆発させてしまう。陽性といってもおもしろおかしいわけではない。漱石は主人公をいつも寂しい人間に描いています。その寂しい人間が悲痛な叫びをあげて怒りを爆発させる。「行人」にはそういう主人公が細君に暴力をふるい、そうすることによって一層みじめに、孤独になって行くところが描かれています。漱石も鷗外と同じように、深いさみしさをかかえて一生を送った人でしたが、彼はあきらめて自分の寂しさのなかに閉じこもってしまうことがどうしてもできなかった。どうして自分はこんなに孤独で、寂しくなくてはならないのか。自分のすぐわきには細君というものがいるのに、どうして心が触れ合わないのか。なぜこんな不条理なことになっているのか、といって漱石は怒っている。彼にはもう「形式」というような逃げ場がないのです。こういう怒れる漱石の姿は人間的な、あまりに人間的なものです。それほど彼が行き当った孤独な「個人」というものは、逃げ場のないところに追いつめられていた。そういう人間になってしまうのが近代人の宿命だということに、私たちはこの頃ようやく気がつきはじめたようです。

だが実は、クサンティッペだけが鷗外と漱石をつなぐ環《わ》だというわけにはいきません。この二人の対照的な作家は、それにもかかわらず大きく見るとある根本的な価値観、いわば明治の価値観とでもいうべきものを共有しているからです。鷗外が「克己」の人であり、自己抑制の倫理を実践した人であることについては、いままでに繰り返して来た通りです。漱石は鷗外とはちがって、「個人」を「公」の価値につなげる世界像の崩壊を体験してはいましたが、なおかつ「私」的な「個人」でしかない人間を醜いと見ていました。「我執」＝エゴイズムが彼の生涯の主題となった所以《ゆえん》です。だからこそ、明治天皇崩御の直後にあった乃木大将夫妻殉死に対する二人の態度は不思議に一致しているのです。

漱石と鷗外とは明治という時代をまったく異った生き方で生きた。二人の趣味も文学の性格もまったく正反対でした。しかしやはりこの二人は明治の日本人独特の理想を共有するという一点ではかたく結びついていたのです。日本は西洋に学びつつなお日本の独自性を主張しなければならない。個人というものは個人を超える価値につながってはじめて「生きた」といえる、というのがその理想です。鷗外は明治政府に仕え、公人として終始することによってこの理想を実践しました。漱石のほうは近代人になってしまった自分がもはやそうは生きられぬことを知りながら、なおかつ自分が理想としたものに対する挽歌《ばんか》をささげようとして、乃木の殉死をたたえたのです。

漱石の「旧《ふる》さ」と「新しさ」

1

「科学と近代世界」という著書のなかで、哲学者のホワイトヘッドが次のようなことをいっている。

《ある時代の哲学を批評する場合、各流派の代表者が公然と守ろうとしている思想的立場のちがいにだけ注目しようとしてはならない。そこにはかならずその時代を生きるあらゆる立場の人々が、無意識のうちに予想している基本的な共通の前提が存在する。この前提が誰の意識にものぼらないのは、それがあまりに自明なものと感じられているからである。それ以外にもののみかたがあるなどとは誰も考えてもみないのだ》

同じことがおそらくある時代の文学を批評する場合についてもいえるにちがいない。たとえば明治の文学について考えようとするとき、われわれは無意識のうちにそれを「近代化」の光のなかでだけとらえようとして、その周囲の薄明の部分やその背後にひろがる深い闇《やみ》を忘れる。しかし、実は明治の文学はこの薄明や闇の部分、つまりそれをささえる沈黙の過去がなければ成り立たなかったのである。そこには西欧文学の影響とならんで江戸文学の生々しい記憶があり、新しい「開化」の思想とともにまだ日常生活のなかで生きていた儒教の倫理がある。この背後の闇のなかにどんな世界像が隠されていたかを意識にのぼらせないかぎり、われわれは明治文学を、ひいては個々の明治の作家を正当に評価することができない。それこそが「無意識の……基本的な前提」を問題にすることだからである。

夏目漱石について考えようとするときにも、ホワイトヘッドの言葉はきわめて示唆《しさ》的である。漱石の文学が今日に生きている、ある意味ではどんな現代作家の作品よりも鮮明に生きているということは、漱石の文学がかずかずの旧《ふる》い要素にささえられているということと少しも矛盾しない。彼はわれわれの同時代者でありながら、また同時に明治の作家である。作家が、もし偉大であるならば現在と過去とにわたって同時に存在し得るということを看《み》すごしている文学史の記述は、かならず真実からはずれる。それは歴史的であろうとしながら、無意識のうちに現在の光で過去を照らすという誤りにおちいる。逆に、作家が今はもうかえるすべもなく過ぎ去ってしまった過去の一時代に生きていたということを明瞭《めいりょう》に意識の上にのぼらせるとき、彼はかえっていきいきと現存しはじめる。漱石の「旧い」部分、つまり彼が「自明の」こととしていた「基本的な前提」の輪郭をとらえずにいて、なにが彼において「新しい」かを知ることはできないはずである。

私は以前「日本文学と『私』」（「新潮」一九六五年三月号）、「明治の一知識人」（増補版「夏目漱石」所収・勁草書房刊一九六五年六月）などで、漱石が結局儒学の世界像のなかで育ち、その崩壊を体験することによって作家になったという過程を論証しようとしたことがある。儒学の世界像とはいうまでもなく江戸期の世界像であるから、漱石はその成長の途上で、江戸文化の残照とでもいうべきものを充分に浴びていたに相違ない。そのことについても私は、「現代日本文学館・夏目漱石・I」（文藝春秋刊・一九六六年三月）に附せられた小伝と解説で言及している。

しかしこのテーマは、残念なことに私の知るかぎり今日まで他の論者によって充分に発展させられているとはいいがたい。わずかに興津要《おきつかなめ》氏の「漱石と江戸文化」（「朝日ジャーナル」一九六六年七月三十一日号所収）が、漱石と寄席文化の関係について新しい視点を提出しているが、漱石の「旧い」部分は寄席とのつながりに限定されているわけではない。漱石にかぎらず、言文一致体を試みようとした明治の作家たちは多少とも寄席的なものに文体の素材を求めなければならなかった。このことは、二葉亭四迷の「浮雲」第一篇の文体と三遊亭円朝の速記本の文体との密接な関係からもあきらかであるが、この共通性にもかかわらず二葉亭の文学は「新し」く、漱石の、特に初期の文学は「旧い」のである。そしてこの「旧い」文学は今日にいたるまで万人にひらかれており、二葉亭にはじまった「新しい」文学は文壇のなかに閉じられている。「坊つちゃん」は岩波・新潮・角川三社の文庫版だけで戦後二百十四万部以上出たという。二葉亭の読者はその百分の一にもみたないであろう。読者の多寡《たか》はもとより作品の価値の指標だとはいえないが、「旧い」漱石の文学がこれほど多くの読者を獲得しつづけているということは、「新しい」文学からは喪《うしな》われているなにものかを読者が漱石のなかに見ている証拠だともいえるのである。

それなら漱石の文学にあって二葉亭の文学にないもの、あるいは漱石を「旧」くし二葉亭を「新」しくしている要素とはなんだろうか。漱石に馬琴との類縁性があり、二葉亭が坪内逍遙《しょうよう》の「小説改良」論のもっとも有力な実践者だったことはここで繰り返すまでもない文学史的事実である。つまり漱石と二葉亭のあいだには逍遙の「小説神髄」がはさまっている。そして二葉亭の作家的出発に大きな影響をあたえた「小説神髄」は、漱石の文学的生涯にほとんどなんの痕跡《こんせき》もとどめていないのである。このことが人々の注意にのぼっていないのは不可解といわざるを得ない。いかにも漱石は逍遙・二葉亭よりずっとのちになってからしか文学史に登場しない。だが、いったいそれが何を意味するというのだろう。あとから来た者はかならず先人の影響下になければならないのであろうか？

われわれは慶応三年（一八六七）生れの漱石の文学が、安政六年（一八五九）生れの逍遙や元治元年（一八六四）生れの二葉亭の文学より「旧い」ことを発見してショックをうける。あたかも個人と時代思潮とのかかわりあいが文学史年表を追っていないのが理解しがたいことだとでもいうように。しかしそう考えることがすでに人間を過去につなげているあの薄明と闇の世界、つまり彼を生かしている記憶の世界の存在を否定しようとすることにほかならない。漱石は、どれほど追い払おうとしても彼にまつわりついて来るこの世界を否定しようとは一度もしなかった。彼はたとえば次のような文学理論とは全く無縁のところから作家的出発をとげているのである。

《小説の主脳は人情なり、世態風俗これに次ぐ。人情とはいかなるものをいふや。曰《いは》く、人情とは人間の情欲にて、所謂《いはゆる》百八煩悩《ぼんなう》是れなり。……和漢に名ある稗官者流《はいくわんしやりう》は、ひたすら脚色《しくみ》の皮相にとゞまるを拙《つたな》しとして、深く其《その》骨髄に入らむことを力《つと》めたりしも、主脳となすべき人情をば皮相を写して足れりとせり。豈《あ》に憾《うら》むべきことならずや。稗官者流は心理学者のごとし。宜《よろ》しく心理学の道理に基づき、其人物をば仮作《つく》るべきなり。……試みに一例をあげていはむ歟《か》、彼《か》の曲亭の傑作なりける『八犬伝』中の八士《はつし》の如《ごと》きは、仁義八行《はつかう》の化物にて、決して人間とはいひ難かり。作者の本意も、もとよりして、彼の八行を人に擬して小説をなすべき心得なるから、あくまで八士の行をば完全無欠の者となして、勧懲の意を寓せしなり。されば勧懲を主眼として『八犬伝』を評するときには、東西古今に其類なき好稗史《かうはいし》なりといふべけれど、他の人情を主脳として此物語を論《あげつら》ひなば、瑕《きず》なき玉とは称《たゝ》へがたし》（「小説神髄」）

《小説に勧懲・摸写《もしや》の二あれど云々《うんぬん》の故《ゆゑ》に、摸写こそ小説の真面目《しんめんもく》なれ、さるを今の作者の無智文盲とて、古人の出放題に誤られ、痔疾《ぢしつ》の療治をするやうに矢鱈《やたら》無性に勧懲々々といふは何事ぞと、近頃二三の学者先生切歯《はがみ》をしてもどかしがられたるは、御《ご》尤《もつとも》千万とおぼゆ。主人の美術定義を拡充して之《これ》を小説に及ぼせばとて、同じ事なり。抑ゝ《そもく》小説は浮世に形《あら》はれし種々雑多の現象（形）の中にて其自然の情態（意）を直接に感得するものなれば、其感得を人に伝へんにも直接ならでは叶《かな》はず。直接ならんとには、摸写ならでは叶はず。されば摸写は小説の真面目なること明白なり。夫《そ》の勧懲小説とは如何《いか》なるものぞ。主実主義（リアリズム）を卑《かろ》んじて、二神教（ヂュアリズム）を奉じ、善は悪に勝つものとの当推量《あてずゐりやう》を定規として、世の現象を説《と》かんとす。是れ教法の提灯持《ちやうちんもち》のみ。小説めいた説教のみ。豈《あ》に呼《よん》で真の小説となすにたらんや。さはいへ、摸写々々とばかりにて、如何なるものと論定《ろんじさだ》めておかざれば、此方《こちら》にも胡乱《うろん》の所あるといふもの。よつて試に其大略を陳《のべ》んに、摸写といへることは実相を仮りて虚相を写し出すといふことなり》（二葉亭四迷「小説総論」）

注目すべきことは、ここで逍遥と二葉亭が「勧懲小説」とともに彼らの内部にある過去の文化を切りすてようとしているということである。それはいうまでもなく記憶の否定であり、「勧懲小説」をささえていた江戸期の儒教的世界像からの絶縁である。いわばこのとき逍遥や二葉亭は、時代の「基本的な前提」から自らをひきはがし、あの薄明と闇の世界を拒否して彼らの「新しい」文学を虚空《こくう》にきずこうとした。そうしなければならなかったのは、もちろん彼らが「勧懲小説」の象徴する戯作的過去を恥じたからである。あるいはそのとき、彼らに過去を恥じさせるような「新しい」光が外側から二人の意識に浴びせられていたからである。

逍遙の場合、この「恥かしさ」の感覚が、お雇い外人教師ウィリアム・ホートンの英文学史の試験で「ハムレット」の王妃ガートルードの性格分析を命じられ、勧善懲悪的解釈をおこなって落第点をとったという体験から生じていることについては、私は以前ややくわしく論じたことがある（「日本文学と『私』」）。外国語学校露語科の秀才だった二葉亭にはこういう屈辱的失敗の体験はなかったが、そのロシア語の学力が抜群のものであっただけに二葉亭が過去の文学を十九世紀ロシア文学を通過した眼で見なおし、そこに「切実に人生に接《ふ》れ」るものがないことを恥じるにいたったことは容易に推測できる。いずれの場合にも彼らの「恥かしさ」の感覚は西欧文学という他者との接触から生じた。この感覚と彼らが共有していた文学そのものへの愛着とが結びついたとき、そこに過去の拒否と「新しい」文学への夢が生じたのである。

しかし逍遙と二葉亭とが、いずれもやがて作家として挫折《ざせつ》しなければならなかったのは、この「新しい」文学の夢が、記憶の否定、あの「基本的な前提」の拒否の上に夢みられたものだったからにほかならない。人は時代のなかに生きながら時代をささえるない。なぜなら拒否は観念の操作である。そのなかであくまで観念に固執しようとすれば、人は観念と感受性のあいだに自己を分裂させなければならない。二葉亭にやがておこったのはこのような自己分裂であった。

彼が「文学は男子一生の事業にあらず」といって「国士」に変貌《へんぼう》して行ったことはよく知られている。これがすでに「文学」の枠《わく》をはみ出してしまった彼の観念の表現であることはいうまでもない。「切実な人生に接《ふ》れ」るものを虚空に夢みた新文学のなかに実現できなくなったとき、彼はむしろ実人生に「国士」の夢をみようとした。彼が求めた「切実」なものは、十九世紀のロシア小説にあるのと同時に吉田松陰の文章にも見出《みいだ》されるものだったからである。ここではすでに観念が「小説」の枠を踏みやぶってしまっている。「新し」く、より「新し」くなろうとするあくことを知らない渇望。あの過去や記憶から遠く、より遠くのがれ去ろうとする兇暴《きょうぼう》な衝動。「文学」を捨てて「国士」になろうとしたのはもとより二葉亭にとっては文学から実行への転向などではない。むしろあの拒絶を一層徹底させようとする行為だったのである。

しかしこういう二葉亭の感受性がやすらぎを感じることができる場所は、皮肉なことにあの薄明と闇の世界の奥以外にはなかった。中村光夫氏は「二葉亭四迷伝」で次のような挿話《そうわ》を紹介している。

「基本的な前提」を拒否しつづけることはできない。なぜなら拒否は観念の操作であるが、時代のまわりにひろがる薄明と闇の世界は実在だからである。

《坪内逍遙もやはり、二葉亭の趣味は「江戸式しかも何方《どちら》かと云ふと下町式といふ気味であつた」といひますが、この両親の感化がもつとも端的に現はれたのは、彼の生涯を通じての俗曲趣味です。

《……清元でも新内でも上手に歌ふのを聞くと、「国民の精粋とでもいふやうな物が髣《はう》髴《ふつ》として意気な声や微妙な節廻しの上に顕《あら》はれて、吾心の底に潜む何かに触れて、何かが想出されて、何とも言へぬ懐《なつか》しい気持になる」（平凡）といふのが彼の俗曲への愛着の根本の理由ですが、この「何とも言へぬ懐しい気持」が彼の幼時の思ひ出と結びついてゐるのは云ふまでもないことで、「そぞろ言」では、彼はこのとき思ひだすのは、「チョン髷《まげ》に結つて小さい刀を指した、パッチ尻端折《しりはしより》のお祖父さんと曾祖父さん、そのまた曾祖父さん、なぞの俤《おもかげ》」だと具体化してゐます。

《この意味で俗曲は彼の魂の故郷であつた、といふより、文学をはじめあらゆる芸術の価値に懐疑的であつたこの不幸な作家失格者が、理窟《りくつ》ぬきで陶酔できた唯一の芸術であり、むしろ「芸術」そのものであつたのです》

俗曲を陶然と聴いていた二葉亭は、もちろん無意識のうちにあの「旧い」世界像の記憶を呼び戻そうとしていたのである。それが中村氏のいうように、彼の没入できた「唯一の芸術」だったとするなら、この「芸術」はどれほど彼が「文学総論」で夢みた「新しい」文学とほど遠いものだっただろうか。彼の観念が拒絶しようとするものを、彼の感受性は「何とも言へぬ懐しい気持」で呼んでいた。彼もまた実際には時代の「基本的な前提」と絶縁して生きつづけることはできなかったのである。「国士」になろうとしたことがすでに、「新しい」観念を渇望《かつぼう》するにあたってすら、彼が「旧い」役割のささえを必要としたことを示しているであろう。

坪内逍遙の場合には、事情はこれよりは幸福なものだったかも知れない。「小説」をあきらめた後に、彼はある意味ではシェイクスピアの翻訳という仕事を通じて、観念と感受性を統一することに成功したともいえるからである。シェイクスピアはもちろん学生時代の彼にあの「恥かしさ」の感覚をうえつけた対象であるが、逍遙はそれを翻訳することによって新しい観念に触れているという満足感を得、さらにそれを歌舞伎調に翻訳することによって感受性の満足を得ることができた。いくらガートルードが梅幸のように、オフィーリアが福助のように語ったとしても、それがシェイクスピアであるかぎり逍遙は「恥かしさ」を感じる必要がない。しかもガートルードが梅幸のように語るとすれば、彼は「旧い」世界像のなかで育てられた自分の演劇に対する感受性を裏切る必要もないのである。

こうして逍遙もまた、作家生活を断念して以来、徐々にかつて切り捨てようとした「旧い」世界像のなかに戻りつつあった。それはあるいは彼の感受性が無意識のうちに企てたホートンに対する復讐《ふくしゅう》だったかも知れない。シェイクスピアを異質な文化から根こぎにして、自分の周囲にひろがる薄明と闇の世界に移し植えること。そしてオフィーリアやガートルードを女形のように語らせること。これは結局シェイクスピアを「沙翁」に変え、シェイクスピアが代表していた観念の存在を抹殺《まっさつ》することである。逍遙はシェイクスピアの翻訳によって西欧に近づこうとしたのではない。逆に「旧い」世界像に復帰しようとしていたのである。「沙翁」はいわば彼にとっての「俗曲」だったのかも知れない。

しかし漱石は、逍遙や二葉亭が経験したこのような心理のメカニズム——観念と感受性の分裂を経験することがなかった。彼が書き出したのは神経症をまぎらせるためであり、新文学創造のためではなかった。しかも彼は最初から「勧懲小説」の作者として登場したのである。正宗白鳥の「作家論」はそのことを明瞭《めいりよう》に指摘している。

《漱石は、独歩など〻違つて、文才が豊かで、警句や洒落《しやれ》が口を吐《つ》いて出ると云つた風であるが、しかし、私には、さういふ警句や洒落がさして面白くないのだ。「猫である」は作者が匠気なく、興にまかせて書きなぐつたところに、自然の瓢逸滑稽《へういつこつけい》の味ひが漂つてゐて面白かつたが、「虞美人草《ぐびじんさう》」では、才に任せて、詰らないことを喋舌《しやべ》り散らしてゐるやうに思はれる。それに、近代化した馬琴と云つたやうな物知り振りと、どのページにも頑張つてゐる理窟に、私はうんざりした。……かういふ余計なものを取去つてしまつて、小説のエッセンスだけを残すと、藤尾と彼女の母、甲野、小野、宗近など、数人の男女の錯綜《さくそう》した世相が、明確ではあるが、しかし概念的に読者の心に映ずるだけである。……思慮の浅い虚栄に富んだ近代ぶりの女性藤尾の描写は、作者の最も苦心したところであらうが、要するに説明に留《とど》まつてゐる。謎《なぞ》の女にしてもさうだ。宗近の如《ごと》きも、作者の道徳心から造り上げられた人物で、伏姫伝授の玉の一つを有《も》つてゐる犬江犬川の徒と同一視すべきものである。「虞美人草」を通して見られる作者漱石が、疑問のない頑強なる道徳心を保持してゐることは、八犬伝を通して見られる曲亭馬琴と同様である。知識階級の通俗読者が、漱石の作品を愛誦《あいしょう》する一半の理由は、この通常道徳が作品の基調となつてゐるのに基づくのであるまいか》(「夏目漱石」一)

あるいは、

《「坊つちやん」は、筆がキビ〳〵してゐるのと、例の美文脈の低徊味《ていかい》よりも、事件の運びに富んでゐるのと、主人公の人となりがキビキビしてゐるので、万人向の小説になつてゐる。大抵の人に面白く読まれさうである。「不如帰《ほととぎす》」や「金色夜叉《こんじきやしゃ》」などよりも、いやみがなくつて、いゝ通俗小説である。しかし、こゝに現はれてゐるいろ〳〵な人間は型の如き人間である。こゝに現はれてゐる作者の正義観は卑近である。かういふ風に世の中を見て安んじてゐられゝばお目出たいものだと思はれる。……トルストイの道徳観は、彼れの深い悩みと表裏してゐた。「坊つちやん」に現はれた漱石のそれのやうに安価ではなかつた》(「夏目漱石」四)

　ここで白鳥が逍遙の弟子として語っていることはいうまでもない。彼は漱石の小説が「小説神髄」を通過していないことに焦立《いらだ》ち、「虞美人草」や「坊っちゃん」がそのまま周囲に「旧い」世界像を保持していることを不満としている。いいかえれば白鳥は、漱石の文学を特徴づけている過去との連続性が我慢ならないといっているのである。逆にいえば白鳥は、彼の支持する「新しい」文学が、すでに「豊かな文才」「警句や洒落」「美文脈の低徊味」「卑近な正義観」というような要素をことごとく喪失してしまっていることを暗に告白している。漱石の初期の小説には「文章」の意識があり、ユーモアがあり、社会一般に通じる道徳性がある。だからそれは「通俗的」で、「旧い」と白鳥はいうのである。

　鋭敏な読者は白鳥の語調に隠されている屈折した嫉妬《しっと》の響きを聴きのがさないかも知れない。それは漱石の豊かな文才に対する単純な羨望《せんぼう》以上のものである。白鳥の漱石論は、あえていえば「恥かし」がらぬ人間に対する感嘆と反撥《はんぱつ》の複合を一貫した底流としている。逍遙や二葉亭があれほど「恥じ」て切り捨てようとした「旧さ」を、どうして漱石は平然と保持していられるのだろうか。みんなおなじ日本人ではないか。日本人ならどうして西洋文学の前で、「旧」文学の勧懲主義を「恥じ」ずにいられるのだろうか。白鳥はくりかえしてこう自問している。そして彼は、漱石の「旧さ」が結局ナルシシズムのあらわれではないかといおうとしているかのように見える。「貧乏《びんぼう》を十七字《じ》に標榜《ひょうぼう》して、馬《うま》の糞《くそ》、馬《うま》の尿《いばり》を得意《とくい》気《げ》に詠《えい》ずる発句《ほっく》と云《い》ふがある……貧《ひん》に誇《ほこ》る風流《ふうりゅう》は今日《こんにち》に至《いた》っても尽《つ》きぬ」（『虞美人草』十二章）というような書き出しを「古めかし」いという白鳥は、おそらくこの美文調を漱石のナルシシズムと感じ、それに反撥しているのである。これが結局地方からの上京者の感情だといえば、いらざる誤解を招きやすいかも知れない。しかし上京者は、すでに東京にやって来た瞬間から、自分の言語動作、ひいては存在そのものを「恥かしい」と感じる異常に鋭敏な感受性を獲得してしまっている。これはかならずしも東京が排他的な都会だからというわけではなく、上京者が東京で少数派だからというわけでもない。東京の「文化的優位」とでもいうべきものを彼らがいわば空気のなかに感じ、そのなかで自分が異質な要素だということを思い知らされてしまうからである。

逍遥が上京する前から「江戸趣味崇拝」だったということは、この「恥かしさ」の裏返された表現にほかならない。二葉亭の俗曲趣味は、おそらく彼が幼時をすごした江戸の記憶と不可分のものだったからこそ、どんな外来の観念の侵蝕《しんしょく》をうけることもなく彼を陶酔させつづけたのである。それはロシア文学に優に対抗し得る「文化的優位」の象徴だったといってもよい。漱石の「ナルシシズム」に反撥していた岡山からの上京者正宗白鳥が、一方で内村鑑三に私淑しながら半面九代目団十郎の芸に憧《あこが》れていたのも、同じような心理からだといえるであろう。

こういう「恥かしい」上京者たちが、いったん東京の「文化的優位」を否定するようなもの、たとえば逍遙や二葉亭にとっての西洋文学の如きものに接触したとき、さらに一層激しい「恥かしさ」にとらわれなければならなかったのは当然である。だがそれと同時に、この第二の「恥かしさ」のなかに、彼らの東京者に対する恨みと復讐心がかくされていることもまた否定できない。上京者が東京者の前でひけ目を感じ、わが身を「恥かしい」ものと思ったのは、東京に「文化的優位」があると信じたからである。しかし彼らを幻惑した東京の「文化的優位」は西洋人には少しも通じなかった。それならどこにいったい「江戸趣味」に憂身《うきみ》をやつす意味があるだろうか。西洋人の前では江戸ッ子も浅黄裏も同じ「恥かしい」日本人ではないか。つまり西洋の前では東京者も上京者も平等のはずではないか。

こうして第二の「恥かしさ」は、一転して東京者を優位から引きおろそうとする衝動に変化される。漱石の「旧さ」、つまり彼の江戸文化との密接なつながりを「ナルシシズム」と感じる白鳥は、あきらかに漱石が自分と同じ平面に立っていないことに焦立っている。これを、上京者が東京に到着したとたんに断念させられる過去との連続性を、漱石が依然として生き得ていることへの憤懣《ふんまん》といってもよいであろう。白鳥も、逍遙や二葉亭も、キリスト教に入信したり「小説神髄」や「小説総論」を書いたりする前に、すでにいったんこのような過去との断絶を体験している。入信や戯作文学の否定は、この断絶を意識化し、自分が東京よりもっと先に行ったことを確認しようとする行為だったといってもいいのである。

東京が「近代」の象徴でありつづけるかぎり、そして「近代」を獲得しようとする上京者がこの都会に流入しつづけるかぎり、彼らのなかで過去は「恥かしい」ものとして意識の奥底に封印されつづけなければならない。「旧さ」や連続性の強調を「ナルシシズム」として否定しようとする視点が文壇の多数意見を占めるようになったのは、おそらくこのような心理が底流しているためである。いわゆる「ナルシシズム」を否定しようとする文壇の美意識をささえているのは地方出身者の心情にほかならない。なぜなら硯友社《けんゆう》以後の文壇は、まさに上京者たちの文壇だったからである。

しかし、もし白鳥のいうように漱石の「旧さ」が「ナルシシズム」の表現だったとするなら、白鳥自身の「新しさ」とはなんだったのであろうか？　トルストイの道徳観に「深い悩み」をみた白鳥は、そういう「深い悩み」を生き得ると信じた新文学の「新しさ」に対して、果して一層救いがたいナルシシズムにおちいってはいなかったか。いや、むしろ彼のいわゆる「文学」という概念そのものが、自覚されることのない強烈なナルシシズムの表現ではなかったろうか。

漱石は少くともこういう種類の「文学」とは無縁であった。彼は文壇のために書かず、彼のいわゆる「教育ある且《かつ》尋常なる士人」のために書いた。私は彼が「文学」を信じていたという積極的な証拠すらついにつかむことができないが、おそらくだからこそ彼の作品は万人に開かれているのである。だが私はここで、「小説神髄」によって開かれた「新しい」文学に対して、青年時代の漱石がどのような位置に立っていたかという問題を、少しく詳細に検討してみなければならない。

2

明治十八年（一八八五）九月、ちょうど文学士坪内雄蔵述の「小説神髄」が刊行されはじめたとき、夏目金之助は神田猿楽町の末富屋に下宿している大学予備門の学生であった。彼が逍遙がそうであったような「軟派」の学生だったという証拠はない。彼は「江戸趣味」なのではなくて単なる江戸生れの青年であり、その文学に対する趣味は、《余は少時好んで漢籍を学びたり。之《これ》を学ぶ事短かきにも関《かかは》らず、文学は斯《か》くの如き者なりとの定義を漠然と冥々裏《めいめいり》に左国史漢より得たり》（「文学論」序）

というように主として漢籍によってやしなわれたものであった。「思ひ出す事など」で漱石は、「子供の時聖堂の図書館へ通つて、徂徠《そらい》の蘐園十筆《けんゑんじつぴつ》を無暗《むやみ》に写し取つた」ことがあると回想している。

彼が漢籍を好んだのは、漢学が夏目家のような町名主の子弟に必須《ひっす》の教養だったからであるが、同時に長兄や次兄の「軟派」ぶりに対する反動だったかも知れない。秀才で開成学校（東京大学の前身）に通っていた長兄大助は、肺を病んで中途退学してからは「古渡唐桟《こわたりとうざん》の着物に角帯を締め」て夜遊びをはじめるようになり、亀清の団扇《うちわ》を持ちこんだり仮色《こわいろ》や藤八拳《とうはちけん》をつかったりするような人物になり変っていた。次兄の栄之助は生来の道楽者である。父の集めた書画骨董《こっとう》を盗み出して吉原通いをしたり、姉の婚家先に入りびたって竹格子《たけごうし》の窓ごしに通りかかりの芸者をからかったりするのが彼の生活であった。この二人の兄は相次いで夭折《ようせつ》し、末兄の和三郎直矩は病弱で遊芸にしか興味を示さなかったから、金之助が託された責任を自覚するようになっていたとしても不思議はない。しかも彼はその頃夏目家にいながら依然として塩原金之助であり、その意味でも兄たちの属している官能的な江戸文化の世界から一歩へだてられていたのである。

しかしこのことは、漱石が「軟派」的情緒の世界と無縁だったということではない。むしろ逆に、漢籍が彼にとってあの「薄明」の世界を象徴するものだったとすれば、この官能的な世界こそが「闇」の世界を形成するものであった。そのなかにわれわれはやがてひとりの少年の姿を見出すのである。

《……それから坂《さか》を下《お》り切《き》つた所《ところ》に、間口《まぐち》の広《ひろ》い小倉屋《こくらや》といふ酒屋《さかや》もあつた。尤《もつと》も此方《このはう》は倉造《くらづく》りではなかつたけれども、堀部安兵衛《ほりべやすべゑ》が高田《たかた》の馬場《ばば》で敵《かたき》を打《う》つ時《とき》に、此処《こゝ》へ立《た》ち寄《よ》つて、枡酒《ますざけ》を飲《の》んで行《い》つたといふ履歴《りれき》のある家柄《いへがら》であつた。私《わたくし》はその話《はなし》を小供《こども》の時分《じぶん》から覚《おぼ》えてゐたが、ついぞ其所《そこ》に仕舞《しま》つてあるといふ噂《うはさ》の安兵衛《やすべゑ》が口《くち》を着《つ》けた枡《ます》を見《み》たことがなかつた。其代《そのかは》り娘《むすめ》の御北《おきた》さんの長唄《ながうた》は何度《なんど》となく聞《き》いた。私《わたくし》は小供《こども》だから上手《じやうず》だか下手《へた》だか丸《まる》で解《わか》らなかつたけれども、私《わたくし》の宅《うち》の玄関《げんくわん》から表《おもて》へ出《で》る敷石《しきいし》の上《うへ》に立《た》つて、通《とほ》りへでも行《ゆ》かうとすると、御北《おきた》さんの声《こゑ》が其所《そこ》から能《よ》く聞《き》こえたのである。春《はる》の日《ひ》の午過《ひるすぎ》などに、私《わたくし》はよく恍惚《うつとり》した魂《たましひ》を、麗《うらゝ》かな光《ひかり》に包《つゝ》みながら、御北《おきた》さんの御浚《おさら》ひを聴《き》くでもなく聴《き》かぬでもなく、ぼんやり私《わたくし》の家《いへ》の土蔵《どざう》の白壁《しらかべ》に身《み》を靠《も》たせて、佇《たゝず》んでゐた事《こと》がある。其御蔭《そのおかげ》で私《わたくし》はとう〳〵「旅《たび》の衣《ころも》は篠懸《すゞかけ》の」などといふ文句《もんく》を何時《いつ》の間《ま》にか覚《おぼ》えてしまつた》（「硝子戸の中」）

この少年はまた、次のような世界にも「魂」を触れあわせたことがあった。

《此豆腐屋《このとうふや》の隣《となり》に寄席《よせ》が一軒《けん》あつたのを、私《わたくし》は夢幻《ゆめうつゝ》のやうにまだ覚《おぼ》えてゐる。こんな場《ば》末《すゑ》に人寄場《ひとよせば》のあらう筈《はず》がないといふのが、私《わたくし》の記憶《きおく》に霞《かすみ》を掛《か》ける所為《せゐ》だらう、私《わたくし》はそれを思《おも》ひ出《だ》すたびに、奇異《きい》な感《かん》じに打《う》たれながら、不思議《ふしぎ》さうな眼《め》を見張《みは》つて、遠《とほ》い私《わたくし》の過去《くわこ》を振《ふ》り返《かへ》るのが常《つね》である。……私《わたくし》は其所《そこ》の宅《うち》の軒先《のきさき》にまだ薄暗《うすぐら》い看板《かんばん》が淋《さむ》しさうに懸《かゝ》つてゐた頃《ころ》、よく母《はゝ》から小遣《こづかひ》を貰《もら》つて其所《そこ》へ講釈《かうしやく》を聞《き》きに出掛《でか》けたものである。講《かう》釈師《しやくし》の名前《なまへ》はたしか、南麟《なんりん》とかいつた。不思議《ふしぎ》な事《こと》に、此寄席《このよせ》へは南麟《なんりん》より外《ほか》に誰《だれ》も出《で》なかつた様《やう》である。……「もうし〳〵花魁《おいらん》へ、と云《い》はれて八《や》ツ橋《はし》なんざますえと振《ふ》り返《かへ》る、途端《とたん》に切《き》り込《こ》む刃《やいば》の光《ひかり》」といふ変《へん》な文句《もんく》は、私《わたくし》が其時分《そのじぶん》南麟《なんりん》から教《をす》はつたのか、夫《それ》とも後《あと》になつて落語家《はなしか》の遣《や》る講釈師《かうしやくし》の真似《まね》から覚《おぼ》えたのか、今《いま》では混雑《こんざつ》してよく分《わか》らな

い》（同上）

この寄席にはお藤さんという「容色《きりやう》が能《よ》」い娘がいた。また少年は、次兄の栄之助に連れられて遊びに行った先で、トランプ遊びの賭金《かけきん》を立替えてくれた咲松という若い芸者に逢ったことがある。馬場下の夏目家の蔵の中には、若い頃御殿女中をしていた生母の、「華美《はで》な総模様の……紅絹裏《もみうら》を付けた裲襠《かいどり》」があった。それは彼がまだ此世に生れて来る以前の過去の象徴、姉たちの華やかな芝居見物の話と同じ次元にある記憶の底の記憶とでもいうべきものの象徴にほかならない。

注目すべきことは、こういう世界が漱石によってことごとく「夢幻《ゆめうつつ》」のようなものとして喚起されているという事実である。それはいわば闇の世界の奥から浮かびあがって来た白い幻であり、個々の形象としてよりはおたがいにつながりあった有機的な総体としてはじめて意味をもつような性質のものである。これこそが漱石の文学をささえ、また彼の読者をささえている「共通の……基本的な前提」の象徴だともいえるであろう。彼はまさしく一個の少年としてこういう世界に生きたのである。

つけ加えれば、私は世の研究者たちのいわゆる文学上の影響関係の設定が、単にテクストにあらわれた文体上の類似や意識的な模倣の指摘にとどまっていて、作者をささえるこのような無意識の世界にうがちいることがないのに強い不満を感じないわけにはいかない。漱石が寄席で円遊をよく聴いていたから彼の文体が寄席的になったのではなく、彼のなかに寄席文化をうけいれる感受性が存在し、そういう感受性を育てた「旧い」世界像が維持されていたからこそ、彼は（もし影響されたとするなら）円遊から裨益《ひえき》し得たのである。

ところで明治十八年（一八八五）に大学予備門の学生になっていた漱石のなかには、前述のような少年がそのままに生きていた。この学生は語学の勉強に集中してはいたが、別段文学をやると決めていたわけではない。その語学（英語）すら、漱石は二葉亭におけるロシア語の場合とはちがってむしろ厭々《いやいや》ながら学びはじめたのである。彼は漢学専修の東京府第一中学校（正則）を英語がないからという理由で退学しながら、変則中学（英語を教えた）に転じないで漢学塾の二松学舎に入学したりしている。予備門に入学するためには英語が不可欠の条件であり、没落名主の末子が新時代に立身するためには予備門に入学することが絶対に必要だったにもかかわらず、漱石があえて二松学舎を選んだのは、彼の新時代に対する嫌悪《けんお》がどれほど強かったかということを示している。ロストフ流にいえば、漱石は「離陸」――take-off――するにあたってもっとも reluctant であった。

このような漱石が、二葉亭とは対照的に逍遙の「小説神髄」に関心を示さなかったのは当然である。彼はやがて英文学専攻を決意したが、それは、《……ひそかに思ふに英文学も亦《また》かくの如《ごと》きものなるべし、斯《かく》の如きものならば生涯を挙げて之を学ぶも、あながちに悔ゆることなかるべし》(「文学論」序)と信じたからにほかならない。ここで英文学が漢文学と同列に置かれていることは注目に値する。それは決して漢文学より「優位」に置かれてはいず、逆に漢文学と等しいものであるが故《ゆえ》にはじめて「生涯を挙げて……学ぶ」に価するものの地位をあたえられているのである。換言すれば、逍遙の「英文学」が戯作文学より「進歩」したもの、「旧い」文学とは非連続のものと考えられているのに対して、漱石の「英文学」は漢文学と連続し、かつ相似のものと考えられている。このときもそののちにおいても、漱石にはおそらく文学が進歩し、「改良」され得るという観念はなかった。彼がやがて到達したのは、むしろ、《……漢学に所謂《いはゆる》文学と英語に所謂文学とは到底同定義の下に一括し得べからざる異種類のものたらざる可《べ》からず》(同上)という文学の「異質性」の認識である。

明治二十一年(一八八八)九月、塩原家から夏目家に復籍した漱石が第一高等中学校本科に進んだとき、逍遙はすでに「小説神髄」の全篇を完成し、二葉亭は「浮雲」を第二篇まで刊行していた。しかし当時漱石の心を占めていたのは英文学であって文壇の新思潮ではなかった。彼には明治国家の栄光のために「洋学隊の隊長」となって本場の英文学者と競争し、これをしのぎたいという野心があったからである。しかも彼は大学を卒業して間もなく東京を離れ、「西の方松山に赴むき、一年にして、又西の方熊本に」行った。そして「熊本に住する事数年」にしてさらにロンドンに留学したのである。漱石は予備門入学以来ロンドンから帰国するまでの十七年間、ほとんどまったくといってよいほど明治文壇——それはとりもなおさず東京の文壇であるが——の流行思想から自由な場所にいた。つまりそのあいだ、彼の「旧い」感受性の世界に侵入して、これを否定しようとする外圧は一度もあらわれなかった。

ホートンの試験で落第点をとった逍遙とはちがって、マードックやディクスンらの外人教授の信頼が厚かった漱石が、それにもかかわらずいつも「何となく英文学に欺《あざむ》かれたるが如き不安の念」からのがれられなかったのは、逆に「旧い」文化に根ざした彼の感受性の規範が確立されすぎていたからである。だからこそ彼はやがて英文学の異質性をあまりにも鋭敏に感じなければならなかった。もしそれが単なるスノビッシュな「江戸趣味」にすぎぬものであれば、この「趣味」を放棄するのは容易だったにちがいない。しかし漱石の感受性は逍遙の「江戸趣味」よりは二葉亭の「俗曲好き」に近いもの、しかも二葉亭の場合とはちがって遮断《しゃだん》されることなく一貫して存在の本源にあるあの闇の世界と結びついているものであった。これを放棄することは死ぬことに等しい。しかしそれを放棄できなかったからこそ漱石にはあのロンドンの危機が訪れたのである。

この危機の重要な意味については、これまでにしばしば言及して来たので不必要な繰り返しを避けたい。一言にしていえばそのとき漱石が体験したのは「学者」という「公人」としての identity の崩壊である。英文学が漢文学と同質のものではないなら彼は英文学研究によって英国の学者に対抗し、これを凌駕《りょうが》することはできない。彼の漢文学における学力が英文学研究に通用しないなら、彼は「学者」として「国のために」つくすことはできない。「国のために」なんらの役割をも果せぬ人間が国費をつかい、帰朝後には外人教授にかわって大学の講座を担当すべき重責を負わされているのは耐えがたい。……こうして彼はいわば何者でもないものになり、「役割」を剝《は》ぎとられた赤裸々な存在となった。彼は「私」の存在に還元され、「個人」になることを強要された。この場合にも彼はなにかを獲得することによって「個人」に「離陸」したのではない。逆に「公人」の「役割」を剝ぎとられることによって「個人」を強制されたのである。そしてそういう「個人」を強制されることは、漱石にとってはこの上なく「恥かしい」ことであった。それは明らかに彼の神経を錯乱させた。

ここで彼に「個人」であることを「恥かしい」と感じさせているのは、いうまでもなく彼の感受性の規範である。それがあまりにも明確なものだったからこそ、漱石は、

《……言語が既に異様である。何だか思ひ切つた事をする気にならん。何となく薄気味が悪い。仮令《たとひ》気味が悪くならん迄が、手の附けやうがない気がする。何だか紗《しや》を隔てゝ人を看《み》るが如く判然しない。判然としないからして自己の感じを標準として批評するの

が剣呑《けんのん》のやうに思はれる》（「文学評論」序言）

ということを痛感して危機におちいった。しかしその規範があらゆる錯乱にもかかわらず彼の内部に保持されていたからこそ、漱石は「私」の存在にすぎぬ自己を「恥かしい」ものと感じたのである。ここで私は、ロンドンの危機で社会的な死を体験した漱石が決して感受性の死を体験しはしなかったことをあらためて確認しないわけにはいかない。彼に「役割」をあたえた儒学的・漢学的世界像が崩壊したのちも、そのなかで育てられた情緒や官能の記憶は切断されなかった。つまり「薄明」の世界に転回がおこっても「闇」の世界は持続していた。それはおそらく彼の生の持続そのものを意味するのである。

漱石はそのころ「ホトトギス」に送った通信文「倫敦消息《ロンドン》」ではじめて言文一致体をつかっている。これが果して彼が「私」の存在に投げかえされつつあることを暗示しているかどうかについては、私には、断定する自信がない。しかし当時彼が言文一致体を「少し気取つ」た文体と感じていたという事実はきわめて重要である。なぜならそれは彼の感受性の規範と新文学との距離を明瞭《めいりょう》に示しているからである。「気取つて」いるというのは「ナルシスティック」だということであり、漱石は逍遙や二葉亭、あるいは白鳥が「新しさ」や「改良」を見ていたところに逆にナルシシズムを見ていた。だから彼は「吾輩は猫である」でふたたび言文一致体を採用したとき、おそらくは無意識のうちに「猫」を話者にしてこの新文体に含まれているナルシスティックな要素を消そうとしたのである。「吾輩は猫である。名前はまだ無い」という書き出しはわれわれにとってもユーモラスに響くが、当時の読者にはもっとユーモラスに聴えたかも知れない。あの「基本的な前提」が暗々裡《あんあんり》にナルシスティックと感じているものをドンデン返しにしたとき、ユーモアはもっとも鮮烈な効果を示すからである。

高浜虚子の「漱石と私」は、漱石がはじめて「猫」の第一回目を虚子に見せたときのことを回想している。それによるとその日は明治三十七年暮のある日で、虚子は根岸の子規の旧宅で催されることになっていた「ホトトギス」派の写生文朗読会「山会」に出る道すがら、駒込千駄木町の漱石の家に寄ったのである。ロンドンから帰って以来漱石が神経衰弱に苦しんでいるのを案じていた虚子は、気晴しに何か書いてみないかとすすめていた。彼が行ってみると意外にも漱石は原稿用紙数十枚にのぼる作品を用意して待っていた。そして虚子が朗読するのを聴きながら楽しそうに噴き出して笑った。談話筆記「処女作追懐談」で、漱石自身はそのときの心境を次のように語っている。

《……私はたゞ偶然そんなものを書いたといふだけで、別に当時の文壇に対してどうかうといふ考も何もなかつた。たゞ書きたいから書き、作りたいから作つたまでで、つまり言へば、私があゝいふ時機に達して居たのである》

おそらくこれは正直な感想で、「猫」を書いたときの漱石には神経衰弱からのがれたい欲求はあっても文壇的野心のごときものはほとんどなかったにちがいない。彼は自分の切迫した神経症で頭が一杯で、他人の思惑を計算するだけの気持の余裕などなかったはずだからである。こうして漱石は「偶然」に、いわばきわめて自然発生的に小説を書きはじめるようになった。彼に作家としての職業的自覚が生じたのは明らかに朝日新聞入社以後、「虞美人草」を書きはじめてからである。しかしこの無自覚な出発の結果、日本の近代小説は逍遥の「小説神髄」が切り捨てた要素、つまり過去との連続性を一挙に回復することになった。それまで英文学者としての「役割」におおわれて地下に底流していた漱石の感受性――ロンドンの危機もゆるがすことのできなかった彼の生命の形式が、ここで神経症の圧迫をはねのけ、しかも文壇の流行にかかわりなく噴出しはじめたからである。

しかもこの「旧い」感受性は、すでにロンドンで英国の文化という異質の他者によって試みられており、その体験によって馬琴や三馬の決して知らなかったあの薄明の世界の崩壊を味わってもいた。馬琴や三馬の感受性は江戸期の儒学的世界像の内側に保証されていたが、漱石を保護すべき世界像の壁はロンドンで喪《うしな》われてしまったからである。だから彼の感受性は、馬琴や三馬と相似の形式を保ちながらしかも露出されていた。この意味においてなら「近代化した馬琴」という白鳥の批評はあたっている。ただ白鳥はこの「近代化」がなにを意味するかを正確には知らなかったというだけのことである。

私は白鳥とは逆に、漱石が馬琴を近代に生かし得たことをむしろ喜びたい。そして馬琴とともに彼が明治以後の近代文学からは失われてしまった文学の豊かさ、つまりユーモアや「文章」の感覚、構想力や道徳性を今日に伝えてくれたことを感謝したい。漱石という「近代化した馬琴」の出現を俟《ま》たなければ、彼のいわゆる「教育ある且尋常なる士人」の文学に対する渇きは癒《いや》されるすべがなかった。実はこの渇きは、今日にいたるまで漱石以外の作家によってはほとんど癒されることがないのである。

それは一言でいえば文学に「美」や「善」を求めようという欲求である。あるいは「風雅」や「諧謔《かいぎゃく》」を求めようとする要求である。いいかえれば、文学が単に「真実」とされているものの暴露に自己限定していることを涸渇《こかつ》、あるいはこわばりと感じ、そこから失われている豊かさを回復しようとする願望である。それをまた逍遙や二葉亭によって虚空《こくう》にうちあげられた「文学」を、大地に呼び戻そうとする願望だといってもいいかも知れない。文学は「知識人」の習俗と慣用句の表現にとどまらず、ひろく時代の「基本的な前提」を反映し、そのなかに生きている「教育ある且尋常なる士人」にこたえなければならない。こういう無意識の要請が「坊っちゃん」を呼び求め、「猫」や「草枕」を呼び求める。それはおそらくわれわれの生の持続を切断しようとし、意識を分断して行くあまりにも急速な「近代化」に抗して、あの闇の世界から生をうるおす地下水を汲《く》み上げようとする衝動のあらわれかも知れない。

前述の通り正宗白鳥は「坊っちゃん」を評して、

《……こゝに現はれてゐるいろ〳〵な人間は型の如き人間である。こゝに現はれてゐる作者の正義観は卑近である。かういふ風に世の中を見て安んじてゐられゝばお目出たいものだと思はれる》（「夏目漱石」四）

といっている。しかし「坊っちゃん」に「型の如き人間」ばかりでて来るのは作者が「世の中を見て安んじてゐられ」ないからであり、「坊っちゃん」が今日なお広く愛読されているのはそこに「型の如き」正義漢が出現するからにほかならない。しばしば九代目団十郎に対する少年のような憧憬《どうけい》を語ってはばからなかった白鳥が、「型」によってしか満足されない美意識というものが存在することを知らなかったとは思われない。さらに彼が、この「型」への欲求が、新文学とキリスト教の洗礼を受けたのちもなお、いささかも損われずに持続するほど根強いものであることにまったく気づいていなかったとは信じられない。しかしおそらく白鳥のなかでは、新文学を求める観念と、「型」によってしか満足されない感受性とが、中仕切り一枚をへだてて奇妙なかたちで共存していたのである。それは「余裕」派を攻撃した白鳥にこそ余裕があったためだといえば人は逆説を弄《ろう》するなというであろう。しかし東京に居住しながら岡山に故郷を持ち、家屋敷の管理を怠らなかった白鳥には帰るべき場所があった。帰る場所があれば当然そのことから心の余裕も生じるのである。こういう余裕を東京者の漱石は一度も持てなかった。

彼は追いつめられ、「世の中を見て安んじてゐ」るような「お目出たい」気持にはたえてなれなかったのである。

「型の如き人間」とは現実に存在し得ない人間である。「卑近な」正義感とは決して実生活で実現し得ぬ正義感である。それなら「坊つちゃん」という人物は非存在の原理によって生きる非存在にほかならないという意味で、「猫」と一脈相通じる人物だといってもよい。このような非存在によって自己を語らなければならなかったのは、帰る場所もなく追いつめられた漱石の必死の抵抗――つまり批評である。しかしそれだけではない。なぜ文学は非存在を、つまり怪力乱神を語ってはいけないか。幽霊を、夢を、人語を語る猫を、「卑近な」正義感をふりまわして反射的に行動する愛すべき「型」を語ってはいけないか。もし追いつめられた漱石がこういう「型」によってしか語れなかったとすれば、それは文学にもともと非存在によってしか、あるいは怪力乱神に頼る以外に語れない部分があるからではないか。そうだとすればこの「型」は、おそらく分析的・暴露的「真実」よりはるかに生命力に充《み》ちたものなのである。

私は漱石を実存主義の先駆者とする解釈に多少の事大主義を感じるのと同様に、漱石にシュルレアリズムに通じる要素があると主張するのも多少のナンセンスと感じないわけにはいかない。しかしシュルレアリズムそのものにもまた「型」に復帰して行く部分がある。「坊つちゃん」は、「近代」に露出された漱石のあまりに鋭敏な感受性から噴射された夢であるが、同時に「旧い」伝統をになった「型」でもある。まず四国松山に都落ちした江戸ッ子、「瓦解《がかい》」によって零落した御家人の次男坊だという点で、彼は「流離」する「貴種」の「型」を踏襲しているといえるであろう。その「赤シャツ」に対する排外主義的情熱において彼は「国性爺合戦《こくせんやかっせん》」の和藤内をほうふつさせ、さらに和藤内の背後にいる江戸元禄期の金平浄瑠璃《きんぴらじょうるり》の暴力的正義漢につながっている。これらはすべて非存在の系譜であり、「坊っちゃん」を書いていた漱石はそれが彼の内部の闇の世界からよみがえって来る快感を十二分に感じていたはずである。

しかし「坊っちゃん」が、それにもかかわらず近代の文学作品として今日なお新鮮に生きつづけているのは、単に漱石がここで「型」を踏襲しているからだけではない。むしろ彼がその意義の奥底で「型」の喪失を予感し、その予感におびやかされているためである。換言すれば「坊っちゃん」は、馬琴の勧懲小説の主人公とはちがって公式に認められている時代の価値観の反映ではなく、作者の危機感、つまり「近代化」によって喪われつつあるあの「共通の……基本的な前提」の崩壊に対する不安から創《つく》り出された人物である。したがってこの「型」はある暗い陰影におおわれている。われわれの「坊っちゃん」に対する愛着に、この小説の明朗な行動的世界を輪郭づけている暗い予感への共鳴がかくされていることは否定しがたい。「赤シャツ」に勝って社会に敗れた「坊っちゃん」は、清のもとに帰ることができた。しかしやがて清も死に、小日向《こびなた》の養源寺に埋められてしまうのである。清も養源寺の墓もないわれわれは、それならいったいどこへ行ったらいいというのだろうか?」

この問いに答えようとしはじめたとき、漱石の文学は必然的に新しくなって行った。それは彼が、追いつめる時代への反撥《はんぱつ》から追いつめられる自己の省察へと視点を転換させたということである。しかし新文学の「新しさ」とはちがって、漱石のこの変貌《へんぼう》はあくまでも余儀なくされたもの、強いられたものであった。彼は文学者として「新しさ」に対処する方法を持たなかった。漱石はしたがって追いつめられ、帰る場所を持たぬ自己を、「教育ある且尋常なる士人」の眼で直視し、「教育ある且尋常なる士人」の言葉で描き出さなければならなかったのである。もちろん彼はこういう「士人」の階層もまた崩壊しつつあることを知っていた。「それから」以後「明暗」の中絶にいたるまでの道程は、このように崩壊の時代、「共通の……基本的な前提」を喪失して行く時代に生きる強いられた「個人」の運命を見究めようとする道程である。しかしそれについては私はすでに幾度も語って来た。

ロンドン・漱石・ターナー

急に思い立って、先ごろ六年ぶりでちょっとロンドンに出かけた。ある出版社から書き下しで刊行される予定の、「漱石とその時代」とでもいうべき本の資料収集のためである。

ロンドンは変ったといえばかなり変っていた。マーブル・アーチ周辺の都心部にも、テムズ河南岸沿いにもアメリカ式の四角い高層ビルが建ちはじめ、街には例のチンドン屋のような「モッズ・ルック」の若い男女が横行していたからである。

それでもここでは街の名も番地も、漱石が留学していたころのままになっている。百年前に大体完成していた都会は、そう簡単に「近代化」するわけにはいかない多様な安定要素をのこしているのである。現在の東京から明治時代の東京を想像するのはきわめて困難だが、ときたま裏通りに馬のひづめを反響させる荷馬車に出会ったりすると、ヴィクトリア朝の「英京倫敦《ロンドン》」がにわかによみがえるような錯覚にとらわれないでもない。そういう錯覚と現実との境界を縫うようにして、私は漱石の下宿の跡を毎日ひとつずつ訪ねて歩いた。

「僕の下宿は東京で云へば先《ま》づ深川だね。橋向ふの場末さ」と漱石が「倫敦消息」に書いている下宿は、テムズ南岸のオーヴァルという地下鉄の駅から徒歩で二十分位のところにある。低所得層の老朽住宅と町工場とが、延々とつづいている殺風景なバス通りをカンバーウエル・ニュー・ロードといい、そのはずれ近くを右折したところにあるややましな住宅地をフロッデン・ロードという。右に曲る角は兵営の跡で、その隣の六番地にある三階建の古ぼけた家が、漱石が明治三十三年十二月から翌年四月下旬まで、約五カ月間を過ごした場所である。

この家の前に「チャールズ・エドワード・ブルック女学校別館」という看板が立っているのを見て、私はわが目を疑った。この家は下宿屋になる前には、やはり女学校だったと漱石が記しているからである。夏休み中なので生徒はいなかったが、門番らしい中年男に来意を告げ、昔この家に日本の小説家が住んでいたという話を聞いたことがありますかとたずねると、あるという。だれからですかときいたら、十年ほど前たしか日本大使館の人が来てそういっていたという答えであった。

門番の話によると、この家は建ってからもう百年以上になり、今年中にはとりこわされてしまうことになっているのだそうである。女学校のほうも、本館別館ともに近所に新築中のモダンな校舎に移転する。私はちょうどよいところに来たのである。

虫が知らせたのかも知れないと思いながら、ろくに修理した形跡もないガタガタの階段をのぼり、二間つづきをぶち抜いて今はタイプライター教室になっている三階の、かつての漱石の居室にはいると胸が迫った。ここで漱石は日本の未来を考え、「西洋人ハ執濃《しつこ》イヿ《こと》ガスキダ」と思いながらベイカー・ストリートまでクレイグ先生の個人教授に通い、必死になって勉強し、次第に神経衰弱になり、胃病をなおすために毎朝カルルス鉱泉を飲んでいたのである。

　番地のわからないツーティングをのぞいて、結局私は他の四カ所の漱石の下宿を全部たずねあてることができたが、そうするうちにいささか俗了されて無性にターナーの絵が見たくなって来た。ターナーは「坊っちゃん」で、野だいこが赤シャツに「どうです教頭、是《これ》からあの島をターナー島と名づけ様ぢゃありませんか」とゴマをするくだりに出て来る十九世紀英国の画家である。暴風雨のなかを疾走する蒸気機関車を描いた「雨・蒸気・速度」は、モネをはじめとするフランス印象派にショックをあたえたといわれている。私は今まで一度もターナーの実物を見た記憶がなかったが、「坊っちゃん」に出て来るくらいだから絵の好きだった漱石がこの画家の作品に接していないはずはない。住んでいた下宿を見て、漱石が見ていたはずのターナーを見ずに帰る法はないと理屈をつけて、テムズ河畔のミルバンクにあるテイト・ギャラリーに出かけた。すなわち「永日小品」の「霧」にいわゆる「テート画館」である。行って見ると、六年前すっかり芝居見物に気をとられて、この美術館を訪れずにいたのが急に悔まれだした。それほど英国の絵画というものは面白かったからである。ここにはビアズレイやラファエル前派の有名な蒐集《しゅうしゅう》もあるが、これを見ていれば「漾虚集《ようきょ》」や「虞美人草《ぐびじんそう》」の「紫の女」の謎《なぞ》はもっと早く解けたのにと思われるふしもある。そしてターナーは――この忘れ去られた画家は、想像していた以上に独創的な、おどろくべき画家というほかはなかった。私は、三百点はあろうかと思われる作品を片端から見て歩くうちに、いつの間にかその変貌《へんぼう》の過程に吸いこまれてわれを忘れて行った。

ターナーの変貌とは、「光」を追ううちに彼のカンヴァスが蒙《こうむ》った不思議な変容のことである。画家は「光」を追い、それとともに外界は次第に解体して明るい波のようなものに変って行く。船を好んだターナーは、それをしばしば高貴な鳥のように描いているが、その船さえもついには小さな暗い「影」に収斂《しゅうれん》し、形を失った世界に呑《の》みこまれて行く。私は、そういう晩年の作品を前にして、ある悲哀とアイロニイに隈取《くまど》られた昂《こう》揚《よう》にとらわれるのを感じた。つまりそれは、審美的な体験の枠《わく》をこえて直接「これが人生だ」と語りかけて来る画家の肉声を聴いているような、しかもその「人生」の背後に横たわる深い虚無への彼の視線までもがはっきり感じられるような、そういう垂直に心に滲《し》み透《とお》る感動なのである。

モネがロンドンを訪れ、ナショナル・ギャラリーではじめてターナーの作品に接して、「光」の意味について重大なヒントをあたえられたという話がある。しかし実際にはこのふたりが成しとげたことは全く別のことだ。モネは科学者のように自分の外に在る追ったからである。南国フランスに生を享《う》けたモネにとっては、「光」はいわば既得権のようなもので、周囲の物質的外界とわかちがたく結びついていた。しかしそれは、北方ブリテン島のテムズ河口に生れたターナーにとっては、海と空のかなたにのみ存在するもの、あるいは出帆する優雅な船に託した渇望《かつぼう》によってのみ獲得できるものであった。つまり「光」は、ターナーにとっては決して単なる物質ではあり得なかった。

彼のなかにそういう「光」への感受性が生れたのは、イタリー旅行中、特にヴェネツィアにおいてだったにちがいない。ロンドンと同じようにヴェネツィアも港であり、しかも光に溢《あふ》れた港だったからである。それ以後この画家にはひとつの内的現実がひらけた。彼は「光」と自分との距離を、彼を魅する明るさと彼自身の暗さとの関係を、問題にしないわけにはいかなくなったのである。やがてそういう彼の前で、空と海は「光」のなかに融《と》けあい、船はその明るさに対するアイロニイであるかのように暗い一点の「影」に変化する。あるいはその「影」は、怒りか悲しみのように激しく旋回して明るいカンヴァスを暴風雨に変容させる。あたかもそれこそが彼のさぐりあてた「私」だというように。あるいはそれが「光」を識《し》った北方人の癒《いや》しがたい寂寥《せきりよう》だというように。

こういう自在な作品をターナーはもう展覧会に出そうとはしなかった。彼は若くて名声を得ていたし、ロイヤル・アカデミイの正会員として社会的地位も高かったが、その種の世俗的な成功を顧みる余裕もないほどのなにかが彼をかり立てていた。それを狂気といってもよければ孤独といってもよい。しかしそこに病的なかげりは一片だにないのである。すべては慎重に、沈着に構成され、色彩のダイアグラムにいたってはほとんど幾何学的な正確さを示している。結果としてあらわれているのは、ほとんどアンフォルメルな、現代的な世界であるが、それはまた同時に不易の相を隠した世界である。私はふと漱石が「明暗」執筆中に作った漢詩の一節を思出した。

《……眼耳《がんじ》双《ふた》つながら忘《わす》れて身《み》も亦失《またうしな》ひ
　空中《くうちゅう》に独《ひと》り唱《とな》ふ白雲《はくうん》の吟《ぎん》》

英国というヨーロッパ芸術の本流から孤立した北の島国で、ターナーがいつのまにかひとりでここまで来ることができたのはなぜだろう。この疑問は私の胸を去らなかった。ターナーは英国の絵画がもっとも「自然」に接近したときにあらわれ、漱石は日本の小説がようやく「自然」を離脱しかけたときに出現した。そうであればロンドン留学中の漱石が、この画家に親近感を覚え、おそらくその作品からなにかの暗示を得たとしても不思議ではない。英国絵画史におけるターナーは、あたかも日本の小説史における漱石のような存在というべきだろうか。

そしてまた、ターナーがイタリー旅行によって新しい内的現実に目覚めたように、漱石もロンドン留学のあいだに彼自身の「影」、つまりその「私」に出逢《であ》った。すぐれた感受性の自己発見のために、異質な文化との接触は意外に大きな役割を果し得るものである。だが、それなら漱石にとっての「光」とはいったいなんだったろう？　私はテイト・ギャラリーのベンチに坐りこんで、漠然とそんなことを考えはじめた。そのうちに、最後の未完の大作に「明暗」という題をつけたとき、漱石は果してターナーを思い浮べていなかったろうかという気儘《きまま》な空想が、私の少し昂奮した頭脳を刺激しはじめた。

漱石とラファエル前派

夏の終りごろ、急に思い立って十日ほどロンドンに行って来た。現在書きつつある夏目漱石の伝記の参考にするためである。帰京して間もなく、今度は入れちがいにニューヨークに行く高階秀爾《たかしな》氏に逢《あ》ったら、「それから」の代助の性格設定について興味深い新説を聞かされた。

詳しくは高階氏が「季刊芸術」第三号に書いた「青木繁」（「日本近代美術史ノート3）に言及されているそうであるから、ここではそのとき聞いた話の範囲にとどめておくが、氏によれば「それから」を、武者小路実篤《むしゃのこうじさねあつ》のように「自然の掟《おきて》」と「社会の掟」の相剋《そうこく》を描こうとした小説だと考えるのは誤りだというのである。

代助は「自然の掟」というよりむしろ「趣味の掟」に支配されている人間であり、ある意味ではユイスマンスの「さかしま」の主人公、デゼッサントの日本版とでもいうべき世紀末的耽美《たんび》派にほかならない。こういう人間が、もともと「社会の掟」などというものとは無関係に自分の感覚的世界をつくりあげて耽溺《たんでき》していることは、「花の香をかぎながらうたた寝をする」ような生活ぶりを見ても明らかである。したがって、もし、「それから」の世界に相剋があるとするなら、それは代助の耽美派的生活を支配する

「趣味の掟」と、三千代との恋というかたちでそのなかに侵入して来る「自然の掟」とのあいだに生じるもの以外にはあり得ない。

つまり高階氏の説によれば、代助の行動原理は倫理ではなくて感覚である。彼は漱石がつくりあげた「近代人」であって、「それから」の主題は「近代人は果して愛し得るか」というものであり、「社会の掟」にそむいた愛などというものではあり得ない、というのである。

この新説が面白かったのは、たまたま私も漠然と似たようなことを考えていたからである。とはいっても、「それから」については代助が永井荷風と同世代だということに気がついていた程度で、この作品をヨーロッパの世紀末文学と結びつけて考えたことはあまりなかったが、今度六年ぶりでロンドンに出かけて以来、漱石とラファエル前派との関係が急に気になりはじめていた。一九〇〇年、ヴィクトリア女皇崩御の直前からおよそ二年半ロンドンに滞在した漱石が、どんな文学的・芸術的ファッションを呼吸していたかという問題を考え出すと、どうしても彼と英国の世紀末文学との関係を無視できなくなるからである。

そういうわけでロンドンでは、漱石の下宿の跡をたずねてまわるかたわらテイト・ギャラリーに二度ほど足をはこんだ。この美術館はテムズ河畔のミルバンクというところにあって、ターナーの作品がたくさん集められているので有名であるが、ラファエル前派やビアズレイ、ブレイクなどの蒐集《しゆうしゆう》でも知られている。そこでダンテ・ガブリエル・ロセッティの「聖ジョージと王女サブラの結婚」、バーン＝ジョーンズの「シドニア・フォン・ボルク」、ウィリアム・モリスの「王妃ギネヴィア」などが並んでいる一角に足を踏み入れたとたんに、私は思わず「ああ、これだこれだ」とひざを叩《たた》きたくなった。眼の前に展開されたのはほかならぬ「漾虚集」の世界だったからである。

フェノロサと狩野《かのう》派の日本画家との関係からも明らかなように、異質な文化の理解というものはまず絵画や美術工芸を通じておこなわれることが多い。これは美術が文学より普遍性が高いからというよりも、その性質上直接かつ包括的に感覚にうったえて来るからである。だとすれば、漱石がメレディスやオーステンに知的に影響されるよりさきに、右にあげたようなラファエル前派の文人画家たちに感覚的・気分的に影響されなかったはずはない。少くとも漱石は、彼らの設定した時流を呼吸し、彼らが生きた都会の一隅で生活していたのである。そういういわば無意識のうちにおこなわれる影響、知らず識《し》らずのうちに感受性に浸透してなにかをさそい出してしまうような影響の所在を、念頭に置いてみることは決して無駄ではない。

「薤露行《かいろこう》」や「幻影の盾」の、半ば擬古的な文体で織られたイメージの世界は、ほとんど正確にロセッティやバーン＝ジョーンズの水彩画の世界に照応している。これが単なる模倣でもエクゾティシズムでもないのは、漱石自身がラファエル前派に共通した一種病的な想像力を共有しているからである。血の紅やローブの藍、それに独特な悲哀と苦悩をたたえた人物たちの表情――それはきわめて精神的であるためにしばしばひどくエロティックに見える――は、そのまま漱石の存在感の暗い淵《ふち》から浮かび出た心象だといってもよい。それは「漾虚集」を彩《いろど》り、そしておそらく「草枕」や「虞美人草」にまで投影している。「紫の女」藤尾は、ロセッティの「プロセルピーヌ」の反映でないとはいえないからである。

高階氏のいうように漱石の世紀末趣味が「それから」にまで及んでいるとすれば、彼のロンドン生活は意外に深いところで後年の作品のモチーフを決定しているのかも知れない。「こゝろ」はどうだろうかと思ったとき、私は漱石が下宿の主人の肩車に乗って、ヴィクトリア女皇の大葬を見物したことがあるという事実を思い出し、少からず昂奮《こうふん》した。彼は「偉大な時代」の終焉《しゅうえん》に、一度ならず二度立ち会っているのである。ヴィクトリア朝と明治時代。それなら彼はロンドンで、明治天皇崩御の悲しみを予感していたようなものではないか。

そして「明暗」では、彼はひょっとすると大正五年の東京というよりは、むしろ一九〇〇年代初頭のロンドンの社会を描いていたのかも知れない。より正確にいえば、大正五年の東京の社会に、一九〇〇年代初頭のロンドンの記憶がおおいかぶさっているような想像のなかの社会を。だからこそこの未完の小説は、単なるリアリズムでは超えがたい重さとひろがりを感じさせるのかも知れないのである。

漱石と英国世紀末芸術

1

一九六七年夏の終りごろ、私は約二週間ほどロンドンに滞在した。現在なお書きつづけている「漱石とその時代」の参考にするためである。漱石伝としては、いうまでもなく故小宮豊隆氏の「夏目漱石」があり、漱石研究者なら一度は通過しなければならぬ基本図書になっているが、私はやはり自分の心に投影している漱石の生涯を、彼が生きた明治という時代とともに書きたかった。私は、ちょうど自分と同じ年頃に留学生生活を送った漱石になり変ったつもりで、この異国の都を歩いてみたかったのである。

やはり現場に行ってみるということは大切で、そうしてロンドンを歩いているうちに私はいくつかの発見をした。たとえば、漱石が住むに当って角屋敷を好んだというのが、ほとんど決定的な性癖だということなどは、その一例である。熊本時代の住居についてみても、現存する合羽町二三七番地（町名変更により今は坪井町二丁目九番地一一号と表示されている）の家と内坪井町七八番地の家のいずれもが角屋敷であるが、ロンドンの例でも、85 Priory Road, West Hampstead の家も、「倫敦《ロンドン》消息」に出て来る 6

Flodden Road の下宿も、ともに角屋敷である。この性癖が、いったいどのような心理の傾斜を暗示しているのかは、私にもよくわからない。あるいは牛込馬場下（現新宿区喜久井町一番地）の生家が角屋敷だったことと、どこかで結びついているのであろうか。

しかし、もっと文学的な「発見」についていえば、私はそれをテムズ河畔ミルバンクにあるテイト・ギャラリーをはじめて訪れたときに経験した。この美術館は、「坊っちやん」に出て来るターナーの作品がたくさん集められているので有名であるが、ラファエル前派やビアズレイなど、英国十九世紀末芸術の蒐集《しゅうしゅう》でも知られている。そこでダンテ・ガブリエル・ロセッティの「聖ジョージと王女サブラの結婚」、バーン＝ジョーンズの「シドニア・フォン・ボルク」、ウィリアム・モリスの「王妃ギネヴィア」などが陳列されている一室にはいった瞬間に、私はある衝撃を受けて立ち止った。眼前にくりひろげられていたのは、ほかならぬ「浪漫的《ローマン》」漱石の世界――より正確にいえば「漾虚《ようきょ》集」の世界だったからである。

この発見についてはほかの場所（「漱石とラファエル前派」参照）にも書いたことがあるが、ここではその論旨を少し敷衍《ふえん》してみたい。仮りに「漾虚集」に限定して考えると、その世界とラファエル前派のいわゆる「世紀末芸術」とのあいだには、まず主題の上で著しい類似がうかがわれる。例えば、「薤露行《かいろこう》」や「幻影の盾」の舞台が設定されているアーサー王伝説（The Arthurian legend）の世界は、ラファエル前派の芸術家たちが詩と絵画との両面で好んで扱った世界である。ことにウィリアム・モリスは、前述の水彩画「王妃ギネヴィア」を描いたばかりではなく、「ギネヴィアの抗議」(The Defence of Guenevere)、「アーサー王の墓」(King Arthur's Tomb)、「騎士ガラハッド」(Sir Galahad) などの、マロリイの"Morte d'Arthur"に拠《よ》る長詩を書いている。先だって西武百貨店の「英国王室展」に展観されていたバーミンガム美術館所蔵のバーン＝ジョーンズのタペストリ、「聖杯を求めて旅立つ円卓の騎士」も、ウィリアム・モリスの工房で織られたのである。

しかし漱石が、直接ウィリアム・モリスの詩業から影響を受けたことを立証するのは、いささか困難だといわなければならない。中世趣味の復活はヴィクトリア朝後期の一般的風潮で、早い話が当時「詩聖」と仰がれていたテニスン卿《きよう》も、有名な「王の牧歌」(Idylls of the King)を書いているくらいだからである。漱石がこの「牧歌」を読んでいることは、「薤露行」の序に、

《……テニソンのアイヂルスは優麗都雅《いうれいとが》の点《てん》に於《おい》て古今《ここん》の雄篇《ゆうへん》たるのみならず性格《せいかく》の描《べう》写《しや》に於《おい》ても十九世紀《せいき》の人間《にんげん》を古代《こだい》の舞台《ぶたい》に躍《をど》らせる様《やう》なかきぶりであるから、かゝる短《たん》篇《ぺん》を草《さう》するには大《おほい》に参考《さんかう》すべき長詩《ちやうし》であるは云《い》ふ迄《まで》もない。元来《ぐわんらい》なら記憶《きおく》を新《あら》たにする為《た》め一応《いちおう》読《よ》み返《かへ》す筈《はず》であるが、読《よ》むと冥々《めい〳〵》のうちに真似《まね》がしたくなるからやめた》

とあることからも明らかである。

漱石の蔵書目録を見ると、二種類のテニスン全集のほかに、"Tennyson's Morte D'Arthur" Ed. With Introduction and Notes by F. J. Rowe & W. T. Webb. London : Macmillan & Co. 1897 という註釈書まで含まれている。これに対してウィリアム・モリスの著書は、詩に関するかぎり "The Earthly Paradise" London : Longmans, Green & Co. 1900 ただ一冊があげられているだけで、この版が果して表題の作品のほかに前記アーサー王三部作をも含んでいるかどうかは確かでない。したがって「薤露行」や「幻影の盾」は、少くともプロットに関してはモリスよりはテニスンに拠っていると考えるのが順当なように思われる。

だが一方、文体について検討しはじめると、「漾虚集」における漱石は明らかにテニスンよりはモリスやロセッティのような、ラファエル前派の詩人画家たちに近いのである。文体と主題が本来不可分なものであることはいうまでもないが、漱石はこの短篇集の殊《こと》にアーサー王伝説に取材した二つの作品で、めずらしく雅文体を主軸にしたスタイルを用いている。同じ例は「虞美人草」の藤尾の描写にもあらわれているが、ほかには「草枕」以外ほとんど見うけられないから、よほど特殊な文体といっていいであろう。

《……ギニギアは幕《まく》の前《まへ》に耳《みゝ》押《お》し付《つ》けて一重《ひとへ》向《むか》ふに何事《なにごと》をか聴《き》く。聴《き》き了《をは》りたる横顔《よこがほ》を又真向《またまむかふ》に反《か》へして石段《いしだん》の下《した》を鋭《する》どき眼《め》にて窺《うかゞ》ふ。濃《こま》やかに斑《ふ》を流《なが》したる大理石《だいりせき》の上《うへ》は、こゝかしこに白《しろ》き薔薇《ばら》が暗《くら》きを洩《も》れて和《やはら》かき香《かを》りを放《はな》つ。君見《きみみ》よと宵《よひ》に贈《おく》れる花輪《はなわ》のいつ摧《くだ》けたる名残《なごり》か。しばらくは吾《わ》が足《あし》に纏《まつ》はる絹《きぬ》の音《おと》にさへ心置《こゝろお》ける人《ひと》の、何《なん》の思案《しあん》か、屹《き》と立《た》ち直《なほ》りて、繊《ほそ》き手《て》の動《うご》くと見《み》れば、深《ふか》き幕《まく》の波《なみ》を描《ゑが》いて、眩《まば》ゆき光《ひか》り矢《や》の如《ごと》く向《むか》ひ側《がは》なる室《しつ》の中《なか》よりギニギアの頭《かしら》に戴《いたゞ》ける冠《かんむり》を照《て》らす。輝《かゞや》けるは眉間《みけん》に中《あた》る金剛石《こんがうせき》ぞ。
「ランスロット」と幕押《まくお》し分《わ》けたる儘《まゝ》にて云《い》ふ……》（「薤露行」）

この場面はほとんどモリスの水彩画「王妃ギネヴィア」をほうふつさせるといってもよいが、ここで用いられている雅文体の効果は、通常「世紀末芸術」の一般的な表現とされるいわゆる「アール・ヌーヴォー」の効果を想起させもする。つまり「曲りくねり」、「複雑」で「絡《から》みあい」、渦巻型のデザインや波紋状《モアレ》のパターンを基調とする様式に通じるものが、漱石のこのスタイルには明瞭《めいりょう》にあらわれているのである。テニスンの端正な「牧歌」に、こういう雰囲気《ふんいき》がないことはいうまでもない。

それでは漱石は、実はテニスンよりはモリスに、あるいはモリスによって代表される「世紀末芸術」に、より深く影響されたといえるのであろうか。おそらくそうだというのが私の仮説である。しかしそれは、かならずしも彼が、テニスンよりモリスやロセッティをよく読んでいたという意味ではない。彼は読むことによってではなくむしろ見ることによって影響されたのである。スタイルの類縁が感受性の類縁を示すものだとするなら、漱石の感受性は、この場合文学よりは絵画によって一層直截《ちょくせつ》に、より深部にまで影響を蒙ったにちがいない。一般に異質な文化に対する理解は、言葉の壁にへだてられている文学を通じて行われるより、まず絵画や美術工芸を通じて行われることが多い。明治十一年に来朝したアーネスト・フェノロサは、たちどころに狩野《かのう》派の日本画の美を発見することができたが、アーサー・ウェレイの「源氏物語」の英訳が出現するまでには、半世紀以上の東西の交渉が必要だったのである。

ロンドン留学当時の漱石が、神経症になるほど猛勉強したことはよく知られているが、だからといって二六時中書斎の空気しか吸わなかったわけではないことは、中村是公《ぜこう》に連れられて彼が結構頻繁《ひんぱん》に劇場通いをしていることからも知れる。明治三十七年夏の「歌舞伎」に載った談話「英国現今の劇況」によると、彼は明らかにアルマ＝タディマの装置によるシェイクスピアの「コリオレーナス」と、バーン＝ジョーンズが意匠を担当した作者不詳の「キング・アーサー」を見ている。アルマ＝タディマがバーン＝ジョーンズと並ぶラファエル前派の画家であることはいうまでもない。当時の彼らはすでに大家で、ラファエル前派の改革運動はとうに歴史的事件になっていたが、漱石は彼らについて、「……是等《これら》は皆第一流の画家であるのです。それで舞台の画を描くことに関しては、英吉利《イギリス》は今では欧羅巴《ヨーロッパ》で殆《ほとん》ど一流の地位を占めて居て、他の国には劣らないのです」という評価を下している。

このような漱石が、書斎での研究対象である文学作品に知的に影響されるよりさきに、これらラファエル前派の文人画家たちに感覚的、気分的に影響されなかったはずはない。

少くとも漱石は、これらの「世紀末芸術家」の設定した時流を呼吸し、彼らが生きた都会の一隅で生活していたのである。「永日小品」の「霧」は、ヴィクトリアからチェルシイ・エンバンクメントに下り、テイト・ギャラリーの傍《そば》を河沿にバタシーに歩いて行く漱石の姿を描いている。そういう市中彷徨《ほうこう》の途中で、彼はかならず幾度かテイト・ギャラリーの門をくぐったにちがいない。蔵書目録の V. Art の部には、National Gallery, A Catalogue of the National Gallery of British Art (Tate Gallery) Ed. With an Introduction by L. Cust. London : Eyre & Spottiswoode があり、ウィリアム・モリスの美術論集が二冊含まれている。こうした接触から生ずる無意識の影響、知らず識《し》らずのうちに感受性に浸透してその底に眠っているなにかを誘発するような影響の所在を、念頭に置かずに漱石を論じるのは、明らかに片手落ちと思われる。

2

しかし影響は、勿論《もちろん》影響されるもののなかに、なんらかの共通項が予《あらかじ》め存在していなければ成立しがたいものである。私は先ほど感受性の類縁といったが、「薤露行」や「幻影の盾」がそれぞれ特異な、しかし渾然《こんぜん》とした幻想の世界をつくり出し、決して単なる模倣やエクゾティシズムに終っていないことを見れば、漱石自身のなかにラファエル前派に通じる一種病的な想像力がひそんでいたことは否定しがたい。「アール・ヌーヴォー」的な文体の屈折を別にしても、血の紅とローブの藍《あい》、それに独特な悲哀と苦悩をたたえた人物たちの表情——それはきわめて精神的であり、かつしばしばひどくエロティックである。ガブリエル・ロセッティの“The Blessed Damozel”に典型的にあらわれている性の自己分裂——は、そのまま漱石の存在感の暗黒な部分から浮び上って来た心象といってもよく、「漾虚集」を超えておそらく「草枕」や「虞美人草」にまで投影している。「紫の女」藤尾はロセッティの「プロセルピーヌ」の反映かも知れない。そしてプロセルピーヌは、マーガレット・リードの「アーサー王伝説」(The Arthurian Legend. Comparison of Treatment in Modern and Mediaeval Literature, by Margaret J. C. Reid)によれば王妃ギネヴィアの原型であり、その背後には季節の神話、つまり夏であるプロセルピーヌが冥府《めいふ》の王プルトーに凌辱《りょうじょく》されて冬に変貌《へんぼう》し、ふたたび夏に蘇生《そせい》するという神話が隠されているという。

このような感受性、あるいは想像力の特質は、いわば漱石をラファエル前派に結びつける内的なきずなである。これを内的な共通項とすれば、その半面で外在的な共通項、つまり漱石の生きた時代とラファエル前派の生きた時代のあいだに存在し得る類縁が検討されなければならない。単に「精神の血族」というところにのみ共通性を求めて、時代の問題を考えに入れないのは、やはり恣意《しい》的といわざるを得ないからである。だが、その点に関していえば興味深い事実があげられる。漱石のなかにもラファエル前派のなかにも、社会の産業化、あるいはその背後にひそむ時代思想である進化論に対する、あるぬきがたい嫌悪《けんお》があったからである。

「文明開化」の明治時代が国家的興隆と文化的崩壊の時代だったとするなら、ヴィクトリア朝の英国もまたそれに数層倍する規模で同じ国家的興隆と文化的崩壊を体験しつつあった。そのあいだに共通に存在するのは産業化という現実であり、それが促進した安定した世界像の崩壊である。「オスカー・ワイルドとともに近代がはじまった」という吉田健一氏の言葉には深い含蓄がある。文学における「近代」は、この崩壊を引受けてそれを呼吸した人々によってもたらされた。漱石がこの意味での「近代」を、日本文学のなかで最初に引受けたひとりだったことについては、私はこれまでに「明治の一知識人」その他の文章で触れたことがある。

同じ「近代」は、マラルメに率いられたフランス象徴詩派にも、ワイルドとビアズレイ、それにラファエル前派の文人画家たちによって代表される英国世紀末芸術にも、より明瞭な、より広汎《こうはん》なかたちで訪れていた。マーガレット・リードによれば、ラファエル前派の運動の主目的は、

《……詩と絵画の両面において古典主義的因襲を拒否し、「自然」の素朴さに帰ることであった》

という。その動因となっているのは、いうまでもなくヴィクトリア朝の産業社会の世

界像――ダーウィンの進化論とクロード・ベルナールの生理学によって決定された世界像への反撥《はんぱつ》である。ダンテ・ガブリエル・ロセッティを中心として、いわゆるラファエル前派(ラファエル以前、つまりルネッサンス以前の「素朴さ《ナイヴテ》」に戻ろうとする意味で、Pre-Raphaelite Brotherhood と称した)が結成されたのは、十九世紀中葉のことである。そういう理想を掲げた彼らが、文学と絵画の両面に於て中世に関心を示し、十三、四世紀頃の英国のロマンスに題材を求めようとしたことは当然であろう。題材のみならず、詩法《プロソディイ》においても彼らは中世紀を模倣しようとしたが、それが結局中世詩の「素朴さ《ナイヴテ》」に到達せず、一種人工的な味わいのものに終ったのは、やはり意識された復古運動の限界である。「素朴さ《ナイヴテ》」を意識的に求めようとすること自体、いうまでもなくきわめて「近代的」な操作だからである。

同じ「素朴さ」への希求は漱石のなかにもあった。「彼岸過迄」の須永は女中のお作の顔を見て、それが「一筆がきの朝貌《あさがほ》」のように見えることにやや感傷的なほどの感動を示したりしている。同じ心の傾斜が禅への関心になったり、南画趣味になったりすることについては、私も以前に触れたことがある。しかしこれもまたきわめて「近代的」な感情であり、意識的、意志的な「素朴さ」にほかならない。漱石が少年時代に、のちに抜群の学力を示すようになった英語の学習をはじめるにあたって、一種不可解な逡《しゅん》巡《じゅん》を示し、逆に漢学塾二松学舎に通い出したりしているのは、彼のなかに英語によって象徴される「近代」＝「文明開化」に対する根強い嫌悪感が隠されていたことを示すものである。こういう感受性は、当然ラファエル前派と共通のなにものかを持ち得るのである。

ところで漱石が、この感受性をもっとも早く明らかにしているのは、ホイットマンに対する関心を通じてではないかと思われる。英国留学より八年前、彼がまだ東京帝国大学文科大学英文学科第三学年（最上級）在学中に、「哲学雑誌」に寄稿した論文「文壇に於ける平等主義の代表者『ウオルト、ホイットマン』Walt Whitman の詩について」（明治二十五年＝一八九二）は、この意味で重要な資料である。彼にホイットマンの存在を教えたのは、この年文科大学を去って米国セント・ルイスのワシントン大学の英文学教授に就任したジェイムズ・メイン・ディクソンであろう。ディクソンはスコットランドのセント・アンドルース大学を卒業して工部大学校のお雇い教師となり、明治十九年（一八八六）に文科大学に移った人物である。漱石は彼のために「方丈記」を英訳したことがあり、ディクソンはそれに論文を附して The Transaction of the Asiatic Society of Japan に発表した。このような関係からして、おそらく漱石はディクソンを通じてホイットマンを知ったものと思われる。

このホイットマン論は、「哲学雑誌」に発表されたためか、むしろホイットマンの詩業の思想的側面の紹介に多くが費やされている。「漾虚集」の諸作のように作者の感覚がそのまま露呈されているわけではないが、漱石がこの時期に「草の葉」を読んで感動していることは明らかである。そこにはまず文学的ナショナリズムへの共感があり、「独立心」を強調する「平等主義」への共鳴がある。さらに当時の青年らしく、ホイットマンのある種の進化論的発想に知的興味を覚えているふしも見うけられ、いわゆる“manly love of comrade”に共感する孤独な心情もうかがわれる。この最後のモティーフはもっとも重要であるが、それとともに重要なのは次の記述である。

《此《この》詩人名を「ウオルト、ホイツトマン」と云ひ百姓の子なり……廿歳の時「ニユーヨーク」に移り千八百五十五年始めて“Leaves of Grass”を著す去れど盲目千人の世の中たる上旧来の詩法に拘泥《こうでい》せざる一種異様の風調なりしかば之《これ》を購読する者は無論の事其《その》書名をだに知る者なかりしが故《ゆえ》出版せる千部の内覆瓿《ふうほう》の災を免れたるは僅《わず》かなれど其僅かなる中の数冊が古道具屋の雑貨と共に英国に渡り後年「ロゼツチ」の Selected Poems by W. Whitman となつて現はれたるは著者の為め且つ出版者の為め甚だ賀すべき事と云ふべし》註

つまりここで、漱石はおそらく自らそれと意識することなくホイットマンとラファエル前派との親密な関係を指摘しているのである。この「ロゼツチ」は、ダンテ・ガブリエル・ロセッティの弟で、クリスティーナ・ロセッティの兄にあたるウィリアム・マイクル・ロセッティである。彼は税務署に勤務していて定収があったので、ラファエル前

派の事務局長のような役割を果し、いくつかの翻訳や評伝をのこしたが、その Poems by Walt Whitman, Selected & Edited by William Michael Rossetti は、一八六八年にロンドンのジョン・キャムデン・ホットンから刊行された。漱石のいう通り、これがホイットマンを英国に紹介した最初の版である。

この本は英国でもそれほど売れたわけではなかったが、ラファエル前派周辺の「世紀末」的読書人には熱心に読まれた。そのなかに夫と共著で五年前にブレイクの伝記を書いた未亡人、アン・ギルクリストがいたので、文学史にのこるような事件がおこった。アンはホイットマンを読んで感動し、彼が本国で猥《わい》せつ作家あつかいをされていることを知って、直ちにボストンの「ラディカル」誌に"A Woman's Estimate of Walt Whitman"と題する投書を送ってこれを擁護し、それでも満足できずに詩人と結婚するつもりでアメリカに移住してしまった。詩人の側の逡巡によって結婚は実現しなかったが、ギルクリスト夫人は以後ホイットマンの経済的、精神的援助者になった。

漱石はこのロセッティ版でホイットマンを読んだわけではない。そのことは前記論文の結尾に記されているから、彼が文献的な意味でラファエル前派経由でホイットマンに接したということはできない。しかしここで重要なことは、ホイットマンを中心にして、若い漱石とラファエル前派が同じ時代精神を呼吸していたという事実である。ホイットマンは大西洋を越えてまずラファエル前派に反響し、太平洋を越えて漱石に共鳴者を見出した。漱石がホイットマンに見たものは、「哲学雑誌」に書いた論文に掲げられたナショナリズム、平等主義云々《うんぬん》などではなくて、むしろあの“manly love of comrade”の影にひそむ深々とした孤独、そしてそこから溢《あふ》れ出る無言の音楽ではなかったであろうか。それはおそらくラサール・サミンスキイが“Music of Our Day”で指摘しているように、ワグナー、スクリアビン、あるいはドビュッシイに比べられるような“cosmos-inspired”な音楽、現実と魂に架橋する反古典主義的、超ロマン主義的な沈黙の音楽である。それはなにかの崩壊のあとに響きわたる音楽であるが、ラファエル前派が西洋古典主義の崩壊を生きていたとすれば、漱石もまた儒学——ことに朱子学を中心とする日本の古典主義の崩壊を生きつつあったのである。

この音楽、あるいは時代精神のライトモティーフは、もちろん「死」である。漱石を英国及び欧州の「世紀末芸術」につなげる輪はすでに明治二十五年（一八九二）に準備されていた。このときまでに彼はさまざまな死を体験していた。母の死。二人の兄の死。そして敬愛し、おそらくはひそかに恋していたかも知れない嫂《あによめ》の死。私は漱石が、のちにヒンデミットによって作曲されたホイットマンのリンカーン追悼詩、“When Lilacs Last in the Dooryard Bloom'd”のもっとも美しい一節、

《Come lovely and soothing death
Undulate round the world, serenely arriving, arriving

In the day, in the night, to all, to each
Sooner or later delicate death.》

を、どのような気持で読んだかを知りたいと思うことがある。彼もまた生涯を通じて、優しく身をくねらせて近づいて来る"lovely and soothing death"を待ち望んだひとりではなかったろうか。「文学論」のなかで、漱石はラファエル前派についても、マネに率いられたフランス印象派についても、きわめて同情的に語っている。それもまた彼が、「世紀末」を、つまり地球をまわってやって来る"delicate death"の足音を聴きわける、異常に敏感な耳の持主だったからではないであろうか。

註　漱石のこの叙述には若干の思い違いがある。一八六八年ロセッティ版の「ホイットマン詩集」の底本になっているのは、一八六七年版（つまり米国に於ける第四版で"When Lilacs Last in the Dooryard Bloom'd"が本文にではなく附録に組み込まれているもの）であって、一八五五年版の初版ではない。なお、「ホイットマン詩集」に"Leaves of Grass"という現行の標題がつけられたのは、一八七六年版・一八八一年版以降である。

登世《とせ》という名の嫂《あによめ》

漱石の嫂《あによめ》について、従来語られるところがあまりに少いのを、私はいつも不思議に思っていた。小宮豊隆氏の「夏目漱石」はほとんどこの幻の女性に触れておらず、単に「悟道の老僧の如《ごと》き見識を有したるかと怪まれ」たという漱石自身の言葉をあげているのみである。知見の及ぶかぎりでは、わずかに小泉信三氏が「読書雑記」のなかで、「行人」を論じて次のように述べているのが注目されるというにすぎない。

《……モラリストである漱石の小説について一つ気着くのは、「道ならぬ恋」がそのテエマに多いことである。……就中《なかんづく》「行人」に於《お》ける弟と嫂との関係の描写は微妙であり、弟と嫂とが図らず暴風雨のために余儀なく共に旅館に一夜を明かすところ、家を出た弟の下宿に、嫂が尋ねて来るくだりは、全篇中の佳処と称すべきもので、此《この》女主人公が心に思ふことは果たして何かと、読者は作中人物と共に懊悩《あうなう》を感ずる。漱石は果たして空に憑《よ》つて之《これ》を描いたか。或は観察体験に得るところがあつたものか。

《漱石の書簡集を繙《ひるが》へすと、明治二十四年（八月三日）二十五歳のとき、郷里松山に帰省してゐた親友の子規に嫂の死を報じて之を悲み、悼亡の句十余首を連ねた一通がある。漱石の悲みはたゞ斯《か》かる場合の普通のものにすぎなかつたか。或はそれよりも更に深いものであつたか。今誰も言ひ得るものはない。たゞ漱石が嫂の死を哀み、生前を追想し其《その》人を惜むの情は切々たる手紙の文言に漏らされてゐる。……》

このようにいって小泉氏は右の手紙の一節と俳句十余首を掲げ、さらにつづけて次のように述べている。

《……後二十余年を経て「行人」の筆を進めるとき、漱石はこの自分と同い年の嫂を追想することはなかつたか。実在の嫂を以て作中の嫂に擬し、嫂に対する我が感情を以て二郎の直子に対する夫《そ》れを量ることはなかつたか。固《もと》より凡《すべ》ては臆測《おくそく》以上に出ることは出来ない。たゞ此手紙によれば、漱石は自ら嫂を敬愛したのみならず、彼女も亦《ま》た義弟を親愛したことを信じてゐた。死後の魂は何方へ帰するかと云ふところに、「一片の精魂もし宇宙に存するものならば、二世と契《ちぎ》りし夫の傍か、平生親しみ暮せし義弟の影に髣髴《はうふつ》たらんかと、夢中に幻影を描き、ここかしこかと浮世の羈絆《きはん》につながるゝ死霊を憐《あはれ》み、うたゝ不便の涙にむせび候《さうらふ》」といふのを見れば、二人の相思ひ相信ずることは尋常よりは更に深いものであつたのか。今それは何人にも尋ねることは出来ぬ。それは漱石自身と嫂とに於ても答へることは出来ないのかも知れぬ。……》（「読書雑記」—「夏目漱石」・二二三〜二二六頁）

過去三年来「漱石とその時代」という伝記を書いているうちに、私は次第に小泉氏のいわゆる「臆測」が単なる「臆測」の域にとどまらず、相当の根拠を有する事実だと信じるにいたった。つまり漱石は嫂をひそかに恋していたのであり、嫂もまたおそらくこの義弟に「親愛の念」以上のものを感じていたのである。この関係がどの程度深いものであったかについては「何人にも尋ねることは出来」ないが、「行人」と前記の書簡だけにとどまらず、漱石の作品と断片、ことに英詩と書簡のいくつかは恋愛の実在を立証しているように思われる。

この嫂は漱石の季兄夏目和三郎直矩の二度目の妻で、名を登世《とせ》という。慶応三年（一八六七）四月二十日、水田孝畜・和歌の二女として芝愛宕《あたご》町に生れ、明治二十一年（一八八八）四月三十日、夏目家の戸主である直矩と婚姻入籍された。たしかに小泉信三氏の指摘する通り慶応三年一月五日生れの漱石とは同い年であり、正確にいえば三カ月半ほどの妹である。明治二十四年（一八九一）七月二十八日、懐妊中の登世は悪阻《つわり》をこじらせて満二十四歳三カ月余りで世を去った。小泉氏のあげている漱石の子規あて書簡はこの直後に書かれたものである。戒名は智力院釈尼妙覚、墓は小日向《こびなた》水道端（現在の文京区小日向一丁目）本法寺内の夏目家墓所にある。本法寺は京都東本願寺の末寺で、いうまでもなく浄土真宗の寺である。

登世の戒名と墓所の所在については、私は彼女の実家水田家の当主水田孝一郎氏の教示を仰いだ。水田家はもともと深川大島町の地主で、代々太郎五郎を名乗り、初代は五代将軍綱吉の元禄・宝永年間までさかのぼることができる。惟《おも》うに天和二年（一六八二）十二月二十八日の大火で、いったん市街地に造成された本所深川一帯が焼きはらわれ、田畑や野飼いの牛の牧場に還《かえ》ったころかなり広大な土地を入手し、元禄元年（一六八八）以来の市街地復興の波に乗って産を成したのではないかと思われる。その証拠に水田家の二代目、三代目のころには津軽侯御用の札差《ふださし》をしていたという口伝がのこっている。つまり御用金を用立て、その利息を津軽米で受取り、それを売りさばいて利益をあげていたのである。

苗字《みょうじ》帯刀を許されていたというこの富裕な町家が、芝愛宕下に移ったのは安政二年（一八五五）十月二日夜半の大震災以降である。地震はいうまでもなく大火をともない、類焼した町数二百十九町余り、下町の被害がことにはなはだしかったから、倉が九つもあったという深川大島町の水田家もこのとき烏有《うゆう》に帰したのであろう。この結果四代目孝畜は芝愛宕下に移住して、愛宕権現《ごんげん》の祠官《しかん》になった。愛宕権現は神仏混淆《こんこう》で徳川家の尊崇が厚く、祠官は近隣の社寺に相当の勢力を有していたらしい。岸井良衛氏の「江戸・町づくし稿」によると、

《俗に愛宕山という。山上は松柏《しょうはく》が茂っていて、夏の日などは此処《ここ》へ登れば涼しく、見おろせば万戸千門は甍《いらか》をならべ、海は千里の風光を見渡して美景の地である。毎月二十四日は縁日と称して参詣人《さんけい》が多く、六月二十四日は千日参りといって、貴賤《きせん》の群衆が参集する。縁日ごとに植木市があって、四季の花木は壮観である》

などという。また、

《権現の別当を円福寺といって、江戸四ヵ寺の一つである。寺領百石。慶長八年（一六〇三年）鎮座、同十五年に本社、拝殿などが公から御建立《こんりゅう》あった。表門の石段は七十二段、幅二間。石段の中ほどに鉄鎖の太いのを土中に建てて、上下する人達の頼りとしている。御府内にこれ以上急な石坂は無い。男坂の右に女坂がある。百八段である。東側の崖《がけ》通りに出茶屋が二十余軒あって、少婦が新粧をこらして客を呼び入れて香泉湯を飲ませる》

という。

水田家はこの女坂の左手の地主でもあり、右手はやはり祠官である高野家が所有していた。四代目の孝畜が祠官になったいきさつはあきらかではないが、当時この職は土地の名望家の名誉職と考えられていたというから、深川から芝に移ってもなおその富を失わずにいた水田家の当主にふさわしい地位と考えられたのであろう。愛宕権現の社格の高さからして、彼は一時芝神明の神官を兼ねたこともあった。私が以前夏目純一氏からうかがったことのある「芝神明の神主云々《うんぬん》」という説は、これが記憶のなかで変形されて伝えられたものと思われる。

孝畜は前述の通り漱石の嫂登世の父親である。彼は書画をよくし、学問を好んだらしく、現在水田家には彼の編纂《へんさん》した漢文のグロッサリイのようなものが遺《のこ》っている。その書画の腕前を伝えたものとしては、同門だった先々代の歌右衛門に頼まれて女性のひい、き筋に配る色紙の代作をしたという逸話がある。彼はまた俳諧《はいかい》もたしなんだので、孝畜という名は書画のための雅号であったのか、あるいは俳号であったのか、いずれとも決めがたい。通称太郎五郎が明治になってから孝畜と名を定めたのは、夏目和三郎が直矩を名乗ったのと同じであろう。

今日まで水田家に伝えられている孝畜の写真は二葉あるが、神官姿のものはまだ青年の風貌《ふうぼう》をとどめていて、眼許《めもと》に俊敏なひらめきがある。弁当代を出して歳《とし》の市に羽子板市を誘致し、新しい愛宕名物をつくったといわれる企画力がうかがわれ、激動する時代を乗り切ろうとする旧家の当主の決意が眉宇《びう》にあらわれている。水田家の当主孝一郎氏は孝畜の二男孝哲《たかのり》の子息で、ある大銀行を停年退職された方である。つまり孝畜の孫、登世の甥《おい》であるが、七代目を名乗っておられるのは孝畜の長男太郎吉がいったん五代目を相続してから他家を継ぐことになったためだという。

芝愛宕町の家は関東大震災で焼けた。当時中学生だった孝一郎氏は、プールに泳ぎに行っていて地震に逢い、警視庁が焼けるのを見物に行って夕刻家に戻ってみると、自分の家も焼けてしまっているのでびっくりした。氏は父の六代目孝哲を助けて、孝畜の遺品を入れた長持を愛宕山上にかつぎ上げたが、火勢が強く、一時長持を木蔭《こかげ》において避難したところそれも焼けて定紋の金具をのこすのみとなったという。現存の写真その他は六代目孝哲が罹災《りさい》しなかった親類縁者から集めたものである。大震災以後、水田家は東中野に移ったがこの家もさきの大戦中に焼け、七代目の孝一郎氏によって再建された。このようにたどって来ると、天和・元禄のころ以来水田家の家運の変遷《へんせん》が大火と深く結びつけられているのには感慨をもよおさざるを得ない。

ところでもう一葉のこっている孝畜の写真は、羽織袴《はかま》姿の晩年のものである。面長で鼻筋の通った美丈夫で眼光に威厳があり、大身の旗本とでもいうようなたたずまいを見せている。同じときに撮ったと覚《おぼ》しい孝畜の夫人和歌の写真は、白襟《しろえり》黒紋附三枚襲《がさ》ねの正装で裾《すそ》を引き、やはり武家の内室のような凜々《りり》しい気品をただよわせている。和歌はもちろん登世の生母で、孝畜の二度目の妻だという。太郎吉・孝哲の兄弟も姉の登世と同じ腹である。

明治五年に太政官政府によって神仏混淆が禁じられたとき、水田孝畜は愛宕権現の祠官を辞めて隠居した。それはまた壬申《じんしん》戸籍が編成された年でもあり、牛込馬場下横丁の名主夏目小兵衛直克が家督を長男の大一にゆずって隠居し、四谷大宗寺門前の名主塩原昌之助がやはり養子にしていた夏目直克の五男金之助(のちの漱石)を戸主に立てて若隠居となった年でもあった。このとき金之助は満五歳、登世もまた五歳になっていた。

漱石とその嫂のことが気になりはじめてからというもの、私は彼女の名さえ明らかにされていないという状態におどろかざるを得なかった。登世という名はやがて判明し、それは漱石がひそかに慕った女性にふさわしいものと思われたが、今度は彼女の実家水田家がなにを業とする家であったかを確かめたくなり出した。しかし「週刊新潮」の「掲示板」を通じて当主の孝一郎氏と連絡がとれたときには、私はまだ登世の写真が出て来るとは少しも期待していなかった。孝一郎氏からいただいた葉書には、関東大震災で昔のものを大方焼失したと記されていたからである。

しかし幸いなことに、登世の写真は一葉だけ現存していた。それは十七、八の娘時代のものらしく、登世は面長なところは父の孝畜に似、切れ長の眼許は母の和歌によく似ている。漱石の好んだという「脊のすらつとした細面」の美人で、はじめてこの写真を見たとき私はなぜか「明治一代女」の花井お梅に似ているなと感じた。のちに洗い髪姿のお梅の写真と実際にひきくらべてみると、登世ははるかに上品で聡明《そうめい》な印象をあたえるが、それにしても同系統の顔立ちであることは否定できない。漱石が後年出獄した花井お梅に異常な関心を抱き、断片や作品のなかに彼女のことを書いているのも、この女性に嫂の面影を見ていたためかも知れない。そういえば登世は漱石が「理想の美人」だとしていたという大塚保治夫人の閨秀《けいしゅう》作家、大塚楠緒子《くすおこ》にもどこか似ている。しかしすらりとした撫肩《なでがた》であるにもかかわらず胸許に豊満なおもむきがあって、むしろ肉感的なものを感じさせる女性である。

私は最初、登世と夏目和三郎直矩との縁談の仲介をしたのは、直矩や金之助の亡母千枝の異母姉である鶴が縁づいた先の、芝将監橋の炭問屋高橋長左衛門ではないかと考えていた。だがこのたび水田孝一郎氏からうかがった話によると、孝畜と夏目小兵衛直克はおたがいに警視庁に出入りするうちに知り合うようになり、父親同士のあいだで話がまとまったのだという。明治二年（一八六九）に名主制度が廃止されて以来、直克は東京府庁に勤めていたから職務柄警視庁にときどき出かけたのは当然であり、神官だった孝畜が監督官庁に出入りしていたというのも不思議ではない。登世はいかにも父親同士の話し合いで、夏目家の嫁になることになったのだろうと思われる。

が、それにしても和三郎直矩は、このとき最初の妻を入籍してからわずか三カ月で離別していた。漱石は「道草」に書いている。

《兄は最初の妻《さい》を離別した。次の妻《さい》に死なれた。其二度目の妻《さい》が病気の時、彼は大して心配の様子もなく能《よ》く出歩いた。病症が悪阻《つはり》だから大丈夫といふ安心もあるらしく見えたが、容体《ようだい》が険悪になつて後《のち》も、彼は依然として其態度を改める様子がなかつたので、人はそれを気に入らない妻に対する仕打とも解釈した。健三も或は左右《さう》だらうと思つた》（三十六）

離別された直矩の最初の妻は、牛込南榎《みなみえのき》町の士族朝倉景安の二女ふじである。ふじは明治三年（一八七〇）十月十四日生れであるから、明治二十年（一八八七）九月十三日直矩に婚姻入籍されたとき、まだ満十七歳にもならない若さだったことになる。彼女が朝倉家に復籍したのは同じ年の十二月十二日である。

その理由はいまだに謎《なぞ》であるが、ふじの不幸を投影したような挿話《そうわ》が、漱石の作品のなかにまったく見当らないわけではない。それは「行人」第一部（「友達」三十二、三十三章）の三沢と「娘さん」の挿話である。

《今から五六年前《まへ》彼の父がある知人の娘を同じくある知人の家に嫁《よめ》らした事があつた。不幸にも其娘さんはある纏綿《てんめん》した事情のために、一年経《た》つか経《た》たないうちに、夫《をつと》の家を出る事になつた。けれども其処《そこ》にも亦《また》複雑な事情があつて、すぐ吾家《わがいへ》に引取られて行く訳に行かなかつた。それで三沢の父が仲人《なかうど》といふ義理合から当分此娘さんを預かる事になつた。――三沢は一旦嫁《とつ》いで出て来た女を娘さん／＼と云つた。

「其娘さんは余り心配した為だらう、少し精神に異状を呈してゐた。それは宅《うち》へ来る前か、或は来てからか能く分らないが、兎《と》に角宅《かくうち》のものが気が付いたのは来てから少し経《た》つてからだ。固《もと》より精神に異状を呈してゐるには相違なからうが、一寸《ちよつと》見たつて少しも分らない。たゞ黙つて鬱《ふさ》ぎ込んでゐる丈《だけ》なんだから。所が其娘さんが……」

三沢は此処《こゝ》迄《まで》来て少し躊躇《ちうちよ》した。

「其娘さんが可笑《をか》しな話をするやうだけれども、僕が外出すると屹度《きつと》玄関迄《まで》送つて出る。いくら隠れて出ようとしても屹度《きつと》送つて出る。さうして必ず、早く帰つて来て頂戴《ちやうだい》ねと云ふ。僕がえゝ早く帰りますから大人《おとな》しくして待つて居らつしやいと返事をすれば合点〳〵をする。もし黙つてゐると、早く帰つて来て頂戴ね、ね、と何度でも繰返《くりかへ》す。僕は宅《うち》のものに対して極りが悪くつて仕様がなかつた。けれども亦此娘さんが不憫《ふびん》で堪《た》まらなかつた。だから外出しても成るべく早く帰る様に心掛けてゐた。帰ると其人の傍《そば》へ行つて、立つた儘《まま》只今と一言《ひとこと》必ず云ふ事にしてゐた」

《「……其娘さんは蒼《あを》い色の美人だつた。さうして黒い眉毛《まゆげ》と黒い大きな眸《ひとみ》を有《も》つてゐた。其黒い眸《ひとみ》は始終遠くの方の夢を眺てゐるやうに恍惚《うつとり》と潤《うるほ》つて、其処《そこ》に何だか便《たより》のなささうな憐《あはれ》を漂《たゞ》よはせてゐた。僕が怒らうと思つて振り向くと、其娘さんは玄関に膝《ひざ》を突いたなり恰《あたか》も自分の孤独《こどく》を訴《うつた》へるやうに、其黒い眸《ひとみ》を僕に向けた。僕は其度に娘さんから、斯《か》うして活きてゐてもたつた一人で淋《さむ》しくつて堪らないから、何《ど》うぞ助けて下さいと袖《そで》に縋《すが》られるやうに感じた。――其眼がだよ。其黒い大きな眸《ひとみ》が僕にさう訴へるのだよ」

「君に惚《ほ》れたのかな」と自分は三沢に聞きたくなつた。

《……「所が事実は何うも左右《さう》でないらしい。其娘さんの片付いた先の旦那といふのが放蕩家《はうたうか》なのか交際家なのか知らないが、何でも新婚早々たび〳〵家《うち》を空《あ》けたり、夜遅く帰つたりして、其娘さんの心を散々苛《いぢ》め抜いたらしい。けれども其娘さんは一口も夫《をつと》に対して自分の苦《くる》しみを言はずに我慢してゐたのだね。その時の事が頭に祟《たゝ》つてゐるから、離婚になつた後《あと》でも旦那に云ひたかつた事を病気のせゐで僕に云つたのださうだ。――

けれども僕はさう信じたくない。強ひても左右《さう》でないと信じてゐたい」

「それ程君は其娘さんが気に入つてたのか」と自分は又三沢に聞いた。

「気に入るやうになつたのさ。病気が悪くなればなる程」

「それから。――其娘さんは」

「死んだ。病院へ入《はひ》つて」

　自分は黙然とした。

《……「あゝ肝心《かんじん》の事を忘れた」と其時三沢が叫んだ。自分は思はず「何だ」と聞き返した。

「あの女の顔がね、実は其娘さんに好く似て居るんだよ」》

　もとよりこの挿話が漱石のどんな体験を反映しているかを確実に立証する方法はない。しかし彼の身辺で嫁いで間もなく不縁になった女といえばふじしかなく、この挿話の内密な語り口からして彼がその奥底に自ら「観察体験」した事件を置いていると想像することは可能である。狂女が「娘さん」と呼ばれているのも、満十七歳になって間もなく夏目家を去ったふじの面影をとどめているのかも知れない。前掲「道草」の一節を思いあわせれば、あるいは漱石は、ここでふじと登世といずれも夫に顧られなかった妻たちの記憶をつきまぜて、いわば「嫂的なもの」の哀れさを暗示しようとしているとも考えられる。

さらに三沢のいわゆる「あの女」とは、彼が偶然宴席で逢って関心を持つようになった芸者のことである。その芸者が「娘さん」に似ているから三沢が異常な関心を示すようになったという作者の説明は、おそらく作者自身の特殊な心的傾向を物語っている。漱石にはその内心に焼きつけられている「ある女」の面影があり、それは似ている女に出逢うたびによみがえって彼の内密な体験を想起させた。前述の彼の好んだ女性のタイプからしてそれは当然「脊のすらっとした細面」の登世であったと思われる。三沢の女性像の原点に「娘さん」がいるように、漱石の女性像の原点には多分登世がいたのである。

登世が夏目家に縁づいて来た明治二十一年には、漱石は第一高等中学校予科を卒業し、英文学専攻を決意して同校本科に進んだところであった。姻戚《いんせき》関係になった水田家と夏目家のあいだには弟妹たちの交流がはじまり、牛込喜久井《きくい》町（馬場下）の夏目家には登世の二つ年下の妹伎武《きむ》がときどきやって来るようになった。一方漱石も芝愛宕町の水田家をしばしば訪れるようになり、一ヵ月ほど厄介になっていたこともあったらしい。当時芝の海岸はまだ白砂青松のおもむきがあったから、これはおそらく夏休み中で避暑のためだったものと思われる。水田家では漱石をひそかに「芋金」とあだ名していた。「金」はもちろん金之助の「金」であるが、「芋」は彼が遊びに来るたびに「芋を喰わせて下さい」とねだったところからついたのだそうである。

この逸話を聞いたとき私はある悲哀を感じて胸を衝かれた。これは当時夏目家で漱石が置かれていた孤独なみそっかす的役まわりを、あまりにも象徴的に暗示しているからである。彼はこの年の一月ようやく生家に復籍したばかりであった。父の小兵衛直克は極端なしまりやで、夕食のおかずを下女に聞かれると「茄子《なす》でも煮ておけ」というのがつねだったという話を夏目伸六氏は伝えている。しかし水田家では彼はいつも歓待され、伎武《きむ》に目隠しをしてふざけたり、孝哲少年を寄席に連れて行ったりして羽根を伸ばしていたらしい。漱石の寄席好きは孝哲を経て水田家の当主孝一郎氏に伝えられている。そのころ水田家には御家人くずれで言葉づかいのていねいなますという婆《ばあ》やがおり、これが大の漱石びいきで「金さま、金さま」と下にも置かず、彼が来るときまって一品だけ料理を余計につけてやったという。伎武《きむ》はこの「金さま」と区別して「お伎武《きむ》さま」と呼ばれた。水田家ではいまだにますが「坊っちゃん」のお清のモデルだと信じている。

しかしさらに重要な事実は、登世の病中漱石が嫂《あによめ》を抱いて二階への上り下りを助けるなどし、こまやかに世話を焼いたということである。このために後年まで彼が水田家の人びとから深く感謝されていたということを、現在横浜に居住されている伎武《きむ》の息女矢田千代さんはよく覚えておられる。つまり漱石は優しい思いやりのある義弟という役割を果すことにおいて、登世の肉体の豊かな感触を知っていたのである。

登世の面影を宿していると覚しい女のイメージが、漱石の作品に最初にあらわれるのは、明治三十六年（一九〇三）の八月から十二月にかけて書かれた九篇の英詩の第二番目からである。当時漱石は二年余りの英国留学から帰った直後で、ラフカディオ・ハーンの後任として一高と東大に出講していたが、留学中からの神経症に悩まされており、六月ごろから病状が急激に悪化して夜中発作的に癇癪《かんしゃく》をおこして物を投げるなどという異常な行動がつづいていた。

そのころ三女栄子を懐妊していた妻の鏡子が、筆子・恒子の二人の女児を連れて実家中根家にいったん戻ったのは七月にはいってからである。漱石は「道草」に書いている。

《……健三は彼等の食料を毎月送つて遣《や》るといふ条件の下《もと》に、また昔のやうな書生生活に立ち帰れた自分を喜んだ。彼は比較的広い屋敷に下女とたつた二人ぎりになつた此突然の変化を見て、少しも淋《さび》しいとは思はなかつた。

「あゝ晴々《せいせい》して好い心持だ」

《彼は八畳の座敷の真中に小さな餉台《ちゃぶだい》を据ゑて其上で朝から夕方迄ノートを書いた。丁度極暑《ごくしょ》の頃だつたので、身体《からだ》の強くない彼は、よく仰向《あふむけ》になつてばたりと畳の上に倒れた。何時《いつ》替へたとも知れない時代の着いた其畳には、彼の脊中を蒸すやうな黄色い古びが心迄《しんまで》透《とほ》つてゐた。

《彼のノートもまた暑苦しい程細《こま》かな字で書《か》き下《くだ》された。蠅の頭《はへ》といふより外に形容のしやうのない其草稿を、成る可くだけ余計拵《こしら》えるのが、其時の彼に取っては、何よりの愉快であった。そして苦痛であった。又義務であった》（五十五）

いうまでもなくこのノートは、のちに「文学論」にまとめられた講義のノートである。前記九篇の英詩はちょうど漱石が、こうして駒込千駄木町五十七番地の借家に独居していたころに書きはじめられている。その第二番目、同年八月十五日の日附のある英詩は、*Dawn of Creation*（創造の夜明け）と題されている。いま試みに訳して次に掲げる。


天は彼女の最初の悲しみのうちにいった。

「お別れする前にいま一度接吻を」

「ああ　いとしい者よ」と大地は答えた。

「千の接吻を。それがお前の悲しみを癒すならば」

二人はひとときともに眠った。おたがいの抱擁のなかに魂を結びあわせて。

二人は一つ、まだ天でも地でもなかった。

そのとき見よ！　雷鳴が轟《とどろ》いて二人を鞭《むち》うち、まどろみから喚《よ》びさました。

それは創造の夜明けであった。

以後二人は二度とまみえることがない。
今や二人は遠くはなれて生を送り、
蒼白い月は憂《うれ》わしげな光にのせてたゆみなく無言の言伝を送るけれども、
満天の星はまたたいて夜ごとに秘めやかな合図をするけれども、
天の涙は静かに降り、新たに彼女の悲しみを葉ごとに結晶させるけれども、
二人は以後二度とまみえることがない。
ああ！ 天に再会するには大地はあまりに多くの罪をにないすぎているのだ。

「漱石とその時代」を書いていてある晩この Dawn of Creation に行きあたったとき、私は思わずわが眼を疑った。それまで私は、どちらかといえば稚拙なものが多くて漢詩の格調の高さとはくらべものにならない漱石の英詩を身を入れて読んだことがなかったが、ここには見逃すことのできない数行があったからである。

これはいかにも謎めいた詩である。同時期に書かれた *Silence*（沈黙）同様にどこかブレイクやラファエル前派を思わせるのは、「Craig ニ至ル 氏我詩ヲ評シテ Blake ニ似タリト云ヘリ然シ incoherent ナリト云ヘリ」（「日記」明治三十四年八月六日）というような留学中の試作の傾向がつづいているからだと思われるが、ここで看過《みすご》すことができないのはこのブレイク風な構図のなかにとらえられているイメージが、不思議に個

人的ななまなましさを感じさせることである。さらに一層奇怪なのは、“Heaven in *her* first grief said……”（天は彼女の最初の悲しみのうちにいった……）というように、ここで「天」が女性のイメージとしてとらえられていることである。

およそ「天」が女性で「大地」が男性だというのは、考えられるかぎりでもっとも不可解な詩的倒錯である。「母なる大地」（Mother Earth）や「天の父なる神」（Father in Heaven）というような表現に反映されているように、「天」に超絶的な男性を見、「大地」に受容する女性を見ようとするのは文化構造の差異をこえたほとんど普遍的な現象である。念のために高階秀爾氏にたずねてみると、美術史でもこの例外は「母なるナイル」の源泉が天にあると信じていた古代エジプト人の場合だけだという。しかし漱石は古代エジプトの宇宙観などは知らなかったはずであり、知っていてもここで用いなければならぬ必然性を感じなかったものと思われる。

一方東西の文学に通じていた彼が、「天」が男性で「大地」が女性だという初歩的な原則を知らなかったとはとうてい考えられない。したがっておそらく“Heaven in *her* first grief said……”は、書物から得た教養的なイメージではあり得ず、だからこそ、この詩にとらえられたただ一度の抱擁と永別のイメージは、一種異様ななまなましさを感じさせるのである。

教養的なものでなければ、それは個人的体験の反映でなければならない。おそらく作者はここである重要な秘密を告白しようとしていて、そのために詩的倒錯を辞さなかったのである。いやむしろその告白は詩的倒錯を要求していたものと思われる。なぜなら「天」は実際に死んだ女を象徴し、「地」は生きのこって「あまりに多くの罪」をになっている彼自身を象徴しているから。

　このことに思いいたったとき、私は漱石と嫂との関係を解く決定的な鍵《かぎ》を発見したように感じた。もはや彼が登世を恋していたことを否定することはできない。「おたがいの抱擁のなかに魂を結びあわせて」、二人が「ともに眠」り、そのとき「天」と「地」が「一つ」に融合したというのが、そのまま性的関係を暗示しているとは断定できないが、少くとも心理的にそれと等価な濃密な情緒の記憶が漱石の内部にひそんでいたとしなければ、この一節の切実な感触は説明不可能だと思われる。

　「二人を鞭う」って「まどろみから喚びさまし」た「雷鳴」は、おそらく登世の突然の死である。それが「創造の夜明け」だというのは、青春の終焉《しゅうえん》、つまり分裂した「わが生」のはじまりだったことを意味すると同時に、「まどろみ」が胎内的静寂に通じるものであったことを暗示している。そして「無言の言伝」を送る「月の光」や「星のまたたき」、あるいは草木の葉末に悲しみを「結晶」させる「天の涙」は、この秘密の恋が片想《かたおも》いに類するものではなく、女の側からの愛情の表白をともなうものだったことを示《し》唆《さ》しているかも知れない。後年の「恐れない女」と「恐れる男」の主題の萌芽《ほうが》が、ここに隠されていないとはいえないのである。

当時漱石はある深刻な生の危機に直面していた。神経症は肉体的変調のあらわれでもあるが、さらに深い生のリズムの乱調であったとも考えられる。同じ時期に書かれた*Silence*は幻聴の体験を語っているが、幻聴におびやかされながら「震える」大地に「爪先《つまさ》き立」っている漱石は、ひそかに記憶の底から秘密の経験を喚びおこしていた。それはこの記憶が唯一《ゆいいつ》の救済の可能性——正確にいえば救済の可能性であったものを含んでいたからである。もし登世がこの世に在れば、そして彼が義弟という立場に置かれておらず、したがって「あまりに多くの罪」をになうような場所にいなければ、漱石はこのような不毛な孤独におちこむこともなく、安息にもめぐまれていたはずであった。いわばこの詩は、存在の深所に及ぶ危機に直面していた漱石の、生の持続への切なる希求である。

彼が英詩ではじめてこのことを告白し得たのは、それが日本語の社会の禁忌の外にある外国語の詩だったからである。彼は英語という一種の暗号を用い、詩的イマジネーションの仮構を借りて、しかも家族を遠ざけた独居のあいだにはじめてこの内密の告白を定着し得たのである。それはいわば彼が孤絶のなかから送り届けようとした存在しない者への手紙であった。

登世の影が投じられていると思われる女のイメージがふたたび英詩のなかにあらわれ

はじめるのは、同じ明治三十六年の十一月下旬から十二月初旬にかけてである。これが正確に漱石の精神状態の悪化と符合しているのは興味深い事実といわなければならない。漱石夫人鏡子の回想は記している。

《二箇月ばかりはそれ（引用者註・九月十日ごろ）から大分いいので、私もよい按排《あんばい》だと喜んでをりました。これなら帰つて来た甲斐《かひ》もあつた。そんなふうに思つてをりますうち、十月の末に三女の栄子が生まれました。するうちに十一月に入ると、さきにいくらか愁眉《しうび》をひらいたのもあだとなつて、またぞろ前にも増して雲行きが険《けは》しくなつて参りました。

《私はお産でまだ床についてをります。覚悟はきめてゐるとはいひ条《でう》、はらはらするやうなことがよくあるやうになつて参ります。さうして何故《なぜ》か私を目の讎《かたき》にして、困らしてやらう、苦しめてやらう、とにかく怪しからない奴だといふやうな素振りが見えたり聞こえたりして参ります。するうちに私が臥《ふ》せつてゐる産室の屏風《びやうぶ》の蔭《かげ》に参りまして、「貴様はお産でねてゐるのだから、相当日がたつたらかへれ」かういふのです。私は始まつたなと思つてだまつてゐるのですが、看護婦や女中の手前困つてしまひました。……どういふわけか勿論《もちろん》自分の頭の中でいろいろなことを創作して、私などが言はない言葉が耳に聞こえて、それが古いこと新らしいことといろいろに聯絡《れんらく》して、幻《まぼろし》となつて眼の前に現はれるものらしく、それにどう備へていいのかこつちには見当がつきません。さうなりだすと何もかもみんな悪意に取りだすので、私のやることなすことが、話せば話したで、黙つてゐれば黙つてゐるで、何もかも夏目をいぢめ苦しめるためにやつてると、かう感じるらしいのです。ですからよほど癪《しやく》に障《さ》はるとみえまして、いきなり屏風の蔭へ来て、
「お前はここの家にゐるのはいやなのだが、おれをいらいらさせるために頑張つてゐるんだらう」
などと悪態をついたりなどするのです。……》（「漱石の思ひ出」・二〇「小刀細工」）

あの有名な“primrose path”の女のイメージがあらわれるのは、まさにこういう状態のさなかである。無題のこの詩には明治三十六年十一月二十七日（November 27, 1903）の日附がある。

　私が彼女を見つめると彼女も私を見つめた
　私たちはおたがいに見つめつつひととき立ちつくしていた
　生と夢とのあいだで
　それ以来私たちは二度と逢わなかった
　だが私は　しばしば

花野の道に立つ
生が夢と出逢う道に。

ああ生よ　お前は
融《と》けて夢となるがいい
それなのに夢が
いつも生に追いかけられている！

同じ日附の次の無題の詩は、幻影の女が二人の男によって争われる無慈悲な美女（la belle dame sans merci）に変貌させられることもあることを示している。

彼らは言葉をかわし、
刀の刃先をあわせた。
刃はたがいに敵の血を深々と吸い込んだ。
これはすべて二人が激しく愛した女のためであった。
女は愛されていた。その返礼に女は男を二人とも殺したのであった。
殺害にあたって女は一滴たりとも自分の血を流さなかった。

しかし女の胎内で今やその血がうみはじめている。
女はそこに坐っている、彼女を嘆かしめよ
女はそこで嘆いている、彼女を横たわらしめよ。
女はそこに横たわっている、彼女をおもむろに死なしめよ
亡《な》き恋人たちのために流す
一滴の血も涙もないままに

次の歌謡調も、やはり同じ日附でつくられている。

私は夢で星たちに呼びかけた。
星たちは夜の底から現れた。
私は夢で風に呼びかけた。
風は北の門を押し明けてやって来た。
だがしかし、ああ！　星たちは風に吹き散らされてしまった。
朝早く私は庭に出た。
そしてそこに三つの星が、

待雪草のかぼそい茎に重くかかっているのを見つけた。

私はその星たちをとり上げ、花びんに活けた、——

昨夜の夢の優しい思い出として

「星たち」は *Dawn of Creation* の “Though all the stars wink and beckon night after night……” を思わせ、おそらく「夜の底」に隠れている女からの信号と思われる。「雷鳴」が「二人を喚びさます」のと同じように、「風」が「星たち」を「吹き散ら」すこの短詩のイメージの構造は、*Dawn of Creation* のそれによく似ている。そして “primrose path” に立つ女と “belle dame sans merci” との二律背反は、二日後の November 29, 1903 の日附のある無題の詩の “her heaving bosom” の官能的なイメージに融合されて行く。


私は頭を彼女の波うつ胸に休ませた。

燃える額を彼女の雪の乳房でひやした。

彼女は私の燃える額を流れる髪の琥珀色《こはくいろ》の光でひたした、見捨てられた夢のように流れる髪だ。

彼女は私の熱い額をその腕の羽根枕でささえた、澄んだ色合の柔かい石膏《せっこう》のような腕だ。

そのとき黄昏《たそがれ》がやって来た。遠いところから愛とともに滑るようにやって来た。それは慰めるようにやって来て、求愛するようにその色を増す光のなかに私たちを包みこんだ、月光よりなお稀薄な光だ。

永遠の黄昏《たそがれ》よ！　見えるかぎりのすべてのものによろこびをあたえ、すべてを菫色《すみれいろ》にするあの魅惑の女神よ

それから星たちがやって来た。星たちは彼女の金色の頭に光を投げかけるようだった。星たちは彼女の金色の頭上に動いて行くように見えた――ひとつ――ふたつ――みっつと。

三つの星たちは動いて彼女の金色の頭上に輝いた

そして彼女の夢みるような髪を照らした、

夢のように暗闇に流れる髪を。

黄昏は依然として菫色で、星たちはいつも三つ。

彼女の胸は波うちつづけ、彼女の乳房は今でも白い。

彼女の髪はいつまでも金色で、夢のように流れている——
そして私は？ 私が誰であるかを尋ねたもうな、私はかつてそうだと思われていたものではなく、またかくあり得たものでもないのだから！

ここでも女は「金色の髪」に姿を変えさせられ、「私」も「誰であるかを尋ねたもうな」というミスティフィケーションによって正体を隠している。しかしここに描かれている「黄昏」のなかの安息が、*Dawn of Creation* の「おたがいの抱擁のなかに魂を結びあわせ」たやすらぎに通じるものであることはほとんど疑いをいれない。漱石は内密な告白をおこないながら、なおミスティフィケーションの「黄昏」で女と彼とを包む必要を感じている。それはいうまでもなく、これが決して禁忌とあいいれぬ記憶の告白だからにほかならない。そしてまた女が、December 8, 1903 の日附のある次のロンド調に歌われているように、「月と私」だけが見つめることのできる秘密の世界の存在だからにほかならない。

彼女を踊らせよ一人で白い衣裳《いしよう》を着けて、
彼女を歌わせよ紅《あか》い薔薇《ばら》を持って
一人で白い衣裳を着けて、一人で草の上で

一人で紅と白の薔薇を持って。
彼女の手から薔薇を散らせ
紅と白との花びらにして、
花びらを彼女のまわりに散らせ
彼女が輪を描いて踊る間に。

彼女の白い衣裳をゆらゆらとさせよ
ここに、そこに、あらゆるところに
ヴェルヴェットのような草の上に旋《ま》わせ
彼女が輪を描いて踊る間に

月と私が彼女を見つめるだろう
彼女が輪を描いて踊るとき、
けれどほかには誰ものぞくことができない
彼女が輪を描いて踊るとき

私はこれらの英詩にあらわれる女に、登世の影が投じられているといった。しかしなぜそれは登世であって、それ以外の女ではあり得ないか。たとえば夏目鏡子の「漱石の思ひ出」には、むしろそこに登世以外の女性が存在していたかのような記述がある。それは明治三十六年十一月以後、「またぞろ前にも増して」漱石の神経症が悪化した時期の回想である。

《……ある日学校からかへつて来ると、女中を呼んで、

「これを奥さんのとこへ持つていつて、これで沢山小刀細工《こがたなざいく》をなさいつてさう言ひなさい」

と申しまして、錆《さび》ついた小刀を渡しました。女中は何のことかわからないながら、ただならぬ気色におびえたものと見えまして、

「奥様、気味が悪うございますね」

とおどおどしてゐます。私はだまつて小刀を取つて、枕の下にかくしてしまひました。つまり私が何かにつけて小刀細工をして夏目を苦しめる。これでするならしろといふ皮肉なあてつけなのです。後で考へたのですが、一番最初にお話した井上眼科で見初めた女の方の母親が、相も変らずまはし者をしてゐるのではないかなどといふつかない事まで、病気が始まると一緒に聯絡をとつて、いろんなふうにそれからそれへと考へが発展して行くらしいのです。さうして近くにゐる者ほどやられるのですからいい迷惑です》

（二〇「小刀細工」）

ここで鏡子が「井上眼科で見初めた女」といっているのは、漱石が明治二十四年（一八九一）七月十八日附正岡子規あての手紙に記している有名な「銀杏返《いちやう》しにたけながをかけ」た娘のことである。鏡子の回想ではこのことは次のように述べられている。

《当時夏目の家は牛込の喜久井町にありましたが、家がうるさいとかで、小石川の伝通院《でんづうゐん》附近の法蔵院《ほふざうゐん》といふ寺に間借りをしてゐたさうです。多分大学を出た年だつたでせう。その寺から、トラホームをやんでゐて、毎日のやうに駿河台《するがだい》の井上眼科にかよつてゐたさうです。すると始終そこの待合で落ちあふ美しい若い女の方がありました。脊のすらつとした細面《ほそおもて》の美しい女《ひと》で――さういふふうの女が好きだとはいつも口癖《くちぐせ》に申してをりました――そのひとが見るからに気立てが優しくて、さうしてしんから深切でして、見ず知らずの不案内なお婆《ばあ》さんなんかが入つて来ますと、手を引いて診察室へ連れて行つたり、いろんな面倒を見て上げるといふふうで、そばで見てゐてもほんとに気持がよかつたと後でも申してゐた位でした。いづれ大学を出て、当時は珍しい学士のことですから、縁談なんぞもちらほらあつたことでせう。そんなことからあの女なら貰《もら》つてもいいと、かう思ひつめて独《ひと》りぎめをしてゐたものと見えます。

《ところがそのひとの母といふのが芸者あがりの性悪《しやうわる》の見栄坊《みえばう》で、――どうしてそれがわかつたのか、そのところは私にはわかりませんが、――始終お寺の尼《あま》さんなどを廻し者に使つて一挙一動をさぐらせた上で、娘をやるのはいいが、そんなに欲しいんなら、頭《あたま》を下げて貰ひに来るがいいといふふうに言はせます。そこで夏目も、俺《おれ》も男だ、さうのしかかつて来るのなら、こつちも意地づくで頭を下げてまで呉れとは言はぬといつたあんばいで、それで一ト思ひに東京がいやになつて松山へ行く気になつたのだとも言はれてをります。……ともかく松山へ行つてもまだその母親が執念《しふねん》深く廻《まは》し者をやつて、あとを追つかけさしたと自分では信じてゐたやうです》(「漱石の思ひ出」・一「松山行」)

これは従来漱石の初恋として知られている事件であり、「恋人」だとされている「銀杏返しにたけながをかけた」娘は多くの研究家によってその実在を信じられている。それにもかかわらずなぜこの娘が英詩の女ではあり得ず、登世こそがそうでなければならないか。

漱石が恋愛していることを暗示する証拠がはじめてあらわれるのは、明治二十三年(一八九〇)八月九日附の正岡子規にあてた手紙である。これは「井上眼科で見初めた」娘に出逢うよりおよそ一年前のことであり、当時漱石は東大の英文科に、子規は国文科にそれぞれ進学したばかりであった。彼は帰省して松山で病を養っている子規に告白している。

《此頃は何となく浮世がいやになりどう考へても考へ直してもいやで〳〵立ち切れず去りとて自殺する程の勇気もなきは矢張り人間らしき所が幾分かあるせいならんか……おのれの家に寐《ね》て暮す果報な身分でありながら定業五十年の旅路をまだ半分も通りこさず既に息竭《つ》き候《さうらふ》段貴君の手前はづかしく吾ながら情なき奴と思へどこれも misanthropic 病なれば是非もなしいくら平等無差別と考へても無差別でないからおかしい life is a point between two infinities とあきらめてもあきらめられないから仕方ない……

《……是も心といふ正体の知れぬ奴が五尺の身に蟄居《ちっきょ》する故《ゆゑ》と思へば悪《にく》らしく皮肉の間に潜むや骨髄の中に隠るゝやと色々詮索《せんさく》すれども今に手掛りしれず只煩悩《ぼんなう》の焔熾《ほのほさかん》にして甘露の法雨待てども来《きた》らず慾海の波険にして何日《いつ》彼岸に達すべしとも思はれず已《や》みなん〳〵目は盲になれよ耳は聾《つんぼ》になれよ肉体は灰になれかしわれは無味無臭変ちきりんな物に化して、

I can fly, or I can run,
Quickly to the green earth's end,
Where the bowed welkin slow doth bend;
And from thence can soar as soon

To the corners of the moon.

と申す様な気楽な身分になり度候、あゝ正岡君、生て居ればこそ根もなき毀誉《きよ》に心を労し無実の褒貶《ほうへん》に気を揉《も》んで鼠糞《そふん》梁上《りやうじやう》より落つるも胆《きも》を消すと禅坊に笑はれるではござらぬか御文様の文句ではなけれど二ツの目永く閉ぢ一つの息永く絶ゆるときは君臣もなく父子もなく道徳も権利も義務もやかましい者は滅茶〳〵にて真の空々真の寂々に相成べく夫《それ》を楽しみにながら〳〵居候》

これは厭世《えんせい》観の告白であるが、「煩悩の焔熾にして甘露の法雨待てども来らず慾海の波険にして何日彼岸に達すべしとも思はれず」という一節を見れば、憂鬱《ゆううつ》の霧のなかに恋愛が隠されており、しかもそれが性の衝動をともなった恋であるということは否定しがたいものと思われる。さらに「いくら平等無差別と考へても無差別でないからおかしい」、あるいは「生て居ればこそ根もなき毀誉に心を労し無実の褒貶に気を揉んで」とか「二ツの目永く閉ぢ一つの息永く絶ゆるときは君臣もなく父子もなく道徳も権利も義務もやかましい者は滅茶〳〵にて」というような道徳の彼岸を求める口吻《こうふん》は、おそらくこの恋が日常生活の禁忌に抵触するようなものであったことを示している。

恋は突然生れたものではなく、むしろこのときある極限に達しようとしていたと思われる。これよりさらに一年前、明治二十二年（一八八九）九月二十日附正岡子規あての手紙に記された漢詩が、すでに漱石の心の傾きを暗示しているからである。

《……五絶一首小生の近況に御座候御憫笑可被下候《びんせうくださるべく》

剣を抱いて竜鳴を聴き
書を読んで儒生を罵る《ののし》
如今《じょこん》空《むな》しく高逸《かういつ》
夢に入るは美人の声

第一句は成童の折の事二句は十六七の時転結は即今の有様に御座候……》

この「美人」が嫂《あによめ》の登世であることはほとんど疑う余地がない。このときまでに漱石はすでに一年余り嫂と一つ屋根の下で暮していた。もともと日本の家における嫂という存在は一種独特なものである。それは同居している義弟にとっては義姉でありながら事実上同年輩か年下の若い女であり、すでに性生活を経験していることによって一層刺戟《しげき》的な性の象徴となり得る。しかもこの女は兄の妻であるために二重の禁忌にへだてられており、そのことによってさらに激しい渇望《かつぼう》と憧憬《どうけい》の対象となるからである。

それに加えて、登世がおそらく最初からなんの偏見もなく漱石に接し得た唯《ただ》一人の家族だったという事実をみのがすわけにはいかない。「芋金」の漱石を水田家の人びとが身内として遇したように、登世はついさきごろまで塩原を名乗っていた漱石を特に異分子として扱う理由を持たなかった。逆に漱石にとっては、嫂が当然の義務として世話をしてくれるのが、日頃渇望していた家庭的な愛情の表現と感じられたであろう。あたり前のことをしてやると嬉しそうにする義弟に登世が母性愛のようなものを感じはじめ、頼り甲斐のない凡庸な夫よりはむしろ前途有為な秀才の義弟に惹《ひ》きつけられるようになったとしても不思議はない。

前掲「道草」の一節にあるように、兄和三郎直矩の夜遊びは登世と結婚してからもつづいていたらしい。夏目伸六氏の「父・漱石とその周辺」は、和三郎が家をあけた晩、老人のつねで夜更《よふ》けにかならず眼を覚ます父の小兵衛直克が、ふすまごしに、

「おい、和三はもう帰ったか」

と声を掛けると、ひとりで夫の帰りを待っている登世が、いつも、

「はい、もうお帰りになりました」

と父の手前をとりつくろっていたという話を伝えている。漱石がこういう嫂をいじらしいと感じ、兄の素行に義憤を感じたのは当然と思われる。あるいは直矩は「智力院」と諡《おくりな》されたほど聡明《そうめい》だった登世に圧迫を感じていたのかも知れない。秀才の弟と頭の良い妻にとりかこまれた「派手好で勉強嫌ひ」な若い家長の立場は、どう考えてもわりのよいものだったとは思われないからである。

このように夏目家の環境は必然的に漱石と登世のあいだを近づけた。明治二十二年の九月、つまり彼女が夏目家に嫁して一年半ほどのころには「夢に入るは美人の声」という程度のプラトニックな憧《あこが》れにとどまっていた漱石の感情が、翌二十三年の夏までに二

十三歳の青年にふさわしい欲情をともなう恋に変質したとしても不自然ではない。登世はいうまでもなくすでに成熟した女である。同様の感情が彼女の側にもなかったとはいえない。しかしこの関係が嫂と義弟の関係であるかぎり、漱石はいたずらに「甘露の法雨待てども来らず」という状態に甘んじなければならない。甘美な「死」が想《おも》われるのは、それが禁忌に拘束された現実を破壊して彼を登世に近づけるからである。「夢」はもとより「死」と禁忌とのあいだに架けられた浮橋であり、彼はこの内密な通路を通って登世とともに「彼岸」に達することができる。……一歩を進めればこの比喩《ひゆ》は禁忌に挑戦する性衝動の比喩に転じ得るのである。

あたかもこの夏、東京ではコレラが猖獗《しょうけつ》をきわめていた。六月に長崎で発生したのが次第に東漸し、八月から九月にかけて全市にひろがったのである。記録によれば九月下旬には東京市中の罹病者《りびょうしゃ》三千四百六十五人、死者二千八百人を数え、病勢は十二月にいたるまでおとろえなかったという。そのなかで八月末子規あての手紙に附された次の漢詩は、漱石がこのころ制御し切れない激情にとらえられていたことを物語っている。

君が痾《あ》猶《な》お癒《ゆ》すべし
僕が癡《ち》医《いや》すべからず
素《そ》懐《かい》定めて沈鬱

愁緒《しゅうしょ》乱れて糸の如し
浩歌時に幾曲
一曲唾壺《だこ》砕け
二曲双涙垂《た》る
曲闋《や》めて呼ぶこと咄々《とつとつ》
衷情《ちゅうじょう》誰に訴《うった》えんと欲す……

この詩を子規に書き送って間もなく、漱石は突然箱根に湯治に出かけた。夏休みも終り近い八月末日ごろ、なぜ彼が東京を離れようとしたのかはよくわからない。それはコレラを避けるためだったとも思われるが、それ以外の切迫した理由があったためとも考えられる。さらに気になるのは箱根滞在中の八首の五言律詩の第四番目に、次のような詩句が見えることである。

飄然《ひょうぜん》として故国《こくじ》を辞し
来りて宿《しゅく》す葦湖《いこ》の湄《び》
悶《もん》を排する何《な》んぞ酒を須《もち》いん
閑《かん》を遣《や》るは只《ただ》詩有り

古関《こかん》　秋至《あきいた》ること早く
廃道《はいどう》　馬行くこと遅し
一夜《いちや》　征人《せいじん》の夢《ゆめ》
無端《むたん》　柳枝《りゅうし》に落《お》つ

吉川幸次郎氏の「漱石詩注」によれば、「柳枝」は恋人の象徴であるという。なにごとからか逃れて「葦湖の湄」にいたった「征人」である漱石の夢枕には恋人の姿があらわれる。なぜなら夢は人を禁忌から解放して「死」の世界に近づける浮橋だから。しかし果して夢だけが人を禁忌から自由にするのだろうか。戦争や疫病もまた禁忌の弛緩《しかん》をもたらすのではないか。このことに思いいたったとき、私は愕然《がくぜん》とした。この夏東京ではコレラが流行していたではないか。当時の貧弱な衛生状態からしてコレラは明らかに死病であり、コッホがその病原体を発見したのもわずか八年前のことにすぎなかった。このような抗しがたい「死」の接近は社会や家庭の共同体の禁忌を緩和し、人をおのずから放恣《ほうし》にする。漱石はコレラから避難したというより、むしろ疫病がもたらした禁忌の緩和を避けようとしたのかも知れない。いやむしろこのような禁忌の緩和がすでに彼にもたらしていた「罪」からのがれようとして、漱石は突然箱根におもむいたのかも知れない。

ここで想像されるのは当然登世との恋の確認である。それを単純に肉体関係の発生と考えてもよいが、それ以外の濃密な情緒をともなう性的な接触であってもよく、もっと漠然とおたがいに「心に姦淫《かんいん》」の情を抱きあったというようなことでもよい。これらはすべて漱石の内部では心理的に等価であり、重要なことは今日すでに立証するすべを奪われている事実の追求ではなくて、それが作家の内部に刻みつけた記憶の重み――そこから派生する癒しがたい罪悪感と甘美さだからである。それにしてもこの推測に関聯《かんれん》して想い起されるのは、後年漱石が不思議になまなましい百合《ゆり》の花のイメージを幾度か描いているということである。たとえば「夢十夜」第一夜の、

《……すると石の下から斜《はす》に自分の方へ向いて青い茎が伸びて来た。見る間に長くなつて丁度自分の胸のあたり迄来て留まつた。と思ふと、すらりと揺《ゆら》ぐ茎の頂《いたゞき》に、心持首を傾《かたぶ》けてゐた細長い一輪の蕾《つぼみ》が、ふつくらと弁《はなびら》を開いた。真白な百合《ゆり》が鼻の先で骨に徹《こた》へる程匂《にほ》つた。そこへ遙《はるか》の上から、ぽたりと露が落ちたので、花は自分の重みでふら〳〵と動いた。自分は首を前へ出して冷たい露の滴《したゝ》る、白い花弁《はなびら》に接吻した。自分が百合から顔を離す拍子に思はず、遠い空を見たら、暁の星がたつた一つ瞬《またた》いてゐた。

「百年はもう来てゐたんだな」と此《こ》の時始めて気が付いた》

　これは前章に引用した英詩 *Dawn of Creation* の裏返しのようなイメージである。あるいはさらに「それから」で三千代が代助を訪ねて来る場面の、

《先刻《さっき》三千代が提げて這入《はい》つて来た百合の花が、依然として洋卓《テーブル》の上に載つてゐる。甘たるい強い香《か》が二人の間に立ちつゝあつた。代助は此重苦しい刺激を鼻の先に置くに堪へなかつた。けれども無断で、取り除《の》ける程、三千代に対して思ひ切つた振舞《ふるまひ》が出来なかつた。

「此花は何《ど》うしたんです。買《かつ》て来たんですか」と聞いた。三千代は黙つて首肯《うなづ》いた。さうして、

「好い香《にほひ》でせう」と云つて、自分の鼻を、弁《はなびら》の傍迄《そばまで》持つて来て、ふんと嗅《か》いで見せた。代助は思はず足を真直に踏ん張つて、身を後《うしろ》の方へ反《そ》らした。

「さう傍《そば》で嗅いぢや不可《いけ》ない」

「あら何故《なぜ》」

「何故つて理由もないんだが、不可《いけ》ない」

代助は少し眉《まゆ》をひそめた。三千代は顔をもとの位地に戻した。

「貴方《あなた》、此花、御嫌《おきらひ》なの？」》（第十章）

いずれの場合にも百合が喚起する濃密な情緒は、この花が男女を結びつける性を象徴することを暗示している。「夢十夜」の場合には、百合は百年目に姿を変えて逢いに来た女そのものの象徴でもある。

《腕組をして枕元《まくらもと》に坐つて居ると、仰向《あふむき》に寝た女が、静かな声でもう死にますと云ふ。

女は長い髪を枕に敷いて、輪廓《りんくわく》の柔《やは》らかな瓜実顔《うりざね》を其《そ》の中に横たへてゐる。真白な頬の底に温かい血の色が程よく差して、唇の色は無論赤い。到底死にさうには見えない。然し女は静かな声で、もう死にますと判然《はつきり》云つた。自分も確《たしか》に是れは死ぬなと思つた。そこで、さうかね、もう死ぬのかね、と上から覗《のぞ》き込む様にして聞いて見た。死にますとも、と云ひながら、女はぱつちりと眼を開《あ》けた。大きな潤《うるほひ》のある眼で、長い睫《まつげ》に包まれた中は、只一面に真黒であつた。其の真黒な眸《ひとみ》の奥に、自分の姿が鮮《あざやか》に浮かんでゐる。

《自分は透《す》き徹《とほ》る程深く見える此の黒眼の色沢《つや》を眺めて、是でも死ぬのかと思つた。それで、ねんごろに枕の傍《そば》へ口を付けて、死ぬんぢやなからうね、大丈夫だらうね、と又聞き返した。すると女は黒い眼を眠さうに睁《みはつ》た儘《まゝ》、矢張《やつぱ》り静かな声で、でも、死ぬんですもの、仕方がないわと云つた。

《ぢや、私《わたし》の顔が見えるかいと一心《いつしん》に聞くと、見えるかいつて、そら、そこに、写つてるぢやありませんかと、にこりと笑つて見せた。自分は黙つて、顔を枕から離した。腕組をしながら、どうしても死ぬのかなと思つた。

《……女は静かな調子を一段張り上げて、

「百年待つてゐて下さい」と思ひ切《きつ》た声で云つた。

「百年、私の墓の傍に坐つて待つてゐて下さい。屹度《きつと》逢ひに来ますから」

自分は只待つてゐると答へた。すると、黒い眸《ひとみ》のなかに鮮《あざやか》に見えた自分の姿が、ぼうつと崩れて来た。静かな水が動いて写る影を乱した様に、流れ出したと思つたら、女の眼がぱちりと閉ぢた。長い睫《まつげ》の間から涙が頰へ垂れた。――もう死んで居た》

これもまた *Dawn of Creation* を散文で敷衍《ふえん》したようなイメージの展開であるが、このすべてが「こんな夢を見た」という枠《わく》にはいっていて、英詩の場合の英語に相当する「夢」という設定によって禁忌が緩和されていることに注目すべきであろう。いずれにせよこれらの百合が教養的なものを反映したイメージである可能性は少い。百合は西欧文学ではキリスト教的純潔の象徴として用いられるのが普通であり、かりに英国世紀末芸術が投影しているとしても、それは構図の域にとどまっているように思われる。だとすれば「夢十夜」や「それから」の百合は、*Dawn of Creation* の「天」と「地」の倒錯同様に個人的な秘密の反映だと考えるほかはない。なぜ百合が性と「罪」の匂いを含んだ濃密な情緒の象徴たり得るか。それはとりもなおさず百合が夏の花であり、明治二十三年夏のある日の忘れがたい経験に結びついているからではないか。

その場に百合の花は実際にあったかも知れず、またなかったかも知れない。だがいずれにせよそれは性と「罪」の匂いを含んだ体験であり、その相手は嫂《あによめ》の登世以外にはあり得なかったものと思われる。いま登世の写真をかたわらに置いて「夢十夜」の女の顔の描写を検討してみると、「長い髪を枕に敷いて、輪廓《りんくわく》の柔《やは》らかな瓜実顔を其の中に横たへ」た女のイメージは、ほとんどそのまま銀杏返しか銀杏崩しに結っていると覚《おぼ》しい髪を解いて垂らした場合の登世の顔と重り合う。あるいはこの描写の背後には、翌二十四年春から夏にかけての病床の登世の記憶が隠されているのではないであろうか。いずれにせよ以上のことがおこったのは明治二十三年の夏であり、通常「初恋の人」とされている「銀杏返しにたけながをかけ」た娘が出現する一年前のことである。最初に述べた通り小宮豊隆氏の「夏目漱石」は、登世についてはほとんど言及するところがない。しかし、前掲明治二十三年八月九日附子規あての手紙に触れた部分に、「この手紙のある部分」と「薤露行」のエレーンの悩みの描写との共通性を指摘した箇所があるのは、注目すべきことのように思われる。

小宮氏のいわゆる「ある部分」とは、例の「……只煩悩《ぼんなう》の焔熾《ほのほさかん》にして甘露の法雨待てども来《きた》らず慾海の波険にして何日《いつ》彼岸に達すべしとも思はれず……」の一節である。そしてそれに照応する「薤露行」の描写とは、

《……強ひて合はぬ目を合せて、此影を追はんとすれば、いつの間《ま》にか其人の姿は既に瞼《まぶた》の裏《うち》に潜《ひそ》む。苦しき夢に襲はれて、世を恐ろしと思ひし夜もある。魂《たまぎ》消える物《もの》の怪《け》の話におのゝきて、眠らぬ耳に鶏の声をうれしと起き出でた事もある。去れど恐ろしきも苦しきも、皆われ安かれと願ふ心の反響に過ぎず。われと云ふ可愛《かはゆ》き者の前に夢の魔を置き、物《もの》の怪《け》の祟《たゝ》りを据ゑての恐と苦しみである。今宵《こよひ》の悩みは其等にはあらず。我《か》と云ふ個霊の消え失せて、求むれども遂《つひ》に得難きを、驚きて迷ひて、果ては情なくて斯く

は乱るゝなり。我を司《つかさ》どるものゝ我にはあらで、先に見し人の姿なるを奇《く》しく、怪しく、悲しく念じ煩《わづら》ふなり。いつの間に我はランスロットと変りて常の心はいづこへか喪《うしな》へる。……》(「三・袖」)

というところである。エレーンの悩みはランスロットに対する一目惚《ぼ》れの苦悩であるが、ここで小宮氏が「全然脈絡がないとは言ひ切れない、サムシングがあるやうでもある」といっているのは、「井上眼科で見初《みそ》め」た「銀杏返しにたけながをかけ」た娘ではなくて、前掲の子規あての手紙で告白されている漱石の感情の対象のことである。

もとより小宮氏は故意か偶然にか、これが通常「漱石の初恋」とされている井上眼科待合室の一件より一年ほど前のことであるという点についてはまったく触れていない。のみならず氏は、

《もつとも是は、私が迎へて読むから、特に双方の脈絡を感じるのかも知れない。「心といふ正体の知れぬ奴」をつかまへて、是を自分の支配下に置き、「煩悩の焰」を押さへ「慾海の波」を静めて、物に役せられない生活を送りたいと希望することは、一般人間の問題であつて、必しもそこに成らざる恋愛を背景に持つことを必要としないのである。……——それにも拘《かか》はらず私がこの手紙の中から、なほ漱石の成らざる恋愛を嗅ぐ気がするのは、この手紙が、漱石の子規に与へた手紙の中で、最もセンティメンタルな手紙だつたからかも知れない》(「夏目漱石」一・二〇「厭世《えんせい》主義」)

といって奇妙に屈折した弁解をおこなっている。これはなぜだろうか。惟《おも》うに小宮氏は漱石と登世とのあいだの恋に気がついていながら、道徳的配慮と師の秘事を公にすることへのためらいから、あえて叙述を曖昧《あいまい》にすることを選んだのではないか。「薤露行」はいうまでもなく、「騎士ランスロットと王妃ギニギアとの「道ならぬ恋」を主題にした作品である。小宮氏は、漱石が東大を卒業した翌年、突然漢詩を書きのこして寄宿していた友人菅虎雄の家を飛び出したという事件が、「薤露行」のランスロットの「罪は吾を追ひ、吾は罪を追ふ」を思い出させるといっている。しかし漱石はおそらくそれより四年前、明治二十三年八月末に箱根に出かけたとき、すでに「罪は吾を追ひ、吾は罪を追ふ」という一句を心に記していたにちがいないものと思われる。

登世に懐妊の徴候があらわれたのは、明治二十四年(一八九一)四月ごろのことである。間もなく彼女は悪阻に悩まされはじめ、病臥《びようが》することが多くなった。漱石がそういう嫂を抱いて二階への上り下りを助けたりし、ねんごろに世話をしたということについてはすでに記した。

例の「銀杏返しにたけながをかけ」た娘に漱石がはじめて言及しているのは、同年七月十八日附子規あての手紙においてである。当時漱石は持病になっていたトラホームがぶりかえして、神田駿河台の井上眼科に通っていた。前年の夏子規にあてた手紙で「何の因果か女の祟《たた》りか」とやって、子規から逆に「笑わしやがらア」と皮肉られた病気である。七月十七日、彼はこの井上医院の待合室でその娘に出逢った。

《……ゑゝともう何か書く事はないかしら、あゝそう〳〵、昨日眼医者へいつた所が、いつか君に話した可愛らしい女の子を見たね、——銀杏返しにたけながをかけて——天気予報なしの突然の邂逅《かいこう》だからひやつと驚いて思はず顔に紅葉を散らしたね丸で夕日に映ずる嵐山の大火の如し其代り君が羨《うらや》ましがつた海気屋（引用者註・甲斐絹屋）で買つた蝙蝠《かうもり》傘をとられた、夫故《それゆゑ》今日は炎天を冒してこれから行く》

「いつか君に話した」という以上、漱石は以前に少くとも一度はこの娘に逢っているはずである。小宮豊隆氏の「夏目漱石」（二九「初恋」）はこの「いつか」が明治二十二年（一八八九）二月十一日の紀元節であり、「三四郎」の広田先生が高等学校の生徒として竹橋内に整列して文部大臣森有礼《ありのり》の葬列を見送ったとき、馬車か俥《くるま》かで通るのを見た「小さな娘」と同一人物だとしている。

しかしこの推論にはいくつかの無理な点がある。作者と作中人物の混同についてはいうまでもないが、それ以外にも第一に明治二十二年二月十一日現在、森有礼はたしかに西野文太郎に刺されて瀕死《ひんし》の重傷を負ってはいたがまだ生きていた。彼が絶命したのは翌十二日であり、葬儀がおこなわれたのは二月十六日である。さらに高官の葬列に馬車か倖で従っている令嬢のイメージと、夏目鏡子の「漱石の思ひ出」によればその母親が「芸者あがりの性悪《しやうわる》の見栄坊《みえぼう》」だったという「銀杏返しにたけながをかけ」た甲斐々しい下町娘のイメージとのあいだには懸隔がありすぎる。最後にこの「いつか」が三年前のことをさすとするのは、前掲の手紙の語調にそぐわず、論者の語感を疑わざるを得ない。

奇妙な矛盾はこれだけにとどまらない。前掲子規あての手紙によれば、漱石が娘に出逢ったのは明治二十四年七月十七日であるが、鏡子の「漱石の思ひ出」はそれを彼が小石川の法蔵院に下宿していたころ、すなわち彼が大学を出たのちの明治二十七年十月以降のこととしている。このあいだに三年以上の歳月が経過しているが、どこを検討しても漱石が「貰《もら》つてもいい」とまで思いつめたというこの娘に接近しようとした形跡は存在しない。彼は最初に逢った明治二十二年二月から二年半をへだてて井上眼科で娘に再会し、さらに三年をへだててまた同じ場所で同じ娘に逢って「あの女なら貰つてもいい」と思ったのであろうか。この想定はいかにも不自然であり、この間娘とのあいだに幾分かの交渉がなければ漱石が結婚を望むようになるはずがない。しかしそれならいったいいつの間にこの「初恋」は「縁談」に発展し、どのようにしてこの「縁談」はこわれたのであろうか。

問題は、現存する資料から判断するかぎり、この女の実在を証言しているのが漱石ただひとりであり、前掲の明治二十四年七月十八日附子規あての手紙だけが女と彼との出逢いの証拠になっているという点にあるものと思われる。この手紙すら疑おうと思えば疑うことはできる。子規が女の姿を見たという記録はどこにも存在せず、「いつか君に話した」という「話」にとどまっているからである。「話」は創作することができ、実は「銀杏返しにたけながをかけ」た娘などは最初から存在しなかったのかも知れない。あるいはかりに漱石が実際に井上眼科の待合室でこの娘に出逢ったとしても、それは明治二十四年七月十七日のただ一度だけであり、「縁談」はおろか到底「初恋」の対象などにはなり得なかっただろうと考えられる。

それなら漱石がこの娘に逢って「ひやつと驚いて思はず顔に紅葉を散らした」のは、彼女に対する恋情のためというよりおそらく彼女が思い出させたなにものかのためであったにちがいない。「行人」の三沢が「あの女」と呼んでいる芸者に「娘さん」の面影を認めたように、漱石は井上眼科で逢った娘に「ある女」の面影を認めて愕然《がくぜん》とした。それはいうまでもなく病床に臥《ふ》している登世である。現存する登世の写真が銀杏返しか銀杏崩しに結っていることについては前に触れたが、彼女は死ぬときまで眉をおとさず、当時の概念でいえば娘姿のままでいた。そのことは、「細眉《ほそまゆ》を落す間もなく此世をば(未だ元服せざれば)」という漱石自身の追悼の句から明らかである。つまり娘は「可愛い女の子」だったことにおいて重要だったのではなく、まさに「銀杏返しにたけながをかけ」」て「すらつとした細面」」の登世に生き写しだったことにおいて重要だったのである。

この出逢いと発見が強い喜びをともなっていたのは、いうまでもなくこのとき登世自身がすでに病みおとろえていたためである。そのことに心を痛めていた漱石は、眼医者の待合室で逢った嫂に生き写しの娘にいわば登世の永生の証《あか》しのごときものを見た。登世は死ぬかも知れないが、その面影は、つまりイメージは不死であり、彼の内部の深所に生きつづけることができる。これは現実と言葉、あるいは言葉がつくり出すべき形象の世界とのかかわりの機微を瞥見《べっけん》するような体験だったかも知れない。登世＝娘のイメージは、このように期せずして漱石にとって生の持続を象徴するイメージとなった。それは以後彼の生のリズムが混乱し、涸渇《こかつ》が訪れるたびに救済者として喚《よ》び求められなければならない。

登世が死んだのは、漱石が井上眼科で「銀杏返しにたけながをかけ」た娘に逢ってから十一日目の七月二十八日である。八月三日附子規あての長文の手紙で、彼は縷々《るる》としてこの不幸を報告している。この手紙は冒頭に引用した小泉信三氏の「読書雑記」に掲げられている手紙である。

《……不幸と申し候《さうらふ》は余の儀にあらず小生嫂の死亡に御座候実は去る四月中より懐妊の気味にて悪疽《ママ》と申す病気にかゝり兎角《とかく》打ち勝《すぐ》れず漸次重症に陥り子は闇より闇へ母は浮

世の夢廿五年を見残して冥土《めいど》へまかり越し申候天寿は天命死生は定業とは申しながら洵《まこと》に〳〵口惜しき事致候

《わが一族を賞揚するは何となく大人気なき儀には候得共彼程の人物は男にも中々得易からず況《まし》て婦人中には恐らく有之間《これあるま》じくと存居候そは夫に対する妻として完全無欠と申す義には無之《これなく》候へ共社会の一分子たる人間としてはまことに敬服すべき婦人に候ひし先づ節操の毅然《きぜん》たるは申すに不及《およばず》性情の公平正直なる胸懐の洒々《しゃしゃ》落々として細事に頓着せざる抔《など》生れながらにして悟道の老僧の如《ごと》き見識を有したるかと怪まれ候位鬚髯鬖々《しゅぜんさんさん》たる生悟りのえせ居士はとても及ばぬ事小生自から慚愧《ざんき》仕《つかまつり》候事幾回なるを知らずかゝる聖人も長生きは勝手に出来ぬ者と見えて遂に魂帰冥漠魄帰泉只住人間廿五年と申す場合に相成候さはれ平生仏けを念じ不申候へば極楽にまかり越す事も叶《かな》ふ間じく耶蘇《やそ》の子弟にも無之《これなく》候へば天堂に再生せん事も覚束《おぼつか》なく一片の精魂もし宇宙に存するものならば二世と契《ちぎ》りし夫の傍か平生親しみ暮せし義弟の影に髣髴《はうふつ》たらんかと夢中に幻影を描きここかかしこかと浮世の羈絆《（ママ）》につながるゝ死霊を憐《あはれ》みうたゝ不便の涙にむせび候母を失ひ伯仲二兄を失ひし身のかゝる事には馴《な》れ易《やす》き道理なるに一段毎《ごと》に一層の悼惜を加へ候は小子感情の発達未だ其頂点に達せざる故にや心事御推察被下《くだされ》たく候

《悼亡の句数首左に書き連ね申候俳門をくゞりし許《ばか》りの今道心佳句のあり様は無之一片の衷情御酌《おくみ》取り御批判被下候はゞ幸甚

朝貌《あさがほ》や咲た許りの命哉《かな》
細眉を落す間もなく此世をば（未だ元服せざれば）
人生を廿五年に縮めけり（死時廿五歳）
君逝《ゆ》きて浮世に花はなかりけり（容姿秀麗）
仮位牌焚《た》く線香に黒む迄
こうろげの飛ぶや木魚の声の下
通夜《つや》僧の経の絶間やきり〴〵す（三首通夜の句）
骸骨や是も美人のなれの果（骨揚のとき）
何事ぞ手向《たむけ》し花に狂ふ蝶
鏡台の主の行衛《ゆくへ》や塵埃《ちりほこり》（二首初七日）
ますら男に染模様あるかたみかな（記念分）
聖人の生れ代りか桐の花（其人物）
今日よりは誰に見立ん秋の月（心気清澄）》
俳句が漱石の喪失感の深みから生れていることはいうまでもない。右の文中の「……子は闇より闇へ母は浮世の夢廿五年を見残して冥土へまかり越」などという語調にはほとんど父親の哀惜を思わせる感情がこめられており、「そは夫に対する妻として完全無欠と申す義には無之候へ共」や「一片の精魂もし宇宙に存するものならば二世と契りし夫の傍か平生親しみ暮せし義弟の影に髣髴たらんか……」には三角関係の自覚が暗示されているものと思われる。一方兄の直矩にこの自覚が存在しなかったことは、彼がおそらく登世の存命中からほかの女を愛しはじめたという事実から推測される。それはもちろん直矩の三人目の妻となったみよでなければならない。

ところで前述の通り、例の「銀杏返しにたけながをかけ」た娘の姿がふたたびあらわれはじめるのは明治二十七年十月以降、漱石が小石川の法蔵院に下宿していた時期である。そのころ漱石は「霧の中に閉ぢ込められた」ような神経症に悩まされており、明治三十六年七月以降の場合と同様に幻聴と妄想《もうそう》に苦しめられていた形跡がある。すでに指摘した通り、娘はあたかもこのとき、実在と不在の境い目から「縁談」の相手として登場する。夏目鏡子の「漱石の思ひ出」は記している。

《丁度《ちやうど》その事件の最中で頭の変になつてゐた時でありませう。突然或る日喜久井町の実家へかへつて来て、兄さんに、

「私のところへ縁談の申込みがあつたでせう」と尋《たづ》ねます。そんなものの申込みに心当りはなし、第一目の色がただならぬので、

「そんなものはなかつたやうだつたよ」と簡単にかたづけますと、

「私にだまつて断わるなんて、親でもない、兄でもない」つてえらい剣幕《けんまく》です。兄さんも辟易《へきえき》して、

「一体どこから申込んで来たのだい」となだめながら訊《たづ》ねましても、それには一言も答へないで、ただ無闇と血相かへて怒つたまま、ぷいと出て行つてしまつた。兄さんも心配でなりません。なんであぁぷりぷり怒つてゐるのか、なんであぁいふただならぬ様子をしてゐるのか。ともかく法蔵院へ行つてゆつくり尋ねて見たら仔細《しさい》もわかることだらう。かう思つてお寺へ行かれた。が、てんで寄りつけもしない剣幕《けんまく》で、そんな不人情者は親でもない兄でもないを繰りかへして、親爺《おやぢ》は没義道《もぎだう》のことをしても、それは親だから子として何ともいふことは出来ないが、兄は怪しからんと食つてかかる始末に、その申込みの当の相手のことをたづねても、それは不相変《あひかはらず》一言も洩《も》らさないので、手がつけられないのでそれなりに帰られたさうです。法蔵院の尼さんに変はつた様子でもないかとそれとなく帰りぎはにたづねて見ると、夏目さんの部屋の方でも見てゐるのが見つからうものなら、近頃はひどくこはい目附でにらまれたりしますといふ話だつたとか申します》(一「松山行」)

漱石の状態が常軌を逸していたことは、この記述から明らかである。彼は尼たちに監視され、陰口を利《き》かれていると信じていたが、尼僧たちのほうは「廻し者」であるどころか逆に彼の奇怪な言動におびえていた。この事実は妄想と現実との落差を示しているが、同様の関係が「縁談」と現実のあいだに存在しなかったとはいえない。やはり「銀杏返しにたけながをかけた」娘は実在しなかったのである。あるいは単に登世に対する漱石の思慕の象徴としてのみ実在したのである。

そのことはこの娘が結婚の相手として現実の検証を受けようとすると消え失せ、結婚できないことが明らかな状態にあるときにかぎって「話」のなかに出現するという事実が証明していると思われる。のちに鏡子との縁談がはじまったとき、漱石は実際子規にむかってこの娘の存在を否定し、兄直矩にそのことを伝えるよう依頼して次のように告白している。

《……小生家族と折合あしき為外に欲しき女があるのに夫《それ》が貰へぬ故夫ですねて居る抔《など》と勘違をされては甚だ困る……家族につかはしたる手紙にも少々存意あつて心になき事迄も書た事あり今となつては少々困却して居るなり》(傍点引用者・明治二十八年十二月十八日附)

同じことはおそらく死ぬ四五年前、漱石が九段の能楽堂でほとんど二十年ぶりでこの女に再会し、そのことを鏡子に語ったという挿話にもあてはまる。鏡子が「どんなでした」とたずねると、彼は「あまり変はつてゐなかつた」といって「こんなことを俺が言つてるのを亭主が聞いたら、いやな気がするだらうな」と「穏《おだや》かに笑つた」というが、そのとき鏡子が「この話は、実在のやうでもあり架空のやうでもあつて、まことにつかまへどころのない妙な話」だと感じたというのは、さすがに鋭い直感だと思われる。漱石はここでも幻影じみた女に対する感情を語っていたわけではなく、おそらくこの女の象徴を用いて語るほかない登世の追憶を語っていたにちがいないからである。

このような操作が必要になるのは、もとより漱石の内面に禁忌が強く作用しているためである。未婚の男は未婚の若い女に対する恋をあるいは公然と告白できるが、有夫の女に対する恋を語ることができない。しかもその女が嫂《あによめ》である場合、禁忌は二重に強化されざるを得ない。が一方、それが生の持続を確証するような恋である以上、禁忌の拘束が強まれば強まるほど当然告白の衝動は昂《たか》まる。象徴を用いて告白する必然性が生じるのはここからであり、「恋人」の幻影が出現するのもおそらくここからである。漱石はあの「銀杏返しにたけながをかけ」た娘の幻影を借りて繰り返し登世のことを語り、禁忌にへだてられて結婚できなかった恨みを述べ、彼らの恋の実在を告白していた。「縁談」の相手はもちろん登世の幻であり、九段の能楽堂にあらわれたのも登世の幻影である。この後者が大体「行人」執筆の時期と一致しているのは興味深い。このころ漱石は最後の神経症を経験しつつあり、混乱のなかで必死に救済者を喚び求めていたはずだからである。

鏡子の「漱石の思ひ出」は、「兄さんはその女の方の名前を御存知の筈《はず》です」といっている。それなら和三郎直矩は、知ってか知らずにか漱石が「初恋」の架空物語をつくり上げるのに協力していたことになり、奇妙な心理の屈折といわなければならない。彼が登世に対する漱石の気持を知っていたという証拠はないが、「いやな気がする」はずの「亭主」とはほかならぬ直矩のことであり、おそらくなかば無意識のうちに「初恋」が実在したと信じるふりをする必要を感じていたものと思われる。鏡子がこの「初恋」の話全体について「とにかく得体《えたい》の知れない変な話」と半信半疑であったのは、当を得ていたというほかない。

一方、多分明治二十三年夏の箱根行き以来、漱石がしばしば執拗《しつよう》な迫害妄想にとり憑《つ》かれていたという事実は、彼の内部によどむ罪悪感の深さを暗示している。兄の直矩に対する態度がことさらに攻撃的なのは、兄に対する罪悪感が特に濃厚だからであり、また同時に兄に根源的な「邪魔者」——禁忌の代表者のイメージを見ていたからにちがいない。漱石を追跡する者があるとすれば、それは彼自身の「罪」であった。そして彼を閉じこめていた「霧」の世界の奥底から浮び上る女の幻は、おそらく彼自身の「生」以外のものではなかった。「罪」に追われ、「生」を追い求め、しかもいったんつかみとった「生」は「雷鳴の轟《とどろ》き」によって「鞭《むち》うたれ」、分裂したまま二度と掌中に戻らない。漱石はつねにこのような存在の深所に隠された二律背反に直面していたのである。なぜなら彼にとって「罪」とは実は「生」そのものであり、「生」とは「罪」以外のものではあり得なかったから。「薤露行」のサー・ランスロットの「罪は吾を追ひ、吾は罪を追ふ」とは、漱石の生の根源にひそむ存在の力学の表現にほかならなかった。

漱石はこの「罪」に追われて円覚寺に参禅し、松山に行き、熊本に行き、ロンドンにまで行ったのである。しかし禁忌の域外にあるこの異国の大都会に滞在するあいだに、彼の「生」の感覚はいちじるしく稀弱になって行った。それはすでにロンドンには確立されていた近代産業社会が機械と煤煙と孤独とによって彼を涸渇させたからであり、さらには彼の「生」＝「罪」とは日本語の社会の禁忌の拘束のなかでしか確かめられぬものだったからである。

こうして明治三十六年に帰朝したとき、彼は涸渇と「生」のリズムの混乱とをともに骨に徹するまでに味わっていた。救済者であり、受容者であり、「生」の持続の証明でもある登世の幻影が喚び起されるのはここからである。登世はすでに十二年前に死んでいるが、そのイメージは生きつづけ、転生し、彼を現実社会を律する禁忌の拘束から救い出して「生」の持続を確かめさせ、しかもあのなまなましい「罪」の味わいを回復させた。登世の投影を受けた女のイメージは、前述の通り「夢十夜」にも、「それから」にも、「行人」にもあらわれ、そのほかの作品にも見え隠れしている。漱石の神経症が悪化しているとき、この女のイメージがより判然とあらわれるのは、彼の最後の神経症の記録ともいうべき「行人」が、まさに嫂と義弟の問題を中心に据えた作品であるという事実からもうかがわれるが、これはとりもなおさず危機をのり切ろうという彼の願いの深さを示しているものと思われる。

のだがすでに明らかなように、漱石は英詩のなかにおけるほど直截《ちょくせつ》に登世との恋を告白したことはなかった。英語が外国語であり、一種の暗号であることを思えば、漱石にとって告白とは告白しないことであったという逆説が可能である。それならなぜ彼にとって告白とは決して告白せず、つねに暗号や象徴によって語ることであったか。それは彼がその生涯を通じていつも自分を禁忌の拘束のなかに置きつづけていたからである。家族、大学社会、門弟その他の彼をとり囲む環境は、漱石にとってつねに禁忌によって拘束された社会であった。いや実は社会はそれが社会であるならばつねにそのなかに禁忌を含み、人を拘束する。それが漱石の生活の場であり、それ以外に人の生きる場所があり得ないことを彼は知りつくしていた。彼にとって自由とは英雄的に自己を顕示することではなく、禁忌に対して秘密を対置し、それをイメージの力によって「生」の持続に変換し、かつそのことのもたらす「罪」の感覚を確認する努力以外ではあり得なかった。書かなければ自由は存在せず、書くことは生きることである。そう感じたからこそ、彼はそう生きたのである。

このように生きる人間とは、いかなる理由によっても「生」を「文学」という観念と交換せず、さまざまな秘密の重荷に耐えて生きる人間である。どんな人間でも、生きている人間はしばしば現代小説に描かれる人間ほどチャチではない。漱石は少くともそのような人間を描かなかった。人間はいつも自分で解釈できる自分よりひとまわり大きな輪郭を持っている。そのことを知っていたが故に作家漱石はもちろん、彼の描く人物たちも、おおむねいつも現実に私の出逢う人間のそれに等しい沈黙の量と、それぞれの固有なうしろ姿を失うことがないのである。

もう一人の嫂《あによめ》

「新潮」三月号に発表した「登世という名の嫂」というエッセイを書いているうちに、私は漱石の原体験を考える上で問題にすべき嫂がもう一人いることに気がついた。それは彼の季兄夏目和三郎直矩の最初の妻、ふじである。

登世の死後直矩に嫁《か》した三人目の嫂みよについては、その存在はさして重要であるとは思われない。「道草」三十六章で、漱石はこのみよについて次のようにいっているからである。

《三度目の妻《さい》を迎へる時、彼は自分から望みの女を指名して父の許諾を求めた。然《しか》し弟には一言《いちごん》の相談もしなかつた。それがため我の強い健三の、兄に対する不平が、罪もない義姉《あね》の方に迄《まで》影響した。彼は教育も身分もない人を自分の姉と呼ぶのは厭《いや》だと主張して、気の弱い兄を苦しめた。

「なんて捌《さば》けない人だらう」

陰で批評の口に上《のぼ》る斯《か》うした言葉は、彼を反省させるよりも却《かへ》つて頑固《かたくな》にした。

……》

みよが夏目直矩に婚姻入籍されたのは、明治二十五年（一八九二）四月十五日で、前年七月二十八日に死んだ登世の一周忌が済む前である。ちょうどこの十日前、明治二十五年四月五日に、漱石は分家して北海道岩内郡吹上町十七番地浅岡仁三郎方に本籍を送った。これはおそらく角川源義氏が「夏目漱石」(「近代文学の孤独」所収・昭和三十三年現代文芸社刊)で指摘しているように、兄の仕打ちに対する拒否の表現であり、亡《な》き嫂登世への深い思慕のために兄と戸籍を同じくすることをいさぎよしとしなかったからだと思われる。

通常これは徴兵を避けるためと説明されており、この点については丸谷才一氏の「徴兵忌避者としての夏目漱石」(「展望」昭和四十四年六月号)のように興味津々《しんしん》たる論文も書かれている。しかし私見によればこれは時流に投じたやや感傷的な議論であって、漱石のこのときの主たる目的は分家することにあり、北海道に送籍したのはそのついでだったと考えるのが至当と思われる。合法的な徴兵忌避は第二次大戦中にすらあった。当時高等学校理科の志願者が激増したのは、いうまでもなく大学理工科の学生が徴兵を猶予《ゆうよ》されていたからで、これに対する羨望《せんぼう》の感情は、たとえば清岡卓行氏の「アカシヤの大連」(「群像」昭和四十四年十二月号)のなかにも表白されている。

《……おれには、徴兵猶予の特権がまだ与えられている理科系の学生が羨《うらや》ましい。彼らは、国家あるいは戦争そのものによって、戦場に行かないことが是認されているのだ。……》

これは昭和二十年（一九四五）四月のことで、敗戦のわずか四カ月前の状態を叙述した箇所である。第二次大戦中すべての若者が無差別に戦場に送りこまれたというのは誇張である。国家は破局の直前においてすら、ある能力を備えた若者たちが「戦場に行かないこと」を公的に是認していた。そして相当数の青年はこの是認を得ようとして努力したのである。人間の生存欲は自然な欲望であり、それ自体に英雄的なところは少しもない。しかも合法的な徴兵忌避は「反体制的」ですらなく、むしろ体制維持的である。漱石が北海道に本籍を送ったのはまさに合法的に徴兵をまぬがれるためであって、それ以外の「反体制的」衝動によるものではなかった。そして公的に是認され、合法的な行為をおこなっている場合、人がいわれない罪悪感にとらわれることはまずないというべきであり、この度合は公的権力の権威が高く、戦争が全面戦争ではなくて専門家同士の古典的戦争にとどまっていた明治二十年代には、ほとんど一〇〇パーセントに近かったはずだと思われる。

つまり戦争よりは秘められた恋が問題だったのであり、「徴兵忌避者」としての漱石はもともと論じるに足りないのである。注目すべきことは、兄直矩が三度目の妻を迎える直前に漱石が分家して、大学生の身でありながら一戸を創立したという事実である。「忌避」されたのはむしろ三人目の嫂みよであった。したがってこの嫂が彼の後年の作品のなかの女性像に投影している可能性はまず皆無であり、みよについては冒頭に述べた通り深く追求するには及ばない。ただ「道草」で漱石が、「教育も身分もない人を自分の姉と呼ぶのは厭だと主張し」たといっているのは、彼女がいわゆる良家の子女ではなかったかも知れないという推測を可能にする。みよは明治九年八月十四日生れとしてあるから、直矩に嫁した明治二十五年四月現在、数え年で十七歳、満でいえば十六歳に四カ月足りなかった。本郷区湯島切通坂町三十八番地の山口寅五郎長女で、その母の名は不明である。第二次大戦中旧本郷区役所が戦災で焼けたために、山口家のあとは杳《よう》として知れない。

これに対して私が和三郎直矩の最初の妻、ふじを問題にするのは、「登世という名の嫂」のなかでも指摘した通り、あるいはこのふじの影が投じられているかも知れないと思われる挿話《そうわ》が、「行人」のなかにあらわれるからである。

《今から五六年前《まへ》彼の父がある知人の娘を同じくある知人の家に嫁《よめ》らした事があつた。不幸にも其《その》娘さんはある纏綿《てんめん》した事情のために、一年経《た》つか経《た》たないうちに、夫《をつと》の家を出る事になつた。けれども其処《そこ》にも亦《また》複雑な事情があつて、すぐ吾家《わがいへ》に引取られて行く訳に行かなかつた。それで三沢の父が仲人《なかうど》といふ義理合から当分此《この》娘さんを預かる事になつた。――三沢は一旦嫁《とつ》いで出て来た女を娘さん〳〵と云つた。

「其娘さんは余り心配した為だらう、少し精神に異状を呈してゐた。それは宅《うち》へ来る前か、或は来てからか能《よ》く分らないが、兎《と》に角宅《かくうち》のものが気が付いたのは来てから少し経《た》つてからだ。固《もと》より精神に異状を呈してゐるには相違なからうが、一寸《ちよつと》見たつて少しも分らない。たゞ黙つて鬱《ふさ》ぎ込んでゐる丈《だけ》なんだから。所が其娘さんが……」

三沢は此処《こゝ》迄《まで》来て少し躊躇《ちうちよ》した。

「其娘さんが可笑《をか》しな話をするやうだけれども、僕が外出すると屹度《きつと》玄関迄《まで》送つて出る。いくら隠れて出ようとしても屹度送つて出る。さうして必ず、早く帰つて来て頂戴《ちやうだい》ねと云ふ。僕がえゝ早く帰りますから大人《おとな》しくして待つて居らつしやいと返事をすれば合点／＼をする。もし黙つてゐると、早く帰つて来て頂戴ね、ね、と何度でも繰返《くりかへ》す。僕は宅《うち》のものに対して極りが悪くつて仕様がなかつた。けれども亦此娘さんが不憫《ふびん》で堪《た》まらなかつた。だから外出しても成るべく早く帰る様に心掛けてゐた。帰ると其人の傍《そば》へ行つて、立つた儘《まゝ》只今と一言《ひとこと》必ず云ふ事にしてゐた」

《「……其娘さんは蒼《あを》い色の美人だつた。さうして黒い眉毛《まゆげ》と黒い大きな眸《ひとみ》を有《も》つてゐた。其黒い眸《ひとみ》は始終遠くの方の夢を眺てゐるやうに恍惚《うつとり》と潤《うるほ》つて、其処に何だか便《たより》のなささうな憐《あはれ》を漂《たゞ》よはせてゐた。僕が怒らうと思つて振り向くと、其娘さんは玄関に膝《ひざ》を突いたなり恰《あたか》も自分の孤独《こどく》を訴《うつた》へるやうに、其黒い眸《ひとみ》を僕に向けた。僕は其度に娘さんから、斯《か》うして活きてゐてもたつた一人で淋《さむ》しくつて堪らないから、何《ど》うぞ助けて下さいと袖《そで》に縋《すが》られるやうに感じた。――其眼がだよ。其黒い大きな眸《ひとみ》が僕にさう訴へるのだよ」

「君に惚《ほ》れたのかな」と自分は三沢に聞きたくなつた。

《……「所が事実は何うも左右《さう》でないらしい。其娘さんの片付いた先の旦那といふのが放蕩家《はうたうか》なのか交際家なのか知らないが、何でも新婚早々たび〳〵家《うち》を空《あ》けたり、夜遅く帰つたりして、其娘さんの心を散々苛《いぢ》め抜いたらしい。けれども其娘さんは一口も夫《をつと》に対して自分の苦《くる》しみを言はずに我慢してゐたのだね。その時の事が頭に祟《たゝ》つてゐるから、離婚になつた後《あと》でも旦那に云ひたかつた事を病気のせゐで僕に云つたのださうだ。――けれども僕はさう信じたくない。強ひても左右《さう》でないと信じてゐたい」

「それ程君は其娘さんが気に入つてたのか」と自分は又三沢に聞いた。

「気に入るやうになつたのさ。病気が悪くなればなる程」

「それから。――其娘さんは」

「死んだ。病院へ入《はひ》つて」

自分は黙然とした。

《……「あゝ肝心の事を忘れた」と其時三沢が叫んだ。自分は思はず「何だ」と聞き返した。

「あの女の顔がね、実は其娘さんに好く似て居るんだよ」》（「行人」第一部「友達」・三

十二、三十三章）

この挿話にふじの影が投じられているかも知れないというのは、彼女もまた夏目直矩に嫁してわずか三カ月で離別されているからである。ふじは牛込区南榎町五十二番地の士族朝倉景安の二女で、明治二十年（一八八七）九月十三日に婚姻によって夏目家に入籍され、同年十二月十二日離婚して朝倉家に復籍した。彼女は明治三年（一八七〇）十月十四日生れであるから、結婚したときにはまだ満十七歳に満たぬ若さであり、当然「娘さん」という印象をあたえても不思議のない女性であったと思われる。

「登世という名の嫂」を書いていた段階では、ふじについて私は右にあげたようなことを知るにすぎなかった。しかしその後幸いにも朝倉景安の子孫にあたる方にお目にかかって直接話をうかがうことができ、この薄倖《はっこう》の女性に関する知識をやや深めることができた。景安の子孫というのは、現在東京の渋谷に住んでおられる朝倉ちかさんで、ふじの弟小太郎の息女である。小太郎は十七年前に亡くなったが、その妻女でちかさんの母堂そのさんは健在であり、この老女からも私は朝倉家の人々についての話を聞かせていただいた。

朝倉ちかさんから見せていただいた系図によれば、朝倉家は禄高《ろくだか》七人扶持《ぶち》の御家人の家である。本国を越前、生国を江戸としてあり先祖は越前の大名であった朝倉氏だという記述がある。徳川家に随身したのは二代将軍秀忠のとき、朝倉宣正という人が禄高二万六千石で駿河《するが》大納言《だいなごん》忠長《ただなが》の付家老に任じられたのにはじまり、駿河大納言家が改易になって取り潰《つぶ》されたおりに一旦断絶するが、宣正の息重宣は三代将軍家光に取立てられて二千石の旗本となり、御小姓組に加えられた。

ふじの実家の朝倉家は、この重宣の分家筋にあたる景忠三百石からさらに分脈した家である。景安は幼名を丑之助《うしのすけ》といい、実は田安家御書院番格御庭之者支配の萩原六左衛門の三男で、同じく代々田安家に仕えていた朝倉家の当主和十郎の養子になった人である。幕府瓦解《がかい》のおり賢明な景安はいたずらに「軽挙妄動《もうどう》」せず、新政府に恭順を誓って牛込界隈《かいわい》に所有していたかなりの地所を保全し、明治三年（一八七〇）三月二十九日付で東京府庁に出仕するようになった。ふじはこの年に生れた子である。廃藩置県によって彼が東京府士族となったのは、明治四年（一八七一）十二月二十五日である。

このような経歴から推測すれば、朝倉家と夏目家のあいだに縁談がおこったのは、水田家の場合がそうであったように、朝倉景安が夏目直矩の父小兵衛直克とともに東京府庁に出仕していたからではないかと思われる。両家がともに牛込に住んでいたことがこの結びつきを深めただろうことはいうまでもない。景安には二男七女があり、一男は嬰《えい》児《じ》のうちに他界して末子として嗣子小太郎が生れたのは明治十七年になってからであった。ちかさんによれば、朝倉家はなぜか女子ばかり生れる家で、景安の場合もこの例外ではなかったらしい。

ところでふじは、実は夏目直矩に嫁す前に一度他家に嫁入って、半年で離別されている。このことは景安が自筆でつけていたと覚しい覚書に記録されており、それを発見したとき私はなるほどなにごともとにかく調べてみるものだという感慨にとらわれざるを得なかった。景安は克明な人だったらしく、一族の動勢を一々細字でメモしているが、それによるとふじは明治十八年（一八八五）十一月に関根家に嫁し、翌十九年（一八八六）五月に離縁されて朝倉家に戻っている。つまり明治二十年九月に夏目和三郎直矩の妻となったとき、ふじは初婚ではなかった。しかもこうして再縁した夏目家にも彼女はわずか三カ月しかいなかった。朝倉家の家伝によれば、ふじが夏目家を去ったのは、例の「三年子無きは去る」にしたがったものだとされているが、これは彼女が最初の婚家関根家には半年、二度目の婚家夏目家に三カ月しかいなかったことを思えば成立しがたい。おそらく「行人」の挿話は事実に拠《よ》ったものであり、漱石が最初の嫂ふじについて「観察体験」したところを小説化したものと思われる。

ふじが兄直矩の妻となった明治二十年九月現在、漱石はトラホームを病んで本所の江東義塾から牛込馬場下の自宅に戻ったばかりのころであった。これが正確に何月のことだったかは断定しがたいが、彼が柴野（中村）是公とともに月給五円で江東義塾の教師になったのは、第一高等中学校で落第した直後、明治十九年（一八八六）九月ごろのことと推定され、「約一年ばかりもかうしてやつてゐた」（「私の経過した学生時代」）と自ら語っているところを見ると、翌年九月ふじが夏目家に嫁いで来るのと相前後して馬場下に帰ったのはほぼ確実と考えられる。そこで彼が三沢のいわゆる「娘さん」のような精神状態になっていたふじを見出し、一つ屋根の下でしばらく日常をともにした可能性は、ひかえ目にいっても少くないはずである。

もしふじが「少し精神に異状を呈してゐた」とすれば、その原因は直矩にあったのか、あるいは関根家での体験にあったのかよくわからない。だがかりに後者であったとしても、漱石がそれを兄の責任に帰したい心情にあったことは疑えない。朝倉そのさんもちかさんも、直接ふじに逢ったことはないが、景安の七人の娘たちはいずれも評判の美人ぞろいだったと伝えられているそうである。そのことは現存するふじの弟小太郎の、五十五歳のときの肖像写真からもなおよく推測される。

小太郎はこの写真で瀟洒《しょうしゃ》な背広を着こなした美丈夫にうつっている。初老というよりはむしろ中年といいたいほど若々しく、大きな眸にやや甘い哀愁があり、面長の細面には没落しつつある階層の後裔《こうえい》にありがちな疲労がうっすらとにじんでいる。この顔立ちを女にすればさぞ美しい女になるであろう。そして「其娘さんは蒼い色の美人だった。さうして黒い眉毛と黒い大きな眸《ひとみ》を有《も》つてゐた。其黒い眸《ひとみ》は始終遠くの方の夢を眺てゐるやうに恍惚《うつとり》と潤《うるほ》つて、其処に何だか便《たより》のなささうな憐《あはれ》を漂《たゞ》よはせてゐた」というような風情《ふぜい》になるであろう。もしふじが小太郎によく似ていたとすれば、この顔立ちは二人目の嫂登世と同型の顔立ちであり、その眼許《めもと》は漱石が「理想の美人」とした閨秀《けいしゆう》作家大塚楠緒子《くすおこ》の眼許に酷似している。つまりそれは今日ではほとんど絶滅したといってよい江戸末期の文化が生んだ美人のタイプである。

このような顔立ちの嫁をつづけて選んだのは、果して小兵衛直克の好みだったのか和三郎直矩の好みだったのか、明確には断定しがたい。しかし直矩が三人目の妻みよを迎えるとき、「自分から望みの女を指名して父の許諾を求めた」といっている点、あるいは逆に直矩がふじにも登世にも親しんだ形跡がないところから見ると、多分小兵衛直克の好みであり、その背後には彼の二度目の妻で直矩や漱石の生母千枝の若いころの姿の記憶があったのかも知れない。そうだとすれば、ふじの「憐《あはれ》」な姿を印象にとどめて「行人」の挿話に描き、登世については「新潮」三月号に既述したようにくりかえして彼女への思慕を語りつづけた漱石は、結局この二人の美しい嫂の上に縁の薄かった生母の面影、しかも彼が見たことのないその若く美しかったころの姿を求めていたのかも知れない。

「行人」で三沢と「娘さん」の挿話がいわば二郎とお直との心理的牽引《けんいん》を告知し、しばしばそれを映す鏡として用いられているように、漱石の実生活においても彼の前を通りすぎていった最初の嫂ふじは、やがてあらわれる登世の到来を告知していた。彼における嫂的なものを考える上で、やはりこのふじの存在を無視し去るわけにはいかない。それは「憐《あはれ》」なものであり、美しく罪深いものであり、しかもある日突然彼の前から姿を消して行くものである。かくのごとき二人の嫂が、漱石の女性像に長い影を投じていることは多分疑う余地がない。

最後にふじの名誉のためにつけ加えておけば、彼女は夏目家から朝倉家に復籍したのちに三度縁を得て、東京府士族下山家に嫁し、一男一女をあげている。三度目の夫は検事であり、その息もまた検事になったと伝えられる。一女は横浜正金銀行員に嫁したというから、下山家に嫁入ったのちのふじは健康を恢復《かいふく》し、幸福な結婚生活を送ったのであろう。離縁されてもすぐまた縁談があったのはおそらくふじが美貌《びぼう》であり、当時の朝倉家が富裕だったためである。しかし朝倉そのさんによれば、ふじは一男一女の成人を待たずに「比較的」早くなくなり、その遺児たちは継母に養育されて人となった。「行人」の挿話で三沢のいう「死んだ。病院へ入《はひ》つて」はもとより小説的仮構であるが、まったくふじの生涯を反映していないともいえないと思われる。

漱石のなかの風景

和歌浦のエレヴェーター

テングサンというから、おおかた「天狗山」とでも書くのだろうと思っていたら、なんと「奠供山」といういかめしい字を当てるのであった。和歌浦の、玉津島神社の拝殿の裏手にある小さな岩山である。

夏目漱石は、明治四十四年(一九一一)八月十四日の夕方に、この奠供山に登った。登ったといっても、歩いてではなくて、「東洋第一海抜二百尺」と称するエレヴェーターに乗って、つり上げられたのである。

彼はこのとき、朝日新聞社主催の講演旅行の途中で、すでに前日の十三日、明石で「道楽と職業」と題する講演をおこなっていた。当時暑中休暇で帰省していた東大独文科生の内田百閒《ひやつけん》は、郷里の岡山からわざわざこの講演を聴きに来た。

漱石が乗った「東洋第一」のエレヴェーターは、今では影もかたちもない。したがってA記者と私は、歩いて奠供山に登ることにした。登り口は、玉津島神社の拝殿の玉垣を右手にまわったところにあるが、この岩山から景色をながめようという酔狂な人間も少くなったとみえて、道はほとんど枯草におおわれている。登り口の左手にある物置のかげから、犬がほえ立てた。見ると宮司さんの飼犬と覚《おぼ》しい紀州犬である。「この犬嚙《か》みますので御注意下さい」とはり紙がしてある。山といっても、少し大きな岩のかたまりといった程度の山だから、登りはじめれば五分とかからない。頂上に立ってみると、なるほど和歌浦は一望の下である。正月の十二日というのに、南国紀州の陽光は濃く明るく、はるか左手の紀三井寺のあたり、名草山の上ではトンビが舞っている。その向うで煙を吐き出しているのは、関西電力の発電所である。

眼下の和歌浦の入江は、こうしてみわたすと意外に規模が小さい。山の右手から一直線に入江に通じる水路を、はしけのような小舟がモーターの音を響かせて近づいて来る。人が二人乗っているが、低い橋を潜《くぐ》るときに、立っている人の頭がぶつかりはしないかと余計な心配をする。しかし立っている人は別に首をすくめる様子もなく、舟はそのまま低い橋を通りすぎて、水路と入江の合流点にかかっている太鼓橋に向って行く。

この太鼓橋の名を不老橋といい、その橋の対岸にある旅館を不老館ということは、さきほどたしかめた。その二、三軒奥には「割烹《かっぽう》ふじ村」という看板も見えるが、漱石が泊ったのはそのいずれでもない。望海楼という名のその宿は、大正の初年に、新しく開けた新和歌浦に移ってしまったのである。

同じころに「東洋第一海抜二百尺」のエレヴェーターもとりはらわれた。第一次大戦の戦時景気で鉄が値上りしはじめたので、スクラップにして売り払われたというから無残な話である。望海楼の跡は、「紀和交通株式会社第二車庫」というのになっている。のぞいてみると人影もなく、橙色《だいだいいろ》と薄黄色の横縞に塗り分けられたバスが三台とスバルが一台、それに小型トラックが一台、忘れられたように置いてあった。

漱石の「日記」には「岩山のいたゞきに茶店あり猿が二匹ゐる」とあるが、現在の奠供山頂に茶店などはない。猿もいず、いるのはA記者と私の二人きりである。背の低い松が岩にしがみついている僅《わず》かばかりの平地に、石碑が一つ立っている。

碑文を見ると、神亀元年（七二四）、聖武天皇が和歌浦に行幸されたとき、頓宮《とんぐう》を留めること十有余日、勅して「望海楼」を置かれたのはここと思われる、とある。称徳天皇も天平神護元年（七六五）、此地《この》に行幸されて留まること七日、とある。あたかも僧道鏡が太政大臣禅師となった年である。碑文の末尾には「文化十年癸酉《みずのととり》春三月仁井《にい》田《だ》好古謹撰《きんせん》」という文字が刻まれている。郷土史家の和中金助氏の教示によれば、仁井田好古は紀州藩の儒者である。

それなら漱石の泊った望海楼という旅館の屋号はこの故事にちなんだものであり、彼は聖武・称徳両帝の行宮《あんぐう》の跡を訪れたことになるが、なぜか「日記」にはまったくこの石碑にふれた記事がない。あるいは彼は、そのとき過去の史実よりは、同時代の問題で頭がいっぱいだったのかも知れない。「東洋第一」エレヴェーターで奠供山に登った翌日の明治四十四年八月十五日、彼が和歌山県会議事堂でおこなった講演は、

《……斯《か》う云ふ開化の影響を受ける国民はどこかに空虚の感がなければなりません。又どこかに不満と不安の念を懐《いだ》かなければなりません。夫《それ》を恰《あたか》も此《この》開化が内発的でゞもあるかの如《ごと》き顔をして得意でゐる人のあるのは宜《よろ》しくない。それは余程ハイカラです、宜しくない。虚偽でもある。軽薄でもある。……夫《それ》を敢てしなければ立ち行かない日本人は随分悲酸な国民と云はなければならない。……》

という、あの有名な「現代日本の開化」であった。

この講演のなかにも、「実は私も動物園の熊の様にあの鉄の格子《かうし》の檻《をり》の中に入つて山の上へ上げられた一人であります」というくだりに、和歌浦のエレヴェーターが出て来る。この講演旅行の見聞を舞台として書かれた小説「行人」でも、エレヴェーターは「牢屋《ろうや》に似た箱」と描写されている。和歌浦の古典的風景のただなかに掛った奇妙なエレヴェーターは、漱石の心には近代日本の「外発的開化」の象徴と映じていたのかも知れない。

往時茫々《ぼうぼう》として、そのエレヴェーターがないように、彼が講演した県会議事堂も、「行人」の二郎が嫂《あによめ》お直と食事をした和歌山市の料亭風月も、二人が一夜をすごした旅館富士屋も、いまは跡かたもない。しかし「あの鉄の格子の檻」は、電力会社の煙突や

大コンビナートに姿を変えて、和歌浦の風景をしめつけているように思われた。そしてそのなかにいる私たちも、やはり現代文明の、眼に見えない「牢屋に似た箱」の一隅を、手さぐりで彷徨《ほうこう》しているように感じられた。

その夜、私たちは新和歌浦に移った望海楼に宿をとった。正月二日に大火のあった寿司由楼の二軒手前である。寝につくと暗闇のなかから、「何時《いつ》の間にか薄く化粧を施し」た「行人」のお直の幻影があらわれて、白い顔をこちらに向けて淋しそうに微笑《ほほえ》んだ。

春やむかし

少し寝坊をしたかなと、あわてて宿の玄関にまで出て行くと、もうA記者が丹前姿で待っている。朝七時半ごろである。

「早いですな」というと、

「道後温泉は、六時からやっているそうですよ」という返事であった。

私たちは、これから漱石の坊っちゃんが赤手拭《てぬぐい》をぶら下げてかよった道後温泉の朝湯に行こうというのである。そとに出ると、小雨のパラついていた昨日とはうってかわった晴天で、建ったばかりらしい近くの温泉ホテルの窓が、朝日をうけてキラキラ輝いている。その背後の空は抜けるように青い。

道後温泉には、宿の裏手の急な坂をダラダラとくだって行くのが近い、と教えられた。

温泉町の朝は妙に白々と静かで、私たちの下駄の音がばかに大きくひびく。かたわらを足早に通りこして行くのは、男女の高校生である。あのなかには、宿直室の寝床にイナゴを入れて坊っちゃんを怒らせ、「イナゴは温《ぬく》い所が好きぢやけれ、大方一人で御這入《はい》りたのぢやあろ」と素ッとぼけてみせた悪童の後輩や、マドンナの後裔《こうえい》がいるのかも知れない。

松山は、どこへ行っても子規と漱石という感じだが、漱石がこの町にいたころの面影をとどめているのは、三番町の旅館木戸屋の玄関のほかには、この道後温泉くらいなものである。昭和二十年七月の空襲が、通常兵器による爆撃では広島に匹敵するといわれるほど徹底的なもので、市街地の大半を焼き払われてしまったからである。

それればかりではない。御多分にもれず、産業化の波はここにも押寄せていて、昭和四十二年の暮、「漱石とその時代」の取材のために訪れたときとくらべても、町の様子がだいぶ変っている。その最たるものは、坊っちゃんが上陸するとき、《見る所では大森位な漁村だ。人を馬鹿にしてゐらあ》と思った三津浜《みつがはま》のフェリーの波止場から、ほぼ一直線に市内に通じる広々としたドライヴ・ウエイであろう。

漱石のころには、この間六・八キロを、日本で二番目に古い民営鉄道という名誉をになう伊予鉄道会社の軽便鉄道が、毎日ほこらしげに連絡していた。一日十往復、一時間半ごとに運転し、下等運賃三銭五厘というから安いものである。「坊っちゃん」のなかでは、この運賃は三銭に値下げしてある。

ドイツ国ミュンヘンの、クラウス製造所で製造された機関車と客車の一両は、今は市内の梅津寺公園に陳列されている。「マッチ箱の様な」客車のもう一両は、湊《みなと》町五丁目の子規堂の前にあって、昨日行ってみると雨のなかを観光客の団体がむらがって、それを背景にして写真撮影に余念がなかった。

この子規堂は、正岡家の菩提寺《ぼだいじ》で子規の父が葬《ほうむ》られている正宗寺の境内にある。子規が、明治二十八年（一八九五）三月十五日、従軍記者として宇品《うじな》を出発するにさきだち帰省したとき、「日記」に、

《郷里松山に行き家君の墓に詣《まう》づ。鉄軌寺中を横ぎりて菜花墓のほとりに乱れ咲く。……桑滄《さうさう》の変心こたへ胸ふたがりてしばしは立ちも上らず。

畑打よここらあたりは打ち残せ》

と記したあの寺である。そして、かつて湊町四丁目の中ノ川筋にあった正岡家の跡は、いまでは自動車道路のまん中に立てられた一本の白い杙《くい》になり変っている。

昨日、三年ぶりでその子規堂のなかにはいって、漱石が病後の子規に階下を提供し、しばらく一緒に住んだことのある二番町八番戸の下宿上野家の写真と、漱石の筆跡とを見くらべていると、観光客の一団をひきいた中年男のガイドがそばに立って、

「みなさん、この写真をばよーく御覧なさい。これが子規居士の妹さんの律子女史じゃ。有難いことにこの方は、居士の看病をするために嫁にも行かれなんだ。……」

というような口上を述べだした。

それを聴くともなく聴いているうちに、突然私の両の眼に涙がにじみ出したのは、あれはいったいなんだったのだろうか。たぶん私は知っていたからだ。子規の人生も、律子の人生も、漱石自身の人生も決してそんなものではなかったことを。そしておそらく、私はいいたかったからだ。だれの人生もそんなものではないと感じているからこそ、自分は書いているのだというようなことを。……

早朝だというのに、道後の土産物屋はもう店を開けはじめている。そのアーケードをぬけたつき当りが、大きなお寺の本堂のような道後温泉の建物だ。大衆料金は四十円だが、坊っちゃんが八銭奮発してかよった上等は、今では一人前百二十円とる。階上にあがると、昔のままに浴衣《ゆかた》をかしてくれて、湯上りにはお茶が出るらしい。しかし茶釜《ちゃがま》と並んでオロナミン・C・ドリンクや、コカ・コーラが置いてあるのが七〇年代である。

道後の湯は肌ざわりが柔かく、たいして熱くはないが、身体《からだ》の芯《しん》からあたたまるので心持がよい。A記者が「立つて乳の辺まである」湯壺をつっきって、お湯の落ち口に立つ。入浴客はこの時間は地元の御隠居さんたちが多いらしく、観光客らしい人々の姿はあまり見あたらない。

湯気ごしに湯壺の上をみると、石に女神の像のようなものが浮彫りにしてあって、そのわきに万葉仮名らしいものが彫りつけてある。「ちはやぶるかみよの……」などと書いてあるらしいが、湯気がけむってよく読めない。しかし、この道後温泉が開業したのは、漱石が愛媛県尋常中学校教諭として松山に赴任した前年の明治二十七年（一八九四）である。つまり彼は、「坊っちゃん」にあるように、「新築」したばかりのこの温泉にかよったのである。

係の女の人が「天目へ……載せて」出してくれたお茶でのどの渇きをうるおして、ぶらぶら宿に戻りかけると、正月十四日というのにもう春の気配がする。

春やむかし十五万石の城下かな

という子規の句が、ふと頭に浮ぶ。なんだかまた少し眠くなって来た。漱石がこの松山に、一年しかいなかったわけがわかるような気がする。

比《ひ》叡《えい》山の雪

比叡山には、今ではだいたい地蔵谷から田の谷峠に抜けて、山の稜線《りようせん》を延暦寺・四明岳にむかって走る比叡山ドライヴ・ウエイで登るのである。

正月十一日、京の街はうっすらと霞《かすみ》がかかっていたが、峠をこえると頭上には青空がひろがり、そこここにとけのこっている雪とあい映じて、たいへん美しい。

「京都はうらやましいですなあ。こんなに山が近くて」と思わず嘆声をあげると、A記者が、

「叡山ではたしかスキーもできるはずですよ」という。どのみち初心者向きのスキー場だろうが、東男《あずまおとこ》には夢のような話である。

〈野猿に注意〉という標識がでている。へえ、猿がいるのかな、と思っているうちに、道の真中に二匹でてきた。私たちの車がスピードをゆるめると、反対側から来た車も猿の手前でとまった。ドアをあけて、若い娘さんがビスケットかなにかをやっている。猿は二匹とも、それを悠々と道端に坐りこんで食べはじめた。野猿とマイ・カー族との、平和的共存というところらしい。

比叡山観光ホテル前の展望台にも、やはりかなり大きな猿が一匹、手すりに腰掛けていやに器用にミカンを食べていた。感心してそばに寄ると、別に逃げもしないで、食べながら私の顔を仔細《しさい》らしく眺めている。こうして、猿と私が向いあっているところが面白いといって、A記者がカメラを向けたら、猿はギャアとひと声叫んで歯をむき出し、たちまち木の間に姿を隠した。

漱石の「虞美人草《ぐびじんそう》」の甲野さんと宗近さんは、しかし比叡山に登る途中で、猿ではなくて大原女《おはらめ》に出逢《であ》ったのである。

《百折《もゝを》れ千折《ちを》れ、五間《けん》とは直《すぐ》に続かぬ坂道を、呑気《のんき》な顔の女が、御免やすと下りて来る。

身の丈《たけ》に余る粗朶《そだ》の大束を、緑り洩《も》る濃き髪の上に圧《おさ》へ付けて、手も懸けずに戴《いたゞ》きながら、宗近君の横を擦《す》り抜ける。生ひ茂る立ち枯れの萱《かや》をごそつかせた後ろ姿の眼につくは、目暗縞《じま》の黒きが中を斜《はす》に抜けた赤襷《あかだすき》である。一里を隔てゝも、そこと指す指の先に、引つ着いて見える程の藁葺《わらぶき》は、この女の家でもあらう。天武天皇の落ち玉へる昔の儘《まゝ》に、棚引《たなび》く霞は長《とこ》しへに八瀬《やせ》の山里を封じて長閑《のどか》である》

と漱石は書いている。これにつづいて、

《「此辺の女はみんな奇麗だな。感心だ。何だか画の様だ」と宗近君が云ふ。

「あれが大原女なんだらう」

「なに八瀬女だ」

「八瀬女と云ふのは聞いた事がないぜ」

「なくつても八瀬の女に違ない。嘘《うそ》だと思ふなら今度逢つたら聞いて見様」

「誰も嘘だと云やしない。然《しか》しあんな女を総称して大原女と云ふんだらうぢやないか」

「屹度《きつと》さうか、受合ふか」

「さうする方が詩的でいゝ。何となく雅でいゝ」》

というような会話がおこなわれるのだが、A記者と私の前には、どうも「御免やす」と美人のあらわれそうな形跡はない。だいたい漱石のころには、「虞美人草」に描かれているように、高野川沿いに八瀬に出て、八瀬から叡山に登ったものである。今ではこの登山路は、八瀬遊園から山頂にいたるケーブルカーとロープ・ウエイにとってかわられている。

「虞美人草」に描かれている京都とその周辺の風物は、明治四十年（一九〇七）三月二十八日から四月十一日まで、漱石が京都に滞在したときの見聞にもとづいている。このとき漱石は、朝日新聞社に入社する決意を固めて、大阪にいる社の幹部にあいさつするつもりで上洛《じようらく》したのだが、彼の知らぬ間に朝日の社内では、漱石を「東京朝日」に入社させるべきか、あるいは関西在住を求めて「大阪朝日」に招くか、という議論がたたかわされていた。

その背後には、もともと漱石を朝日に招くという案を最初に考えたのが、「大阪朝日」主筆の鳥居素川《そせん》であった、という事情が伏在していた。漱石自身はむしろ「東京朝日」主筆の池辺三山の人柄にほれこみ、結局は三山の政治力によって彼の東京入社が決る、というなりゆきになったのだったが、あとでこの事情を聞いて、漱石は出しぬかれたかたちになった鳥居素川の立場に同情し、入社第一作の「京に着ける夕」を、まずとりあえずというかたちで「大阪朝日」のみのために書いた。

正月十一日といえば、昔ふうにいえばまだ松の内である。とそ気分がぬけ切っていなかったせいか、私は「京に着ける夕」に出て来る糺《ただす》の森のなかの宿が、漱石の親友で当時京都帝大の文科大学長をしていた狩野亨吉《かのうこうきち》の自宅だったということを、すっぽりと忘れてしまっていた。

　そんなわけで、どの宿屋だったのだろうと下鴨《しもがも》神社わきの一角をキョロキョロ眺めまわしているうちに、いと清げに住みなしたという感じの、旅館だか料理屋だかわからない家が眼についた。見ると石村亭という額が掲げられている。意を決して案内を乞い、出て来たお女将《かみ》さんらしい人に訊《き》いてみると、

「へえ、うちはなあ、谷崎潤一郎先生のお住みやしたとこどすえ」

　という、あきれたような返事がかえって来た。

「これはしくじった」「それにしてもこれが谷崎さんのねえ」というようなことをA記者といいかわしながら、あらためて石村亭の門をよくみると、「数竿留夜雨／一径鎖清風」という聯《れん》がかかっていて、「実篤《さねあつ》」と署名してあるのが見えた。……

　延暦寺に着き、峰の白雪を踏みわけて七所詣《もうで》をすませてから、さらに四明岳の回転展望台にのぼる。ゆっくりまわっているガラス張りの展望台からながめわたすと、京の街も近江《おうみ》の琵琶《びわ》湖ものどかに霞んでいる。しかし、叡山に車でのぼっただけで済ましてしまうのは、甲野さんと宗近さんに申訳ないと思って、私たちはそれからもう一度八瀬まで戻り、今度はケーブルカーで「虞美人草」の人物たちがのぼった道をおさらいした。車中にはスキーをかかえた人の姿が、一人二人見うけられた。やはり叡山には、ほんとうにスキー場ができているものと見える。

多佳女しのぶ草

「十日えびす」の夕刻に、京の街を宿にむかって車をいそがせていると、東本願寺の土《ど》塀《べい》を背景に、若い娘さんたちの和服姿が三々五々と浮上って、思わず、ああ、やっぱり京都の初春だなあ、というため息がもれた。

近ごろは、東京では七草をすぎると、着物を着る女の人がめっきり少くなってしまう。それなのに京都では、ここには正月がずっとながいあいだ足をとどめているとでもいうように、着物の柄ゆきもいっそう華やかで、娘さんたちの裾《すそ》さばきもより優美に緩やかである。これはやはりちがう国だな、と私はひとりでうなずいた。

しかし漱石にとっては、京都はなによりもまず「淋しい所」だったらしい。明治四十年（一九〇七）四月に書いた「京に着ける夕」で、彼は「唯さへ京は淋しい所である」といっている。「数へて百条に至り、生きて千年に至るとも京は依然として淋しからう」と彼は書いている。

このときの漱石は、大学を辞めて新聞社にはいるという生涯の転機をむかえて、あるいは不安だったのかも知れない。だが、大正四年（一九一五）三月二十二日、「道草」の執筆を数カ月後にひかえて京都に遊んだときの「日記」にも、漱石は、

《電車。雨中木屋町に帰る。淋しいから御多佳さんに遊びに来てくれと電話で頼む》

と記しているのである。

ところで、この「御多佳さん」は、祇園《ぎおん》の茶屋大友《だいとも》の女将磯田多佳女のことである。この旅行で、漱石は木屋町三条上ルの大嘉《だいか》という宿に泊り、祇園町の一力《いちりき》で催された大石忌に行ったり、三年坂の阿古屋茶屋であんころを食べたり、宇治の普茶料理をためしに出かけたりした。漱石にはめずらしく、これはまったくなんの目的もない遊山《ゆさん》の旅であった。

漱石がはじめて御多佳さんに逢ったのは、一力の大石忌の席上だったらしい。多佳女の姉おさだは、すでに没していたが一力の女将で、多佳女も漱石に逢うより前、祇園町に出ていたときには尾崎紅葉・巌谷《いわや》小波《さざなみ》らの硯友社派の文人と交わって〈文学芸者〉という評判が高く、妓籍を引いてからも谷崎潤一郎や吉井勇らの新進作家たちと交際していた。

書画をたしなみ、和歌・俳句をよくしたこのような彼女の横顔については、谷崎潤一郎の「磯田多佳女のこと」にくわしい。そのなかに引用されている「新小説」の記事によると、多佳女は明治四十三年（一九一〇）現在三十二歳としてあるから、漱石に逢った大正四年には三十七歳になっていた。

京都滞在中に、漱石がしばしばこの「御多佳さん」に逢っているのは、もちろん彼女の人柄が気に入ったからであるが、やがて四度目の胃潰瘍《いかいよう》を発病して多佳女に看病してもらったからでもある。だいたい、京都に来るたびに漱石が「淋しい」と感じたのは、底冷えするこの古都の寒さのせいでもあったのかも知れず、大正四年の旅行のときも、「寒甚し」とか、「寒き事夥《おびただ》し(ママ)」とか、《東山吹きさらされて、風峠峭、比叡に雪斑々《はんぱん》。忽《たちま》ち粉雪、忽ち細雨、忽ち天日》というようなことをしきりに書いている。こうして寒い寒いといいながら、珍しいものを食べ漁《あさ》っているうちに、漱石の腹具合はしだいに悪化して行った。彼が最初に病臥《びょうが》したのは、三月二十五日のことである。

大嘉で床について、御多佳さんや、その朋輩《ほうばい》で芸者に出ているお君・金之助などという華やかな女性たちの見舞をうけているうちに、漱石の胃痛はいったん軽快した。しかし、治ったつもりで世話になった人々を大友に招き、全快祝をやっている最中にまた痛み出して、今度は多佳女の家で寝こんでしまうという病状におちいった。前記潤一郎の「磯田多佳女のこと」に引用されている御多佳さんの日記、「洛にてお目にかゝるの記」は、このことを次のように記している。

《我が一生の内病気なればこそぎおんのお茶屋で二夜もとまるとは思ひもよらぬことお笑ひになる、私のうちも先生のやうなお方を病気のおかげでとまつて貰《もら》ひました、一生の語り草とみな〳〵してしみ〴〵語る》

漱石は、このときから一年八カ月しか生きていなかったが、御多佳さんはさらに三十年生きて、敗戦直前の昭和二十年（一九四五）五月十五日に、永年の愛人だった岡本橘仙にもさき立たれて、淋しく世を去った。その二カ月前、戦災を受けなかった京都で、彼女が愛してやまなかった大友の建物は、強制疎開《そかい》のためにとりこわされてしまっていた。漱石が泊り、川向うの多佳女にあてて、

春の川を隔てて男女哉

という句を詠んだ旅館大嘉も、やはり強制疎開で跡かたもなくなってしまった。谷崎は多佳女の一周忌に、

しら河の流れのうへに枕せし
　人もすみかもあとなかりけり

という歌を手向《たむ》けている。これは、やはり大友を有名にしたあの吉井勇の、

かにかくに祇園は恋し寝るときも
　枕の下を水の流るる

に呼応する歌である。

こうして、もう一首の潤一郎の手向けの歌にあるように、

あぢさゐの花に心を残しけん
　人のゆくへもしら川の水

となってしまった今日、御多佳さんのよすがをわずかに偲《しの》ばせるのは、下河原南町に

ある旅館磯田である。この、いかにも京の街にふさわしい小ていな旅館は、御多佳さんの姪御《めいご》さんにあたる磯田琴さん母娘が経営しておられる場所である。

数年前に、ふとしたことからこの磯田を知った私は、A記者といっしょにあらためて磯田琴さんの話をうかがいに出かけた。あいにく御多佳さんの養嗣子で日本画家の磯田又一郎氏は、健康を害されて入院中とのことで、お目にかかることができなかったが、漱石が御多佳さんと知合ったころ、まだ十六、七の娘だったという琴さんの懐旧談は興趣つきざるもので、きらいなほうではない私はもちろん、あまりいける口ではないA記者まで、つい盃《さかずき》を重ねた。

取材を終えて夜の祇園町に出ると、足もとから京の底冷えがはいあがって来る。小路の彼方《かなた》を、出の衣装をつけた二人連れの芸者が、褄《つま》をとって過ぎて行くのが見えた。

漱石の恋――再説

私の「漱石の恋人は嫂《あによめ》であった」という説に対してこのごろ反論もあり、だいぶ波紋が広がっているようで、たいへん喜ばしいことだと思っているのですが、反論にお答えする前に、「漱石とその時代」を二部まで書いているうちにつくづく感じたことを一、二申し上げておきたいと思います。

それは何かというと、私の知見が及ばなかっただけかも知れませんけれども、漱石の嫂、これが実は四人おります。二番目の兄の栄之助の妻、これは片岡かつ（小勝）という女性です。それから三番目の兄和三郎直矩にまた三人の嫂がいて、最初の妻は朝倉ふじ、二人目が水田登世、三人目が山口みよですが、私が「漱石とその時代」を書くまで、漱石の青春時代にその身近にいたこれら女性の名前がひとつも確定してなかったというのはまず驚くべきことだと思うのです。

漱石研究は戦前、小宮豊隆氏の「夏目漱石」という標準的伝記が書かれた時期にまず大きく飛躍しました。戦後も三十年近くさまざまな漱石研究がつみ重ねられてきたにもかかわらず、ごく基本的な伝記的事実がまったく掘り起こされていなかった。これはまずまことに不思議なことだと思います。それのみならず、漱石の一連の英詩をとりあげて研究の対象とする国文学者もおられなかった。これだってずいぶん不思議なことで、私は内心いぶかしく思ったものです。

ですから、そういうところに研究者の盲点がひそんでいるので、漱石についての研究が多いからといって、当然のこととして過ぎているところに、少くともこの程度の問題は隠されているのです。そういう問題の存在を自覚せしめ、その対象となる女性の名前と家庭的背景とを明確にし得たということは、その女性を恋人と考えようが考えまいが、私の漱石研究に対するささやかな貢献ということが許されようかと思います。この上に立って、最近の諸家の反論がおこなわれているということを、まず確認しておいていただきたいと思います。

「文学」一九七二年七、八月号に掲載された三つの反論のうち、宮井一郎氏の論については、あらためてお答えする必要がないのではないかと思っています。そもそも私は、宮井氏が「文学的立場」に書かれた論文を読んでいませんので、その所説の輪郭を完全には知らないからですが、それというのも過去八年ぐらいのあいだ宮井氏が私の漱石研究について述べられた意見は、反論というよりはむしろ罵倒《ばとう》というような種類のものだからです。反論に対してはさらに再反論する意味もありますが、罵倒に対しては一々答える必要を認められません。研究者相互の儀礼に根本的にもとるからです。この「文学」所載の「夏目漱石の恋」も、「永日小品」の中の「心」という小品をはなはだ恣意《しい》的に拡大解釈したもので、「研究」というよりは想像、あるいは妄想《もうそう》といったほうがいいようなものですから、あまり説得力を感じることができないのです。

ただ、そうはいうものの、宮井氏の所説にはちょっとおもしろいところもないわけではありません。それは恋愛問題ではなくて、松山で暮らしているころ、月給八十円をもらっている漱石がどこで金を使ってしまったかという問題です。この問題についてはこれから少し考えてみる価値があるかも知れません。

漱石が松山時代、八十円の高給を食《は》んでいたのは、もちろんお雇い教師カメロン・ジョンソンの給与の枠《わく》をそのままひきついだからです。ところで夏目金之助がこの金を何に使ったかというと、かならずしもその使途がはっきりしないのですね。

私は女に送金したはずはないと思いますが、貯金をしていた様子もない。熊本で新世帯を構えたとき彼に貯金があったという印象はない。もちろん、日清戦争のあとで正岡子規が松山の漱石の下宿にころがり込んできたときには、給料日になると子規の枕の下に二十円ぐらいはさんで知らん顔をしているというような、病床の友に対する俠気《きょうき》をあらわした使いかたもしているようですが、それにしても、ちょっと金がなくなりすぎている。

本をそれほどたくさん買った様子もない。松山時代の漱石は神経症の回復期で、さほど集中して本が読める状態ではなかったにちがいない。そう考えますと、熊本時代にくらべて、松山時代に「丸善」に払った金はそう多くはないだろうと思うのです。

そうなると漱石はひょっとすると遊んだのかも知れませんね。遊廓《ゆうかく》のだんごを食べに行っただけではないのかも知れない。漱石というのは絶対にそういうことをしない人だというのも、あるいはまたひとつの固定観念かも知れないのです。

これはおそらく、漱石が松山にいるときになぜ頻々《ひんぴん》と縁談が起こったかという問題とも関連があります。月給をたくさん取っている文学士が中学の先生をしているのはもったいない、もしそういう人ならもっと出世をするだろうから娘をやろう、という親が出てくるという可能性もあるかも知れないけれども、どうも、鏡子夫人の「漱石の思ひ出」その他の間接的証言からうかびあがって来る姿をみると、このままほっておくとよくないから身を固めさせようというような傾きが強いようにも思われます。

夏目家に伝わる古い町人の家の「遊蕩《ゆうとう》的な血」が漱石のなかにも流れてなかったはずはない。これは夏目伸六氏の「父 夏目漱石」のなかにも指摘されています。漱石はもちろん、遊蕩児ではなくて、まじめな、勤勉な人だったと思いますけれども、漱石の文学のある部分には、遊蕩的感受性に触れるものがあるような気がします。しかし、そうかといって、松山時代の漱石が女に金をせびられて送金していたというのは、およそ考えられない話ですけれども。

ロンドンに赴く途中、パリに滞在している間に漱石が記している日記に次のような記事があります。——明治三十三年十月二十三日の日記です。
《十月二十三日（火）朝樋口氏来《きた》ル昼食ヲ喫ス岡本氏来ル日本食ノ晩餐《ばんさん》ヲ喫ス夫《それ》ヨリMusic House——（これはミュージック・ホールというべきでしょうが）——ニ至リ又Underground Hallニ至ル帰宅ス午前三時帰宅ス巴理《パリ》ノ繁華ト堕落ハ驚クベキモノナリ》
これは、いわば漱石が「朝帰り」した記録ですね。
翌日はよほど寝坊したとみえまして、十月二十四日（水曜日）は、
《十月二十四日（水）十二時半ヨリ安達氏方ニ赴キ昼食ノ饗応《きやうおう》アリ六時頃帰宅宿ニテ晩餐ヲ喫ス就寝》
となっている。つまり明治三十三年（一九〇〇）十月二十三日の漱石のパリにおける行状は、日本人旅行者の一般の行動様式とほとんど同じだといってよい。
それなら、松山にいたときの漱石が、一般の当時の独身の日本人とあまり変らぬ生活をしたとしても不思議はないかも知れない。病気からの回復期で、愛媛県尋常中学に長く勤める気持もなく、松山の人間もあまり好きになれない。本もたいして読んでないし、これという研究の主題が固っていたわけでもないとすれば、多少は遊んだようなこともあったかも知れない。私は別に漱石をおとしめるためにこういうことをいうわけではないのですけれども。

ただし、そうかといって、漱石という人は特別あつらえの人間だったと考える考え方には、私はあまり賛成ではありません。漱石という人は、普通の人間である側面をもちながら、同時に特別な才能にめぐまれ、またその才能とうらはらになった「不幸」をもになっている人だった、と考えたいのです。

私は最初に「夏目漱石」を書いたときから、一貫してそう考えて来ました。漱石の、文学者・作家としての「偉大さ」と人間としての「悲惨さ」が表裏一体なのはいうまでもありませんが、同時にまた彼が、いくらかの人間としての「凡庸さ」をも持っていたのでなければ、漱石はやはり、神か魔物かになってしまう。「人間」の問題を深く表現してくれた作家であり、しかも多くの読者に親しまれている作家である、という側面が見失われてしまうと思います。

それから、中山和子さんのご研究ですけれども、私は好感をもって拝見しました。「漾虚集《ようきよ》」のなかの「色」のイメージに触れておられますが、これは私が今から十八年前に「三田文学」に「夏目漱石」の第一部を書いたとき提起しておいた(当時のプレ・オリジナルでは「夏目漱石論」となっておりました)「漾虚集」のなかの「黒と白の対比」という問題の展開といってもよかろうかと思います。中山さんの論文を拝見すると、まだ若くて未熟だったころの私がすみのほうに蒔《ま》いた小さな種が、十八年——というのは短いのか長いのか知りませんけれども、それだけの年月を経て開花しはじめているという喜びを感じます。つまりこういうテクストの読み方、こういうアプローチが、現在の新進の国文学者のあいだで普遍的なものになりはじめたのは、たいへん喜ばしいことだと思います。

　ところでこの中山論文の枠組は、実は私の論文の枠組とあまり違いません。違いはどこにあるかというと、登世と金之助のあいだに肉体関係があったか、ないか、ということだけなのです。私はそれもあり得たであろう、ないとはいえない、といった。あった、といったわけではないのですけれども、中山さんは女性らしく潔癖に、それはプラトニックなものであろう、といっておられるのですね。ですからその違いだけで、あとの論の立て方はあまり違わない。

　つまり、漱石の恋人はやはり登世であった、という点では、中山さんは私と同じ見解をとっておられるのです。「文学」の「『漾虚集』における漱石の原体験」（一九七二年七月号五一ページの下段）に、次のような一節があります。

《クララの面影が聖母マリアと重なっているように、嫂の登世はおそらく漱石にとって「母性」であるとともに、みずみずしい女であった。しかし、彼女の早世は、漱石のひそかな思慕を永久に未了のままに封じたのである。年若い青年の生理が、時にひそかに疼《うず》いたことはあっても、登世はおそらく、聖なる記憶のままに冥界《めいかい》の人となったのである。追悼の句「朝貌《あさがほ》や咲た許《ばか》りの命哉《かな》」「聖人の生れ代りか桐の花」にも、清らかな何

ものかは示されていよう。キリアム同様、漱石にとって常《とわ》の契《ちぎ》りは冥界《めいかい》に下りてのみ可能であった》

これが中山さんのポイント(眼目)で、結局、漱石の思慕も心のなかだけのものであり、嫂は、それを知ってか知らずか超然としていた、漱石のなかに、のちに強い罪悪感となって残ったような行為はなにひとつなかった、と考えておられるようです。

これは、中山論文だけではありませんが、漱石の恋についての所説は、私の眼からみると、ほぼ正確に論者の人間観を反映しているように思われます。これは案外、国文学の研究者の意識しておられないことかもしれない。国文学の研究者にとってはつまるところテクストが金科玉条です。テクストを対比し、解釈し、その範囲でなにが立証し得るかということを考えているうちに、そのテクストをのこした人間がどれほどなまましい人間だったかということを忘れてしまう傾向があるのではないでしょうか。実証性を重んじようとするあまり、どうしてもそうなるのです。

しかしそれなら文学研究は、「科学」でしょうか? もちろん文学研究が分析的実証的手法を通過しないことには非常に問題があります。つまりそれは妄想であってはならない。しかし、分析的実証的方法が、唯一《ゆいいつ》究極の目的かというと、そんなことはないので、それは畢竟《ひっきょう》、「人間とは何か」を尋ねる、手つづきにすぎないだろうと思います。

こう考えると、中山さんの恋愛観や人間観は、人間性のごく美しい、通用しやすい部分に限定されていて、人間性の暗い部分、日常的、道徳的規範を超越してしまう部分に対する洞察がやや足りないのではないかと思われます。つまり下世話にいえばお品がよすぎて、「女学生」ふうでありすぎるような感じがするのです。

これに対して小坂論文は、「学者」ふう、ないしは「教師」ふうでありすぎる。綿密にテクストのコレスポンデンスをやっておられるのですけれども、「人間」に対する洞察や、「恋愛」についての洞察については、まあ、そういっては失礼ですが通り一遍の人間観を出ないという感じがする。

漱石の成長過程で、どういう女性との交渉があったかという問題を考えてみましょう。そう考えると彼の身近にあらわれる女性の数はそう多くはない。もちろん最初は母親がいちばん親しい女性ですが、生れるとすぐに里子にやられて母親から離されてしまいます。里子から帰されるとこんどは塩原家に養子にやられますから、このときには塩原やすが母親（養母）になりますね。この養父と養母が夫婦別れして、養父が日根野かつという女性と同棲《どうせい》するに至って、――かつの連れ子である、れんという娘が登場します。このことは小坂さんも書いておられます。

れんは、戸籍によって見ると金之助より一歳年長で、漱石はおよそ八歳から十歳までの二年ほど養父の新家庭で全然血のつながりのない、この一歳姉の娘といっしょに暮らしています。この同居生活はたしかに漱石の内部にひとつの女性像を形成するに足るものだったと思われます。少年時代の体験ですから、恋愛というには稀薄すぎますけれども。

その次に、ごく短い期間ですが、彼のかたわらを横切ってゆくのは、和三郎直矩の最初の妻、朝倉ふじです。

ついでに申しあげておきますと、小坂さんの論文「ある相聞歌」(「文学」一九七二年七月号)の「はじめに」という章(六〇ページの下段)に、《嫂・登世に対する感情も宮井氏の説く「それから」の代助と嫂の間柄が想定され、更に津田と吉川夫人との対応を考えれば、幼くして母を失った漱石の、母性的な姉に対するような感情ではなかったか》という指摘があります。しかし実はこういうところに大きな隙《すき》があるので、「それから」の代助と嫂は、同じ家に住んではいないのです。代助は相当富裕な実業家の次男坊で、別に一戸を構えて趣味的生活をしている。書生がいて、ばあやがいるという、まあ、英国のバチュラーみたいな生活を明治四十年代にしている青年紳士です。嫂は別の家にいて、ときどき訪ねて来るにすぎない。「代助さんもそろそろお嫁さんをもらいなさい」というようなことをいいに来るように描かれています。

同居している嫂と、同居していない嫂とでは、その意味合いがまったく違います。当然のこととして「それから」では同居していない嫂と代助とのあいだには、なんら恋愛的なものは、存在しないように書いてある。朝倉ふじが、日根野れんの次に漱石の内面を横切った、ひとつの女性的な影であろうと推定される理由は、まさに彼女が漱石と同居したことがあるからです。朝倉ふじが、婚姻によって夏目家に入籍したのは明治二十年（一八八七）九月十三日です。ふじは同年十二月十二日に離婚によって朝倉家に復籍しています。彼女は牛込区南榎町五十二番地の士族朝倉景安の二女で、明治三年（一八七〇）十月十四日生れと戸籍には記載されていますから、もしこれが正しければ、結婚したときはまだ十七歳になっていないくらいです。つまり漱石よりはまる三年以上の妹にあたる女性だということになります。いうまでもなく、明治五年の壬申《じんしん》戸籍は、日本で最初に編成された近代的な戸籍ですから、生年月日については事実と相違する申告が多いので、正確かどうかはわかりません。とくに女性の場合は、適当にごまかしてしまったという場合もあり得ますけれども、まあ当たらずといえども遠からずと考えていいでしょう。

一方、明治二十年九月に金之助は何をしていたかといいますと、彼は本所の江東義塾に柴野是公とともに教師として勤めていて、月給五円をもらいながら第一高等中学校に通っていたのですが、トラホームになって、ちょうどふじが夏目家に婚姻入籍したころに牛込馬場下の自宅に戻っています。これは正確に何月何日だったかは確定しがたいのですけれども、漱石の談話等から推定しますと、ふじが夏目家に来たのと相前後して帰ったと考えてよかろうかと思います。

つまりふじが和三郎と結婚して離縁されるまでの三ヵ月内外のあいだ、金之助はふじと同居していた。私の推定では、ふじはおそらく、多少神経に不安定なところがあって、それが原因で離別されたのではないかと思われます。

実はふじは――これは「国文学」(一九七〇年四月号)に発表した「もう一人の嫂」という論文のなかに書いたことのくりかえしになりますが、――朝倉家の子孫にうかがって直接私が調査したところでは、これは戸籍には全然反映されていませんが、明治十八年十一月に関根家という家に嫁いで、明治十九年(一八八六)五月に半年で離縁されて、朝倉家に戻っています。つまりふじは和三郎とは初婚ではなかったのです。こういう例は当時はわりあいにあることで、現在のように結婚ということをことごとしく考えない時代ですから、さほど重視しなくてもよいのかも知れません。

しかし、ほとんど相次いでふじの結婚が破れたというのは、どこかに原因があったからでしょう。よくはわかりませんけれども、ふじの精神状態に多少安定していないところがあったのではないかというのが私の推定です。しかし、夏目家から離縁して戻ったのちにふじはもう一度縁を得て、東京府士族下山家に嫁ぎ、一男一女をあげています。これを見ると、結局神経症は一時的なものだったのでしょう。

ふじが漱石の心にある影を投じていたというのは、「行人」の三沢のエピソードに出てくる、やはり少し神経のおかしくなった「娘さん」が、その反映ではないかと思われるからです。この娘さんは三沢と同じ家《うち》に住んでいるのですね。そして少し神経がおかしいことになっている。三沢はこの女性を「娘さん、娘さん」と呼んでいる。年が自分より下だから「娘さん」というのでしょうが、その実は人妻になったことのある娘なのです。それに対して三沢は、自分とは何の関係もないのだけれども、そうかといって捨ててはおけないような、「憐《あはれ》」な気持を掻《か》き立てられる。これはなかなか趣きの深いエピソードなのですが、そういう感情を金之助がふじに対してもったとしても不思議はない。

なぜなら、嫂というものは同じ屋根の下に起居している義弟《おとうと》にとっては、無視できない存在であるはずだからです。これは当然、「若い女」であるということだけでもはなやかな存在である。自分の兄の配偶者であるという点で、義理の兄弟にもなっている。しかしそれよりもだいじなことは、嫂であるからには兄とのあいだに規則的な性生活があるのがあたりまえであって、すでに性的体験がある、ないにかかわらず、思春期にある義弟にとっては、そういう意味でことに大きな関心をそそる女性になるはずだからです。

文化人類学的にいいますと、嫂と義弟とのあいだにきびしい禁忌（タブー）を設けて、「これを同席させない」ということにしている社会がいくつもあります。たとえば、アメリカインディアンの例を考えますと、インディアンのスー・インディアンやチェロケー・インディアンというような部族では、叔父と姪《めい》は、むしろ同席して性的なジョークを交すことが礼儀だとされているけれども、嫂と義弟は、絶対に席を同じくしてはならないという、きびしい戒律がある。なぜそうかというと、嫂と義弟のあいだには、逆に、相互に性的に牽引《けんいん》するファクターが非常に強いからです。そのために禁忌を強くする。これは一般論としてもいえることだと思います。

しかし通例の場合であれば、明治三十年代の日本人の独身男性を考えると、そういうふうに（ことばはあまり品がよくありませんけれども）刺激された義弟は、遊廓に行くとか、外に恋人を求めるというふうに、自分の性的な衝動を外向的に解決しようとするのが普通であったろうと思われます。かりに義姉《ねえ》さんが好きな気持があっても、それはつまり「女性」に興味があるのであって、そのためにかえって、外に気持が向かって行くと考えられる。そして嫂にとっても、義弟が自分に憧《あこが》れの眼を向けているというのは、快いことであるに相違なく、むしろその分だけ夫に近づくのが、正常な反応であろうと考えられます。

しかし、この正常な条件が満されていない場合、どういうことが起るでしょうか？ ふじの場合にはおそらくふじ自身が心身ともに健康ではなかったのでしょうから、どうしようもないのですが、金之助のほうの条件を考えてみると、ここにわれわれがしばしば看過している重要な条件があります。

それは何かというと、漱石は終生、薄痘痕《あばた》が消えない顔の持主だったという事実です。漱石の現存している写真はすべて修正されていますから、漱石の顔に薄痘痕があるということを、われわれは写真を通じて知ることができない。しかし、彼が三歳のとき種痘の失敗から刻印されてしまった薄痘痕は、漱石と世界との関係を決定する上で、非常に重要な要因になっていると思います。

英国留学中の彼は、英国人にも稀《まれ》に痘痕がある人がいるのを見て喜んでいます。それから、私は、これはある 慮《おもんぱかり》からあえて「登世という名の嫂」にも「漱石とその時代」にも書かなかったのですが、二度目の嫂の水田登世が輿入《こしい》れしてきたあと、水田家と夏目家は親類になったので、芝愛宕《あたご》町の水田家に大学生の漱石が、夏休みに海水浴に行ったりするというような交際が生じます。そのころの芝愛宕町は白砂青松の海岸ですからね。そのとき水田家の人は陰で金之助のことを「芋金、芋金」といっていたといいます。これは水田家に現在伝えられている口伝です。

その理由として水田家では、金之助が非常に芋が好きだったからだ、といっている。しかし、実はそうではないのですね。「いも」というのは痘痕のことです。疱瘡《ほうそう》の痕《あと》のことを「いも」という。「いものある金之助」だから、「芋金」といったにちがいない。現存している水田家の人々は、われわれと同世代人ですから、すでに天然痘という病気を知らない。それがどんな痕跡《こんせき》を顔に残すかということすら、うっすらとしか覚えていない。われわれの子どものころでも、もう天然痘の痘痕のある人はごく少数しかいませんでしたから、いわんや現代ではそれがどんなものかはまったくわからない。そうするとこの「いも」ということばは、そのまま食べものの「芋」に変化してしまう。そういう屈折した解釈が無意識のうちにおこなわれているのだろうと思うのです。

しかし、痘痕づらでありながら漱石の顔立ちが非常に立派な顔であったということの、アイロニイですね。これは漱石という「人間」を考える上で見のがすことのできない要素だと思う。彼がプライドが高く、しかもシャイ(shy)であって、なんとなく人間関係について引っ込み思案なところがあるというのは、やはり、痘痕というところからきている面がずいぶんある。

このような青年にとって、嫂によって刺激された性に対する熾烈《しれつ》な関心は内向せざるを得ない。彼は勤勉な学生であって、ために長兄大一通称大助からきびしく愛された。この兄に「見込みのある人間である」と思われた背景には、金之助には薄痘痕があるから、どんな遊び人の血が流れているにせよそちらには走らないであろう、むしろ学問に勤《いそ》しむであろう、という期待があったからだとも考えられます。たしかに漱石は勤勉な、よくできる学生だったし、克己心の強い人間でもあった。当然、そういうハンディキャップを背負わされている、すぐれた人間がつねにそうあるような反応を示したのです。

しかし、その前に若い嫂があらわれるとなれば話は別です。ふじに対しては期間が短かったし、ふじ自身のコンディションがよくないから、流れてゆかないような感情が、自分の閉ざされた世界のなかでそれを充足させようという方向に、おのずから動いてゆく。これはほとんど意識せざる次元で動いてゆく、そういう、条件がまずあります。そこへ、ふじが去ったあと、水田登世が輿入れしてくる。

話が前後いたしますけれども、小坂論文によると、小坂さんが漱石の恋愛の相手であろうと推定しておられる大塚楠緒子《くすおこ》ですが、この大塚楠緒子と漱石とが最初に出会っているのは明治二十六年の夏だ、ということになっています。つまり一八九三年の夏、東京帝国大学文科大学を金之助は卒業して、大学院に入学したころです。これは小坂説にとって不利な点だと思われます。早い時期により深刻な恋愛を体験すれば、あとの恋愛はかりに恋愛だったとしても、前の恋愛の duplicate（複写）になる可能性が大きいからです。

こうして、年代順に priority を考えてゆきますと、いちばん早くあらわれる女性はもちろん日根野れんですが、これは少年時代ですから、淡い思慕の対象として、一応脇《わき》にどけておいていいでしょう。その次の朝倉ふじは、明治二十年九月から十二月までのあいだに漱石と一つ屋根の下に暮らしているけれども、これも前述のような理由で除外します。そこにはすでに漱石の青春の序曲のようなものが鳴りだしてはいますけれども。

その次に出てくるのは、もちろん、明治二十一年（一八八八）四月三十日に夏目和三郎直矩と婚姻入籍した、登世です。登世とのあいだにもし恋愛が存在したとすれば、それは明治二十一年四月から明治二十四年（一八九一）七月二十八日に登世が満二十四歳三カ月で亡《な》くなるまでの、三年少々のあいだということになります。

これはもちろん、明治二十六年より前の経験になります。恋愛の原点をたどり、漱石の生涯を幼少時から検討してみると、最初にあらわれる恋人としての可能性の強い女性は登世であって、大塚楠緒子ではない。かりに大塚楠緒子とのあいだに、百歩を譲って、後年ある種の恋愛感情、あるいはそれに類似するものが存在したとしても、それは登世との感情の、いわば duplicate である、と考えるほうが自然です。まずその点を指摘しておきたいと思います。人は新しい恋愛を経験しながら旧《ふる》い恋をなぞることがあるからです。

この登世との恋愛の可能性を考えてみましょう。漱石のほうには、薄痘痕がある内向的な性格で、外に欲情を発散しないという条件があり、普通の青年とは違った心の動きをしがちだという点で、彼の女性を求める感情は外へ向かわずに自分の直接生活している、日常生活の範囲に限られる傾向が強い。

にもかかわらず、もし登世と和三郎直矩との結婚生活が尋常なものであれば、登世は、「あら、金ちゃん、わたしのこと好きなのかも知れないわ」と思っても、それに快いくすぐりを覚えながら、和三郎に没入してゆくことが可能です。ところが幸か不幸か、和三郎と登世との婚姻生活はちぐはぐなものであったらしく（それについては私はすでに書きましたのでくりかえしませんけれども）、夫はどういう理由でか、しばしば家をあけ、聡明《そうめい》な妻を無視しようとする。これはおそらく、登世が聡明でありすぎた点、それに対して和三郎が圧迫を感じたということがあったのではないだろうかと思われます。

このような条件に加えて、登世は金之助に対して、（これも前にも書きましたけれども）普通の義弟に対する嫂と同じようにふるまった。これが、金之助にとっては非常な恩恵と感じられた。なぜなら、金之助の育ち方はたいへん屈折した複雑なものであって、家族のなかにありながら家族扱いをされないような、不安定なステータスを余儀なくされていたからです。

朝倉ふじが婚姻入籍されたころには、彼はまだ夏目金之助ではなくて、塩原金之助であった。登世が家にはいってきたときには、夏目金之助になっていましたから、その点では天下晴れて夏目家の一員になっていたはずですけれども、登世が世の尋常な嫂が義弟にするようにしてやれば、金之助はそれを異常に喜ぶような心境にあった。したがって金之助には急速に登世に引きつけられる可能性があり、登世もその結婚生活が不幸なものであったので、金之助の感情が自分に傾斜してくるのを、普通の嫂よりは敏感に感じたにちがいないと思われます。同居しているうちに眼がなれてしまえば彼の薄痘痕は問題ではなくなってしまうし、金之助が秀才であり、夫とは対照的な「すぐれた人間」であるように思われれば、これに惹《ひ》きつけられてゆくのも当然と思われます。

そういう状況を想定した上で私は、明治二十三年夏のことと思われる急速な恋愛の深まりを指摘したのです。この「恋愛の深まり」は、いうまでもなく相互主義的なものであって、金之助のほうにそういう感情が自覚され、それからの息苦しさが生れるのと同時に、登世のほうにも、「そうである」ことを認識せざるを得ない状態が生れる、という心的状態です。片思いではないのです。したがって、中山さんのおっしゃるような、秘められたままの淡い、——実は相当濃密であったかも知れないけれども、外にあらわれたものとしては何の気配も形跡もない恋だ、というようなものではないのです。

それは、大家族主義の家で同居している嫂と義弟が、二人とも自分の感情を認識しあい、かつ確認しあうような瞬間を経験したということです。それはかならずしも、肉体的接触があったということに限定されません。手を握り合ったとか、接吻したという程度のことでもよいのです。あるいは手も触れ合わず接吻もしなかったけれども、あたかも「それから」の三千代と代助のあいだに暗示されているような状況があったと考えてもよいと思います。

いずれにせよその状況を通過することによって、金之助は、登世を愛していることを確認せざるを得なくなり、登世もまた、同じことを確認せざるを得なくなった。つまりお互いのあいだに嫂と義弟ではなくて、「女と男」になったと感じられる心的現実が生じたのです。

その背景として、コレラの流行を考えることができるということについても、私は指摘しておきました。暑い、当時の非衛生な東京の町に西のほうからコレラが流行してくる。コロリですね。亭主は帰ってこない。食べるものはみんな煮沸《しゃふつ》しなければいけない。不安で、なんとなく町全体、生活全体が自堕落になって行くような雰囲気《ふんいき》の中で、ある「瞬間」が生じた。ふだんなら慎み深い嫂と、克己心の強い義弟のあいだに、克己心や慎みの弛緩《しかん》するような心理状態が生じたと考えることもできるのです。

したがって、この恋愛の核心にひそんでいるのはなにかというと、いうまでもなく「禁忌」とそれに対する犯しです。「登世という名の嫂」その他に書いたように、強い「禁忌」の存在と、そのタブーを犯しているという「犯し」の自覚が大切なのです。これは「光源氏」のなかにもある感情ですね。これは非常にアーケイックな（原型的な）感情であって、「禁忌」が絶対的で「犯す」という感情が強ければ強いほど、恋愛の心理と生理が深まるものだということは、つとに知られているはずです。

したがって、漱石の恋がどれほど深いものであったかという問題は、その恋を拘束しているタブーがどれほど強いものであったかということと、相関関係にあると考えられます。いうまでもなく登世という、現実に同居している嫂に対するタブーは、インセスト・タブー（近親相姦《そうかん》に関するタブー）ですから、「禁忌」のなかでももっとも根元的なものといわなければなりません。

大塚楠緒子の場合は、漱石の友人である小屋保治――のちに大塚家に入り婿《むこ》した大塚保治夫人で、人妻ですから、そこにもタブーは働いていますが、これはもちろんインセスト・タブーではありません。

フロイトが「禁忌」の根源をインセスト・タブーに置いていることはよく知られています。フロイトの学説についてはむしろ一面的な説だという批判もありますが、「禁忌」の根源は、インセスト（近親相姦）を防止することにある、という古典的な学説で、説得力の強い学説です。もっとも、タブーのなかには社会経済的な要因から生じるタブーもあるということは、主として文化人類学者によって指摘されていますけれども、それにもかかわらずタブーのなかでいちばん強力でもあり、普遍的に存在するのがインセスト・タブーであることは否定しがたいことのように思われます。

このように考えると、友人の妻に対するタブーが、インセスト・タブーに比べて、はるかに薄弱なタブーであることはあまりにも明瞭《めいりよう》です。小坂さんは、「浪速書林古書目録」一（一九七二年十二月）に発表された「漱石研究の問題点」で、「登世の死後直ちに嫂を歌った詩が書かれなかったのはなぜかと私に反問しておられますが、この反問も「禁忌」に対する理解の不足から生れたものです。死後直ちになにも書かなかったのはそれだけ「禁忌」が強かったからであり、タブーの抑圧がそれほど強かったのは、彼の恋愛がインセスト・タブーを犯すような性質のものだったからです。明治三十六年になってはじめて英詩のかたちで告白がおこなわれたのは、この当時漱石の家庭生活が崩壊し、彼が独居していたという特殊な条件に由来します。「相聞歌」などというような、公衆の面前でflirtできるような程度の遊戯的恋愛は、これから考えればすでに本当の恋ですらないということになります。

このように、大塚夫人と登世とを比べれば、登世のほうがはるかに、深く、かつ濃密な恋愛の対象であり、一層根源的な「禁忌」によってへだてられていた女性で、その故《ゆえ》により切ない渇望《かつぼう》の対象になったことは確実と思われます。「禁忌」と並んで、もう一つの重要な因子は「死」の要因です。登世は、二十一年の四月に夏目家に来て、二十四年の七月二十八日には死亡しています。ふたりが恋を自覚しあってから、登世が亡くなるまで、ほとんど一年しかないのです。漱石にとって、この恋愛が深刻なものであったと同じ程度に、愛する女性が、ある日突然「死」によって「不在」の世界にはいってしまったということは、非常に深刻な体験であったにちがいない。

この体験の数年あとになって、新しい女性があらわれ、それがたとえば大塚楠緒子だったとしましょう。彼女が絶世の美人であり、彼女を得た友人小屋保治に対して漱石がかりにおだやかでない心情をいだいたとしても、このようなありふれた恋愛の体験は、それより二年前にすでに存在した、行き場のない深い恋と、その恋が相手方の死によって打ち切られてしまったという、より深い体験とは比較にならないものだと思われます。それに人は、その存在の構造が変らないかぎり、何度恋をしてもとかく同じような恋をしてしまうものです。一つの恋に一つの作品が対応するというような、〝実証主義〟的恋愛などをするわけにはいかないのです。むしろすべての恋が一つの存在の構図を指すと考えたほうがいい。それを「運命」といってもいいかも知れません。そうなれば、その原点をこそさぐるべきで、複写をいくらさぐってもだめなのです。

小坂さんは私の論文に対していろいろ反論しておられますけれども、私の論文の根本的な枠組については、中山さん同様そっくりそのまま借用しておられます。それはもちろん「禁忌」の枠組です。しかしこの「死」の要因については、故意か偶然かまったく無視しておられるというように等しいようです。それだけではありません。前にふれた「漱石研究の問題点」で、ロセッティと漱石の英詩との近縁性について述べておられますが、漱石とラファエル前派との近縁性に最初に注意を喚起したのは、私の「漱石とラファエル前派」（「文学界」一九六七年十一月号）と「漱石と英国世紀末芸術」（「国文学」一九六八年二月号）であったろうかと思います。小坂さんは、この先行論文をも利用しておられるのです。いったい国文学者というものは、いわゆる〝国文学者〟ではない研究者の論文の priority を無視して、注にもあげないでいいという習慣をお持ちなのでしょうか？　漱石とラファエル前派の関係に気づくためには、私にはロンドンまで行ってテイト・ギャラリーで一日すごすという手つづきが必要でした。せめてこれだけの努力に対する礼儀としても、credit ぐらいは入れるというのが公正な態度ではないかと思います。まさか学界全体の習慣ではないでしょうが、この機会に、他人の枠組や発見を故意にか偶然にかしゃあしゃあと無視して、既定の常識のように扱うのは非礼であることを申し添えておきたいと思います。

ところでこの「死」の要因を考えると、大塚楠緒子と漱石とのあいだの結びつきはさらに薄弱になります。「死」の要因が出てくる必然性が何もないからです。大塚楠緒子が亡くなったのは明治四十三年（一九一〇）十一月九日です。そのとき漱石は何をしていたかというと、いわゆる「修善寺の大患」がようやく癒《い》えかけて、内幸町の胃腸病院に入院中でした。「思ひ出す事など」を書いているころです。

しかし、私が「登世という名の嫂」と「漱石とその時代」で論じた漱石の一連の英詩は、実に明治三十六年に書かれているのです。明治三十六年当時の大塚楠緒子は、はなやかな、恵まれた生活を享受《きょうじゅ》している閨秀《けいしゅう》作家でした。この年、楠緒子は二十九歳になりますが、「明星」に「クララ姫」を書き、「婦人界」に「墓場の宝石」を書き、「心の華」にナサニエル・ホーソン原作「モンペテルの物語」を発表しています。この年の楠緒子の業績は翻訳が多いのが特徴で、彼女は死ぬどころではない、はなやかに活躍している最中です。

ところが、明治三十六年の漱石の英詩の特徴は、そこに死の影が濃く宿っているというところにあります。漱石と登世との恋の告白と思われる一九〇三年（明治三十六年）八月十五日付の"Dawn of Creation（創造の夜明け）"という英詩にあらわれている、女性である「天」は、これは死んだものとして、つまり男性である「地」と二度とまみえることのなくなったものとして描かれています。そこに一度だけの抱擁があり、その抱擁が解き放たれたのち、二度とまみえることがないという、死別して永遠にへだてられてしまった女性への思慕がひたひたとたゆたっているような英詩で、「死」はほとんどこの詩の中心のモチーフになっています。「死」のモチーフは、もちろん登世の死から来るものと思われます。

同じように、死んだ女が百年後に百合《ゆり》の花になって会いにくるという挿話《そうわ》が、「夢十夜」の「第一夜」にあります。この「夢十夜」は、明治四十一年のしかも七月から八月にかけて書かれています。そして大塚楠緒子はこのときもなお健在です。また「夢十夜」の「第一夜」が新聞に掲載されたのは、明治四十一年の七月二十五日です。つまり、登世の命日を三日後にひかえて、漱石はこれを発表しているとも考えられるのです。

もし漱石が楠緒子と恋愛していたとすればこのような二人のあいだの「死のモチーフの不在」をどう説明したらよいのでしょうか？　楠緒子と漱石のあいだには死のモチーフが全く存在しないからです。「文鳥」も明治四十一年の作品ですから、このときも楠緒子は健在ですが「女の死」のモチーフはこの小品にははっきりあらわれています。それも当然で、すでにこのモチーフは、楠緒子が死ぬ前はおろか、漱石が楠緒子と逢う前から存在していて、明治二十四年七月二十八日以来漱石の内部にひとつの偏執のように底流していたのです。漱石はほとんどこのモチーフに憑《つ》かれていたといってもよいくらいです。小坂さんはまた、漱石の“I rested my head against her heaving bosom ; ……”に「オセロ」の反映があるといっておられますが、日本人が意図的に外国語で詩を書くとき、なにかの様式のお手本がなければ書けないのはあたり前で、この詩と「オセロ」を無理に結びつけるのは筋ちがいです。そういうことをいえば「創造の夜明け」はブレイクに似ています。しかし重要なのは、なにに似ているかよりも、それによってなにを個人的に告白しようとしたかです。「禁忌」と「死」の相関関係を充足させる女性は、登世をおいてほかにないのです。

一方楠緒子との関係についてみると、漱石が熊本に在住しているころ楠緒子の和歌を見て「大塚のやつもお安くないな」といい、「あれがおれの理想の美人だ」などということをいったのを「漱石の思ひ出」のなかに鏡子夫人が記録しています。楠緒子が明治四十三年十一月九日に亡《な》くなったときに、当時、胃腸病院で療養中の漱石は、「有る程の菊抛《な》げ入れよ棺の中」という、有名な句を詠《よ》んでこれに手向けています。こういう事実は、逆に、いかに薄弱なタブーしか、ふたりのあいだに存在しなかったかということを示していると考えられます。

登世に対する恋を鏡子夫人に一言も告白していないのに、楠緒子については言及しているのは、もちろん前者が強い「禁忌」の拘束を受けているからで、後者は恋というに足りない只の罔ぼれか恋愛遊戯のようなものだからです。恋をしていないからこそ、平気で「相聞歌」のやりとりができるという心理の機微などは、小坂論文からはまったく汲《く》みとることができません。

もっとも、それなら漱石が明治二十四年八月三日付正岡子規宛の、「……不幸と申し候は余の儀にあらず、小生嫂の死亡に御座候。……」という、あの有名な手紙で、嫂の死について告白しているのはどう解釈するか、という反論があるかも知れません。しかし、これは「相聞歌」ではなくて、公表を前提としない私信です。公人である漱石が追悼の句を手向けたとか、家庭人である漱石が自分の妻に楠緒子をほめて話したなどということとはまったく次元の違う問題で、「秘密」の度合は子規への手紙のほうがはるかに強い。つまり、彼が意識している「タブー」の重みがそれだけ強いからです。

それから、漱石と大塚楠緒子とのやりとりの背景には、恋愛というよりは女流作家の文壇戦略という面がひそんでいることも看過すわけにはいきません。漱石は「朝日文芸欄」の主宰者で、大塚楠緒子は女流作家です。「朝日文芸欄」に書かせてもらうということは、いわば歌舞伎座の檜舞台《ひのきぶたい》に上るようなものです。こういう道具立てを利用して、「漱石先生は大塚楠緒子夫人が好きなのだ、どうやら昔失恋したことがあるらしい」というようなゴシップがあるところに、あたかもそれを裏づけるかのような小説を書けば、小説は当然、評判になるにきまっています。評判になれば楠緒子の文名は上がり、「朝日新聞」の読者もふえ、漱石だって鼻毛の一つも抜きたくなる。

そういう、「文壇戦略」の持ってゆき方がある。むしろ文壇戦略から「空薫《そらだき》」が生れている、という可能性のほうが強いくらいです。その辺の配慮が小坂論文からはまったく抜けていることはいうまでもありません。

小坂論文は綿密なテクストの照合がおこなわれているのが特色ですが、平野謙さんがどこかでいっておられたように、あまりテクスチュアルにつじつまが合いすぎているところが欠点で、テクストを照合しているうちに「人間」の姿がみえなくなってしまったという印象があります。これはたいへん僭越《せんえつ》な言い方になりますが、国文学者とかぎらず、文学の研究者に対してこの際申し上げておきたいことは、「テクスト読みの人間知らず」になってはいけないということです。つまり、「文学研究」の究極の目的を忘れて、テクストに視野を拡散させてゆくと、テクストから「人間の姿」が消滅してしまう。

そして結局、漱石も理解できず、漱石の恋人も理解できず、当時の文壇の情勢や時代の息吹きを的確に摑《つか》むこともできなくなってしまうのではないだろうか、と思うのです。これが私の、「漱石の恋――再説」です。

鷗外と漱石――その留学と恋と

1

《逝《ゆ》ける日は追へども帰らざるに逝ける事は長《とこ》しへに暗きに葬《はう》むる能《あた》はず。思ふまじと誓へる心に発矢《はっし》と中《あた》る古き火花もあり》（夏目漱石「薤露行」―四「罪」）

鷗外森林太郎と漱石夏目金之助は、十六年の歳月をへだてて、いずれも官命によって十九世紀末の欧州に留学した。そのとき鷗外は満二十二歳、漱石は満三十三歳である。

陸軍二等軍医森林太郎の留学地がドイツであったのに対して、第五高等学校教授夏目金之助が英京ロンドンに赴いたこと、明治天皇に拝謁《はいえつ》を賜わり、文字通りの若き知的選良として欣然《きんぜん》と渡欧した鷗外とは対照的に、漱石は、「英語研究ノ為メ満二年間英国へ留学ヲ命ズ」という辞令を手にして、それが「英語研究」であって「英文学研究」ではないことにためらいとこだわりを感じずにはいられないような心境にあったこと、鷗外が水を得た魚のようにドイツの諸都市における生活を満喫したのに反して、漱石にとって「倫敦《ロンドン》に住み暮したる二年」は「尤《もっと》も不愉快の二年」であり、彼は「英国紳士の間にあつて狼群《ろうぐん》に伍《ご》する一匹のむく犬の如《ごと》く、あはれなる生活を営」んだと感じていたこと等々、二人の留学体験を比較すると、共通点よりはむしろ相違点として数えられるべきものが多い。しかし、それにもかかわらず、二人はより深い部分である同質の体験を共有していたかも知れない。それは、いうまでもなく、「長《とこ》しへに暗きに葬むる能は」ざる「逝ける事」の記憶である。「暗きに葬むる能は」ざる「逝ける事」とは、「それではなにか。それは、「追へども帰らざ」る「逝ける日」を重ねても、なお拭《ぬぐ》い去ることのできない記憶である。それをごく一般に、留学体験そのものの記憶だといってもあながち間違いではない。いわゆる cross-culture experience は、おそらく生涯消し去ることのできない痕跡《こんせき》を人の心に残すからである。だが、その記憶が、もし「思ふまじと誓へる心に発矢《はっし》と中《あた》る古き火花」になぞらえられるようなものだとすれば、果してどうか。

それが留学そのものの記憶であり、しかも明治開化の日本人が、選ばれて体験した泰西文明の味わいであるならば、いくばくかの誇りと懐《なつか》しさをもってそれを振り返りこそすれ、「思ふまじと誓」う必要はさらにない。「思ふまじ」と心に「誓」わなければならぬ記憶とは、罪の記憶である。「逝ける事」を「長《とこ》しへに暗きに葬むる能は」ざる所以《ゆえん》は、それが罪の記憶だからである。だからこそそれは、「古き火花」となって「思ふまじと誓へる心に発矢《はっし》と中《あた》る」のである。

この罪の記憶は、またどこかにある甘美さを漂わせてもいる。甘美な罪の記憶とは、おそらく世に許されない恋の痕跡である。つまり、帰朝した鷗外と漱石が、それとは知らずにひそかに共有していたのは、ある禁忌を犯したという、存在の深部のうずきだったといわなければならない。

鷗外の場合には、この記憶はいまだに新しく、なまなましい。漱石にとっては、それはロンドンの霧のなかでの孤独な生活のあいだに、心の深部から喚起され、いつしか燃えるような現存感を得るにいたった犯しの記憶である。

もとより留学と恋愛のあいだに、必然的な因果関係などはありはしない。留学生がかならず恋をすると決ったものでもなければ、留学中にかならず旧《ふる》い恋を思い出すというわけでもないからである。だが、鷗外と漱石の場合には、なぜか留学と恋とが二重映しになっている。そうでなければ、どうして二人の作家の留学生活の直接の所産ともいうべき作品群に、あれほど濃く「逝ける事」の影が投じられているのを説明できるだろうか。

「舞姫」（明治二十三年＝一八九〇）のことは、あらためて繰り返すまでもない。「うたかたの記」（同上）にせよ、「文づかひ」（明治二十四年＝一八九一）にせよ、鷗外初期の三部作に一貫しているのは、主人公が体験あるいは目撃した悲恋の主題である。これに対して、漱石の最初の短篇集「漾虚集《ようきょ》」（明治三十九年＝一九〇六）には、不思議に濃密な禁忌とその犯しの雰囲気《ふんいき》が漂っている。なぜ二人の作家は、十五、六年をへだてて、魂の帰朝報告ともいうべきこれらの諸作のなかで、申し合わせたようにひそかに

「逝ける事」を告白しようとしたのか。

それは単なる偶然の一致かも知れない。だが、それはまたcross-culturalな体験のどこかに、もしそれが充分に深いものであれば、禁忌の犯しに似たものが秘められているからかも知れない。そしてまた、cross-culturalな体験とは、これを煎《せん》じつめれば、異質な文化に属する異性との深い交渉の存在、あるいは非在に帰着するような性質のものだからかも知れない。

そういう交渉が存在すれば人は傷つき、存在しなければ傷つかないというのではない。逆に、交渉の存在が達成であり、非在が挫折《ざせつ》だというのでもない。私は、深くcross-culturalな体験を味わった者は、そのことによってかならず傷つかざるを得ず、にもかかわらず生を求めようとすれば、その傷口に異性のイメージを喚起せざるを得なくなるというのである。

鷗外の場合には、それは「青く清らにて物問ひたげに愁《うれひ》を含める目《まみ》」(「舞姫」)を持ち、また「そのおもての美しさ、濃き藍《あゐ》いろの目には、そこひ知らぬ憂《うれひ》ありて、一たび顧みるときは人の腸を断たむとす」(「うたかたの記」)る風情《ふぜい》のある、「こがね髪」(「扣鈕《ぼたん》」)のドイツ娘の姿をしていた。一方、漱石には、ひそかに喚《よ》び求められるべき金髪碧眼《へきがん》の女性のイメージは存在しなかった。そのかわりに、彼はかつて彼が愛し、すでにこの世にはない日本の女のイメージを、胸底から喚起した。

その作中で、鷗外は、彼が喚びつつある女にエリス・ワイゲルト（「舞姫」）という名をあたえ、マリイ・ハンスル（「うたかたの記」）という名をあたえ、あるいはイ、ダ・フォン・ビユロオ（「文づかひ」）という名をあたえている。漱石もまた、彼の内部に現存する女をクラ、（「幻影の盾」）と呼び、ギニヰア（「薤露行」）と呼び、エレーン（同上）と呼び、また単に「女」（「一夜」）と呼んでいる。

しかし、鷗外のエリスやマリイの背後に、明治二十一年（一八八八）九月二十四日に横浜に到着し、同年十月十七日まで築地の精養軒ホテルに滞在していたことが明らかな、実在のエリス・某なる女性を想い描くことが不可能ではないのに対して、漱石の描いたアーサー王伝説の女たちの背後に、西洋女性の影を見ることはできない。彼女たちは、いわばラファエル前派風に変貌《へんぼう》させられた日本の女である。そこに投影しているのは、おそらくほかの誰であるよりも、彼の嫂《あによめ》登世のイメージである。

つまり、鷗外にあっては、そのcross-culture experienceは、外に開かれていた。それは、彼が若く、ドイツ語に堪能《たんのう》な軍医だったためでもあり、陸軍省が彼に「友人来《きた》り観て驚嘆せざるな」（「独逸《ドイツ》日記」）き「宏壮」な下宿に住み、また「室内装飾頗《すこぶる》美」な室に移転できるだけの留学費を給したからでもある。同時に、明治十七年（一八八四）八月から明治二十一年（一八八八）九月にいたるその留学期間が、たまたま条約改正への努力を契機とする明治政府の積極的欧化政策の時期と、ほぼ一致していたというのも、考えに入れておいてもよい事実である。

これとは対照的に、漱石の cross-culture experience は、まったく内側に閉ざされていた。英京ロンドンに赴いたとき、彼はすでに三十代の半ばに近く、一家の主として妻子を扶養する立場にあって、青春の歓楽をつくすにはほど遠い状態にいた。その英語の学力が不充分ではなかったとしても、彼の顔には幼時の種痘《しゅとう》の失敗に起因する薄痘痕《あばた》があり、言葉の壁の彼方《かなた》にある英国の現実を、二重に彼からへだてる心理的作用を及ぼした。文部省の給費は、“a handsome Jap” の服装を辛うじて整えたにすぎず、北清事変(明治三十三年＝一九〇〇)から日英同盟締結(明治三十五年＝一九〇二)を経て日露戦争の前夜に及ぶ漱石の留学期間は、三国干渉(明治二十八年＝一八九五)の屈辱と日英同盟の安堵《あんど》とのあいだに、日本人の対欧意識が複雑に屈折した時期と重り合ってもいた。

だが、これらすべては誰の眼にも一目瞭然《りょうぜん》な対比である。より重要なことは、鷗外と漱石の cross-culture experience が、いわば女という一点を接点として、正確に背中合わせになっているという事実である。それが外に開かれようが、内に向って閉ざされようが、そのためにこそ彼らはあの甘美な罪の記憶をのがれ得ない。そしてまた、そのためにこそ彼らの留学体験は、単に外国に学んだという域を超えて、cross-culture experience というべきものになり得ているのである。

いいかえれば、女に関する禁忌を犯した二人の作家は、また立ち戻りようもなく自分がそのなかで育った文化の域を超えるという禁忌をも犯していたのである。一人は果敢に自らを外に開くことによって、そしてもう一人は孤独に露出された自己の内部を、どこまでも深く凝視することによって。

いずれの場合にも、二人は、「思ふまじ」と心に「誓」いながら、「長《とこ》しへに暗きに葬むる能は」ざるあの罪に出遭った。その意味で、鷗外と漱石とは同質の体験を共有している。彼らの cross-culture experience が、女を接点として背中合わせになっているように、その留学と恋とは、禁忌の犯しという一点を接点として、ひとつのわかちがたい経験をかたちづくっているというべきである。

「舞姫」、「うたかたの記」、「文づかひ」の鷗外初期の三部作と、「漾虚集」に収められた漱石初期の諸短篇とは、いうまでもなくこの経験を反映した表現である。「逝ける事」は、「古き火花」となって「発矢《はっし》」と二人の作家の心を射ている。それが、両家の諸作にどのようにあらわれているか。そこには経験の同質性を暗示するように、おそらく文体の類似をもたどり得るかも知れない。だとすれば、鷗外の三部作と「漾虚集」の作品とのあいだに、どのような文体上の類縁性を求め得るだろうか。

2

竹盛天雄氏は、「鷗外における淹留《えんりゅう》と回帰のモチーフ―その発端―」(「国文学」昭和四十八年＝一九七三＝八月号)で、「改訂水沫集《みなわ》」(明治三十九年＝一九〇六＝五月)のために書いた鷗外の序から次の一節を引き、《……うたかたの記は Muenchen《ミュンヘン》, 舞姫は Berlin《ベルリン》, これは(文づかひ) Dresden《ドレスデン》を話説の地盤とす。わが留学間やや長く淹留せしは此《この》三都会なりき》

この三部作を鷗外の「淹留説話」にほかならないとしている。すなわち、リップ・ヴァン・ウィンクルや浦島子の物語のように、仙郷に長くとどまり、「時移り人変った世界にひょっこり戻って来た人間」(亀井俊介『新浦島』を読む」―「比較文学研究」四ノ一、二)の説話の型をふんでいるというのである。

さらに竹盛氏は、この説の傍証として、これらの三部作に先立って、鷗外が、カール・テオドール・ゲーデルツのレクラム文庫版独訳から、ワシントン・アーヴィングの「スケッチ・ブック」のなかにある「リップ・ヴァン・ウィンクル」を、「新世界の浦島」(「少年園」明治二十二年＝一八八九＝五月号―八月号・「改訂水沫集」では「新浦島」と改題)として、重訳連載している事実をあげている。

この竹盛氏の所説には、私の想像力を刺戟《しげき》するものがある。留学が他界への旅であり、一種の夢であって、帰朝は「不機嫌な目覚めの感覚につつまれ」た意識を覚醒《かくせい》させたというのは、小堀桂一郎氏が「若き日の森鷗外」（昭和四十四年＝一九六九＝十月）のなかで、

《……古い型の人情本として読み捨ててしまうことも許されないわけではない「舞姫」は、……レアリスト森鷗外がドイツよりの帰朝という人生行路の岐路に立って、自分自身に与えた現実復帰の強い指針であった》（第四部「三つの創作」・第一章「舞姫」）

といっているのと、響き合う見解だとも考えられるからである。

しかし、また鷗外自身は、後年「妄想《もうそう》」（「三田文学」明治四十四年＝一九一一＝三月号―四月号）で、次のように述べている。

《自分はこの自然科学を育てる雰囲気《ふんゐき》のある、便利な国を跡に見て、夢の故郷へ旅立つた。それは勿論《もちろん》立たなくてはならなかつたのではあるが、立たなくてはならないといふ義務の為めに立つたのでは無い。自分の願望の秤《はかり》も、一方の皿に便利な国を載せて、一方の皿に夢の故郷を載せたとき、便利の皿を吊《つ》つた緒をそつと引く、白い、優しい手があつたにも拘《かかは》らず、慥《たし》かに夢の方へ傾いたのである》

つまり、ここでは日本が「夢の故郷」であり、ドイツは「便利な国」としてそれと対比されている。だが、この「便利な国」に、「緒をそつと引く、白い、優しい手」があったといっているところをみると、この対比の背後には、あるいは鷗外のミスティフィ

ケーションが隠されているかも知れない。彼はむしろあるアイロニイをこめて、反語的に「夢の故郷」といったのかも知れないのである。

一般に、「逝ける事」にとり憑《つ》かれた心には、日常生活そのものが一種の「夢」に似たものと感じられることがあり得る。「現実復帰」の意志が稀薄だからではなく、それが強ければ強いほど、逆に「逝ける事」の現存感が熾烈《しれつ》になり、その反作用として現実そのものが二次的な位置に後退するためである。そして、鷗外の場合、この「逝ける事」が「淹留」の経験にほかならないとすれば、そこには多くの仙郷淹留説話におけるのと同様に、当然美女とともにすごした濃密な時間の記憶が——しかも異様に鮮明な記憶がなければならない。

小堀桂一郎氏は、「舞姫」の主人公エリス・ワイゲルトが住んでいるクロステル街の「狭く薄暗き巷《こうぢ》」とアパルトマンの描写について、《この描写の、何か文学としての一般的要求以上のものを感じさせる精密さは一つの特徴である》(「若き日の森鷗外」同上)

といっている。また、小堀氏によれば、J・J・オリガス氏は「物と眼」(早稲田大学国文学会編「国文学研究」第三〇集・昭和三十九年＝一九六四＝十月)と題された鷗外の文体論のなかで、この「ほとんど執拗《しつよう》なまでの描写の精密さ」(小堀氏・上掲書)を、外界の事物を「領略」しようとする「測地師の眼」の所産だといっているという。

両氏の指摘するように、たしかにこの部分の鷗外の描写は、異常に「精密」であるといってもよい。だが、私見によれば、それは「測地師の眼」の正確さの所産というよりはむしろ「夢」の鮮明さの反映である。鷗外は「舞姫」で、「測地」の現場報告をベルリンから書き送っているわけではない。この作品を執筆したとき、彼はすでに文字通り東西両洋にまたがる cross-culture experience を完了して、軍医として、あるいは軍事官僚としての、厳格な規律に拘束された日常に復帰していたからである。

その彼の脳裡《のうり》に、どんな矚目《しょくもく》の事物よりも鮮明に、かつて彼自身が居住したことのあるクロステル街の情景が浮び上って来る。さらにそこには、彼の記憶に刻印されていたある屋根裏部屋の詳細な情景が浮び上り、そこに彼はエリス・ワイゲルトと名づけた薄《はっ》倖《こう》の娘を登場させる。それが彼の愛した女の、正確な肖像である必要はない。エリスはむしろ影であればよい。鷗外の胸底に深く潜む、一人の女のイメージの影であればよい。

それがあのエリス・某であったかなかったのか、鷗外と彼女のあいだにどんな秘密が存在したのかについては、誰もつまびらかにうかがい知ることができない。しかしわれわれは、三部作を通じて、彼女、あるいは彼女に集約された鷗外の女性像の存在を、たしかに感得することができる。その存在感の重味は、決して「測地師の眼」の「精密さ」には由来しない。むしろ「淹留」した他界の記憶の、心にうずくような鮮烈さに由来するのである。

他界の記憶がかくも鮮烈であり得るのは、もちろんそこにのみ鷗外にとって充実した生の感触があるからである。その意味でこの記憶は、夢のなかでだけ開示される生のなまなましさに似ている。否、それを「夢」そのものということも可能である。覚醒しかけた「不機嫌」な意識のなかで、かえってありありと脳裡に去来する消えかけた夢の、胸を刺すような存在感にそれは酷似している。

いうまでもなく、夢の世界は禁忌の拘束の彼方にある世界である。鷗外が自らを暗に浦島子に擬し、その留学を「淹留」と呼び、ドイツがあたかも他界であるかのような認識の姿勢を選んだのは、そこで味わった彼の生の体験が、夢の体験に酷似し、禁忌の拘束を犯さざるを得ないような性質のものだったからにほかならない。

「舞姫」の主人公太田豊太郎が、この禁忌の彼方の世界に足を踏み入れようとするくだりを、鷗外は次のように描いている。

《或る日の夕暮なりしが、余は獣苑を漫歩して、ウンテル、デン、リンデンを過ぎ、我がモンビシユウ街の僑居《けうきよ》に帰らんと、クロステル巷《かう》の古寺の前に来ぬ。余は彼の燈火《ともしび》の海を渡り来て、この狭く薄暗き巷《こうぢ》に入り、楼上の木欄《おばしま》に干したる敷布、襦袢《はだぎ》などまだ取り入れぬ人家、頰髭《ほほひげ》長き猶太《ユダヤ》教徒の翁《おきな》が戸前に佇《たたず》みたる居酒屋、一つの梯《はしご》は直ちに楼に達し、他の梯は窖《あなぐら》住まひの鍛冶《かぢ》が家に通じたる貸家などに向ひて、凹字《あふじ》の形に引籠《ひつこ》みて立てられたる、此《この》三百年前の遺跡を望む毎《ごと》に、心の恍惚《くわうこつ》となりて暫《しば》し佇《たたず》みしこと幾

度なるを知らず》

この一節について、小堀桂一郎氏が、

《……季節についても言及はないが、何となく夏の終り秋の初めという感じがする。これを春とか六月ととることも少しも妨げないのだが何となく秋の夕のさびしさのようなものが漂う》

といっているのは、さすがに的確な指摘である。鷗外にとって、生への接近あるいは没入は、決して初夏の夜明けのような経験とはなり得ない。それは楽天的な自己解放の対極にあるものであり、禁忌の拘束する日常生活からの離脱であって、そこから生ずる罪の「さびしさ」とうしろめたさを伴わざるを得ないからである。

だが、それにもかかわらず、これは明らかに決定的な生への接近である。豊太郎の手をとって、その生のなかに没入させようとする女の姿を、鷗外は次のように描いている。

《今この処《ところ》を過ぎんとするとき、鎖《とざ》したる寺門の扉に倚《よ》りて、声を呑《の》みつゝ泣くひとりの少女あるを見たり。年は十六七なるべし。被《かぶ》りし巾《きれ》を洩《も》れたる髪の色は、薄きこがね色にて、着たる衣は垢《あか》つき汚れたりとも見えず。我足音に驚かされてかへりみたる面、余に詩人の筆なければこれを写すべくもあらず。この青く清らにて物問ひたげに愁《うれひ》を含める目《まみ》の、半ば露を宿せる長き睫毛《まつげ》に掩《おほ》はれたるは、何故《なにゆゑ》に一顧したるのみにて、用心深き我心の底までは徹したるか。

《彼は優《すぐ》れて美なり。乳《ち》の如き色の顔は燈火に映じて微紅《うすくれなゐ》を潮したり。手足の繊《かぼそ》く裊《たをやか》なるは、貧家の女《をみな》に似ず。老媼《おうな》の室を出でし跡にて、少女は少し訛《なま》りたる言葉にて言ふ。「許し玉へ。君をこゝまで導きし心なさを。君は善き人なるべし。我をばよも憎み玉はじ。明日に迫るは父の葬《はふり》、たのみに思ひしシヤウムベルヒ、君は彼を知らでやおはさん。彼は「ヰクトリア」座の座頭なり。彼が抱《かか》へとなりしより、早や二年《ふたとせ》なれば、事なく我等を助けんと思ひしに、人の憂に附けこみて、身勝手なるいひ掛けせんとは。我を救ひ玉へ、君。金をば薄き給金を折《さ》きて還《かへ》し参らせん。縦令《よしや》我身は食はずとも。それもならずば母の言葉に。」彼は涙ぐみて身をふるはせたり。その見上げたる目には、人に否とはいはせぬ媚態《びたい》あり。この目の働きは知りてするにや、又自らは知らぬにや》

3

豊太郎が、はじめてエリスに出逢うクロステル巷の夕暮の情景について、島田謹二氏は次のように述べているという。

《このあたりをよむと、明治から大正にかけて一系列をつくる「陋巷《ろうこう》文学」の源流につきあたったような気がする。つまり鏡花小史から「日和《ひより》下駄」の荷風散人までの遠祖はこの辺にあるのではないかという感じである。それから「即興詩人」の中の「猶太をとめ」をあれほど真に迫る筆で伝えたわけも、この辺の文字をみれば、よく納得がゆく》

（「若き鷗外と西洋演劇」——「比較文学研究」第六号・昭和三十二年＝一九五七）
これもまた、小堀氏の「若き日の森鷗外」からの間接的引用であるが、「舞姫」に「陋巷文学」の源流があるというのは、きわめて重要な指摘だと思われる。なぜなら、「陋巷」もまたしばしば他界の象徴であり、禁忌の拘束をのがれ得る世界を暗示するからである。

この島田氏の所説を紹介したあとで、小堀氏はいっている。

《……筆者（小堀氏）が太田の生への欲望の象徴と見做《みな》したこの陋巷の情景への愛着、逆に言えばこのような町並から太田青年に吹き寄せてくる「生の誘惑」。言ってみればこれは青年鷗外における近代市民意識の覚醒であった》（上掲書第四部第一章）

だが、私には小堀氏がここで、豊太郎の「生への欲望」と「近代市民意識の覚醒」とを等価に置いているのは、やや無理があるように思われてならない。同様に、別の場所で、氏が「自由な結合にもとづくエリスと二人だけの生活」こそ、「鷗外の夢」であったとしているのも、やはり鷗外の真の欲求とは微妙に喰い違っているように感じられる。

多分小堀氏は、自己の感受性が要求するそれよりも、ここで一目盛だけ「穏健」な言葉づかいをしているのである。その証拠には、氏は別の場所で、「知的人間の抱く思いがけぬ他愛ない小市民的幸福への夢想の証跡」として、芥川龍之介の興味津々《しんしん》たる詩をあげている。そこにはたしかに鷗外が希求したにちがいない「陋巷」の生の本質が、的確にとらえられているのである。

戯《たはむ》れに㈠
汝《な》と住むべくは下町の
水《み》どろは青き溝《みぞ》づたひ
汝が洗場の往《ゆ》き来には
昼もなきづる蚊を聞かむ

戯れに㈡
汝と住むべくは下町の
昼は寂しき露路の奥
古簾《ふるす》垂れたる窓の上に
鉢の雁皮《がんぴ》も花さかむ

私見によれば、豊太郎に仮託された鷗外の「生への欲望」は、「小市民的幸福への夢想」よりは、もう少し深いものだったと思われる。それは到底市民生活の秩序に組み込まれ得るものではなく、むしろその枠《わく》を超えずにはいないものである。その意味で、この「生への欲望」はもともと反社会的な欲求であり、あくまでもなまなましく、過剰な生を求めてやまない。それとともに、これはまた過度であり、反社会的な欲求だという点において、そのまま「死への欲望」に転化し得る性格のものでもある。

芥川の詩の㈠にいわゆる、「昼もなきづる蚊を聞かむ」という「……下町の／水どろは青き溝づたひ」が、この過剰で無限定な生を象徴していることはいうまでもない。これに対して、「戯れに」の㈡にあらわれる「昼は寂しき露路の奥」は、おそらく過剰な生への憧《あこが》れと背中合わせになっている「死への欲望」を暗示するものと考えられる。もとより、この「寂しき露路の奥」は、「淹留」すべき他界の入口であって、「古簾垂れたる窓の上に／鉢の雁皮も花さかむ」という二行の古雅な艶麗《えんれい》さは、この生と死のないあわされた他界の奥にひそむものが、性にほかならないことを瞥見《べっけん》させている。

鷗外の真の「夢」とは、実はこのような世界の「夢」であった。彼は単に夢みたばかりでなく、ドイツ留学中のある時期に、この生の感触を実際に深く味わうことがあった。それは「近代市民社会」に特有な経験ではなく、いわば永遠の経験とでもいうべきものである。彼は「近代市民」としての自己解放を求めたこともなければ、それに挫《ざ》折《せつ》したことも一度もなかった。むしろ彼は、あらゆる社会の掟《おきて》から裁かれるべき禁忌の犯しを敢《あ》えてし、それとひきかえに「夢」のなかではじめて開示されるような、重い存在感にみちた生の感触を得ようとしたのである。

「舞姫」執筆当時の彼が、いかに深くこの経験の構造を自覚していたかということは、そのプロットの展開ぶりにもよくあらわれている。たとえば、クロステル街の「陋巷」での豊太郎とエリスの生活が深まるにつれて、小堀氏が「秋の夕のさびしさ」が漂っているとした四辺の情景は、確実に冬の情景にむかって推移する。つまりここでは、生への没入と死の侵蝕《しんしょく》とが、正確なフーガを奏《かな》でている。

そして、あの運命的な「明治廿一年の冬は来にけり」という一語を契機にして、一切は破局に向って急速に進行しはじめる。エリスは妊娠し、豊太郎は友人相沢謙吉のはからいで、天方伯に随行してペテルスブルグに使し、その間に性を中心にして生と死がからみあっていた「寂しき露路の奥」の世界は、いわばその裏側を無残に露呈しはじめるのである。

この世界を崩壊させるのは、いうまでもなく禁忌との接触、いいかえれば現実の侵入である。そのとき「夢」は砕け散り、生は罪に変り、性は死に変質する。「舞姫」の場合、現実は内と外とから侵入する。すなわち、内にあってはエリスの妊娠が必然的に喚《よ》びよせる日常生活の秩序というかたちで、外からは豊太郎の「淹留《えんりゆう》」に終止符を打とうとする、相沢謙吉の出現というかたちで。いいかえれば、「陋巷」の「夢」の世界は、禁忌への二重の露出によって、あえなく崩壊に導かれる。

鷗外は破局を、象徴的にベルリンの厳冬の情景のなかに置いている。

《黒がねの額《ぬか》はありとも、帰りてエリスに何とかいはん。「ホテル」を出でしときの我心の錯乱は、譬《たと》へんに物なかりき。余は道の東西をも分かず、思に沈みて行く程に、往きあふ馬車の馭丁《ぎよてい》に幾度か叱《しつ》せられ、驚きて飛びのきつ。暫《しば》くしてふとあたりを見れば、獣苑の傍《かたはら》に出でたり。倒るゝ如くに路の辺の榻《こしかけ》に倚《や》りて、灼くが如く熱し、椎《つち》にて打たるゝ如く響く頭を榻背《たふはい》に持たせ、死したる如きさまにて幾時をか過しけん。劇《はげ》しき寒さ骨に徹すと覚えて醒《さ》めし時は、夜に入りて雪は繁く降り、帽の庇《ひさし》、外套《ぐわいたう》の肩には一寸許《ばかり》も積りたりき》

　当初「秋の夕のさびしさ」を漂わせていた情話の雰囲気が、豊太郎の上に「一寸許も積」った雪のイメージに凝固しているのは、あの過剰な生への欲求を枯死させようとする禁忌の勝利であるかのように見える。そういう豊太郎の上に、「ブランデンブルゲル門の畔の瓦斯《ガス》燈」が、「寂しき光」を投じている。この「瓦斯燈」の「寂しき光」は、豊太郎の、否、鷗外その人の以後の人生を彩《いろど》る光だといってもよい。

《足の運びの捗《はかど》らねば、クロステル街まで来しときは、半夜をや過ぎたりけん。こゝ迄来し道をばいかに歩みしか知らず。一月上旬の夜なれば、ウンテル、デン、リンデンの酒家、茶店は猶《な》ほ人の出入盛りにて賑《にぎ》はしかりしならめど、ふつに覚えず。我脳中には唯ゝ我は免《ゆる》すべからぬ罪人なりと思ふ心のみ満ち〳〵たりき。

《四階の屋根裏には、エリスはまだ寝《い》ねずと覚ぼしく、烱然《けいぜん》たる一星の火、暗き空にすかせば、明かに見ゆるが、降りしきる鷺《さぎ》の如き雪片に、乍《たちま》ち掩はれ、乍ちまた顕《あらは》れて、風に弄《もてあそ》ばるゝに似たり。戸口に入りしより疲を覚えて、身の節の痛み堪へ難ければ、這《は》ふ如くに梯を登りつ。庖厨《くりや》を過ぎ、室《へや》の戸を開きて入りしに、机に倚りて襁褓《むつき》縫ひたりしエリスは振り返へりて、「あ」と叫びぬ。「いかにかし玉ひし。おん身の姿は。」

《驚きしも宜《うべ》なりけり、蒼然《さうぜん》として死人に等しき我面色、帽をばいつの間にか失ひ、髪は蓬《おど》ろと乱れて、幾度か道にて跌《つまづ》き倒れしことなれば、衣は泥まじりの雪に汚《よご》れ、処々は裂けたれば。

《余は答へんとすれど声出でず、膝《ひざ》の頻《しき》りに戦《をのの》かれて立つに堪へねば、椅子を握《つか》まんとせしまでは覚えしが、その儘《まま》に地に倒れぬ》

太田豊太郎が、「陋巷」の生に没入するにいたったのは、免職と母の死という二つの事件が、彼を日本とのきずなから解き放ったのがきっかけであった。鷗外自身は免職されたわけでも、現実に母の死を体験したわけでもないが、その留学の終り近く、明治二十一年（一八八八）三月ごろから、「何か慰めを欲するような心境にさしかか」（小堀氏上掲書第四部第一章）り、その「気分に複雑な陰影を刻」むにいたり、いちじるしい「精神の弛緩《しかん》」を経験したという。

「独逸《ドイツ》日記」に明らかなように、これはあたかもベルリンにおける鷗外が、プロイセン近衛歩兵連隊の隊附勤務を命ぜられた時期と符合する。このころ鷗外には、やはり日本とのきずなから解き放たれたと感じ、あるきっかけから「陋巷」の生に耽溺《たんでき》して、その濃密な情緒を貪《むさぼ》ろうとしたことがあったにちがいない。そのとき彼は、「個人」であるような「近代市民」になろうとして、日本帝国を裏切り、官命を裏切ったわけではない。彼はむしろ、「日本帝国」や「官命」はおろか、「個人」や「近代市民」などという枠組そのものすら崩れ落ち、自己の輪郭が「寂しき露路の奥」の他界の「夢」に融けて行くような、なまなましい生との合体を体験していたのである。

これが鷗外にとっての罪であり、その cross-culture experience の核心であった。罪とは社会を捨て、一切の義務を捨てて生との合体を経験することであって、女を捨てることではない。「舞姫」のエリス・ワイゲルトは、太田豊太郎に捨てられて狂い、「うたかたの記」のマリイ・ハンスルは、スタルンベルヒの湖で死ぬが、現実に鷗外を追って横浜までやって来たエリス・某は、狂ったわけでも死んだわけでもなかった。いいかえれば、鷗外にとっての罪とは、社会契約に属する道徳上の罪ではない。それは、社会の掟そのものを無視し、過剰な生を貪り、したがって死と性とに耽溺したという罪である。

この罪は、いわば存在論的な罪であるが故に、そのままには描出できない。そのために鷗外は、「弱くふびんな心」の主人公と、捨てられて発狂する薄倖《はっこう》な女とを対比させ、「舞姫」一篇の情話を物語ることによって、いわば自己の経験を平俗化してみせた。垂直にうがつべきところを、平面的に展開して物語るというのは、それ自体が一種のミスティフィケーションである。このミスティフィケーションに、「舞姫」発表以来多くの批評家がまどわされて来たことは、いまさらここにつけ加えるまでもない。帰朝直後の、「不機嫌な目覚め」の意識のなかで、鷗外の心をうずかせていた「逝ける事」は、この罪の、つまり禁忌を犯して得たなまなましい生の感触の記憶である。「淹留」した他界の経験であるが故に、それを「思ふまじ」と「誓」っても、「夢」の現存感はますますたかまって、彼の「現実復帰」をさまたげようとする。したがって鷗外は、ある古典主義的な意志によって、「夢」を断念し、生の感触の記憶を断念するために、あの初期の三部作を書いたのである。

そのなかで、彼は、「舞姫」のエリス・ワイゲルトを発狂させ、「うたかたの記」のマリイ・ハンスルを溺死させ、「文づかひ」のイ、ダ・フオン・ビユロオを、舞踏会の混雑の彼方《かなた》に去らしめた。これらの女たちとの残酷な別離は、そのまま鷗外の断念の意志の激しさを反映している。

かくして「逝ける事」――あの濃密な生の感触は、ふたたび帰ることなく鷗外によって拒否されたかにみえ、彼は「ブランデンブルゲル門の畔の瓦斯燈」のそれに似た「寂しい光」のもとで、長く重い人生を送らなければならないかに見えた。それが、しかし、「長《とこ》しへに暗きに葬むる能《あた》は」ざるものとなって、「思ふまじと誓へる」彼の心によみがえるのは、おそらく「雁」(明治四十四年=一九一一)の構想が生れたときである。

4

越智治雄氏は、「『漾虚集』一面」(『漱石私論』所収・昭和四十六年＝一九七一)で漱石の「倫敦塔」(明治三十八年＝一九〇五)を論じ、それが単なる見物の記録ではなくて、作者の自己幽閉の試みであるといっている。

たとえば、越智氏はいう。

《……作者が、倫敦塔を臨むテームス河畔でまず描いて行くのは、いつまでも同じ所にとまっているような帆掛舟であり、ほとんど動かぬ伝馬船である。こうした緩徐調部を通じて転調が用意され、余の前に別の世界が見えてこようとしている。余が入ろうとしているのは牢獄《ろうごく》である。つまり漱石はあえて自閉的な場を設定し、作中の言葉を引いて言えば、空想に、夢に沈降して行くのだ》(同上、傍点引用者)

あるいは、

《……だから言葉を換えれば、二十世紀のロンドンの現実に対する「別世界」として倫敦塔があり、カーライルの家があることになる。それらがいずれも閉ざされた空間であることはけっして無意味ではないだろう。漱石は意識的に現実の中に閉ざされた場所を措定し、そこで幻想に沈降して行く。いずれ夢は破れるにしても、その中で「過半想像的の文字」(「倫敦塔」)を追う漱石は、そこで初めてあの内部の暗がりに場所を与える

ことができた。彼は現実の英国とは別のいわば幻想の英国を所有している》(「漱石の幻想」——「漱石私論」所収、傍点引用者)

これらの指摘は、いずれも重要である。「自閉的」な「別の世界」にはいりこもうとしている漱石の姿は、そのまま鷗外のそれとは対照的な、cross-culture experienceの一つの典型的な例を示しているからである。

すでに述べたように、ロンドンでの生活が漱石に不愉快と嫌悪《けんお》感しかあたえなかったことについては、ここに繰り返すまでもない。「日記」を一読すれば、渡英の当初から彼の焦立《いらだ》ちは歴然としていて、この精神状態は満二カ年の留学期間中まったく改善されることがないのである。

《十月二十八日(日)巴理《パリ》ヲ発シ倫敦ニ至ル船中風多シテ苦シ晩ニ倫敦ニ着ス》(明治三十三年＝一九〇〇)

《十月二十九日(月)岡田氏ノ用事ノ為め倫孰《(ママ)》市中ニ歩行ス方角モ何モ分ラズ且《かつ》南亜ヨリ帰ル義勇兵歓迎ノ為メ非常ノ雑沓《ざったう》ニテ困却セリ夜美野部《(ママ)》氏ト市中雑沓ノ中ヲ散歩ス》(同上)

《十一月四日(日)下宿ヲ尋ヌナシ》(同上)

《十一月八日(木)公使館ニ至リ学資金ヲ受取ル下宿ヲ尋ヌ帰宅 Mrs. Nott ノ手紙ト電信ヲ受取ル直ちニ Sydenham ニ行ク》(同上)

《十一月十日（土）下宿ヲ尋ヌ Priory Road Miss Milde 方ニ十二日ニ移ルヿ《こと》ニ決ス》（同上）

《一月三日（木）倫敦ノ町ニテ霧アル日大陽《（ママ）》ヲ見ヨ黒赤クシテ血ノ如シ、鳶色《とびいろ》ノ地ニ血ヲ以テ染メ抜キタル太陽ハ此《この》地ニアラズバ見ル能《あた》ハザラン》（明治三十四年＝一九〇一）

《一月四日（金）倫孰《（ママ）》ノ町ヲ散歩シテ試ミニ啖《（ママ）》ヲ吐キテ見ヨ真黒ナル塊リノ出ルニ驚クベシ何百万ノ市民ハ此煤烟《ばいえん》ト此塵埃《ずんあい》ヲ吸収シテ毎日彼等の肺臓ヲ染メツ、アルナリ我ナガラ鼻ヲカミ啖ヲスル𪜈《とき》ハ気ノヒケル程気味悪キナリ》（同上）

このような外界に対する絶えざる反撥《はんぱつ》が、やがて漱石を強度の神経症に追い込んでいったのは周知の事実であるが、ここで注目に価するのは、彼を反撥させた外界の構造、というよりは、むしろ外界のどのような部分に特に不愉快を感じたかという、漱石の嫌悪感の構造である。

そこにはまず、英国および英国人に対する抜きがたい反感がある。

《……西洋人ハ執濃《しつこ》イヿガスキダ華麗ナヿガスキダ芝居ヲ観テモ分ル食物ヲ見テモ分ル建築及飾粧《（ママ）》ヲ見ニモ分ル夫婦間ノ接吻や抱キ合フノヲ見テモ分ル、是ガ皆文学ニ返照シテ居ル故《ゆゑ》ニ洒落《しゃらく》超脱ノ趣ニ乏シイ出頭天外シ観ヨト云フ様ナ様ニ乏シイ又笑而不答心自閑ト云フ趣ニ乏シイ》（「日記」明治三十四年＝一九〇一＝三月十二日付）

この「西洋人」が英国人であることは、いうまでもない。したがって、これは英国人一般に対する不快感だともいえるが、彼の個人教師だったシェイクスピア学者クレイグがアイルランド人であり、神経症が昂《こう》じたとき親身に面倒を見た医師がおそらくスコットランド人であったと推定されることを思い合わせると、漱石の反感はもっぱら「英吉利《イギリス》人」、つまりイングランド人に向けられていたというべきかも知れない。

この感情の背後に隠されているのは、もちろん弱小な祖国日本と浅薄なその文明開化に対する不安と劣等感である。明治三十五年（一九〇二）二月十二日、日英同盟の調印が公布された直後、漱石は岳父中根重一にあてて書き送っている。

《……新聞電報欄にて承知候《さうらふ》が、此同盟事件の後本国にては非常に騒ぎ居候よし、斯《かく》の如き事に騒ぎ候は、恰《あたか》も貧人が富家と縁組を取結びたる喜しさの余り、鐘太鼓を叩《たた》きて村中かけ廻る様なものにも候はん。固《もと》より今日国際上の事は道義よりも利益を主に致し居候へば、前者の発達せる個人の例を以て日英間の事を喩《たと》へんは妥当ならざるやの観も有之《これある》べくと存候へども、此位の事に満足致し候様にては、甚だ心元なく被存候が如何の覚召にや》（明治三十五年＝一九〇二＝三月十五日付）

しかし、また、そこには「英国」のイメージと重なり合っている産業社会のイメージがあり、それに対するほとんど病的な反撥がある。同年四月十七日、漱石は妻鏡子にあてた手紙に記している。

《……（ロンドンは）大抵は無風流なる事物と人間のみにて雅《みやび》と申す趣も無之《これなく》、文明がかくの如きものならば野蛮の方が却《かへ》つて面白く候。鉄道の音滊車《きしや》の烟《けむり》馬車の響脳病などある人は一日も倫敦には住みがたかるべきかと思はれ候。日本に帰りての第一の楽みは、蕎麦《そば》を食ひ日本米を食ひ日本服をきて日のあたる椽側に寐《ね》ころんで庭でも見る。是が願に候。夫《それ》から野原へ出て蝶々やげん〳〵を見るのが楽に候》

5

問題は、この産業社会への嫌悪感の対極にあるものが、いまだ産業化されていない日本への郷愁だけとはかぎらないというところにひそんでいる。「蝶々やげん〳〵」は、たしかに漱石の心のもっとも柔かな部分で夢見られた郷愁の形象であったが、不幸なことに鏡子には、かりに「蕎麦を食ひ日本米を食ひ日本服を着」たい漱石の欲求は通じても、「蝶々やげん〳〵を見」たいという渇望は通じた形跡がなかった。

それが通じなかったというところに、この夫婦のあいだの宿命的な背理の構図が隠されていたとすれば、漱石の郷愁は、かならずしも「日本」、あるいは妻という具体的な対象にむかって漂い出すわけにはいかない。つまり、それは必然的に「自閉的」な「別の世界」を求めて内攻せざるを得ない。

漱石の留学が、cross-culturalな意味を帯びはじめるのは、実はここからである。異質な文化の完全な受容、あるいは拒否の上には、cross-culture experience は成立しない。現実の英国および英国人を拒否し、産業社会に嫌悪と反撥を覚えながら、漱石の郷愁は「幻想の英国」を求めて漂い出そうとする。「蝶々やげん〳〵」を拒まれた彼は、「幻想の英国」の形象をもってするほか、すでにその郷愁を語るすべを奪われているからである。

こうして、「倫敦塔」は変形され、「カーライル博物館」もまた変形され、漱石の「自閉的」な「別の世界」には、さらにアーサー王伝説の人物たちが招集される。しかし、それらがかりに「幻想」であったとしても、この「幻想」は、果して「空想」と「夢」のみの所産だといえるだろうか？

かならずしもそうとはいえない。まず、それは、彼の「自閉的」な「別の世界」が受容し得た英国、あるいは英国を通じて受容した西欧文化の反映というべきである。必然的にそれは過去の英国、あるいは過去の西欧たらざるを得ないが、「漾虚集」の諸作の場合、この過去の姿はほとんどいささかも恣意《しい》的な変形をこうむらず、意外なほど客観的にとらえられているといわなければならない。

いわば、現在の英国と英国人に対する反撥が強ければ強いほど、漱石は深く過去の英国に没入しようとする。そして、彼はそうしながら、同時代の日本人が到底なし得なかったほど、西欧文化の核心をよくとらえているのである。

たとえば、「薤露行《かいろこう》」(明治三十八年＝一九〇五)の一節を見よう。

《シャロツトの路行く人も亦《また》悉《ことごと》くシャロツトの女の鏡に写る。あるときは赤き帽の首打ち振りて馬追ふさまも見ゆる。あるときは白き髯《ひげ》の寛《ゆる》き衣《ころも》を纏《まと》ひて、長き杖《つゑ》の先に小さき瓢《ひさご》を括《くゝ》しつけながら行く巡礼姿も見える。又あるときは頭《かしら》より只一枚と思はるゝ真白の上衣《うはぎ》被《かぶ》りて、眼口も手足も確《しか》と分ちかねたるが、けたゝましげに鉦《かね》打ち鳴らして過ぎるも見ゆる。是は癩《らい》をやむ人の前世の業を自ら世に告ぐる、むごき仕打ちなりとシャロツトの女は知るすべもあらぬ》（二「鏡」）

ここには、もちろんテニスンの「シャロットの女（The Lady of Shalott）」第二節が反映しているといってもよい。

《…… And moving thro' a mirror clear
That hangs before her all the year,
Shadows of the world appear.
There she sees the highway near
　　Winding down to Camelot:
There the river eddy whirls,
And there the surly village-churls,
And the red cloaks of market girls,
　　Pass onward from Shalott.

Sometimes a troop of damsels glad,
An abbot on an ambling pad,
Sometimes a curly shepherd-lad,
Or long-hair'd page in crimson clad,
　Goes by to tower'd Camelot;
And sometimes thro' the mirror blue
The knights come riding two and two:
She hath no loyal knight and true,
　The Lady of Shalott.

(……いつも彼女の眼の前に掛っている
磨き上げられた鏡のなかを
世界の影が通過して行く
そこには近くの街道が
カメロットの方へ曲って行くのが見える
その鏡のなかで渦巻く川や
荒くれた村人たちや

　赤い上衣を着た物売女たちが
　シャロットを通り過ぎて行く

　ときには一団の陽気な娘たちや
　足の遅い馬に乗った坊さんや
　またときにはちぢれ毛の羊飼いの子や
　真紅の衣裳《いしょう》をつけた髪の長いお小姓が
　塔のあるカメロットの方へ向って行く
　そしてときには青い鏡のなかを
　騎士が二人ずつ騎馬でやって来る
　彼女には心を捧《ささ》げる騎士はいない
　シャロットの貴婦人には）》

しかし、漱石が描き出している「シャロットの路行く人」のイメージは、テニスンのバラッドに描かれたそれよりも、むしろワーグナーの楽劇「タンホイザー」の舞台を想《おも》わせるものである。あるいはそれは、それ以上にホイジンガの「中世の秋」の次のような一節を想起させる。

《災禍と欠乏とにやわらぎはなかった。おぞましくも苛酷《かこく》なものだった。病は健康の反対の極にあり、冬のきびしい寒さとおそろしい闇とは、災いそのものであった。栄誉と富とが熱心に求められ、貪欲《どんよく》に享受《きょうじゅ》されたというのも、いまにくらべて、貧しさがあまりにもみじめすぎ、名誉と不名誉の対照が、あまりにもはっきりしすぎていたからである。毛皮のコート、明るい暖炉の火、一杯機嫌の冗談、やわらかいベッド、こういったものが快楽のあかしだったのである。イギリスの小説は、人生の喜びを描くに、いまなおこれらのことごとを、生きいきと描きだしている。

《生活の種々相が、残忍なまでに公開されていた。これでもか、これでもかと、みせつけられていたのである。らい病やみは、ガラガラを鳴らしながら、行列を作ってねり歩く。教会では、乞食が哀願の声をはりあげ、かたわのさまを開陳する。地位、身分、職業は、服装でみわけがついた。大物たちは、武具や仕着せできらびやかに飾りたて、畏《おそ》れとねたみの視線をあびてでなければ、出歩こうとはしなかった。処刑をはじめ法の執行、商人の触れ売り、結婚と葬式、どれもこれもみんな高らかに告知され、行列、触れ声、哀悼の叫び、そして音楽をともなっていた。恋する男は愛人のしるしを身に飾り、仲間同士では盟約の記章が、党派内では、その頭領の紋章、記章が身につけられた》(ホイジンガ・堀越孝一訳「中世の秋」I「はげしい生活の基調」)

つまり、「薤露行」の世界は、決して単なる「空想」ではないのである。そして、それがテニスンの世界よりむしろホイジンガの世界に近い感触を持っていることに、私はおどろかざるを得ない。ホイジンガの「中世の秋」の初版が出版されたのは、一九一九年（大正八年）で、このとき漱石はすでにこの世にいなかったから、無論ロンドン留学時代の彼がこの書物を読んだはずはない。それにもかかわらず、漱石の感受性が、ホイジンガの世界に傾斜しているのは、注目すべきことのように思われるからである。

6

いわば「中世の秋」とは、釈迢空《ちょうくう》の「死者の書」に匹敵するような書である。「中世を古代とルネサンスの侍女たる地位から解放した」（堀米庸三「ホイジンガの人と作品」—堀越孝一訳「中世の秋」所収・中央公論社刊）といっただけでは、まだもの足りない。「死者の書」が、日本の古代を異常なほどのなまなましさで復活させてみたように、「中世の秋」はブルゴーニュを中心とするヨーロッパの中世を、まさにそれがそうあったように復元させてみせた。それは、人間の「進歩」を既定の前提としているテニスンの、楽天的な世界観を通してみた「中世」とはほど遠い世界なのである。

漱石の感受性がとらえたヨーロッパの中世は、テニスンのとらえた「中世」よりもはるかにホイジンガのとらえた中世に似ている。それは建設的な調和を予定しない中世、「やわらぎ」がなく、「おぞましくも苛酷」な中世である。「薤露行」のそれのみではない。「幻影の盾」（明治三十八年＝一九〇五）の次のような一節も、同様に単なる「空想」だとはいえない。かりに「空想」だとしても、それはある時期のヨーロッパ人が共有していた「空想」であり、その意味で客観的に存在した一つの文化の型を示しているからである。

《行く路を扼《やく》すとは、其上《そのかみ》騎士の間に行はれた習慣である。幅広からぬ往還《わうくわん》に立ちて、通り掛りの武士に戦《たゝかひ》を挑《いど》む。二人の槍《やり》の穂先が撓《しわ》つて馬と馬の鼻頭《はなづら》が合ふとき、鞍壺《くらつぼ》にたまらず落ちたが最後無難に此《この》関を踰《こ》ゆる事は出来ぬ。鎧《よろひ》、甲《かぶと》、馬諸共《もろとも》に召し上げらるゝ。路を扼《やく》する侍《さむらひ》は武士の名を藉《か》る山賊の様なものである。期限は三十日、傍《かたへ》の木立に吾旗を翻へし、喇叭《らつぱ》を吹いて人や来《きた》ると待つ。今日《けふ》も待ち明日《あす》も待ち明後日《あさつて》も待つ。五六三十日の期《ひるが》が満つる迄は必ず待つ。時には我意中の美人と共に待つ事もある。通り掛りの上臈《じやうらふ》は吾を護《まも》る侍《さむらひ》の鎧の袖《そで》に隠れて関《せき》を抜ける。守護の侍《さむらひ》は必ず路を扼《やく》する武士と槍を交《まじ》へる。交《まじ》へねば自身は無論の事、二世《にせ》かけて誓へる女性《によしやう》をすら通す事は出来ぬ。千四百四十九年にバーガンデの私生子と称する豪のものがラ、ベル、ジヤルダンと云へる路を首尾よく三十日間守り終せ《おほ》たるは今に人の口碑《こうひ》に存する逸話である。三十日の間、私生子と起居を共にせる美人は只「清き巡礼の子」といふ名に其本名を知る事が出来ぬのは遺憾である。……盾の話しは此時代の事と思へ》（「幻影の盾」）

この一節もまた、ほぼ正確に、ホイジンガのいわゆる「アーサー王物語の世界の幻想」に照応している。たとえば、

《……「涙の泉」の泉は、実際に作られたのである。一年を通じて毎月のはじめに、名も知られぬ騎士が、その泉のほとりに天幕を張ることになっていた。そのなかには、三枚の楯《たて》をつけた一角獣を従えて、ひとりの貴婦人がすわっている。ただし、これは絵なのだ。楯のひとつにさわった、あるいは使者を送ってさわらせた騎士は、果たし合いの誘いに応じたことになる。果たし合いのための条件は、きちんと「定書《さだめがき》」に書かれていて、これは挑戦状であり、同時に試合の規則書でもある。楯にさわるのは馬上からするのであって、だから騎士たちは、いつでも馬が使えるようにしておかなければならなかったという。「竜の闘い」というのもある。四人の騎士が四つ辻《つじ》を守っている。いかなる貴婦人も、かの女のためにこの四人と闘う騎士があらわれて、相手の槍を二本まで折ってくれなければ、ここを通りぬけることができない。失敗すれば、かの女が罰金を払うのだ。実際、子供の罰金遊びは、このプリミティヴな闘争と愛の遊びの卑俗化したかたちにほかならないのである》（『中世の秋』Ⅴ「恋する英雄の夢」堀越孝一訳）

あの「自閉的」な「別の世界」に身をひそめていた漱石が、なにを手がかりにして、この石造の家の感触と皮革の匂《にお》いのする世界を的確にとらえ得たかは、かならずしも容易には決定しがたい。ウオルター・スコットを耽読《たんどく》したことが、なんらかの作用を及ぼしていることはほぼ確実であろう。しかし前出のテニスンの「シャロットの女（The Lady of Shalott）」や「王の牧歌（Idylls of the King）」の世界が、漱石のとらえたそれよりはなめらかすぎることを思えば、むしろ彼がロンドンで矚目《しょくもく》した絵画やタペストリ、あるいは博物館で見た中世の甲冑《かっちゅう》や武具のセンセーションなどに、より大きな手がかりを求めるべきかも知れない。

だが、それよりも重要なことは、身辺の産業社会の現実には嫌悪と反撥しか感じなかった、漱石の感受性そのものの作用である。おそらくは、そこにこそもっとも根源的な手がかりがある。彼はなによりも一種の詩的直観によって、その閉された「郷愁」にやすりをかけようとする、異質な文化の本質を洞察していたのである。

彼が見たのは、「悲しみと喜びのあいだの、幸と不幸のあいだのへだたり」の大きな世界であり、また「光と闇、静けさと騒がしさとの対照」の際立《きわだ》つ世界である。それは喜びと残忍さと静寂とのあいだを揺れ動く、「不安定な気分」の支配する世界であるが、同時に「喜び悲しむ子供の心にいまなおうかがえる、あの直接性、絶対性」（以上「中世の秋」I「はげしい生活の基調」堀越孝一訳より引用）が、まだ失われずにのこっている世界でもある。

これほど、明治開化の日本とほど遠い世界はない。その意味で、これは異質な世界であり、淋しく孤独な世界である。しかし、同時に漱石にとっては、それは生れる前の記憶に似た一種の親しさをかき立てる世界でもある。なぜなら、この世界は、彼が幼年時代に体験した世界とよく似ているからである。産業化以前のヨーロッパ――英国の感触は、漱石にとっては自らの幼年時代の、あるいはそういう幼年時代を内に秘めて過した青年期のある時期の感触と、おそらく酷似していた。

鷗外の体験は、これとはまったく異っている。漱石は十九世紀末の英国を拒否し、中世の英国に自己を幽閉したが、鷗外には自己を幽閉すべき中世は必要ではなかった。「舞姫」や「文づかひ」が、十九世紀末のベルリンとザクセン王国の風物をそのままに反映していることはいうまでもない。初期三部作のなかでもっとも夢幻的な「うたかたの記」においてすら、彼は結局一八八〇年代のバイエルンのみを描いている。それは、産業化以前の要素を少からずとどめながら、なお確実に産業社会に変質しつつあるドイツである。

要するに鷗外は、その留学地で、自らのなかの幼年時代を喚起しなければならない必要に迫られたことがなかった。彼は心を外に開き、一個の選ばれた青年として同時代のドイツの生活に歩み入り、あの「ブランデンブルゲル門の畔の瓦斯燈《ガス》」の「寂しき光」を知ったのである。しかし、その反面、彼は「瓦斯燈」も鉄道もなかったころの西欧をおおっていた「真の暗闇、真の静寂」（「中世の秋」）を知らず、したがって「ただひとつまたたく灯《ひ》、遠い一瞬の叫び声」の鮮烈さを知る機会を持たなかった。

それを漱石は知っていた。それはかたく閉された彼の内部の「別の世界」にしかない「暗闇」であり、「灯」である。問題は、ここにしか彼にとって「淹留《えんりゅう》」すべき場所がなかったというところにある。

そして、この「暗闇」に、あの、《逝《ゆ》ける日は追へども帰らざるに逝ける事は長《とこ》しへに暗きに葬《はう》むる能《あた》はず。思ふまじと誓へる心に発矢《はつし》と中《あた》る古き火花もあり》(「薤露行」―四「罪」)という、「罪」の「古き火花」が飛び散ることもあった、というところにある。

7

ところで、漱石が「薤露行」(明治三十八年＝一九〇五)のなかに描いている「シャロットの女」という題材については、前述のテニスンの詩「シャロットの女（The Lady of Shalott)」のほかに、たとえばウィリアム・ホルマン・ハントの同じ主題による銅版画と油彩がある。

これは、もともとモクソン版のテニスン詩集の挿絵《さしえ》として描かれたもので、銅版画は一八五七年（安政四年）に描かれ、それを拡大した油彩のほうは、一八八七年（明治二十年）から一九〇五年（明治三十八年）にかけて描かれている。ハントが、ダンテ・ガブリエル・ロセッティ、ジョン・エヴレット・ミレーと並び称される、ラファエル前派(Pre-Raphaelite Brotherhood)の代表的画家であることは、つけ加えるまでもない。

ハントの銅版画「シャロットの女」は、いわば驚愕《きょうがく》と破局の感情をみなぎらせた絵である。女はなにものかに脅えて、まさに機《はた》の梭《ひ》を抛《ほう》ったところであり、糸は乱れて幾重にも女の身体《からだ》に巻きつき、さらにそれを締め上げて宙にのたうっている。

女の豊かな髪も乱れて空に波うち、横顔をうつむけて、眼だけをきっと上眼づかいにみはっているのが、異常な緊張を表現している。画面の中央に、半ば近く女の上半身に隠された楕円形《だえんけい》の鏡が描かれているが、そこには大きな槍をたずさえた馬上豊かな騎士の後姿が映じている。いうまでもなく、これこそ湖水の騎士、サー・ランスロットの雄姿である。

このハントの銅版画が、テニスンの詩の第三節、

《She left the web, she left the loom,
She made three paces thro' the room,
She saw the water-lily bloom,
She saw the helmet and the plume,
　　She look'd down to Camelot.
Out flew the web and floated wide;
The mirror crack'd from side to side;
'The curse is come upon me,' cried
　　The Lady of Shalott.

（織糸を捨て、機を捨て、三歩あゆんだ、
女は部屋を横切って三歩あゆんだ、
そして睡蓮《すいれん》の花咲くのを見、
兜《かぶと》と羽根飾りとを見た
女はカメロットの方を見下した。
織糸は千切れて虚空《こくう》に舞い、
鏡は音立てて真二つに砕け、
シャロットの女は叫んだ、
「呪《のろ》いはわが身にふりかかった」と）》

を描こうとしたものであることは、いうまでもない。絵画という空間的な手段の枠のなかでテニスンの詩に叙述されている時間の推移を、画家はこの絵に描かれた鏡を砕け散らせてはいない。しかし、彼は、テニスンの詩句を文字通りに写すかわりに、女の緊迫した表情と、千々に舞い乱れる糸とを描くことによって、破局を印象的にとらえることに成功しているのである。

漱石の「薤露行」には、このくだりは次のように描かれている。

《曲がれる堤《どて》に沿ふて、馬の首を少し左へ向け直すと、今迄は横にのみ見えた姿が、真正面に鏡にむかつて進んでくる。太き槍をレストに収めて、左の肩に盾を懸けたり。女は領《えり》を延ばして盾に描《ゑが》ける模様を確《しか》と見分け様とする体《てい》であつたが、かの騎士は何の会《ゑ》釈《しやく》もなく此鉄鏡を突き破つて通り抜ける勢で、愈《いよ〳〵》目の前に近づいた時、女は思はず梭《ひ》を抛《な》げて、鏡に向つて高くランスロットと叫んだ。ランスロットは兜の廂《ひさし》の下より耀《かゞや》く眼を放つて、シヤロツトの高き台《うてな》を見上げる。爛々《らん〳〵》たる騎士の眼と、針を束《つか》ねたる如き女の鋭どき眼とは鏡の裡《うち》にてはたと出合つた。此時シヤロツトの女は再び「サー、ランスロツト」と叫んで、忽《たちま》ち窓の傍《そば》に馳《か》け寄つて蒼《あを》き顔を半ば世の中《なか》に突き出《いだ》す。人と馬とは、高き台《うてな》の下を、遠きに去る地震の如くに馳け抜ける。

《ぴちりと音がして皓々《かう〳〵》たる鏡は忽ち真二つに割れる。割れたる面《おもて》は再びぴち〳〵と氷を砕くが如く粉微塵《みぢん》になつて室《しつ》の中に飛ぶ。七巻八巻織りかけたる布帛《きぬ》はふつ〳〵と切れて風なきに鉄片と共に舞ひ上《あが》る。紅《くれなゐ》の糸、緑の糸、黄の糸、紫の糸はほつれ、千切《ちぎ》れ、解け、もつれて土蜘蛛《つちぐも》の張る網の如くにシヤロツトの女の顔に、手に、袖に、長き髪毛にまつはる。「シヤロツトの女を殺すものはランスロツト。ランスロツトを殺すものはシヤロツトの女。わが末期《まつご》の呪《のろひ》を負ふて北の方へ走れ」と女は両手を高く天に挙げて、朽ちたる木の野分《のわき》を受けたる如く、五色の糸と氷を欺《あざむ》く砕片の乱るゝ中に鞺《だう》と仆《たふ》れる》

(二)「鏡」

問題は、「薤露行」のこの一節が、テニスンの詩よりもハントの銅版画に近い感触をあたえるというところにある。この点については、すでに拙論「漱石と英国世紀末芸術」(「国文学」昭和四十三年＝一九六八＝二月号)で指摘したことがあるが、漱石の初期の世界とラファエル前派との不思議な結びつきについては、なお明らかにされねばならぬ点が多い。

たとえば、D・G・ロセッティの油彩「プロセルピーヌ」が、「虞美人草」の「紫の女」藤尾に反映しているかも知れないこと、そして、プロセルピーヌは、神話学的にいえば「薤露行」に登場するアーサー王の王妃、ギネヴィアの原型であり、その背後には季節の神話、つまり夏であるプロセルピーヌが冥府《めいふ》の王プルトーに凌辱《りようじよく》されて冬に変身し、ふたたび蘇生《そせい》して夏になるという神話が隠されていると推定されることに関して、私は前掲の論文で注意を喚起している。

また、越智治雄氏は、「草枕」第二章と第三章に、J・E・ミレーの「オフィーリア」のイメージが現れることに注目して、「薤露行」に描かれたエレーンの亡骸《なきがら》を乗せた舟は、この「オフィーリア」の「変奏」ではないかといっている。「草枕」で言及されている「オフィーリア」の面影とは、次のようなものである。

《……不思議な事には衣装《いしやう》も髪も馬も桜もはっきりと目に映じたが、花嫁の顔だけは、どうしても思ひつけなかつた。しばらくあの顔か、この顔か、と思案して居るうちに、ミレーのかいた、オフエリヤの面影が忽然《こつぜん》と出て来て、高島田《たかしまだ》の下へすぽりとはまつた。

是は駄目だと、折角の図面を早速取り崩す。衣装《いしやう》も髪も馬も桜も一瞬間に心の道具立から奇麗に立ち退《の》いたが、オフエリヤの合掌して水の上を流れて行く姿丈《だけ》は、朦朧《もうろう》と胸の底に残つて、棕梠箒《しゆろばうき》で烟《けむり》を払ふ様に、さつぱりしなかつた》（第二章）

《すや〳〵と寐入る。夢に。

《長良《ながら》の乙女《をとめ》が振袖を着て、青《あを》馬に乗つて、峠を越すと、いきなり、さゝだ男と、さゝべ男が飛び出して両方から引つ張る。女が急にオフエリヤになつて、柳の枝へ上《のぼ》つて、河の中を流れながら、うつくしい声で歌をうたふ。救つてやらうと思つて、長い竿《さを》を持つて、向島《むかふじま》を追懸《おつか》けて行く。女は苦しい様子もなく、笑ひながら、うたひながら、行末《ゆくへ》も知らず流れを下る。余は竿をかついで、おゝい〳〵と呼ぶ》（第三章）

これに対して、「薤露行」の、越智氏の指摘する個所は次の一節である。

《古き江に漣《さゞなみ》さへ死して、風吹く事を知らぬ顔に平かである。舟は今緑《みど》り罩《こ》むる陰を離れて中流に漕《こ》ぎ出づる。櫂操《かいあやつ》るは只一人、白き髪の白き髯《ひげ》の翁《おきな》と見ゆ。ゆるく搔《か》く水は、物憂《ものう》げに動いて、一櫂《ひとかい》ごとに鉛の如き光りを放つ。舟は波に浮ぶ睡蓮の睡れる中に、音もせず乗り入りては乗り越して行く。蕚《うてな》傾けて舟を通したるあとには、軽《かろ》く曳《ひ》く波足と共にしばらく揺れて花の姿は常の静《しづ》さに帰る。……（中略）……舟は杳然《えうぜん》として何処《いづく》ともなく去る。美しき亡骸《なきがら》と、美しき衣《きぬ》と、美しき花と、人とも見えぬ一個の翁《おきな》とを載せて去る》（五「舟」）

J・E・ミレーの「オフィーリア」は、一八五二年（嘉永五年）に描かれた油彩画である。モデルになったのは、D・G・ロセッティの夫人になった有名なエリザベス・シダルで、ロセッティの弟ウィリアム・マイクル・ロセッティによれば、この「オフィーリア」がもっともよく彼女の容貌《ようぼう》を写しているという。越智氏が、「漱石の幻想」（「漱石私論」所収・昭和四十六年＝一九七一）に注しているように、この「オフィーリア」は「合掌して」はいず、水に浮んで流されながら両手を軽く左右にひろげ、右手に野の花を持った姿に描かれている。

8

たしかに、越智氏が、「薤露行」のエレーンの亡骸を乗せた舟を、ミレーの「オフィーリア」の「変奏」と推定することには、理由がないわけではない。前述のように、「薤露行」が「漾虚集」の諸作のなかでもっとも強くラファエル前派との類縁を感じさせる作品であることは否定できず、特にその第五章「舟」が、ミレーの「オフィーリア」のやや病的にロマンティックな情緒を共有していることも、否定できないからである。

だが、この場合は、漱石とラファエル前派とのあいだに中間項があるように思われる。それはテニスンの詩である。いまテニスンの「王の牧歌（Idylls of the King）」（一八五九＝安政六年）の「ランスロットとエレーン」の章から、「薤露行」の問題の個所に相当する部分をあげれば、次の通りである。

《Then rose the dumb old servitor, and the dead,
Oar'd by the dumb, went upward with the flood —
In her right hand the lily, in her left
The letter—all her bright hair streaming down —
And all the coverlid was cloth of gold
Drawn to her waist, and she herself in white
All but her face, and that clear-featured face
Was lovely, for she did not seem as dead,
But fast asleep, and lay as tho' she smiled.

(そして老いた啞《おし》の下僕は立ち上り、
櫂《かい》をとって亡骸を乗せた舟を遡航《そこう》させた——
女は右手に百合の花を持ち、左手に手紙を握りしめ
——金髪を流れるようにおろしていた——
柩《ひつぎ》の覆《おお》いは金一色で、女の胸許《むなもと》までひき上げられ、
女は白無垢《しろむく》に装《よそお》っていた

ただその顔は、その清らかな面影は
美しく、さながら深い眠りに沈んでいるようで、
死んでいるとは思われず、微笑《ほほえ》んでいるかとさえ見えた）》
漱石は、明らかにテニスンの詩中のイメージを借用して、それをさらに一層ロマンティックで個人的な文体のリズムに生かし、かつ展開しているのである。
しかし、ここで注目すべきことは、「薤露行」の第五章「舟」には、越智氏が「漱石の幻想」に引用している前掲の部分のほかに、次のような部分があるという事実である。
《シヤロツトを過ぐる時、いづくともなく悲しき声が、左の岸より古き水の寂寞《じゃくまく》を破つて、動かぬ波の上に響く。「うつせみの世を、……うつゝ……に住めば……」絶えたる音はあとを引いて、引きたるは又しばらくに絶えんとす。聞くものは死せるエレーンと、艫《とも》に坐る翁《おきな》のみ。翁《おきな》は耳さへ借さぬ。只長き櫂《かい》をくゞらせてはくゞらする。思ふに聾《つんぼ》なるべし。（中略）……
《舟はカメロツトの水門に横付けに流れて、はたと留まる。白鳥の影は波に沈んで、岸高く峙《そばだ》てる楼閣の黒く水に映るのが物凄《ものすご》い。水門は左右に開《ひら》けて、石階の上にはアーサーとギニギアを前に、城中の男女《なんにょ》が悉《ことごと》く集まる。（中略）……
《王は厳かなる声にて「何者ぞ」と問ふ。櫂《かい》の手を休めたる老人は唖《おふし》の如く口を開かぬ。ギニギアはつと石階を下《くだ》りて、乱るゝ百合の花の中より、エレーンの右の手に握る文を

取り上げて何事と封を切る。

《悲しき声は又水を渡りて、「……うつくしき……恋、色や……うつらう」と細き糸ふつて波うたせたる時の如くに人々の耳を貫く。

《読み終りたるギニギアは、腰をのして舟の中なるエレーンの額——透き徹《とほ》るエレーンの額に、顫《ふる》へたる唇をつけつつ「美くしき少女！」と云ふ。同時に一滴の熱き涙はエレーンの冷たき頬の上に落つる》

この部分などは、どうしてもそのまま「ランスロットとエレーン」に依拠しているとは思われない。テニスンの詩では、エレーンの手紙を開封して読むのはアーサー王であって王妃ギネヴィアではない。しかも、ギネヴィアは、エレーンの純愛に対して終始強い“jealousy in love”を感じている女に描かれていて、決してエレーンの冷い亡骸に「一滴の熱き涙」をおとすような女には描かれていない。

その上、「ランスロットとエレーン」には「うつせみの世を、……」に相当する歌が現れない。「うつせみの世を、……うつゝ……に住めば……うつくしき……恋、色や……うつらう」という歌の文句は、もちろん漱石の創作であるが、ここにはいったいなんの反響があるのだろうか？

私見によれば、ここに反響しているのは、同じテニスンの「シャロットの女」（一八三二＝天保三年）の第四節にちがいないものと思われる。

そこでは、呪いを受けたシャロットの女は、舳先《へさき》に"The Lady of Shalott"と記した小舟に横たわり、宵闇《よいやみ》の迫るころ舟のもやいを解き放って、広い流れを漂って行く。「ランスロットとエレーン」では、エレーンの亡骸を乗せた舟は河を遡《さかのぼ》るのであるが、この舟は流れを下る。つまり、「杳然《えうぜん》として何処《いづく》ともなく去」る「薤露行」の舟に、より近く描かれている。そして、ただよいながら舟の中のシャロットの女は歌う。

《Lying, robed in snowy white
That loosely flew to left and right——
The leaves upon her falling light——
Thro' the noises of the night
She floated down to Camelot:
And as the boat-head wound along
The willowy hills and fields among,
They heard her singing her last song,
　The Lady of Shalott.

Heard a carol, mournful, holy,
Chanted loudly, chanted lowly,

Till her blood was frozen slowly,
And her eyes were darken'd wholly
　　Turn'd to tower'd Camelot.
For ere she reach'd upon the tide
The first house by the water-side,
Singing in her song she died,
　　The Lady of Shalott.

（横たわり、左右に緩かにたゆたう
雪のように白い衣をつけ——
夜の物音にまぎれて降り積む落葉を受け、
女はカメロットに下って行った。
そして舟の舳先が柳の丘をめぐり
野をめぐるうちに、
人々は女が最期《さいご》の歌を歌うのを聴いた
シャロットの女が。

悲しげにも聖なる歌を、

高く、あるいは低く歌いつつ、
やがて女の血は徐々に凍りはじめ、
その瞳《ひとみ》は昏《くら》くかすみ、
カメロットの塔を遠く望んだ。
汐《しお》に乗って水際《みずぎわ》の
最初の人家に達する前に、
歌いながら女は死んでいた、
シャロットの女は）》

こうして、シャロットの女の亡骸を乗せた小舟は、微光をただよわせながらカメロットの城下にいたる。人々は堤に集り、舳先に書かれた"The Lady of Shalott"という名を認める。

《Who is this? and What is here?
And in the lighted palace near
Died the sound of royal cheer;
And they cross'd themselves for fear,
All the Knights at Camelot:
But Lancelot mused a little space;

He said, 'She has a lovely face;
God in his mercy lend her grace,
　The Lady of Shalott.'

（これは誰だ？　いったい何事だ？
ほど近い燈火煌々《こうこう》たる宮殿では
王を囲む宴《うたげ》の歓声が止《や》んだ。
そしてカメロットの騎士はすべて、
怖《おそ》れから胸許《もと》に十字を切った。
しかしランスロットは、しばし瞑想《めいそう》して、いった。
「美しい顔だ、めぐみ深き神よ、恩寵《おんちょう》をあたえたまえ、
シャロットの女に」）》

このように逐一比較検討してみると、「薤露行」のエレーンにはシャロットの女のイメージが重なり、第五章「舟」の結末におけるギネヴィア（ギニヸア）には、ランスロットその人のイメージが重ねられていることが、否定しがたい事実として浮び上って来る。

つまり、「薤露行」の背後には、テニスンの「王の牧歌」がある。そしてその背後には「シャロットの女」が見え隠れしており、さらにその奥にはウィリアム・ホルマン・

ハントの銅版画「シャロットの女」がひそんでいるという構図を考えることが可能である。

因《ちな》みに、この銅版画が製作された一八五七年には、「王の牧歌」はまだ出版されていなかった。人が十音節無韻詩《ブランク・ヴァース》で書かれていてあまりに荘重でもあり、「十九世紀の人間を古代の舞台に躍らせる様なかきぶり」（「薤露行」序）の「王の牧歌」にくらべて、まだ詩人が二十代前半の作品である「シャロットの女」のバラッド調がはるかに流露感にみち、かつ生き生きとアーサー王伝説の世界をとらえていることについては、多くの批評家の指摘がある。

要するに、「シャロットの女」は、「王の牧歌」よりはるかにラファエル前派の美学に近接した作品である。マーガレット・リードは、「シャロットの女」がラファエル前派の到来を予告しているといっているが、けだし至言かも知れない。そうであれば、「薤露行」における漱石が、「王の牧歌」よりはむしろ「シャロットの女」に、そしてそれよりはむしろホルマン・ハントの銅版画「シャロットの女」に傾いていったのは、きわめて自然であったというべきである。

9

いうまでもなく、漱石がラファエル前派に惹《ひ》きつけられたのは、一つには、彼がこのグループの詩人画家たちと、産業化されつつある十九世紀末の英国に対する嫌悪《けんお》と反撥《はんぱつ》を、共有していたからである。

マーガレット・リードは、ラファエル前派を評して、ロマン主義運動の凋落期《ちょうらくき》に咲いたあだ花だといっている。主観的には、彼らはルネッサンス以前の絵画、たとえばフラ・アンジェリコに理想を見出そうとし、無邪気な素朴さや稚拙の美に還《かえ》ろうとした。

さらに彼らは、観念を感覚の上位に置こうとするジョン・ラスキンの哲学に大きな影響を受けた。ラスキンによれば、人は神と観念を共有しているが、感覚は動物と共有している。したがって、偉大な絵画とは、偉大な観念をもっとも多く内包した絵画にほかならない、というのである。

これは、考えようによっては、人間を「理」と「気」から成る二元論的存在と考える朱子学の人間観に似ている。そうだとすると、朱子学の世界像のなかで育ち、現にその崩壊を体験しつつあった漱石が、ラファエル前派に惹きつけられた理由は、この面からも説明できることになるかも知れない。

そのほかに、このラスキンの二元論は、いくつかの契機を含んでいる。ラファエル前派とラスキンの結びつきは、J・E・ミレーの描いたラスキンの有名な肖像画によっても明らかであるが、たとえばこのグループの周辺から、フォード・マドックス・ブラウンの「英国よさらば」（一八五二―五）のような、社会的抗議の意図を秘めた作品が生れたのは、国絵画の観念性をこの方向に強調した結果と考えられる。

この点に関して、漱石の初期の作品のなかには、「漾虚集」の諸作と並んで、一見それとは水と油のような、「二百十日」・(明治三十九年＝一九〇六)や「野分」(明治四十年＝一九〇七)などの、社会的糾弾に傾いた作品がある。このこともまた、ラファエル前派の影響を考えに入れれば、説明可能である。つまり、「二百十日」や「野分」は、ラファエル前派に潜在していた一つの可能性が発展させられたものであり、「漾虚集」の諸作は別の可能性が結実したものだともいえるのである。

この「別の可能性」とは、いうまでもなく内向的、あるいは「自閉」的可能性である。ここでは当然ラスキンの二元論は、宮廷風恋愛的《アムール・クルトワ》な「霊」と「肉」の二元論というかたちをとらざるを得ない。

実際、ラファエル前派の作品には、しばしば女性の閨房《けいぼう》のそれに似た、濃厚かつ閉鎖的で、どこかに性的なものを感じさせる雰囲気がただよっている。ウィリアム・モリスやD・G・ロセッティが、「自然に還れ」をモットオとし、中世の素朴さへの復帰を求めたことを思うと、これは一見矛盾しているが、彼らの作品が、個物を細密に描きながら全体として夢のような印象をあたえるのと共通した特徴である。

この特徴は、前に触れたホルマン・ハントの「シャロットの女」にも明瞭《めいりょう》にあらわれている。しかし、それがもっとも典型的なかたちであらわれているのは、D・G・ロセッティの場合であろう。彼の代表作の一つである水彩画「聖ジョージとサブラの結婚」について、ある同時代の画家はいっている。
《……「宮殿の奥まった部屋」に、ひそかに籠《こも》っている感じ。しかし、それは古雅な宮殿の古雅な部屋で、スライディング・ドアから天使たちが忍びこみ、花の影にかくれて、赤と緑の羽根で金の鈴を打ち鳴らしている》（ジェイムズ・スメサン「書簡」）

この遮断《しやだん》され、囲まれた空間《エンクロージュア》への偏愛の背後には、同時に閉所恐怖症《クローストロフォビア》が隠されている。だからこそ、そこには異常な緊張が生れ、ロセッティ特有の地上の愛の果敢《はか》なさと、つねに現存する死の感覚がなまなましく強調されるのである。

このように考えれば、これが前に引用した芥川龍之介の詩「戯れに」(二)にいわゆる、
《汝《な》と住むべくは下町の
　昼は寂しき露路の奥
　古簾《ふるす》垂れたる窓の上に
　鉢の雁皮《がんぴ》も花さかむ》
の世界、つまりそこで生と死がないあわされ、その奥に性がひそむ閉鎖された世界にほかならないことは明瞭である。それこそD・G・ロセッティの魂の「淹留《えんりゆう》」した場所であり、ロンドンにおける漱石夏目金之助の魂の「淹留」し得た場所であった。

この場所を、「漾虚集」で、漱石が主としてラファエル前派風な中世ヨーロッパの心

象を用いて描かざるを得なかったのは、ひとつにはそれが十九世紀末の英国の現実を完全に否定するような場所だったからである。さらにおそらくそこには、ある禁忌が作用しているからである。

「漾虚集」の中心をなす作品は、私見によれば「薤露行」であるが、その主題は騎士サー・ランスロットと王妃ギネヴィアの恋にほかならない。この恋そのものが、禁忌を犯す恋であることは、つけ加えるまでもない。なぜ漱石は、特にこの主題を選んで「薤露行」を書いたのか？　なぜ彼は、この作品にあの謎《なぞ》めいた、《逝《ゆ》ける日は追へども帰らざるに逝ける事は長《とこ》しへに暗きに葬《はう》むる能《あた》はず。思ふまじと誓へる心に発矢《はっし》と中《あた》る古き火花もあり》（四「罪」）という言葉を書き加え、また彼の描いたランスロットをして、隠士の庵室《あんしつ》の古壁に「罪は吾を追ひ、吾は罪を追ふ」という句を刻ませたのだろうか？

因《ちな》みにテニスンの「王の牧歌」には、このような句はない。ランスロットは、テニスンの詩ではエレーンになんの別れも告げずに立ち去り、そのことが彼女を焦《こが》れ死にさせる原因となっているのである。

要するに、「薤露行」には、テニスンの「王の牧歌」や「シャロットの女」にはない個人的なものがつけ加えられている。それがこの作品をラファエル前派に近づけ、一種異様ななまなましさをその周囲にただよわせている理由だと思われる。そして、漱石がかくも惹きつけられたラファエル前派の画家たち、特にD・G・ロセッティとウィリアム・モリスについていえば、彼らの作品にもまた、なまなましく個人的なものが秘められていた。なぜならロセッティは、ほとんど宮廷風恋愛を思わせる熱情を傾けて、モリスの夫人ジェーン・バードンを恋していたからである。

しかもロセッティは、その絵画のなかで、バードンを神話の女性のモデルとして描いただけではなく、「生命の家（The House of Life）」（一八七〇＝明治三年）その他の詩のなかに登場させてもいる。吉田正俊氏は、「ラファエル前派の官能性」（「みづゑ」七四号・昭和四十四年＝一九六九）で、通常亡妻エリザベス・シダルへの愛を歌ったと信じられているロセッティの詩の多くが、実はジェーン・バードンへの愛を歌っていることを指摘している。

ロンドン留学中の漱石をラファエル前派に近づけた外的理由は、十九世紀の産業化した英国社会への嫌悪であったが、内的な動機としては、このような彼らの秘められた世界に、漱石が直観的に精神の類縁を認めたからだろうと思われる。なぜなら漱石もまたサー・ランスロットと同様に、あるいはD・G・ロセッティと同様に、告白し得ない恋をした経験があったからである。

それは、兄和三郎直矩の二度目の妻、登世との恋の記憶である。登世は「薤露行」執筆の十五年前にこの世を去り、「逝ける日」は数を重ねて漱石の上を通りすぎて行ったが、この「逝ける事」の記憶は、依然として彼の心を噛《か》みつづけていた。否、それはロンドンでの孤独な日々に、さらには帰朝後の惨澹《さんたん》たる日常のなかで、彼を「淹留」させる唯一《ゆいいつ》の隠れ家としてありありと甦《よみがえ》っていた。だが、この想像裡の隠れ家に「自己幽閉」しようとすればするほど、告白の衝動はつのらざるを得ない。前述の通り、閉された空間《エンクロージュア》にわが身を隠したいという希求の背後には、当然閉所恐怖症《クローストロフォビア》がひそんでいるからである。

換言すれば、禁忌に従おうとし、社会の掟《おきて》を犯すまいとする意志は、秘密を囲みこもうとする意志である。そして、告白しようという衝動は、この囲まれた場所から秘密を解放しようとする衝動である。ここにおいて、作家は虚構という仮面を求めざるを得ない。そしてこの仮面は、任意の仮面であるよりも必然性のある仮面であるほうがよく、しかも告白されている秘密の所在を隠蔽《いんぺい》するに充分なほどの虚構性を備えていなければならない。

テニスンとラファエル前派によって描かれたアーサー王伝説の世界は、この点で漱石のためにもっとも完璧《かんぺき》な仮面を提供した。そして、そのような仮面を発見し、それに託して「逝ける事」を告白するにいたって、彼の cross-culture experience はその円環を閉じるにいたったのである。

漱石が、「薤露行」や「幻影の盾」で雅文体にきわめて近い文体を用いているのは、ひとつには鷗外の初期三部作の影響と思われる。学生時代の彼は、「舞姫」や「うたかたの記」が世に出たとき、これを耽読《たんどく》して友人正岡子規との往復書簡で、その評価について論争したことがあったからである。

しかし、また同時に、十九世紀末のロンドンを嫌悪して自己を閉し、不在の世界に「淹留」しようとした漱石は、二十世紀初頭の東京を拒否して中世ヨーロッパの世界に自己を「幽閉」しようともしていた。このような彼が、言文一致体ではなく不在の世界を描くにふさわしい過去の文体、つまり雅文体に近い文体を用いたのは、きわめて自然だといわなければならない。

この文体はまた、拙論「漱石と英国世紀末芸術」で指摘したように、「アール・ヌーヴォー」的な様式、つまり「曲りくねり」、「複雑」で「絡《から》みあ」っている世紀末芸術一般の様式に通じ、とりわけてラファエル前派の芸術の特徴を日本語の文体に移植し得てもいるのである。

夏目漱石年譜

慶応三年（一八六七）＊一月五日（新暦二月九日）江戸牛込馬場下横町（新宿区喜久井町）の名主、夏目小兵衛直克（五〇歳）の五男として生まる。母千枝（四一歳）。五男三女の末子であった。金之助と命名、生後間もなく四谷の古道具屋（一説には戸塚源兵衛村の八百屋）某のもとに里子に出されたが、間もなく連れ戻された。

慶応四年・明治元年（一八六八）一歳、＊四谷大宗寺門前（新宿二丁目）の名主、塩原昌之助（二九歳）、妻やす（二九歳）の養子となる。

明治二年（一八六九）二歳、＊名主制度廃され、五〇番組制度となる。＊養父昌之助は四一番組（扱所は浅草石浜町）添年寄に任命され、内藤新宿より浅草三間町に移転す。

明治三年（一八七〇）三歳、＊種痘《しゅとう》が原因で疱瘡《ほうそう》にかかる。その結果金之助の顔には生涯薄あばたがのこった。

明治四年（一八七一）四歳、＊養父昌之助四一番組添年寄を免じらる。＊浅草より内藤新宿に引揚げ、休業中の妓楼伊豆橋（夏目千枝の次姉久の経営にかかる）の管理にあたる。

明治五年（一八七二）五歳、＊養父昌之助第三大区一四小区（扱所は赤坂田町一丁目）の戸長に任じられ、内藤新宿北町より通勤す。＊所謂《いわゆる》壬申《じんしん》戸籍編成され、養父は金之助を実子として届出、かつ塩原家の戸主とする。

明治六年（一八七三）六歳、＊養父第五大区五小区（扱所は浅草諏訪《すわ》町四番地）の戸長に任命され、扱所の棟続きに移転す。

明治七年（一八七四）七歳、＊養父昌之助、町内に住む旧幕臣の寡婦《かふ》日根野かつ（二六歳）と通じ、ために夫婦不和を生ず。＊一時養母とともに馬場下の生家夏目家に引きとられ、さらに夏目家を出て養母やすと侘《わ》び住居すること数カ月、やがて養父の許《もと》に引きとられる。養父は日根野かつ及びその娘れん（八歳）とともに、浅草寿町一〇番地に住んでいた。＊一二月一日、公立戸田学校下等小学第八級に入学す。

明治八年（一八七五）八歳、＊五月、戸田学校下等小学第八級・第七級を同時に修了。＊一一月同第六級を修了。

明治九年（一八七六）九歳、＊二月末、養父昌之助戸長を免じらる。＊四月、養父母のあいだに離婚成立す。＊五月、戸田学校下等小学第四級を修了。このころ塩原家在籍のまま牛込馬場下の夏目家に戻った。市谷柳町の公立市谷学校に転校。＊一〇月、市谷学校下等小学第三級修了。

明治一〇年（一八七七）一〇歳、＊養父昌之助は下谷西町四番地に新築した家に移る。＊五月、市谷学校にて下等小学卒業。＊八月、日根野かつ、れんを連れ子として塩原家に入籍す。

明治一一年（一八七八）一一歳、＊二月、「正成論」を友人島崎柳塢《りゅうお》らとの回覧雑誌に発表す。＊四月、市谷学校上等小学第八級卒業。異母姉さわ没（享《きょう》年《ねん》三三）。＊一〇月、神田猿楽町錦華小学校・小学尋常科二級後期卒業。東京府第一中学校（神田一ッ橋）に入学。

明治一四年（一八八一）一四歳、＊一月二一日、生母千枝没す。享年五五。＊第一中学校を中退。麹《こうじ》町《まち》の私立二松学舎に入り漢学を学ぶ。

明治一五年（一八八二）一五歳、＊文学志望を生ず。しかし長兄大助より「文学は職業にはならぬ。アツコンプリッシメントに過ぎぬものだ」と戒めらる。

明治一六年（一八八三）一六歳、＊九月、大学予備門受験準備のため、神田駿河台の成立学舎に入学、英語を学ぶ。

明治一七年（一八八四）一七歳、＊小石川極楽水際（文京区竹早町）新福寺二階に下宿し、橋本左五郎と自炊生活をしながら成立学舎に通う。＊九月、大学予備門予科に入学。同級生に柴野（中村）是公・芳賀矢一・福原鐐二郎・橋本左五郎がいた。＊入学直後盲腸炎になる。

明治一八年（一八八五）一八歳、＊柴野（中村）是公ら約一〇人の級友と神田猿楽町末富屋に下宿す。

明治一九年（一八八六）一九歳、＊四月、大学予備門は第一高等中学校と改称さる。＊七月、腹膜炎のため進級試験を受け得ず。思うところあって原級に留まる。以後心機一転、卒業まで首席を通す。＊学資を得るため、通学のかたわら柴野是公とともに本所江東義塾の教師となり（月給五円）、塾の寄宿舎に移る。

明治二〇年（一八八七）二〇歳、＊三月、長兄大助死去。享年三一。＊六月、次兄栄之助死去。享年二八。＊夏、中村是公と江ノ島に遊び、富士登山をする。＊急性トラホームで下宿から自宅へ戻る。

明治二一年（一八八八）二一歳、＊一月、夏目姓に復籍。＊七月、第一高等中学校（予備門）卒業。＊九月、英文学専攻を決意、同校本科英文学一年に進学。

明治二二年（一八八九）二二歳。＊一月、正岡常規（子規）と識《し》る。当時同級に山田美妙、上級に川上眉山、尾崎紅葉、石橋思案などあり。＊五月、子規「七草集」を作り、大いに刺激さる。「七草集」評にはじめて漱石と署名。＊八月、房総旅行。＊九月、紀行漢詩文集「木屑録」脱稿、子規に示す。

明治二三年（一八九〇）二三歳。＊七月、第一高等中学校本科卒業。＊夏、箱根に約二〇日間旅行。漢詩一〇首を得。＊九月、帝国大学文科大学英文科に入学。直ちに文部省貸費生となる。（年額八拾五円）

明治二四年（一八九一）二四歳、＊七月、特待生となる。＊夏、中村是公らと富士登山。＊嫂《あによめ》登世死去（末兄直矩妻、享年二四）。＊一二月、教授J・M・ディクソンの依頼で「方丈記」を英訳、その解説を書く。

明治二五年（一八九二）二五歳、＊四月、分家、徴兵の関係で北海道後志《しりべし》国岩内郡吹上町一七番地に送籍。北海道平民となる。＊五月、東京専門学校講師となる。＊六月、「老子の哲学」執筆（文科大学東洋哲学科論文）＊七月、藤代禎輔らと共に「哲学雑誌」委員となる。＊暑中休暇中、子規と共に京都、堺に遊び、後別れて一人岡山滞在の後、子規の郷里である四国松山に行き、初めて高浜虚子と識る。＊一〇月、「哲学雑誌」にウォルト・ホイットマン論を寄稿す。

明治二六年（一八九三）二六歳、＊一月、文学談話会にて「英国詩人の天地山川に対する観念」と題し講演。後三月から六月にかけて「哲学雑誌」に掲載。＊七月、東京帝国大学文科大学英文科卒業、大学院入学。＊文科大学長外山正一の推挙により東京高等師範学校英語教師となる。（年俸四百五拾円）

明治二七年（一八九四）二七歳、＊春、肺結核の徴候あり。＊一〇月、小石川伝通院側法蔵院に下宿。＊一二月、鎌倉円覚寺塔頭《たっちゅう》帰源院に入り、釈宗演のもとに参禅。

明治二八年（一八九五）二八歳、＊四月、突然高等師範学校を辞し愛媛県尋常中学校（松山中学）教諭として赴任。（月俸八拾円）＊秋頃より句作に熱中。次第に俳壇に知られる。＊一二月、休暇を利して、貴族院書記官長中根重一長女鏡子と見合のため上京、婚約成立。

明治二九年（一八九六）二九歳、＊四月、松山中学辞任。第五高等学校講師として熊本に赴任。（月俸百円）これは菅虎雄の斡旋《あっせん》によるものであった。最初菅虎雄方に同居。後、光琳寺町に一戸を構う。＊六月、中根鏡子と結婚。＊七月、教授、高等官六等となる。＊九月、合羽町二三七番地に移転。鏡子を伴い北九州を旅行。＊一〇月、教師をやめて上京しようかと思い、義父の意向をきく。

明治三〇年（一八九七）三〇歳、＊三月、「トリストラム、シャンデー」を「江湖文学」に発表。この頃から俳壇に名声あがる。＊文壇の動静に注目し殊《こと》に高山樗牛《ちょぎゅう》の名声に心中平かならず。＊六月、実父直克死去。行年八四。＊七月、鏡子を伴い上京、貴族院官舎へ泊る。＊鏡子流産。鎌倉に転地療養。＊滞京中病床の子規をしばしば訪う。＊九月、熊本に帰り、大江村四〇一番地に転居。一二月末から正月にかけて山川信次郎と共に小天温泉に旅行。後の「草枕」の舞台という。＊この頃より文部省の貸費も返済し、実父の死去により仕送りの必要もなくなったので、やや経済的にゆとりが出来た。

明治三一年（一八九八）三一歳、＊前年末より漢詩の詩作に没頭し、長尾雨山に添削を乞《こ》う。＊四月、井川淵町八番地に転居。この頃より鏡子のヒステリー症漸《ようや》く激しく、井川淵に投身を企てるという事件が起る。＊七月、内坪井町七八番地に転居。＊夏休み、浅井栄熙のもとで打座。＊九月頃から、寺田寅彦らに句作を教える。この頃から、妻の悪阻《つわり》の発作激しく、同時に自らの神経衰弱に苦しむ。＊一一月、「不言之言」（「ホトトギス」）

明治三二年（一八九九）三二歳、＊一月、元日より宇佐、耶馬渓《やばけい》、豊後日田方面に旅行す。＊四月、「英国の文人と新聞雑誌」（「ホトトギス」）＊五月、長女筆子誕生。＊六月、大学予科英語主任に任ぜらる。＊八月、「小説『エイルヰン』の批評」（「ホトトギス」）＊九月、山川信次郎と阿蘇登山。

明治三三年（一九〇〇）三三歳、＊四月、北千反畑町旧文学精舎跡に転居。＊同月、教頭心得。＊五月、現職のまま文部省より英語研究のため、満二カ年英国留学を命ぜられる。（学資年千八百円）＊七月、上京。＊九月八日、プロイセン号にて横浜出帆。一〇月二八日ロンドン着。この間約一週間パリに滞在し万国博覧会を観る。＊まず76 Gower street, London に居を定む。しかし下宿料が高いためにまもなく85 Priory Road, West Hampstead, London に転居。＊一一月～一二月、University College にて Prof. Ker の講義を聴講。同時にシェイクスピア研究家 Dr. Craig の個人教授をうく。大学の聴講は興味がわかずすぐやめたが、Craig 氏の許《もと》には翌年の一〇月頃まで通った。＊クリスマス頃、6 Flodden Road, Camberwell New Road, London, S. E. に転居。

明治三四年（一九〇一）三四歳、＊一月、次女恒子出生。＊二月、狩野亨吉《かのうこうきち》他あての書簡で第一高等学校転勤を運動さす。＊五月、化学者池田菊苗ベルリンより来たり約二カ月同居。彼に刺激されて「文学論」執筆を決意。これより少し先、Tooting に転居。＊七月、81 the Chase, Clapham Common, London, S. W. に転居。この頃から「文学論」執筆の目的で蟄居《ちっきょ》。＊留学費の不足に悩み、神経衰弱に苦しむ。＊英詩を作る。

明治三五年（一九〇二）三五歳、＊一～二月、「文学論」執筆。＊二～三月頃より妻鏡子と感情の齟《そ》齬《ご》を生じ、書簡の応酬あり。＊九月、強度の神経衰弱おこり、日本では漱石狂せりとの風説とぶ。気晴しに自転車の練習をはじめる。＊一〇月、スコットランド旅行。＊一二月、ロンドン出発、帰国の途につく。

明治三六年（一九〇三）三六歳、＊一月二三日帰国。＊三月、中根家隠居所の仮寓より本郷駒込千駄木町五七番地へ移転。＊同月、第一高等学校講師となる。（年俸七百円）同時に東京帝国大学文科大学講師となる。（小泉八雲の後任、年俸八百円）＊四月～六月、東大で「英文学形式論」「サイラス・マーナー」を講ず。＊七月、神経衰弱再び昂《こう》じ、約二カ月妻子と別居。＊夏、「文学論」ノート作成、「自転車日記」（「ホトトギス」）発表。＊九月、大学で「文学論」開講。＊一〇月、三女栄子出生。この頃よりしきりに水彩画を描く。＊一一月、神経衰弱再発。翌年中頃まで険悪。

明治三七年（一九〇四）三七歳、＊一月、「マクベスの幽霊に就て」（「帝国文学」）＊二月、オシアン作「セルマの歌」「カリツクスウラの詩」翻訳（「英文学叢誌《そうし》」）＊四月、明治大学講師兼任。＊五月、「従軍行」「征露の歌」（「帝国文学」）発表。

＊夏、「文学論」ノート作成。＊一二月、碧梧桐《へきごとう》、虚子、四方太《よもた》らの文章会「山会」に発表するため創作の筆を執り、「吾輩は猫である」が虚子によって朗読さる。

明治三八年（一九〇五）三八歳、＊一月、「吾輩は猫である」㈠を「ホトトギス」に掲載。以後五月まで連載。「倫敦塔《ロンドンとう》」（「帝国文学」）、「カーライル博物館」（「学燈」）＊四月、「幻影の盾」（「ホトトギス」）＊六月、「文学論」大学にて講了。＊九月「十八世紀英文学」大学で開講。（退職まで続講後「文学評論」と題して出版）＊一〇月、「吾輩は猫である」上篇出版（大倉書店）。＊一一月、「薤露《かいろ》行《こう》」（「中央公論」）＊一二月、四女愛子誕生。この年半ば頃より教職にとどまるべきか、文学を業とすべきかについて煩悶《はんもん》する。＊この年の末頃、森田草平、小宮豊隆、鈴木三重吉、寺田寅彦、野上豊一郎、松根東洋城《まつねとうようじょう》、坂元雪鳥ら相前後して門を叩《たた》く。

明治三九年（一九〇六）三九歳、＊三月、「坊っちやん」（「ホトトギス」）＊五月、「漾虚《ようきょ》集」出版（大倉書店）。＊七月、「吾輩は猫である」脱稿完結。＊八月、三女栄子赤痢に罹《かか》り大学病院に入院。＊九月、「草枕」（「新小説」）＊同月、岳父中根重一死去。＊一〇月、「二百十日」（「中央公論」）＊一一月、「吾輩は猫である」中篇出版。＊一二月、「鶉籠《うずらかご》」出版。「文学論」出版を企て、その過半を書き改める。これは中川芳太郎に依頼した整理に不満足であったためである。本郷西片町一〇番地ろノ七号に転居。

明治四〇年（一九〇七）四〇歳、＊一月、「野分」（「ホトトギス」）＊二月、大阪朝日新聞鳥居素川《そせん》の発議により、朝日新聞社より招聘《しょうへい》の話おこる。＊三月、東朝主筆池辺三山来訪。約二週間京都に遊び、鳥居素川に逢う。＊四月、大朝社長村山竜平とあう。一切の教職を辞し、朝日新聞社に入社。（月俸弐百円）年二回、一回百回位の小説を独占的に、「朝日」に寄稿する契約であった。＊五月、「文学論」出版（大倉書店）。「入社の辞」（朝日新聞）。＊六月、長男純一生まる。「吾輩は猫である」下篇出版（大倉書店）。二三日より一〇月二八日まで「虞美人草《ぐびじんそう》」を「朝日新聞」に連載。＊九月、牛込区早稲田南町七番地に転居。＊一一月、荒井某来訪、「坑夫」の材料を売り、しばらく書生として住み込む。

明治四一年（一九〇八）四一歳。＊一月、一日より「坑夫」を「朝日新聞」に連載（四月六日まで）。「虞美人草」出版（春陽堂）。＊三月、森田草平煤煙事件。草平に小説「煤煙」の執筆を勧め、その出版、東朝連載方を斡旋。＊六月、一三日より二一日まで「文鳥」を「大阪朝日新聞」に連載。＊七～八月、「夢十夜」を東京大阪両朝日に連載。＊九月、一日より「三四郎」を「朝日新聞」に連載（一二月二九日まで）。「草枕」出版（春陽堂）。＊一二月、次男伸六生まる。

明治四二年（一九〇九）四二歳。＊一月、小松原文相招待懇談会に出席、文芸院設置について諮問《しもん》をうける。「永日小品」を「朝日」に連載。＊三月以降、養父塩原昌之助、人を介して金を無心する。これは後に「道草」の素材となった事件である。「文学評論」出版（春陽堂）。＊五月、「三四郎」出版（春陽堂）。＊六月、「それから」を「朝日」に一〇月まで連載。「太陽」雑誌創業二二周年記念名家投票に最高点で当選したが、金盃の贈呈を拒絶する。＊九～一〇月、満鉄総裁中村是公の招きで、満韓各地を旅行。旅行中胃病に悩む。＊一〇月～一二月「満韓ところ〴〵」を「朝日」に連載。＊一一月二五日、「朝日文芸欄」創設。漱石が主宰し、森田草平が編集、小宮豊隆がこれを助けた。

明治四三年（一九一〇）四三歳。＊三月、「門」を一日より六月一二日まで連載。五女ひな子生まる。＊六月、六日以後数度の診察によって胃《い》潰瘍《かいよう》の診断をうけ、一八日内幸町の胃腸病院に入院。七月三一日退院。＊八月六日転地療養のため修善寺温泉に赴き、同夜病状悪化。一七日以後数度の吐血。二四日夜、大吐血で人事不省となり危篤《きとく》に陥る。友人門下生ら多数見舞に参集。やがて快方に向かい、一〇月一一日帰京。直ちに胃腸病院に入院する。＊「思ひ出す事など」を一〇月二九日より翌年二月二〇日まで「朝日」に発表。

明治四四年（一九一一）四四歳。＊一月、「門」出版（春陽堂）。＊二月、文学博士号を辞退。同月二六日八カ月ぶりで胃腸病院を退院。＊六月、長野県教育会の招きにより長野に講演旅行。夫人を同伴す。後高田、直江津、諏訪《すわ》を経て帰京。高田では修善寺での主治医森成麟造を訪問。＊八月、大阪朝日新聞社主催講演会に出席。明石、和歌山、堺、大阪にて講演す。＊講演旅行終了後、大阪で胃潰瘍を再発。今橋三丁目の湯川胃腸病院に入院。九月一四日帰京。その後まもなく神田錦町の佐藤病院で痔疾《じしつ》を手術。＊一〇月、「朝日文芸欄」廃止を決意。＊一〇月末、東朝主筆池辺三山、朝日を辞職、これに伴い一一月一日辞表を提出するが、池辺三山はじめ社の幹部に慰留さる。＊一一月、五女ひな子急死。

明治四五年・大正元年（一九一二）四五歳、＊一月、一日より四月二九日まで「彼岸過迄」を「朝日新聞」に連載。＊八月中旬、約半月間中村是公と共に塩原、日光、軽井沢、上林、赤倉などに遊ぶ。＊九月、「彼岸過迄」出版（春陽堂）。同月末痔疾再手術のため一週間佐藤病院に入院。＊この頃からしきりに書、南画風の水彩画をたしなむ。＊一二月、六日より翌年四月七日に中絶されるまで「行人」を「朝日」に連載。しかしこの頃から孤独感激しく、遅々として筆進まず。

大正二年（一九一三）四六歳、＊一月頃から強度の神経衰弱再発。六月まで続く。＊三月末胃潰瘍再発、五月末まで自宅で病臥《びょうが》。「行人」はこのため中絶される。＊九月、一六日より「塵労《じんろう》」と題して「行人」続稿を発表、一一月一五日にいたる。＊「塵労」完結後、水彩画に凝り画家津田青楓《せいふう》と交流する。＊この年北海道より籍を移して東京府平民に戻る。

大正三年（一九一四）四七歳、＊四月、二〇日より、「こゝろ」を「朝日新聞」に連載、八月一一日にいたる。＊これ以後ますます書画に没頭する。＊九月、四度目の胃潰瘍発病、約一カ月病臥。＊一〇月、「こゝろ」出版（岩波書店）、箱、表紙等すべて自装、後に岩波版漱石全集の装幀《そうてい》に用いられる。＊一一月二五日、学習院輔仁会にて講演、「私の個人主義」と題す。＊この頃から翌年にかけて良寛の書に傾倒、さかんに蒐集《しゅうしゅう》に務める。

大正四年（一九一五）四八歳、＊一月、「硝子戸《ガラスど》の中《うち》」を一月一三日より二月二三日まで「朝日新聞」に連載。＊三月下旬、京都に旅行。旅先で胃潰瘍発病。鏡子夫人を東京から呼ぶ。＊四月一六日帰京。「硝子戸の中」出版（岩波書店）。＊六月、「道草」を三日より九月一〇日まで「朝日新聞」に連載。＊一〇月、「道草」出版（岩波書店）。＊一二月、初旬よりリューマチスに悩む。＊この頃から芥川龍之介、久米正雄ら漱石の門を叩く。

大正五年（一九一六）四九歳、＊一月、一日より二一日まで、断続的に「点頭録」を「朝日新聞」に発表。一一月一八日から二月二六日まで、リューマチス治療のため湯河原の中村是公の許《もと》に転地。このため「点頭録」は中止される。＊四月、真鍋嘉一郎の診断により、リューマチスと思われた痛みは糖尿病によるものと判明。以後三ヵ月真鍋医師の治療をうける。＊五月、二六日より「明暗」を「朝日新聞」に連載。そのかたわら、しきりに書画、漢詩をたしなむ。この頃から芥川、久米、成瀬、松岡ら第四次「新思潮」同人積極的に漱石に接近。漱石はこれらの青年作家群に非常な親近感を抱く。＊一一月一六日、最後の木曜会。一一月二二日胃潰瘍発病。真鍋嘉一郎を主治医に希望し治療をうけたが病状は悪化の一途をたどり二八日大内出血。＊一二月二日再度の大内出血により絶対安静、面会謝絶となる。八日にいたって全く絶望。翌九日、午後六時四五分永眠、一〇日東京帝国大学医科大学において長与又郎執刀の下に解剖。＊一二日青山斎場にて葬儀。導師は釈宗演。戒名は文献院古道漱石居士。＊一四日「明暗」の遺稿絶える。二八日雑司ヶ谷墓地に埋葬。（一九六八・七・改訂）

後記

この文庫版の底本は、昭和四十九年十一月に新潮社から刊行された『決定版夏目漱石』である。四六版本文五一二ページ、布張りの箱に収められた美本で、今日までに七度版を重ねているが、そのテクストに基づいて新たに版を起したのが、此度《このたび》の新潮文庫版である。

収録されている論考のうち、もっとも旧《ふる》いものは昭和三十年に遡《さかのぼ》り、もっとも新しいものは昭和四十九年に及んでいる。すなわち、この間十九年のあいだに、漱石について書いた文章のなかから、十七篇を選んでここに収めたのである。

昭和四十九年から現在までのあいだに、私はさらに『漱石とアーサー王伝説――「薤《かい》露行《ろこう》」の比較文学的研究』(東京大学出版会・昭和五十年九月)をまとめ、『漱石と中国思想――「心」「道草」と「荀子《じゅんし》」「老子」』(「新潮」昭和五十三年四月号)を書いた。漱石については、今後も書き続けなければならない。その手はじめが、来年秋から書きはじめる予定の、『漱石とその時代』IIIであることはいうまでもない。

それにしても、この新潮文庫版の「後記」を書くに当って、胸中を去来する感慨は少くない。そのなかで最大のものは、いつの間にか二十四年ものものを書き続けて来たのか、という一種の嘆息であり、さらには漱石とのつき合いもずいぶん永いことになるな、という思いである。昨年の春、ヴァージニア大学に招かれて連続講演をしたとき、漱石とはお前にとって何だと訊《き》かれて、思わず、

"He is my life-long friend."

と答えた。考えてみれば、一生涯つき合い続けることのできる作家に、二十代のはじめに出逢《であ》うことのできた私は、至極幸運な批評家というべきなのかも知れない。

『決定版夏目漱石』の新潮文庫収録に際して、畏友《いゆう》小堀桂一郎氏の解説を得ることができたのは、望外の喜びであった。特に記して心から感謝申し上げたい。

昭和五十四年六月三日

東京市谷の寓居にて

江藤 淳

解　説

小堀桂一郎

甚だ私的な回想を以てこの解説文を始めることをお許し願いたい。あれは昭和三十一年の冬であった。私は当時まだ学生で大学の寄宿寮の火の気のない一室に寝起きする身であったが、或る晩のこと、机を並べていた同室の友がそれまで読みふけっていた書物をいま読み了《お》えたらしく静かに閉じてそれを私の方に差し出してこう言った。「君、素晴らしい批評家が現われたのだ、しかも僕等と同年代の人だ、まあこれを読んでみたまえ」その友人が示した小型の書物が、江藤淳氏の華麗にして規模雄大な評論活動の出発点となった記念碑的労作『夏目漱石』であって、東京ライフ社という聞きなれない出版社からの刊行になるものだった。こうして私は評論家江藤淳氏の出発を、それもあの貧寒たる寮の一室の、友人と二人だけの対話というささやかな舞台装置にしては結構劇的に目撃したのだと言ってもよさそうである。思えばその友人の文章鑑識眼もなかなか高かったわけだ。「これまでの漱石像が根底からひっくり返されたような衝撃だ、それに『則天去私』なんて神話にすぎないと言っている、小宮さんの権威も地に墜《お》ちたようなものだ」友人の興奮はなかなかおさまらなかった。殊《こと》に長らく研究者達にとって揺ぎない権威として崇《あが》められ信奉されてきた存在が、自分達と同年の、同じくまだ学生である若い著者によって果敢に否定され、しかもどう見てもその青年の方に勝目がある、その点にやはり文学研究者の卵であるその友人の感慨が存したらしかった。

ところでその時の私の反応は至って冷淡だった。結局私はその友人の強い勧めにも拘《かかわ》らずその衝撃の書を読まなかった。なんでも、――どんなすぐれた評論だろうとそれを一冊読むひまに文学作品それ自体を再読三読した方がよろしい、それに真に天才的な詩人が出現して十代で千古不朽の傑作を書くというようなことはこれまでにもあったし今でもあり得るだろう、でも批評・研究という仕事は才知だけではできないはずだ、二十歳をいくらも出ていない、つまり我々と同年輩の批評家の仕事なんてまさにその若さによって元来信用のおけないものじゃないのか――と、およそこんなことがその時の私の冷淡さの根拠づけであった。この理窟《りくつ》は実を言えば私が今でも原則的には正しいと考えているところである。ただ原則には例外があるということ、そして評論家江藤淳氏の出発はまさにその例外の場合だったということに思い到《いた》らなかったのがその時の私の陋《ろう》なる所以《ゆえん》であった。偶々《たまたま》その友人と私とはロリスこと若きホーフマンスタールの文壇への出現の時の挿話《そうわ》を、まことに印象鮮烈な知識として共有していた。ロリスという匿名《とくめい》の投稿者による老練卓抜な或る論説に感服した評壇のヴェテランで雑誌編輯者《へんしゅうしゃ》のヘルマン・バールがその人にあるカフェでの面会を申し込んだ、今は悠々自適の読書生活にふけっている、博大な教養を積んだ隠退の老外交官といった人物の出現を予想して待ち受けていたバールの前に現われ、「僕がロリスです」と名乗ったのは半ズボンをはいた高校生のフーゴー・フォン・ホーフマンスタール少年だったという、オーストリアの文壇史上に名高いあの逸話である。この逸話の放射する印象があまりにも輝かしく晴れがましいために、逆に私はこのようなことはどこか遠い国の夢のような甘美な時代の挿話であって、現実の我々の身の周りの荒涼たる敗戦国気分の精神風土の中にこれと似たような一つの新人の出発が起り得ようとは到底信じられなかったものであった。

そういうわけでまだ慶應の学生であった若い江藤氏のこの出世作を私は当時には遂《つい》に読まず終《じま》いだった。私がそれを実際に繙《ひもと》いたのは、それから何と二十年も後のことである。その時の江藤氏は半世紀来の我国の漱石研究の歴史の中でも空前の傑作たる『漱石とその時代』をすでに書き上げており、私はこの方は刊行後間もなく読んでいた。順序を狂わせてそのあとになって氏の青春の記念碑ともいうべき処女出版を読むことになったわけである。従って私がもはや二十年前のかの友人と同じような偶像破壊の戦跡に眼を瞠《みは》るという感動を経験しなかったのは当然であったが、それとは別に私にはまた私なりの驚きがあった。それは、この二十年の間に私は自分の漠然たる批評家不信の原則を枉《ま》げて、事実として少なからぬ評論や研究の文章に眼を通さざるを得ない立場に立ち到っていた。それ故《ゆえ》に、この二十三歳の大学生の手に成る若書きの漱石論が、その後如何《いか》に多くの我国の漱石研究者達に影響を与え続けたか、あれ以後世の無数の研究者達は、追随するにせよ反撥《はんぱつ》するにせよ、およそ江藤氏のこの論著を無視して仕事をすることはほとんど出来ないような状況を呈しているという現実を朧《おぼろげ》気ながら感じとることができたのである。

後続の漱石研究家達の大多数が江藤氏のこの処女評論から強い影響を受けたとすれば、或いは受け得たとすれば、それは決してその人々が単に江藤氏の後塵《こうじん》を拝したというだけの自慢できない位置に立つのではない。それはむしろ当事者達にとってもひいては日本の近代文学研究全体にとっても、甚だ慶賀すべき、名誉あるでき事だったと言えよう。その意味でのこの書物の殊に功績とすべき点を二・三数え上げてみるとすればおよそ次のようなことであろうか。

第一にそれは夏目漱石という作家を文壇的社会図《ソシオグラム》の網目から、また文芸思潮史といった図式ばった観察から解放し、明治末期を代表する日本の一知識人として時代の一般的空気の中に置き直してみせたことである。言い換えれば漱石を文壇人としてではなく、一市民として捉《とら》えてみせたことである。文壇史的地図から解放したということは多くの門弟に取囲まれた漱石山房の木曜会の主人としての漱石をすら重視はしないということである。私人・家庭人としての、また市民としての漱石、しかもその高い知性と倫理性の故に、最も身近くは己れの家族に、遠くは社会とそして国家とに強い責任感を持ち、自我と他者、個人と全体、といったおよそ倫理の基本的問題についての深い思索をつねに意識から放つことなく生きていた、そうした真剣な生活人としての漱石像がそこにあった。思えば、漱石が真に国民的作家の名に値する、広くて根強い、永続する大衆的人気を獲得した秘密はこの辺にあったのではなかろうか。読者大衆の眼は案外に鋭く、かつ公平である。読者は漱石の全作品を貫いて流れているものが、高慢な芸術家の自己主張でもなく、悟達をめざして苦闘する求道者の悲願でもない、自分達がそれによって生きているのと同じ平凡な日常生活の倫理であることを鋭敏に嗅《か》ぎとっていた。漱石の魅力が小説の巧《うま》いか拙《まず》いかなどには関係のない、生活者の倫理という平凡だが永遠に困難な問題と正面から取組んでみせた点にあるということ、その作品につねにつきまとっている何かしら暗い翳《かげ》のうちには、己れ一個の自我の伸張のために悩む強く傲《おご》れる精神ではなく、家常茶飯の場における他者への配慮の故に常に自らが傷つく優しい魂がひそんでいたのだということ、こうした重大な事実を江藤氏はあの若さを以て明解に指摘してみせたのである。

それはまた見たところ権威として確立しているかに見える文学史上の定説というものが意外に頼りないものであり、権威とされているが故に盲信してかかったりしてはならぬものだということをも教えている。江藤氏が〈漱石についてはもうすべてがいいつくされている》といった通俗の見方を不可解とし、果敢にこの状況に挑戦したのは漱石の死後丁度四十年を経た後のことであった。偉大な、深みのある作家であればあるほど、その作家の意味の十全な解明には半世紀くらいはかかるのだ、ということをこれは証明していよう。それと同時に、これは少々誇張した言分ととられても致し方ないが、江藤氏と同年代である私にはこれが一種象徴的な、輝かしい「戦後的」事件であったように映る。それは戦前に確立されていた各種の価値に対する、純戦後世代の手による根底からの尖鋭《せんえい》な批判と再検討の動きがこの事件を機会に明らかに表に出はじめたのだ、といったような観察である。それも所謂《いわゆる》「戦後派《アプレゲール》」的な反抗のための反抗をそこに見るのではなく、日本近代史に対する真の公平な解釈は我々から始まるのだ、といったような意気軒昂《けんこう》たる、若々しい精神の動きがこの辺りから擡頭《たいとう》してくるのではなかったか、という感想である。

更にもう一つ、これは別に江藤氏固有の特色というわけではないのだが、やはり言及しておきたい功績がある。それは氏が自らが批評の対象に選んだ作家と作品とに、実に真剣に全面的に対決し、格闘している、ということである。氏の態度は第二部第一章「作家と批評」の部分に明解に宣言されているが、氏は実証主義的作家研究の安全で衛生的な枠内《わくない》に留《とど》まることを欲しなかったし、また作家をその個人的な運命の一回性を無視して文学史の座標軸の然《しか》るべき空いた場所に位置づけ、それでその存在を「説明」もしてすませてしまうといった無神経にも強く反撥する。そうかと言って取り上げた作家を材料にして、一見その作家をして語らしめるが如《ごと》くにして実は自分の勝手な歴史観や人生観をしゃべりまくる、といった底の評論を展開するには、氏の漱石に対する敬愛と親《しん》炙《しゃ》の度合はあまりに切実すぎたのであろう。かくて江藤氏の最初の漱石論は作品研究でなく文学史的研究でなく、また第二・第三の新しい漱石神話の創作でもない、それは漱石という一個の代表的人間に就いての深い思索の果実となり、それまでまだ誰の眼にもこうは映らなかったという新しい漱石像を提示し得たのであり、それによって氏が目指すところの「創造的批評」を成就し得たのだった。

江藤氏の漱石研究はその後も二十余年にわたりなお倦《あ》くことなく続けられている。本書には第三部として、『漱石とその時代』『漱石とアーサー王伝説――「薤露行《かいろこう》」の比較文学的研究』の二編を除く主として諸雑誌掲載の論文や講演をほぼ全点収録してある。この部分に到るとさすがに文章が第一・二部に比べてずっと平易にかつ明晰《めいせき》になっていることに読者は気づかれるであろう。これらの諸論攷《ろんこう》に盛られた江藤氏の、漱石を基底として展開される思索と洞察の豊かさ、及び文体の成熟のほどについては実際の本文にふれて確かめて頂くよりほかないが、一つ指摘しておいた方がよいと思われるのは、ここでもあの普通人の生活倫理の面で捉《とら》えた漱石像が一貫して底流の如くに維持されているということである。倫理的漱石像の定立などと言葉に表現してみれば、人は或いはそこに文学研究・評論の態度としての一種の古臭さを感じとるかもしれない。それは実に尤《もっと》もなことであるのだが、江藤氏自身「明治の一知識人」「漱石の『旧さ』と『新しさ』」といった論文の中で漱石自身に内在するこの古さ、もしくは或る旧弊なるものの血筋をはっきりと指摘している。ただその古さを、漱石よりはたしかに「近代化」した世代に特有の思い上りを以て憫笑《びんしょう》したりすることをせず、古いものであるが故に恒《つね》に繰返して再生してくるこの問題性、日本人にとってはなお暫《しばら》くは、もしかすると永遠に未解決であるかもしれないこの古い問題の逆説的な新しさを剔抉《てっけつ》してみせたところに、通常の文学史家・批評家の及び得ぬ、幅広い歴史家としての江藤氏の強みがあるであろう。それはつまり〈少くとも十回は「こゝろ」を読んでいる〉というひたむきなる情熱と真剣さと、他方に『海舟余波』や『海は甦《よみがえ》る』の如き重厚な近代史の研究を成就し得た江藤氏にして初めて可能な、言葉の真の意味で「成熟した」見解なのだと言ってもよい。

第三部にはそのほかに漱石と嫂《あによめ》との間の恋愛関係に就いて、及び漱石とラファエル前派の芸術との関係に就いてという二つの目立った主題が扱われているが、後者については前掲の『漱石とアーサー王伝説――「薤露行」の比較文学的研究』という氏の学位論文が包括的にこれを論じ尽している。前者に就いては広く一般の、幾分通俗的な関心をも惹《ひ》き、幾多の反論や異論をも喚起した、すでに「有名な」話題であると言えよう。解説者はここでさながら行司の如き役割を買って出て何方《どちら》に勝目があるだのないだのと論《あげつら》うべきではないと思うが、一言注釈を挿《さしはさ》むとすれば、客観的な証拠の有り得ないこうした論争の勝敗に就いては、畢竟《ひっきょう》論者の説得力が決定権を握るものである。そしてその説得力というのは決して雄弁や声の大きさによるものでなく、自分だけが占有する状況証拠の豊富さによるものでもない。それは結局人間に対する洞察力の深さと判断力の精密さ、感情移入の能力の鋭さ等に由来するのだと言ってよいだろう。その点を前提として憚《はばか》らずに私見を言えば、どうも江藤氏の想像力の方がより真実に近いところを見透《みとお》しているように思われる。これは読者にとって或る意味で想像力と論証力とのよき練習問題だと言ってよいかもしれない。だが終りに敢えて一言するならば、しかし漱石の生涯にひそむこの謎《なぞ》に就いて好奇心からの穿鑿《せんさく》に耽《ふけ》るよりも、漱石が直面し苦闘した最大の問題は何であったのか、それは今でもなお甦って我々自身の問題でもあり得るのではないか、といった思索への一つの手引として本書を読むならば、それがおそらく著者の本意により適《かな》った読方になるであろうと思う。

（昭和五十四年五月、比較文学者）

この作品は昭和四十九年十一月新潮社より刊行された。

表記について

新潮文庫の文字表記については、原文を尊重するという見地に立ち、次のように方針を定めました。

一、旧仮名づかいで書かれた口語文の作品は、新仮名づかいに改める。
二、文語文の作品は旧仮名づかいのままとする。
三、旧字体で書かれているものは、原則として新字体に改める。
四、難読と思われる語には振仮名をつける。

なお本作品中、今日の観点からみると差別的ととられかねない表現が散見しますが、作品自体のもつ文学性ならびに芸術性、また著者がすでに故人であるという事情に鑑み、原文どおりとしました。

（新潮文庫編集部）

新潮文庫 既刊

百年の戦争

 アンドレ・カストロ 著
 幸田礼雅 訳

第一次世界大戦から二十世紀末の冷戦終結まで、「戦争の百年」といわれる二十世紀の戦争を総括する。

兵役拒否の日本史

 稲垣真美 著

兵役拒否者の記録。徴兵令下、日本人はいかに抵抗したか。日露・日中・太平洋戦争の時代に生きた若者たちの苦悩と選択。

妻の手紙

 木下幸 著

……最後のわかれに。戦場にある夫への愛をこめてつづられた妻の手紙。終戦前夜の家族の生活を刻銘に描いた長編記録。

楢山節考

 ——市井畸人伝——

 深沢七郎 著

姥捨山伝説に取材した表題作のほか、庶民のしたたかな生き方を描いた「東京のプリンスたち」など、九編収録。

楽京のくらや

 ——掘口大學詩集——

 掘口大學 著

一九六九年度読売文学賞受賞。生きる歓びと哀しみを率直に謳った晩年の作品集。〈楽京・愛のうた〉

決定版《けつていばん》　夏《なつ》目《め》漱《そう》石《せき》

新潮文庫　え－4－2

昭和五十四年　七　月二十五日　発　行
平成十八年　三　月二十五日　十一刷改版
令和　六　年十一月二十日　十　六　刷

著　者　江《え》　藤《とう》　淳《じゅん》

発行者　佐　藤　隆　信

発行所　株式会社　新　潮　社

郵便番号　一六二―八七一一
東京都新宿区矢来町七一
電話　編集部（〇三）三二六六―五四四〇
　　　読者係（〇三）三二六六―五一一一
https://www.shinchosha.co.jp

価格はカバーに表示してあります。

乱丁・落丁本は、ご面倒ですが小社読者係宛ご送付ください。送料小社負担にてお取替えいたします。

印刷・東洋印刷株式会社　製本・株式会社大進堂

ISBN978-4-10-110802-5　C0191